清代题画诗类

吴企明 编

国家圖書館出版社

图书在版编目（CIP）数据

清代题画诗类／吴企明编.－－北京：国家图书馆出版社,2016.4
ISBN 978 - 7 - 5013 - 5440 - 5

Ⅰ.①清…　Ⅱ.①吴…　Ⅲ.①题画诗—诗集—中国—清代　Ⅳ.①I222.749

中国版本图书馆 CIP 数据核字(2014)第 175836 号

书　　名	清代题画诗类
著　　者	吴企明　编
责任编辑	苗文叶　赵　嫄
封面设计	邢　毅

出　　版　国家图书馆出版社(100034　北京市西城区文津街 7 号)
　　　　　　(原书目文献出版社　北京图书馆出版社)
发　　行　010 - 66114536　66126153　66151313　66175620
　　　　　　66121706(传真),66126156 (门市部)
E - mail　nlcpress@ nlc. cn(邮购)
Website　www. nlcpress. com→投稿中心
经　　销　新华书店
印　　装　北京华艺斋古籍印务有限公司
版　　次　2016 年 4 月第 1 版　2016 年 4 月第 1 次印刷
开　　本　787 × 1092(毫米)　1/16
印　　张　41
字　　数　310 千字
书　　号　ISBN 978 - 7 - 5013 - 5440 - 5
定　　价　198.00 元

前　言

　　编成于清康熙四十六年（1707）的陈邦彦《历代题画诗类》，是一部汇集唐、宋、元、明题画诗的总集，既可供研治题画诗的学者参考，也可让诗人、画家从中汲取艺术营养，还可以让广大读者获得审美享受，惠泽后学，其功颇巨。

　　由于编者陈邦彦是清康熙时人，所以这部"题画诗类"，虽然名为"历代"，却独缺"清代"。清代诗学和画学的发展，均臻鼎盛，在此沃土上滋生、发展的题画诗，异彩纷呈，得到了长足的发展，它们成为我国历代题画诗不可或缺的、重要的组成部分。《历代题画诗类》既缺清代题画诗，后代亦无人继其踵。近代沈叔羊编《画髓室题画诗词选》，有民国年间铅印本，然仅选题花卉画诗词；又，黄颂尧编《清人题画诗选》，有民国二十四年（1935）上海大华书局排印本，然仅选题画绝句，两书画科偏窄，题诗体裁不全，难与陈邦彦《历代题画诗类》相比，亦难以反映清代题画诗的面貌。笔者有鉴于此，花数年时间，编成本书，以继陈邦彦之绪余。从这个特定意义上讲，本书也可以称为《历代题画诗类续编》。

　　我是怎样着手编纂《清代题画诗类》的呢？这个话题还得从陈邦彦的《历代题画诗类》（以下简称《诗类》）谈起。《诗类》有许多胜处，固不待言，但也不可否认地存在若干问题。首先，它所录诗人朝代有误。如卷二六录僧宗衍《题小画》二首，具宗衍为明代人，实非。宗衍实为元代中吴（今江苏苏州）人，住吴县石湖楞伽寺，卒于元至正十一年（1351），见《江苏艺文志》（苏州卷）。卷七九录杜本《题柯敬仲竹》，具杜本为宋代人，实非。杜本实为元人，生于宋端宗景炎元年（1276），隐于武夷山，元代文宗征之不起，卒于至正十年（1350），事见《元诗选初集·清江碧嶂集》小传。其次，它重复收诗。卷四六录龚璛《题刘文伟府判收藏山庄夜归图》，卷五六又收同人同诗，文字全同。卷二一录杜本《题江邨图》，卷二四录杜本《题画图》，两诗题目虽不同而文字全同。以上两例显系重复收录，编者没有发现。再次，它收入非题画诗。题画诗有自身的艺术特质，并不是一提到"画"便是题画诗。《诗类》中收录了一些不属于题画诗的普通诗篇，如卷七一录唐刘商《山翁持酒相访以画松酬之》，这是一首抒情诗，"画"不过是诗人酬谢山翁的礼物。卷五四录张籍《弱柏院僧影堂》，诗篇着重描写弱柏院僧影堂的周边景物，并不是题咏僧侣画像，不符合题画诗的艺术特征。其四，它误题诗人名。如卷六五录唐僧法照《题张僧繇醉僧图》，此诗实乃怀素作，见《全唐诗》卷八〇八，《宣和书谱》卷一九载御府所藏怀素草书中有《醉僧图诗》。又如卷一一录唐戴叔伦《题稚川山水》、卷二七录戴叔伦《题天柱山图》，此两诗实乃元人丁

前言一

1

鹤年作，见《元诗选初集·辛集·海巢集》，明人胡震亨在《唐音统签》"戴叔伦集叙录"中，早就指出《戴叔伦集》"中杂元人丁鹤年、刘崧诗"。 其五，陈邦彦所录文字，与现存画幅上的墨迹有较多差异。 限于时代条件，编者无法见到许多画幅的原件，难以与传世的文献资料相比勘。 但，存世的墨迹仍可与传世文献对勘一二。 如卷八三录王冕《墨梅诗》，文字与《竹斋集》同。 然而，藏于故宫博物院《墨梅图》上的墨迹，文字与之有差异，首句，墨迹作"池头"，次句墨迹作"个个"，尾句墨迹作"只流"，当以墨迹文字为准。 卷八三录王冕《题墨梅》，其文字与藏于上海博物馆的王冕《墨梅图》墨迹亦有差异，"共说"，墨迹作"漫说"；"笑抱"，墨迹作"笑浥"；"三万"，墨迹作"二万"。

以上所述五点，还只是具体的细节问题，《诗类》的不足之处还表现在编者的工作主要以诗集（含总集、别集）为辑录对象，没有充分利用朱存理《珊瑚木难》、赵绮美《赵氏铁网珊瑚》、郁逢庆《郁氏书画题跋记》、张丑《清河书画舫》、汪砢玉《珊瑚网》等这些明代书画题跋专书，特别是没有或很少利用传世绘画艺术品上的墨迹，致使很多名画上的著名题画诗，未被录入《诗类》中。 像《珊瑚网》卷三三录梅花和尚（即吴镇）《一叶竹》诗，《诗类》"墨竹"类未收；《郁氏书画题跋记》卷六录沈周《赵子昂画渊明像卷》，《诗类》"古像"类未收；《清河书画舫》卷一二上录沈周《题刘珏夏云欲雨图》，《诗类》"天文"类、"山水"类均失收。 又如藏于日本大阪市立美术馆的龚开《骏骨图》，画上有龚开的亲笔题诗，藏于故宫博物院的高克恭《雨竹图》，画上有赵孟𫖯的题诗，藏于故宫博物院的徐渭《黄甲图》，画上有徐渭的亲笔题诗。 以上这些名画以及画上题诗，均为《诗类》失收，实在是一件令人非常遗憾的事。

针对陈邦彦《历代题画诗类》没有收录清代题画诗，以及上述诸方面的缺憾，笔者确定了《清代题画诗类》的编纂原则：遴选有清一代各种题材、各种画科、各种体式的题画诗，除了从诸家别集和重要总集哀集诗作外，笔者还特意从多种清代书画题跋记专书和清人题画诗专集中搜罗有关作品，如金瑗《十百斋书画录》、潘正炜《听帆楼书画记》、蒋光煦《别下斋书画录》、王憬《题画诗钞》、金涑《瞎牛题画诗》、瞿应绍《月庵题画诗》等。 笔者又特别重视从中外博物院（馆）和私家收藏的清代画幅题诗中，选录优秀诗篇，举凡故宫博物院、台北故宫博物院、上海博物馆、日本大阪市立美术馆、美国大都会博物馆等处收藏的清代名画，都广为收罗，力求能较全面地反映出清代题画诗的独特风貌和卓异成就。 所幸的是，笔者长期从事中国题画诗的研究，近年来又正在从事《中国题画诗钞》的编纂工作，平日积累的历代题画诗资料较为丰富，恰为《清代题画诗类》的编纂提供了坚实的学术基础，这也是本书能早日完稿的重要因素。

我想在这里就本书的编选体例说几句话，不再另附"编写凡例"。 本书体例大体上依仿《诗类》，只是画科分类略作调整，归并了一些栏目。 像"山水"类，

《诗类》再细分"天文""地理"二类，过于繁琐，本书将这两个细目，合并在"山水"类内。同一画类内，诗的序次按诗人生年编排，不明生卒年者，附于同时代诗人之后。书后附录书画家小传，以备查考。全书遴选三百位诗人的四千余首题画诗，分类汇辑，按山水、名胜、故实、闲适、古像、写真、行旅、羽猎、仕女、仙佛、神鬼、渔樵、树石、兰竹、花卉、花鸟、蔬果、禽鸟、走兽、鳞介、草虫、宫室、杂题等二十三门类，厘分为六十卷，奉献给广大诗人、画家、诗画研究者和爱好诗画的读者朋友，冀望获得大家的喜爱。

本书既然体例全仿《诗类》，所以，原本每首诗后都没有标注出处。去岁，责编来电，希望我为全书每首诗标上来源出处。虽然这与《诗类》体例不一致，但为了保证资料的准确性和可信度，我还是接受了责编的建议，查核诗篇的原出处，于每首诗后明确标出文献来源和原画收藏处，以便读者查考。因为距笔者收集原始资料的时间相隔甚久，该项工作做起来相当困难，费了不少工夫，延误了出版时间，特此致歉。

本书编纂过程中，定然出现不少失误，敬请海内外专家、学者和读者朋友们不吝赐教。

吴企明
识于苏州南门外莲花苑寓所
2012 年 9 月

前言

目　录

前　言 ……………………………………………………………………… (1)

卷一　山水类 ……………………………………………………………… (1)

题刘宫谕画二首　钱谦益 ………………………………………………… (1)

题宋徽宗杏花村图　钱谦益 ……………………………………………… (1)

为康小范题李长蘅画　钱谦益 …………………………………………… (1)

题烟客画扇　钱谦益 ……………………………………………………… (2)

题邹臣虎画扇二首　钱谦益 ……………………………………………… (2)

题画二首　钱谦益 ………………………………………………………… (2)

题溪山胜趣画卷　王时敏 ………………………………………………… (2)

关使君袁环中索画荏苒一年兹于其轺车戎装仿一峰老人笔意书此志愧　王时敏 … (2)

摹黄子久夏山图　王时敏 ………………………………………………… (2)

和笪重光题石谷先生毗陵秋兴图二首　王时敏 ………………………… (3)

题画十首　普荷 …………………………………………………………… (3)

题画六首　普荷 …………………………………………………………… (3)

题画四首　普荷 …………………………………………………………… (3)

题画五首　普荷 …………………………………………………………… (4)

秋山霜霁图　萧云从 ……………………………………………………… (4)

秋山访友图　萧云从 ……………………………………………………… (4)

题山水画　萧云从 ………………………………………………………… (4)

题邵瓜畴山水　文柟 ……………………………………………………… (4)

青山秋云图　项圣谟 ……………………………………………………… (5)

仿倪瓒溪亭山色图二首　王鉴 …………………………………………… (5)

仿黄公望山水图轴　王鉴 ………………………………………………… (5)

和笪重光题石谷先生毗陵秋兴图二首　王鉴 …………………………… (5)

仿巨然写杨铁崖诗意图轴　王鉴 ………………………………………… (5)

题旧作秋山图轴　王鉴 …………………………………………………… (5)

自题山水　王鉴 …………………………………………………………… (6)

题卞文瑜寿烟客山水图册　王节 ………………………………………… (6)

题梁乐甫画　傅山 ………………………………………………………… (6)

题画四首　程先贞 ………………………………………………………… (6)

观王石谷山水图歌　吴伟业 ……………………………………………… (6)

目
录

1

题画四首　吴伟业 ……………………………………………………… （7）

题王石谷画二首　吴伟业 ………………………………………………… （7）

题王鉴仿黄公望山水图　吴伟业 ………………………………………… （7）

题吴历雪山图　吴伟业 …………………………………………………… （7）

题画　吴伟业 ……………………………………………………………… （7）

题王玄照临北苑画　吴伟业 ……………………………………………… （8）

题画寄孝升　戴明说 ……………………………………………………… （8）

题赠方密之画　戴明说 …………………………………………………… （8）

江山无尽图卷　弘仁 ……………………………………………………… （8）

吴中山水轴　弘仁 ………………………………………………………… （8）

竹岸芦蒲图卷　弘仁 ……………………………………………………… （8）

林泉出山图　弘仁 ………………………………………………………… （8）

题林泉春暮图　弘仁 ……………………………………………………… （9）

仿倪瓒山水图　弘仁 ……………………………………………………… （9）

题张大风画四首　方文 …………………………………………………… （9）

题画四首　方文 …………………………………………………………… （9）

题龚半千画赠曹明府　方文 ……………………………………………… （9）

题徐文长先生水墨真迹并正五弦司理　方文 …………………………… （10）

卷二　山水类 ……………………………………………………………… （11）

题山水册四首　髡残 ……………………………………………………… （11）

叠壑云深图　髡残 ………………………………………………………… （11）

百尺峰图　髡残 …………………………………………………………… （11）

浅绛山水　髡残 …………………………………………………………… （11）

题画　髡残 ………………………………………………………………… （12）

山高水长图　髡残 ………………………………………………………… （12）

碧潭青嶂图　髡残 ………………………………………………………… （12）

苍翠凌天图　髡残 ………………………………………………………… （12）

苍山结茅图　髡残 ………………………………………………………… （12）

云洞流泉图　髡残 ………………………………………………………… （13）

山水图二首　髡残 ………………………………………………………… （13）

秋晴看山图　髡残 ………………………………………………………… （13）

地回群山图　髡残 ………………………………………………………… （13）

为胡怡斋题吴渔山画山水二绝　宋琬 …………………………………… （13）

题吴渔山仿吴仲圭画　宋琬 ……………………………………………… （14）

题渐江山水册七首　查士标 ……………………………………………… （14）

题渐江上人画　查士标 …………………………………………………… （15）

空山结屋图　查士标 ……………………………………………………… （15）

鹤林烟雨图　查士标 ……………………………………………………（15）

秋景山水图　查士标 ……………………………………………………（15）

竹暗泉声图　查士标 ……………………………………………………（15）

秋山远岫图　查士标 ……………………………………………………（15）

淡色山水大轴　查士标 …………………………………………………（15）

题画二首　查士标 ………………………………………………………（16）

题山水　查士标 …………………………………………………………（16）

题小桥流水图　查士标 …………………………………………………（16）

为葆光题岩荦画　龚鼎孳 ………………………………………………（16）

为胡元润题画　龚鼎孳 …………………………………………………（16）

为鲁斋题岩荦画　龚鼎孳 ………………………………………………（16）

为园次题岩荦画　龚鼎孳 ………………………………………………（17）

为虎别题岩荦画　龚鼎孳 ………………………………………………（17）

为吴尔世题渐江上人画　吴嘉纪 ………………………………………（17）

题画　龚贤 ………………………………………………………………（17）

涧屋听泉图　龚贤 ………………………………………………………（17）

题云山结楼图　龚贤 ……………………………………………………（17）

册页题诗三首　龚贤 ……………………………………………………（18）

题画二首　龚贤 …………………………………………………………（18）

题独柳居图　龚贤 ………………………………………………………（18）

题画三首　龚贤 …………………………………………………………（18）

山水花卉图册　龚贤 ……………………………………………………（18）

题山水图册四首　龚贤 …………………………………………………（19）

水墨山水　龚贤 …………………………………………………………（19）

题画山水　龚贤 …………………………………………………………（19）

山水图卷　龚贤 …………………………………………………………（19）

隔溪山色图　龚贤 ………………………………………………………（19）

千岩万壑图　龚贤 ………………………………………………………（19）

山水图岫　龚贤 …………………………………………………………（20）

题松窗飞瀑图　高岑 ……………………………………………………（20）

题画二首　高岑 …………………………………………………………（20）

题画　周容 ………………………………………………………………（20）

题画三首　周容 …………………………………………………………（20）

题扇上俞雪朗所画江南山水图奉酬王正子送予之屯留长句　孙枝蔚 …（20）

题画二首　孙枝蔚 ………………………………………………………（21）

卷三　山水类 ……………………………………………………………（22）

　　山水图卷　戴本孝 …………………………………………………（22）

题画山水二首　戴本孝 ………………………………………………（22）

山水画册　戴本孝 ……………………………………………………（22）

题溪亭清兴图轴　戴本孝 ……………………………………………（22）

题石谷先生毗陵秋兴图十二首　笪重光 ……………………………（22）

和恽寿平题乌目山人雪图　笪重光 …………………………………（23）

题林壑萧疏图　罗牧 …………………………………………………（23）

题云间唐生画山水歌　李郱嗣 ………………………………………（23）

题山水图　梅清 ………………………………………………………（24）

和恽寿平题乌目山人雪图　梅清 ……………………………………（24）

题山水十条屏　梅清 …………………………………………………（24）

观耕烟赠王异公仿北苑万山烟霭卷　梅清 …………………………（24）

题田学士画障子　董文骥 ……………………………………………（24）

题画　董文骥 …………………………………………………………（24）

题文衡山雪景二首　董文骥 …………………………………………（24）

题王阮亭画册二首　董文骥 …………………………………………（25）

题姜苇间洞庭秋望图二首　徐柯 ……………………………………（25）

题独鹤亭图　汪琬 ……………………………………………………（25）

题画　汪琬 ……………………………………………………………（25）

题乔舍人画二首　汪琬 ………………………………………………（25）

题唐六如绿杨红杏图阮亭属赋　陈维崧 ……………………………（25）

题渐江仿倪山水图轴　王艮 …………………………………………（26）

题罗牧山水册页二首　朱耷 …………………………………………（26）

山水扇面　朱耷 ………………………………………………………（26）

题画　朱耷 ……………………………………………………………（26）

题溪山烟雨图二首　叶燮 ……………………………………………（26）

题沈客子林屋山居图三首　叶燮 ……………………………………（27）

题画卷　姜宸英 ………………………………………………………（27）

题画唐人落叶聚还散寒鸦栖复飞诗意　姜宸英 ……………………（27）

为王祭酒士祯题画册二首　朱彝尊 …………………………………（27）

题石谷赠渔洋山人画册　朱彝尊 ……………………………………（27）

为魏禹平上舍题水村第二图二首　朱彝尊 …………………………（27）

题王翚夏山图二首　朱彝尊 …………………………………………（28）

出都王山人翚画山水送别　朱彝尊 …………………………………（28）

题倪高士画　朱彝尊 …………………………………………………（28）

题画山水二首　吴历 …………………………………………………（28）

泉声松色图二首　吴历 ………………………………………………（28）

横山晴霭图卷　吴历 …………………………………………………（28）

题画三首　吴历 ………………………………………………………（29）

清代题画诗集

即韵题葭游图　吴历 …………………………………………………… （29）

湖山秋晓图　吴历 ………………………………………………………… （29）

题溪山读易图　吴历 ……………………………………………………… （29）

仿元四家山水图卷二首　王翚 …………………………………………… （29）

寒林小景图　王翚 ………………………………………………………… （29）

题山水图册　王翚 ………………………………………………………… （30）

题仿巨然山水图轴　王翚 ………………………………………………… （30）

草堂碧泉图　王翚 ………………………………………………………… （30）

仿巨然夏山图　王翚 ……………………………………………………… （30）

千岩万壑图　王翚 ………………………………………………………… （30）

题仿倪瓒山水　王翚 ……………………………………………………… （30）

仿古山水册　王翚 ………………………………………………………… （30）

青绿山水图轴　王翚 ……………………………………………………… （31）

仿大痴山水图轴　王翚 …………………………………………………… （31）

卷四　山水类 ……………………………………………………………… （32）

乌目山人橅李营丘平远图　恽寿平 ……………………………………… （32）

仿子久画于无意中得之并题　恽寿平 …………………………………… （32）

松风岚翠　恽寿平 ………………………………………………………… （32）

仙山图曲　恽寿平 ………………………………………………………… （32）

题天池石壁　恽寿平 ……………………………………………………… （33）

尧封和尚属图深林茅屋悬潇湘客亭　恽寿平 …………………………… （33）

题画三首　恽寿平 ………………………………………………………… （33）

题红林秋浦　恽寿平 ……………………………………………………… （33）

题石谷写唐解元诗意　恽寿平 …………………………………………… （33）

题王翚仿方壶雨山图轴　恽寿平 ………………………………………… （34）

玉山园池与石谷聚首三月九日暂归虞山复来相聚风雨愆期故有此作　恽寿平 … （34）

赠乌目王山人　恽寿平 …………………………………………………… （34）

壬子冬夜同笪侍御在辛泊舟西郊观乌目山人雪图因题　恽寿平 ……… （34）

题松壑鸣泉图　恽寿平 …………………………………………………… （34）

题仿梅花庵主　恽寿平 …………………………………………………… （35）

题画　恽寿平 ……………………………………………………………… （35）

题王翚仿赵孟頫春山飞瀑轴　恽寿平 …………………………………… （35）

自题山水　恽寿平 ………………………………………………………… （35）

壬子十月江上笪御史同石谷王山人浮舟毗陵水次盘桓霜林红叶间属王山人为图各赋诗
　　十二章以志胜事　恽寿平 …………………………………………… （35）

题九龙潭图轴　郑旼 ……………………………………………………… （36）

晨起为钱宫声题长桥烟雨图　王士禛 …………………………………… （36）

叶欣画　王士禛 ……………………………………………………………………（36）

樊圻画　王士禛 ……………………………………………………………………（36）

昭阳顾符稹画栈道图歌　王士禛 …………………………………………………（36）

黄子久王叔明合作山水图　王士禛 ………………………………………………（37）

题赵澄仿王右丞群峰飞雪图　王士禛 ……………………………………………（37）

叶欣离宫秋晓　王士禛 ……………………………………………………………（37）

邹衣白画　王士禛 …………………………………………………………………（38）

胡元润画　王士禛 …………………………………………………………………（38）

为高念东侍郎题文衡山画二首　王士禛 …………………………………………（38）

题黄鹤山樵画　王士禛 ……………………………………………………………（38）

初秋索梅耦长画　王士禛 …………………………………………………………（38）

恽向千岩竞秀图　王士禛 …………………………………………………………（38）

杂题萧尺木画册四首　王士禛 ……………………………………………………（38）

题山水图　顾符稹 …………………………………………………………………（39）

题雪景画　宋荦 ……………………………………………………………………（39）

题李长蘅苍岩古木　宋荦 …………………………………………………………（39）

题李唐长夏江寺图卷二首　张英 …………………………………………………（39）

题朱竹垞检讨小长芦图五六七言断句各一遥和阮亭先生三首　邵长蘅 ………（39）

题画五首　邵长蘅 …………………………………………………………………（40）

蒋孝廉槎长画山水歌　邵长蘅 ……………………………………………………（40）

为树百题顾瑟如画杜诗册子二首　汪懋麟 ………………………………………（40）

题仿赵松雪图　王原祁 ……………………………………………………………（40）

题夏山图轴　王原祁 ………………………………………………………………（41）

仿大痴题此质之识者　王原祁 ……………………………………………………（41）

山水送别诗意图四首　王原祁 ……………………………………………………（41）

自题仿黄公望山水图　王原祁 ……………………………………………………（41）

题丹思画册　王原祁 ………………………………………………………………（41）

自题仿古山水图册五首　王原祁 …………………………………………………（42）

卷五　山水类 ………………………………………………………………………（43）

题重林复嶂图　王昱 ………………………………………………………………（43）

南山积翠图　王昱 …………………………………………………………………（43）

自题仿王蒙山水图轴　王昱 ………………………………………………………（43）

题山水册七首　原济 ………………………………………………………………（43）

题画山水　原济 ……………………………………………………………………（44）

荷叶皴泼墨大笔山水　原济 ………………………………………………………（44）

题画雪景赠刘石头　原济 …………………………………………………………（44）

题春江图　原济 ……………………………………………………………………（44）

清代题画诗类

题画山水二首　原济 ……………………………………………………（44）

题画山水三首　原济 ……………………………………………………（45）

墨色山水册三首　原济 …………………………………………………（45）

题墨笔山水图轴　原济 …………………………………………………（45）

题山水册四首　原济 ……………………………………………………（45）

题画山水十一首　原济 …………………………………………………（46）

题山水图册二首　杨晋 …………………………………………………（46）

题山水图　杨晋 …………………………………………………………（46）

题程正揆临沈周山水图卷三首　方亨咸 ………………………………（46）

自题山水图轴　程正揆 …………………………………………………（47）

李成群峰雪霁图　高士奇 ………………………………………………（47）

李唐长夏江寺图卷　高士奇 ……………………………………………（47）

题米元晖云山得意图卷二首　高士奇 …………………………………（47）

钱选秋江待渡图卷　高士奇 ……………………………………………（47）

题高尚书春云晓霭图　高士奇 …………………………………………（47）

题石谷摹大痴江山胜览图二首　高士奇 ………………………………（48）

山水诗意图扇　王掞 ……………………………………………………（48）

题画赠程汝谐　姜实节 …………………………………………………（48）

题黄鹤山樵听雨楼图卷　姜实节 ………………………………………（48）

秋山亭子图三首　姜实节 ………………………………………………（48）

题石涛双清阁图卷　姜实节 ……………………………………………（48）

题黄海云舫图　雪庄 ……………………………………………………（49）

题画　刘献廷 ……………………………………………………………（49）

题石涛搜尽奇峰打草稿图卷二首　陈奕禧 ……………………………（49）

题画·孔尚任 ……………………………………………………………（49）

题沈眉生先生姑山草堂图　孔尚任 ……………………………………（49）

西峰草堂图　孔尚任 ……………………………………………………（49）

题画二首　戴梓 …………………………………………………………（50）

题画二首　戴梓 …………………………………………………………（50）

题画二首　戴梓 …………………………………………………………（50）

题画二首　戴梓 …………………………………………………………（50）

题画四绝　戴梓 …………………………………………………………（50）

题米家山二首　戴梓 ……………………………………………………（51）

卷六　山水类 ……………………………………………………………（52）

指画山水扇　高其佩 ……………………………………………………（52）

题禹平水村图二首　查慎行 ……………………………………………（52）

王麓台前辈为余画扇自题其后索同直诸君和　查慎行 ………………（52）

题许霜岩画扇　查慎行 ……………………………………………………… (52)

题沈南疑林屋山居图卷子二首　查慎行 …………………………………… (52)

龚蘅圃属题摄山秋望图　查慎行 …………………………………………… (53)

题王石谷潇湘雨意图卷　查慎行 …………………………………………… (53)

朱竹垞表兄属题小长芦图同阮亭先生体赋五六七言绝句各一首　查慎行 … (53)

洞庭秋望图为同年姜西溟题　查慎行 ……………………………………… (53)

题王令诒松南柳矶图三首　查慎行 ………………………………………… (54)

白沙翠竹石江图为吉水宗伯李公赋即用题中六字为韵六首　查慎行 ……… (54)

题金匦秀户部南庐图卷子　查慎行 ………………………………………… (54)

题赵松雪水村图　纳兰性德 ………………………………………………… (55)

题画　爱新觉罗·玄烨 ……………………………………………………… (55)

题山水画　爱新觉罗·玄烨 ………………………………………………… (55)

题画　爱新觉罗·玄烨 ……………………………………………………… (55)

题画有感二首　曹寅 ………………………………………………………… (55)

仿倪瓒山水图　黄鼎 ………………………………………………………… (55)

题姜学在江山初霁图卷　何焯 ……………………………………………… (56)

同舟逸兴小册　何焯 ………………………………………………………… (56)

秋山草堂图　吴宏 …………………………………………………………… (56)

题金陵各家山水花卉图册　吴宏 …………………………………………… (56)

题画　陈鹏年 ………………………………………………………………… (56)

题王石谷山水　陈鹏年 ……………………………………………………… (56)

题画四首　陈鹏年 …………………………………………………………… (57)

山水图卷二首　沈宗敬 ……………………………………………………… (57)

为同年龚于路题画二首　周起渭 …………………………………………… (57)

为王令诒题画二首　周起渭 ………………………………………………… (57)

题王二痴白云栖图四首　沈德潜 …………………………………………… (57)

题王二痴画四首　沈德潜 …………………………………………………… (58)

题王冈龄仿文衡山画二首　沈德潜 ………………………………………… (58)

题祖山人云响图　沈德潜 …………………………………………………… (58)

画北寨山图　文昭 …………………………………………………………… (58)

白云松舍图　华嵒 …………………………………………………………… (58)

题恽南田画册二首　华嵒 …………………………………………………… (59)

挥汗用米襄阳法作烟雨图　华嵒 …………………………………………… (59)

题山水图册　华嵒 …………………………………………………………… (59)

题山水册六首　华嵒 ………………………………………………………… (59)

题画屏八绝句　华嵒 ………………………………………………………… (60)

题乌目山人画扇　华嵒 ……………………………………………………… (60)

题秋泛图　华嵒 ……………………………………………………………… (60)

清代题画诗类

山水图　高凤翰 ··· (60)

岳台春晓　高凤翰 ··· (60)

青山踏雪图　高凤翰 ··· (61)

题禹鸿胪摹赵松雪鹊华秋色卷子后　高凤翰 ············ (61)

题李梓园画山水小景三首　高凤翰 ··························· (61)

题画山水二首　高凤翰 ··· (61)

入山访仇仲默看画三绝句　高凤翰 ··························· (61)

卷七　山水类 ··· (63)

寒江秋思图　边寿民 ··· (63)

墨笔山水图　邹一桂 ··· (63)

题王少司农仿倪高士山水四首　戴瀚 ······················ (63)

题龚半千画　戴瀚 ··· (63)

题黄石斋画山水　戴瀚 ··· (64)

题山水图　李锴 ·· (64)

山水人物册页　金农 ··· (64)

题风柳图　金农 ·· (64)

题山水画册十首　黄慎 ··· (64)

夜山图　黄慎 ·· (65)

题画　黄慎 ·· (65)

仿董源笔意山水图　张宗苍 ······································ (65)

山寺听松图扇面　王概 ··· (65)

秋寻图扇四首　王概 ··· (65)

题金陵各家山水花卉图册　王概 ······························· (66)

自题山水画册四首　陈琼圃 ······································ (66)

题画　倪仁吉 ·· (66)

为寄舟上人题天池石壁图　马曰琯 ··························· (66)

春篷听雨图为霁堂题　马曰琯 ··································· (66)

题边颐公苇间图　马曰琯 ·· (67)

春山云起图　高翔 ··· (67)

山水册页二首　高翔 ··· (67)

题吕半隐山水二首　高翔 ·· (67)

溪山游艇图　高翔 ··· (67)

竹树小山图　高翔 ··· (67)

为纪晓岚作小景近边一桥误画其半于毗连别幅上戏题一绝　张鹏翀 ··· (68)

题画寒岩古木进呈　张鹏翀 ······································ (68)

题邹小山同年忆游画册二首　张鹏翀 ······················ (68)

题女士画山水扇二首　厉鹗 ······································ (68)

朱璧溪山钓雪图　厉鹗 ……………………………………………… (68)

题水居迢暑图　厉鹗 ………………………………………………… (69)

过张聚五斋观王叔明为陶九成作南村图次卷中全思诚韵　厉鹗 … (69)

题姚玉裁夜雨图为悼令弟炳衡作也　厉鹗 ………………………… (69)

题陈楞山秋林读书图　厉鹗 ………………………………………… (69)

功千见示刘松年溪山楼阁图用坡公集中韵　厉鹗 ………………… (69)

题画绝句三首　方士庶 ……………………………………………… (70)

题山水图册二首　方士庶 …………………………………………… (70)

题野云晚濑图轴　方士庶 …………………………………………… (70)

题北山古屋图　方士庶 ……………………………………………… (70)

黄尊古作翁庄烟雨图　方士庶 ……………………………………… (70)

积雨题画　方士庶 …………………………………………………… (70)

临赵承旨水村图　方士庶 …………………………………………… (71)

碧山前溪图　方士庶 ………………………………………………… (71)

题江参千里江山图卷　汪由敦 ……………………………………… (71)

题荆浩山水图轴二首　汪由敦 ……………………………………… (71)

高翔山水图　郑燮 …………………………………………………… (71)

罗愚溪山水　郑燮 …………………………………………………… (72)

题屈翁山诗札石涛石溪八大山人山水小幅并白丁墨兰共一卷　郑燮 … (72)

题浐江太守松风涧水图　马曰璐 …………………………………… (72)

题江参千里江山图卷　董邦达 ……………………………………… (72)

仿董香光山水　董邦达 ……………………………………………… (72)

题紫琼道人画册　董邦达 …………………………………………… (73)

卷八　山水类 ………………………………………………………… (74)

题浙江僧山水　杭世骏 ……………………………………………… (74)

忆壬子岁富春江上之游乞董编修邦达写其意　杭世骏 …………… (74)

题王翚所画山水五首　刘大櫆 ……………………………………… (74)

题穆西林摹仿梅道人烟江叠嶂　刘大櫆 ………………………… (75)

题范宽雪景　刘大櫆 ………………………………………………… (75)

题罗生待渡图　刘大櫆 ……………………………………………… (75)

题巴船出峡图　刘大櫆 ……………………………………………… (76)

题江参千里江山图卷　嵇璜 ………………………………………… (76)

顾稼梅春溪放艇图　袁枚 …………………………………………… (76)

题夏山图赠曹谷堂　袁枚 …………………………………………… (76)

题亡友梅式庵画册二首　袁枚 ……………………………………… (77)

为沈泊村题画二首　童钰 …………………………………………… (77)

自题画册　童钰 ……………………………………………………… (77)

邗江暑月题画　童钰 ……………………………………………………… (77)

题画册八首　袁树 ………………………………………………………… (77)

题女史何仙裳云山水画册三首　袁树 …………………………………… (78)

题画　袁树 ………………………………………………………………… (78)

题郭熙早春图　爱新觉罗·弘历 ………………………………………… (78)

题江参千里江山图卷四首　爱新觉罗·弘历 …………………………… (78)

题王希梦千里江山图卷　爱新觉罗·弘历 ……………………………… (79)

题文伯仁万壑松风图　爱新觉罗·弘历 ………………………………… (79)

题张南华先生夏木清阴图为伊墨卿题　纪昀 …………………………… (79)

题友人画　纪昀 …………………………………………………………… (79)

自题秋山独眺图　纪昀 …………………………………………………… (80)

题王元照仿梅道人山水二首　王昶 ……………………………………… (80)

题刘笛楼坐月图二首　蒋士铨 …………………………………………… (80)

徐傅舟移情图二首　蒋士铨 ……………………………………………… (80)

赵千里画三首　蒋士铨 …………………………………………………… (80)

题王石谷画册十二首　蒋士铨 …………………………………………… (81)

题题王摩诘辋川雪溪小幅　赵翼 ………………………………………… (81)

题王麓台画册十首　赵翼 ………………………………………………… (82)

题王未岩画三首　钱大昕 ………………………………………………… (82)

为思湛庵廉使题蓬心潇湘烟雨画卷四首　王文治 ……………………… (82)

题画二首　王文治 ………………………………………………………… (83)

题沈恒吉画　王文治 ……………………………………………………… (83)

为玉卿题扁舟归五湖图　王文治 ………………………………………… (83)

为赵琭亭题李谷斋所作对松山图三首　王文治 ………………………… (83)

次笪江上韵题王石谷画四首　王文治 …………………………………… (83)

题荆浩山水图大轴二首　梁诗正 ………………………………………… (84)

题江参千里江山图卷　梁诗正 …………………………………………… (84)

卷九　山水类 ……………………………………………………………… (85)

罗梅仙雪景横幅　严长明 ………………………………………………… (85)

题王麓台山邨扇面　姚鼐 ………………………………………………… (85)

题万壑松风图二首　姚鼐 ………………………………………………… (85)

题沈君南枫落吴江冷画　姚鼐 …………………………………………… (85)

题沈石田吴山图卷二首　姚鼐 …………………………………………… (85)

题画二首　姚鼐 …………………………………………………………… (86)

题罗牧画　姚鼐 …………………………………………………………… (86)

黄慎雨景　姚鼐 …………………………………………………………… (86)

湘潭秋意图　罗聘 ………………………………………………………… (86)

目录

题山水图二首 罗聘 ………………………………………… (86)

题人物山水册三首 罗聘 …………………………………… (86)

王石谷画渔洋山庄图卷为顾芦汀题 翁方纲 ……………… (87)

题画二首 翁方纲 …………………………………………… (87)

题萧尺木雪景用自题韵二首 翁方纲 ……………………… (87)

方方壶仿郭河阳千山积雪图 翁方纲 ……………………… (87)

题沈石田山水轴歌 翁方纲 ………………………………… (87)

宋芝山画册四首 翁方纲 …………………………………… (88)

董文敏画卷为袖东题四首 翁方纲 ………………………… (88)

题介石上人云栈雪霁图三首 李调元 ……………………… (88)

题画 李调元 ………………………………………………… (89)

题画二首 桂馥 ……………………………………………… (89)

题伊墨卿秋水园图 潘奕隽 ………………………………… (89)

烟柳柴门图 黄易 …………………………………………… (89)

题山水图 黄易 ……………………………………………… (89)

丙戌小春题画 黄易 ………………………………………… (89)

自题小蓬莱阁图 黄易 ……………………………………… (90)

乙亥春日题画 张赐宁 ……………………………………… (90)

题山水轴 张赐宁 …………………………………………… (90)

为林广泉画瀑布图 张赐宁 ………………………………… (90)

题画送阮芸台之粤东 张赐宁 ……………………………… (90)

题赵味辛舍人怀玉春湖晴泛图三首 吴锡麒 ……………… (90)

高迈庵为孙烛溪写剡溪山色图 奚冈 ……………………… (91)

为筱岩作秋江小景 奚冈 …………………………………… (91)

题画绝句二十首 奚冈 ……………………………………… (91)

题画与闲存上人二首 奚冈 ………………………………… (92)

会汪公子彦国招集复初斋观王石谷绘山水直幅 洪亮吉 … (92)

范宽画山水歌 黎简 ………………………………………… (92)

画山水歌寄何勤良 黎简 …………………………………… (93)

五龙潭山水图歌 黎简 ……………………………………… (93)

自题楚山清晓画图 黎简 …………………………………… (93)

题画二首 黎简 ……………………………………………… (94)

题画秋亭夕照 黎简 ………………………………………… (94)

题江濑山光图 黎简 ………………………………………… (94)

五山烟涨图 黎简 …………………………………………… (94)

题画扇 黎简 ………………………………………………… (94)

清代题画诗类

卷一〇　山水类 ·· (95)

王石谷溪山无尽图　杨伦 ······································ (95)

题李牧堂青岩图　黄景仁 ······································ (95)

题郑秋堂山水幅　黄景仁 ······································ (95)

题画　黄景仁 ·· (95)

屠清渠丈过饮醉后作山水幅见遗　黄景仁 ················ (96)

梁可堂为作山水册因题其上　黄景仁 ······················ (96)

杂题郑素亭画册四首　黄景仁 ································· (96)

题晓山上人画幅　黄景仁 ······································ (96)

题李明府天英借笠看山图　黄景仁 ·························· (96)

题黄麓隐画册　黄景仁 ··· (97)

千湖听雨图　黄钺 ·· (97)

题画二首　孙星衍 ·· (97)

题画　伊秉绶 ·· (97)

题自画山水　伊秉绶 ··· (97)

清漓石壁图歌　阮元 ··· (98)

春日安陆道中题王鉴画楚山清晓图　阮元 ················ (98)

二月十八日雪后独游万柳堂题壁间元人雪景图中　阮元 ··· (98)

题画二首　戴亨 ··· (99)

题画三首　孙原湘 ·· (99)

王翚扇头小景　孙原湘 ··· (99)

题王翚画四首　孙原湘 ··· (99)

题墨妙图册　张崟 ·· (99)

浩然阁在点苍山下史渔村守大理时为公暇宴集之所窗前正见十九峰索余赋诗纪之并为
　　横卷　钱杜 ·· (100)

樾云西老人荒率意　钱杜 ······································ (100)

汪西伯索画倪迂小景　钱杜 ···································· (100)

题团扇　钱杜 ·· (100)

仿文伯仁秋峦叠翠　钱杜 ······································ (100)

醉后仿王叔明寒林话别图送兰村归白门　钱杜 ··········· (101)

自题山水图册　钱杜 ··· (101)

为翔伯太守写夔府江山卷子即以赠行二首　钱杜 ········· (101)

仿大痴富春大岭卷　钱杜 ······································ (101)

霁夫沈先生隐居湾东筑鹤雏草堂足迹不入城市余与袁寿阶买舟过访出先世石田翁湾
　　东图卷见示索余更为一帧以纪胜事　钱杜 ············· (102)

八月二十一日雨中自题山水小幅　张问陶 ················ (102)

题叶云谷梦龙农部所藏沈石田画幅　张问陶 ·············· (102)

题沧湄海市图　张问陶 ··· (102)

题画二首　张问陶 ………………………………………………………………（103）

题张鹿樵悬岩积卷图二首　张问陶 …………………………………………（103）

题杨升峒关蒲雪图　吴修 …………………………………………………（103）

题李成万山飞雪图　吴修 …………………………………………………（103）

题郭河阳雪山图　吴修 ……………………………………………………（103）

题米元章溪山雨霁小幅　吴修 ……………………………………………（103）

题米元晖五洲烟雨图　吴修 ………………………………………………（104）

题吴仲圭山水　吴修 ………………………………………………………（104）

题唐子畏春山伴侣图　吴修 ………………………………………………（104）

题陈馨仿米家山　舒位 ……………………………………………………（104）

王蓬心山水小帧为杨补凡作　顾广圻 ……………………………………（104）

叶松岩写秋江图见赠赋谢　田榕 …………………………………………（104）

题东庄八景册　王愫 ………………………………………………………（104）

题仿云林十万图　王愫 ……………………………………………………（105）

题没骨秋山　王愫 …………………………………………………………（106）

仿刘松年　王愫 ……………………………………………………………（107）

题万廉山明府付其女公子画册十六幅　郭麐 ……………………………（107）

为人题画　郭麐 ……………………………………………………………（107）

为湘瀛题画　郭麐 …………………………………………………………（107）

芝生卖画买山图二首　郭麐 ………………………………………………（107）

卷一一　山水类 ……………………………………………………………（108）

题郎芝田临王石谷山静日长图长卷　盛大士 ……………………………（108）

题画四首　盛大士 …………………………………………………………（108）

题王石谷仙掌云气画卷　陈文述 …………………………………………（108）

题朱素人为莫韵亭宗伯画屏二首　姚元之 ………………………………（108）

题画　李世倬 ………………………………………………………………（109）

自题仿云林小帧　李世倬 …………………………………………………（109）

文与可晚霭横看　邓显鹤 …………………………………………………（109）

王谷生剡溪春泛图有序　邓显鹤 …………………………………………（109）

书春海学使题阙雯山岚画潮手卷后　邓显鹤 ……………………………（110）

为裴甫十兄题董文恪公画册　陈均 ………………………………………（110）

题画山水五首　瞿应绍 ……………………………………………………（110）

仿王洽泼墨法　陆飞 ………………………………………………………（110）

自题山水小帧　陆飞 ………………………………………………………（111）

自题琴鸣旧庐山水画壁　屠倬 ……………………………………………（111）

题画二首　屠倬 ……………………………………………………………（111）

题阙画师岚观潮图　程恩泽 ………………………………………………（111）

题吴荷屋前辈衡岳开云图　程恩泽 ……………………………………………………（111）

题黄小谷画　程恩泽 ………………………………………………………………（112）

观子春烟波画船册子偶忆吴中旧游　叶廷琯 ……………………………………（112）

题经阁观海图　龚自珍 ……………………………………………………………（112）

题近人山水画册六首　魏源 ………………………………………………………（112）

题姜鹤涧山水画幅五首　魏源 ……………………………………………………（113）

富阳董文恪山水屏风歌　魏源 ……………………………………………………（113）

题潘星斋丈飞云揽胜图　何绍基 …………………………………………………（113）

忠州道上阅石涛画次韵题册后之一　何绍基 ……………………………………（113）

题朱德润山水　顾太清 ……………………………………………………………（113）

王翚画赤壁赋　顾太清 ……………………………………………………………（114）

题黄慎山水册次原题诗韵十首　顾太清 …………………………………………（114）

题春山霁雪石画　顾太清 …………………………………………………………（114）

题江光山色石画　顾太清 …………………………………………………………（114）

题画山水二首　顾太清 ……………………………………………………………（114）

题陈松涛女史画二首　顾太清 ……………………………………………………（115）

题沈石田秋林曳杖　顾太清 ………………………………………………………（115）

题文衡山秋湖晚眺　顾太清 ………………………………………………………（115）

题李晞古秋涉图　顾太清 …………………………………………………………（115）

题仲蕃尚书画册三首　顾太清 ……………………………………………………（115）

题张若澄画　顾太清 ………………………………………………………………（116）

题画四首　顾太清 …………………………………………………………………（116）

续读石画诗十八首同夫子作　顾太清 ……………………………………………（116）

题倪云林江山平远图　奕绘 ………………………………………………………（118）

题故护卫顾文星春水壁障　奕绘 …………………………………………………（118）

文征明雪山图歌　奕绘 ……………………………………………………………（118）

次黄慎山水画册题诗韵十首　奕绘 ………………………………………………（119）

题画八绝句　奕绘 …………………………………………………………………（119）

题阮受卿公子枯石画七首　奕绘 …………………………………………………（120）

南楼老人秋水图歌　奕绘 …………………………………………………………（120）

自题富春山图二首　张深 …………………………………………………………（121）

题画　张深 …………………………………………………………………………（121）

卷一二　山水类 ……………………………………………………………………（122）

题画十首　戴熙 ……………………………………………………………………（122）

滋伯索画翠浮阁　戴熙 ……………………………………………………………（122）

题横画　戴熙 ………………………………………………………………………（122）

余见南田草衣寒江独钓有此意因师其大略为柳桥烟翠云　戴熙 ………………（123）

为潘星斋作飞云揽胜图并题　戴熙 ················· （123）

项芝生示王麓台烟峦秋爽图卷用卷后施福元韵　戴熙 ··· （123）

为吴我鸥画扇　戴熙 ······························· （123）

为沈石香画扇　戴熙 ······························· （123）

为朱嘉树妹婿画扇　戴熙 ··························· （124）

题山水画轴　张熊 ································· （124）

癸酉七月舟次扬州与子青同年晤谈出画扇为赠因题其上　刘有铭 ··· （124）

自题画册四首　刘有铭 ····························· （124）

题仿黄鹤山人山水轴　刘彦冲 ····················· （124）

许滇生师命题黄小松画册二首　潘曾莹 ············· （124）

画为静山赠别时移寓拙政园　张之万 ··············· （125）

题画七首　张之万 ································· （125）

题画为小云同年　张之万 ··························· （125）

丙子秋日题画　张之万 ····························· （125）

光绪丁丑为笙渔题石谷梅壑合璧册　张之万 ········· （126）

题黄竹臣入峡图卷子　杨翰 ························· （126）

自题画扇　杨翰 ··································· （126）

华篆秋画半幅秦谊亭足成之系以小诗　杨翰 ········· （126）

题画扇寄张雨生　华翼纶 ··························· （126）

题画　华翼纶 ····································· （126）

题画四首　华翼纶 ································· （127）

题画四首　华翼纶 ································· （127）

为建霞甥题画卷　华翼纶 ··························· （127）

二樵山人山水小帧歌　王拯 ························· （127）

麓台司农浅绛山水帧　王拯 ························· （128）

题如此江山第二图二首　彭玉麐 ··················· （128）

题顾超秋山无尽图　左宗棠 ························· （128）

题王子献继香孝廉天童纪游图卷二首　金和 ········· （128）

题汤贞愍公画幅为薛慰农山长作六首　金和 ········· （129）

题宗湘文太守爱山台图三首　金和 ················· （129）

山水二首　周闲 ··································· （129）

题画五首　陈允升 ································· （129）

为光甫画团扇并题　李慈铭 ························· （130）

题季弟数年前所寄山水小幅　李慈铭 ··············· （130）

浙江山水二首　黄崇惺 ····························· （130）

文待诏画　黄崇惺 ································· （130）

高房山山水　黄崇惺 ······························· （130）

卷一三　山水类 ·· (131)

　　题王椒畦画册二首　翁同龢 ·· (131)

　　为奎孙题廉州画卷即用卷中韵　翁同龢 ·································· (131)

　　题戴文节画扇　翁同龢 ·· (131)

　　题张雨生画二首　翁同龢 ·· (131)

　　题自藏石谷仿董巨画卷　翁同龢 ··· (132)

　　题程乐庵水部所藏石谷画卷　翁同龢 ······································ (132)

　　为徐翰卿题董香光山水小册三首　翁同龢 ······························· (132)

　　临吴渔山画二首　翁同龢 ·· (132)

　　题山晴水明图　蒲华 ··· (133)

　　题柳溪春泛图三首　沈景修 ·· (133)

　　光绪戊子初冬为阎丹初年伯画山水并题二首　曾纪泽 ·················· (133)

　　题画扇为刘博泉给谏恩溥　曾纪泽 ··· (133)

　　山水　金澍 ··· (133)

　　山水二首　金澍 ··· (133)

　　题水墨山水图轴　吴昌硕 ·· (134)

　　山水障子二首　吴昌硕 ·· (134)

　　吴伯滔画山水卷子　吴昌硕 ·· (134)

　　沈石田细笔山水　樊增祥 ·· (134)

　　清湘老人著色山水　樊增祥 ··· (134)

　　查梅壑山水册四首　樊增祥 ··· (135)

　　宋芝山葆淳山水册四首　樊增祥 ·· (135)

　　题蓝田叔程穆倩画册四首　樊增祥 ··· (135)

　　法黄石山水画卷　樊增祥 ·· (135)

　　题画三首　林纾 ··· (136)

　　题山楼浅濑图　林纾 ··· (136)

　　题画六首　林纾 ··· (136)

　　甲寅秋日为李响泉写纪游册并题三首　林纾 ······························ (136)

　　自题江南春色图轴　林纾 ·· (137)

　　题孙良翰居士所作画　陈三立 ·· (137)

　　陶斋尚书所藏欧西水画册　陈三立 ··· (137)

　　题湘上熊翁所画卷子二首　陈三立 ··· (137)

卷一四　山水类 ·· (138)

　　题王石谷十万图册后十首　陈衍 ·· (138)

　　题畏庐画四首　陈衍 ··· (139)

　　自题纸墨山水图轴　吴观岱 ·· (139)

　　题画四绝句　丘逢甲 ··· (139)

芷谷居士画大幅水墨云山瀑布二图并题句见赠长句赋谢　丘逢甲 …………………（139）

题画　丘逢甲 …………………（140）

题画山水　丘逢甲 …………………（140）

晓沧不工画而为谢叠峰少尉作小幅山水自题诗其上戏为书此　丘逢甲 …………………（140）

于戴文节残册后补画数页附书二绝　顾麟士 …………………（140）

画扇杂题三首　吴浔源 …………………（140）

乙酉秋日作卧游图四十幅自题四首　吴浔源 …………………（140）

襄儿以素绫索画为题　吴浔源 …………………（141）

题画五首　顾复初 …………………（141）

自题画册三首　李清芬 …………………（141）

癸亥四月作夏日山居图　李清芬 …………………（141）

卷一五　名胜类 …………………（142）

题山阴返棹图　钱谦益 …………………（142）

题剪越江秋图卷五首　项圣谟 …………………（142）

题宋张择端清明上河图　程先贞 …………………（143）

鲁谦庵使君以云间山人陆天乙所画虞山图索歌得二十七韵　吴伟业 …………………（143）

黄山天都峰图轴　弘仁 …………………（143）

黄峰千仞图　髡残 …………………（143）

黄山图　髡残 …………………（144）

山高水长图　髡残 …………………（144）

天都峰图　髡残 …………………（144）

六六峰图　髡残 …………………（144）

题李镜月庐山诗画卷　宋琬 …………………（144）

题黄山图十二首　陶季 …………………（145）

摄山栖霞寺图卷　龚贤 …………………（146）

题岳阳楼图　龚贤 …………………（146）

题黄山图册四首　梅清 …………………（146）

黄山天都峰图轴二首　梅清 …………………（147）

黄山莲花峰图轴　梅清 …………………（147）

黄山白龙潭图轴　梅清 …………………（147）

题扇头黄山图次韵　叶燮 …………………（147）

题浙江始信峰图　王艮 …………………（147）

题沈上舍洞庭移居图四首　朱彝尊 …………………（147）

题陆天泹泰山图　屈大均 …………………（148）

潇湘八景图　邵长蘅 …………………（148）

游华阳山图　原济 …………………（148）

余杭看山图　原济 …………………（148）

清代题画诗类

采石图 原济 ·· (149)

钱选孤山图卷 高士奇 ·· (149)

题史耕岩前辈溧阳溪山图即次原韵四首 查慎行 ··················· (149)

题上官竹庄罗浮山图 查慎行 ······································ (149)

清凉山庄图符躬属题 查慎行 ·· (149)

题张择端清明上河图 爱新觉罗·玄烨 ······························ (150)

卷一六 名胜类 ·· (151)

题赵松雪画鹊华秋色卷 纳兰性德 ·································· (151)

题史胄司宫詹溧阳溪山图次韵六首 周起渭 ························ (151)

长江万里图 沈德潜 ·· (151)

题大明湖图为张分司 戴瀚 ·· (151)

汪南溟临董文敏鹊华秋色图为张希亮题 马曰琯 ···················· (152)

题方环山临董思翁摹赵吴兴鹊华秋色图三首 马曰琯 ················ (152)

题石涛长江万里图 方士庶 ·· (152)

题曲院风荷图 汪由敦 ·· (152)

题柳浪闻莺图 汪由敦 ·· (153)

题徐幼文师子林画册 马曰璐 ·· (153)

沈周长江万里图 刘大櫆 ·· (153)

题夏圭西湖柳艇图二首 爱新觉罗·弘历 ···························· (153)

叠前韵二首 爱新觉罗·弘历 ·· (153)

题倪瓒师子林图 爱新觉罗·弘历 ···································· (154)

题荆浩匡庐图轴二首 爱新觉罗·弘历 ······························ (154)

题清人曲院风荷图 于敏中 ·· (154)

题清人柳浪闻莺图轴 于敏中 ·· (154)

题天平揽胜图为珊珊女弟子作二首 袁枚 ·························· (154)

俞楚江潇湘看月图 袁枚 ·· (154)

题严子陵像 袁枚 ·· (155)

题成啸崖梦游清凉山图 袁枚 ·· (155)

李长蘅流芳西湖小帧四首 王昶 ······································ (155)

题西岳图 蒋士铨 ·· (155)

题谢芗泉侍御自焦山放舟金山观月图四首 赵翼 ···················· (156)

题江南名胜画卷十二首为熊谦山臬使作 钱大昕 ···················· (156)

石梁观瀑图为华秋槎赋 钱大昕 ······································ (158)

题陆豫斋兰亭卷 钱大昕 ·· (158)

唐伯虎匡庐瀑布图 姚鼐 ·· (158)

唐伯虎赤壁图 姚鼐 ·· (159)

罗两峰父子为予仿孙雪居邵瓜畴海岳庵图又作研山图赋此报之 翁方纲 ······ (159)

再题研山图　翁方纲 …………………………………………… (159)

文休承虎丘图　翁方纲 …………………………………………… (159)

过西湖即景成图并题　张赐宁 …………………………………… (160)

周孝廉邵莲属题罗山人聘所仿董北苑潇湘卷子　洪亮吉 ……… (160)

沈启南长江万里图　杨伦 ………………………………………… (160)

郑编修西桥黄山观云图　杨伦 …………………………………… (160)

题胡玉昆处士金陵名胜图八帧　孙星衍 ………………………… (161)

又题邓尉探梅图三首　孙星衍 …………………………………… (161)

西湖三舟图　孙星衍 ……………………………………………… (162)

为家方伯日秉题王蓬心太守所摹董北苑潇湘图　孙星衍 ……… (162)

题黄二景仁所藏黄山图　孙星衍 ………………………………… (162)

水屋道人张道渥以画幅见赠风景甚似竹里江乘之路因忆旧游口占二首题之

　　孙星衍 ………………………………………………………… (162)

题谢侍御振定金焦夜游图　阮元 ………………………………… (163)

天台行帐题杨补帆昌绪画天台桃源图　阮元 …………………… (163)

为朱椒堂为弸题朱氏月潭八景图册　阮元 ……………………… (163)

题董文敏摹赵文敏鹊华秋色图　阮元 …………………………… (164)

卷一七　名胜类 …………………………………………………… (165)

夜入江天寺作小画与练江师　钱杜 ……………………………… (165)

莱友观察索写锦城烟月长卷蜀中余旧游地猿声树色犹在枕箪间不必更求之古人粉本也

　　秋意清爽坐云溪水亭上剪灯点染诗则晚饭后所题　钱杜 … (165)

王椒畦画天台观瀑图　张问陶 …………………………………… (165)

盛匏安元度邓尉探梅诗画卷　张问陶 …………………………… (165)

题倪迂狮子林图　吴修 …………………………………………… (166)

焦山图诗用东坡郭熙画秋山平远韵　舒位 ……………………… (166)

伯父仿唐子畏富春山图一角命题二首　舒位 …………………… (166)

观罗浮山图忆朱西樵　田榕 ……………………………………… (166)

题栈道图　吴荣光 ………………………………………………… (166)

谢卜堂师出李长蘅西泠桥图命题　戴熙 ………………………… (167)

题孙芝房苍筤谷图　左宗棠 ……………………………………… (167)

富春江图二首　周闲 ……………………………………………… (167)

题黄尊古先生万里长江图　俞樾 ………………………………… (167)

题王石谷画潇湘八景小册二首　翁同龢 ………………………… (168)

再题石谷潇湘八景册次前韵二首　翁同龢 ……………………… (168)

题旧藏沈石田苏台纪胜画册　翁同龢 …………………………… (168)

题徐子静藏文衡山石湖图卷三首　翁同龢 ……………………… (168)

赵文度为吴彻如画南岳山房图　樊增祥 ………………………… (169)

王石谷画庐山看云图　樊增祥 …………………………………………（169）

罗两峰画张荆圃登岱图　樊增祥 ………………………………………（169）

为何翙高兵部藻翔题象山图四首　黄遵宪 ……………………………（170）

垂虹感旧图题应缪京卿　陈三立 ………………………………………（170）

狄平子自写蜀江帆影图　陈三立 ………………………………………（170）

程子大武昌鹿川阁图二首　陈三立 ……………………………………（170）

题画四首　丘逢甲 ………………………………………………………（171）

卷一八　故实类 …………………………………………………………（172）

戏题仕女图十二首　吴伟业 ……………………………………………（172）

为方尔止题抱鸳图四绝　宋琬 …………………………………………（173）

题卓文君当垆图　吴嘉纪 ………………………………………………（173）

题张良进履图　吴嘉纪 …………………………………………………（173）

代宁戚作别牛歌题饭牛图　孙枝蔚 ……………………………………（173）

题李陵苏武泣别图　孙枝蔚 ……………………………………………（174）

四皓图　董文骥 …………………………………………………………（174）

题禹鸿胪虢国夫人下马图　朱彝尊 ……………………………………（174）

白傅溢江图　吴历 ………………………………………………………（174）

文姬归汉图　王士禛 ……………………………………………………（174）

解仲长画十八学士图歌　邵长蘅 ………………………………………（174）

题太真上马图四首　沈德潜 ……………………………………………（175）

题文姬归汉图　华嵒 ……………………………………………………（175）

题杨妃病齿图　华嵒 ……………………………………………………（175）

赋得柳毅传书图次陈其年韵四首　纳兰性德 …………………………（175）

题文姬观猎图　赵执信 …………………………………………………（176）

题郭令退回纥图　赵执信 ………………………………………………（176）

题顾黄公景星先生不上船图　赵执信 …………………………………（176）

题张敞画眉图　戴瀚 ……………………………………………………（176）

题陈子健所藏宋人画太真按舞图　厉鹗 ………………………………（176）

题丁观鹏仿韩滉七才子过关图　汪由敦 ………………………………（177）

题浔阳琵琶便面　鲍皋 …………………………………………………（177）

戏题明妃出塞图二首　王昶 ……………………………………………（177）

卷一九　故实类 …………………………………………………………（178）

题两峰画屏十六事　蒋士铨 ……………………………………………（178）

仇英明妃图　姚萧 ………………………………………………………（180）

题仇实甫华清出浴图六首　翁方纲 ……………………………………（180）

吴水云仿范宽访戴图　翁方纲 …………………………………………（180）

题杨妃春睡图　李调元 ································ (181)

题杨妃病齿图　奚冈 ································ (181)

为吴更生作溘浦琵琶图系以一绝　奚冈 ···· (181)

题严子陵却聘图二首　孙星衍 ··············· (181)

仇实父画陶渊明归去来图二首　孙原湘 ···· (181)

题杨子靖绍恭山阴雪棹图　张问陶 ········· (181)

冷枚华清新浴图　舒位 ···························· (182)

仇英桃花源图　舒位 ······························ (182)

蔡文姬塞外图二首　舒位 ························ (182)

班婕妤团扇惊秋图二首　叶廷琯 ············· (183)

题陈老莲画吴季札挂剑图　杨翰 ············· (183)

题太白醉酒图二首　丘逢甲 ···················· (183)

题苏武牧羊图　王震 ······························ (183)

卷二○　闲适类 ·· (184)

题尤展成水亭垂钓图二首　吴伟业 ········· (184)

西园坐雨图　弘仁 ································ (184)

溪畔清音图　弘仁 ································ (184)

雨后春深图　弘仁 ································ (184)

林泉图　弘仁 ·· (184)

题黄子锡丽农山居图三首　宋琬 ············· (185)

刘远公扁舟图　宋琬 ······························ (185)

翁玉于年兄以萧尺木画杜子美诗册索题　宋琬 ···· (185)

题王西樵司勋桐阴读书图　吴嘉纪 ········· (185)

山居图　龚贤 ·· (186)

木叶丹黄图　龚贤 ································ (186)

题画赠天都隐士潘衡　龚贤 ···················· (186)

题画赠郑孝廉元志　龚贤 ························ (186)

谢樗仙画二首　周容 ······························ (186)

题唐伯虎春游图　周容 ··························· (186)

为姚亦方画扇　周容 ······························ (186)

题董天池行乐图四首　孙枝蔚 ··············· (187)

题画　孙枝蔚 ·· (187)

题桃源图　李邺嗣 ································ (187)

题嗅菊图轴　张风 ································ (187)

和唐六如题画三首　董文骥 ···················· (187)

题曹希文廉让拥书图二首　叶燮 ············· (188)

题龚主事翔麟西湖雨泛图二首　朱彝尊 ···· (188)

清代题画诗类

题家广文端邓尉寻梅图　朱彝尊 …………………………………………… (188)

九言题田员外雯秋泛图　朱彝尊 …………………………………………… (188)

题渐江上人采芝图　朱彝尊 ………………………………………………… (188)

题朱君望云图　屈大均 ……………………………………………………… (189)

题刘君芦洲濯足图　屈大均 ………………………………………………… (189)

题朱太史小长芦图　屈大均 ………………………………………………… (189)

题禹之鼎月波吹笛图卷二首　梁佩兰 ……………………………………… (189)

岩栖高士图　王翚 …………………………………………………………… (189)

石泉试茗图　王翚 …………………………………………………………… (189)

子鹤道兄新居移古梅一本索同人赋诗口占三绝相赠子鹤天怀幽澹不因人熟观其移梅诗

　可以知其雅尚矣余与鹤兄有深契故略其性情因梅以讽叹之云尔　恽寿平 ……… (190)

题石谷画看梅图二首　恽寿平 ……………………………………………… (190)

题王翚晚梧秋影图　恽寿平 ………………………………………………… (190)

题石谷云壑松涛图和江上先生韵　恽寿平 ………………………………… (190)

题王翚画王先生槐隐图　恽寿平 …………………………………………… (190)

题林居高士图八首　恽寿平 ………………………………………………… (190)

设色山水图轴　王原祁 ……………………………………………………… (191)

石谷先生喆嗣处伯道兄苦志力学无间寒暑丙寅九月以秋夜读书图见示喜而赋此

　王撰 ………………………………………………………………………… (191)

卷二一　闲适类 ………………………………………………………… (192)

艺菊图　原济 ………………………………………………………………… (192)

山麓听泉图　原济 …………………………………………………………… (192)

题蕉林书屋图　萧晨 ………………………………………………………… (192)

题禹之鼎月波吹笛图卷四首　冯廷櫆 ……………………………………… (192)

题禹之鼎月波吹笛图卷二首　程中讷 ……………………………………… (192)

题禹之鼎月波吹笛图卷二首　查嗣瑮 ……………………………………… (193)

题画赠僧　高其佩 …………………………………………………………… (193)

题西畯月波吹笛图二首　查慎行 …………………………………………… (193)

四时行乐图为张楚良题　查慎行 …………………………………………… (193)

题春墅晚归图　赵执信 ……………………………………………………… (194)

题程跂扁舟载菊图二首　陈鹏年 …………………………………………… (194)

题高金事所画海滨放鹤图　陈鹏年 ………………………………………… (194)

题家屺亭扁舟琴鹤图二首　陈鹏年 ………………………………………… (194)

题友人匹马寻梅图　陈鹏年 ………………………………………………… (194)

连耕石水村取适图四首　沈德潜 …………………………………………… (194)

题濯足图　沈德潜 …………………………………………………………… (195)

题家冠云征君登岱图　沈德潜 ……………………………………………… (195)

芥轩行乐图四首　沈德潜 ………………………………………………（195）

北固歌为运使玉川公写意行乐图　高凤翰 ……………………………（196）

题徐藩伯雨峰草堂行乐图二绝　高凤翰 ………………………………（196）

题载鹤图送沈归愚旋里　邹一桂 ………………………………………（196）

闭户不读图　金农 ………………………………………………………（196）

山谷听琴图　黄慎 ………………………………………………………（196）

踏雪寻梅图　黄慎 ………………………………………………………（196）

题汪蛟门先生三好图　马曰璐 …………………………………………（197）

题程莼圃抱琴携鹤图三首　马曰璐 ……………………………………（197）

题文待诏自写煮茶图二首　马曰璐 ……………………………………（197）

题陈文栋蕉下抚琴图　杭世骏 …………………………………………（197）

题许承祖焚香默坐图　杭世骏 …………………………………………（197）

题姚廷美有余闲图　爱新觉罗·弘历 …………………………………（197）

题钱选归去来辞图　爱新觉罗·弘历 …………………………………（198）

吴协璜把酒对月图　袁枚 ………………………………………………（198）

蒋诵先复园宴集图　袁枚 ………………………………………………（198）

题韦约轩谦恒舍人翠螺读书图二首　蒋士铨 …………………………（198）

题姚白河听雨图　蒋士铨 ………………………………………………（198）

题熊鹤峤编修画册二首　赵翼 …………………………………………（199）

题庆树斋少宰方山静憩图四首　赵翼 …………………………………（199）

题画三首　赵翼 …………………………………………………………（199）

题毕秋帆中丞灵岩读书图　王文治 ……………………………………（199）

卷二二　闲适类 …………………………………………………………（200）

题南昆圃寻梅图三首　严长明 …………………………………………（200）

题秋帆前辈倚竹图二首　严长明 ………………………………………（200）

题陆璞堂先生适园灌畦图二首　桂馥 …………………………………（200）

潘皆山带月荷锄图三首　翁方纲 ………………………………………（200）

题秋林待月图　奚冈 ……………………………………………………（201）

为柳溪作柳溪清泛图　奚冈 ……………………………………………（201）

李公子存厚梅窝图　洪亮吉 ……………………………………………（201）

跋方布衣薰所作春水居长卷后　洪亮吉 ………………………………（201）

秦小岘观察瀛春溪垂钓图三首　孙星衍 ………………………………（202）

题笪侍御重光郁冈栖隐卷　孙星衍 ……………………………………（202）

题空山听雨图三首　孙星衍 ……………………………………………（202）

题静坐图　孙星衍 ………………………………………………………（202）

题徐碧堂司马联奎秋艇狎鸥图二首　阮元 ……………………………（202）

题胡雏君虔环山小隐图　阮元 …………………………………………（203）

清代题画诗类

自题隐湖偕隐图　孙原湘 ·· (203)

题松林佳士图轴　张釜 ·· (203)

松坞幽居图　钱杜 ·· (203)

自题秋林月话图轴二首　钱杜 ·· (203)

方葆岩制军青溪放棹图　顾广圻 ·· (204)

题李希古首阳高隐图　吴荣光 ·· (204)

题王叔明松山书屋　吴荣光 ·· (204)

题松老著书图　吴荣光 ·· (204)

题周文矩桐阴读书图　吴荣光 ·· (204)

题万花春睡扇　吴荣光 ·· (204)

题听松图　吴荣光 ·· (205)

题阎次平牛背吹笛图　吴荣光 ·· (205)

题钱选山居图卷　朱新 ·· (205)

罗三广文之塓读书秋树根图　邓显鹤 ······································ (205)

蒋再山成闭门种菜图　邓显鹤 ·· (205)

寄题房师许莲舫先生绍宗四时行乐图册子　邓显鹤 ·························· (206)

自题琴隐图　汤贻汾 ·· (206)

道光癸卯祀灶日自题田舍图二首　汤贻汾 ·································· (206)

题吴子律松霭山房读书图　陈均 ·· (207)

陈老莲渊明簪菊图　黄崇惺 ·· (207)

戴文进画　黄崇惺 ·· (207)

补题秋堂读画图　樊增祥 ·· (207)

题缪艺风京卿蕉窗读画图　陈三立 ·· (207)

题吴温叟青溪泛月图　陈三立 ·· (207)

题潘兰史江湖载酒图　陈三立 ·· (208)

题絜斋丈鸳湖舟隐图二首　丘逢甲 ·· (208)

己丑春初自题屏幅　吴浔源 ·· (208)

戏题汉槎避秦居图　李清芬 ·· (208)

卷二三　古像类 ·· (209)

求二桥山人画三闾大夫像　屈大均 ·· (209)

题寒山子图二首　屈大均 ·· (209)

题宋人会昌九老图卷三首　宋荦 ·· (209)

题张浦画太白像　查慎行 ·· (209)

题周兼南唐小周后写真四首　厉鹗 ·· (210)

题张忆娘簪花图并序五首　袁枚 ·· (210)

题柳如是画像　袁枚 ·· (210)

题前朝董姬小像四首　袁枚 ·· (211)

题严子陵像　袁枚 ………………………………………………………………（211）

题史阁部遗像有序　袁枚 …………………………………………………………（211）

题柳如是小像　赵翼 ………………………………………………………………（211）

吴中三贤像三首　姚鼐 ……………………………………………………………（212）

薛素素画像二首　翁方纲 …………………………………………………………（212）

戊戌中秋前一日丹叔苕堂伯恭竹厂同集诗境小轩苕堂出薛素素画像并陈老莲画同观予
　　为赋诗明日闻薛像归于伯恭复题二首　翁方纲 ……………………………（212）

为梧门题陶靖节像　翁方纲 ………………………………………………………（212）

耶律文正画像　翁方纲 ……………………………………………………………（212）

杨升庵先生像　钱杜 ………………………………………………………………（213）

题蔡文姬塞外小像　张问陶 ……………………………………………………（213）

题霍小玉小像四首　舒位 …………………………………………………………（213）

题圆圆小像　舒位 …………………………………………………………………（213）

题圆圆小像二首　顾广圻 …………………………………………………………（213）

画屏仕女十首　陈文述 ……………………………………………………………（214）

戏题贾岛像二首　戴熙 ……………………………………………………………（215）

王编修泽寰偕族人笃余明经自庐陵游江南携示文信国画像及手札墨迹谨题其后
　　陈三立 ……………………………………………………………………………（215）

题李易安小照　陈衍 ………………………………………………………………（215）

卷二四　写真类 ……………………………………………………………………（216）

山阴王大家玉暎以小影属题敬赋今体十章奉赠　钱谦益 ……………………（216）

为陈伯玑题浣花君小影四首　钱谦益 …………………………………………（216）

题金陵丁老画像四绝句　钱谦益 …………………………………………………（216）

题冒辟疆名姬董白小像八首并序　吴伟业 ……………………………………（217）

题汪大年小像　方文 ………………………………………………………………（217）

题田雪龛小照　周亮工 ……………………………………………………………（217）

为陈其年所欢紫云题像二首　宋琬 ……………………………………………（217）

重题紫云画卷二首　宋琬 …………………………………………………………（218）

题冒青若小像　宋琬 ………………………………………………………………（218）

为王西樵题像二首　宋琬 …………………………………………………………（218）

题姚生小像　宋琬 …………………………………………………………………（218）

题戴苍画陈阶六小像和王阮亭韵　宋琬 ………………………………………（218）

题吴仲征小像　宋琬 ………………………………………………………………（218）

题潘蔚湘小像　宋琬 ………………………………………………………………（219）

章子真小像　宋琬 …………………………………………………………………（219）

题闵宫用小像　宋琬 ………………………………………………………………（219）

题王西樵三桐小像歌　宋琬 ………………………………………………………（219）

清代题画诗类

题曾谦庵郡丞小像二首　宋琬 ……………………………………………（219）

为汪千顷题小像二首　龚鼎孳 …………………………………………（219）

题程休如小像　孙枝蔚 …………………………………………………（220）

题王贻上小像　孙枝蔚 …………………………………………………（220）

题医者何仙掌小像　孙枝蔚 ……………………………………………（220）

龚半千像赞　施闰章 ……………………………………………………（220）

题孙豹人小像　陈维崧 …………………………………………………（220）

题丁蕙农小像二首　徐柯 ………………………………………………（220）

题五诗人图　屈大均 ……………………………………………………（221）

题周梨庄戴笠图　屈大均 ………………………………………………（221）

题百花巷吴生小像二首　恽寿平 ………………………………………（221）

题姚公画像　刘献廷 ……………………………………………………（221）

题方思先生小像　刘献廷 ………………………………………………（221）

题李硕年遗像　刘献廷 …………………………………………………（222）

沈孟泽索题小照二首　查慎行 …………………………………………（222）

自题放鸭图小影后四首　查慎行 ………………………………………（222）

题徐子贞大司空遗像　查慎行 …………………………………………（222）

卷二五　写真类 …………………………………………………………（223）

题汇升小像　何焯 ………………………………………………………（223）

题孙某小像　何焯 ………………………………………………………（223）

题长女小影三首　沈德潜 ………………………………………………（223）

题自画图像　华嵒 ………………………………………………………（223）

题方守斋小照二首　马曰琯 ……………………………………………（224）

题闺秀方轮冰自写小像　刘大櫆 ………………………………………（224）

题丁皋康涛合绘汪可舟图像二首　汪舸 ………………………………（224）

题冬心先生像　袁枚 ……………………………………………………（224）

题妙巾女子琼楼倚月图六首有序　袁枚 ………………………………（225）

题罗两峰画丁敬身像　袁枚 ……………………………………………（225）

题我我图　袁枚 …………………………………………………………（225）

题孙存斋述曾太守采药小照四首　袁树 ………………………………（225）

题钱方壶岁寒小照为令嗣辛楣学士二首　赵翼 ………………………（226）

题黄云门先生传真图　钱大昕 …………………………………………（226）

题沈学子五十小像四首　严长明 ………………………………………（226）

题朱鲁门拈花照二首　姚鼐 ……………………………………………（227）

题翼庵画像图　罗聘 ……………………………………………………（227）

同年苏德水读书小照三首　翁方纲 ……………………………………（227）

题钱雨楼图照二首　黄景仁 ……………………………………………（227）

目录

题汪埜仪图照二首　黄景仁 ································ （227）

张太守问陶为予题半身小影次韵答之　孙星衍 ··········· （227）

题秦小岘瀛小照　张问陶 ······························ （228）

题渊如前辈小像　张问陶 ······························ （228）

万绵庐司马承绍自镜图四首　张问陶 ···················· （228）

题江韬庵小像　顾广圻 ································· （228）

题倚香小影　王倩 ····································· （229）

题郎正叔丈松泉清籁图照　盛大士 ······················ （229）

题曹葛民像　龚自珍 ··································· （229）

自题写真寄容斋且约他日同画二首　奕绘 ················ （229）

题奚丈铁生遗照七首　戴熙 ···························· （229）

题金子山遗照　杨翰 ··································· （230）

二十九岁自题小像二首　左宗棠 ························ （230）

自题小像二首像独坐松石间王复生笔也　吴昌硕 ·········· （230）

卷二六　行旅类 ····································· （231）

郭河阳溪山行旅图为芹城馆丈题　钱谦益 ················ （231）

京江送远图歌并序　吴伟业 ···························· （231）

题画二首　李邺嗣 ····································· （232）

题石谷骑牛南归图三首　王撰 ·························· （232）

佟醒园以骑驴出岭图小照索题戏作六言律诗一首　查慎行 ··· （232）

上官竹庄为余写青山归棹图公漪有诗戏次其韵　查慎行 ···· （233）

题宋兰晖浔阳送客图　查慎行 ·························· （233）

题顾桓吴江送别图为纪可亭学博赋　查慎行 ·············· （233）

题令诒南行图　周起渭 ································· （233）

题汪玉轮修撰南浦送行图二首　周起渭 ·················· （233）

查尚朴行役图　沈德潜 ································· （234）

题高凤翰卢见曾出塞图　卢见曾 ························ （234）

题程上舍名世风雪归舟图　杭世骏 ······················ （234）

题高凤翰卢见曾出塞图　吴敬梓 ························ （234）

题李晴洲天际归舟图二首　袁枚 ························ （234）

倪素峰归棹图　袁枚 ··································· （234）

题画　袁枚 ··· （235）

题汉江归棹图　严长明 ································· （235）

题唐人关山行旅图　姚鼐 ······························ （235）

唐子畏雪山行旅图　杨伦 ······························ （235）

题沈敬轩秋江归棹图　戴亨 ···························· （236）

胡心农索画剑门行旅　钱杜 ···························· （236）

清代题画诗类

题董北苑溪山行旅图　吴修 ……………………………… (236)

题恽南田渡江图二首并序　戴熙 ………………………… (236)

江行感旧图　俞樾 ………………………………………… (236)

卷二七　羽猎类 ………………………………………… (238)

题射虎图　钱谦益 ………………………………………… (238)

东丹王射鹿图　王士禛 …………………………………… (238)

题射虎图　王士禛 ………………………………………… (238)

大猎图二首　王士禛 ……………………………………… (238)

题沈客子寒郊调马图二首　查慎行 ……………………… (239)

题胡瓖射雁图　纳兰性德 ………………………………… (239)

题狩猎图二首　沈德潜 …………………………………… (239)

联镳射雁图　华嵒 ………………………………………… (239)

题李赞华射鹿图　爱新觉罗·弘历 ……………………… (239)

题姚和伯射猎图三首　钱大昕 …………………………… (239)

题严翰洪一发获隼图　姚鼐 ……………………………… (240)

恭题先大夫射雁图　李调元 ……………………………… (240)

射虎图歌　黎简 …………………………………………… (240)

题沈砚畦昭兴射猎图　张问陶 …………………………… (241)

吕丽堂太守射虎图　程恩泽 ……………………………… (241)

题东丹王射鹿图　魏源 …………………………………… (241)

黑龙江将军打围图歌　魏源 ……………………………… (241)

卷二八　仕女类 ………………………………………… (243)

题女郎楚秀画二首　钱谦益 ……………………………… (243)

美人调鹦鹉图　钱谦益 …………………………………… (243)

题杏花宫人图为傅右君　钱谦益 ………………………… (243)

为张子题画册　龚鼎孳 …………………………………… (243)

为阮亭题青溪遗事画册七首　陈维崧 …………………… (243)

题王给谏乌丝红袖图四首　屈大均 ……………………… (244)

为宋牧仲题林良宫娥望幸图　王士禛 …………………… (244)

美人对镜图　刘献廷 ……………………………………… (244)

题闺秀雪仪画嫦娥便面　刘献廷 ………………………… (244)

题十美图二首　戴梓 ……………………………………… (244)

桃柳仕女图　华嵒 ………………………………………… (245)

题王树谷朝妆缓步图二首　张庚 ………………………… (245)

抱筝仕女图　黄慎 ………………………………………… (245)

瓶花仕女图　黄慎 ………………………………………… (245)

题宫意图　倪仁吉 ……………………………………………………（245）

题张渔川所藏周昉宫姬调琴图　厉鹗 ………………………………（245）

题赵孟頫吹箫仕女图　汪由敦 ………………………………………（246）

题华嵒浣纱溪图扇面　郑燮 …………………………………………（246）

题赵孟頫吹箫仕女图　于敏中 ………………………………………（246）

美人弹琴图　袁枚 ……………………………………………………（246）

题赵松雪仕女图二首　蒋士铨 ………………………………………（247）

题周昉背面美人图　赵翼 ……………………………………………（247）

题吟芗所藏扇头美人　赵翼 …………………………………………（247）

戏题姮娥奔月图二首　赵翼 …………………………………………（247）

题赵孟頫吹箫仕女图　介福 …………………………………………（248）

仇英熏笼宫女手持团扇　姚萧 ………………………………………（248）

题士女游春图五首　洪亮吉 …………………………………………（248）

友人索题画册四首　杨伦 ……………………………………………（248）

题明人画蕉阴宫女即次徐文长题诗韵　黄景仁 ……………………（248）

题画　焦循 ……………………………………………………………（249）

题藕香阁玉窗清影图二首　张问陶 …………………………………（249）

题仇实甫弹箜篌美人图　吴修 ………………………………………（249）

题画仕女四首　沈复吉 ………………………………………………（249）

题玉壶山人画四首　陈文述 …………………………………………（250）

碧城三首自题碧城仙梦图效李玉溪　陈文述 ………………………（250）

题洞庭友人画扇怀真适园红蕙　改琦 ………………………………（250）

题一日三秋图　改琦 …………………………………………………（250）

自题婴戏图扇　王素 …………………………………………………（250）

题画仕女　费丹旭 ……………………………………………………（251）

题柳阴仕女图　费丹旭 ………………………………………………（251）

仕女二首　费丹旭 ……………………………………………………（251）

吹笛仕女　费丹旭 ……………………………………………………（251）

题仕女图三首　费丹旭 ………………………………………………（251）

题柳下晓妆图　陈崇光 ………………………………………………（251）

梅花美人　金涷 ………………………………………………………（252）

秋景仕女二首　金涷 …………………………………………………（252）

题胡三桥梅花仕女三首　金涷 ………………………………………（252）

吴芝英夫人属题所藏四女士画轴　陈三立 …………………………（252）

为德益三题美人对镜图　陈三立 ……………………………………（253）

题芭蕉仕女图轴　胡锡珪 ……………………………………………（253）

题红拂图　丘逢甲 ……………………………………………………（253）

题美人障子　丘逢甲 …………………………………………………（253）

清代题画诗类

卷二九　仙佛类 ·· (254)

　　题仙山楼阁图　钱谦益 ··· (254)

　　题初祖折芦图　钱谦益 ··· (254)

　　题大士像　金圣叹 ·· (254)

　　题华山蘖庵和尚画像二首　吴伟业 ····························· (254)

　　题沙海客画达摩面壁图　吴伟业 ································· (255)

　　题殷陟明仙梦图　吴伟业 ·· (255)

　　题山僧补衲图　方文 ·· (255)

　　题老子骑牛图　龚贤 ·· (255)

　　题天台访道图　汪琬 ·· (255)

　　分咏京师古迹得贯休画应梦罗汉像　查慎行 ····················· (255)

　　题铁拐李仙像　文昭 ·· (256)

　　题揭钵图　华嵒 ·· (256)

　　礼佛图　金农 ·· (256)

　　僧房扫叶图　高翔 ·· (256)

　　圣因寺观贯休画十六罗汉　厉鹗 ································· (256)

　　题老鹤道人小照　方士庶 ·· (257)

　　题元人达摩图像　汪由敦 ·· (257)

　　题高南阜醉禅图　马曰璐 ·· (257)

　　题梁楷泼墨仙人图　爱新觉罗·弘历 ····························· (257)

　　题卞文瑜山楼绣佛图二首　爱新觉罗·弘历 ······················· (257)

　　题金正希先生画达摩图　袁枚 ···································· (257)

　　有以八仙图求题者韩何对弈五仙旁观而李沈睡焉为赋二诗　纪昀 ····· (258)

　　题瑶华道人一如四相图　纪昀 ···································· (258)

　　光孝寺贯休画罗汉歌　赵翼 ······································ (258)

　　题王摩诘渡水罗汉图　赵翼 ······································ (259)

　　题春山仙奕图二首　赵翼 ··· (259)

　　题顾仙沂松石问禅图三首　严长明 ································ (260)

　　两峰蓑笠图　罗聘 ·· (260)

　　济公像挂轴　罗聘 ·· (260)

　　戏题麻姑像二首　吴锡麒 ·· (260)

　　题邹小山宗伯五百罗汉渡海图　杨伦 ······························ (260)

　　题郊游听僧弹琴图　戴亨 ·· (261)

　　题沈舫西琨太守观空观色图　张问陶 ······························ (261)

　　画僧自题　张问陶 ·· (261)

　　胡栗堂罗浮遇仙图　张问陶 ······································ (261)

　　达摩面壁图二首　张问陶 ·· (261)

　　李仙像二首　张问陶 ·· (262)

画拾得像题句　张问陶 …………………………………………………（262）

题李雯十八罗汉渡海图　舒位 …………………………………………（262）

清河雨夜沈松庐观察席上出观所藏管夫人画观音真迹长轴走笔作歌　舒位 ……（262）

长椿寺九莲菩萨画像　舒位 ……………………………………………（262）

胡竹安明府藏上官周画罗汉过海赴龙宫宴卷子盖仿道子笔意也时胡方有远行出以索题

　　邓湘皋 ………………………………………………………………（263）

王椒畦孝廉学浩画松林趺坐图歌为郎芝田作兼柬椒畦　盛大士 …………（263）

题拐李图　何绍基 ………………………………………………………（263）

自题道装像二首　顾太清 ………………………………………………（263）

钱元昌升恒图　顾太清 …………………………………………………（264）

题唐寅画麻姑像　顾太清 ………………………………………………（264）

题文征明送子观音大士像　奕绘 ………………………………………（264）

题南楼老人鱼篮观音像　奕绘 …………………………………………（264）

观画三百六十佛像歌　奕绘 ……………………………………………（265）

敬瞻睿邸所藏南韵斋白描观音像　奕绘 ………………………………（265）

题道济禅师像三首　奕绘 ………………………………………………（265）

题铁珊禅师像　王震 ……………………………………………………（266）

卷三〇　神鬼类 …………………………………………………………（267）

题钟进士画像　周容 ……………………………………………………（267）

题王幼华明府所藏钱贡钟馗嫁妹图　孙枝蔚 …………………………（267）

洛神扇头　王士禛 ………………………………………………………（267）

题余氏女子绣浣纱洛神图二首　王士禛 ………………………………（268）

题洛神图扇面　萧晨 ……………………………………………………（268）

题钟进士唉鬼图　刘献廷 ………………………………………………（268）

平云阁观朱璧画天神像歌　沈德潜 ……………………………………（268）

王郎歌为潜英主人题画　高凤翰 ………………………………………（269）

雨中画钟馗成即题其上　华嵒 …………………………………………（269）

题瞌睡钟馗　华嵒 ………………………………………………………（269）

题钟馗　华嵒 ……………………………………………………………（269）

题梅崖踏雪钟馗　华嵒 …………………………………………………（269）

钟馗嫁妹图　华嵒 ………………………………………………………（270）

分题钟馗夜游图　方士庶 ………………………………………………（270）

黄慎钟馗小妹图　郑燮 …………………………………………………（270）

题七钟馗图　马曰璐 ……………………………………………………（270）

风雨钟馗图　李方膺 ……………………………………………………（270）

题两峰鬼趣图三首　袁枚 ………………………………………………（271）

醉钟馗图为曹慕堂同年题二首　纪昀 …………………………………（271）

清代题画诗类

罗两峰画醉钟馗图 钱大昕 …………………………………… (271)

罗两峰鬼趣图 钱大昕 ………………………………………… (271)

罗两峰鬼趣图 姚鼐 …………………………………………… (272)

题山鬼图 罗聘 ………………………………………………… (272)

题钟馗捻箭图并序 李调元 …………………………………… (272)

罗两峰鬼趣图 桂馥 …………………………………………… (272)

戏作醉钟馗图为未谷写照并系以诗 钱杜 …………………… (272)

钟馗抚琴图 张问陶 …………………………………………… (273)

罗两峰墨幻图 张问陶 ………………………………………… (273)

墨戏图 张问陶 ………………………………………………… (273)

两峰道人画昌黎送穷图见赠题句志之 张问陶 ……………… (274)

题罗两峰鬼趣图二首 舒位 …………………………………… (274)

鱼山神女图诗为吴更生州佐作四首 舒位 …………………… (274)

高且园画钟馗八幅分题其上 邓显鹤 ………………………… (275)

题董乐闲画骑牛钟馗图二首 沈景修 ………………………… (276)

卷三一 渔樵类 ………………………………………………… (277)

雪影渔人图 项圣谟 …………………………………………… (277)

题烟波独钓图 方文 …………………………………………… (277)

题樊圻柳村渔乐图四首 曹溶 ………………………………… (277)

题渔樵图 周容 ………………………………………………… (277)

题渔舟图 孙枝蔚 ……………………………………………… (277)

题画 龚贤 ……………………………………………………… (278)

题寒江钓雪图 屈大均 ………………………………………… (278)

幽篁渔舟图 吴历 ……………………………………………… (278)

横塘渔艇 恽寿平 ……………………………………………… (278)

舟中为彭觐宸题四时渔乐图 邵长蘅 ………………………… (278)

为梁承笃题柳村渔乐图四首 张英 …………………………… (278)

暮岭归渔图 原济 ……………………………………………… (279)

渔歌五章题渔乐图 沈德潜 …………………………………… (279)

渔父图 黄慎 …………………………………………………… (279)

渔妇图 黄慎 …………………………………………………… (279)

沧波钓叟 黄慎 ………………………………………………… (279)

题唐寅钓鱼图 爱新觉罗·弘历 ……………………………… (279)

题吴镇清溪垂钓图 爱新觉罗·弘历 ………………………… (280)

题马远秋江渔隐图 爱新觉罗·弘历 ………………………… (280)

题吴镇秋江渔隐图 爱新觉罗·弘历 ………………………… (280)

垂钓图 蒋士铨 ………………………………………………… (280)

题庚午同年通州冯甘浦采樵图　姚鼐 ································· （280）

题李竹君青溪垂钓图　姚鼐 ······································· （280）

晴邨懒钓图三首　翁方纲 ··· （281）

李松圃芦溆渔隐图二首　翁方纲 ··································· （281）

题沈尔介垂钓图　戴亨 ··· （281）

樵憩图　孙原湘 ··· （281）

单希川垂钓图二首　舒位 ··· （281）

题盛子昭秋林渔隐图　吴修 ······································· （282）

和琴邬耶溪渔隐绝句即题王茶畦图后三首　陈均 ····················· （282）

徐山民待诏属题枫江渔父图二首　陈文述 ··························· （282）

五湖渔庄图二首　费丹旭 ··· （282）

为慈溪洪云轩谷人九章题钓隐图　李慈铭 ··························· （282）

题篁溪归钓图　陈衍 ··· （282）

题渔舟　王震 ··· （283）

卷三二　树石类 ·· （284）

题王孟端双松图为稼轩　钱谦益 ··································· （284）

题沈朗倩石崖秋柳小景　钱谦益 ··································· （284）

枯木幽篁图　项圣谟 ··· （284）

明项孔彰枯木竹石图轴　项圣谟 ··································· （284）

大树风号图　项圣谟 ··· （284）

题自画老柏　傅山 ··· （284）

题松石图　汪之瑞 ··· （285）

峭壁孤松图　弘仁 ··· （285）

松石图卷　弘仁 ··· （285）

题樊圻岁寒三友图轴　龚贤 ······································· （285）

题画松　周容 ··· （285）

题五柳图　孙枝蔚 ··· （285）

王勤中岁寒图为尚上人题二首　汪琬 ······························· （286）

题梅渊公画松为愚山先生赋　陈维崧 ······························· （286）

题沈启南松竹梅图为曹苍臣六十寿　陈维崧 ························· （286）

题沈云步扇头画松　叶燮 ··· （286）

画松　屈大均 ··· （286）

题画　屈大均 ··· （287）

题画　屈大均 ··· （287）

题画二首　屈大均 ··· （287）

题恽南田画松　王翚 ··· （287）

题画柳图二首　恽寿平 ··· （287）

清代题画诗类

题古木垂萝图轴　恽寿平 ……………………………………………………………（287）

瞿山画松歌寄梅渊公　王士禛 …………………………………………………………（288）

和牧翁题沈朗倩石崖秋柳小景　王士禛 ………………………………………………（288）

题宋石门画松　查慎行 …………………………………………………………………（288）

为友人题暮云春树图二绝句　查慎行 …………………………………………………（288）

题翁萝轩为蓝公漪所画枯树小幅　查慎行 ……………………………………………（288）

干枫图　华嵒 ……………………………………………………………………………（289）

题松　华嵒 ………………………………………………………………………………（289）

题枯木竹石册页　华嵒 …………………………………………………………………（289）

题画石赠王都阃　高凤翰 ………………………………………………………………（289）

题画石　高凤翰 …………………………………………………………………………（289）

题画云壑奇松长幅二首　高凤翰 ………………………………………………………（289）

秋木气清图　蔡嘉 ………………………………………………………………………（290）

松石图　李鱓 ……………………………………………………………………………（290）

题五松图轴　李鱓 ………………………………………………………………………（290）

题画石　戴瀚 ……………………………………………………………………………（290）

画石　戴瀚 ………………………………………………………………………………（290）

张处士画松歌　戴瀚 ……………………………………………………………………（290）

题牧山画松　李锴 ………………………………………………………………………（291）

松树桃花　金农 …………………………………………………………………………（291）

卷三三　树石类 …………………………………………………………………………（292）

题怪树图　张鹏翀 ………………………………………………………………………（292）

题浙江桐阜图卷　张照 …………………………………………………………………（292）

题汪交如黄山小松图　方士庶 …………………………………………………………（292）

恭和御制汉柏行元韵　汪由敦 …………………………………………………………（292）

题倪瓒古木幽篁图　汪由敦 ……………………………………………………………（293）

僧壁题张太史画松　郑燮 ………………………………………………………………（293）

石图　郑燮 ………………………………………………………………………………（293）

柱石图　郑燮 ……………………………………………………………………………（293）

李鱓古柏凌霄图　郑燮 …………………………………………………………………（293）

题墨松　李方膺 …………………………………………………………………………（293）

苍松怪石图　李方膺 ……………………………………………………………………（294）

题罗生画石扇面为张矴山　刘大櫆 ……………………………………………………（294）

题弘历嵩阳汉柏图　嵇璜 ………………………………………………………………（294）

自题焦山松寥阁壁间画松　鲍皋 ………………………………………………………（294）

题曹知白十八公图　爱新觉罗·弘历 …………………………………………………（294）

题苏轼偃松图卷　爱新觉罗·弘历 ……………………………………………………（295）

题壁间画松二首　蒋士铨 ···（295）

题画松　王文治 ···（295）

简斋前辈得黄山柏盆蓄之三十年已枯复荣潘莲巢见而图之为题一绝　王文治 ········（295）

题弘历嵩阳汉柏图　梁诗正 ··················（295）

陈硕士藏管夫人寒林小幅　姚鼐 ·············（296）

钱詹事座上观沈石田画桧歌　姚鼐 ···········（296）

岁寒三友图　罗聘 ···（296）

奉和南星镇壁间编修祝芷塘同年题果亲王墨松二首　李调元 ···········（296）

题柳图册　黄易 ···（296）

老树怪石图吴仲圭所画向在钱氏入黄氏今闻入吴氏爱而不见忆遣长句　黎简 ····（297）

题滇藩宫怡云尔勤七柏图　戴亨 ·············（297）

题佟钟山先生画松　戴亨 ····················（297）

壁上画松颇得梅道人意适殁庵来此吟啸竟日乞一诗为主人寿　钱杜 ········（298）

题画双松　张问陶 ···（298）

题渊如前辈瑞松图　张问陶 ··················（298）

题柏灵图　王愫 ···（298）

题画赠人　汤贻汾 ···（298）

题海门种松图　龚自珍 ····················（299）

题蒋楙岁寒三友图　顾太清 ··················（299）

题无名氏画松　顾太清 ····················（299）

题江光山色石画　顾太清 ····················（299）

题春山霁雪石画　顾太清 ····················（299）

题画　戴熙 ···（299）

题松梅图　潘遵祁 ···（299）

题画柳　潘遵祁 ···（300）

题桃柳画二首　潘遵祁 ····················（300）

题梧图　潘遵祁 ···（300）

旧山楼主人以杨利叔画石索题　华翼纶 ·······（300）

题石谷画松南田题诗卷　翁同龢 ·············（300）

题白兰岩年丈画石　曾纪泽 ··················（300）

题三松图　任颐 ···（301）

题松梅图轴　吴昌硕 ····················（301）

若海持子申画松属题　陈三立 ··················（301）

为乙庵题汤贞愍画松　陈三立 ··················（301）

为仲炤丈题何诗孙翁所画驯鸥园二雪松二首　陈三立 ···········（301）

为张仲炤丈题梁公约画松　陈三立 ·············（301）

为琴初题子申画双松　陈三立 ··················（302）

题松菊图　吴观岱 ···（302）

清代题画诗类

卷三四　兰竹类……………………………………………………（303）

　　题画四君子图四首　钱谦益……………………………………（303）

　　自题画竹　普荷………………………………………………（303）

　　兰竹图扇　项圣谟……………………………………………（303）

　　题陈迈兰苏图　文柟…………………………………………（304）

　　梦筠图　陈洪绶………………………………………………（304）

　　题画扇　陈洪绶………………………………………………（304）

　　题自画竹与枫仲　傅山………………………………………（304）

　　画云兰与枫仲漫题　傅山……………………………………（304）

　　题钱黍谷画兰二首　吴伟业…………………………………（304）

　　又题董君画扇二首　吴伟业…………………………………（305）

　　画兰曲　吴伟业………………………………………………（305）

　　题顾夫人兰卷　戴明说………………………………………（305）

　　题友人墨竹二首　方文………………………………………（305）

　　羁中题画稚竹　周亮工………………………………………（306）

　　为胶侯题岩荦画墨竹二首　龚鼎孳…………………………（306）

　　又题画兰后送髯孙五首　龚鼎孳……………………………（306）

　　题胡士昆兰花图卷　龚贤……………………………………（306）

　　题倪瓒春雨新篁图　梅清……………………………………（306）

　　题秋兰　叶燮…………………………………………………（307）

　　题汪季青兰花册子四首　徐柯………………………………（307）

　　题画竹二首　朱彝尊…………………………………………（307）

　　题李秀才琪枝墨竹　朱彝尊…………………………………（307）

　　题顾夫人画兰　朱彝尊………………………………………（307）

　　画竹　屈大均…………………………………………………（307）

　　题英上墨竹　屈大均…………………………………………（308）

　　冒雨暮归过白沙湖　吴历……………………………………（308）

　　潇湘雨意图卷　王翚…………………………………………（308）

　　题兰花图　恽寿平……………………………………………（308）

　　九龙山人青凤梳翎图　恽寿平………………………………（308）

　　拟曹云西风篁翠竹　恽寿平…………………………………（308）

　　题何源兰花图扇　张英………………………………………（308）

　　夏日避暑松风堂画兰竹偶题　原济…………………………（309）

　　墨竹　原济……………………………………………………（309）

　　墨竹卷　原济…………………………………………………（309）

　　没骨石双钩兰竹　原济………………………………………（309）

　　疏竹幽兰　原济………………………………………………（309）

　　为在北先生画兰竹并题　原济………………………………（309）

题画竹和韵二首　刘献廷 …………………………………………………… (310)

题墨竹原韵　爱新觉罗·玄烨 ……………………………………………… (310)

舟中醉后戏作画竹自题三首　黄鹭来 …………………………………… (310)

陈月泷太常兰竹草虫画二首　查慎行 …………………………………… (310)

白沙翠竹石江图为吉水宗伯李公赋六首　查慎行 …………………… (310)

卷三五　兰竹类 ………………………………………………………………… (311)

题顾氏画册二首　陈鹏年 ………………………………………………… (311)

题王绂画竹图轴　王澍 ……………………………………………………… (311)

题禹之鼎竹浪轩图卷　王澍 ……………………………………………… (311)

题小颠墨竹　蒋廷锡 ………………………………………………………… (311)

题顾且庵画竹　沈德潜 ……………………………………………………… (312)

题沤也兄画兰卷后　沈德潜 ……………………………………………… (312)

题禹之鼎竹浪轩图卷　陈祖范 …………………………………………… (312)

自题墨兰三首　薛雪 ………………………………………………………… (312)

写竹　华嵒 ……………………………………………………………………… (312)

画新竹寄宋珂江芮城二首　高凤翰 ……………………………………… (313)

竹石图　汪士慎 ……………………………………………………………… (313)

空谷清香图　汪士慎 ………………………………………………………… (313)

题兰竹松菊册　李鱓 ………………………………………………………… (313)

墨兰　李鱓 ……………………………………………………………………… (313)

题易啸溪画竹歌　李错 ……………………………………………………… (313)

墨竹为巢林先生作二首　金农 …………………………………………… (314)

墨竹图二首　金农 …………………………………………………………… (314)

画竹　金农 ……………………………………………………………………… (314)

题东园万竹图扇　王概 ……………………………………………………… (314)

兰花图　郑燮 ………………………………………………………………… (314)

盆兰图　郑燮 ………………………………………………………………… (314)

峭壁兰花图　郑燮 …………………………………………………………… (315)

兰石图　郑燮 ………………………………………………………………… (315)

李方膺墨竹　郑燮 …………………………………………………………… (315)

题兰石图　郑燮 ……………………………………………………………… (315)

题兰竹菊图　郑燮 …………………………………………………………… (315)

兰竹芳馨图　郑燮 …………………………………………………………… (315)

兰竹石图　郑燮 ……………………………………………………………… (315)

题墨竹图　郑燮 ……………………………………………………………… (316)

题墨竹图轴　郑燮 …………………………………………………………… (316)

题墨竹图　郑燮 ……………………………………………………………… (316)

清代题画诗类

潍县署中画竹呈年伯包大中丞括　郑燮 ······························· (316)

芝兰竹石图　郑燮 ··· (316)

兰竹图　郑燮 ··· (316)

墨竹　郑燮 ··· (316)

竹石图　郑燮 ··· (317)

兰草图　郑燮 ··· (317)

焦山竹石图　郑燮 ··· (317)

竹石条屏　郑燮 ··· (317)

为黄陵庙女道士画竹　郑燮 ·· (317)

风竹图　李方膺 ··· (317)

题竹石图　李方膺 ··· (318)

题墨竹图　李方膺 ··· (318)

画竹　李方膺 ··· (318)

墨兰图　李方膺 ··· (318)

题花卉册　李方膺 ··· (318)

题友人兰花册子　马曰璐 ·· (318)

题赵子固画兰　马曰璐 ·· (318)

卷三六　兰竹类 ·· (320)

题柯九思清閟阁墨竹图　爱新觉罗·弘历 ································· (320)

题倪瓒画竹　爱新觉罗·弘历 ·· (320)

题吴秀才醉竹图　袁枚 ·· (320)

题画　袁枚 ··· (320)

题郑板桥画兰送陈望亭太守　蒋士铨 ····································· (320)

为吴香亭题郑板桥画竹　王文治 ··· (321)

为惠瑶圃中丞题可韵上人墨兰卷子四首　王文治 ························· (321)

兰石册页　罗聘 ··· (321)

题双钩画竹　罗聘 ··· (321)

题画竹二首　翁方纲 ··· (321)

题赵贡夫兰竹小幅　翁方纲 ·· (322)

又题贡夫兰竹　翁方纲 ·· (322)

王改亭墨兰　翁方纲 ··· (322)

题朱竹幛子　翁方纲 ··· (322)

画竹　桂馥 ··· (322)

为方大章写兰题后　潘奕隽 ·· (322)

题墨竹图轴　黄易 ··· (323)

题画竹扇　黄易 ··· (323)

题兰竹后与徐漱石二首　奚冈 ··· (323)

目录一

画竹　奚冈 ……………………………………………………………… (323)

题墨竹　奚冈 ……………………………………………………………… (323)

题钱文敏墨竹　洪亮吉 …………………………………………………… (323)

管夫人墨竹　洪亮吉 ……………………………………………………… (324)

题梅花道人墨竹　黎简 …………………………………………………… (324)

墨兰　黎简 ………………………………………………………………… (324)

题横波夫人画兰二首　杨伦 ……………………………………………… (324)

为惠瑶圃中丞题僧可韵所画兰竹　杨伦 ………………………………… (325)

题画二首　黄景仁 ………………………………………………………… (325)

题方竹楼画竹　戴亨 ……………………………………………………… (325)

雪竹　戴亨 ………………………………………………………………… (325)

题画竹　戴亨 ……………………………………………………………… (325)

题叶苕芳女士琬仪合写兰菊小帧　席佩兰 ……………………………… (326)

雪屏画兰　焦循 …………………………………………………………… (326)

题万上遴画竹　张问陶 …………………………………………………… (326)

题吴山尊蕉画　张问陶 …………………………………………………… (326)

题图牧山清格画兰　张问陶 ……………………………………………… (326)

作画自题　张问陶 ………………………………………………………… (326)

题钱箨石先生兰竹　张问陶 ……………………………………………… (327)

画兰自题　张问陶 ………………………………………………………… (327)

梅道人画竹卷子真迹为尹兼题　舒位 …………………………………… (327)

题昭明阁内史画兰扇子三首　舒位 ……………………………………… (327)

题宋观察竹梧清啸图四首　舒位 ………………………………………… (327)

侯青甫画竹及秋海棠各题二十八字　顾广圻 …………………………… (328)

题刘叟玲白雪竹有序　田榕 ……………………………………………… (328)

题刘逸山竹呈苏斋　田榕 ………………………………………………… (328)

自题画竹　郭麐 …………………………………………………………… (328)

题画二首　陈文述 ………………………………………………………… (328)

卷三七　兰竹类 …………………………………………………………… (330)

史罄指画兰竹小幅索赠　邓显鹤 ………………………………………… (330)

题画四首　瞿应绍 ………………………………………………………… (330)

题画竹十一首　瞿应绍 …………………………………………………… (330)

题石涛兰竹画册　屠倬 …………………………………………………… (331)

画竹　屠倬 ………………………………………………………………… (331)

题郭大理画兰竹卷应吴大京兆属　程恩泽 ……………………………… (331)

新罗山人醉笔墨兰歌　魏源 ……………………………………………… (331)

偶学画兰人多匿笑诗舲先生独夸之一日醉后忽若有悟并题绝句　何绍基 ………… (331)

清代题画诗类

题赵子固画兰二幅长卷　顾太清 …………………………………………………（331）

为云林画梅竹横幅遂题一截句　顾太清 ……………………………………（332）

题赵子固画兰二幅长卷　奕绘 ……………………………………………………（332）

题陆纯芗画册八截句　奕绘 ………………………………………………………（332）

灯下画雪竹　戴熙 ………………………………………………………………………（332）

晓起画竹　戴熙 …………………………………………………………………………（332）

为刘藻垣写竹　戴熙 …………………………………………………………………（333）

宋秋田索画竹　戴熙 …………………………………………………………………（333）

题柳竹扇面　刘彦冲 …………………………………………………………………（333）

郭兰石大理尚先以画兰见赠赋酬　潘曾莹 ……………………………（333）

竹　潘遵祁 ………………………………………………………………………………（333）

兰三首　潘遵祁 …………………………………………………………………………（333）

癸酉立冬日灯下作画并题　张之万 …………………………………………（334）

题兰花图二首　居巢 …………………………………………………………………（334）

题风兰图　居巢 …………………………………………………………………………（334）

题庆子元画二首　金和 ……………………………………………………………（334）

雪竹　周闲 ………………………………………………………………………………（334）

管夫人竹　黄崇惺 ……………………………………………………………………（335）

画兰　翁同龢 ……………………………………………………………………………（335）

题钱箨石闺中画兰二首　翁同龢 ……………………………………………（335）

题梅花道人竹石卷为同邑孙君　翁同龢 …………………………………（335）

题叶韵兰画兰二首　金溎 …………………………………………………………（335）

风竹　吴昌硕 ……………………………………………………………………………（335）

题所南翁画兰卷子为樊山布政作　陈衍 ………………………………（336）

画兰曲　丘逢甲 …………………………………………………………………………（336）

题画竹四首　丘逢甲 …………………………………………………………………（336）

题画竹　丘逢甲 …………………………………………………………………………（336）

为眉君题东洲画兰卷　顾复初 …………………………………………………（337）

卷三八　花卉类 ……………………………………………………………………………（338）

画梅二首　普荷 …………………………………………………………………………（338）

题金耿庵画梅　文柟 …………………………………………………………………（338）

花卉图册四首　项圣谟 ……………………………………………………………（338）

题陈嘉言梅花图扇　王节 …………………………………………………………（339）

画梅　陈洪绶 ……………………………………………………………………………（339）

题画二首　陈洪绶 ……………………………………………………………………（339）

题浙江为汤玄翼写梅　萧云从 …………………………………………………（339）

梅花画扇　金俊明 ……………………………………………………………………（339）

题何源兰花画扇　金俊明 …………………………………………………………………… (339)

题陈迈兰荪图　金俊明 …………………………………………………………………… (340)

题彻上人扇　傅山 ………………………………………………………………………… (340)

题独枝牡丹　傅山 ………………………………………………………………………… (340)

题墨牡丹　傅山 …………………………………………………………………………… (340)

月画　傅山 ………………………………………………………………………………… (340)

题画梅　金圣叹 …………………………………………………………………………… (340)

题圣默法师画梅　金圣叹 ………………………………………………………………… (340)

题石田画芭蕉二首　吴伟业 ……………………………………………………………… (341)

题画六首　吴伟业 ………………………………………………………………………… (341)

墨梅轴　弘仁 ……………………………………………………………………………… (342)

梅花书屋图　弘仁 ………………………………………………………………………… (342)

画墨梅墨竹赠查二瞻三首　弘仁 ………………………………………………………… (342)

梅花茅屋图　弘仁 ………………………………………………………………………… (342)

题寺壁画蕉　方文 ………………………………………………………………………… (342)

题墨画荷花　龚鼎孳 ……………………………………………………………………… (342)

戏题陈灵生墨画牡丹　龚鼎孳 …………………………………………………………… (343)

偶题文漪扇头墨菊　龚鼎孳 ……………………………………………………………… (343)

题壁上画菊　吴嘉纪 ……………………………………………………………………… (343)

题墨画雨中牡丹　周容 …………………………………………………………………… (343)

题牡丹画　周容 …………………………………………………………………………… (343)

陈东日画梅鹊图　孙枝蔚 ………………………………………………………………… (344)

题何源兰花图扇　陈菁 …………………………………………………………………… (344)

题唐茨红莲图轴二首　笪重光 …………………………………………………………… (344)

题墨戏牡丹五首　李邺嗣 ………………………………………………………………… (344)

题赵文淑画　董文骥 ……………………………………………………………………… (344)

题与也画二首　汪琬 ……………………………………………………………………… (345)

题王十一画册二首　汪琬 ………………………………………………………………… (345)

题虞山友人种菊图二首　陈维崧 ………………………………………………………… (345)

卷三九　花卉类………………………………………………………………………………… (346)

题荷花图　朱耷 …………………………………………………………………………… (346)

题芙蓉图　朱耷 …………………………………………………………………………… (346)

题墨梅图　朱耷 …………………………………………………………………………… (346)

岩山野菊　朱耷 …………………………………………………………………………… (346)

题梅花图册　朱耷 ………………………………………………………………………… (346)

题河上花歌图卷　朱耷 …………………………………………………………………… (347)

题古梅图轴二首　朱耷 …………………………………………………………………… (347)

题墨花图轴　朱耷 ……………………………………………… (347)

玉兰册页　朱耷 ………………………………………………… (347)

题山水花鸟图册散页　朱耷 …………………………………… (347)

题写生册　朱耷 ………………………………………………… (348)

题花卉册　朱耷 ………………………………………………… (348)

题白石翁古梅折枝图次石翁原韵　徐柯 ……………………… (348)

题梅花松枝图　叶燮 …………………………………………… (348)

题画荷花　叶燮 ………………………………………………… (348)

题贾院判鋐画荷二首　朱彝尊 ………………………………… (348)

集句题王女史画莲　朱彝尊 …………………………………… (349)

牡丹图页　王武 ………………………………………………… (349)

题月季图　王武 ………………………………………………… (349)

画菊二首　王武 ………………………………………………… (349)

萱花　王武 ……………………………………………………… (349)

玫瑰三首　王武 ………………………………………………… (349)

绿牡丹　王武 …………………………………………………… (350)

长春花　王武 …………………………………………………… (350)

秋葵　王武 ……………………………………………………… (350)

题花卉图册四首　王武 ………………………………………… (350)

题杨子鹤墙角种梅图三首　王武 ……………………………… (350)

紫薇图　恽寿平 ………………………………………………… (350)

百合花　恽寿平 ………………………………………………… (351)

月桂　恽寿平 …………………………………………………… (351)

白芙蓉　恽寿平 ………………………………………………… (351)

秋海棠　恽寿平 ………………………………………………… (351)

水仙　恽寿平 …………………………………………………… (351)

并蒂秋葵　恽寿平 ……………………………………………… (351)

罂粟花图　恽寿平 ……………………………………………… (351)

题唐芟红莲图　恽寿平 ………………………………………… (352)

题画荷　恽寿平 ………………………………………………… (352)

紫藤花　恽寿平 ………………………………………………… (352)

梅花　恽寿平 …………………………………………………… (352)

署中杏花楼上得句　恽寿平 …………………………………… (352)

红白牡丹　恽寿平 ……………………………………………… (352)

莲　恽寿平 ……………………………………………………… (352)

画菊　恽寿平 …………………………………………………… (353)

题菊花图扇　恽寿平 …………………………………………… (353)

题锦石秋花图轴　恽寿平 ……………………………………… (353)

目
录
一

题上苑桃花　恽寿平 ……………………………………………………… (353)

题菊花秋色　恽寿平 ……………………………………………………… (353)

题芍药图　恽寿平 ………………………………………………………… (353)

题菊花图扇　恽寿平 ……………………………………………………… (353)

题在湄画二首　恽寿平 …………………………………………………… (354)

题画莲　恽寿平 …………………………………………………………… (354)

题画白芙蓉便面　恽寿平 ………………………………………………… (354)

题口岸桃花图　恽寿平 …………………………………………………… (354)

拟宋人没骨桃花　恽寿平 ………………………………………………… (354)

卷四〇　花卉类 …………………………………………………………… (355)

题陈嘉言梅花图扇　文点 ………………………………………………… (355)

题冒辟疆姬人圆玉女罗画水仙　王士禛 ………………………………… (355)

题胡玉昆宋梅图　王士禛 ………………………………………………… (355)

钱选折枝牡丹二首　王士禛 ……………………………………………… (355)

陈洪绶水仙竹二首　王士禛 ……………………………………………… (355)

金孝章画梅　王士禛 ……………………………………………………… (356)

桃花图　原济 ……………………………………………………………… (356)

题墨荷　原济 ……………………………………………………………… (356)

梅竹图　原济 ……………………………………………………………… (356)

墨梅册三首　原济 ………………………………………………………… (356)

石竹水仙　原济 …………………………………………………………… (357)

壬午春三月大涤堂下北窗海棠妖艳戏写并仿佛黄筌遗意　原济 ……… (357)

次日重题　原济 …………………………………………………………… (357)

题画墨荷　原济 …………………………………………………………… (357)

梅竹小幅四首　原济 ……………………………………………………… (357)

芙石莲塘　原济 …………………………………………………………… (358)

竹林莲沼　原济 …………………………………………………………… (358)

题花卉画三首　原济 ……………………………………………………… (358)

题画梅　原济 ……………………………………………………………… (358)

白芍药图扇　陈纾 ………………………………………………………… (358)

题赵子固白描水仙卷二首　高士奇 ……………………………………… (358)

题陆治花卉手卷　高士奇 ………………………………………………… (359)

题王元章墨梅　高士奇 …………………………………………………… (359)

墨菊　黄鷟来 ……………………………………………………………… (359)

题画梅二首　戴梓 ………………………………………………………… (359)

自题花卉图轴　王云 ……………………………………………………… (359)

一路清廉图　爱新觉罗·玄烨 …………………………………………… (359)

清代题画诗类

兰菊图　爱新觉罗·玄烨 ……………………………………………………（360）

咏画梨花　爱新觉罗·玄烨 ………………………………………………（360）

自题画菊二首　恽冰 ………………………………………………………（360）

题江阴周氏女郎设色草花　查慎行 ………………………………………（360）

徐青藤墨牡丹为视远上人题二首　查慎行 ………………………………（360）

题胡静夫藏僧渐江画　曹寅 ………………………………………………（360）

客于便面仿马和之倚杖寻梅图漫题　何焯 ………………………………（361）

墨梅　何焯 …………………………………………………………………（361）

绿萼梅　何焯 ………………………………………………………………（361）

梅花图　吴宏 ………………………………………………………………（361）

题牟义梅竹小册　陈鹏年 …………………………………………………（361）

题画菊　陈鹏年 ……………………………………………………………（362）

题蒋西谷阁学画瓶中牡丹二首　陈鹏年 …………………………………（362）

题刘渔斋荷香清夏图三首　陈鹏年 ………………………………………（362）

卷四一　花卉类 ……………………………………………………………（363）

题蒋扬孙花卉二首　周起渭 ………………………………………………（363）

题画杏送苍存归盱眙　周起渭 ……………………………………………（363）

自题写生六首　华嵒 ………………………………………………………（363）

题画六首　华嵒 ……………………………………………………………（364）

题墨笔水仙花四首　华嵒 …………………………………………………（364）

秋菊　华嵒 …………………………………………………………………（365）

碧桃花　华嵒 ………………………………………………………………（365）

题红白芍药图轴二首　华嵒 ………………………………………………（365）

莲溪和尚乞画即画白莲数朵题赠之　华嵒 ………………………………（365）

题牡丹扇　华嵒 ……………………………………………………………（365）

客以长纸索写荷花题诗志趣　华嵒 ………………………………………（365）

题顾环洲梅花　华嵒 ………………………………………………………（366）

临流赏杏图　华嵒 …………………………………………………………（366）

画菊　唐英 …………………………………………………………………（366）

题画杂诗五首　高凤翰 ……………………………………………………（366）

题梅花册　高凤翰 …………………………………………………………（367）

荷池芭蕉图　高凤翰 ………………………………………………………（367）

竹菊图　高凤翰 ……………………………………………………………（367）

墨梅　高凤翰 ………………………………………………………………（367）

牡丹图　高凤翰 ……………………………………………………………（367）

梅花草亭图　高凤翰 ………………………………………………………（367）

牡丹图　高凤翰 ……………………………………………………………（367）

目
录

邗沟春汛　高凤翰 ……………………………………………（368）

梅花图　高凤翰 ……………………………………………（368）

蜀葵　高凤翰 ………………………………………………（368）

题梅花图　高凤翰

题墨牡丹　边寿民 …………………………………………（368）

菊图　边寿民 ………………………………………………（368）

墨荷图　边寿民 ……………………………………………（368）

与黄慎等合作花果秋妍图　边寿民 ………………………（369）

牡丹　边寿民 ………………………………………………（369）

菊花图　边寿民 ……………………………………………（369）

水盂菊花册页　边寿民 ……………………………………（369）

墨荷图　边寿民 ……………………………………………（369）

卷四二　花卉类 ………………………………………………（370）

题花果册页秋海棠　陈撰 …………………………………（370）

题菊石图　陈撰 ……………………………………………（370）

题册页水仙　陈撰 …………………………………………（370）

题画梅　陈撰 ………………………………………………（370）

梅竹图　陈撰 ………………………………………………（370）

墨荷图　陈撰 ………………………………………………（371）

月季　陈撰 …………………………………………………（371）

紫玉兰　陈撰 ………………………………………………（371）

紫藤花　汪士慎 ……………………………………………（371）

花卉　汪士慎 ………………………………………………（371）

写梅二首　汪士慎 …………………………………………（371）

题画桃花二首　汪士慎 ……………………………………（372）

空里疏香图　汪士慎 ………………………………………（372）

水仙　汪士慎 ………………………………………………（372）

蚕豆花　汪士慎 ……………………………………………（372）

婪尾花　汪士慎 ……………………………………………（372）

梅花图　汪士慎 ……………………………………………（372）

白桃花图　汪士慎 …………………………………………（373）

牵牛图　汪士慎 ……………………………………………（373）

山茶红兰图　汪士慎 ………………………………………（373）

凌霄花图　汪士慎 …………………………………………（373）

写梅赠友人　汪士慎 ………………………………………（373）

题梅竹双清图　汪士慎 ……………………………………（373）

题梅花图　汪士慎 …………………………………………（373）

清代题画诗类一

牡丹　李鱓 …………………………………………………… （374）

花卉二首　李鱓 …………………………………………… （374）

蔷薇图轴　李鱓 …………………………………………… （374）

花卉册页　李鱓 …………………………………………… （374）

风荷图　李鱓 ……………………………………………… （374）

土墙蝶花图二首　李鱓 ………………………………… （374）

百合花　李鱓 ……………………………………………… （375）

题芍药图轴　李鱓 ………………………………………… （375）

荷花图　李鱓 ……………………………………………… （375）

绣球图　李鱓 ……………………………………………… （375）

鸡冠花图　李鱓 …………………………………………… （375）

扇头戏作墨牡丹各题一首　戴瀚 …………………… （375）

自题墨梅画　戴瀚 ………………………………………… （376）

花卉图册十一首　邹一桂 ……………………………… （376）

古干梅花图　邹一桂 ……………………………………… （376）

春华秋实图　邹一桂 ……………………………………… （376）

题邹一桂古干梅花图三首　钱陈群 ………………… （377）

卷四三　花卉类 …………………………………………… （378）

梅花二首　金农 …………………………………………… （378）

万玉图　金农 ……………………………………………… （378）

题墨梅图二首　金农 ……………………………………… （378）

题梅花图四首　金农 ……………………………………… （378）

题野梅册　金农 …………………………………………… （379）

题冷香图轴　金农 ………………………………………… （379）

秋白海棠　金农 …………………………………………… （379）

蒲草图　金农 ……………………………………………… （379）

蔷薇　金农 ………………………………………………… （379）

吴瓯亭招同人集绣谷亭看藤花分韵　金农 ………… （379）

桃花　金农 ………………………………………………… （380）

芍药图　黄慎 ……………………………………………… （380）

瓶梅图　黄慎 ……………………………………………… （380）

花卉　黄慎 ………………………………………………… （380）

玉簪花图　黄慎 …………………………………………… （380）

和柳窗先生题余梅花图四绝　高翔 ………………… （380）

石榴花图　高翔 …………………………………………… （381）

题贺吴邺双莲图　马曰琯 ……………………………… （381）

题墨梅图　张照 …………………………………………… （381）

目
录
一

题赵昭双钩水仙画扇　厉鹗 ……………………………………………………（381）

题菊石图　余省 ……………………………………………………………………（381）

题画秋葵　方士庶 …………………………………………………………………（381）

荷花图　李葂 ………………………………………………………………………（381）

墨梅　郑燮 …………………………………………………………………………（382）

李鱓红菊册页　郑燮 ………………………………………………………………（382）

与汪士慎李鱓李方膺合写花卉图　郑燮 …………………………………………（382）

题高凤翰荷花图二首　郑燮 ………………………………………………………（382）

画菊与某官留别　郑燮 ……………………………………………………………（382）

菊石图　郑燮 ………………………………………………………………………（382）

题牡丹图　李方膺 …………………………………………………………………（383）

牡丹　李方膺 ………………………………………………………………………（383）

玉兰花　李方膺 ……………………………………………………………………（383）

秋艳图　李方膺 ……………………………………………………………………（383）

梅花册页　李方膺 …………………………………………………………………（383）

画梅　李方膺 ………………………………………………………………………（383）

题墨梅图　李方膺 …………………………………………………………………（383）

题梅花图册五首　李方膺 …………………………………………………………（384）

冰花雪蕊图　李方膺 ………………………………………………………………（384）

墨梅　李方膺 ………………………………………………………………………（384）

荷花图　李方膺 ……………………………………………………………………（384）

题盆菊　李方膺 ……………………………………………………………………（384）

百花呈瑞图　李方膺 ………………………………………………………………（384）

题梅兰菊松图册七首　李方膺 ……………………………………………………（385）

卷四四　花卉类 ……………………………………………………………………（386）

梅花卷六绝句　马曰璐 ……………………………………………………………（386）

题赵松雪墨梅　马曰璐 ……………………………………………………………（386）

题画四绝句　马曰璐 ………………………………………………………………（386）

嘉善丁清惠有宋时黄梅董香光作图后失去因重写之　董邦达 …………………（387）

题休宁吴大家画梅　杭世骏 ………………………………………………………（387）

当窗冰华图　杭世骏 ………………………………………………………………（387）

题恽寿平所画花卉四首　刘大櫆 …………………………………………………（387）

题画菊　刘大櫆 ……………………………………………………………………（388）

题画牡丹　刘大櫆 …………………………………………………………………（388）

题邹复雷春消息图　爱新觉罗·弘历 ……………………………………………（388）

题扬补之雪梅卷　爱新觉罗·弘历 ………………………………………………（388）

题邹一桂古干梅花图　刘统勋 ……………………………………………………（388）

清代题画诗类

与严立堂诸公湖楼小集题折花图赠高校书三首　袁枚 …………………………（388）

题童二树画梅　袁枚 ……………………………………………………………（389）

白衣山人画梅歌赠李晴江　袁枚 ………………………………………………（389）

题故人画有序　袁枚 ……………………………………………………………（389）

自题梅花图轴　童钰 ……………………………………………………………（390）

自题画梅　童钰 …………………………………………………………………（390）

效长吉体题画册　袁树 …………………………………………………………（390）

题桃花画扇赠柔卿二首　袁树 …………………………………………………（390）

荷花障子歌　袁树 ………………………………………………………………（390）

题金寿门梅花画册二首　王昶 …………………………………………………（391）

题伊云林光禄梅花书屋图二首　纪昀 …………………………………………（391）

题潘南田画梅　纪昀 ……………………………………………………………（391）

邵蔚田嗣宗前辈杏花春雨图三首　蒋士铨 ……………………………………（392）

题王梓园画册二首　蒋士铨 ……………………………………………………（392）

题壁间画花木四首　蒋士铨 ……………………………………………………（392）

童二树钰画梅诗　蒋士铨 ………………………………………………………（393）

题童二树游邓尉写梅花长卷　蒋士铨 …………………………………………（393）

择石宫庶庭前丛菊盛开招诸公同饮赋诗并作墨菊长卷出以见示并属题　钱大昕 …（393）

题佩香画桃花小幅　赵翼 ………………………………………………………（394）

题邹一桂古干梅花图　介福 ……………………………………………………（394）

题潘莲巢画菊　王文治 …………………………………………………………（394）

梅花山茶合景　王文治 …………………………………………………………（394）

题梅花水仙合景　王文治 ………………………………………………………（394）

画菊于扇戏赠菊田　王文治 ……………………………………………………（394）

过普庵画墨梅一枝于壁因题　王文治 …………………………………………（394）

马守贞画兰　王文治 ……………………………………………………………（395）

为孙女玳梁题画水仙　王文治 …………………………………………………（395）

写意荷花墨竹　陆飞 ……………………………………………………………（395）

画梅为梅伯言　潘谘 ……………………………………………………………（395）

画梅为何子贞兄弟　潘谘 ………………………………………………………（395）

旅店圩画梅间燕子　潘谘 ………………………………………………………（395）

题自画四季花卉　赵籕 …………………………………………………………（395）

卷四五　花卉类 …………………………………………………………………（397）

题郎世宁花卉图册四首　梁诗正 ………………………………………………（397）

题画梅　姚鼐 ……………………………………………………………………（397）

徐半山桂　姚鼐 …………………………………………………………………（397）

唐伯虎墨笔牡丹　姚鼐 …………………………………………………………（397）

目录

王孔翔香雪梅宴集图　姚鼐 ·· （398）

题花坞夕阳迟图　姚鼐 ·· （398）

题梅花卷　罗聘 ··· （398）

二色梅树图轴　罗聘 ·· （398）

梅花横披　罗聘 ··· （398）

水仙图册　罗聘 ··· （398）

梅花记岁图　罗聘 ·· （398）

自题画梅　方婉仪 ·· （399）

陈玉几画梅水仙各一帧为子田题二首　翁方纲 ···························· （399）

题雳谷墨梅二首　翁方纲 ·· （399）

题两峰画红白梅卷二首　翁方纲 ·· （399）

恽南田临王元章梅卷二首　翁方纲 ·· （399）

题画百合花　翁方纲 ·· （399）

徐文长墨荷二首　翁方纲 ·· （400）

和什邡尉周青门自画墨菊见寄原韵　李调元 ································ （400）

青门画菊见赠余亦以自画墨菊答之仍用前韵　李调元 ···················· （400）

题青门见惠所画著色红梅　李调元 ·· （400）

礼汀与余素相爱不知其能画也近日遣徒静安以所画梅兰见寄为题二绝句　李调元 ······ （400）

题画梅为郭匏雅　潘奕隽 ·· （400）

题花卉小帧　奚冈 ·· （401）

题王元章墨梅　奚冈 ·· （401）

瘦影疏香图　洪亮吉 ·· （401）

题奚征君墨梅为邱少尹并寄怀奚君冈　黎简 ································ （401）

题王奉常墨花卉　黄钺 ·· （402）

题陈肖生嵩背面风芍药　黄钺 ··· （402）

题宋六雨广文霖墨牡丹　铁保 ··· （402）

题马湘兰花卉册子　铁保 ·· （402）

题罗小峰梅花册二首　孙星衍 ··· （402）

咏絮亭以画册寄索题十首　阮元 ··· （402）

题牡丹图　戴亨 ··· （403）

题画梅二首　戴亨 ·· （403）

题徐文长败荷画轴　戴亨 ·· （404）

卷四六　花卉类 ··· （405）

画梅四首　孙原湘 ·· （405）

自题画梅四首　孙原湘 ·· （405）

恽寿平秋海棠菊花小幅　孙原湘 ··· （405）

南田秋海棠　孙原湘 ·· （405）

梅不著花写以自遣　孙原湘 ……………………………………………………（406）

题杨晋梅花卷子二首　孙原湘 ……………………………………………（406）

酬苏甘渔画梅　席佩兰 ……………………………………………………（406）

为叔大画桃花便面　钱杜 …………………………………………………（406）

题绕屋梅花圈　焦循 ………………………………………………………（406）

题两峰道人墨梅　张问陶 …………………………………………………（406）

题椒畦牡丹小幅　张问陶 …………………………………………………（407）

题王椒畦画　张问陶 ………………………………………………………（407）

画落梅自题　张问陶 ………………………………………………………（407）

题肖生画梅册却赠　张问陶 ………………………………………………（407）

指头画莲赠少仙　张问陶 …………………………………………………（407）

题扬补之墨梅图卷　吴修 …………………………………………………（407）

题画牡丹绝句　舒位 ………………………………………………………（407）

绿梅花图为子苕题四首　舒位 ……………………………………………（408）

题卧云仿陆复红梅卷子三首　舒位 ………………………………………（408）

题品梅图　顾广圻 …………………………………………………………（408）

为远春秀才画梅诗来称谢依韵答之再题其上　朱方蔼 …………………（408）

题画寄沈侣姚二首　朱方蔼 ………………………………………………（408）

为沙斗初画扇　朱方蔼 ……………………………………………………（409）

题画为张镜壑作镜壑出示文休承画梅扇上有雅宜山人次王元章韵题诗一章余亦效颦为之

　　朱方蔼 ………………………………………………………………（409）

题画扇寄杭菫浦　朱方蔼 …………………………………………………（409）

画扇二首　朱方蔼 …………………………………………………………（409）

早春至潜州纵览天目之胜画梅赠杨丰亭明府　朱方蔼 …………………（409）

江砚农有楚江之行写此赠之　朱方蔼 ……………………………………（409）

题寻诗图　田榕 ……………………………………………………………（410）

折枝牡丹　田榕 ……………………………………………………………（410）

题梅花图　罗芳淑 …………………………………………………………（410）

屈宛仙画白莲花　陈文述 …………………………………………………（410）

雨生眷属合作梅花卷子　邓湘皋 …………………………………………（410）

题画梅二首　屠倬 …………………………………………………………（410）

梅花水仙瓶盆错列并悬金冬心梅奚铁生水仙画障壁间以为钱岁清供　屠倬 ……（411）

顾南雅画梅为何子贞题　程恩泽 …………………………………………（411）

题钱舜举梨花卷子三首　程恩泽 …………………………………………（411）

潘顺之太史遵祁以乙巳假归途中九日画墨菊册见示属题三首　叶廷琯 ……………（411）

卷四七　花卉类 ……………………………………………………………（412）

题翠华宫内使陈喜画石榴　顾太清 ………………………………………（412）

目
录

51

次容斋先生画牡丹菊花原韵二首　顾太清 ……………………………………………………（412）

五月廿二日夫子购得钱舜举荷花一轴有诸家题句分和三首　顾太清 ……………………（412）

辛卯正月同夫子题邹小山画册十首　顾太清 ……………………………………………（412）

题恽南田画册十绝句　顾太清 ……………………………………………………………（413）

为介庵王孙庆廉画牡丹纨扇　顾太清 ……………………………………………………（414）

题楚江姊丈奕湘画墨牡丹　顾太清 ………………………………………………………（414）

题手蓉甥女白莲花团扇　顾太清 …………………………………………………………（415）

自题梅花便面　顾太清 ……………………………………………………………………（415）

题自画菊花寄古春轩老人　顾太清 ………………………………………………………（415）

题赵子固画兰二幅长卷　顾太清 …………………………………………………………（415）

题钱舜举荷花与太清分次图中诗韵二首　奕绘 ……………………………………………（415）

画杏歌题太清所作巨幅　奕绘 ……………………………………………………………（416）

题太清画二绝句　奕绘 ……………………………………………………………………（416）

题恽南田画册十二绝句同侧室太清作　奕绘 ……………………………………………（416）

太清复画瓶中杏枝于乌丝栏笺上题二绝句　奕绘 ………………………………………（417）

题边颐公画二绝句　奕绘 …………………………………………………………………（417）

题陆莼芗画册十四绝句　奕绘 ……………………………………………………………（417）

五月朔花师送盆菊至寒花苍苔与深秋无异太清写影扇头遂题二截句　奕绘 ………（418）

与太清分题咏絮亭画册四绝句　奕绘 ……………………………………………………（418）

邹小山花卉同太清作五首　奕绘 …………………………………………………………（418）

题都统奕公湘墨画牡丹　戴熙 ……………………………………………………………（418）

芍药二首　费丹旭 …………………………………………………………………………（419）

题花卉三种　费丹旭 ………………………………………………………………………（419）

写桃花便面寄生沐　费丹旭 ………………………………………………………………（419）

题花卉册三首　张熊 ………………………………………………………………………（419）

卷四八　花卉类 ……………………………………………………………………………（420）

画梅并题三首　潘曾莹 ……………………………………………………………………（420）

梅二首　潘遵祁 ……………………………………………………………………………（420）

雁来红　潘遵祁 ……………………………………………………………………………（420）

紫丁香　潘遵祁 ……………………………………………………………………………（420）

绣球杏花　潘遵祁 …………………………………………………………………………（420）

桃花二首　潘遵祁 …………………………………………………………………………（421）

菊　潘遵祁 …………………………………………………………………………………（421）

荷花二首　潘遵祁 …………………………………………………………………………（421）

题花卉图十九首　许光治 …………………………………………………………………（421）

题水仙花图　居巢 …………………………………………………………………………（423）

题梅花图　彭玉麐 …………………………………………………………………………（423）

清代题画诗类

催杨紫卿画梅　左宗棠 ·· （423）

为人题罗浮香梦图有调四首　金和 ·························· （423）

题菊　周闲 ··· （423）

梨花　周闲 ··· （423）

含笑花　周闲 ·· （424）

叔云为予画湖南山桃花小景　李慈铭 ······················ （424）

题香满蒲塘图　胡公寿 ··· （424）

自题波罗蜜图扇　赵之谦 ······································ （424）

自题花卉图册页　赵之谦 ······································ （424）

题画梅　赵之谦 ·· （424）

题墨梅图轴　赵之谦 ·· （424）

恽正叔画四首　黄崇惺 ··· （425）

陈白阳白芍药　黄崇惺 ··· （425）

卷四九　花卉类 ·· （426）

题蒋文肃画花卉卷　翁同龢 ··································· （426）

题梅石图　蒲华 ·· （426）

题篱落横枝图　蒲华 ·· （426）

题天竺水仙图　蒲华 ·· （426）

题菊石图　蒲华 ·· （426）

题花卉册　蒲华 ·· （426）

题吴俊卿花卉图轴　蒲华 ······································ （427）

题梅花图轴　虚谷 ··· （427）

题自画秋葵赠邹太夫人　陈书 ································ （427）

写梅　金涑 ··· （427）

题李农如墨桂芍药二首　金涑 ································ （427）

苍石画梅　金涑 ·· （427）

月梅　金涑 ··· （428）

荷花　金涑 ··· （428）

题梅花图　吴昌硕 ··· （428）

自题牡丹图轴　吴昌硕 ··· （428）

自题菊花图轴　吴昌硕 ··· （428）

自题菊花灯檠图轴　吴昌硕 ··································· （428）

予喜画荷叶醉墨团团不著一花如残秋泊舟苕雪间篷窗听雨时也　吴昌硕 ·········· （429）

冷香画荷索题　吴昌硕 ··· （429）

自题墨荷图轴　吴昌硕 ··· （429）

寓居无花木欲求一枝作清供不可得藐翁斋外玉兰盛开折以惠我汲井华水贮古缶养之

　　香满一室翁索画为花写照答之韵事也不可无诗　吴昌硕 ·········· （429）

53

自题玉兰图轴　吴昌硕 ………………………………………………………（429）

自题紫藤图轴　吴昌硕 ………………………………………………………（430）

自题花卉蔬果图卷五首　吴昌硕 ……………………………………………（430）

题徐渭花卉图卷　吴昌硕 ……………………………………………………（430）

自题花卉图轴　吴昌硕 ………………………………………………………（430）

醉后写桂　吴昌硕 ……………………………………………………………（430）

自题画册二首　许訚 …………………………………………………………（431）

题陈曼生画册五首　樊增祥 …………………………………………………（431）

题郭舜卿所藏南田画幅　陈衍 ………………………………………………（431）

题梅花图　吴观岱 ……………………………………………………………（432）

题画芙蓉　丘逢甲 ……………………………………………………………（432）

题画梅石二首　丘逢甲 ………………………………………………………（432）

戏题杏花柳枝画扇送虞笙之葵阳　丘逢甲 …………………………………（432）

题墨荷　王震 …………………………………………………………………（432）

卷五○　花鸟类 ………………………………………………………………（433）

　题花鸟合册　陈洪绶 ………………………………………………………（433）

　题孔雀　朱耷 ………………………………………………………………（433）

　题画燕桃花　朱耷 …………………………………………………………（433）

　题画二首　徐柯 ……………………………………………………………（433）

　题林氏画册五首　屈大均 …………………………………………………（433）

　江月幽禽图　王武 …………………………………………………………（434）

　白头三友图　王武 …………………………………………………………（434）

　花鸟图轴　王武 ……………………………………………………………（434）

　自题花鸟图扇　王武 ………………………………………………………（434）

　拒霜野鹜　恽寿平 …………………………………………………………（434）

　桃花紫燕图　恽寿平 ………………………………………………………（434）

　桃林紫燕　恽寿平 …………………………………………………………（435）

　题与王翚合临陆治花鸟图轴　王云 ………………………………………（435）

　花新鸟鸣图挂轴　华嵒 ……………………………………………………（435）

　碧桃鸳鸯图　华嵒 …………………………………………………………（435）

　秋塘鸂鶒图　华嵒 …………………………………………………………（435）

　桃潭浴鸭图　华嵒 …………………………………………………………（435）

　桃花燕子　华嵒 ……………………………………………………………（436）

　题山雀爱梅图轴　华嵒 ……………………………………………………（436）

　花鸟屏挂轴紫藤黄鸟　李鱓 ………………………………………………（436）

　喜鹊梅花　李鱓 ……………………………………………………………（436）

　梅雀图挂轴　李鱓 …………………………………………………………（436）

荷鸭图　李鱓 ……………………………………… (436)

杏花春燕图　李鱓 ………………………………… (436)

芦花双雁图　黄慎 ………………………………… (437)

荷鹭图　黄慎 ……………………………………… (437)

芙蓉白鹭图　黄慎 ………………………………… (437)

题海棠白头翁画扇调安园主人　袁树 ………… (437)

题赵文俶水墨花鸟册四首　钱大昕 …………… (437)

题郎世宁花鸟图册　梁诗正 …………………… (437)

范苇斋花鸟小帧　翁方纲 ……………………… (438)

题张子政桃花春鸟图轴　吴修 ………………… (438)

题李思敬画荷叶鹨鹕　顾太清 ………………… (438)

题马眉秋荷水鸟　顾太清 ……………………… (438)

蒋季锡画燕子桃花　顾太清 …………………… (438)

题王端淑碧桃翠禽　顾太清 …………………… (438)

陆包山桃柳黄鹂　奕绘 ………………………… (439)

题海棠白头图　许光治 ………………………… (439)

题樱桃黄莺图　居巢 …………………………… (439)

题牡丹双鹊图　王礼 …………………………… (439)

花鸟　金涑 ……………………………………… (439)

题芙蓉鹭鸶图　王震 …………………………… (439)

卷五一　蔬果类 ………………………………… (440)

木瓜啚道人携王荆壁先生所画木瓜见遗老夫　朱�›耷 …… (440)

题画枇杷　朱耷 ………………………………… (440)

题古瓶荔支图轴　朱耷 ………………………… (440)

题希文莲子石榴册　叶燮 ……………………… (440)

题高学士蔬香图　姜宸英 ……………………… (440)

画菜　恽寿平 …………………………………… (440)

墨菜　恽寿平 …………………………………… (441)

画芋　恽寿平 …………………………………… (441)

瓜豆　恽寿平 …………………………………… (441)

宣和御墨枇杷图歌　王士禛 …………………… (441)

葛一龙枇杷　王士禛 …………………………… (441)

为门人宗梅岑元鼎题荔枝图　王士禛 ………… (441)

詹事高澹人先生以蔬香图卷子属题卷中尚阙六言为补此体四首　邵长蘅 …… (442)

题钱舜举三蔬图和牧仲先生作三蔬菜笋芦菔也　邵长蘅 …… (442)

墨笔花果册三首　原济 ………………………… (442)

题温日观葡萄卷　高士奇 ……………………… (443)

题画笋　姜实节 ·· （443）

题王赤抒沿篱豆花画幅　查嗣瑮 ·· （443）

再题种菜图二首　查慎行 ·· （443）

题陆汉标墨菜图　查慎行 ·· （443）

题王赤抒篱豆画卷二首　查慎行 ·· （443）

啖荔图二首　何焯 ·· （444）

为顾书宣题元人程有中画菜　周起渭 ·· （444）

自题画册胡芦　文昭 ·· （444）

题元明人蔬果杂画册子乞粟所知二首　高凤翰 ······································ （444）

椒姜图　李鱓 ·· （445）

石榴扇页　李鱓 ·· （445）

蔬果册页罗卜扁豆　李鱓 ·· （445）

菱藕册页　李鱓 ·· （445）

竹笋　李鱓 ·· （445）

题画石榴　李鱓 ·· （445）

葡萄　金农 ·· （445）

蔬果册页二首　金农 ·· （446）

花果图册页　金农 ·· （446）

采菱图　金农 ·· （446）

枇杷　金农 ·· （446）

题蔬果册页竹笋　金农 ·· （446）

题余省仿弘历御笔盆桔图　汪由敦 ·· （446）

萝卜蒜头　李方膺 ·· （447）

枇杷　李方膺 ·· （447）

题桐敏山人画芋豆芦菔　杭世骏 ·· （447）

题余省仿弘历御笔盆桔图　厉宗万 ·· （447）

卷五二　蔬果类 ·· （448）

题画蒲萄应砚圃太守命即以送行　袁枚 ·· （448）

题画杏　王文治 ·· （448）

题余省仿弘历御笔盆桔图三首　梁诗正 ·· （448）

题画菜册　姚鼐 ·· （448）

蔡万资履元水乡菱藕图三首　姚鼐 ·· （449）

题画石榴　翁方纲 ·· （449）

王少峰写意小轴恽铁箫补成者为邹苏门明府题　翁方纲 ······························ （449）

伏城驿店壁戏写墨菘自题　李调元 ·· （449）

自题荔枝图　李调元 ·· （449）

自题双菘图并序　李调元 ·· （449）

清代题画诗类

题金叶山水墨蔬果二首　黄钺 …………………………………………………（450）

顾横波夫人画菜　孙原湘 …………………………………………………（450）

恽兰溪夫人画册二首　孙原湘 ……………………………………………（450）

元日题画菜二首　舒位 ……………………………………………………（451）

为太福晋写蒲桃团扇敬题一绝　顾太清 …………………………………（451）

题画　王素 …………………………………………………………………（451）

枇杷　潘遵祁 ………………………………………………………………（451）

水莨花藕　潘遵祁 …………………………………………………………（451）

画菱藕莲蓬芋荠赠珠江校书　居巢 ………………………………………（451）

题茄苋图　居巢 ……………………………………………………………（451）

题瓜蔬图二首　居巢 ………………………………………………………（452）

茭白扁荳　周闲 ……………………………………………………………（452）

画枇杷　翁同龢 ……………………………………………………………（452）

题画花果三首　翁同龢 ……………………………………………………（452）

果品图　蒲华 ………………………………………………………………（452）

石榴葫芦图　蒲华 …………………………………………………………（453）

题四时果实图佛手　赵之谦 ………………………………………………（453）

题蔷薇芦橘图轴　吴昌硕 …………………………………………………（453）

自题枇杷图轴　吴昌硕 ……………………………………………………（453）

自题葫芦图轴　吴昌硕 ……………………………………………………（453）

自题苦瓜图轴　吴昌硕 ……………………………………………………（453）

公周索画菜复属补书一帙于旁予问其意谓真读书者必无封侯食肉相只咬得菜根耳是言
　　虽游戏感慨系之矣　吴昌硕 ……………………………………………（454）

卷五三　禽鸟类 ……………………………………………………………（455）

题大鸟图　钱谦益 …………………………………………………………（455）

题林良枯木寒鸦图图有李宾之题句四首　王夫之 ………………………（455）

题二禽图　吴伟业 …………………………………………………………（455）

题许有介群鸦话寒图二首　龚鼎孳 ………………………………………（455）

题徽宗画鹰　戴明说 ………………………………………………………（455）

题许山人白描画凤送王山史归华阴四首　吴嘉纪 ………………………（456）

题鸣雁图送别　周容 ………………………………………………………（456）

题芦鸭图二首　汪琬 ………………………………………………………（456）

题鹌鹑册页　朱耷 …………………………………………………………（456）

题枯柳孤鸟图　朱耷 ………………………………………………………（456）

题枯木孤鸟图　朱耷 ………………………………………………………（456）

题竹石孤鸟图　朱耷 ………………………………………………………（457）

题双鸟图轴　朱耷 …………………………………………………………（457）

目
录
一

鸸鸡立石图　朱耷 …………………………………………………………（457）

题十鹤图十首　叶燮 ………………………………………………………（457）

题芦雁扇二首　叶燮 ………………………………………………………（458）

芦塘放鸭图为查大弟慎行题二首　朱彝尊 ………………………………（458）

题李检讨澄中所藏明月芦雁图二首　朱彝尊 ……………………………（458）

题禹之鼎放鹇图　梁佩兰 …………………………………………………（459）

题枫江群雁图　吴历 ………………………………………………………（459）

春雁江南图　吴历 …………………………………………………………（459）

白燕　恽寿平 ………………………………………………………………（459）

鸡　恽寿平 …………………………………………………………………（459）

睡鸟图　恽寿平 ……………………………………………………………（459）

临元人睡鸟图　恽寿平 ……………………………………………………（459）

双凤图　恽寿平 ……………………………………………………………（460）

观燕人王筠侣画小鸟立霜枝红叶鲜洁可爱扇为蛟门舍人所得　恽寿平 …（460）

王若水古木鸣禽图为宋子昭郎中作　王士禛 ……………………………（460）

查夏重芦塘放鸭图三首　王士禛 …………………………………………（460）

题王勤中柳塘聚禽图　宋荦 ………………………………………………（460）

朱苇画春禽聚晓图歌　邵长蘅 ……………………………………………（461）

题姚绶寒林鸲鹆图二首　高士奇 …………………………………………（461）

禹之鼎放鹇图　陈奕禧 ……………………………………………………（461）

题边景昭鸣禽图　爱新觉罗·玄烨 ………………………………………（461）

题禹之鼎放鹇图二首　查嗣瑮 ……………………………………………（462）

禹尚基为宋牧仲太宰绘贾阆仙诗意图二首　周起渭 ……………………（462）

画鹰　沈德潜 ………………………………………………………………（462）

张铁桥画鹰　沈德潜 ………………………………………………………（462）

卷五四　禽鸟类 ……………………………………………………………（463）

题贡三垤画扇　薛雪 ………………………………………………………（463）

松鹤图　华嵒 ………………………………………………………………（463）

竹溪书屋　华嵒 ……………………………………………………………（463）

高枝好鸟图　华嵒 …………………………………………………………（463）

竹禽图　华嵒 ………………………………………………………………（463）

题鸣鹤图　华嵒 ……………………………………………………………（464）

题鹏举图　华嵒 ……………………………………………………………（464）

戏题王石丈秋柳鸜鹆图　高凤翰 …………………………………………（464）

寒林鸦正图　高凤翰 ………………………………………………………（464）

题芦雁二首　边寿民 ………………………………………………………（464）

题芦雁图册　边寿民 ………………………………………………………（464）

清代题画诗类

芦雁图　边寿民 ……………………………………………………（465）

芦雁扇页　边寿民 …………………………………………………（465）

秋风落雁　边寿民 …………………………………………………（465）

芦雁　边寿民 ………………………………………………………（465）

松禽兰石图　李鱓 …………………………………………………（465）

蕉鹅图　李鱓 ………………………………………………………（465）

秋柳鸣禽图　李鱓 …………………………………………………（465）

鸡图轴　李鱓 ………………………………………………………（466）

芦鸭图　黄慎 ………………………………………………………（466）

双雁图　黄慎 ………………………………………………………（466）

秋柳画眉图　黄慎 …………………………………………………（466）

题方邸鹤琴鹤送秋图　马曰琯 ……………………………………（466）

程莼浦以抱琴携鹤图索题　马曰琯 ………………………………（466）

题李营邱寒林鸦集图　马曰璐 ……………………………………（466）

题边景昭王绂合作竹鹤双清图　董邦达 …………………………（467）

题画白头翁　袁枚 …………………………………………………（467）

题林良九鹭图　王又曾 ……………………………………………（467）

题赵佶柳雅芦雁图三首　爱新觉罗·弘历 ………………………（467）

春江载鹤小幅　鲍桌 ………………………………………………（467）

自题古木寒鸦图　王宸 ……………………………………………（468）

戏题睡鸥图　蒋士铨 ………………………………………………（468）

松雪秋塘小幅　蒋士铨 ……………………………………………（468）

柳燕图　王文治 ……………………………………………………（468）

李敦庸荷叶双凫　姚鼐 ……………………………………………（468）

鹤石图　罗聘 ………………………………………………………（468）

题吴秉仁双鹤图　李调元 …………………………………………（468）

傅雯画鹰歌　李调元 ………………………………………………（469）

吕纪画雁　奚冈 ……………………………………………………（469）

冯给谏培竹鹤图　洪亮吉 …………………………………………（469）

吕纪画五鸬鹚图歌　黎简 …………………………………………（470）

林以善画鹰　黎简 …………………………………………………（470）

放鹤图黎二樵为周肃斋明府作属题　黄景仁 ……………………（470）

题马氏斋头秋鹰图　黄景仁 ………………………………………（470）

题杨柳鸣禽图　金礼嬴 ……………………………………………（471）

题李梅生育放鹤图和潘星斋韵　姚元之 …………………………（471）

题双鹊图　戴亨 ……………………………………………………（471）

枯树寒雅图　戴亨 …………………………………………………（471）

题边颐公画浴雁　张问陶 …………………………………………（471）

目
录

画鹰自题　张问陶 …………………………………………（471）

鹧鸪画扇　舒位 ……………………………………………（471）

题王渊梧桐双鸟图　吴荣光 ………………………………（472）

画鹰　屠倬 …………………………………………………（472）

客中为人题芦雁小景　叶廷琯 ……………………………（472）

题边颐公柳丝双燕　顾太清 ………………………………（472）

题赵伯驹画古木寒鸦二首　顾太清 ………………………（472）

题无名氏画雁　顾太清 ……………………………………（473）

题柳燕图　许光治 …………………………………………（473）

题双鹭图二首　居巢 ………………………………………（473）

同治甲子将由东官言归会垣画二鸟于便面留别简东洲文学并题此诗　居巢 ……（473）

得高南阜片纸作枯木寒鸦题荒落二字喜甚作此　杨翰 …（473）

芦雁　周闲 …………………………………………………（473）

题鹊　周闲 …………………………………………………（474）

锦鸡　周闲 …………………………………………………（474）

题鹤　周闲 …………………………………………………（474）

凤凰　周闲 …………………………………………………（474）

题鹤　周闲 …………………………………………………（474）

画寒鸦枯树　翁同龢 ………………………………………（474）

题倪县令松鹤图二首　丘逢甲 ……………………………（474）

题雀稻横轴　王震 …………………………………………（475）

卷五五　走兽类 ……………………………………………（476）

题崔青蚓洗象图　吴伟业 …………………………………（476）

题周恭肃公画牛　朱彝尊 …………………………………（476）

画马　屈大均 ………………………………………………（476）

题画猫　恽寿平 ……………………………………………（477）

猎犬诗题画　恽寿平 ………………………………………（477）

双鹿小景　恽寿平 …………………………………………（477）

题猎犬图二首　恽寿平 ……………………………………（477）

罗塞翁猿图　王士禛 ………………………………………（477）

戴嵩牛图　王士禛 …………………………………………（478）

葵图为牧仲郎中赋　王士禛 ………………………………（478）

题赵承旨画羊　王士禛 ……………………………………（478）

柳塘春牧图　杨晋 …………………………………………（478）

牧牛图扇　杨晋 ……………………………………………（478）

题牧牛图　杨晋 ……………………………………………（479）

题芦溪双牛图轴　杨晋 ……………………………………（479）

清代题画诗类

题费晓楼同年牧牛图　查慎行 ·················· (479)

题陈允升塞外牧羊图后四首　查慎行 ·············· (479)

题潘铭三孝廉相马图小照四首　查慎行 ············· (479)

再题朱北山所画松鼠蒲萄　查慎行 ················ (480)

张铁桥画马　沈德潜 ······················ (480)

奉敕题韩干照夜白图二首　沈德潜 ················ (480)

墨驴行赠朱玉田　沈德潜 ···················· (480)

画马　华嵒 ··························· (480)

题栗朴邨摹本五马图　高凤翰 ·················· (481)

题渡水五马图为卢翼孙作　高凤翰 ················ (481)

画猫　汪士慎 ·························· (481)

题画马二首　戴瀚 ······················· (481)

题画马二首　金农 ······················· (481)

马二首　金农 ·························· (482)

画虎歌　方士庶 ························· (482)

仇英战马图　刘大櫆 ······················ (482)

题唐人游骑图二首　爱新觉罗·弘历 ··············· (482)

题郎世宁画马　爱新觉罗·弘历 ················· (482)

题韩干照夜白图　爱新觉罗·弘历 ················ (483)

题高其佩指头画虎　爱新觉罗·弘历 ··············· (483)

题邹若泉牧羊图二首　袁枚 ··················· (483)

养马图　袁枚 ·························· (483)

洗马图　袁枚 ·························· (483)

卷五六　走兽类 ·························· (484)

卖牛图歌为两峰作　蒋士铨 ··················· (484)

题邑侯周石云戏马图　赵翼 ··················· (484)

题画虎　王文治 ························· (484)

题白云山樵危危日画猫　王文治 ················· (484)

易元吉画　翁方纲 ······················· (484)

画鹿二首　翁方纲 ······················· (485)

题画牛　张赐宁 ························· (485)

桂犬令馥戴花骑象图　洪亮吉 ·················· (485)

唐明府仲冕招集吴县仓廨观唐六如画马　洪亮吉 ········· (485)

赵子昂画马歌在中州节署作　孙星衍 ·············· (486)

徐民部大榕所藏戴峰斗牛图　孙星衍 ·············· (486)

题牧牛图为孙令良炳作三首　孙星衍 ·············· (486)

题丁云鹏文殊洗象图　张问陶 ·················· (486)

自题画马　张问陶 ……………………………………………… （486）

为旭林画猿题句　张问陶 ………………………………………… （487）

张子白若采同年属画骆驼戏题一诗　张问陶 …………………… （487）

画马　张问陶 …………………………………………………… （487）

画马自题　张问陶 ……………………………………………… （487）

画松鼠　张问陶 ………………………………………………… （487）

沈石田仿戴嵩牛图　舒位 ……………………………………… （487）

为宋蕴奇翰林题吴琏画马图即送其归商邱　田榕 …………… （488）

李迪牧牛图　邓显鹤 …………………………………………… （488）

题牧羊图　魏源 ………………………………………………… （488）

自题画马赠韩云溪师傅　奕绘 ………………………………… （489）

题人马图　费丹旭 ……………………………………………… （489）

墨牛二首　吴昌硕 ……………………………………………… （489）

赵子昂画马并序　樊增祥 ……………………………………… （489）

装裱宜兰山人狮子图已成题其端　丘逢甲 …………………… （489）

题寒林嘶马图轴　王震 ………………………………………… （490）

卷五七　鳞介类 ………………………………………………… （491）

画鲤鱼歌　董文骥 ……………………………………………… （491）

鱼乐图卷二首　朱耷 …………………………………………… （491）

题落花游鱼　恽寿平 …………………………………………… （491）

题落花游鱼图五首　恽寿平 …………………………………… （491）

临范仁安鱼藻图　恽寿平 ……………………………………… （492）

模刘寀落花戏鱼图二首　恽寿平 ……………………………… （492）

金鱼　恽寿平 …………………………………………………… （492）

风莲戏鱼图二首　恽寿平 ……………………………………… （492）

临刘寀鱼藻图　恽寿平 ………………………………………… （492）

题徐电发检讨画蟹二首　王士禛 ……………………………… （492）

戏题旅壁画龙　查慎行 ………………………………………… （493）

题且园翁指头画龙　高凤翰 …………………………………… （493）

为祝荔亭同学戏题画蟹　高凤翰 ……………………………… （493）

题周崑来画龙　高凤翰 ………………………………………… （493）

画墨龙　华嵒 …………………………………………………… （493）

菊蟹秋光图　李鱓 ……………………………………………… （494）

螃蟹扇面　边寿民 ……………………………………………… （494）

鳜鱼　边寿民 …………………………………………………… （494）

甲午重阳后五日病余题菊蟹　边寿民 ………………………… （494）

嵩山处士画龙歌为童洵良作　戴瀚 …………………………… （494）

清代题画诗类

菊蟹图　黄慎 ……………………………………………（495）

周玙龙图　郑燮 ……………………………………………（495）

游鱼图　李方膺 ……………………………………………（495）

鲂鲤贯柳图　李方膺 ………………………………………（495）

墨鱼图　李方膺 ……………………………………………（495）

双鱼图　李方膺 ……………………………………………（495）

河鱼稻穗图　李方膺 ………………………………………（495）

题秋蟹图　童钰 ……………………………………………（496）

墨蟹戏题　戴亨 ……………………………………………（496）

扇头鲈鱼　孙原湘 …………………………………………（496）

九月九日画菊数枝蟹数辈漫题一绝　张问陶 ……………（496）

题沧湄知鱼乐图　张问陶 …………………………………（496）

题画龙　魏源 ………………………………………………（496）

画蟹二首　郎葆辰 …………………………………………（497）

题无名氏画鲤鱼　顾太清 …………………………………（497）

冬至月初四日梦中题王綦画戏鱼图　顾太清 ……………（497）

题落花游鱼图三首　许光治 ………………………………（497）

题游鱼图　居巢 ……………………………………………（497）

昔在都门乞郎苏门先生画为作墨蟹仅露眼爪余纸悉以淡墨点水草意殊超妙偶与乔松轩

　　话及即于纨素仿之戏作小诗书于背尖叉二字非见画不知也　杨翰 …………（498）

芦蟹　周闲 …………………………………………………（498）

题菊花酒蟹重阳日作　周闲 ………………………………（498）

荷花蟹　周闲 ………………………………………………（498）

严少蓝夫人所画墨龙歌　俞樾 ……………………………（498）

徐青藤春柳游鱼　吴昌硕 …………………………………（499）

自题写生之一　吴浔源 ……………………………………（499）

卷五八　草虫类 ……………………………………………（500）

题稚黄梦蝶图　恽寿平 ……………………………………（500）

画蝶　恽寿平 ………………………………………………（500）

王筠侣画草虫为大司寇梁公题二首　王士禛 ……………（500）

为梁景文题画　查慎行 ……………………………………（500）

题陈月泷太常兰竹草虫画　查慎行 ………………………（500）

题朱楣师所藏顾咸三画罗浮五色蝶二首　查慎行 ………（501）

为巢司寇题高韦之指画菊蝶二首　周起渭 ………………（501）

为苍存题陈月泷兰竹草虫二首　周起渭 …………………（501）

柳蝉图　蒋廷锡 ……………………………………………（501）

蝴蝶　边寿民 ………………………………………………（501）

目录

花卉图册二首　李鱓 ·· （501）

草虫菊花图　李鱓 ·· （502）

秋虫图　李鱓 ·· （502）

草虫图　李鱓 ·· （502）

自题画册三首　余省 ··· （502）

题五毒图　马曰璐 ·· （502）

题蒋溥络纬图　刘统勋 ··· （503）

题蒋溥络纬图　秦惠田 ··· （503）

戴琬草根斗蟀图　赵翼 ··· （503）

题庆比部保画蝶　孙星衍 ·· （503）

题牡丹巨蝶画屏　阮元 ··· （503）

题花卉草虫册子二首　孙原湘 ·· （504）

客有贻罗浮蝶者置笼中一夕遁去蔡松若作歌纪异索余图之　钱杜 ·········· （504）

画蝶为桂未谷馥同年题　张问陶 ··· （504）

观生阁画太常仙蝶　张问陶 ··· （504）

刘象山方伯墫画草虫廿四种于扇刘文正公细楷书唐宋以来草虫诗廿四绝于背纪香林树

　　馨户部装卷属题卷后有刘文清王文端及朱石君师题识三首　张问陶 ······ （505）

题蛱蝶图　舒位 ··· （505）

蕉园方伯指头画蝶团扇四首　陈文述 ··· （505）

画蝶图为罗丽生女士作三首　邓显鹤 ··· （505）

蜻蜓　潘遵祁 ·· （505）

蜻蜓　居巢 ·· （506）

秋虫　周闲 ·· （506）

蝉柳　周闲 ·· （506）

太常仙蝶图为徐寿蘅侍郎叔洪侍御题四首　俞樾 ······························ （506）

自题画落花蝴蝶便面　孔素瑛 ·· （506）

题范绣云画蝶二首　金涑 ·· （506）

自题画册二首　许峕 ··· （507）

自题芳草蝶飞图册五首　徐德音 ·· （507）

尹和伯画蜻蜓为左绳孙观察题二首　陈三立 ··································· （507）

虞笙以题蛱蝶图诗见示为赋此三首　丘逢甲 ··································· （507）

卷五九　宫室类 ·· （508）

仇英画九成宫图　王士禛 ·· （508）

查浦书屋图为德尹题四首　查慎行 ·· （508）

题王晴江清凉山庄图六首　戴瀚 ·· （508）

题翁霁堂三十三山草堂图　马曰琯 ·· （509）

小李将军汉宫图　刘大櫆 ·· （509）

清代题画诗类一

唐六如竹溪仙馆图二首　王昶 ······························ (510)

题朱德润秀野轩图卷　爱新觉罗·弘历 ······················ (510)

题李唐长夏江寺图卷二首　爱新觉罗·弘历 ·················· (510)

题王云上西庄草堂图　袁枚 ······························ (510)

题金素中太守西瀛小筑图二首　赵翼 ······················ (510)

题钱曙川竹初庵图　赵翼 ································ (511)

陶怡云深柳读书堂图　姚鼐 ······························ (511)

宋人水殿图　姚鼐 ···································· (511)

崔公子景偁竹楼图二首　洪亮吉 ·························· (511)

粤西舟次题周梦岩学使评梅山馆图　阮元 ···················· (511)

横山草堂图　钱杜 ···································· (512)

临吴仲圭武夷仙屋图　钱杜 ······························ (512)

仿唐子华桐华馆图　钱杜 ································ (512)

题朱涧东成湖山草堂图　张问陶 ·························· (512)

寒石上人吾与庵图　张问陶 ······························ (512)

题徐寿征心陶书屋图　张问陶 ···························· (512)

四咏阁图为戴甥贞石题四首　舒位 ························ (513)

看山读画楼图为华亭周鞠塍孝廉题　舒位 ···················· (513)

仇英昭阳宫图　舒位 ·································· (513)

题子山樊邨草堂图四首　舒位 ···························· (513)

李后主百尺楼图　陈文述 ································ (514)

张蓉裳学博三分水二分竹一分屋图　程恩泽 ·················· (514)

明季甫里许中书自昌梅花墅图册　叶廷琯 ···················· (515)

题叶渔庄承桂五湖渔庄图二首　叶廷琯 ······················ (515)

题倪云林清閟阁图　顾太清 ······························ (515)

题王蒙关山萧寺图　顾太清 ······························ (515)

题秋山兰若画　顾太清 ································ (515)

题倪高士清閟阁图　奕绘 ································ (515)

题章次白梅竹山庄图　戴熙 ······························ (516)

题日本铃木莲岳塔泽山庄图　俞樾 ························ (516)

题畏庐画　陈衍 ···································· (516)

再题　陈衍 ·· (516)

为文石题寒碧楼主人画　陈衍 ···························· (516)

题剑南老人榆园图六首　张检 ···························· (516)

卷六〇　杂题类 ·· (518)

蓝秀才见示刘松年风雪运粮图　朱彝尊 ···················· (518)

吴渔山农村喜雨图书画卷　吴历 ·························· (518)

题立雪道人蓑笠牵牛图　恽寿平 ……………………………………………………（518）

题栈道飞雪图送曾道扶之汉中　王士禛 …………………………………………（518）

题石涛对牛弹琴图　程中讷 ………………………………………………………（519）

高冈独立图　高其佩 ………………………………………………………………（519）

虞山钱劢谷属题采药图二首　查慎行 ……………………………………………（519）

把犁图为汪荇洲前辈题二首　查慎行 ……………………………………………（519）

题杂画册二首　高凤翰 ……………………………………………………………（519）

题耕织图十首　爱新觉罗·玄烨 …………………………………………………（520）

题周文矩画说剑图　爱新觉罗·玄烨 ……………………………………………（521）

题启南先生莫砳铜雀砚图　曹寅 …………………………………………………（521）

题石涛对牛弹琴图　曹子清 ………………………………………………………（521）

题金廷标采药图轴二首　钱陈群 …………………………………………………（521）

漱石捧砚图　黄慎 …………………………………………………………………（522）

黄慎漱石捧砚图　郑燮 ……………………………………………………………（522）

题高凤翰披褐图　郑燮 ……………………………………………………………（522）

为焦五斗题汪士慎乞水图　郑燮 …………………………………………………（522）

朱炎百瞎图　郑燮 …………………………………………………………………（522）

李鳝老少年图　郑燮 ………………………………………………………………（522）

题雅雨先生借书图　李葂 …………………………………………………………（522）

题展子虔游春图二首　爱新觉罗·弘历 …………………………………………（523）

题赵原晴川送客图　爱新觉罗·弘历 ……………………………………………（523）

题董邦达灞桥觅句图　爱新觉罗·弘历 …………………………………………（523）

题金廷标负担图　爱新觉罗·弘历 ………………………………………………（523）

题李嵩货郎图　爱新觉罗·弘历 …………………………………………………（523）

题画册　王宸 ………………………………………………………………………（523）

自题歇担图　王宸 …………………………………………………………………（523）

自题秋夜读书图　王宸 ……………………………………………………………（524）

琴城课士图为卢太守存斋题　袁枚 ………………………………………………（524）

题潄香夫人采芝图　袁枚 …………………………………………………………（524）

题黄小松紫云山访碑图　桂馥 ……………………………………………………（525）

题陈老莲停琴听阮图　奚冈 ………………………………………………………（525）

法学士式善山寺说诗图　洪亮吉 …………………………………………………（525）

题桐阴觅句图　焦循 ………………………………………………………………（525）

李芑泖经历承烈从军图二首　舒位 ………………………………………………（526）

为人题海市图五首　舒位 …………………………………………………………（526）

嘉庆初辰州用兵周明府之父嘉猷以劳卒于军有诏视死事例赠恤留其子乐清于军中即
　　明府也时方十二龄明府现令麻阳乃追绘十二龄奉诏从戎图索题作九言诗应之
　　邓显鹤 ………………………………………………………………………（526）

补题李秀才增厚梦游天姥图卷尾有序　龚自珍 ························· (527)

再题六舟剔灯图自六舟将此卷寄京存余箧者将二年今年使闽携以行至江南未遇六舟遂

　携至闽中复有题者今还至姑苏不能再留灯下重展若有不能释者率题一律时己亥十月

　三十日　何绍基 ··· (527)

题明人曹桐邱先生镁乞食儿谣并图二首　俞樾 ··················· (527)

题陈老莲摹古册四首　翁同龢 ······························· (528)

题陶镜庵溶画四首　沈景修 ······························· (528)

再题青门送别图　樊增祥 ··································· (528)

为小鲁题湘江访旧图　陈三立 ································· (528)

题绾斋待讲扈从负书图　陈衍 ································· (529)

自题云峰求己图三首　胡锡珪 ································· (529)

自题设色采桑图扇　吴观岱 ································· (529)

为式之太史钰作四当斋勘书图并题　顾麟士 ··················· (529)

丁巳初秋李响泉招集连镇适河决道阻不果往旋以莲社图属题写此寄怀　张检 ··· (529)

诗人、画家小传目录 ··· (531)

诗人、画家小传 ··· (534)

引用书目 ··· (560)

作者索引 ··· (565)

清代题画诗类卷一

山水类

题刘宫谕画二首

钱谦益

春山观瀑图

春山得春山气长，瀑布奔流几千丈。 山僧溅衣古寺中，行人拂面溪桥上。 喷壑奔雷日夜忙，愁倾银汉泻天潢。 白云冲断青山在，始信人间有石梁。

秋山读书图

秋光如水秋天半，南山高楼见书案。 高楼图史称萧闲，下界丹黄自纷乱。 远浦维舟傍夕曛，两翁相对话溪云。 知无世事污君耳，楼上书声闻不闻？

——（《牧斋初学集》卷一三）

题宋徽宗杏花村图

钱谦益

宜春小苑春风香，宣和闳殿春昼长。 帝所神霄换新诰，江南花石催头纲。 至尊盘礴自游艺，宛是前身画师制。 岁时婚嫁杏花村，桑麻鸡犬桃源世。 杏花村中花冥冥，纥干山雀群飞鸣。 巾车挈筐去何所？ 无乃负担趋青城。 君不见杏花寒食钱塘路，鬼燐灯檠风雨暮。 麦饭何人浇一盂？ 孤臣哭断冬青树。

——（《牧斋初学集》卷一三）

为康小范题李长蘅画

钱谦益

李生才思如青云，信腕泼墨皆有文。 云山每拂红楼壁，章草尝书白练裙。 此图点染聊复尔，老笔槎牙劈生纸。 已皴数树接烟岚，更著扁舟破春水。 舟中一老淡须眉，莺脰湖边问渡时。 桔花寒食横塘路，绛浅红轻荡桨迟。

——（《牧斋有学集》卷六）

题烟客画扇

钱谦益

吹笛居箱去不回，人间粉本付沈灰。　空斋画扇秋风里，重见浮岚暖翠来。

——（《牧斋有学集》卷一二）

题邹臣虎画扇二首

钱谦益

大痴吹笛度秦关，邹子仙游又不还。　破墨烟峦余暗淡，夕阳粉本在关山。
浮岚暖翠失连城，漂堕今为粪土英。　一角云山留数点，为君怀袖伴孤清。

——（《牧斋有学集》卷五）

题画二首

钱谦益

戚戚秋声卷白波，青山断处暮云多。　沉沙折铁无消息，卧看千帆掠槛过。
橹背指青山，浪打船头上。　曼声时一啸，聊答江涛响。

——（《牧斋有学集》卷八）

题溪山胜趣画卷

王时敏

山坳小筑趁闲身，瓮牖绳床不算贫。　一夜风吹春茗绿，满腔溪壑斗嶙峋。

——（《清画家诗史》甲上）

关使君袁环中索画
荏苒一年兹于其辎车戎装
仿一峰老人笔意书此志愧

王时敏

关门紫气幻云烟，大石寒山列两边。　割取一峰深秀色，可堪移入米家船。

——（《清画家诗史》甲上）

摹黄子久夏山图

王时敏

营丘北苑无真虎，十岳烟云萃一峰。　不是夏山偏入画，爱他霖雨霭时浓。

——（《清画家诗史》甲上）

和笪重光题石谷先生毗陵秋兴图二首

王时敏

篷底秋光尽日凭，更兼骢马下毗陵。　霜高月落乌啼后，翠嶂丹枫拟右丞。
李郭同舟已合仙，京江胜事忽喧传。　耄昏疲曳西田老，也放襄阳诗画船。

——（《瓯香馆集》卷三）

题画十首

普荷

欲画湖边寺，颓然不耐看。　远山经老手，无霜也生寒。
抱杖魂将堕，天台路不遥。　虽非方广庵，恐有石梁桥。
画以形似觅，未免学儿童。　墨烂毫枯后，方才见古风。
垂老难携杖，穷奇作画师。　林峦青可数，多在雪晴时。
临池学点苔，却有惟山意。　不是太清闲，肯为无益事。
雨压山还瘦，霜摧树不齐。　乍观余纵笔，恰似醉阇黎。
幽讨去不息，过眉七尺筇。　青山无暖气，高况在秋冬。
尺土两株树，千峰一块冰。　倪迂有三昧，冷过我为僧。
不能如麕聚，离别有同然。　渔父过人处，全家在一船。
昔我游天姥，松杉无此深。　依稀未遍处，看画补登临。

——（《担当遗诗》卷六）

题画六首

普荷

书画从来是一家，烟云动处走龙蛇。　时人才欲寻踪影，芦荻花飞月已斜。
老僧家住水云乡，秋色黄拖一笔霜。　扫却千峰还太素，有谁觌面识担当。
世事羁人发易焦，此翁欲去访山樵。　神仙只是能抛却，不可容他径过桥。
山僧爱山性所狃，草笔俨如峰倒插。　峰头不雨走龙蛇，画中谁信有书法。
烟云变幻本无形，墨汁模糊旧草亭。　只道斯名画可隐，转教众品说丹青。
独醒常干造物瞋，画山无价且安贫。　入林一杖寻僧者，谁不抬肩是冷人。

——（《担当遗诗》卷七）

题画四首

普荷

纸上有山孤又孤，俨似小巫非大巫。　昨夜天风忽吹堕，失却一岙是此无。
写山谬得真山名，似水无声浪亦平。　山水纵佳知己少，不劳真似太分明。

不仿南宋仿北宋，山水垒垒有何用。　要便清虚终日来，会将墨汁加浓重。
如今十亩莫求闲，满地干戈正阻艰。　桑者欲寻安稳处，不如纸上买青山。

——（《担当遗诗》卷七）

题画五首

普荷

大半秋冬识我心，清霜几点是寒林。　荆关代降无踪影，幸有倪存空谷音。
冷雨何妨尽作冰，扶持并不用秋藤。　尽教路滑吾有足，踏破街头铁一层。
虽在山林也不衫，一川瘴雨泼飞岩。　迤东六月无冰卖，且把松风荐熟馋。
一树双柯带粉红，桃开也学傲篱东。　如今举世争春色，不许黄花占上风。
地偏惟恐有人来，画个茅堂户不开。　陵谷虽无前日影，老僧指点旧时苔。

——（《清画家诗史》壬下）

秋山霜霁图

萧云从

一林霜叶可怜红，半入虚中半画中。　冷艳足为秋点染，从来多事是秋风。

——（《萧汤二老遗诗合编》）

秋山访友图

萧云从

秋风谡谡水潺潺，曳杖闲行意坦然。　应访石桥东畔去，友人茅屋竹林边。

——（《萧汤二老遗诗合编》）

题山水画

萧云从

老卧榕关较旧编，春雷夜雨古岩前。　中间一道长如练，飞入寒潭不纪年。

——（《十百斋书画录》卷巳）

题邵瓜畴山水

文柟

鼍画溪头秋水明，高人逸笔思纵横。　云山多少元晖句，不道毫端画得成。

——（《清画家诗史》甲下）

清代题画诗类

青山秋云图

项圣谟

一簇青山水几湾，秋云卷雨出层峦。 偶来偃息林亭下，远见岩阴瀑影寒。

——（日本东京山本悌二郎藏画）

仿倪瓒溪亭山色图二首

王鉴

烧灯过了客思家，寂寂衡门数暝鸦。 燕子未归梅落尽，小窗明月属梨花。
春雨春风满眼花，梦中千里客还家。 白鸥飞去江波绿，谁采西园谷雨茶。

——（《历代绘画题诗存》）

仿黄公望山水图轴

王鉴

独酌何须问主宾，兴来鱼鸟亦相亲。 苍松翠竹真佳客，明月清风是故人。

——（台北故宫博物院藏画）

和笪重光题石谷先生毗陵秋兴图二首

王鉴

城中翠馆沸歌钟，城外霜林叶正红。 抛却豪华对幽寂，先生高迹许谁同。
辋川画笔少陵诗，泛泛轻舟信所之。 闲与沙鸥订盟处，莫教笑我不追随。

——（《瓯香馆集》卷三）

仿巨然写杨铁崖诗意图轴

王鉴

鸿雁来时水拍天，平冈古木尚苍烟。 借君此地安渔艇，着我西窗听雨眠。

——（南京博物院藏画）

题旧作秋山图轴

王鉴

十年踪迹任飘蓬，不向丹青问拙工。 今日闲窗重把玩，画中犹作故人逢。

——（上海博物馆藏画）

自题山水

王鉴

锡山无锡是无兵，怪得云林不再生。 但有烟霞填骨髓，须知我法本同卿。

——（《听帆楼续刻书画记》卷下）

题卞文瑜寿烟客山水图册

王节

百岁犹添四十余，好将生计混樵渔。 寒暄学得菲兰法，岁月抄成种树书。 甲第已多非旧主，辋川独幸别留居。 幅中唤倩僧来早，短发从教醉后除。

——（《历代绘画题诗存》）

题梁乐甫画

傅山

冻泉依细石，晴雪落长松。 髯鬑素心老，微茫冷眼中。 伯鸾风雨臼，芦鸷水晶宫。 若个琴书解，丹青乱长雄。

——（《霜红龛集》卷七）

题画四首

程先贞

山翠回残照，萧萧风满楼。 苍茫秋水外，帆影见行舟。 孤櫂茫何际，兼葭白露中。 蓑衣垂钓去，遥对两三峰。 红叶落纷纭，白云飞窈窕。 振衣千仞冈，仿佛闻长啸。 雪影空林晚，前邨沽酒来。 何人能会此，香落一庭梅。

——（《海右陈人集》卷下）

观王石谷山水图歌

吴伟业

世间胜事谁能识，兵戈老尽丹青客。 真宰英灵厌寂寥，江山幻出王郎笔。 王郎展卷闲窗净，良久呼之曾不应。 剪水双瞳镇日看，侧身似向千峰进。 一时儒雅高江东，气韵吾推里两翁。 师授虽真肯沿袭？后生更自开蚕丛。 取象经营巧且密，丰神点拂天然中。 顿挫淋漓写胸臆，研精毫发摹宗工。 广陵花月扁舟送，贵戚豪华盛供奉。 不惜黄金购画图，好奇往往轻南宋。 妙手装潢技绝伦，残缣断墨俄飞动。 阖闾城下收藏家，诛求到骨愁生涯。 仅存数轴用娱老，载去西风响鹿车。 君也侯门跐珠履，晴日湘帘凭画几。 弈罢双童捧篋来，狎客何知亦咨美。 笑持茗碗听王郎，鉴别妍媸臻妙理。 作者风流异代逢，赏心拊掌王孙喜。 枉买青娥十万钱，移人尤物惟山水。 王郎驰誉满通都，软裘快马还东吴。 道边相识半穷饿，致身犹是忧妻孥。 羡君人材为世出，盛年绝艺须难得。 好求真诀走名山，粉本终南兼少室。 揽取荆关入掌中，归帆重补烟江色。 诸侯书币迷深处，搦管松根醉箕踞。 绢素流传天壤间，白云万里飞来去。

——（《吴梅村全集》卷一〇）

题画四首

吴伟业

泽潞千山绕讼堂，江程到日海城荒。 王郎妙手驱名胜，厅壁云生见太行。
八咏楼头翠万重，使君家傍洞门松。 不知尺许苍茫里，谁是双溪第一峰？
台池萧瑟故园秋，庾岭朱轮感昔游。 文采尚存先业废，纸窗风雨写沧洲。
太守囊惟卖画钱，琴书长在钓鱼船。 长官近欲知名姓，筑屋江村拟种田。

——（《吴梅村全集》卷二〇）

题王石谷画二首

吴伟业

绿树参差倚碧天，波光潋艳尚湖船。 烟峦自绕王维墅，不必重参画里禅。
初冬景物未萧条，红叶青山色尚娇。 一幅天然图画里，维摩僧寺破山桥。

——（《吴梅村全集》卷二〇）

题王鉴仿黄公望山水图

吴伟业

妙绝廉州笔，烟岚万态收。 晓来高阁上，一卷洞庭秋。

——（《历代绘画题诗存》）

题吴历雪山图

吴伟业

万虑相澄映，堑绝人事静。 微绿生空濛，柴门足幽兴。

——（《历代绘画题诗存》）

题画

吴伟业

乱瀑界苍崖，松风吹雨急。 石廊虚无人，高寒不能立。

——（《吴梅村全集》卷六〇）

题王玄照临北苑画

吴伟业

乱沙奔落日，远树入奇云。 裋褐此中望，新泉雨后闻。 半滩孤艇没，双径断桥分。 扶杖柴门过，相逢尽识君。

——（《吴梅村全集》卷六〇）

题画寄孝升

戴明说

危峰高插半天寒，带得风云气未干。 正是雪深人不到，冰心遥嘱冷中看。

——（《清画家诗史》甲上）

题赠方密之画

戴明说

为寻山静琴初到，但见云深鹤亦迟。 自信野人多懒况，近来画外亦无诗。

——（《清画家诗史》甲上）

江山无尽图卷

弘仁

几年未遂居山策，瓶笠还如水上萍。 独是丰溪可瞻恋，呵冰貌影墨零星。

——（日本泉屋博古馆藏画）

吴中山水轴

弘仁

飘泊终年未有庐，溪山潇洒树扶疏。 此时若遇云林子，结个茅亭读异书。

——（《爱日吟庐书画录》卷二）

竹岸芦蒲图卷

弘仁

乱篁丛苇满清流，记得江南白鹭洲。 我向毫端寻往迹，闲心漠漠起沙鸥。

——（日本泉屋博古馆藏画）

林泉出山图

弘仁

一息林泉滞累清，火山便尔措纷纭。 飂斯击节昔人语，痼疾烟霞鲜见闻。

——（上海博物馆藏画）

题林泉春暮图

弘仁

杜鹃声叫暮春天，村落家家事向田。 唯是道人偏爱懒，偶濡残墨写林泉。

——（上海博物馆藏画）

仿倪瓒山水图

弘仁

曾识九龙山下路，煮茶亭子出高寒。 几株老树栏干角，疑是云林画里看。

——（故宫博物院藏画）

题张大风画四首

方文

梅花开后杏花开，酒伴骑驴村店来。 不惜千钱沽一斗，当垆笑指玉山颓。
渔翁小艇系槎枒，杨柳阴中卖酒家。 取醉北窗消永日，阶庭况有石榴花。
乱山深处白云屯，几个人家昼掩门。 野老杖藜时一出，萧萧黄叶满前村。
万壑千峰一雪埋，山家群树总枯柴。 早梅独绽寒崖下，踏破闲僧旧草鞋。

——（《嵞山续集》卷五）

题画四首

方文

桃花春水渡，杨柳美人楼。 何处容狂客，烟波一叶舟。
阴壑收凉雨，晴峰卷暮云。 幽人正无赖，把酒送斜曛。
疏树不遮山，斜阳透寒碧。 野旷无行人，溪桥独归客。
茅屋闭空林，孤舟载风雪。 荡桨不知寒，千峰吐奇绝。

——（《嵞山集》卷一〇）

题龚半千画赠曹明府

方文

龚生墨妙冠江东，曾写云山草阁中。 今日石门寻茂宰，林峦真与画图同。

——（《嵞山集》再续集卷五）

清代题画诗类卷二

题徐文长先生水墨真迹并正五弦司理

方文

　　天池山人有四绝，笔底寒空动烟雪。　诗词举世解流传，书画无多恐磨灭。　赵子衙斋东郡东，高悬一轴中堂中。　书法古健类章草，超然不与时贤同。　我初入门见此轴，瞻顾久之看未足。　君言吾家不止此，尚有天池画数幅。　我闻惊喜乞借观，顷刻萧萧风雨寒。　秃毫淡墨偏有态，奇山怪树形不完。　最妙花间一处子，抚石弹琴露纤指。　却疑点缀似涂鸦，转觉姿容媚无比。　其余梅菊暨松筠，但取其意不取真。　譬如吸露餐霞者，岂是人间食肉人。　我谓赵子此墨宝，吴绫蜀锦收藏好。　每日公余退食时，展开如入山阴道。

——（《嵞山续集·鲁游草》）

清代题画诗类一

清代题画诗类卷二

山水类

题山水册四首

髡残

把茅盖在玉屏中，四面森森几树松。　我伴文殊分半座，任它狮象立门风。
巍然垒石在溪滨，可是从前应世身。　烟锁薜萝苍翠冷，全提千古不萌春。
真栖必是在山深，即上终南有路寻。　只此谷幽飞白练，静听清籁到人心。
绝壑无人独结庐，楸阴昼落一床书。　已窥东汉多名士，唯有焦先丑不如。

——（上海博物馆藏画）

叠壑云深图

髡残

层岩与叠壑，云深万木稠。　惊泉飞岭外，猿鹤静无俦。　中有幽人居，傍溪而临流。　日夕谭佳语，愿随鹿豕游。　大江天一线，来往贾人舟。　何如道人意，无欲自优游。

——（故宫博物院藏画）

百尺峰图

髡残

百尺峰偏初皴梦，一怪松直绝依萝。　古今谁解风流韵，柱杖撑天好大哥。　松无自性却多恻，山有真符不必分。　柱杖时人争割据，痴龙藏首出僧群。

——（《明清中国画大师研究丛书·髡残》）

浅绛山水

髡残

云蒸泽未知，隐见独多姿。　浮气须曳变，群峰幻出奇。

——（日本京都相国寺藏画）

题画

髡残

年来学得巨公禅，草树湖山信手拈。 最是一峰孤绝处，晴霞齐映蔚蓝天。

——《清画家诗史》壬下）

山高水长图

髡残

耸峻矗天表，浩瀚周地轴。 溪云起淡淡，松风吹谡谡。 乐志于其间，倘佯岂受缚。 两双青草鞋，几间黄茅屋。 笑看树重重，爱兹峰六六。 山高共水长，鹤舞与猿伏。 可以立脚跟，方此对衡麓。

——（台北故宫博物院藏画）

碧潭青嶂图

髡残

绿阴覆屋绕清流，曾道仙源花片浮。 径僻自然成岛屿，尘疏何必不瀛洲。 碧潭竞跃游鱼乐，青嶂翩翩野鹭幽。 即此山中淹岁月，山光云影两悠悠。

——《十百斋书画录》卷丑）

苍翠凌天图

髡残

苍翠凌天半，松风晨夕吹。 飞泉悬树杪，清磬彻山屋。 屋古摩崖立，花明倚涧披。 剥苔看断碣，追旧起余思。 游迹千年在，风规百世期。 幸从清课后，笔砚亦相宜。 雾气隐朝晖，疏村入翠微。 路随流水转，人至半天归。 树古藤偏坠，秋深雨渐稀。 坐来诸境了，心事托天机。

——（南京博物院藏画）

苍山结茅图

髡残

卓荦伊人兴无数，结茅当在苍山路。 山色依然襟带间，山客已入云囊住。 天台仙鼎白云封，仙骨如君定可从。 寒猿夜啸清溪曲，白鹤时依槛外松。

——（上海博物馆藏画）

云洞流泉图

髡残

端居兴未索，觅径恣幽讨。 沿流戛琴瑟，穿云进窈窕。 源深即平旷，蟵杂入霞表。 泉响弥清乱，白石净如扫。 兴到足忘疲，岭高溪更绕。 前瞻峰如削，参差岩岫巧。 吾虽忽凌虚，玩松步缥缈。 憩危物如遗，宅幽僧占少。 吾欲饵灵砂，巢居此中老。

——（故宫博物院藏画）

山水图二首

髡残

入山不深林不密，与君踯躅千山外。 何如信手拈得来，坐对千峰峰自在。

白云不露最高峰，阴崖半许渔樵通。 拂磐石，抚孤松，山有人兮山不空。

——（《十百斋书画录》卷乙）

秋晴看山图

髡残

秋日喜初晴，看山曳杖行。 落花松径满，流水石桥平。 岚气凉生阁，溪声晚度城。 翻嫌朝市杂，此地最幽情。

——（《十百斋书画录》卷壬）

地回群山图

髡残

地回列群山，苍崖半倚天。 猿啼青障外，虎啸白云边。 太古留遗迹，星坛隐旧仙。 瀑泉出曳练，谷涧暖生烟。 古洞排虚险，高岩列碧薜。 灵峰遥可望，异境到天缘。 晓雾开远霭，晴岚断复连。 樵歌时响亮，谷鸟正翩翩。 寺隐孤峰侧，松欹怪石前。 钓船溪外去，幽兴自年年。

——（香港霍宝材藏画）

为胡怡斋题吴渔山画山水二绝

宋琬

几曲清溪彴略横，翠微深处乱霞明。 渔舟一叶穿云去，身在山阴道上行。

满壁烟云宗少文，卧游空自擅奇闻。 昆明万里青山色，杖底何人得似君。

——（《安雅堂未刻稿》卷五）

清代题画诗类卷三

13

题吴渔山仿吴仲圭画

宋琬

昔人作山水，凝神在盘礴。经营惨淡间，不苟等戏谑。作者与赏心，要当富邱壑。吴生大雅人，清姿如野鹤。毫端走鬼神，古人庶无怍。持赠万里行，披图俨酬酢。诵君远游诗，不减谢康乐。征鸿去悠悠，相望何寥廓。葡萄江水深，勿使蛟龙攫。

——（《安雅堂未刻稿》卷一）

题渐江山水册七首

查士标

秋山亭子

草木易零落，松竹只青青。石间留隙地，我欲著孤亭。

绝壁飞泉

闲云流绝壁，幽响落泉声。不觉添吟思，秋来一倍清。

墨山

雨重烟浓山更深，半山楼阁昼阴阴。道书一卷香凝榻，岩翠千层鸟堕林。

溪边钓艇

奇峰留半面，老木不繁枝。闲来无个事，一艇泊溪湄。

远浦风帆

东行十日又西游，潮老钱塘雨未收。两岸青山无断绝，白云堆里出孤舟。

春山草堂

远岸疏林斜日外，春风碧水草堂前。匡庐突兀开屏障，坐看银河一道悬。

松石

溪行望武夷，削壁何斩截？赤霞乱不收，大化元气泄。下有万年松，上有太古雪。只恐月明中，铁笛吹石裂。

——（《十百斋书画录》卯集）

题渐江上人画

查士标

廿年前负天都约，此日仍看画里山。 妙迹依然人不见，松闻鹤梦几时还？

——（《明清中国画大师研究丛书·弘仁》）

空山结屋图

查士标

幽人结屋空山里，终日开窗面流水。 何当有约过溪来，溪上泉声落如雨。

——（《历代绘画题诗存》）

鹤林烟雨图

查士标

鹤林名胜自年年，一宿春波画老颠。 颠老重来应大笑，何人窃我小乘禅。

——（《历代绘画题诗存》）

秋景山水图

查士标

秋气静山容，霜林乱缀红。 幽人耽远眺，访隐过桥东。

——（《历代绘画题诗存》）

竹暗泉声图

查士标

竹暗不通日，泉声落如雨。 春风自有期，桃李乱深坞。

——（《历代绘画题诗存》）

秋山远岫图

查士标

平生积习在溪山，更赖同心自往还。 料得水光林影里，看来能有几人闲。

——（《历代绘画题诗存》）

淡色山水大轴

查士标

片石太古色，虬松千岁姿。 相看两不厌，共结岁寒时。

——（《中国画家丛书·查士标》）

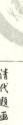

清代题画诗类卷三

题画二首

查士标

云山有余兴，烟波无尽头。 钓船湖上小，容得许多秋。

不是看山即画山，的应送老不知还。 商量水阔云深处，随意茅茨著几间。

——（《清画家诗史》甲上）

题山水

查士标

戏写江南雨后山，平林远浦接荒湾。 凭谁寄语卢鸿乙，为我草堂添数间。

——（《十百斋书画录》丑集）

题小桥流水图

查士标

矗矗青山带白云，小桥流水数家村。 溪深不遣渔郎到，开遍桃花自掩门。

——（《十百斋书画录》卯集）

为葆光题岩荦画

龚鼎孳

历落嵚崎第一流，营丘北苑在沧洲。 烟云不入中山箧，留助幽人万里游。

——（《清画家诗史》甲上）

为胡元润题画

龚鼎孳

谁结茅斋对青壁，更令白日隐修篁。 先生一企南荣脚，任说黄粱味许长。

——（《清画家诗史》甲上）

为鲁斋题岩荦画

龚鼎孳

万仞巉岩不可攀，苍寒如见故人颜。 他时大泽生云雨，犹记沧洲雪里山。

——（《清画家诗史》甲上）

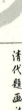

清代题画诗类

为园次题岩荤画

龚鼎孳

乱峰苍翠散空濛，老树微茫万壑中。　振袖大呼奇绝处，重瞳亲识米南官。

——（《清画家诗史》甲上）

为虎别题岩荤画

龚鼎孳

平生我爱戴安道，天下人称张长公。　黄纸署衔金作垮，何如身在此山中。

——（《清画家诗史》甲上）

为吴尔世题渐江上人画

吴嘉纪

渐公乘化去，墨迹留人寰。　展对清秋时，空堂来万山。　山云争灵奇，观者欲跻攀。　岩际林远近，峰头瀑潺湲。　丰溪吴生庐，位置于其间。　我愿持竿来，与君相往还。

——（《吴嘉纪诗笺校》卷一五）

题画

龚贤

连岭郁嵯峨，云深石有波。　阴阳深树里，似听采樵歌。

——（安徽省博物馆藏画）

涧屋听泉图

龚贤

结屋远朝市，移书载酒尊。　枕头当落涧，听久不成喧。

——（上海博物馆藏画）

题云山结楼图

龚贤

不必三山住，宁从五岳游。　尽多闲水石，别有大春秋。　度险频修栈，凌空更结楼。　自怜飞酒盏，一啸碧天头。

——（广州美术馆藏画）

清代题画诗类卷三

册页题诗三首

龚贤

空亭特为酒人设，送尽斜阳明月来。　来去酒人凡几辈，此亭尚复倚崔嵬。
看来天地本悠悠，山自青青水自流。　一片布帆风力饱，谁能识别利名舟。
年来不读名山记，历尽无穷小洞天。　仙女如花难觑得，石房终古闭帘泉。

——（《龚贤研究集》）

题画二首

龚贤

不知何代梵王宫，壁际高悬台观雄。　浑见白云迷下界，一声钟彻九天中。

——（《龚贤研究集》）

隐隐人家曲曲溪，溪鱼溪鸟泳还啼。　出来觅句乘微醉，故向溪边曳杖藜。

——（美国纽约大都会博物馆藏画）

题独柳居图

龚贤

自古庚桑畏垒师，名高岂碍置身卑。　白头照处惊非我，青眼开时问阿谁。　斐
几琴棋无不可，萧斋雪月似全宜。　爱乘晓色鸡鸣起，贪看空天挂柳丝。

——（美国柏克莱加州大学藏画）

题画三首

龚贤

万山中起读书楼，日日楼前云雾稠。　每到月明林影动，不知几处瀑泉流。
身到天台似故乡，贪看瀑水溅衣裳。　三更明月生松际，手抉秋烟度石梁。
山居亦有山居苦，只见群峰不见天。　闻说江湖富明月，从今急买钓鱼船。

——（《龚贤研究集》）

山水花卉图册

龚贤

笙鹉追随书满车，楼台疑是邬侯家。　英雄事业神仙术，玉手调羹酌紫霞。

——（《历代绘画题诗存》）

题山水图册四首

龚贤

百里湖平尽浅沙，千行水柳似蓬麻。　天寒渔子愁冰冻，个个抛船宿酒家。
周君爱我久弥深，使我悠悠感在心。　和就药丸亲手授，去来千里涉江浔。
当年亦有安期子，道是神仙载书史。　不合交游秦始皇，何如尔我皆贫士。
月照龙江君乍归，芦花如雪片帆飞。　赠君图画推篷看，取笑青山牛渚矶。

——（《历代绘画题诗存》）

水墨山水

龚贤

挂壁飞泉同夜月，月光来处四窗虚。　山中满地白云湿，不是楼台不可居。

——（《历代绘画题诗存》）

题画山水

龚贤

渔乡水有余，樵家山不少。　谁结此空亭，荒椽截青荟。　饮溪到野麋，落叶惊飞鸟。　樵哎与渔奄，时来酌清醪。　醉罢或欹眠，轻风吹语笑。　月上人不知，沙头仍返照。

——（《历代绘画题诗存》）

山水图卷

龚贤

静极能增山影高，阿谁来此听松涛。　几时结屋临崖住，只蓄清琴与浊醪。

——（《历代绘画题诗存》）

隔溪山色图

龚贤

小结书斋古岸傍，隔溪山色对斜阳。　年来不酌陶潜酒，净几深宵焚妙香。

——（《历代绘画题诗存》）

千岩万壑图

龚贤

潭水空明浸碧天，白鸥飞起划苍烟。　横琴展卷千林上，尽日楼头徒悄然。

——（《历代绘画题诗存》）

清代题画诗类卷三

山水图岫

龚贤

静壁春泉一道飞，白龙藏影见斜辉。 谁家草阁忽无际，半醉支窗向翠微。

——（《历代绘画题诗存》）

题松窗飞瀑图

高岑

古树云封带雨烟，桃花源在别人间。 碧落小窗松径外，半空飞泻经千年。

——（天津艺术博物馆藏画）

题画二首

高岑

山色新晴水满涯，东原一望野人家。 逢君话我沧桑事，草阁斜临树几丫。
望衡对宇植桑麻，水绕山环古木遮。 只恐问津踪迹到，春来不肯种桃花。

——（《清画家诗史》甲下）

题画

周容

出没万松声，浮沈众山色。 一亭何太高，白云藏不得。

——（《春酒堂诗存》卷五）

题画三首

周容

酒旗风袅雪初收，坡转驴鸣见戍楼。 记得此身曾入画，汴梁归路过滁州。
苕溪尽处雪溪连，最是江南画里天。 草阁出林人独坐，木桥客渡酒旗边。
小桥东转觅谁家，流水侵人竹杖斜。 何事茅庐看不见，白云一半是梅花。

——（《春酒堂诗存》卷六）

题扇上俞雪朗所画江南山水图奉酬王正子送予之屯留长句

孙枝蔚

我是关中旧酒徒，全家避乱来江都。 此邦南北之冲衢，相顾草堂多鸿儒。 文章不救饥寒躯，岁岁挂帆江与湖。 虽然奔走颜色枯，眼看山水乐有余。 夜泊庙门闻啼鸟，桥边酒家女当垆。 醉听邻船唱鹧鸪，江南乐事输姑苏。 洞庭渔人一何愚，风雨不知惜肌肤。 近午打鱼声喧呼，前惊白鹭后飞凫。 可怜村农更勤劬，小艇叉泥泥最污。 景物此时触老夫，苦搜佳句忘客途。 孟尝平原今有无，空手归来愁妻孥。 赢得清梦绕菰芦，此事语人人谓迂。 今者舍舟思登车，有兄远仕新寄书。 屯留乃在山一隅，但饮葡萄少莼鲈。 王郎送我心踌躇，惠以长句胜随珠。 知我眷恋江上渔，更索俞生画作图。 他时相见吾友于，但道王郎美丈夫。 若忆旧游问吴趋，请示此画非模糊。

——（《溉堂前集》卷三）

题画二首

孙枝蔚

山禽无逐逐，山木但苍苍。 独坐茅庵下，微闻竹有香。
绝壁俯清江，结庐在其侧。 渔舟不肯行，为爱青山色。

——（《溉堂前集》卷八）

清代题画诗类卷二

清代题画诗类卷三

山水类

山水图卷

戴本孝

何处无深山，但恐俗难免。 更上数重峰，此兴复不浅。

——（景元斋藏画）

题画山水二首

戴本孝

浓绿生阴树结帷，乱云浮白水生漪。 应知世上红尘事，不到山中短竹篱。

孤松拔地翠阴长，一路山花远送香。 更有清泉供静听，此身如在辋川庄。

——（景元斋藏画）

山水画册

戴本孝

似此云泉树，生居黄农天。 奇影落人世，悔作图画传。

——（《中国名画家全集·戴本孝》）

题溪亭清兴图轴

戴本孝

草阁幽人宅，儵然隐者风。 石边蒙细箓，溪上宿飞鸿。 涧沼群凫白，云窗花蕊红。 幽情殊未已，清兴更融融。

——（安徽省博物馆藏画）

题石谷先生毗陵秋兴图十二首

笪重光

坐爱霜林眼倍明，中流放舸绝逢迎。 拾来千尺天孙锦，携伴诗囊着处行。

从来迂叟恋山溪，一片秋心未肯迷。 十日一山五日水，孤舟不离板桥西。

长林迤逦石梁横，雁影当空渔火青。 分付长年须早起，明朝鼓棹入蕸汀。

红林古岸影重重，每到斜阳色更浓。 夜泊不知明月上，谁家绮席动歌钟。

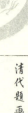

毫踪一试一回新，不数纵横写富春。　貌得江南秋色好，鸥波摩诘是前身。

方平今作谪仙人，笔底烟霞绝世尘。　寄语蔡经休错愕，麻姑一会是群真。

山樵作画与贞居，为是移家载道书。　我亦华阳称外史，虚舟泛泛复何如。

十年栖遁近渔矶，霜叶红时坐未归。　说向王生觅丹诀，还须料理薜萝衣。

拾遗清兴自无双，来访王郎看大江。　为道焦公山更好，遮留直许到秋窗。

十月江南风未寒，吴山楚水望漫漫。　怪来青眼篷窗底，只向毗陵两岸看。

抛却扁舟好杖筇，虞山茅岭又千峰。　归时霜叶红于火，肯许追寻方外踪。

爱尔南田学隐沦，草衣不是避秦人。　他年子晋吹笙处，呼我仙源一问津。

——（《瓯香馆集》卷三）

和恽寿平题乌目山人雪图

笪重光

黑云堕地天欲低，雪光照夜归鸟迷。　但爱月色印前溪，山居笑杀唐子西。

——（《瓯香馆集》卷三）

题林壑萧疏图

罗牧

画中原有诗，何必再为题。　馀白太高远，兼之林壑奇。

——（故宫博物院藏画）

题云间唐生画山水歌

李邺嗣

空堂桀竖见危峨，斗上千仞复有奇。　离霄一握下无涯，闭日开月光相窥。　峰腰以下云得知，烟霞互采争离离。　奇峦参错纷难欺，愁崩不崩意交持。　中有杖者攀苍枝，松花谡谡飘双眉。　冲岩练下倾玻璃，天风回激漂微霏。　杳然耳目俱随之，复疑神灵赤水集。　众盖群幢来岑岑，仿佛湘妃窈窕立。　山鬼一声追莫及，须史疾盻何纵横。　怒气直与蛟龙争，脱光卧轞铿然鸣。　座中豪客尽起行，寒飙吹空更凛绝。　关山漠漠飞鸿雪，策马何人步兀臬。　吐沫垂涎冰寸结，嗟奇哉！世间妙迹有如此，乃出云间唐高士。　手持弱翰五寸耳，驱役山川不肯止。　以意造之万象起，真宰无权哭涿涿。　嗟奇哉！唐先生，十年落魄何踌躇。　昔日交游满帝居，只人足茧明山岨。　朱门交迓日飞车，先生掉头独徐徐，来卧吾友席门绳坐之高庐。　君不闻千载文章重司马，乃叹世无善画者，后来昌黎不相下，亦云今世无工画。　吾乃开襟散发摩双睛，奔毫日见唐先生。

——（《杲堂诗钞》卷四）

清代题画诗类卷三

题山水图

梅清

每忆杏花春雨楼，衔卮拈韵占风流。 烟云半幅供舒卷，置我老鼍楼上游。

——（《十百斋书画录》卷乙）

和恽寿平题乌目山人雪图

梅清

墨光尽白寒云低，千山万山山路迷。 我欲相从向剡溪，故人家住西山西。

——（《瓯香馆集》卷三附）

题山水十条屏

梅清

百岁惟传黄大痴，云山乱石供题诗。 狂来泼墨同倾酒，谁道游仙不画师。

——（广州美术馆藏画）

观耕烟赠王异公仿北苑万山烟霭卷

梅清

曲硐平桥浦溆明，乱山深翠晓云生。 并刀谁剪吴江水，散入空濛作雨声。

——（《清画家诗史》乙上）

题田学士画障子

董文骥

屏障看山色，山山列翠屏。 莫厘时入梦，七十二峰青。

——（《微泉阁诗集》卷一三）

题画

董文骥

梦想林泉未得还，来青马在马尘间。 从君七尺吴绫上，卧看江南雨后山。

——（《微泉阁诗集》卷一三）

题文衡山雪景二首

董文骥

诗思谁云画里无，白驴便怕影模糊。 分明邓尉梅花路，试展芭蕉旧雪图。
征仲丹青远擅场，公瑕书法亦钟王。 挥毫有意供高卧，漫说吾家翰墨香。

题王阮亭画册二首

董文骥

种竹千竿秋瑟瑟，梅花如雪疏还密。　诗囊画卷取不禁，安道子猷呼或出。
白玉壶喷趵突泉，绿芙蓉秀华不注。　济南山水好丹青，著我移家就君住。

题姜苇间洞庭秋望图二首

徐柯

皮里阳秋坳下身，三豪影好掇皮真。　我今皮相题好影，文采风流淡荡人。
楚江远在吴江冷，越客深于楚客悲。　谁传落木曾波景，缥缈峰头独立时。

题独鹤亭图

汪琬

倒桧枯杉侵涧壑，小红疏翠点柴荆。　独来倚杖看山色，一朵莲花泼眼明。

题画

汪琬

遥指山门一径长，丹枫乌桕点清霜。　风光绝似尧峰院，输汝相携话夕阳。

题乔舍人画二首

汪琬

彩云隐隐瀑重重，真是仙家第一峰。　画史不须皴染尽，且留隙地著吴侬。
试从卷里望山椒，便觉吾家旧隐遥。　鸭踏岭头春水好，桃花深篏搦船桥。

题唐六如绿杨红杏图阮亭属赋

陈维崧

江南二月春满陂，回塘枉渚相参差。　樵风稍便落空翠，渔舍忽接生烟丝。　白
鱼冲破渌波色，流莺啼上桃花枝。　山水自是天下绝，何况风物争清奇。　我家本住
善权下，十年饱逐群儿嬉。　竹枝夜唱小姑曲，铜鼓晓赛周侯祠。　画溪花竹颇不

恶，草香酒熟还招携。 别来憔悴客淮海，兔葵燕麦空离离。 运租船上一企脚，旷然云水增伤悲。 今晨偶过屬提阁，知音促坐王僧弥。 自言爱画入骨髓，示我一轴何淋漓。 关仝细皴作点染，吴绫滑腻元如脂。 心知此是六如笔，瞪目直视徒嗟咨。 嗟乎六如本豪士，少年献赋黄金墀。 斜风细雨长杨馆，烂醉铜街要马骑。 老来蹭蹬饥欲死，乡里小儿呼画师。 昌门笼挽徐昌谷，拍手狂歌无不为。 唐生墨妙天下知，王郎亦是神人姿。 高斋盥罢日相对，第一丹青绝妙辞。 旧游独惜我冷落，舍南舍北啼鸺鹠。 风狂江水鳞甲动，径须归卧南山陲。

——（《湖海楼诗集》卷一）

题渐江仿倪山水图轴

王艮

枫香吹遍荻花天，何事明湖不着船。 欲抛渔竿乘月去，笛声吹彻万山烟。

——（故宫博物院藏画）

题罗牧山水册页二首

朱耷

远岫近如见，千山一画里。 坐来石上云，讵谓壶中起。
西塞长云尺，南湖片目斜。 漾舟人不见，卧入武陵花。

——（《明清中国画大师研究丛书·八大山人》）

山水扇面

朱耷

数笔云山卖尔痴，栎翁重买复何迂？ 相逢大笑两三日，来岁今朝拥画图。

——（《明清中国画大师研究丛书·八大山人》）

题画

朱耷

郭家皴法云头小，董老麻皮树上多。 想见时人解图画，一峰还写宋山河。

——（《明清中国画大师研究丛书·八大山人》）

题溪山烟雨图二首

叶燮

淅飒溪风带壑吹，诸天昏黑欲何之。 百端别有茫茫集，消受多生暮雨时。
四山合处不分明，赢得玎瑽树杪声。 怪底深深帘不卷，潇湘一幅怕伤情。

——（《己畦诗集》卷九）

清代题画诗类

题沈客子林屋山居图三首

叶燮

我住横塘一曲中，隔湖朵朵插美容。　推篷瞥见湖心月，照到幽人第几峰。
出山先作住山谋，水畔茅斋山畔舟。　木客水仙啼笑处，生平不解识公侯。
我逐云鸿如不系，君招猿鹤细商量。　杨梅烂紫朱樱赤，断送黄金白玉堂。

——（《己畦诗集》卷九）

题画卷

姜宸英

烟搓堤柳碧丝丝，正是浓阴绿涨时。　人迹少通鸟飞绝，满湖风撼读书帷。

——（《清画家诗史》乙下）

题画唐人落叶聚还散寒鸦栖复飞诗意

姜宸英

秋风槭槭来天半，寒月棱棱转树梢。　荒径有时见行迹，一声何处落危巢。　尽
传幽意与闲客，欲送归心出近郊。　盘礴挥毫黄处士，看君不异在蓬茅。

——（《清画家诗史》乙下）

为王祭酒士祯题画册二首

朱彝尊

浒山泺口水模糊，稚柳夭桃何处无。　他日雪堂留客径，不难疏凿拟西湖。
寒江窠石早梅舒，此地仙居也不如。　但恐瀑泉侵案湿，小窗催徒读残书。

——（《曝书亭集》卷一一）

题石谷赠渔洋山人画册

朱彝尊

王翚老去画尤工，小幅吴装仿惠崇。　曾上北高峰顶望，村村风景似图中。

——（《清画家诗史》乙上）

为魏禹平上舍题水村第二图二首

朱彝尊

江乡最好是分湖，紫蟹红虾雪色鲈。　眯眼尘沙归未得，倩人重写水村图。
录苹不碍板桥桩，红叶空堆老树腔。　异日相过任风雨，抽帆直到读书窗。

——（《清画家诗史》乙上）

题王翚夏山图二首

朱彝尊

王郎手摹一峰画，宛似张颠作草书。　鼠尾皴山鸦点树，只今能事有谁如？
帝城日日足风霾，眯眼黄尘涨六街。　对此溪山最清绝，便思冲雨踏棕鞋。

——（《清人题画诗选》）

出都王山人翚画山水送别

朱彝尊

王郎五载一相逢，写出云峦别思重。　仿佛摄山风月夜，秋窗同听六朝松。

——（《清人题画诗选》）

题倪高士画

朱彝尊

房山泼墨太模糊，那似倪迂意匠殊。　一片湖光几株树，分明秋色小长芦。

——（《清画家诗史》乙上）

题画山水二首

吴历

春风阡陌草初平，远岫烟浮细雨晴。　白屋门前乌桕树，夕阳高下鹧鸪声。
曲水斜阳过柳塘，远水秋叶半鹅黄。　何人坦腹江亭里，闲笑淡云带雨忙。

——（《墨井诗钞》卷下）

泉声松色图二首

吴历

碧嶂峙西东，泉飞认白虹。　游人不可及，松翠暗朦胧。
痴翁笔下意，见不几游戏。　中直接造化，生动雪窗拟。

——（故宫博物院藏画）

横山晴霭图卷

吴历

笔正写山横，烟云乱石生。　破窗蕉雨过，添却砚池平。

——（《历代绘画题诗存》）

题画三首

吴历

槿花篱落竹丛丛，新改茅斋对远峰。 自笑未能除习气，一帘疏雨写秋容。

垂杨桥畔隔秋山，钓艇人归落日湾。 一带芦花风起急，满蓑如雪独披还。

邻叟相逢话雨天，昨宵新涨没南田。 不如卖犊买舟去，结网来张缩项鳊。

——（《清画家诗史》乙上）

即韵题葭游图

吴历

水天一色雁横秋，雨过斜阳影在洲。 拂面芦花惊似雪，岂知元是剡溪舟。

——（《墨井诗钞》）

湖山秋晓图

吴历

荒荒淡淡秋树烟，元季之人游戏焉。 毫间欲断意不断，使我追拟心茫然。

——（香港虚白斋藏画）

题溪山读易图

吴历

溪阁虚明缇幕高，闲来读易反为劳。 阁前水暖鱼生子，松下风凉鹤坠毛。

——（上海博物馆藏画）

仿元四家山水图卷二首

王翚

白云深处野人家，倚杖闲吟日未斜。 江上数峰看欲尽，晚钟残月入芦花。

水禽沙鸟自相呼，远近云山半有无。 一叶扁舟两三客，载将烟雨过西湖。

——（《历代绘画题诗存》）

寒林小景图

王翚

朝卧白云东，暮卧白云西。 白云长共我，此地结幽栖。

——（《历代绘画题诗存》）

题山水图册

王翚

山压茅檐树压溪，摊书不觉日痕西。 庭前红叶落如雨，一个竹鸠当客啼。

——（美国绿韵轩藏画）

题仿巨然山水图轴

王翚

芙蓉天半冷春阴，湿翠横空午树林。 过桥路开清溪转，入此云崖几许深。

——（香港虚白斋藏画）

草堂碧泉图

王翚

雨过飞泉下碧湍，长松落翠草堂寒。 何人解识高人意，溪上青山独自看。

——（天津艺术博物馆藏画）

仿巨然夏山图

王翚

石径盘纡山水稠，林泉如此足清幽。 若为飞属千峰外，卜筑诛茅最上头。

——（美国斯坦福大学附属美术馆藏画）

千岩万壑图

王翚

石上苔芜水上烟，潺溪声在观门前。 千岩万壑分流去，更引飞花入洞天。

——（《历代绘画题诗存》）

题仿倪瓒山水

王翚

生平最爱云林子，能写江南雨后山。 我亦雨中聊点染，隔江山色有无间。

——（镇江博物馆藏画）

仿古山水册

王翚

一道流泉走白龙，石桥桥畔两三松。 疏篁细草沿溪绿，如此佳山不易逢。

——（程十发藏画）

清代题画诗类

青绿山水图轴

王翚

山泉散漫绕阶流，万树桃花映小楼。 闲读道书慵未起，水晶帘下看梳头。

——（上海博物馆藏画）

仿大痴山水图轴

王翚

大痴画格超凡俗，咫尺山河千里遥。 只有高人赵荣禄，赏伊幽意近清标。

——（上海博物馆藏画）

清代题画诗类卷三

清代题画诗类卷四

山水类

乌目山人橅李营丘平远图

恽寿平

东园生曰：学晞古似晞古，而晞古不必传。学晞古不必似晞古，而真晞古乃传也。虎头三毫，益其所无，神传之谓乎！石谷此图，神明于法度，殆如光弼将子仪军，旌旗变色。使六如先生而在，正当发犹龙之慨。今天下之为晞古者，其知愧夫。

一片东吴精，千载抱兹独。　只眼纳天表，纵心入万谷。　云岫有时白，流水不敢绿。　山灵啸风雨，日月同沐浴。　非因梦潇湘，沧浪想余曲。　灵籁无天工，风弦偶然触。　仙李去已久，于今有乌目。

——（《瓯香馆集》卷七）

仿子久画于无意中得之并题

恽寿平

古人有子久，今人无子久。　子久不在兹，谁能知子久。　此不作子久，而甚似子久。　腕中信有鬼，真宰不得守。　寥寥千载下，钟期竟何有。

——（《瓯香馆集》卷三）

松风岚翠

恽寿平

砚北移云不动尘，花溪啼鸟碧岚春。　于今何处寻黄绮，羡尔空山独往人。
身在松涛岚翠间，笑看野马几时闲。　自从劫外留真想，何必寰中有此山。

——（《瓯香馆集》卷三）

仙山图曲

恽寿平

设色淡冶，气韵沈深，楼阁不为界画，益饶古趣，兼伯驹鸥波之胜，极人间奇丽之观，余因制仙山图曲，赞叹希有。

碧树不为霜，翠壁无纤埃。　穿洞沓深曲，灵崖郁崔嵬。　阆风鼓瑶海，曾涛相喧豗。 五城丽崇标，烂如丹霞开。 飘渺见仙灵，升降金银台。 玉女驾飞鹤，封子御奔雷。 仿佛芙蓉裳，华盖随风回。 八窗敞瑶井，烟路回岩隈。 赤松发金简，洪崖挥玉杯。 神仙不可见，汉武非仙才。 炼气养谷神，何地无蓬莱。 海图在半壁，三露含珠胎。 隐隐闻吹笙，联翩青鸟来。 从兹采石华，乘风戏九垓。

——（《瓯香馆集》卷七）

题天池石壁

恽寿平

深树烟开涧路分，瀑泉时向静中闻。 翠微忽断丹崖影，吞吐层岚是白云。

——（《瓯香馆集》卷一）

尧封和尚属图深林茅屋悬潇湘客亭

恽寿平

石壁高松鹤梦闲，吴烟楚雨护柴关。 隔窗恐碍云来往，屋里长悬屋外山。

——（《瓯香馆集》卷一）

题画三首

恽寿平

青青杨叶碧溪湾，阔处无云不借山。 一片萝烟飞鹭起，此中日月异人间。
峰头黛色晴犹湿，笔底春云暗不开。 墨花淋漓翠微断，隐几忽闻山雨来。
烟树微茫浦溆明，墨花应带白云生。 并刀谁剪吴江水，散入空濛作雨声。

——（《瓯香馆集》卷六）

题红林秋浦

恽寿平

只爱菱洲蟹舍边，千林红叶一溪烟。 夕阳柳岸收渔网，秋水芦花放鸭船。

——（《瓯香馆集》卷一）

题石谷写唐解元诗意

恽寿平

溪亭竹路晓烟平，云壁峻嶒翠削成。 知是深崖秋雨后，满林残叶乱泉声。

——（《瓯香馆集》卷七）

清代题画诗类卷四

题王翚仿方壶雨山图轴

恽寿平

丹梯下风雨，灵丘无冬春。 白云凝不散，知是会群真。

——（安徽省博物馆藏画）

玉山园池与石谷聚首三月九日暂归
虞山复来相聚风雨愆期故有此作

恽寿平

插荣时节君偏去，手挽诗囊不肯住。 与谁吟眺登玉山，红柏青枫望归路。 相期五日刺船来，湿云忽断千村树。 风狂雨昏舟不前，前滩后巷沈荒烟。 雨声夜急浪泼舷，推篷茫茫不见天，今宵泊舟何处眠。

——（《瓯香馆集》卷五）

赠乌目王山人

恽寿平

断壑崩滩古洞门，谁移石壁种云根。 悬知洒墨如风雨，乱染烟山紫翠痕。
竹雨桐风尽入元，阿谁参得巨公禅。 看君画石如云手，落纸精华已百年。
寥落南宗与北宗，天荒今见画中龙。 高云都入王郎卷，乱覆清溪八九峰。
绘苑谁称绝代工，兴来摇笔撼崆峒。 何知我辈千秋业，万国莺花闭户中。

——（《瓯香馆集》卷一）

壬子冬夜同笪侍御在
辛泊舟西郊观乌目山人雪图因题

恽寿平

北风忽起冻云低，蓬窗压雪两岸迷。 只道牵船过剡溪，孤舟远泊西城西。

——（《瓯香馆集》卷三）

题松壑鸣泉图

恽寿平

松风吹雨过幽篁，石濑鸣泉砌路长。 尽日横琴茅阁冷，绿云深处话羲皇。

——（《瓯香馆集》卷七）

题仿梅花庵主

恽寿平

竹雨蒲烟浸碧苔，移云剪水断崖开。 石根忽见苍虬起，一片冷风研北来。

——（《瓯香馆集》卷八）

题画

恽寿平

山亭空翠碧溪深，灵气能生静者心。 竹雨松风何处听，秋声应不在弦琴。

——（《瓯香馆集》卷一〇）

题王翚仿赵孟頫春山飞瀑轴

恽寿平

拂黛螺青山岂知，春风不动岫云迟。 藤花细落松声起，洗耳清泉独坐时。

——（《石渠随笔》卷七）

自题山水

恽寿平

何处溪山有此春，春风不度马驼尘。 洞门若遣飞云入，会向花溪一问津。

翠微影里晓云平，乱草如烟碉路明。 何时结架山腰上，长听松风猿鸟声。

红林碧草泛平川，却忆深山采药年。 放笔恐令真宰泣，不驱心匠凿灵烟。

——（《瓯香馆集》卷八）

壬子十月江上笪御史同石谷王山人浮舟毗陵水次盘桓霜林红叶间属王山人为图各赋诗十二章以志胜事

恽寿平

吟秋诗兴与谁同，真想长留霜树中。 为爱晚霞红更好，船头欹帽受凉风。

对景都忘水国寒，独吟篷底破吴纨。 一秋闲杀千林色，尽日无人此地看。

一曲平冈望转深，霁光偏射日西林。 谁能系却斜阳影，不放千红到夜阴。

坐看霞标想赤城，曾无尘事更关情。 还疑碧落仙人宴，一片朱衣绛树明。

踏歌声散一天秋，隐隐瑶笙吹未休。 总是毗陵城畔路，望君游处是丹邱。

萍洲晓泛白云涯，又过烟滩傍柳丝。 人道仙舟无觅处，荻花风里夜吟诗。

青油步障未应开，遮断车尘少客来。 正是枫林搔首处，蒲葵题扇莫相催。

谩使秋空易寂寥，珊瑚撑日护寒飙。 应知真宰非无意，千树图成一夜凋。

十日晴和霜雨迟，瑟风夜半起寒枝。　从今移入鹅溪绢，白帝青娥那得知。

千人辟易让王郎，天地真容我辈狂。　镇日同吟殊未厌，短亭临别又连床。

葛屦天寒卧草莱，先生携鹤下苍苔。　林间得句偏思我，霜路频呼踏月来。

蚕尾银钩书自圣，辋川淇谷画通神。　莫将此际萧寒景，说与尘凡肉食人。

——（《瓯香馆集》卷三）

题九龙潭图轴

郑旼

仙游于此忆回肠，津逮桃源若裸将。　九派清流泓可掬，又如筵彻列盈觞。

——（故宫博物院藏画）

晨起为钱宫声题长桥烟雨图

王士禛

松枝麈尾壁角悬，桃笙火出昼不眠。　长安五月旱太甚，自郊徂宫空告虔。　昨宵新凉生枕簟，五更檐溜声奔泉。　大江万里泻春涨，涛头泛泛何滇滇。　豁如毛挚去酷吏，身傅两翮思腾骞。　坐忆江南此时节，流水决决鸣稻田。　钱郎打门送急递，鼠须煤尾交云烟。　青松短壑妙结构，高崖巨瀑纷钩连。　长桥烟雨更奇绝，空濛似欲无山川。　湿篷折叠纤掠水，黄泥曲岸相夤缘。　江南旧游入梦寐，仿佛五湖春水船。　钱郎自号五湖长，此图日在衡门边。　胡为款段来长安，披裘带索履后穿。　我欲与君同中舷，青蓑箬笠随长年。　诗成阁笔一笑粲，檐前急雨冲洄漩。

——（《渔洋山人精华录》卷二〇）

叶欣画

王士禛

偶来独立碧溪头，石涧茅亭白日幽。　风雨欲来山欲暝，万松阴里飒寒流。

——（《渔洋山人精华录》卷五下）

樊圻画

王士禛

芦荻无花秋水长，淡云微雨似潇湘。　雁声摇落孤舟远，何处青山是岳阳。

——（《渔洋山人精华录》卷五下）

昭阳顾符稹画栈道图歌

王士禛

顾生画学李思训，尤工栈道兼骒纲。　丹青金碧妙铁黍，近形远势穷毫芒。　褒斜山色一千里，子规啼处烟苍苍。 女郎祠边人迹绝，但见哀猿连臂叫啸青崖旁，江水如油下南郑，阁道似发通陈仓。 红毡裹背笠覆首，人物结束疑唐装。 车马斑斑入云际，如蚁绿垤相扶将。 秦川渭水望不到，蚕丛直上天茫茫。 仰家扇子冰雪色，一茎斑竹磨潇湘。 如何方寸怀袖里，宛然置我蜀道青天长。 扬一益二古天险，谯周鬻国谋非臧。 阿瞒四纪作天子，青骡西幸何仓皇。 三十年来蜀道塞，况从古史论兴亡。 因君妙迹发遥慨，如听铃声替庾冈。

——（《渔洋山人精华录》卷二上）

黄子久王叔明合作山水图

王士禛

有客示我七尺练，云是黄王之合作。 粉墨驳蚀神淋漓，岩谷高深气盘礴。 长林巨壑来畏佳，飞鸟流云去寥廓。 空堂白昼生风霆，飞瀑千寻竞喷薄。 老松撑突夜义臂，怪石纵横鹅鹳啄。 淡如闲衲洗盂坐，怒如将军拔剑斫。 石稜松鬣若无路，忽向青冥得楼阁。 峭壁无梯猿臂绝，天外孤茅谁所缚。 将无洪谷与关穜，笔有琴心师贺若。 满堂动色神悄然，题字依稀辨黄鹤。 吴兴清远鸥波亭，家法贤甥宛如昨。 意匠惨澹经营成，范缓倪迂大张拓。 富春老人年九十，烟云供养穷三乐。 扁舟访旧雪川来，偶从缣素论邱壑。 为添樵径赢髻旋，远峰一角空中落。 远人无目树无枝，妙解通灵失糟粕。 吴兴富春几百年，此意天然殊斧凿。 山人癖如阮宣子，蜡屐犹堪代芒屩。 惜无刘尹买山钱，苦向画图耽寂寞。 此中三日容坐卧，便拟拂衣永栖托。 明年借汝春昼闲，梅老无花竹生箨。

——（《渔洋山人精华录》卷一下）

题赵澄仿王右丞群峰飞雪图

王士禛

寒色冥冥下岩墅，千峰万峰雪初落。 瀑布无声溪涧冻，红树微茫敞孤阁。 阁中有客方缊袍，当杯气与苍山高。 遥看飞鸟落何处，如闻落木鸣东皋。 崖横路断少人迹，稍见老樵下岩隙。 高低远近一溪通，晦明合沓千重隔。 右丞昔日居蓝田，山水落笔穷自然。 雪冈渔市尽高妙，栾濑歙湖纷眼前。 此图曾入宣和谱，董巨荆关焉足数。 兵火相寻六百年，玉躞金题几更主。 雪江老笔妙入神，临摹古本几乱真。 即教唐宋多能手，未必常逢如此人。

——（《渔洋山人精华录》卷一上）

叶欣离宫秋晓

王士禛

翠华寂寂罢宸游，苑树声凄碧水流。 一片败荷千点叶，灵波宫外不胜秋。

——（《清人题画诗选》）

邹衣白画

王士禛

云峦半幅落人间，衣白山人去不还。 却忆题诗东涧老，夕阳粉本出关山。

——（《清人题画诗选》）

胡元润画

王士禛

白波青嶂非人境，忆住江南过五年。 今日长征老鞍马，菰蒲春雨梦江南。

——（《清人题画诗选》）

为高念东侍郎题文衡山画二首

王士禛

驴影凌兢冬气昏，危亭孤栈簇烟村。 披图正有溪山梦，风竹萧萧雪拥门。
冻合千山鸟不飞，梅花香里踏清晖。 先生只向江南老，不见天山雪打围。

——（《清人题画诗选》）

题黄鹤山樵画

王士禛

忆昨茅斋雪霁时，地炉松火夜谈诗。 春风骑马长安去，如此溪山坐付谁。

——（《清人题画诗选》）

清代题画诗类

初秋索梅耦长画

王士禛

诗到无声足卧游，雨窗含墨对清秋。 不知乡思今多少，只写澄江与北楼。

——（《渔洋山人精华录》卷八下）

恽向千岩竞秀图

王士禛

万壑千岩云雾生，曹娥江外几峰晴。 分明乞与樵风便，身向山阴道上行。

——（《清人题画诗选》）

杂题萧尺木画册四首

王士禛

幡影依稀选佛场，白云深处剧清凉。 迢迢涧水空花出，寂寂寒山贝叶香。

山城水郭苍茫里，曲栈疏林远近中。　太息欧湖老诗史，直将劲笔压关穜。

笒箸沿溪踏乱流，秋深芦荻风飗飗。　若得五湖三亩宅，便须随汝钓槎头。

平生酒态稔中散，目送飞鸿坐竹林。　闲向梅花弹一曲，落花乱点碧流深。

——（《清人题画诗选》）

题山水图

顾符稹

理罢丝桐读罢书，几人渔唱几耕锄。　他时我欲移家去，未审山灵许结庐？

——（故宫博物院藏画）

题雪景画

宋荦

层岩策杖立从容，积素凝寒千万峰。　老树欹斜飞鸟绝，寺门深掩一声钟。

——（《西陂类稿》卷一）

题李长蘅苍岩古木

宋荦

纸上烟岚若可餐，董源老笔共巑岏。　怪他丘壑如相识，在昔忘归得饱看。

——（《西陂类稿》卷一一）

题李唐长夏江寺图卷二首

张英

一幅鹅溪绢色陈，只今书画两精神。　墨光透纸钗痕字，笔陈横秋斧劈皴。

翠华消息断河汾，遥望苍梧隔暮云。　画谱宣和才误却，何堪重话李将军。

——（《历代绘画题诗存》）

题朱竹垞检讨小长芦图
五六七言断句各一遥和阮亭先生三首

邵长蘅

我家旁湖邨，披图偶相似。　烟水秋淼茫，白鹭忽飞起。

老子闲来踞石，添丁钓罢携竿。　十里芦声杂雨，一滩暝色荒寒。

范蠡湖边虾菜好，宣公桥下鸭头清。　竹竿裊裊三十尺，不向严滩更钓名。

——（《青门簏稿》卷一）

题画五首

邵长蘅

秋色连远山，鸣泉入寒牖。　借问支颐翁，得无漆园叟。

瀑布一千尺，吹沫沾人衣。　空山风雨夜，化作玉龙飞。

松下一老翁，松顶双白鹤。　抚琴未及弹，风吹松子落。

钓船系篱根，筌箸挂泥壁。　夜来春水生，船尾高一尺。

积雪压溪桥，梅花开几树。　驴背苦吟人，应为探梅去。

——（《青门簏稿》卷六）

蒋孝廉槎长画山水歌

邵长蘅

屋里突削青嶂出，岚雾濛濛气出没。　石根藓剥苍兕皮，枯松枝拉蛟龙骨。　坐久叠巘静杳冥，乃知丹青足夺真宰灵。　高丽蹒跚蜀矾光，槎翁拂纸开烟霜。　笔力稍逼黄子久，迩来兼仿陈白阳。　此幅秀润尤可喜，缀得小阁临江水。　藤萝暝挂岩磴青，岛屿欹侧夕流驶。　阁中著一老翁坐，隔江注目寒山紫。　槎翁有孙画亦精，气格跌宕大父行。　学书学剑辄不就，近来一技翻成名。　槎翁于我颜面好，每诵新诗辱称妙。　知我爱翁画入髓，大缣小幅放笔扫。　槎翁槎翁尔剖倔，廿金易一山，十金易一石，权门屏障少真迹，槎翁槎翁太剖倔。

——（《青门簏稿》卷三）

为树百题顾瑟如画杜诗册子二首

汪懋麟

谷静春常好，山深客自归。　雏莺争竹坞，小犬出华扉。　云气千岩合，泉声百道飞。　滕王旧亭子，此景尚依稀。

木叶下萧萧，高天正寂寥。　几行晴雁起，数点碧山遥。　耐可摇孤艇，偏宜趁晚潮。　同心二三子，此外未须招。

——（《百尺梧桐阁集》卷一三）

题仿赵松雪图

王原祁

桃源处处是仙踪，云外楼台倚碧松。　惟有吴兴老承旨，毫端涌出翠芙蓉。

——（《历代绘画题诗存》）

清代题画诗类

题夏山图轴

王原祁

斜风细雨打篷窗，北望扬州隔一江。 无限云山离绪写，西园犹记倒银缸。

——（广东省博物馆藏画）

仿大痴题此质之识者

王原祁

大痴元人笔，画法得宋派。 笔花墨渖间，眼光穷天界。 陡壑密林图，可解不可解。 一望皆篆籀，下士叹而怪。 寻绎有其人，食之如沆瀣。

——（《清画家诗史》乙上）

山水送别诗意图四首

王原祁

吴门旅雁两三声，我去西江君北征。 一片楼头寒夜月，桃花流水隔年情。
两载相思南北分，孤舟淮浦忽逢君。 离愁一夜连床话，湖岸西风浪接云。
意止图成点染新，一山一水未能真。 知君夙有烟霞癖，侧理重贻拂旧尘。
侵晨扣户喜盘桓，无邮霜花入砚寒。 促迫由来多疥癞，挂君素壁不须看。

——（故宫博物院藏画）

自题仿黄公望山水图

王原祁

细雨檐花春色妍，故人书信自江天。 匆匆愧逐尘中马，写得青山不论年。

——（《历代绘画题诗存》）

题丹思画册

王原祁

画如四始与六艺，未扫俗肠便为累。 青山幻出平中奇，刚健婀娜审真伪。 此理山樵深得之，扛鼎力中有妩媚。 老而笃好不知疲，譬如小户饮辄醉。 写以赠君君一噱，僧寮又听钟声至。

——（《麓台题画稿》）

自题仿古山水图册五首

王原祁

崇冈幽涧仿范宽笔意

峰回壑转拱天都，下有乔柯结奥枢。　要识水穷云起处，清流不尽入平芜。

仿梅道人溪山秋霁图

山村一曲对朝晖，秋霁林光翠湿衣。　欲得高人无尽意，更看冈棱与溪图。
高峰积苍翠，访胜到柴门。　莫待秋光老，凄凉净客魂。

秋月读书图

秋月秋风气较清，声光入夜倍关情。　读书不成燃藜候，桂子飘香到五更。

仿梅道人笔意

廿年行脚都方归，庵主精神世所稀。　脱尽风波觅无缝，好将缯素换天衣。

——（《历代绘画题诗存》）

清代题画诗类卷五

山水类

题重林复嶂图

原济

王昱

峰回壑转拱天都，下有乔柯结奥区。 要识水穷云起处，清流不层入平芜。

——（上海博物馆藏画）

南山积翠图

王昱

空山寂寂霭遥青，石作屏风树作扃。 昼永幽人无个事，餐芝饮涧读黄庭。

——（故宫博物院藏画）

自题仿王蒙山水图轴

王昱

玉山佳处列芙蓉，咫尺仙源路万重。 此境不知谁领会，年年花雨白云封。

——（《历代绘画题诗存》）

题山水册七首

原济

清音兰若澄江头，门临曲岸清波柔。 流声千尺摇龙湫，凄风楚雨情何求。 云升树杪如轻雪，鸟下新篁似滑油。 三万个，一千筹，月沉倒影墙东收。 偶来把盏席其下，主人为我开层楼。 麻姑指东顾，敬亭出西陬。 一倾安一斗，醉墨凌沧洲。 思李白，忆钟繇。 共成三绝谁同流？ 清音阁上长相酬。

——（《大涤子题画诗跋》卷二）

一春今日霁，结伴好山缘。 步壑云依杖，听泉花落肩。 问天高阁语，息静下方禅。 归路迥幽绝，松横十里烟。

惯写平头树，时时易草堂。 临流独兀坐，知意在清湘。

昨夜今宵两不同，迷云步雨一楼风。 擎杯搔首花间问，此际清光何处通。

病叶沉沉点点黄，隔泪犹送小清香。 羽衣仙子翻新曲，风雨应教乱舞裳。

碧天如洗出新妆，何处酣歌夜未央。 世事偏同愁里听，六朝兴废一回廊。

留得渊明柳数株，江城邀笛兴偏殊。 纵然妙手王维在，难绘阴晴一画图。

——（《大涤子题画诗跋》卷二）

题画山水

原济

信着芒鞋作浪游，十年三到谪仙楼。 庭前古柏齐云起，阶下苍苔尽日幽。 海去金焦消众壑，地来江楚壮惊流。 龙岏砥柱中分石，今古名题遍上头。

——（《历代绘画题诗存》）

荷叶皴泼墨大笔山水

原济

大雅久不作，世态秋云薄。 落落今古间，旷焉谁与托。 羡君清芳长，偏寓江之阳。 读书遵秦汉，结交藐侯王。 典型夙所树，高深钦有素。 同气笃天伦，过庭尊孔父。 家世一经传，风雅傲昔贤。 坐看人似玉，春水爱膺船。 秋仲来江上，伊人中心睨。 俯仰区湖傍，不遇增惆怅。 雪鸿为谁翔，孤锡再登堂。 衡气氤氲里，云汉开天章。 吾道欣有附，宗风审所惧。 喝棒应当机，豁然开豹露。

——（《大涤子题画诗跋》卷一）

题画雪景赠刘石头

原济

石头先生耽清幽，标心取意风雅流。 万里洪涛洗胸臆，满天冰雪眩双眸。 架上奇书五千轴，瓮头美酒三百斛。 一读一卷倾一卮，紫裘笑倚梅花屋。 急霰飞飞无断时，冻波淼淼滚寒涯。 枯禅我欲扫文字，却为高怀漫赋诗。

——（《大涤子题画诗跋》卷一）

题春江图

原济

书画非小道，世人形似耳。 出笔混沌开，入拙聪明死。 理尽法无尽，法尽理生矣。 理法本无传，古人不得已。 吾写此纸时，心入春江水。 江花随我开，江月随我起。 把卷坐江楼，高呼曰子美。 一啸水云低，图开幻神髓。

——（《大涤子题画诗跋》卷一）

题画山水二首

原济

炎蒸何地是清凉，薄暮来登心写堂。 池曲水方金鲫跃，庭中花正紫薇香。 主人值酒呼脱帽，命客挥毫快解裳。 拟欲张灯醉归去，湿云头上黑苍苍。

常年闭户却寻常，出郭郊原忽恁狂。 细路不逢多揖客，野田息背选诗郎。 也非契阔因同调，如此欢娱一解裳。 大笑宝城今日我，满天红树醉文章。

——（《大涤子题画诗跋》卷一）

题画山水三首

原济

漫将一砚梨花雨，泼湿黄山几段云。 纵是王维称画手，清奇难向笔头分。

偶欲渡西泠，扁舟荡画间。 清波渺渺然，能令豁心颜。 堪惜乘槎客，星河徒往还。 何如手中檝，举止得真闲。

画法关通书法津，苍苍莽莽率天真。 不然试问张颠老，能处何观舞剑人。

——（《清湘老人题记》）

墨色山水册三首

原济

千岩万壑势争流，涧底松声响暮秋。 夹道水从云里出，顺风相送禹陵游。

仪扬取便如屋里，朝发真州暮广陵。 一觉天明齐到岸，两头来去一盘凭。 燕思仲、宾天容诸君之广陵，戏为之，请正。

龙山顶上望西湖，天隐胥丘背面扶。 一笛香风荷里出，消魂点点画中图。

——（《大涤子题画诗跋》卷一）

题墨笔山水图轴

原济

东风飘缈故园同，客路何期遇上公。 濯眼不须临大海，对君疑是仰高嵩。 庭疏夜寐勤王事，心有余闲近道空。 落落幽情自忘分，倦寻携我入花丛。 春深准拟杏花残，山外犹逢此大观。 闻道东风能解事，却从昨夜尽为摊。 攀援无字酬丰雅，图写多文作盛欢。 知己二三倾日夕，濛濛归路悉烟澜。

——（周怀民藏画，载《中国民间秘藏绘画珍品》第二集）

题山水册四首

原济

消受多山处，清音小阁闲。 悄声低竹鸟，放意高云鹏。 许子歌将歇，涛僧记一斑。 彦郎兴不浅，回首云跻攀。

把钓坐湖船，沧波最可怜。 一声何处写，惊破水中天。

横塘曲水晚风凉，采得荷花带叶香。 归去插花藏半蕊，自倾清茗坐藤床。

雨后泉声烟树传，人家浅水隔山田。 东西出入门无路，多是溪边有小船。

题画山水十一首

原济

水面晴霞石上苔，层层叠叠画中开。 幽人恋住秋光好，薄暮依然未肯回。

竹树丛丛黑暗，白云笼罩山巅。 虎过腥风乍起，人家隔在溪边。

丘壑自然之理，笔墨遇景逢缘。 以意藏锋转折，收来解趣无边。

山水有清音，得者寸心是。 寒泉漱石根，冷冷豁心耳。 何日我携家，耕钓深云里。 念之心弥悲，春风吹月起。

树老巅岩间，阴生涧底黑。 幽人看竹来，屐齿破苔色。 对岸藤花开，悠然心自得。 长笛起秋声，夕阳光影蚀。

露地奇峰平到顶，听天楼阁受泉风。 白云自是无情物，随我枯心飘渺中。

风急湖宽浪打头，钓鱼船小兴难收。 请君脱去乌纱帽，月上丝轮再整游。

笔底山香水香，点染烟树苍茫。 心往白云画里，人眠黄屋书堂。

山皋夹土夹石，树古半死半生。 路白草枯霜打，鸟声送客多情。

林下萧然紫箨居，看云听水日无虚。 此间自觉闲闲的，消受青山一卷书。

秋水接天三万顷，晚山连树一千重。 呼它小艇过湖去，卧看斜阳江上峰。

——（《大涤子题画诗跋》卷一）

题山水图册二首

杨晋

梅花庵主老吴根，珍重生绡醉墨痕。 我忆江乡好山色，濡墨将亦写烟邨。

身在松风流水间，携寒心与碧云闲。 大谷忽看岚雾起，半天遮断隔溪山。

——（至乐楼藏画）

题山水图

杨晋

春阴十日溪头暗，夜半西风雨脚收。 但觉奔霆吼空谷，遥知万壑正争流。

——（美国乐艺斋藏画）

题程正揆临沈周山水图卷三首

方亨咸

万树梅花照雪明，冻云深处读书声。 冲寒野老来何事，驴怯冰嘶不肯行。

群山雪后晚崚嶒，一抹寒烟花几层。 咏得西溪春月夜，疏林斜露读书灯。

荒林高高远山小，门对寒流没秋草。 最是动人秋思深，若泾入暮剡溪晓。

——（《历代绘画题诗存》）

自题山水图轴

程正揆

参差绿影散云发，淡荡贻情十亩闲。 天予山人家快活，柴门风月不须关。

——（《历代绘画题诗存》）

李成群峰雪霁图

高士奇

雪积峰峰白，烟寒树树稠。 寺深疏磬远，涧咽冻泉流。 静对衣憎薄，澄怀路可求。 毫端师造化，画史重营丘。

——（《历代绘画题诗存》）

李唐长夏江寺图卷

高士奇

山下深江千顷碧，山腰松栝势百尺。 古寺楼台杳霭间，浓阴覆地昼掩关。 远岸蒲帆疾如马，何不此地销长夏。 李唐清兴殊激昂，山盘水阔开洪荒。 炎风扑面气蒸郁，展卷飒飒生微凉。

——（《历代绘画题诗存》）

题米元晖云山得意图卷二首

高士奇

山雨山云断又遮，溪前溪后几人家。 江乡湖曲多相似，树霭林烟认米家。
潇湘烟水渺无波，北固云山晓暮多。 细雨斜风无限好，谁将艇子着鱼蓑。

——（《江村销夏录》卷一）

钱选秋江待渡图卷

高士奇

茅堂野岸对江流，锦树苍葭八月秋。 天淡云闲安坐好，何须忙唤渡头舟。

——（《历代绘画题诗存》）

题高尚书春云晓霭图

高士奇

叠叠春山拥髻螺，白云如絮冒岩阿。 要知暖意江南早，晓霭茏葱上树多。

——（《江村销夏录》卷一）

题石谷摹大痴江山胜览图二首

高士奇

江树江云断又连，高低涧水灌山田。 侬家只在溪头住，那识人间有市廛。
十日画山五日水，想经登陟尽巑岏。 我今游屐无心著，粉本朝朝偃卧看。

——（《清画家诗史》乙上）

山水诗意图扇

王掞

八载常留此，飘然放棹还。 关河依旧雨，云树点苍山。 笑我一官拙，羡君三
经闲。 相看俱白发，珍重别离间。

——（《历代绘画题诗存》）

题画赠程汝谐

姜实节

望山桥下偏西路，雪后春流满钓矶。 我有新诗就君质，醉中常踏月明归。

——（《清画家诗史》乙下）

题黄鹤山樵听雨楼图卷

姜实节

湖天过雨水冥冥，吹绿东风草一汀。 绝似铜坑桥上望，远山如发向人青。

——（《清画家诗史》乙下）

秋山亭子图三首

姜实节

豆花棚下疏篱底，曾与诸君过草堂。 别后只今多岁月，白头风雨费思量。
一抹云烟画不成，夕阳桥外柳边城。 候门不见牵船返，芦叶萧萧动水声。
老屋歌斜竹径深，避喧生怕俗人寻。 望山桥下清吟者，赖尔敲门慰夙心。

——（《中国绘画史图录》下）

题石涛双清阁图卷

姜实节

平山堂外路，别有避人村。 翠竹斜通径，青山总在门。 诗书前代具，携牧古
风存。 独我知幽境，时来共讨论。

——（《历代绘画题诗存》）

清代题画诗类

48

题黄海云舫图

雪庄

蒙君访我季春天，夏又通书寄舫边。 欲慰多情难当面，和峰飞到韵人前。

——（美国纳尔迪—艾金斯美术馆藏画）

题画

刘献廷

意随流水行，却向青山住。 因见落花空，方悟春归去。

——（《广阳诗集》卷下）

题石涛搜尽奇峰打草稿图卷二首

陈奕禧

缥缈云泉千古癖，苍茫竹树万岩堆。 认得老涛辛苦事，我今新同鬼方来。
长松瘦石为君骨，碧涧清江是汝心。 只因壮奇聊触发，天然妙理亦须寻。

——（《历代绘画题诗存》）

题画

孔尚任

叶落万林疏，山堂斜照朗。 寻诗句未成，凭几听茶响。

——（《孔尚任全集》编五《湖海集》卷三）

题沈眉生先生姑山草堂图

孔尚任

村北村南遍夕阳，卜居云外木苍苍。 姑山万古清风在，又倩卢鸿画草堂。

——（《孔尚任全集》编七《长留集》卷六）

西峰草堂图

孔尚任

出城韦杜草堂存，似住江南黄叶村。 薄薄山岚铺纸帐，重重塔影压柴门。 踏
多秋径鞋生藓，灌久春畦树露根。 巷外朱轮常借问，邻翁始讶姓名尊。

——（《孔尚任全集》编七《长留集》卷四）

清代题画诗类卷五

题画二首

戴梓

雨气远来秋，秋山傍碧流。 板桥人不过，唯有白云流。

丹壁耸高天，茅堂冷暮烟。 杖藜归鸟下，丰度是遗贤。

——（《耕烟草堂诗钞》卷三）

题画二首

戴梓

影落平湖水镜清，长林老屋暮烟横。 人休倦足临溪坐，鸟弄新声隔树鸣。

柳丝织翠锁春山，田带平桥路几湾。 放鸭船归渔艇去，落花无主水潺潺。

——（《耕烟草堂诗钞》卷三）

题画二首

戴梓

山若不出云，林峦少生趣。 所以真宰心，常令云来去。 羡彼变化姿，构我离奇句。 溪水亦多情，日漱云根树。

好山久不见，如与故人违。 淡墨留清梦，闲吟送落晖。 石分流水过，树合乱云归。 欲傍前溪隐，亲来筑钓矶。

——（《耕烟草堂诗钞》卷三）

题画二首

戴梓

好山翻喜隔浮云，云里灵峦自暗分。 栽得秋芳篱畔种，闲邀彭泽对斜曛。

错把飞泉认玉虹，奔崖千尺夹亭流。 闲居不见人来往，唯有浮云与白鸥。

——（《耕烟草堂诗钞》卷四）

题画四绝

戴梓

灵峦如黛草萋萋，未雨先云漾碧溪。 似我旧游曾到处，廿年尘土梦中迷。

青葱相对鬓毛斑，高士幽招日往还。 安得置身图画里，直投茅屋住溪山。

翠微东去路横斜，草浅林深处士家。 岁月不知人不老，闲随流水认桃花。

崖悬古寺白云隈，松听龙吟水听雷。 漫道山深人不到，虎踪才扫客还来。

——（《耕烟草堂诗钞》卷三）

清代题画诗类

题米家山二首

戴梓

画中写出米襄阳，云气山光接缈茫。 看去似曾经老眼，春深烟雨过钱塘。

萧萧烟柳隐渔家，浅溆长桥钓艇斜。 洲畔尚余闲隙地，拟将结茅傍芦花。

—— （《耕烟草堂诗钞》卷三）

清代题画诗类卷六

山水类

指画山水扇

高其佩

春山分晓又模糊，云隔关河树隔湖。 野放那知山水论，只堪命作纪年图。

——（《历代绘画题诗存》）

题禹平水村图二首

查慎行

蓼洲疏雨荻洲烟，一扇低篷水拍天。 不碍主人长作客，披图还有鹤看船。
春波十字水西东，草浅回塘有路通。 着个归人应更好，倒骑乌犊柳阴中。

——（《敬业堂诗集》卷八）

王麓台前辈为余画扇自题其后索同直诸君和

查慎行

万树鸣蝉水一隈，西山骤雨过轻雷。 看君老笔如并剪，割取浮岚暖翠来。

——（《敬业堂诗集》卷二九）

题许霜岩画扇

查慎行

风前撩乱万梢柳，柳外天斜一扇篷。 个是侬家旧诗景，江湖回首画图中。

——（《敬业堂诗集》卷一一）

题沈南疑林屋山居图卷子二首

查慎行

莫厘峰下是查湾，及记扁舟压雪还。 一事至今留缺陷，不曾西到石公山。
浮家泛宅事良难，绾绶行将赴一官。 纵使买山争得住，故应写作画图看。

——（《敬业堂诗集》卷二三）

龚蘅圃属题摄山秋望图

查慎行

昔我道金陵，西南出江关。 船头东北望，秀色堆烟鬟。 长年为指似，此山名伞山。 古寺入栖霞，松老苔斑斑。 玲珑刻千佛，石骨灵不顽。 上有天开岩，镜平圆若环。 从兹陟高顶，一览收人寰。 孙吴事业荒，南渡衣冠孱。 词客吊兴亡，动云清泪潸。 探怀发深趣，此事天宁悭。 如何雷同声，万口若是班。 我友诗力健，清奇写峥潺。 好风飒然来，满眼除榛菅。 按诗记年月，我在蛮溪湾。 重披一幅图，点染纷斑斓。 杖藜者数辈，风骨俱珊珊。 同时失同游，怅望空往还。 凭君添一叶，置我烟波间。

——（《敬业堂诗集》卷八）

题王石谷潇湘雨意图卷

查慎行

平生爱看王老画，笔踪幻化无端倪。 画石画水兼画竹，世罕其匹古与齐。 不师文与可，不学吴仲圭。 墨君粉本何处得，乃在洞庭南北湘东西。 似闻潇湘间，阴多晴少云。 凄凄湘君去后湘竹怨，留取万古斑斑啼鹧鸪。 昏昏唤作雨山菌，滑滑呼成泥。 九疑劖天不可梯，居人寥落行人迷。 我昔南游身未到，侧闻人说往往犹含悽。 今观所画殊不尔，洒落别自开町畦。 山舒水缓桥平堤，步有舟航林有蹊。 篱门茅屋几家住，翠色不受纤尘翳。 岚光深浅叶浓淡，地势起伏丛高低。 展之寻丈卷盈握，疑有烟雨随提携。 乃知善画取大意，信手故自忘筌蹄。 适逢好事者，持卷乞我题。 我诗不入竹枝调，恍然如坐箬笠谷口苍筤溪。

——（《敬业堂诗集》卷四〇）

朱竹垞表兄属题小长芦图同阮亭先生
体赋五六七言绝句各一首

查慎行

君住鸳鸯湖，侬占鸬鹚浦。 同为蓑笠翁，惯听菰蒲雨。

种鱼三亩五亩，隈水前溪后溪。 认得邻庄老树，草堂在鹊巢西。

白首初辞供奉班，一身那不爱投闲。 江湖老伴多星散，知己无如父子间。

——（《敬业堂诗集》卷一八）

洞庭秋望图为同年姜西溟题

查慎行

我昨扁舟帆湖水，出没鸥群凫队里。 西风吹偃万梢芦，斗柄插空将北指。 庚午

秋冬间，余寓居洞庭东山。君时正作桑乾客，南北相望渺千里。 念君落第招君归，已是明年三月尾。 其秋我复游庐阜，走上云头振衣履。 海绵片片盗吾胸，奇绝生平乃有此。 洞庭直可盆盎贮，七十二峰同撒米。 有如天半立峨眉，下视成都居井底。君为此图毋已隘，细写秋毫入侧理。 男儿失路真可怜，泽畔行吟聊复尔。 今来又赴京兆试，失固其常得差喜。 与君同榜获联名，王后虽卑吾敢耻。 却披横卷索新句，一笑如皋方射雉。 才名误汝四十年，决躍何堪比截趾。 至尊久已记名姓，虚向兰台署良史。 探支官俸月一囊，挥洒佣书日千纸。 须长及腹谁揽之，发白满头行老矣。 向来蹭蹬天有意，特与先生慰暮齿。 眼前同进俱少年，感叹无端从此始。 翻思旧狎渔樵伴，故展烟波洗窗几。 不然此画且善藏，勿更题诗乞余子。

——（《敬业堂诗集》卷一七）

题王令诒松南柳矶图三首

查慎行

自截筠竿八尺余，偶从沙际伴春锄。 人间果有丝纶手，未必临渊便羡鱼。
曾是春衣染汁新，一官临出又逡巡。 万条杨柳风情在，犹恋当年手种人。
三亩菱租割水田，披图闲惜好山川。 归人预作明年计，欲借桥东放鸭船。

——（《敬业堂诗集》卷一七）

白沙翠竹石江图为吉水宗伯李公赋
即用题中六字为韵六首

查慎行

清代题画诗类

展卷复长吟，双清到心迹。 秋风何处来，满眼江湖白。
我公似康乐，在家久忘家。 盘陀一片石，坐阅恒河沙。
岩廊四十年，夙昔青霞志。 兴到一回头，乡山渺空翠。
一寸二寸鱼，三竿五竿竹。 何必记平泉，寓庭幽事足。
霭霭林表云，凿凿波底石。 独抱万里心，卷舒不盈尺。
过客尚留句，爱兹山水邦。 天生好图画，应属李文江。

——（《敬业堂诗集》卷三六）

题金匡秀户部南庐图卷子

查慎行

娄江之水清沧浪，幽居宛在天一方。 展开八尺好横幅，令我兴发神苍茫。 耕烟笔妙呼欲起，图为王石谷所画。快比并刀能剪水。 树高竹密绿两涯，日薄风微香十里。 飞来纸上疑有声，采莲歌逐菱歌生。 亭台占断清凉国，宜尔主人遗宦情。 人间炎热吁可怕，亦有扁舟思稳驾。 题诗预作隔年期，来就图中消九夏。

——（《敬业堂诗续集》卷三）

题赵松雪水村图

纳兰性德

北苑古神品，斯图得其秀。 为问鸥波亭，烟水无恙否。

——（《饮水诗集》）

题画

爱新觉罗·玄烨

杖藜端不染轻尘，野趣天然景物新。 春水风帆一日尽，孰知逝者太华津。

——（《康熙诗词集注》）

题山水画

爱新觉罗·玄烨

岭岫嵚崎路渺茫，画工摹写各舒长。 云峰四起添山色，竹树重阴致夏凉。 最爱萧疏随意笔，可称流动赏心方。 依稀岩洞神仙住，那得闲情问草堂。

——（《康熙诗词集注》）

题画

爱新觉罗·玄烨

隔溪隐隐见窗纱，几度呼童问酒家。 尺幅林峦分远近，画工浓淡最堪夸。

——（《康熙诗词集注》）

题画有感二首

曹寅

芦花枫叶谁能咏，落木飞鸿漫乞诗。 一段寒江鱼网水，空帘看到日斜时。
格是欲归归未得，还堪作想想难凭。 平生下笔持公论，千古风流张季鹰。

——（《楝亭诗钞》卷三）

仿倪瓒山水图

黄鼎

白云苍苔积，空亭岁月深。 烟霞迷望处，仙踪此中寻。

——（《历代绘画题诗存》）

清代题画诗类卷二

题姜学在江山初霁图卷

何焯

恒听龙吟役梦魂，墨光湿处带朝暾。 烟横低吐峰千叠，云在遥明涨一痕。 帆影矗开天忽判，波文悬荡壁疑翻。 晴窗纵目清空里，谁拟同他马夏论。

——（《义门先生集》卷一二）

同舟逸兴小册

何焯

仙侣同舟翰墨香，从他夹岸野尘黄。 风流欲似虞山老，兼看长蘅与孟阳。

——（《义门先生集》卷一二）

秋山草堂图

吴宏

老树摘秋光，藤荫映学堂。 教儿通句读，招友话农桑。 涧水粼粼碧，鸡声喔喔长。 不知清坐久，天末挂斜阳。

——（《历代绘画题诗存》）

题金陵各家山水花卉图册

吴宏

高涧落寒泉，穷岩带疏树。 山深无车马，独有幽人度。 幽人何所从，白云最深处。 出山不知遥，顾见云间路。

——（《历代绘画题诗存》）

题画

陈鹏年

一村黄叶晚萧萧，踏尽空林又板桥。 欲上孤高看秋色，夕阳溪路转迢遥。

——（《清人题画诗选》）

题王石谷山水

陈鹏年

野人林壑自清幽，雨后坡塘水乱流。 偶向横桥看山色，镜中无数夕阳秋。

——（《清人题画诗选》）

题画四首

陈鹏年

万壑千峰自一村，飞亭独跨水潺湲。　坐来山翠兼溪雨，衣上苍寒不可扪。
芳草青青返照红，王孙江上路何穷。　抱琴归去柴门晚，一片春帆暮色中。
两袖烟峦积未消，梵宫秋隔虎溪遥。　远公酒熟如相待，有客骑驴到板桥。
平田白水自逶迤，尽日孤村人未知。　山色千重万重雨，小窗闲看夕阳迟。

——（《清人题画诗选》）

山水图卷二首

沈宗敬

峻嶒乱石自成堆，消得游人无限杯。　四十年前旧青眼，又携丝竹到山来。
芙蓉傍槛笑容堆，聊把茶杯当酒杯。　争似东篱黄菊绽，不愁应候早霜来。

——（《历代绘画题诗存》）

为同年龚于路题画二首

周起渭

洗盏梅花下，泉香比花洁。　松风七条线，泠泠自怡悦。　翛然水竹间，更落山阴雪。

画中长人身，飘然野鹤姿。　暗香三十里，绝忆还山时。　江花落如霰，长空帆到迟。

——（《桐野诗集》卷三）

为王令诒题画二首

周起渭

溪边修竹林，日夕春云阴。　漫空风雨过，四面皆龙吟。　独坐苍烟里，焚香清道心。

铜坑千万树，殷勤记君面。　月落参横时，清香梦中见。　何日踏溪桥，水清沙练练。

——（《桐野诗集》卷三）

题王二痴白云栖图四首

沈德潜

大痴石屋幽栖处，传是当年尚父庐。　一自画师仙去后，白云深闭洞门虚。
林壑旋成佛子门，乘除又扫旧巢痕。　于今稳作安禅室，面壁常依两足尊。

清代题画诗类卷二

披图指点剑门西，一路松泉径不迷。写出白云终古色，依然仍向石林栖。
二痴雅慕黄公望，画笔痴情皆我师。六法沈酣捐世味，仅教占断十分痴。

——（《归愚诗钞余集》卷六）

题王二痴画四首

沈德潜

巫山插高穹，白云束层嶂。巴船云际落，不敢回头望。
绝磴梯云上，回看路欲无。四山人迹断，风雨一樵夫。
高山出云云作雨，雨复还山润林莽。化机迁转两相忘，山耶云耶谁宾主。
朔风呼号雪满山，天地疑在虚无间。遣童修琴出山路，抱琴归来迷故步。

——（《归愚诗钞余集》卷四）

题王冈龄仿文衡山画二首

沈德潜

如削烟岚插碧霄，松林主客自逍遥。修将山史分泉品，那有余闲话市朝。
从来变化先追仿，画拟停云已及肩。灭没更超形象外，请看相马九方歅。

——（《归愚诗钞余集》卷四）

题祖山人云响图

沈德潜

山人夜登匡庐山，排云直上香炉双剑之峰巅。忽闻山间白云作声响，恍惚惊霆漱玉来空天。疑是云之声，不闻他山岚气鸣淙潺。疑是泉之声，但见滃然万顷凝浮烟。云中有泉泉入耳，是云是泉得琴理。归来写入三尺桐，千叠云泉座间起。

——（《归愚诗钞》卷九）

画北寨山图

文昭

曾在房山留十日，迄今五见岁云徂。奇峰一一心犹记，割纸先摹北砦图。

——（《清画家诗史》丙上）

白云松舍图

华嵒

女萝覆石壁，溪水幽朦胧。紫葛蔓黄花，娟娟寒露中。朝饮花上露，夜卧松下风。云英化为水，光彩与我同。日月荡精魂，寥寥天府空。

——（天津市艺术博物馆藏画）

题恽南田画册二首

华嵒

一身贫骨似饥鸿，短褐萧萧冰雪中。 吟遍桃花人不识，夕阳山下笑东风。

笔尖刷却世间尘，能使江山面目新。 我亦低头经意匠，烟霞先后不同春。

——（《离垢集》卷一）

挥汗用米襄阳法作烟雨图

华嵒

秋深仍苦热，敞阁纳凉风。 偶然得新意，扫墨开鸿蒙。 溪山衔猛雨，密点打疏桐。 楼观蔽烟翠，老樟团青枫。 奔滩激寒溜，雷鼓声逢逢。 方疑巨石转，渐虑危桥冲。 皂云和古漆，张布黔低空。 游禽返丛樾，湿翎翻生红。 景物逞情态，结集毫末中。 邈然推妙理，妙理固难穷。

——（《离垢集》卷一）

题山水图册

华嵒

林莽宿寒雨，翻牵秋老藤。 新花全障壁，古室半枯僧。 游侣研诗并，腾猱接树升。 西岩樵径断，灵雾漾清蒸。

林薄杳平莽，山泽秘幽清。 秋气苏蒙郁，鸣蜩厉寒声。 溪斋启蓬壁，浏洒通空明。 休驾欣所佚，居默恂保贞。 但遣心齐物，物齐苟达生。

——（无锡博物院藏画）

题山水册六首

华嵒

枫岩荡幽岚，影落秋潭碧。 潭里宿渔家，炊烟袅虚白。

浣素淋新华，烘赧揭春晓。 碧鸡鸣灵厓，群动纷相扰。 谁子沐幽芬，凿窗登棉杪。

作力事岩耕，荷锸登南亩。 翻翻川上云，逍遥离尘垢。

绿泉涌阳谷，石起白离离。 江灵务奇诡，鞭鳞叱顽螭。

税驾憩石门，拨蒙搴芳荪。 香雾融云滴，春衫影碧痕。

跻险迫无蹊，披清出氛土。 纵目击休光，磅唐辨齐鲁。 游鹏触劲飙，鼓翼盘青宇。 感心动遄神，回肠结虚腑。 抱素澄幽研，拙钝固所取。 经务弭颠流，达变玩暗瞀。 饱道熙清肥，泛迹櫂容与。 长啸搴芬芳，靡依念兰圃。

——（陶心华藏画，载《中国民间秘藏绘画珍品》第一集）

题画屏八绝句

华嵒

如此烟波里，何来莲叶舟。　一声横竹裂，唤起万山秋。
冻合春潭水，坚冰一尺深。　老龙愁不寐，寒夜抱珠吟。
明霞映晚秋，空绿染成紫。　拂动一条弦，凄咽湘江水。
客来恣幽寻，识此庐山面。　青天忽闻雷，殷殷落深涧。
盘松缠绿烟，密叶掩寒峭。　坐客讲黄庭，真机发清妙。
结伴入空山，山深路亦僻。　谁将齐州烟，染此越江碧。
海客弄狂涛，随风洒白雪。　遥望东山头，半个秋蟾缺。
禹门震奇响，万杵带寒春。　飞落天河水，空潭浸白龙。

—— （《离垢集》卷一）

题乌目山人画扇

华嵒

碧岸桃花漾烟水，人家都在红香里。　木兰艇子溜波回，欸乃一声江月起。

—— （《离垢集》卷一）

题秋泛图

华嵒

谁家艇子烟江曲，短橹咿哑声断续。　仿佛湘君鼓瑟吟，软风揉皱秋潭绿。

—— （《离垢集》卷一）

山水图

高凤翰

相赏山水间，不复具宾主。　得意各忘言，醇风易太古。

—— （《扬州八怪题画录·高凤翰》）

岳台春晓

高凤翰

寒食西城见物华，岳王祠外烂晴霞。　荒台游侣兼僧侣，茅屋桃花杂菜花。　树
解画情偏傍水，人忘胜地久居家。　我来为爱农桑好，不向春风间着邪。

—— （山东省博物馆藏画）

清代题画诗类

青山踏雪图

高凤翰

一杖青山踏雪桥，泥融春净雪天高。 松涛十里平冈路，翡翠齐翻白凤毛。

——（《扬州八怪题画录·高凤翰》）

题禹鸿胪摹赵松雪鹊华秋色卷子后

高凤翰

昔我童年侍老父，窃闻画事述掌故。 鹊华秋色说吴兴，鸥波旧迹名最著。 几经好事阅流传，初归江南某侍御。 清河公子老胶西，巧购豪夺东海去。 缘延转手归商邱，此后茫茫失考据。 我年二十踏省门，席帽秋风济南路。 每从驴背相低昂，点黛高吟郦生句。 便从东道假居停，望华楼当七里铺。 日日开窗对美人，窈窕宜晴复宜雨。 练影横烟月最奇，真见银湾华不注。 一瞥别来二十年，老我江湖悲日暮。 忽然到眼诧奇踪，虎贲中郎了无误。 摩挲历历见乡关，指点游踪辨烟树。 摹者鸿胪收江邨，题墨如新皆情愫。 真本辗转归梁公，梁公不有入武库。 此本江邨亦不守，吹落禾城如飘雾。 总我此生五十七，见见闻闻凡几度。 吁嗟此卷一画耳，底事纷纷劳转输。 掷笔大笑了前尘，秋色苍茫是何处。

——（《南阜山人诗集类稿》卷五）

题李梓园画山水小景三首

高凤翰

茅屋如瓜庐，何人此晤对。 秋色满荒篱，想见胸中味。
僻径埋松磴，危岑著小亭。 孤吟时已往，无数远山青。
一抹山横处，萧然屋数间。 山青连屋瓦，尽日野云闲。

——（《南阜山人诗集类稿》卷七）

题画山水二首

高凤翰

山云淡不流，濛濛四山顶。 渔舟向晚归，笠子照云影。
桥阴清可怜，竹声复在耳。 无人共往来，曳杖孤烟里。

——（《南阜山人诗集类稿》卷一）

入山访仇仲默看画三绝句

高凤翰

十里秋山踏暮寒，山中人住万枫丹。 相逢不辨曾相识，脱帽当门索画看。

奇兼篆隶王黄鹤，洁比梅花杨补之。 怪道世间留不住，烟霞骨相太离奇。
读画看山对落晖，清光洗尽客尘衣。 不须更作人间别，流水残霞送我归。

——（《南阜山人诗集类稿》卷二）

清代题画诗类

清代题画诗类卷七

山水类

寒江秋思图

边寿民

三三两两傍芦花，风动长江月净沙。 多少孤舟未归客，十分秋思在天涯。

——（南京博物院藏画）

墨笔山水图

邹一桂

昔年曾伴玉真游，每到仙宫即是秋。 曼倩不扫花落尽，满丛烟霞月当楼。

——（《历代绘画题诗存》）

题王少司农仿倪高士山水四首

戴瀚

千秋真迹爱云林，山骨枯皴墨似金。 何事岩廊朱紫客，日将岚翠冷朝簪。
馆阁雍容数十年，腐毫伸纸事林泉。 任他水活石兼润，未信坡公得似仙。
烟瘦霞寒简淡中，疏松直倚半凋枫。 一痕葭菼为天界，好是心胸镜碧穹。
词客前身与画师，西庄门闭枉题诗。 先生亦有东园在，胜得华亭笔一枝。

——（《雪村编年诗剩》卷一〇）

题龚半千画

戴瀚

人生何踽脊，直苦天地小。 常思逃空虚，勿为大化扰。 奇哉龚野遗，挥斥八
极表。 作为湖村图，劲笔古今少。 菰芦短萧萧，桑柘深杳杳。 寒云阔无穷，水与
寒云绕。 大都风雨余，蟹舍昼方悄。 危梁偃残虹，虚舟散群鸟。 以兹雪心神，口
口一掷了。 矢当从渔父，鼓枻歌昏晓。

——（《雪村编年诗剩》卷三）

题黄石斋画山水

戴瀚

姓字惊看百世师，石陵秀峙树高敱。 谁教整顿乾坤手，试此残山剩水奇。

——（《雪村编年诗剩》卷一二）

题山水图

李锴

秋黛翻空坠江水，平洲仄坂衔江尾。 廿年旧梦今杳然，一旦苍茫落眼底。 江村数家人迹稀，返照何处孤僧归。 清猿白鸟寂视听，但见云水生空晖。 凉风萧萧山欲暮，欲落不落江头树。 鸣榔乍息入浦舟，略彴潜通向山路。 长安八月好雨晴，对之浩然生远情。 伊谁妙手称绝代，能使虚堂接洞庭。

——（《含中集》卷五）

山水人物册页

金农

白云忽自眉际出，黄叶乱飞衣上来。 空亭久立非无意，拦路溪风不放回。

——（《扬州八怪题画录·金农》）

题风柳图

金农

回汀曲渚暖生烟，风柳风蒲绿涨天。 我是钓师人识否？ 白鸥前导在春船。

——（上海博物馆藏画）

题山水画册十首

黄慎

大姑飞过小姑湾，树郁阴浓不可攀。 昨夜彭郎潮有信，庐峰指点是家山。
夜雨寒潮忆敝庐，人生只合老樵渔。 五湖收拾看花眼，归去青山好著书。
来往空旁白下船，秦楼楚馆总堪怜。 但余一卷新诗草，听雨江湖二十年。
湖头鸂鶒鸳鸯栖，越女吴娃唱转低。 弱柳难将春思系，风花不定广陵西。
隋苑迷栖起昔时，六朝陈迹海鸥知。 画船载得雷塘雨，收拾湖山入小诗。
秦淮日夜大江流，何处魂销燕子楼。 砧捣一声霜露下，可怜都成石城秋。
十年牛马各奔驰，笑杀钱刀市上儿。 今日相逢广陵道，梅花塚畔索题诗。
巴山夜雨忆湘潭，旧友飘零只二三。 书到故园春已尽，梅花开日在江南。
采茶深入鹿麋群，自剪荷衣渍绿云。 寄我峰头三十六，消烦多谢武夷君。

清代题画诗类一

64

送君微雨杏花天，扬子津头鸭嘴船。 归去宁阳如有问，疲驴破帽过年年。

——（《明善堂文集·流水编》卷七）

夜山图

黄慎

沅有芷兮澧有兰，空濛夜气石堂寒。 一湖秋水浸明月，两袖闲云归故山。 弘景自高真宰相，陶潜应悔授郎官。 也知白发生朝暮，安得仙人换骨丹。

——（江苏省国画院藏画）

题画

黄慎

三山门外望平芜，春草春烟响鹧鸪。 扑面梨花寒食雨，蹇驴又过莫愁湖。

——（日本泉屋博物馆藏画）

仿董源笔意山水图

张宗苍

青碧凝其色，上有松树窠。 飞泉激其下，溃白流云柯。 千年不改质，冰雪任敲磨。

——（《历代绘画题诗存》）

山寺听松图扇面

王概

寺创梁天监，云梯百二层。 踞鞍迟浚至，礼塔喜先登。 银杏千僧腊，金轮合院灯。 新莺啼更好，城市听未曾。

——（《历代绘画题诗存》）

秋寻图扇四首

王概

气爽霜林风日嘉，含苞早为问山茶。 道村黄坠牛心柿，十里红浸龙爪花。
枫坞鸟啼山径熟，笋与风定客衣轻。 崖扉塔影经行遍，银杏枝头看寄生。
山厨磨豆雪纷纷，半朵松花半白云。 添自锱安谁学得，个中鸡犬属缁群。
忠传武穆妄云彬，迹指兴亡诱客寻。 我问老僧都扫却，直登绝顶坐观心。

——（《历代绘画题诗存》）

题金陵各家山水花卉图册

王概

于湖亦一名都会，讨贼居然据上游。 似蚁关前朝榷税，如花城外夜登楼。 澄寰久浅同千顷，忧国全归此一筹。 更识文房题句满，公余稳笔最风流。

——（《历代绘画题诗存》）

自题山水画册四首

陈琼圃

路转千峰一径斜，烟霞深锁野人家。 春来更有幽栖处，开遍东风枳壳花。
家住江南杨柳湾，一蓑烟雨打鱼还。 数声芦笛秋风暮，饱看青溪两岸山。
蒹葭深护水云乡，门掩青山对夕阳。 吟罢小楼闲眺望，晚风吹起白苹香。
峰含晚日树含烟，野水微茫接远天。 如此溪山谁领取，风光输与钓鱼船。

——（《玉台画史》别录）

题画

倪仁吉

敧磴路盘陀，潺湲风断续。 无人坐小亭，寒云栖古木。

——（《清画家诗史》癸上）

为寄舟上人题天池石壁图

马曰琯

中吴山水佳，天池夙所慕。 往岁恣行吟，曾踏松阴路。 是时九月中，风叶落如雨。 上涵明镜光，倒影射寒兔。 石室千载留，高士几回住。 别来踰一纪，梦魂屡沿溯。 寄公汤休流，文字契真悟。 携图出示我，一见豁沈痼。 念往俗虑涓，怀新秋色赴。 惜哉筋力衰，足蹇惭故步。 持此当卧游，白云莽回互。

——（《沙河逸老小稿》卷三）

春篷听雨图为霁堂题

马曰琯

野艇浮春雨，平桥入暮天。 雨声殊有味，客思动经年。 烛暗疏还密，云沈断复连。 谁从篷背底，来访五湖仙。

——（《沙河逸老小稿》卷五）

题边颐公苇间图

马曰琯

栽芦当修竹，诗人寄幽赏。 轩槛俯澄流，萧萧影交漾。 苍寒祛尘氛，高枕恣偃仰。 水云忽聚散，沙鸟时还往。 风清见雪飞，月明闻雨响。 大厦非所安，春花易飘荡。 何如苇间屋，别有一天壤。 今年秋潦多，柴门水应长。 想像隔烟波，何时理孤榜。

——（《沙河逸老小稿》卷四）

春山云起图

高翔

云满山头树满溪，春风浩荡绿初齐。 若教此地容高隐，我亦称家傍水西。

——（故宫博物院藏画）

山水册页二首

高翔

突兀青插天，远岫何连连。 信笔入缥缈，咫尺迷云烟。
一篙春涨绿，夹岸小桃红。 鸥鸟随流水，扁舟任钓翁。

——（南京市博物馆藏画）

题吕半隐山水二首

高翔

桥头浅水漱芦根，云净天空月坠痕。 更有一番堪画处，秋来红叶打柴门。
谁似当年顾虎头，赢人笔底最风流。 萧萧夜雨寒林下，何处渔郎系钓舟。

——（《扬州八怪题画录·高翔》）

溪山游艇图

高翔

舟移森木名园改，岸逐朱华翠盖浮。 珍重复翁诗句好，特将残墨画山丘。

——（故宫博物院藏画）

竹树小山图

高翔

一笑相逢岂有期，因怀西崦话移时。 李公祠畔空余月，陆子泉头旧有诗。 旅思悽悽非中酒，人情落落似残棋。 云涛眼底三生梦，鸥影秋汀又别离。

——（苏州文管会藏画）

为纪晓岚作小景近边一桥
误画其半于毗连别幅上戏题一绝

张鹏翀

权丫老树翳危坡，坐爱闲云过眼多。 略彴不须安对岸，怕来俗客到山阿。

——（《清画家诗史》丙上）

题画寒岩古木进呈

张鹏翀

静想溪山胜，闲探造化奇。 偶随笔所至，辄以意成之。 云脚峰孤立，岩腰树倒垂。 不教图写尽，留取画中诗。

——（《清画家诗史》丙上）

题邹小山同年忆游画册二首

张鹏翀

万里滇黔忆旧游，披图仿佛见蛮陬。 千篙石罅穿云上，清浪滩前一叶舟。
四十三盘关索岭，连天界白雪嵯峨。 三回绝景输君看，使节忽忽未得过。

——（《清画家诗史》丙上）

题女士画山水扇二首

厉鹗

朱玉耶疏树山亭

从来名士悦风流，小笔萧疏在扇头。 一笠空亭行迹少，石城烟树冶城秋。

黄媛介江山秋帆

寥落江山发兴新，疏松列翠指通津。 闺中也自伤秋旅，写出双帆不见人。

——（《樊榭山房续集》卷七）

朱璧溪山钓雪图

厉鹗

斧劈山色雪云淡，不了树枝黄叶稀。 月波楼下吹笛去，绝无人影披蓑衣。

——（《樊榭山房集外诗》）

题水居遣暑图

厉鹗

峭壁插天下无地，万荷喧雨境翛然。 适来披画当秋爽，尚想风亭散发眠。

——（《樊榭山房集》卷一）

过张聚五斋观王叔明为陶九成
作南村图次卷中全思诚韵

厉鹗

陶公至正末，养素栖田园。 自号小栗里，旷然脱尘樊。 文敏之外孙，画迹可晤言。 檐端机山秀，篱下谷水源。 著书自抱瓮，为农常叩盆。 修修疏竹里，欲往造其门。

——（《樊榭山房续集》卷四）

题姚玉裁夜雨图为悼令弟炳衡作也

厉鹗

刚风吹过玉成尘，我亦披图恨转新。 今夜西堂打窗雨，雨声难寄夜台人。

——（《樊榭山房集》卷七）

题陈楞山秋林读书图

厉鹗

桥隐回溪树隐棍，人间有此小林坰。 西风日日翻书叶，吹得数峰如许青。

——（《樊榭山房集》卷二）

功千见示刘松年溪山楼阁图用坡公集中韵

厉鹗

淳熙小字藏石边，绢素微裂凝尘烟。 暗门刘郎呼欲出，鹤归城郭应凄然。 刘郎自具擘山手，断续飞下云中泉。 重楼面势各向背，地非辋口非樊川。 蔽亏绿树露小阁，水纹山影阑干前。 消摇白日不待遣，倚桴二叟全其天。 寻诗一老独有意，目送去鸟穷幽妍。 尤工远势写村落，背崦或有桑麻田。 丹青不让李晞古，金碧直压赵大年。 画史笔力在盘礴，无取小景争便娟。 关门听雨品字坐，焚香扫地曲尺眠。 落花将春作昨梦，主人与客俱列仙。 只愁青壁太斗绝，画里欲学猿猱缘。 莫言此画非我有，他日想见我长篇。

——（《樊榭山房集》卷三）

题画绝句三首

方士庶

无定山容不尽云，云山为主我为宾。 何须更向终南隐，才是羲皇以上人。
窗烘晴日研冰开，素茧横铺二尺材。 画到寒崖著渔父，又疑风雪笔端来。
渔舟个个出湖村，山色微茫水气昏。 待买鲈鱼新起网，等闲不闭竹间门。

—（《天慵庵笔记》卷下）

题山水图册二首

方士庶

曲径停车登古原，溪山重叠赴蓬门。 惊风何处南来雁，菰叶芦花尚墨痕。
树南青嶂树西坡，石路崎岖日数过。 一夜秋风转林壑，变红那树得霜多。

—（大石斋藏画）

题野云晚濑图轴

方士庶

仿佛镜中业，悠哉天纵慵。 野云平晚濑，林木度霜钟。 希古在从俗，养生惟善容。 他年成小筑，老作此间农。

—（苏州博物馆藏画）

题北山古屋图

方士庶

道人北山来，云障松底路。 穿云生松根，颇得倦行趣。 古屋板桥东，依稀有人度。

—（江苏省美术馆藏画）

黄尊古作翁庄烟雨图

方士庶

烟雨翁庄好，全图画里收。 是山皆面水，无路不通舟。 有客来遥浦，何人立小楼。 钟声天外落，独往意悠悠。

—（《天慵庵笔记》卷下）

积雨题画

方士庶

几日余春雨不休，苔痕直绿到床头。 痴狂学得回天术，幻出晴峦作卧游。

—（《天慵庵笔记》卷下）

临赵承旨水村图

方士庶

王孙三尺水村图，少见人家多见湖。 可是水晶宫旧址，沙鸥眠处有菰芦。

——（《天慵庵笔记》卷下）

碧山前溪图

方士庶

忆昔相违数十年，一朝邂逅碧山前。 溪囊锦绣烟云湿，满目峰峦紫翠妍。 岁月尽从忙里过，文章还向世中传。 明朝无限东西路，马首仍怜各一天。

——（《天慵庵笔记》卷下）

题江参千里江山图卷和弘历

汪由敦

艺林谁继荆关席，天水江生遗妙迹。 胜概高凌巫峡云，远势平吞云梦泽。 峰峦横侧殊意匠，林树参差与目逆。 沙边练净暮潮平，天际帆开朝雾辟。 柴门不正路萦纡，渔网才收岸敧仄。 胸中密蕴造化功，笔底潜驱鬼神役。 旧闻米颠工墨戏，北固云烟揽晨夕。 纵然横轶出新奇，何似清真擅标格。 披香昼静契心赏，涛涌云章炳奎画。 俯视香光添画禅，顿觉仙凡霄汉隔。 遇合方知翰墨神，长共江山阅今昔。

——（《历代绘画题诗存》）

题荆浩山水图轴二首

汪由敦

湿翠晓扑虚楹，飞云乍阴乍明。 远浦一篙春水，浔阳江上潮生。
锦屏九叠烟浓，玉瀑三峡浪重。 草堂莲社何处，钟声只在前峰。

——（《历代绘画题诗存》）

高翔山水图

郑燮

幽岩雨过静森然，傍水沿篱结草庐。 何日买山如画里，卧风消受一床书。

——（《明清中国画大师研究丛书·郑板桥》）

罗愚溪山水

郑燮

松声瀑响满虚亭，高士闲眠侧耳听。 几个樵夫寻不到，古苔幽径万年青。

——（扬州文物商店藏画）

题屈翁山诗札石涛石溪八大山人山
水小幅并白丁墨兰共一卷

郑燮

国破家亡鬓总幡，一囊诗画作头陀。 横涂竖抹千千幅，墨点无多泪点多。

——（《郑板桥全集·板桥诗钞》卷三）

题浒江太守松风涧水图

马曰璐

风谡谡，水泠泠。 长松交，绝涧横。 形冲默，境虚明。 抱琴立，倚杖听。 不攘醳，无亏成。 缅元化，含太清。 虑已淡，响未停。 契空山，遗世荣。

——（《南斋集》卷三）

题江参千里江山图卷 和弘历

董邦达

曾向长江挂帆席，沂洄几欲寻禹迹。 洪涛岈峨蹴荆门，远势淼渳吞震泽。 茫然四顾局短目，身所未到意堪逆。 谁知贯道一图收，无尽江山生画辟。 千村桑柘楚天辽，百叠岩峦蜀川窄。 中有云气郁然来，冰夷隐现随驱役。 再三披图图转奇，忽已置身烟水夕。 画禅题识真解人，绘理书情并高格。 小臣喜读丹青引，心拟坐眠穷手画。 丘壑不先胸中蟠，咫尺常见千里隔。 何幸宸章开顽颜，先民有作念在昔。

——（《历代绘画题诗存》）

仿董香光山水

董邦达

溪阁阑干映夕阳，绿阴如水晚生凉。 清谈未已酒已醒，鹊尾铜炉起炷香。

——（《清画家诗史》丙上）

清代题画诗类

题紫琼道人画册

董邦达

参差堞影暮城低，十里疏烟入望迷。 恍惚身行图画里，南屏山色压苏堤。

——（《清画家诗史》丙上）

清代题画诗类卷七

73

清代题画诗类卷八

山水类

题渐江僧山水

杭世骏

石洞豁闻渠水溅，寒藤倒挂风交披。 山梁欲渡抱琴客，竟将何往无由知。 阿师腕底无媚格，缄中岂少青萝诗？ 窈然绝境罕津逮，阙焉无语将待谁？ 汪君爱我苦硬笔，要我抽思代师述。 探奇未睹山骨青，着纸居然清气溢。 是诗是画两绝尘，合度君家画禅室。

——（《明清中国画大师研究丛书·弘仁》）

忆壬子岁富春江上之游乞董编修邦达写其意

杭世骏

曾挂秋帆一叶轻，却矾生绢写幽情。 树头宿雾疑雨过，沙觜残霞如月明。 高兴有时看鸟没，闲心不分逐鱼行。 富春城郭江天景，说与诗人路不生。

——（《清画家诗史》丙上）

题王翚所画山水五首

刘大櫆

梅花书屋

寒梅绕屋影扶疏，中有幽人坐读书。 不管层冰兼积雪，早将春色到茅庐。

夏山雨霁

白云迤逦到空斜，雨过回塘浅涨沙。 向夕卷帘残照敛，南山晴翠落檐牙。

秋山行旅

秋山磊磊树交加，行色萧条落日斜。 五柳门前无恙在，为谁漂泊到天涯。

蕉窗读易

书生皓首两眉庞，坐挟陈编意未降。 楼鼓三挝灯火暗，雨声喧到读书窗。

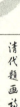

大痴秋山

落笔云烟入妙来，富春山水画图开。　征帆曾挂凉秋月，夜泊严陵古钓台。

——（《清人题画诗选》）

题穆西林摹仿梅道人烟江叠嶂

刘大櫆

江南羁客留长安，素衣染尽尘埃间。　忽从西林画图上，望见江南千叠山。　山峨峨，江溅溅，临江老木蛟龙卷，萦峦幂壑浮苍烟。　洞庭彭蠡不复辨，烟化为云云接天。　绝壁倒挂飞来泉，呼洶直走从山巅。　屈曲几经阪九折，然后峭落归平川。　梅花庵主画无敌，西林笔力争后先。　君不见吾乡山水称龙眠，我生寄此三十年。　碾玉之峡喷冰雪，屐齿已著几两穿。　帽檐时时滴竹露，衣角往往回蜗涎。　狂歌痛饮穷日夕，酒酣起舞风蹁跹。　无端误入尘网内，譬如作茧自拘缠。　对此令人辄自失，回思故里空情牵。　有鸟高飞破澄碧，我生何由似汝贤？

——（《刘大櫆集》卷一二）

题范宽雪景

刘大櫆

雪景最难写，范宽名独擅。　不知意匠几经营，倏欸寒姿眼中见。　空岩老木何扶疏，枯枝冻粘双老乌。　阁中老人坐读书，文窗瑶几罎甔甀。　意气似欲无轩车，斯人盖亦隐者徒。　屋西断桥横古渡，湖水弯弯长自注。　桥上归人骑蹇驴，山村雪暗迷行路。　屋东有石潭，翠竹苍藤俱，疑是仙灵怪物之所居。　是时阴气肃杀天模糊，龙蟠于泥不敢出，变化风雨他时需，且与猓獭稍踟蹰。　湖水无风波自涌，倒映银山山乱动。　野色萧条凫鹳栖，江天寂寞龟鱼恐。　渔人夜傍湖滨宿，儿女满船歌陆续。　一声欸乃度桥来，知是湖南《竹枝曲》。　忆昔十五二十年，晓闻积雪喜不眠。　急呼同学少年辈，酒酣走上南山巅。　九天万里排阊阖，人在玉京高处立。　布裘单薄不知寒，渔子歌声相和答。　光阴电掣风飙驰，瞥眼已当冬雪时。　披图恍与曩游遇，此身忽觉无归处。　梁园未至彼何堪，洛舍高眠余所慕。

——（《刘大櫆集》卷一一）

题罗生待渡图

刘大櫆

草风吹雨浪生花，唤渡河边笠帽斜。　念尔安居无一事，肯携书剑向天涯。

——（《清人题画诗选》）

题巴船出峡图

刘大櫆

巴山耸崒崪，巴水流荡潏。 两崖之高不知几千尺，四时阴阴不见日。 巴人万里指东吴，无数巴船一时出。 船上旌竿五色明，闲头捹柁难留停。 中流乱石堆棋枰，狮蹲象伏谁敢撄，却于石罅之字行。 其后长年前最能，前者疾视后目瞠，篙著石眼音敲铿。 飙驰电掣弓脱檠，旌竿眩转如流星，耳畔索索号风声。 是时峡内空无人，举眼惟见烟雾横。 鹧鸪啼罢啼猩猩，绝壁倒挂哀猿鸣。 猿鸣犹自可，鹧鸪愁杀我。 苦向人言行不得，江水无情泪交堕。 古称水懦弱，民狎而玩之。 一朝裸葬在鱼腹，虽有千驷无由追。 可叹巴人特好事，忍将性命狥微利。 岂不知性命狥微利，一饱谁能代为计？ 丈夫生无所成饥欲死，十年奔走长安市，攘攘营营亦如此。

——（《刘大櫆集》卷一二）

题江参千里江山图卷和弘历

嵇璜

涛声峦影生几席，腕底印出鸿蒙迹。 绢纹如波净而致，墨光似漆黝且泽。 寸阴坐觉片帆移，泂沂谁凭风顺逆。 蜿蜒起伏众皱堆，林屋岩树乍开辟。 意匠所至真宰愁，笔力欲穷地维窄。 北苑三昧参得之，护持丁甲为驱役。 奎章阁下丹丘生，鉴定摩挲竟晨夕。 纷纷马夏何足数，虎儿潇湘齐品格。 千秋激赏酒仙豪，天竺宛从句里画。 篆烟凝室悟画禅，下视香光几尘隔。 神物显晦会有时，为庆遭逢今胜昔。

——（《历代绘画题诗存》）

顾稼梅春溪放艇图

袁枚

芳草斜阳软浪天，浮家泛宅有神仙。 自摇小艇歌桃叶，看弄柔荑理钓弦。 山翠远含衫影绿，钗痕凉拂水花鲜。 笑侬题罢先生画，正为寻春要上船。

——（《小仓山房诗集补遗》卷一）

题夏山图赠曹谷堂

袁枚

夏山有景奇如许，画家有手谁能取？ 董生北苑貌得之，藏在人间忽飞举。 画虽飞，人能摹，徐王二手成此图。 我当严冬雪后展卷看，宛若四五六月行深山。丛丛万木雨欲滴，莽莽一气云相连。 扁舟何处来，荡漾迷濛天。 牧童驱黄牛，后

清代题画诗类

76

先分著鞭。 板桥有人烟中语，茅屋几椽花外偏。 远望层峦叠嶂不知几千里，对之但觉飞涛空翠生衣间。 据云临摹此本已第七，墨彩淋漓犹绕笔。 董生委化虽千年，纸上招呼如欲出。 谷堂先生信解人，上手当作共球珍。 当头一跋妙绝伦，更索我诗张其军。 我见此本胜见真，恍如身到桃花源。 急驱烟墨题数言，愿君传之世世万子孙。

——（《小仓山房诗集》卷二五）

题亡友梅式庵画册二首

袁枚

数尽天难问，才高艺自精。 斯人虽萎谢，遗墨尚纵横。 气得山川秀，神含水木清。 休言小游戏，即此见生平。

识面长安日，题襟白下时。 卅年如昨耳，一别竟何之！ 绝好佳公子，居然老画师。 相知惭未尽，头白泣袁丝。

——（《小仓山房诗集》卷二五）

为沈泊村题画二首

童钰

疏疏堤柳曳残烟，郁郁汀兰匝远天。 斜日半边云半折，一竿山影落渔船。

水阔云寒落日时，蒹葭采采树离离。 醉来有意无人会，棹向中流读楚词。

——（《清画家诗史》丁下）

自题画册

童钰

缚竹编茅自一村，几间茅屋浸云根。 此中便与尘凡隔，只许荷花开到门。

——（《清画家诗史》丁下）

邗江暑月题画

童钰

十丈炎威十丈尘，毫端犹见雪精神。 莫嫌拂袖多寒气，我是人间避热人。

——（《清画家诗史》丁下）

题画册八首

袁树

明窗开素册，秃笔写春山。 数点雨初歇，一篱花共闲。 水流何处止，云出几时还？ 独有幽栖客，柴扉镇日关。

亚字芦滩瓜字洲，酒帘飘出柳梢头。　一江烟浪迷离雨，只见风帆不见舟。
一曲荒坡一草亭，水痕清浅见沙汀。　斜阳落在屏山外，映出遥峰几点青。
暮霭萧萧树叶稀，秋溪石乱水声微。　寒鸦也解林栖稳，趁着斜阳结伴归。
远岫疏林一片秋，达人随地有丹丘。　江中风浪如天阔，得傍渔矶且泊舟。
高峰如盖压柴门，野水琮琤漱石根。　拟向此中寻小筑，乱山残照欲黄昏。
溪山水半湾，乾坤亭一个。　不是丘中人，未许亭中坐。
沙碛间洲渚，篱落自成村。　全收山入户，卧闻潮打门。　迷离雨一江，出没帆数点。　天影何修长，客程与俱远。　独有高楼人，心安绝夷险。

—（《红豆村人诗稿》卷一〇）

题女史何仙裳云山水画册三首

袁树

画境如诗写性灵，最难健笔出娉婷。　南楼人老清於逝，绣阁烟峦几点青。　陈书自称南楼老人，恽冰字清於。

不作簪花妩媚姿，墨章水晕自纷披。　翻嫌松雪斋中笔，只写娟娟竹数枝。

瘦写秋山润写云，居然生韵欲超群。　画征我正修新录，一帜高张女冠军。

—（《红豆村人诗稿》卷一二）

题画

袁树

树色朝迎山翠，溪光夕敛余霞。　坡外闲维渔艇，林中知有人家。

—（《红豆村人诗稿》卷一〇）

题郭熙早春图

爱新觉罗·弘历

树才发叶溪开冻，楼阁仙居最上层。　不藉柳桃间点缀，春山早见气如蒸。

—（《御制诗二集》卷八三）

题江参千里江山图卷四首

爱新觉罗·弘历

千里江山上士为，董家曾是宝藏之。　即来神韵都无二，会合丰城又一奇。
重叠云山惨淡林，讶非手写写于心。　底须更藉九思定，愿傲香光未著吟。
树作浓阴峰未苍，分明夏景望中凉。　米家颠语议绢墨，纩地虽陈亦岂妨。
巨卷香光称独珍，恐归御府致沉沦。　即今合璧成双美，试问画禅嗔不嗔。

—（《历代绘画题诗存》）

题王希梦千里江山图卷

爱新觉罗·弘历

江山千里望无垠，元气淋漓远以神。 北宋院诚鲜二本，三唐法总弗多皴。 可惊当世王和赵，已讶一堂君若臣。 昌不自思作人者，尔时调鼎作何人。

——（《历代绘画题诗存》）

题文伯仁万壑松风图

爱新觉罗·弘历

家法传来有伯仁，谡涛如响落嶙峋。 山庄假阅因题句，卅六景中一最真。

——（《御制诗五集》卷一〇）

题张南华先生夏木清阴图为伊墨卿题

纪昀

麓台先生吾未见，少年犹识南华翁。 当时画迹家家有，视之亦与寻常同。 东山夫子今北苑，乃独心折于此公。 谓其绘事有悬解，千变万化犹神龙。 不离法亦不立法，意之所到无畦封。 即一题署一跋识，不求工处天然工。 只恐云烟一过眼，百金一纸求无从。 星霜荏苒五十载，老仙已返东海东。 日久论定始见贵，位置拟入神品中。 金日妙在六法外，追黄公望凌王蒙。 惜哉缣素日零落，赝本杂出真稀逢。 画家欲作无李论，辨别往往烦南宫。 君从何处得此轴，苍岚葱郁绿树浓。 长夏溽暑张素壁，乍觉满室生清风。 忽忆斯与堂中坐，东山夫子堂名。 见公偶遇衮司空。 韩门弟子皆在席，一时同把琉璃盅。 酒酣索纸泼墨沈，立成七幅青芙蓉。 手持一一分座客，左顾右盼意气雄。 前辈风流宛如昨，雪泥无处寻飞鸿。 徘徊对此三太息，弹指岁月何匆匆。 岂但一卷断桥景，年深久矣饱蠹虫。 余分得小景一幅，近边一桥误画其半于毗连别幅上。先生因戏题一绝曰：枒丫老树翳危坡，坐爱闲云过眼多。略约不须安对岸，怕来俗客到山阿。一时传为佳话，今不知落何所矣。题诗自觉笔力减，老夫亦已头欲童。

——（《纪晓岚文集》卷一一）

题友人画

纪昀

百世迅风灯，瞥眼即成故。 佛法超死生，乃亦有过去。 如何指一隅，云是吾常住。 辋川尚有图，庄竟在何处。 达者知其然，澄观心有悟。 昔未属我前，阅主已无数。 过此落谁手，应亦听所遇。 且随现在缘，领此当前趣。 翻阶袅娜花，绕屋扶疏树。 高卧到羲皇，余者何须顾。

——（《纪晓岚文集》卷一〇）

自题秋山独眺图

纪昀

秋山高不极，盘磴入烟雾。 仄径莓苔滑，猿猱不敢步。 杖策陟巉岩，披榛寻微路。 直上万峰巅，振衣独四顾。 秋风天半来，奋迅号林树。 俯见豺狼蹲，侧闻虎豹怒。 立久心茫茫，悄然生恐惧。 置身岂不高，时有蹉跌虑。 徙倚将何依，凄切悲霜露。 微言如可闻，冀与孙登遇。

——（《纪晓岚文集》卷九）

题王元照仿梅道人山水二首

王昶

小亭孤阁远重重，一幅云山似粤中。 应与奉常相上下，不须更说学思翁。
尚未分符到始兴，中年山水已飞腾。 缘知麟凤洲边住，临遍烟峦满剡藤。

——（《清人题画诗选》）

题刘笛楼坐月图二首

蒋士铨

何地无凉月，乡山看最明。 况于高树上，兼有画阑横。 入夜存清气，宜秋是笛声。 天涯今展卷，应会百端并。
皓魄帘钩转，邀君坐玉堂。 樽前逢酒客，愁外失他乡。 读画楼阴远，题诗笛步当。 他年官贵日，为我据胡床。

——（《忠雅堂诗集·寿萱堂诗钞》）

徐傅舟移情图二首

蒋士铨

诗肩危耸玉山孤，岛屿周回雪练铺。 海国波恬诸籁寂，成连舟去此声无。 七条瘦玉鱼龙听，一叶轻航李郭俱。 试问紫袭吹笛者，可能弹指伏天吴。
雪卷枯槎巨浸中，鲲鹏抟击过方蓬。 戴舟鳌化一拳石，渡海客凭三尺桐。 变境呈时诸象出，惊魂定后万缘空。 由来道力胜忧患，还藉弦歌压飓风。

——（《忠雅堂诗集·寿萱堂诗钞》）

赵千里画三首

蒋士铨

楼台寸寸出朱殷，青粉墙低露远山。 莫道琼宫无主者，卷帘人在绿窗间。

移来仙馆镜当中，夹水疏棂一抹红。　惟有荷香遮不断，夜来消得过桥风。
华檐藻井绝尘埃，北斗阑干面面开。　大似南朝王谢宅，黄昏不见燕飞来。

——（《忠雅堂诗集·喻义斋少作稿》）

题王石谷画册十二首

蒋士铨

柴桑手植柳阴成，未许渔郎识姓名。　不与秦人书甲子，桃花年命自长生。
乱泉声里白云间，步屧何时到此间。　记得观音门外路，两边楼关靠青山。
销夏湾头日乍长，曾看翠盖拥红妆。　不知谁伴鸳鸯宿，生受南窗枕簟凉。
孤亭危坐意萧然，千尺松涛响乱泉。　可惜隆中卧龙子，肯将丞相换神仙。
不写晴山写雨山，似呵明镜照烟鬟。　人间万象模糊好，风马云车便往还。
界画坡陀练一条，那须芳草上裙腰。　如何绝妙秋林外，不见溪翁挂酒瓢。
人影萧萧竹影寒，悠然杖履共平安。　澄溪见底游鱼避，不用临渊斩钓竿。
栈道中悬旅客身，山蹲虎豹水翻轮。　可怜行路难如此，犹有攀萝附葛人。
一桁阑干枕濑文，疏棂淡淡下斜曛。　主人身是忘机叟，鸟自寻枝鸭自群。
水曲山眉处处同，幽人茅屋涧西东。　怜他紫阁丹墀客，梦里冰衔改放翁。
芦花头白树颜酡，秋到江湖水不波。　怕看云霄鸿雁影，当时兄弟已无多。
五十功名笑荷薪，皮皴肉死走嶙峋。　北风卷雪关门坐，还让然糠挂网人。

——（《忠雅堂诗集·寿萱堂诗钞》）

题王摩诘辋川雪溪小幅

赵翼

空山雪霁清无尘，琪花琼蕊明萧晨。　寒沙水缩碧溪浅，欲冻未冻犹涟沦。　虚斋十笏嵌湖罅，绳床经案位置匀。　舍旁翠篆压残雪，微风戛之玉屑纷。　悄然如入竹里馆，琅玕千个摇寒筠。　签题传是右丞笔，自写辋口物色新。　我闻辋川图径丈，幽景二十俱胪陈。　赞皇父子妙题识，黄九秦七跋尾亲。　縠兹小幅仅盈尺，绢素漫漶真不真。　细观石痕小斧劈，笔法的是王家皴。　树杪雀爪根丁橛，点雪粉更浮泥银。　得非全图外别写，割取一片欹湖春。　宜乎文沈诧墨宝，重之不异拱璧珍。　噫嘻乎！　郁轮袍装俳优队，凝碧池愧盗贼臣。　论品亦只在中下，徒以诗画妙入神。　遂令千载慕高逸，如爱西子忘其矉。　可知文采亦自不可少，有如此画与此人。

——（《瓯北集》卷二）

清代题画诗类卷八

题王麓台画册十首

赵翼

浅草如梳绿鬓丝，轻蓝初渲隔年枝。 杖藜独步溪桥晚，人在东风二月时。

春江啮孤城，略似浔阳郭。 千樯候潮信，争向烟中泊。 一棹苍然来，磔磔横江鹤。

村屋烟如幂，山田雨可犁。 绿阴深密处，定有鹁鸪啼。

前溪新涨尺余，渡水一僧失脚。 松下独坐晒衣，垂头如雨中鹤。

路从何处入？鸡犬白云边。 屋似蜂房挂，人如蚁磨旋。 化人城是幻，福地籍皆仙。 应有丹砂洞，将寻葛稚川。

一抹闲云淡远空，扁舟容与静无风。 沧江不改春潮绿，已有霜枫一叶红。

凉风飒然来，适与沧波遇。 苍葭萧萧意，渐上疏柳树。 野渡空无人，孤舟自沿沂。

危崖如积铁，崭绝无樵路。 上有瀑布飞，松顶白如鹭。

晚照散五色霞，寒江剩千尺岸。 昏鸦结阵远归，也似雁行不乱。

山气晓逾清，寒光一夜生。 朔风吹雪满，老树著花明。 岩角微茫影，冰棱确硌声。 浑宜蜡双屐，朗朗玉山行。

——（《瓯北集》卷五）

题王未岩画三首

钱大昕

未岩修撰，早为麓台入室弟子，笔法苍劲，骎骎欲度骅骝前。登第未久，即赴玉楼之召，尺素流传，人争宝之。此本虽未完而架构已具，一展阅间，如见经营惨淡之迹。鹤溪主人善藏之，勿为人豪夺也。

缣素风流数太原，奉常墨妙启儿孙。 麓台已老耕烟死，又见吾乡画状元。

浴堂西畔早修书，红杏诗才小宋如。 几辈句胪矜第一，评量能事要推渠。

买画金多胆太豭，纷纷赝鼎散人间。 匡庐真面谁能识？一幅模糊未了山。

——（《潜研堂诗集》卷九）

为思湛庵廉使题蓬心潇湘烟雨画卷四首

王文治

剪取潇湘十里青，云峰深处草闻馨。 客中一夜高楼雨，添得烟波入洞庭。

老守官贫似马曹，胸中千尺暮山高。 南湘使者怜才甚，手酌红螺倩染毫。

官衙传舍亦吾庐，梧竹萧森映读书。 城外青山分一角，开窗松景夕阳疏。

黄鹤楼中月半斜，沧江吹笛到长沙。 相逢画与人俱老，同照湘流感鬓华。

——（《清人题画诗选》）

题画二首

王文治

万重烟雨万重山，一个渔梁一个湾。　曾记武陵溪上过，全家朝食竹篱间。

一株老树立山根，万里清江直到门。　自棹瓜皮孤艇子，坐看归鸟返烟村。

——（《清人题画诗选》）

题沈恒吉画

王文治

秋到烟林杳霭间，杖藜日日倚松关。　人生合在江南住，满眼倪迂画里山。

——（《清人题画诗选》）

为玉卿题扁舟归五湖图

王文治

翠黛青山各占秋，五湖天尽水悠悠。　功成忽觉英雄老，万事消归一叶舟。

——（《清人题画诗选》）

为赵琭亭题李谷斋所作对松山图三首

王文治

对松山岽岱宗腰，已觉寒烟九点遥。　除却苍鳞无别树，天门夜半走龙涛。

虬枝铁干矗青雯，黛色横将齐鲁分。　千载神游如一瞬，秦时明月汉时云。

爱画曾闻入骨髓，吟诗犹恐耗神明。　闲来但展烟云读，便抵赍粮万里行。

——（《清画家诗史》丁上）

次笪江上韵题王石谷画四首

王文治

丝丝笼水复笼沙，沙上枯根似古槎。　添得一痕新月色，何人对此不思家。

秋来微月淡如空，井上高梧略受风。　为爱清辉成久立，浑忘衣湿露华中。

秋树秋山掩复重，秋霜染处淡还浓。　秋风一霎穿林过，送到前溪寺里钟。

淡云微雨不分明，乍见林梢放晚晴。　一道溪流入幽竹，风枝如向酒人倾。

——（《清人题画诗选》）

清代题画诗类卷八一

题荆浩山水图大轴二首

梁诗正

倚空岚翠浮楹，瞥见庐山眼明。 却羡江边五老，香烟供养云生。

飞泉喷沫晴浓，隔断尘寰数重。 想得幽栖洪谷，神游侧岭横峰。

——（《历代绘画题诗存》）

题江参千里江山图卷和弘历

梁诗正

清禁何缘挂帆席，川涂远放无停迹。 挹将朝爽望吴山，搴取晚芳吟楚泽。 忽闻天笑抚长卷，暂尔神游从目逆。 江山千里渺无涯，都自江郎指端辟。 连绵应有风云通，舒卷只愁几案窄。 元明传宝辨题识，苕霅浮家想征役。 披图更拟问三衢，待诏剧怜空一夕。 丹邱元宰结真契，肯许权豪污高格。 莫言旧价等隋珠，试看新题降奎画。 百年重订画禅盟，即今永与尘凡隔。 幸邀赓和一畅观，也觉臣乡宛如昔。

——（《历代绘画题诗存》）

清代题画诗类卷九

山水类

罗梅仙雪景横幅

严长明

一峰见顶不见麓，下剩白云相断续。 云中知有雪霰兼，四望萧条少樵牧。 背山小径仄可行，数松当路相支撑。 隔溪远见几茅屋，袅袅似有孤烟生。 板桥在门敧不堕，木榻容人刚一个。 啅雀微闻伏槛喧，梅花自向横窗卧。 细看屋后皆荒途，坏墙不遮雪更粗。 烟痕一色不可辨，以手摸试寒侵肤。 梅仙写此在羁旅，想见清严自矜许。 世人厌寒争附炎，此景苍茫向谁语。

——（《归求草堂诗集》卷一）

题王麓台山邨扇面

姚鼐

谷口停舟傍石林，幽人犹隔几重岑。 濛濛山气将为雨，待长溪流二尺深。

——（《清人题画诗选》）

题万壑松风图二首

姚鼐

昔住黄山麓数旬，仰瞻天际碧嶙峋。 遥思万壑吟松处，容有千年饵术人。
我老而今空见画，君闻他日必寻真。 会知广乐钧天响，长托云峰动甲鳞。

——（《惜抱轩诗集》卷一○）

题沈君南枫落吴江冷画

姚鼐

纸上风生已飒然，数番枫叶落江边。 老翁闭户无诗思，猛触清愁二十年。

——（《清人题画诗选》）

题沈石田吴山图卷二首

姚鼐

孤棹平生记一经，吴山南对越山青。 朝来三万烟波顷，十笏斋中接洞庭。

偶然濡墨写胸中，不觉荆关指下通。 欲识禅宗无学处，画家证取石田翁。

——（《清人题画诗选》）

题画二首

姚鼐

横风吹雨过林邱，万片飞云作水流。 倚槛数峰藏又见，浑如天际识归舟。
千岩云起压林低，黄叶声凉送马蹄。 雨急看山行更缓，野人家止隔前溪。

——（《惜抱轩诗集》卷九）

题罗牧画

姚鼐

怪木蒙藤乱石间，生烟引素蔽遥山。 苍茫野气无人会，惟有昏鸦去复还。

——（《清人题画诗选》）

黄慎雨景

姚鼐

数椽深壑架茅茨，乱木霾云出谷迟。 忽听后岩飞瀑急，四山风雨已多时。

——（《清人题画诗选》）

湘潭秋意图

罗聘

长忆前朝李蓟丘，墨君天下擅风流。 百年遗迹留人世，写破湘潭梦里秋。

——（上海博物馆藏画）

题山水图二首

罗聘

烟波气息耐人思，采采菱花合付谁。 此客不令江浙住，十年只办画中诗。
少年绮语颇知非，忽漫凌波见洛妃。 不画鸳鸯知有意，恐防隔浦妒红衣。

——（美国普林斯顿大学美术馆藏画）

题人物山水册三首

罗聘

竹里清风竹外尘，风吹不断少尘生。 此间干净无多地，只许高僧领鹤行。
白云忽自眉际出，黄叶乱飞衣上来。 空庭久立岂无意，拦路溪风不放回。
僧寮一局子丁丁，本欲忘机机反生。 算尽苦心闻见绝，松无交影水无声。

清代题画诗类

王石谷画渔洋山庄图卷为顾芦汀题

翁方纲

王郎生长湖海边，异境早识渔洋山。 竭来交游遍天下，复睹异人东海间。 胸中蕴结奇秀气，老来放笔谁能删。 太湖并包三万顷，古诗直溯三千篇。 是江淮河所汇注，是比兴赋相交关。 草木英灵聚香气，楼台烟雨非丹铅。 大地河山悉妙悟，一切禽鸟皆能言。 万象摄入摩尼珠，千峰倒印一月圆。 拈来试问羼提叟，莫作蟹舍渔村观。 有如净名化城喻，聊借文字为蹄筌。 世人乞得胜膏馥，尚作大海波涛翻。 本无此庄安有画，王郎毋乃词说烦。 顾侯梦见金粟影，持寄苏斋评画禅。 我但闭门蓺香篆，趺坐定息穷其源。

——(《复初斋集外诗》卷一八)

题画二首

翁方纲

石硐琤琤玉练飞，萧萧槲叶打柴扉。 不须更写空江雨，山翠濛濛已湿衣。
有客临矶瞰碧流，焜黄烟绿一襟秋。 数峰更约携筇上，万顷斜阳人倚楼。

——(《复初斋集外诗》卷一八)

题萧尺木雪景用自题韵二首

翁方纲

五岳奇情入暮寒，楚骚冷浸薜衣单。 为谁云际红窗启，供尔回峦仄磴看。
孤光斜掩半峰寒，瘦笔疏于雁翅单。 若准停云孙逸派，过桥神在曳筇看。

——(《复初斋集外诗》卷二四)

方方壶仿郭河阳千山积雪图

翁方纲

方壶非字乃化身，曾班司命朝玉宸。 生生太始元气纯，浮英积粹华池津。 上罗星芒照昆仑，正坎黄芽无点尘。 珠宫贝阙如炼银，千房万笋玉嶙峋。 绵绵蒸空暖如春，瑶泉琪树夜达晨。 榑桑照之中有人，非复终南岱峨岷，丹台霁晓存吾真。

——(《复初斋集外诗》卷八)

题沈石田山水轴歌

翁方纲

沈画世间真伪半，巅崖老树纷涂窜。 当时已闻误自收，后有临摹孰评断。 此

轴白石翁自题，题字槎枒皆古干。点画纵横豫章法，此法正落悬崖畔。一峰淋漓突兀起，群岫向背阴晴换。湿云如墨滃欲动，飞瀑临溪吹不散。直穿乱石下横桥，桥际二叟观水叹。复有一叟掩柴门，相对白石清江岸。渺然咫尺江湖思，天际艇可门前唤。山活都自三吴移，树古宁惟七桧冠。笔头万里幻有术，绢底六月清无汗。泷江雨湿更郁蒸，坐卧朝朝对几案。便拟虞山水墨卷，尽写石翁诗作赞。

——(《复初斋集外诗》卷六)

宋芝山画册四首

翁方纲

近峰驻远目，正受斜照光。想见驱车人，十里探毫芒。逦迤浓淡影，离树未分行。平楚淡远天，所思积重冈。江关于役久，瞻麓写阻长。濛濛气回合，安得收我囊。

杜陵亦有云，阴崖著茅屋。结构若难稳，不独舒我目。且须邀客来，薪水便僮仆。既忘跋涉劳，兼之取携足。四旁响群籁，当面收万绿。定惜得之晚，勤思早卜筑。

倪画不画人，独画龙门衲。侧思此老意，远势凭消纳。林壑间位置，峰峦作开阖。然后著此僧，章法自然合。宋生印此理，禅偈许谁答。我举拨灯法，与之论响搨。

宋生精六法，不徒赋色工。赋色亦有旨，我闻锡山翁。质地取浑厚，气韵成纤秾。全势在得笔，而不留笔踪。古人以为师，造物为折衷。必自下学始，寝食经营中。

——(《复初斋集外诗》卷一八)

董文敏画卷为袖东题四首

翁方纲

鄂渚归来又五年，自将真意结山川。挑灯赠友重开卷，梦到秋江听雨船。

名迹虽多莫浪陈，眼中无此碧嶙峋。浑沦造物为师处，几许南唐北宋人。

篷倚斜阳又晓烟，数峰合处更神圆。空濛却自沈雄得，借问云何是画禅。

袖东居士吸沧溟，默坐闲房读玉经。回向真源皆偈子，香光道眼为君青。

——(《复初斋集外诗》卷二〇)

题介石上人云栈雪霁图三首

李调元

独坐茫茫唤奈何，欲寻天女问维摩。上人要识题图客，家在西川落凤坡。

淡墨生绡万点山，模糊雪片落林间。　前年曾记嘉陵道，一笠冲风出剑关。
作如是观真妙谛，镜花水月卷中传。　此生已了空中色，只合长斋绣佛前。

——（《童山诗集》卷一四）

题画

李调元

山似鱼鳞起，水似鼍眼碧。　非山非水间，复有村树隔。　寺远惟见楼，江平偶
逢石。　何人拄杖来，坐看浮云白。

——（《童山诗集》卷一九）

题画二首

桂馥

秋原曳杖归，泉声唤人住。　暮气欲沈山，柴门几里路。
淡黄柳色小沙堤，昨夜微霜秋满溪。　月晓风清人未到，藕香常在钓船西。

——（《清画家诗史》戊上）

题伊墨卿秋水园图

潘奕隽

疏篱短杓影横斜，小筑偏宜傍水涯。　那得扁舟便乘兴，看君泼墨写梅花。

——（《清画家诗史》丁下）

烟柳柴门图

黄易

明湖秋水净如练，京国风尘吹我面。　十亩之宅五亩园，万钟之粟何足羡。　烟
村柳岸深闭门，书满匡床酒满尊。　况复鹊华秋色好，披图那不一消魂。

——（《秋盦诗草》）

题山水图

黄易

石田茅屋入云峰，一带清溪漱玉龙。　隐者近从王屋至，天坛移得小虬松。

——（《秋盦诗草》）

丙戌小春题画

黄易

扶松直上鳌鱼背，太古苔花滑杀人。　石笋干霄吹欲折，天风不惜玉嶙峋。

清代题画诗类卷九

自题小蓬莱阁图

黄易

更无人处拓窗看，合算侬渠耐夜寒。 多谢一弦云隙月，却移疏影上阑干。

——（《清画家诗史》丁下）

乙亥春日题画

张赐宁

南徐山水真雄秀，北苑当年画入微。 今日老夫图墨戏，帆拖云脚踏潮飞。

——（《清画家诗史》戊下）

题山水轴

张赐宁

竹径松庐薜荔墙，野塘流水菊花香。 披图莫讶无颜色，画到秋山叶自黄。

——（李一氓藏画，载《中国民间秘藏绘画珍品》第三集）

为林广泉画瀑布图

张赐宁

擎空直下三千丈，透壁穿云几万重。 旋向人间滋畎亩，终归沧海护蛟龙。

——（《清画家诗史》戊下）

题画送阮芸台之粤东

张赐宁

秋高天宇清，芦花满洲渚。 渺渺万里江，孤帆向何处。

——（《清画家诗史》戊下）

题赵味辛舍人怀玉春湖晴泛图三首

吴锡麒

苹香在水水浮空，十里黄吹菜陇风。 啼煞新莺忙煞絮，写晴写得夕阳红。
绀碧萝阴坏塔颓，咿哑柳外橹声回。 羡君画里还看画，一路青山过眼来。
呼鹰台上满寒芜，如此春风省得无。 土步鱼肥鞭笋白，教人那不忆西湖。

——（《清人题画诗选》）

高迈庵为孙烛溪写剡溪山色图

奚冈

我曹写山须神行，兴酣落笔还经营。 舳橹钩角实凡近，云横雾塞灵奇生。 此理妙解在明暗，董家一一陈其情。 吾友迈庵最精到，一洗时习豪毛轻。 前年游剡去年雪，驱使山怪吞元精。 胸中浩气笔端赴，欲使苍浑生虚明。 迈庵迈庵吾语汝，莫夺董气下董名。 江东孙郎碧眼睛，能识汝画如琼莹，宝之不易十五城。

——（《冬花庵烬余稿》卷上）

为筱岩作秋江小景

奚冈

秋易成悲未觉非，一舠烟冷占渔矶。 芦花江上看如雪，只作春风柳絮飞。

——（《冬花庵烬余稿》卷上）

题画绝句二十首

奚冈

过雨声高走石泉，秋林曳杖思悠然。 子真谷口云封处，归去弹琴屋数椽。

江南半幅思无涯，石法虞山写断麻。 一脉画禅随欲尽，密林流水冷烟霞。

屋后修篁屋外山，石林苍藓点斑斑。 者间合著倪高士，吟尽斜阳曳杖还。

雨余犹阁岭头云，树影岚容湿不分。 此是董家新说法，巨然心印付敷文。

远浦平沙淡几层，夕烟秋雨满溪藤。 虚和解到倪迂法，转入孤高又未能。

茅屋高低烟树重，阴崖飞瀑玉淙淙。 溪翁不放寻诗艇，荷锸属云何处峰。

夕阳流水绕孤村，数点归雅烟树昏。 怪底竹风无赖甚，又吹寒月入柴门。

一曲清溪一钓舟，芦花深处伴闲鸥。 桥西酒价休嫌贵，尽醉霜林树树秋。

水曲峰回境转幽，霜红著树始惊秋。 闲来不学嵇康懒，载菊寻僧一放舟。

千顷芦花看作雪，数峰寒翠远堆烟。 道人拨棹不归去，自爱五湖秋水船。

一峰含雨一峰晴，晴意无多雨意生。 石径盘盘泉落处，杖藜扶出李长蘅。

吞吐方壶一片云，巨师心印付敷文。 忆从京口看江雨，山入南徐湿未分。

木末秋山水际亭，碧蒲红蓼散鸥汀。 何当放艇频来此，不著鱼经著鹤经。

石上流泉韵最幽，风篁戛雨更嗖嗖。 此声易到诗人耳，又费清吟过一秋。

泉声天半玉龙飞，老树悬崖覆钓矶。 倚杖不知山近远，数峰岚翠湿春衣。

萧淡生涯尽得闲，听松听水屋三间。 朝来忽觉牵诗兴，百叠春云过雨山。

数峰苍霭湿斜阳，老树疏篁闲草堂。 隔浦平沙渺何许，西风吹雁下横塘。

苍峭凌虚俯碧潭，捎空霜樾拂烟岚。 满前秋色收难住，别起寒汀照水庵。

谡谡寒涛涧底松，风回刚应上方钟。 山僧不管门前事，一任闲云过别峰。

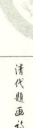

漠漠平墟烟草荒，剩教高柳占陂塘。 白鸥不管人愁思，犹带沧波飞夕阳。

——（《冬花庵烬余稿》卷下）

题画与闲存上人二首

奚冈

一枝箨竹倚岩隈，流水何曾去复回。 心似道人无所住，空山闲共白云来。
疏樾兼葭冷暮烟，西风孤雁叫长天。 能牵高士萧闲趣，只在荒江落照边。

——（《冬花庵烬余稿》卷上）

会汪公子彦国招集复初斋观王石谷绘山水直幅

洪亮吉

我行遍天下，却爱黔中山。 黔中山势尽壁立，出地万仞无弯环。 南峰升云北峰月，画里溪山亦奇绝。 灵泉破空山石裂，飞出千年万年雪。 崖穷路古林光倩，断塾奔滩鬼神现。 林花对客才一笑，山鸟窥人刚半面。 洞门怪响七尺笻，奇古似是商山翁。 商山翁，居海曲，得意时歌复时哭。 地老天荒一间屋，沧浪之水清濯足。 鹎鸩鸬鹚与同浴，放艇时来玉峰麓。 森然非松亦非竹，植立门前闻剥啄。 主人开户喜不速，邀坐茅檐背同曝。 忽然一笔写不足，肌肤如山骨如玉。 狂叫自呼王石谷，我题此画亦非偶。 二百年前倘良友，画中萧疏两闲叟。 著罢枯棋偶垂手，瞥见洪崖拍肩否。 山中古洞如敲开，两翁曳杖还能来。 消寒集上醉几回，大笑手覆三千杯。

——（《更生斋诗》卷四）

范宽画山水歌

黎简

古壁嶀落险欲摧，一展范宽山水生惊猜。 斑斑裂绢作墨色，石角渍上红莓苔。 一松轴末势横出，气态直上枝垂回。 一松鳞爪上搏攫，意欲绝地扬䯄䯅。 根虚似有化迹伏，叶黑岂无灵雨霾。 松中泉飞云横走，石梁冠松连两崖。 梁头二童子，挈榼琐碎罗山杯。 梁腰一仙人，曳袖邋遢行涧雷。 梁尽一落敧石台，台有三叟旁仙孩。 目光所到如有语，谓何夷犹行不来。 背列数株树，一叶不著成秋柴。 中林幽风静不见，但见仙者襟微开。 树背平圆一坡起，寒绿细草齐如裁。 坡侧双峰削玉立，颠重于趾危不颓。 峰坳秋林对冥密，林杪远插三蓬莱。 自此心去无垠垓，览竟再拜重流涕，古本幸不罹尘灰。 流传几经好事者，去年故人悬小斋。 华屋山丘故人死，此画出门无复回。 呜呼！ 眼无常物岂常主，瓶罄自觉耻及罍，我遐独暇哀人哀。

——（《五百四峰草堂诗钞》卷七）

画山水歌寄何勤良

黎简

病起卧过九十日，一日碧尽湖上山。东连大雁西大科，起伏汩没波涛间。波涛西来山东走，气与我笔争巉屼。我惟画山不画水，要使空处闻惊湍。濛濛苍石海雨后，稍与日气兼暄寒。寒暄荡漾无处着，着为孤柳枝上烟。就中小置篑筜亭，江山此亭真大观。夜来青灯野风急，风雨入我琴上弦。泠泠哀玉响筜屋，墨意静有琴声存，数阜毕列高林端。修松密如山蜿蜒，一重一掩断以续，数偃数仰危而安。斟酌远势须洒然，云沙一画态百千，为屏为障为波澜。安得湘帆转岳色，山翠压襟闻断猿。断猿不可听，白云如可攀。观余画者止于此，此外惟有诗句错杂题青天。

——（《五百四峰草堂诗钞》卷九）

五龙潭山水图歌

黎简

白虹袅天三万尺，中划层城断丛碧。罡风挟入沧海声，古月凝为冰柱色。声色满溢四百峰，乃赴夹壁孤潭中。峰影深青水深黑，水府巉岩陡天壁。即愁吁吸集风霆，下极虚无岩窟宅。幽光潜藏出灵迹，橡仆虹眠五棱石。棱分五文波作鳞，不见首尾惟见身。槎牙浅壑未出骨，转侧尺波如有神。此境昔游同故人，故人临终求写真。赤明霜雪镂须发，化城风雨濛衣巾。怀旧感时复画此，适遭十日雨不止。非时自笑腕有灵，前月尚忧潭失水。龙乎石乎幻化长短而倏忽，或为牛首鬼眼出没而蟉屈。北作金台千里驹，南变樵夫五色笔。笔如水中龙，其巨如石柱。天门墨云千叠深，此柱能为蜿蜒舞。勿讶能为蜿蜒舞，本为苍生起霖雨，不然画壁何所补。

——（《五百四峰草堂诗钞》卷一七）

自题楚山清晓画图

黎简

绕衡九折江天碧，水底皱空皱沈璧。三湘仿佛远游归，千里苍凉一鹤飞。归来十载病裹足，梅花襆被江上宿。江村一夜听春雨，洗出蓁迷梦中绿。日色盎盎川无风，川光浸竹竹色同。谁将一道炊烟白，定绕两株初叶红。何人深柳楼阁中，下视水田云水空。得非百花村口旧风景，误置晓猿夜狖之青峰。猿声窅窈窈隐屋壁，伤心极目谁曾识。年深事远犹可忆，药烟阁上春灯夕。故人食药看山色，至今黯淡春树梢，药气三年化为墨。

——（《五百四峰草堂诗钞》卷一六）

题画二首

黎简

两道春洲隔水青，桃花万树日冥冥。　红衫碧草绿波底，上有浴鸥双白翎。
春天似墨水如镜，惊禽乱于空叶飘。　约略山川一千里，拳拳低盖过村桥。

——（《五百四峰草堂诗钞》卷一四）

题画秋亭夕照

黎简

秋亭受夕照，乔木老不双。　苍蒹致精恬，数笔风满江。　昨梦修竹下，斜篱辟南窗。　自觉境过幽，爱此吠月庞。

——（《五百四峰草堂诗钞》卷二四下）

题江濑山光图

黎简

庋堂远吞山光，构亭平挹江濑。　不知身入画中，但觉思超尘外。

——（上海博物馆藏画）

五山烟涨图

黎简

孤篷涨迷路，问津出黎村。　白是碧鉴天，黑是松岭云。　浮屠兀高严，离立云中君。　何人山上亭，外指烟江昏。　见我几寸帆，仄如鸦影翻。　我枕寒忽动，泼青山一痕。

——（《五百四峰草堂诗钞》卷二四下）

题画扇

黎简

昨夜江村黄叶飞，二樵居士出门归。　要与江山助秋色，赤藤滇杖茜红衣。

——（《五百四峰草堂诗钞》卷一五）

清代题画诗类

清代题画诗类卷一〇

山水类

王石谷溪山无尽图

杨伦

一成坯兮再成英，一再曲折山以名。 小为沦兮大为澜，大小贯输溪以漫。 溪山相接无尽时，千岩万壑呈参差。 浅深浓淡各有态，变化乃识鸿蒙奇。 乌目山人石谷老，落笔偏能觑天巧。 咫尺万里罗心胸，数幅剡藤恣挥扫。 得非沱潜合，毋乃罗浮连。 或疑匡庐彭蠡状回复，又似三湘九嶷势邈绵。 林风萧萧响岭岫，帆影漠漠摇江天。 长松万株尽合抱，其下各有飞空仙。 位置天然生趣跃，何减范宽倪迂之所作。 挈壶玩赏意不穷，酒亦应斟无算爵。

——（《九柏山房诗》卷一二）

题李牧堂青岩图

黄景仁

重崖叠巘气冥冥，寄尔乾坤一草亭。 壁上龙蛇藤补屋，枕边风雨树穿棂。 才名此日兼三绝，笔墨他年护百灵。 岂合斯人老邱壑，将来麟阁要丹青。

——（《两当轩集》卷一〇）

题郑秋堂山水幅

黄景仁

君家三绝此其一，画此春山白云出。 春山郁郁何葱葱，云卷忽随缣素空。 偶然断出林岫色，复叠不知千万重。 长松飘风子堕瓦，下有读书长啸者。 坐看生灭云耶山？ 斯人怀抱岂等闲。 我欲扁舟一相访，侧身天地何由往！

——（《两当轩集》卷一〇）

题画

黄景仁

淙淙独鸣涧，矫矫孤生松。 半夜未归鹤，一声何寺钟。 此时弹绿绮，明月正中峰。 仿佛逢僧处，春山第几重？

——（《两当轩集》卷一）

屠清渠丈过饮醉后作山水幅见遗

黄景仁

先生一笑如河清，醉后往往一见之。即令不饮持大盏，已觉春气盈须眉。平生胸中富邱壑，意象独到无专师。常时兀兀不动手，醉来泼墨风雨驰。长虹俯吸海波立，乖龙上蹴天云垂。及当精心运毫末，双目炯如漆点脂。图成挂我竹间屋，悦有光怪来穷追。翻樽却避坐上客，索栗怖走邻家儿。先生掀髯忽大笑，压兴还用倾千卮。鄙人不饮喜观饮，先生善画兼爱诗。短缣尺幅许投赠，日来烂醉无不宜。我歌君饮万事足，更看醉墨挥淋漓。

——（《两当轩集》卷三）

梁可堂为作山水册因题其上

黄景仁

贱子原多癖，先生自不闲，夜归江上梦，晨点雨中山。寒翠自然积，野云何处还？愿从幽绝境，对结屋三间。

——（《两当轩集》卷一一）

杂题郑素亭画册四首

黄景仁

月黯沈云多，山深夜泉长。忽断疏钟撞，谁敲石门响？
翁如访戴行，我愿为童子。随向溪桥边，韵入横图里。
负担琴书囊，行行欲何适？谁云驴背人，而非陌头客。
倦掩窗前卷，闲挥膝上桐。斜阳留几许，雁背不成红。

——（《两当轩集》卷九）

题晓山上人画幅

黄景仁

去冬泊舟豫章西山下，美其林壑之美。今见此幅，风景绝似。"云林"二语，当时所得，兹足成之，即题其幅。
夙昔烟霞意最亲，披图忽忽感前尘。云林如此真幽绝，可有读书长啸人。

——（《两当轩集》卷三）

题李明府天英借笠看山图

黄景仁

一江万山间，雨势挟舟入。中有看山人，坐借长年笠。锦石丹崖望不分，沙

96

回树靡追何及。 十年梦与桐君期，羊裘钓客空所思。 七里涛分滩上下，双台云隔路东西。 此间我亦推篷惯，恨不相逢借笠时。 是物等闲难得戴，着屐何如放船快。 君与东坡两蜀人，披图似有英灵会。 只今插脚软红尘，清景都从画里亲。 年年稳坐沧江雨，毕竟输它笠主人。

——（《两当轩集》卷一五）

题黄麓隐画册

黄景仁

轻帆趁归潮，苍葭点秋水。 忽忆风雨晨，扁舟渡扬子。

——（《两当轩集》卷一七）

于湖听雨图

黄钺

千金难买此平湖，一雨能令裸壤苏。 更请诸君携枕簟，重来画里听跳珠。

——（《清画家诗史》戊上）

题画二首

孙星衍

一株疏柳一株枫，斜应悬崖落照红。 多少闲云争出岫，读书人在万山中。
石田遗迹辨能真，淡处深含四座春。 爨下知音得贤壬，丰城望气更何人。

——（《芳茂山人诗录·济上停云集》）

题画

伊秉绶

松顶楼窗缥缈开，浮岚都共水潆洄。 知他笔快如风雨，几许沈吟作势来。

——（《清画家诗史》戊上）

题自画山水

伊秉绶

论诗欲参禅，学书可通画。 或劝姑为之，漫许遂成债。 本昧六八法，两谢南北派。 大宫与小霍，元气转光怪。 潭深隐渔罾，磴叠悬鹿砦。 翘峰倘可陟，吾将谢流辈。

——（《清画家诗史》戊上）

清漓石壁图歌

阮元

府江阳朔大磜汛，下二里许，有画山，载在《通志》。截壁约高三十丈，宽如之，其西面平直如削，可中悬绳，淡黄色，上有青绿痕，天然如画家皴法，具峦头层叠之形。目不明者，见之以为真山，不知其平直也。明目者见之，以为摩天巨幅之画也。因在画旁书清漓石壁图五大字，又写道光三年阮元题七字，刻于石，直是上古巨图，今始题款矣。

天成半壁丹青画，幡然高向青天挂。 上古何人善画山，似与关荆斗名派。 此派军同后世皴，造物翻师唐宋人。 认作名山反如假，审为古绘竟成真。 纵横量去成千尺，五丁直削平无迹。 古绢依稀染淡黄，峦头重叠分青碧。 清漓一曲绕山流，来往何人不举头。 六年久识奇峰面，五度来乘读画舟。 石渠宝绘几千卷，天上云烟曾过眼。 何幸湘南见此山，眼福如今还不浅。 山旁刻石擘窠书，鉴赏标题始自吾。 后人来看道光款，传出清漓石壁图。

——（《揅经室续集》卷五）

春日安陆道中题王鉴画楚山清晓图

阮元

我藏旧卷图，楚山画清晓。 身未到楚山，安知此境好。 今春来武昌，苦雨意殊恼。 寒食渡江去，渐觉春雨小。 行入竟陵西，阴云豁然扫。 近岭已飞飞，远峰犹袅袅。 是时东方明，旭日将加卯。 荡漾平湖烟，低向山根绕。 新霁气逾清，若浮海中岛。 一片绿沉沉，强半是春草。 烟净湖水明，山影向湖倒。 碧镜舒黛眉，绘事逊兹巧。 连村柳色多，入麦菜花少。 宛转登山樵，翩翩出巢鸟。 始知望山色，城中苦不早。 鼓楫下沧浪，青青犹未了。 横看数百里，巨幅展江表。

——（《揅经室集四集》卷一○）

二月十八日雪后独游万柳堂题壁间元人雪景图中

阮元

佛龛拾得元人画，装成重向东墙挂。 遗留想是佳山堂，一百余年僧不卖。 画中白雪粉痕多，冰泉直擘青山界。 两客策骑同折梅，绢色虽渝犹不坏。 欲题未题待雪来，直到中春雪始快。 匹马披裘独出城，要看图中斗光怪。 诗成晴雪满松篁，云破阳春扑墙晒。

——（《揅经室集四集》卷九）

题画二首

戴亨

扁舟溯回溪，溪穷崖石陡。　我欲问桃源，白云横渡口。

山老骨磷磷，水清石楚楚。　明月下渔舟，野烟生极浦。

——（《庆芝堂诗集》卷一七）

题画三首

孙原湘

青山红树太离迷，化作寒霞映小溪。　秋色自浓人自淡，诗情不过画桥西。

杖藜何事拨闲云，诗在空山久待君。　莫羡仙楼如画好，最高峰顶易斜曛。

霜天诗意满西城，楼阁参差绘晚晴。　料理一枝筇竹杖，大痴图里听秋声。

——（《清人题画诗选》）

王翚扇头小景

孙原湘

浅深山翠活难分，红树偏生碍夕曛。　看到层层青不了，一层中有一层云。

——（《清人题画诗选》）

题王翚画四首

孙原湘

一绿阴藏一树花，有桃花处有人家。　看山步出柴门懒，别启花间小艒斜。

万个琅玕翠不分，草堂清影弄纷纷。　幽人闭户白云里，世上秋声都不闻。

月景在地松在天，天风吹落露珠圆。　松声夜半蛟龙起，应有月中人未眠。

几株老树绿藏屋，数叠远山青入门。　世上热官谁梦见，江南六月水云村。

——（《清人题画诗选》）

题墨妙图册

张鉴

夜气渐白东方明，浴湖湛露光晶莹。　光含葱倩双螺青，小螺点点如浮萍。　此中大可探金庭，谷纹万顷扬吴舲。　疾如掣电风泠泠，山容渐紫波容赤。　曈曈已上扶桑日，轻烟薄雾倏然失，七十二峰峰尽出。

——（《艺苑掇英》第六〇期）

浩然阁在点苍山下史渔村守大理时为公暇宴集之所窗前正见十九峰索余赋诗纪之并为横卷

钱杜

朝看苍山云，暮听苍山钟。 松风吹人衣，梦落十九峰。 使君识猿鸟，侵晓携吟筇。 茶具惟一肩，石磴穿万重。 入门优昙树，子午天香浓。 花片一尺深，时有金仙踪。 阑干挂海月，秀压千芙蓉。 下指飞鸟边，袖底青濛濛。 丹台五千仞，霞起珊瑚红。 石壁天鸡鸣，倒景扶桑东。 回光射积雪，湿翠沈蛟宫。 八月九月时，飒爽闻秋风。 衣裳染浓露，几榻横清空。 偶作汗漫游，遂与名山逢。 手挥竹如意，坐列浮邱公。 愿乞九还丹，一洗尘埃胸。 安能谢人事，散发巢云松。

——（《松壶画赘》卷上）

橅云西老人荒率意

钱杜

荻芦阴里小徘徊，薄暝轻舠且未开。 山叶打篷风拍水，虫声如雨过溪来。

——（《松壶画赘》卷上）

汪西伯索画倪迂小景

钱杜

妙谛真如百级登，清于野鹤淡于僧。 何因梦见倪高士，江上青山画一层。

——（《松壶画赘》卷上）

题团扇

钱杜

碧天凉影乱啼鸦，水调玲珑唱落霞。 梦入小红桥外路，四围风柳一湖花。

——（《松壶画赘》卷上）

仿文伯仁秋峦叠翠

钱杜

霜叶围村返照初，野禽格磔路生疏。 此生合住西溪未，青笠红衫秃尾驴。

——（《松壶画赘》卷上）

醉后仿王叔明寒林话别图送兰村归白门

钱杜

芦沟见秋草，送君一鞭去。 人听六朝钟，仓山读书处。 不作别离辞，但写江南树。

——（《松壶画赘》卷下）

自题山水图册

钱杜

江树欲上秋意生，东墙西港荒蛩鸣。 主人开门客亦去，人影依稀入深树。 树头栖鸦无数啼，举眼看月月渐低。 竹烟满地寂不语，山鹤一声露如雨。

——（《历代绘画题诗存》）

为翔伯太守写夔府江山卷子即以赠行二首

钱杜

五月山程荔子丹，送君走马入长安。 云横栈阁千花暗，江绕巴渝一郡寒。 风走虎灯昏入市，月明船鼓夜争滩。 乡村战后荆榛遍，问俗先教赋税宽。

黄陵庙前枫叶青，子规啼雨昼冥冥。 翠崖苍峡通官阁，老树哀湍满讼庭。 自种秫田闲酿酒，爱携古衲与谭经。 定知宾佐题襟处，无数云岚入画屏。

——（《松壶画赘》卷下）

仿大痴富春大岭卷

钱杜

徐季尹隐居富春山中，书来索仿是卷，久客乍归，尘衣未浣，披暑写之，匝月始毕，附句以寄，季尹可作十日卧游也。

海上飞鸟绝，火云烧尖山。 龟赪轻雷鸣，潮自西兴还。 汩汩富春渚，草阁八九间。 榆柳映门前，荷花香一湾。 山中高卧者，读易门常关。 昌浦养青瞳，炉鼎驻玉颜。 床横赤藤杖，瓢挂青铜钚。 身比蝉蜕轻，心与沙鸥闲。 为君图大岭，满榻摇烟鬟。 移家仙鹤驯，采药山童顽。 长思卧林壑，颇喜远阛阓。 安得辞世氛，挥塵离人寰。 一竿从君去，寂坐听潺湲。

——（《松壶画赘》卷下）

霁夫沈先生隐居湾东筑鹤雏草堂足迹不入城市余与袁寿阶买舟过访出先世石田翁湾东图卷见示索余更为一帧以纪胜事

钱杜

先生旧业湾之东，自缚三间小茅舍。到门汩汩泻溪流，绕屋阴阴半桑柘。湖边自种田一区，身外惟余书百架。题诗清兴到瀼西，汲井山泉出墙罅。钓鱼竿插卧床前，载鹤船横草堂下。碧篘家酿能醉人，赤脚奚奴解行炙。幽梦醒时饽饪香，午鸡啼歇藤花谢。便欲编篱与结邻，不用蒲葵亦消夏。蛙声阁阁催荷锄，门外雨来翻稆稏。

——（《松壶画赘》卷上）

八月二十一日雨中自题山水小幅

张问陶

秋山红树古时苔，瓜蔓无心上老槐。隐隐断桥西去路，高人何处抱琴来。

——（《船山诗草》卷一一）

题叶云谷梦龙农部所藏沈石田画幅

张问陶

小舟藏水屋，高树抱山村。风乱金徽理，秋凉玉鼎温。烟云都有气，纸墨转无痕。一扫丹青色，心精万古存。

——（《船山诗草补遗》卷六）

题沧湄海市图

张问陶

昔时我祖守登州，全家都上蓬莱阁。解印惟携东海归，天风万古吹囊橐。我独生无看海缘，奇情往往空云天。梦中不识三山影，大悔迟生十五年。莲蕊峰人朱重穆，视我生平有奇福。曾为趋庭到此州，亲敢大海归双目。也知万怪总虚无，兴到何妨信手摹。意匠直随波共远，墨痕过处云模糊。画尽洪涛千万纸，笔穿天外犹难止。忽从水面添三毫，幻出一图名海市。谁攒万物聚浮梗，马足人须俱井井。宝楼阁拥金银台，一片空灵天际影。披图目炫惊天神，影中取影皆非真。我生并此不亲见，年年空吃京蕐尘。古今得失常相左，前有东坡后无我。怅然不肯题此图，请君还觅眉山苏。

——（《船山诗草》卷五）

题画二首

张问陶

坏桨阁船头，凉风鼓篷背。 舟过水无声，波光冲不碎。 悬崖如可掇，老树忽成队。 敬告图中人，急流当勇退。

青山隐约两三峰，一抹秋光画不浓。 记得锦官城内外，万家烟雨看芙蓉。

——（《船山诗草》卷一一）

题张鹿樵悬岩积卷图二首

张问陶

一曲清山拟玉京，张华后世子前生。 奇书只许吾宗读，肯让谁家拥百城。 我惯逃书爱白云，何妨携杖也从君。 峰头月夜呼唐述，同听神仙诵典坟。

——（《船山诗草》卷五）

题杨升峒关蒲雪图

吴修

杨升蒲雪画峒关，红艳争看没骨山。 千载僧繇遗法尽，只留一脉在人间。

——（《青霞馆论画绝句》）

题李成万山飞雪图

吴修

好龙射虎非亲见，真迹营邱有雪山。 莫信元章无李论，流传犹复在人寰。

——（《青霞馆论画绝句》）

题郭河阳雪山图

吴修

百一河阳罕遇真，难邀大匠鉴如神。 树形蟹爪千图似，不是寻常鬼面皴。

——（《青霞馆论画绝句》）

题米元章溪山雨霁小幅

吴修

晓烟未泮雨晴初，用墨何曾淡似无。 恨煞流传成恶习，云山一例是模糊。

——（《青霞馆论画绝句》）

题米元晖五洲烟雨图

吴修

名图休说米元晖，剑判雌雄竟不归。　山色五洲无恙在，至今烟雨尚霏微。

——（《青霞馆论画绝句》）

题吴仲圭山水

吴修

董巨而还谁继起，独臻浑厚写烟峦。　真教北宋参三昧，莫作寻常元画观。

——（《青霞馆论画绝句》）

题唐子畏春山伴侣图

吴修

妙绝春山伴侣图，六如名幅重三吴。　笔端秀出林峦外，晞古前身得似无。

——（《青霞馆论画绝句》）

题陈髯仿米家山

舒位

海岳画山不惜墨，墨气入山山有力。　髯从千载仿佛之，笔床青削芙蓉色。　平生性僻爱青山，五岳方寸时孱颜。　君今画山在何处，他日与君写山住。

——（《瓶水斋诗集》卷五）

王蓬心山水小帧为杨补凡作

顾广圻

尺幅能留太守真，烹茶细读那嫌频。　四王宗派今谁在，欲问烟云老斫轮。

——（《思适斋集》卷三）

叶松岩写秋江图见赠赋谢

田榕

莼鲈风起谁相忆，虾菜舡横世少逢。　羡尔胸襟太潇洒，一江烟雨写吴淞。

——（《碧山堂诗钞》卷二）

题东庄八景册

王愫

古瀛张东皋雅好六法，与余友善，其东庄八景，结构位置，饶有邱壑天趣，延余

至庄写图于册，各题以诗。

梅汀夜月

绕屋古梅开，寒香沁吟魄。　何处美人来，一林霜月白。

桃蹊朝雨

千株晓露坠，一坞湿云蒸。　指顾仙源在，何须问武陵。

柳堤清暑

波光潋滟浮，柳影参差列。　野径足清风，不识人间热。

鹤脚停云

门闲苍藓积，泾曲支流汇。　欲问高人居，层层白云内。

秋坡蓉锦

红萼吐秋深，野岸垂杨荫。　的铄照孤邨，一曲清溪浸。

菊篱觞咏

采采插盈头，狂吟大白浮。　南山不可见，风雨一篱秋。

遥村积雪

密雪洒寒村，平畴宛琼岛。　应有跨驴人，幽径呼僮扫。

宿鸟归林

栖息择枝柯，疏林暮霭多。　回翔莫飞去，此地少虞罗。

——（《题画诗钞》）

题仿云林十万图

王慤

　　元至正癸丑，云林为陶南邨写十万图，昔贤谓寄韵设色，并极神秀，化工之笔，难为粉墨者道也。予摹想作此，各题以诗，亦仿迁倪自跋之意云耳。

万卷诗楼

芸香散竹床，茶烟飘石鼎。　帘卷晚山青，吟声落松顶。

万横香雪

何处探香雪，横斜短幅开。 孤山怜处士，无树有亭台。

万丈空流

危峰高刺天，飞泉落空里。 莫向江湖流，寒潭贮清泚。

万松叠翠

沉沉霭暮烟，谡谡生凉吹。 何处屧苓人，云衣拂寒翠。

万壑争流

石罍水粼粼，漾洄赴远津。 此间堪濯足，莫踏软红尘。

万笏朝天

矗矗排云上，岩岩向日攒。 罡风吹不息，高处可胜寒。

万点青莲

的的芙渠鲜，冉冉凉风动。 不见采莲人，烟波锁鸥梦。

万竿烟雨

烟雨霭深林，寒窗罨翠阴。 抱琴弹古调，须待月华临。

万林秋色

霜叶日萧萧，丹黄映碧霄。 可能留晚艳，不逐朔风飘。

万峰飞雪

六月火云红，挥毫洒飞雪。 独对万峰寒，消尽人间热。

——（《题画诗钞》）

清代题画诗类

题没骨秋山

王愫

溪云漠漠溪山连，溪上渔翁泛钓船。 好是夕阳萧瑟里，半林残叶冷秋烟。

——（《题画诗钞》）

仿刘松年

王愫

屋外苍松松外山，白云如练锁烟鬟。 潺潺曲涧浮花片，尚有人家隔水湾。

——（《题画诗钞》）

题万廉山明府付其女公子画册十六幅

郭麐

老来游艺更通神，浮翠浮青见斩新。 南渡群贤如可作，知渠未敢薄今人。
向平婚嫁未渠央，失笑而翁下笔忙。 百福香奁山万叠，世间无此女儿箱。

——（《清画家诗史》己下）

为人题画

郭麐

单椒须得水回环，著个扁舟好往还。 相宅十年今一笑，买来无此好湖山。

——（《清画家诗史》己下）

为湘瀹题画

郭麐

明年定拟放轻桡，西碛遥知雪未消。 输与画中人健在，蹇驴驮过虎山桥。

——（《清画家诗史》己下）

芝生卖画买山图二首

郭麐

闽山游遍橐空垂，冷笑虎头未绝痴。 一幅溪藤三尺绢，此中还有草堂赀。
劝尔先谋二顷田，鹤粮狙粟各纷然。 人生政坐妻孥累，未必山灵定要钱。

——（《清画家诗史》己下）

清代题画诗类卷一一

山水类

题郎芝田临王石谷山静日长图长卷

盛大士

畊烟散人不可作，画苑宗风叹零落。 丛残粉本争临摹，结构虽工神气薄。 今之健者郎士元，胸中自具真邱壑。 偶临长卷出示余，吸取精华弃糟粕。 翠屏撑空削窈窱，绿天永昼涵虚廓。 君言临画但临意，绳墨不被前贤缚。 不然衣冠类优孟，坐使精神尽销铄。 亦犹作诗必此诗，性灵钉处重开拓。 新丰鸡犬识旧居，尺寸锱铢细裁度。 匠门习气乃若此，笔下那容少倚着。 自来名家善拟古，离貌取神得秘钥。 君更变化神而明，大法蚕丛手亲凿。 画里依稀太古春，山中大有琴书乐。 虚堂展玩移我情，报以一诗免负诺。

——（《蕴愫阁诗集》卷五）

题画四首

盛大士

翠微横卧屋西东，隔断莓墙路未通。 莫讶山深蹊径绝，恐劳屐齿到山中。
雨后云成缥缈山，虎儿笔妙绝人寰。 何当东海披烟雾，散发扁舟任往还。
渔庄蟹舍蓼花洲，小景溪山九月秋。 何处亭皋人忽去，晚风吹雨过西楼。
山村小筑水边台，薄薄霜封浅浅苔。 红到门前乌桕树，江干应有客归来。

——（《溪山卧游录》卷二）

题王石谷仙掌云气画卷

陈文述

白云飞不断，缥缈最高峰。 秋色渺何处，青山失几重。 瀑横千尺雪，练亚六朝松。 天地洗清旷，归来行雨龙。

——（《碧城仙馆诗钞》卷三）

题朱素人为莫韵亭宗伯画屏二首

姚元之

汶上迢迢远寄将，摩挲旧迹益神伤。 如今画手看前辈，嵩岳高高江水长。

重展遗缣向暮天，当年雅集已云烟。 房公老去庭兰死，零落人间有郑虔。

——（《清画家诗史》己下）

题画

李世倬

乱山深处黄茅屋，活水湾头白板桥。 但得人来尝问字，剧胜蓑笠溷渔樵。

——（《清画家诗史》丙上）

自题仿云林小帧

李世倬

弄墨闲窗却病魔，倪迂心腕得来多。 三休可是亭如此，九折岩诗忆老坡。

——（《清画家诗史》丙上）

文与可晚霭横看

邓显鹤

　　溪山合沓四野昏，冥濛夕照开孤村。 浮空积翠望不极，远树但见苍烟屯。 关穜遗法辋川韵，作家畦径难比论。 胸中岂但有成竹，荒怪万状手怯扪。 髯乎知己亦不尽，妙处极力相夸尊。 霜崖瘦节遍题识，摩挲故纸声泪吞。 此幀尔时落何处，核于公集无片言。 涪翁后死老始见，梦寐恛恍劳心魂。 扁舟鄂渚悲远谪，健笔力掣江涛翻。 卷末有山谷手跋，略云："东坡称与可而不言其善山水，岂东坡未见此卷耶？"又云："此卷入手，心欲留玩数月。会余远窜宜州，亟遣光山之仆，自此往来余梦寐中耳！"殆作于崇宁癸未，是岁山谷在鄂州。阳侯海若不敢觑，要使此意留乾坤。 苍然尺幅七百载，想见三老风流存。 西江宗派接山谷，拓园居士今道园。 沧洲纸背一审视，恍惚听雨虞家轩。 虞道园诗："太守时来听秋雨，每画纸背成沧洲。"太守谓与可也。蓬莱书府云山兴，吾宗旧句征文原。 邓善之诗："此老墨君三昧，云山发兴清奇。 我在蓬莱书府，曾看《晚霭横披》。"即指此卷。 作歌敢附二子后？ 幸免寒具污爪痕。

——（《南村草堂诗钞》卷一二）

王谷生剡溪春泛图有序

邓显鹤

　　谷生属题《剡溪春泛图》，吾友汤叔尺笔也。叔尺颇自爱重其画，独数数为谷生为之。忆去岁谷生以《浯溪泛月图》属题，亦叔尺笔也。仆老境颓废，懒不作诗久矣。今复破戒赋此，岂非谷生之为人实有令两人心许者乎！谷生将有用于世，时海滨有警，故诗末及之。

王郎苦爱汤叟笔，岁岁坐我云水窟。 浯溪未竟又剡溪，一夜飞渡镜湖月。 用太

清代题画诗类卷一二

白句。越中山水天下无，千岩万壑难形模。 朝来示我三尺绢，如读剡录披异书。 我闻沃洲好禅院，天老为眉剡为面。 见乐天《沃洲禅院记》。连峰蹙黛明婵娟，行尽溪山人不见。 是时天气春芳菲，杂花满树莺乱飞。 与来一棹无远近，沿溪往往迷途归。 乐哉剡溪之游乃如此，借问何如浯溪水？ 恼煞思归王子猷，酸尽吟诗杜子美。 我为汤叟重低徊，且语王郎歌莫哀。 兰亭陈迹今已矣，天生灵运何为哉。 顷闻海国跳蛟蜃，复道时栋多远引。 屠鲸驱鳄要有人，承平未可忘磨盾。 王郎王郎越国才，往护乡里诛贼魁。 东南时势亦孔亟，讵可恋此溪山隈。 我老已分薶尘埃，汤叟亦复甘蓬莱，更无好梦通天台。 幸不摧眉折腰事权贵，对此犹觉心颜开！

——（《南村草堂诗钞》卷二一）

书春海学使题阙雯山岚画潮手卷后

邓显鹤

雯翁画潮令潮立，先生诗笔海潮吸。 苍茫尺幅淋漓湿，中有百万鱼龙蛰。 我观翁画已绝伦，公诗尤使画通神。 丹青好手岂易得，世上疥壁何纷纷。 吁嗟龙眠骨已朽，即今谁是宋元手。 一语可慰枞阳叟，此诗此画当并寿。

——（《南村草堂诗钞》卷一六）

为裘甫十兄题董文恪公画册

陈均

乱峰飞出白云堆，似雪流泉迸急雷。 幽客放船成一笑，湿溟濛处有诗来。

——（《清画家诗史》己下）

题画山水五首

瞿应绍

红林碧草写霜天，隔岸斜阳客唤船。 最喜秋光似春色，白苹花外一溪烟。
拥炉点色写云鬟，水阁无人昼掩关。 依约淡烟疏树里，家乡似此好溪山。
相逢草草去匆匆，小立船唇语未终。 欲把故人心画去，江干山色树头风。
画禅参得笔通神，半幅溪山肖逼真。 妙手居然成绝诣，阿师老去更何人。
密树层层隐梵楼，好山明处最宜秋。 与君相约同吟眺，一壑西风两白头。

——（《月壶题画诗》）

仿王洽泼墨法

陆飞

自卖湖中书画船，经年鸥鹭不同眠。 醉吟自要三间屋，分我云山一角天。

——（《清画家诗史》丁下）

自题山水小帧

陆飞

轻舟齐趁大江东，浪卷涛飞欲拍空。 莫以好风帆力健，最难收是急流中。

——（《清画家诗史》丁下）

自题琴鸣旧庐山水画壁

屠倬

终朝仰屋不见山，卧游却在青山间，虚廊粉壁亲手画，只恐小儿涂抹坏。 莓苔黏向石根青，檐溜飞来松顶挂。 碑兀郁律一丈高，放笔只觉南山隘。 朝看壁间雨脚垂，暮看壁间云乱飞。 故乡自足好山水，若耶云门何日归。

——（《清画家诗史》己下）

题画二首

屠倬

落木空江淡有无，秋山平远画倪迂。 问君小立西风下，可有人催橘柚租。
画眉啼彻富春山，一夜桐江江水寒。 五月鲥鱼江上贱，绿阴深处好垂竿。

——（《清画家诗史》己下）

题阙画师岚观潮图

程恩泽

两龙伯操系海练，势自东走飞入西。 万雷裂云万牛吼，声自地腹穿天脐。 况当月皎冬霁霁，浪花白压银河低。 喝月月倒行，吞月月无影。 素车白马欲到未到际，但觉横空一镜当头冷。 清辉直射雪山透，怒流曲卷圆珠骋。 其下岛岸秋毫见，其上星斗动摇顷。 我曾邂逅钱唐潮，闻道海昌尤怒骄。 归来仰屋画不得，谷分崖畛徒喧嚣。 画水有声况画潮，天意特遣张僧繇。 先生笈里有龛赭，八月枚乘拜其下。

——（《程侍郎遗集》卷二）

题吴荷屋前辈衡岳开云图

程恩泽

衡山如卧如障云，风出轸野连江氛。 五峰飞霜六月冷，纵有皎日阴霾吞。 开云雾雪偶然耳，往往自诬夸异闻。 海南仙人总三军，捣虚批亢排凶门。 桑弓失雁俱崩奔，系其仆鉴如招豚。 但将衽席奠疮痏，不与貔虎争功勋。 去时望礼秘祝繁，归时凯歌云鸟喧。 鸠筇不杖杖师节，乘兴直到芙蓉尊。 飚翻铁瓦梦犀甲，斗

清代题画诗类卷一二

插灯牖通天阍。 五更起看海潮沸，九霞中拥黄金盆。 湘流五叠绿成带，楚山一抹青无痕。 凿翠惟闻汤胸句，磨崖却少班师文。 年时涝荒走千邨，肉其白骨归其魂。 今兹旁午散羽檄，独坐大树忘朝昏。 岳灵鉴此一腔热，故假神柄闻荒屯。 人争持赠懒残芋，公亦屡拜当阳恩。 忆我瓣香叩华存，眼前咫尺迷浓雾。 大星莹滴败絮里，奇冷蜎缩重裘反。 愧公同饮沣与沅，公名远挂扶桑暾。

——（《程侍郎遗集》卷五）

题黄小谷画

程恩泽

楚楚丹黄压树鲜，疏疏篱落带花妍。 纬萧亦有江干屋，吹破西风已十年。

——（《程侍郎遗集》卷二）

观子春烟波画船册子偶忆吴中旧游

叶廷琯

江南此境最销魂，旧梦摩挲尚有痕。 双橹曳声回绿水，千灯浮影送黄昏。 秋风苹叶寻诗路，细雨桃花卖酒邨。 他日五湖容泛舸，鸱夷名姓待君论。

——（《楙花盦诗》卷上）

题经阁观海图

龚自珍

少年奇气称才华，登岱还浮八月槎。 我过东方亦无负，清尊三宿孔融家。

——（《龚定盦全集·己亥杂诗》）

题近人山水画册六首

魏源

尺图缩万山，方寸攒千霭。 久视忽逾遥，去人万里外。
一夕秋雁声，倏然江海思。 寒天淡空水，遥待孤帆至。
荷鉏劚云根，披去青蓑笠。 不见云起时，但知蓑笠湿。
昨梦五老松，欲乘白云去。 白云不肯待，先出崖前树。
日色不下山，江声不上树。 忽闻落叶音，知有山僧语。
山客老住山，不知山外路。 暮归烟霭深，忘却门前树。

——（《古微堂诗集》卷一〇）

题姜鹤涧山水画幅五首

魏源

画禅在画工外，逸品居神品上。　孝子出忠臣门，春山作秋云状。
山寂寂兮无人，水漫漫兮浸岛。　刺舟莫问何人，恐是南朝遗老。
摩诘云林海岳，小园枯树江南。　最是赋中画外，难传萧瑟烟岚。
甘作吴门市卒，耻称白下画师。　应是烟波钓罢，偶然一幅淋漓。
雪疑笠泽沧海，云又潇湘洞庭。　径欲扁舟归去，君山梦中更青。

——（《古微堂诗集》卷九）

富阳董文恪山水屏风歌

魏源

十二生绡一笔扫，水墨精神初脱稿。　升平盛事数乾隆，醰醰手泽重元老。　常熟之蒋富阳董，文肃文恪世同宝。　天子几余赏翰墨，侍臣退直供文藻。　上林无事晓莺啼，薇院有花春悄悄。　笔下风光接禁云，墨池春涨连蓬岛。　重重岚翠湿湖山，曲曲苹蘋间丛筱。　刚见千寻石壁奇，忽闻万壑松风杳。　细雨疑从南苑来，斜阳正映西山好。　潇洒生机尺幅间，淋漓元气屏风表。　瞥眼云烟数十年，犹见当年墨酣饱。　酝酿冲和有本根，师弟渊源其深造。　直从福泽征性情，岂徒笔力回枯槁。　鱼鸟云飞川泳中，恍同民物游熙皞。　摩诘辋川难独步，郭熙清明何足道。　六十七年画卷枯，长安争市海防图。

——（《古微堂诗集》卷三）

题潘星斋丈飞云揽胜图

何绍基

万里归来雪后天，江山回首但风烟。　淋漓染墨才踰尺，夭矫飞云满大千。　势讶潜虬嘘洞口，梦随栖鹤上松巅。　屐痕记我曾游处，奇境翩然落眼前。

——（《清画家诗史》庚下）

忠州道上阅石涛画次韵题册后之一

何绍基

老夫昨日偶穿山，险被云封不得还。　扶杖归来寻水墨，笔锋点破万峰颜。

——（《清画家诗史》庚下）

题朱德润山水

顾太清

作画朱德润，题词岳蒙泉。　长林横暮霭，野水起寒烟。　老树无多叶，孤城接远天。　斯图五百载，神韵自完全。

——（《天游阁诗集》卷二）

王翚画赤壁赋

顾太清

秋江如练暮山低，纵棹虚舟好客携。　柔橹声中清露下，洞箫吹过月轮西。

——（《天游阁诗集》卷二）

题黄慎山水册次原题诗韵十首

顾太清

棹歌唱遍沙头湾，老树高枝不易攀。　行到中流心自在，青螺几点浙西山。
茂林深处野人庐，烟水生涯妇子渔。　西塞山边风雨至，绿蓑青箬护丹书。
长藤不系往来船，风雨篷窗最可怜。　江水有涯潮有信，儿孙生长不知年。
海燕不作一处栖，鸾鹤高飞凫鹥低。　有情无情各异趣，日头东方雨脚西。
山容不改古今时，江柳江花亦不知。　醉卧扁舟随所适，蒹葭深处唱新诗。
苍波日夜镇长流，江上何人筑小楼。　乌帽闲眠对江水，饱看红叶万山秋。
利欲驱人似马驰，不如归去学痴儿。　山中共享余年乐，坐对寒梅赋好诗。
山下沈沈百尺潭，山头细细月初三。　到处云山好风景，赏心何必定江南。
筠篮挑入乱峰群，雨后新茶采雾云。　富贵半缘儿女累，消闲清况总输君。
又是东风解冻天，雪消人买下江船。　疲驴破帽谁家叟，行过春山多少年。

——（《天游阁诗集》卷一）

题春山霁雪石画

顾太清

碧山如画自天成，陡涧春融雪后冰。　昨夜东风吹梦醒，晓霞烘染一层层。

——（《天游阁诗集》卷二）

题江光山色石画

顾太清

江上双峰拥髻螺，山云如练压沧波。　案头饱看江山景，石画分来相府多。

——（《天游阁诗集》卷二）

题画山水二首

顾太清

板桥一道往来还，松下茅斋不闭关。　雨后壮添千尺瀑，云开忽现两重山。　穿

114

廊流水听无厌，堆案好书相对闲。　隐几先生如丧偶，几曾步履到人间。

　　百道飞泉落屋头，草堂四面敞新秋。　此间甲子忘今古，世上奔驰笑马牛。　涧水乱流江水浩，近山缺处远山浮。　茶铛药裹常随喜，大好江山得胜游。

——（《天游阁诗集》卷二）

题陈松涛女史画二首

顾太清

江南江北草如烟，凉在微青淡墨边。　三十六陂春水阔，柳花飞满钓鱼船。
吴江秋色上渔船，罾网初收夕照边。　一片枫林穿落日，最深红处起秋烟。

——（《天游阁诗集》补遗）

题沈石田秋林曳杖

顾太清

落日秋山远，长林一径幽。　高人无所住，来往若虚舟。

——（《天游阁诗集》卷一）

题文衡山秋湖晚眺

顾太清

秋水澄峰影，丹枫照夕阳。　忘机二三子，无语对沧浪。

——（《天游阁诗集》卷一）

题李晞古秋涉图

顾太清

乱石枯藤积水边，疏林叶净晚秋天。　寒滩欲济无舟楫，如此风波不可前。

——（《天游阁诗集》卷一）

题仲蕃尚书画册三首

顾太清

逍遥支杖过东篱，云外秋山晚更移。　三径就荒松菊在，峭平石壁可题诗。
归来小艇片帆收，红叶青山满目愁。　隔水人家残照里，一江秋水带霞流。
黛色参天六月寒，碧松覆涧水潺湲。　山中野老携童看，万壑风涛心自闲。

——（《天游阁诗集》卷一）

清代题画诗类卷一二

题张若澄画

顾太清

螺髻乱群峰，溪流怪石重。 茅亭攀葛上，水礁带云春。 细草烟光合，长林雾霭封。 深山一夜雨，飞瀑响淙淙。

——（《天游阁诗集》卷一）

题画四首

顾太清

秋山兰若

空山谁建法王坛，喜舍慈悲四相宽。 日午灵风翻贝叶，一声清磬出林端。

竹林七贤图

麟阁真容若是夫，功人功狗迹全无。 高闲谁寓丹青笔，不画名臣画酒徒。

明宗室画梅花寒雀

扇头今见王孙画，天道盈亏本不齐。 南渡能无亡国恨，幽禽应羡一枝栖。

烟雨茅屋

雨中山势看模糊，乱点斜皴树有无。 瓦瓮酒香供野客，竹炉茶熟唤奚奴。

——（《天游阁诗集》卷一）

续读石画诗十八首同夫子作

顾太清

春山淡冶如笑

春山如笑原非笑，绝似红颜欲笑时。 淡冶烟光动游兴，不凉不热最相宜。

夏山苍翠欲滴

犹记严江两度游，一逢三月一深秋。 画中夏景今方见，万壑千岩翠欲流。

秋山明净如妆

嫩凉天气变轻寒，雨霁群峰翠黛宽。 总说如妆犹未似，好山原不为人看。

清代题画诗类

116

冬山惨淡如睡

两岸青山人稳睡，一江寒水雪初消。　画师好手真难得，咫尺图成万里遥。

桃花源图

一棹春波去路深，夕阳又下碧山岑。　重来总有渔郎问，满涧桃花无处寻。

云霞出海曙梅柳渡江春即安石东山之背也

灿烂云霞蒸海气，迷漫梅柳迓春端。　渡江此景尤宜曙，鸟语人声一倍欢。

蕉林天影

云轻日静天如洗，一瓣心香古佛龛。　栀子花开清梦醒，绿蕉低护水晶帘。

秋溪归棹用苏诗韵

潮生潮落洗沙痕，野水初消老树根。　满载清风好归去，酒帘遥指夕阳村。

梅影用相公韵

雪后园林花更肥，雪晴云淡月光微。　美人深夜来何处？花有清香月有辉。

寒雨连江用原诗韵

濛濛烟树指东吴，楚客西来帆影孤。　寒雨一江人半醉，篷窗卧听枕冰壶。

秋山暮霭

平生留意好峰峦，愿得将身住此间。　看到黄昏云乍起，冷烟残照暗秋山。

桃源图

漫漫春水涨波痕，两岸余霞水气吞。　应有渔人深树里，小舟双桨出桃源。

彩云锦浪

千年流水韵淙淙，万朵芙蓉簇锦江。　一自高唐人去后，至今犹见彩云降。

鸟倦飞而知还

风紧云阴胡不归，远村尚有几斜晖。　晚来莫恋秋光好，请看柴门倦鸟飞。

云无心以出岫

晚山相对碧沈沈，云起轻烟渐作阴。　骤雨飘风不终日，白衣苍狗本无心。

金碧没骨山

碧城林麓云中树，金雀舡棱江上山。 瘦不能增肥不减，特将妆饰傲烟鬟。

翠峰疏雨

疏雨含烟合翠流，远山如画黛眉修。 何时得遂云霞志，独立高峰最上头。

层山烟雨

冷云飞过一层层，雨洗群山结绿冰。 总说石头滑不稳，山无尽处有人登。

——（《天游阁诗集》卷三）

题倪云林江山平远图

奕绘

远山淡如云，秋水清若空。 支流乱丛石，响入疏林中。 林中有草亭，豁达开心胸。 此境梦已熟，此画与梦同。

——（《明善堂文集·流水编》卷一）

题故护卫顾文星春水壁障

奕绘

鬖鬖弱柳丝，灼灼野桃枝。 飞燕忙何事，游鱼乐可知。 清蒲一流动，荇藻小参差。 南浦消魂极，东风尽力吹。 绿波方渺渺，春日正迟迟。 万点飘花片，神伤老画师。

——（《明善堂文集·流水编》卷一）

文徵明雪山图歌

奕绘

毕钵岩中僧定初，千山万山雪一如。 三十三天雨花余，大白小白飞绕裾。 枯木之腹蜂蛰居，茅舍炊烟淡而徐。 虎豹绝迹猿迹疏，人迹一径桥通庐。 童子归来与酒俱，楼中高人笑相于。 阴涧敲冰叉肥鱼，醉来绕座寻所娱。 插架三万轴宝书，签题大半世所无。 天寒志畅酒易苏，饱读使我颜丰腴。 坐对仙岩阅璚琚，城中忙死时世儒。

——（《明善堂文集·流水编》卷二）

次黄慎山水画册题诗韵十首

奕绘

秋水前湾接后湾，扁舟不系任追攀。　六朝荒政无心记，看遍江南特好山。

今古悠悠天地庐，名山大泽任畋渔。　新诗留与闲人和，好画权通草字书。

纷纷商宦往来船，役役劳生绝可怜。　输却峡中猴子乐，牵萝饮水过千年。

柳外斜阳乌欲栖，青楼下见片帆低。　道人不著香奁语，辜负笙歌满竹西。

洪水初分江汉时，船中渔夫知不知？　一片青山万松树，白雪磨损晋唐诗。

浩浩沧波万古流，江干红树读书楼。　簪缨误入人间世，耽搁闲眠数十秋。

流光西注水东驰，造化真成一小儿。　难得梅花与良友，相逢同作大家诗。

昨夜神龙反故潭，晓来潮信值初三。　峡中板屋愁江涨，赖有扁舟系屋南。

贵贱贤愚各有群，草鞋踏破乱山云。　苍苔白日松林静，细检新茶供老君。

南郭春风雪后天，偶逢书画米家船。　乾隆庚午黄公写，弹指人间八十年。

—— （《明善堂文集·流水编》卷七）

题画八绝句

奕绘

李晞古秋涉图

西风流帽水曾波，籁籁空中木叶多。　怪石如林慎举步，沧浪濯足奈清何。

王叔明寒林策蹇

登登石栎绕寒林，老干峥嵘阅古今。　志在高山二三子，能骑瘦马入云深。

文徵明东坡诗意

池上橙黄橘亦甜，水亭日落气清严。　烂荷已分沈泥底，红叶犹能满树尖。

无名氏秋江放棹

山色峻嶒势欲浮，水天空处泛虚舟。　岸边幽草娟娟静，江上芙蓉故故秋。

自画磐陀流水

清流环涌石磐陀，沙水幽幽长碧莎。　樵斧渔舟不到处，仙人敷座待降魔。

淡淡波纹吴道子，平平石面李公麟。　何时添写长眉像，流水声中入定身。

仲番王子山水

药草芊芊竹径通，百围大树怒号风。　簟瓢之子贫而乐，抱卷深山老屋中。

清代题画诗类卷一二

秋气感人凄以寥，黄花载路苍松乔。 篱边野老须眉秀，拄杖寻诗过板桥。

——（《明善堂文集·流水编》卷一）

题阮受卿公子枯石画七首

奕绘

平江松岸

千里秋江江水平，松苍苍处水云横。 望中不尽长天色，人在寒光镜里行。

溪云初起山雨欲来

溪云初起冥冥雨，山雨欲来叠叠云。 想见高楼风满处，风中万树绿难分。

柳塘春水漫花坞夕阳迟

鱼苗新长落花时，春水如烟荡柳丝。 一片东风吹不定，夕阳欲下故迟迟。

半潭秋水一房山

半潭秋水一房山，山里柴门敞不关。 乐志烟霞开画本，忘机鸥鹭对人闲。

万松叠翠

重重翠壁插高空，雨润烟霏今古同。 遥想此中当六月，寒涛万树怒号风。

历历种白榆

谁唱白榆历历歌，西风乍起露华多。 云屏不奈新凉夜，闲拓纱窗望绛河。

雪溪寒溜

阴阴积雪曳冰澌，云卧遥山水涨陂。 信矣冬川不可涉，满溪寒溜浪参差。

——（《明善堂文集·流水编》）

南楼老人秋水图歌

奕绘

香树太傅有母陈南楼，本朝秀水女中第一流。 篝灯织锦教儿子，吟诗作画惊王侯。 老蒙高宗赐参药，御制题满画上头。 人间流传多赝本，补仿小印重临钩。 六世嫡孙秀才钱子万，示我秋水一幅清如秋。 鹭鸶孤飞毛羽洁，螃蟹横行螯脚稠。 景非八月必九月，荷叶破烂莲蓬留。 芦花无风飞不动，菰米沈底湿难浮。 品入南田兼石谷，萧疏老韵含清柔。 还君此画题此句，子孙永宝莫应他人求。

——（《明善堂文集·流水编》卷一〇）

自题富春山图二首

张深

不难生作玉堂仙，难得山中二顷田。　自扫梅花酿春酒，画眉声里一蓑烟。

曲折舟通九里村，绿阴深处认柴门。　桐峰云气严滩月，来往何妨记梦痕。

——（《清画家诗史》己上）

题画

张深

十年不作金陵梦，又为诗人画板桥。　近日白门秋气早，六朝遗柳易萧萧。

——（《清画家诗史》己上）

清代题画诗类卷一二

清代题画诗类卷一二

山水类

题画十首

戴熙

烟月迷漫夜，秋灯闪烁时。　幽人读书处，疏影见枝枝。
细响敲纱槅，轻阴覆石床。　月寒风露重，清梦落潇湘。
瑟瑟烟波阔，萧萧风叶枯。　寒窗鸿雁到，秋思满江湖。
几日秋风起，江乡似画图。　季鹰归未得，即此是莼鲈。
空山足春气，绯桃间丹杏。　华发不逢人，自照溪中影。
袅袅垂杨皴细雨，茸茸浅草蘸寒烟。　不识是烟还是雨，耐人寻味是春山。
墙阴隙地净无埃，拟觅琅玕此处栽。　栽尔未能姑画尔，清光先上笔尖来。
绕翠围岚出蓟州，归帆直指大江秋。　离人却怨津门柳，万缕千丝不系舟。
竹如长爪郎君立，石似平头奴子随。　可有锦囊佳句否，枞身天外正寻诗。
傍岩溪路两三曲，缘磴烟林千万重。　负手偶从桥上过，四围云气荡吾胸。

——（《赐砚斋题画偶录》）

滋伯索画翠浮阁

戴熙

明窗大几铺素戕，含毫白眼望青天。　忽觉天边起飞阁，向我画中烟翠落。　烟翠模糊四围裹，随风化作诗人舸。　乘柳浪，破碧玉，阁中词客须眉青，溪上渔童眼睛绿。　人间安得神仙楼，褰衣欲往从之游。　又思此阁飞山画中如破壁，坐我万顷碧里夜吹笛。

——（《习苦斋诗集》卷四）

题横画

戴熙

雨后疏林漏夕阳，波痕岚影动秋光。　如何隔岸人归去，一任西风触野航。

——（《习苦斋诗集》卷二）

余见南田草衣寒江独钓有此意因师其大略为柳桥烟翠云

戴熙

故国三千里，春风十二桥。泥人惟岸柳，不折也魂销。

——（《清画家诗史》庚下）

为潘星斋作飞云揽胜图并题

戴熙

飞云何在在黔州，君揽其胜我未游。元珠却令罔象求，练笔为锷翔遄阪。以心相听与神谋，得鱼忘筌亦何羞，伯乐之马庖丁牛。

——（《清画家诗史》庚下）

项芝生示王麓台烟峦秋爽图卷用卷后施福元韵

戴熙

项侯示我石师卷，数尺玉版浮松烟。力出纸背不见力，云峰石色皆天然。山巅密树间红紫，下有老屋临幽泉。秋高气爽云出没，两崖势欲随奔川。石师自署荆关法，却凭神悟心无前。从来画道贵有我，我如云气在天不。著天青苍白黑随所值，去来舒卷都生妍。我之骨性若无画，盘陀之石安能成腴田。此卷吉明金氏乞，时六十九庚寅年。获观京邸岁甲午，季夏新月方婵娟。展视再四属珍秘，出须与载入与眠。精气所聚即神物，顾厨毋使随飞仙。迩来好事颇难觏，藏收把玩均无绿。云烟过眼要非偶，归来吮笔裁新篇。

——（《习苦斋诗集》卷四）

为吴我鸥画扇

戴熙

秋声两岸送行舟，历历江山忆旧游。一朵云岚曾入眼，至今活碧在眉头。

——（《习苦斋诗集》卷三）

为沈石香画扇

戴熙

峭壁一千仞，壁上松怒号。激作四山响，下界闻寒涛。如何根本地，所托不贵高。

——（《习苦斋诗集》卷三）

清代题画诗类卷一二

为朱嘉树妹婿画扇

戴熙

重重烟翠护浮家，来访花溪两岸花。 山在船头树船尾，一枝柔橹荡晴霞。

——（《习苦斋诗集》卷三）

题山水画轴

张熊

山中人兮世外仙，芸窗日日开瑶编。 静中遥想恍在前，我欲从之知何年。

——（故宫博物院藏画）

癸酉七月舟次扬州与子青同年晤谈出画扇为赠因题其上

刘有铭

古木饶秀色，修竹含贞心。 与君少异同，写此苔与岑。 何时挹清风，把臂期入林。 时子青予告闲居。 珍重故人笔，拜赐抵千金。

——（《清画家诗史》辛下）

自题画册四首

刘有铭

梵王宫里五更钟，半入青云半入松。 秋水一江隔不断，摇摇飞过最高峰。
高处不胜危，登陟常懔懔。 步步画平台，为取著脚稳。
收来万壑烟云气，喷作空山风雨声。 流过前溪成巨浸，安问谁浊与谁清。
会得渊明解组心，隐居何必定山林。 画篱不向篱间寄，解抚无弦才是琴。

——（《清画家诗史》辛下）

题仿黄鹤山人山水轴

刘彦冲

群峰积幽翠，止水澄天镜。 丛木生晚凉，飞云变朝暝。 波深荇藻静，地远衣冠胜。 意惬遂忘机，神闲足怡境。 此中无尘坌，漠漠棹烟艇。

——（故宫博物院藏画）

许滇生师命题黄小松画册二首

潘曾莹

山行六七里，浓绿衣上泼。 愈转山愈奇，其势不可遏。 云气缭绕之，山态为之活。 林深藏古寺，红墙露一抹。 烟际不闻钟，时见僧洗钵。

山迥近忽遥，依稀露茅屋。 拨烟恣幽探，岂厌路纤曲。 石隙开野花，墙角挺丛竹。 不见老鹤来，檐端片云宿。 长飙何萧萧，顿觉古怀触。 欲读前朝碑，苔花滴冻绿。

——《清画家诗史》辛上

画为静山赠别时移寓拙政园

张之万

雨气初收欲霁天，油云犹覆翠峰巅。 清泉汩汩出山去，知溉人间万顷田。

——《清画家诗史》辛下

题画七首

张之万

曾为湖上游，却忆湖堤柳。 春晓啼流莺，何人此携酒。

夙有山水癖，无计能买山。 乃时以意造，求之楮墨间。 林边置茅屋，泉畔开松关。 兴动心逾静，笔忙趣自闲。 披图问我友，果否堪跻攀。

常怀赤壁游，江上增遐想。 更念富春山，高风切景仰。 弄笔写素心，此境或相仿。

数载江南恨别离，空将烟柳写丝丝。 茗瓯啜罢凭栏望，记得湖楼晓坐时。

一径迴环上翠微，江云漠漠树成围。 登临怅望天涯远，为问风帆何处归。

雨霁遥峰添翠色，风来秋树起涛声。 山斋竟日琴书静，薄润轻寒一味清。

洲渚清幽暂泊舟，茫茫弥望水东流。 西山烟雨空蒙处，多少楼台是旧游。

——《清画家诗史》辛下

题画为小云同年

张之万

十里平湖雨乍收，遥山尚有片云浮。 荻花枫叶秋声起，无限诗情到客舟。

——《清画家诗史》辛下

丙子秋日题画

张之万

驹隙光阴倏卅年，拈毫重为扫云烟。 何堪世事云烟幻，回首春明一怅然。

——《清画家诗史》辛下

清代题画诗类卷一三

光绪丁丑为笙渔题石谷梅壑合璧册

张之万

三年前已见斯本，此日重看眼倍明。 恨不同时奉笔砚，画中真诀问先生。

——（《清画家诗史》辛下）

题黄竹臣入峡图卷子

杨翰

豪兴翩然迥不收，瞿唐东下混茫流。 云来绝壁千重合，天入层峦一线浮。 怪石尽含风雨气，苍岩长束古今秋。 休夸十二奇峰峻，八百盘山在上头。

——（《清画家诗史》辛上）

自题画扇

杨翰

一椽草草结山阿，卧听飞泉洒薜萝。 白石苍苔无客到，满林寒叶雨声多。

——（《清画家诗史》辛上）

华篆秋画半幅秦谊亭足成之系以小诗

杨翰

小坐焚香石电过，离愁欲写剪江波。 芦汀沙觜秋风晚，半幅江南归思多。

——（《清画家诗史》辛上）

题画扇寄张雨生

华翼纶

山水趣无穷，收取供尺幅。 高人每好奇，琳瑯侭饱读。 因之耳食者，悬价纷争逐。 岂知下笔时，沈思只孤独。 亢心自希古，取法几薰沐。 意想徒苍茫，不入时人目。

——（《荔雨轩诗集》卷一〇）

题画

华翼纶

研池墨花飞作雨，柔毫挥手摇天风。 客来虚室静相对，但见突兀撑青空。

——（《荔雨轩诗集》卷八）

清代题画诗类

126

题画四首

华翼纶

湿云挟山山乱飞，夕霭一气生岩扉。　天光欲霁不得霁，半空积翠摇烟霏。

山空无人随意绿，苍烟半散如新浴。　泉流千尺不肯断，恰好云来作一曲。

群峰刺天天不惊，白云作堆峰欲倾。　幽人选胜在何处，仙掌人家坐晚晴。

山深本无俗客来，亭上看山日几回。　到此万籁俱寂寂，云里泉声殷如雷。

——（《荔雨轩诗集》卷八）

题画四首

华翼纶

天意欲晴云乱飞，山情欲雨烟霏微。　山人晴雨都不管，等诸人间是与非。

层峦挟云高复高，湿烟压树低复低。　高低有定忽无定，只有老樵路不迷。

山无僻处可避秦，水无通处可问津。　此中山水归平淡，每从平淡见天真。

淡墨飞空山作雨，柔毫洒翠树生云。　顷刻变幻无一是，清空一气酿朝暾。

——（《荔雨轩诗集》卷一〇）

为建霞甥题画卷

华翼纶

画山必此山，早为坡翁嗤。　学古求形似，意见等小儿。　造物无成心，变化尽其施。　譬如空中花，结想任离奇。　我素厌时俗，俎豆迂与痴。　上且及米颠，自恨无常师。　及至一落笔，万象纷奔驰。　意态乃各异，暗与古人期。　画竟辄弃去，片纸无子遗。　偶然有陈迹，厌恶不自窥。　吾甥忽拾取，一一加装池。　暇日手相示，向我乞一诗。　我诗亦如画，颠倒不自知。　诗成题画后，覆瓿或相宜。

——（《荔雨轩诗集》卷一〇）

二樵山人山水小帧歌

王拯

西樵山水天下稀，我游未遂空闻之。　东樵昔游曾五日，万千岩壑争清奇。　二樵山人独来往，一步不出青山蹊。　当时丘壑写胸臆，金碧烂漫珊瑚枝。　即今流落偶吾手，潦倒尺幅神尤危。　孤亭突兀罕人迹，层峦叠巘森扉屝。　寒松百尺凌倒景，绝壑疑有生蛟螭。　萧然斫拂屏濡渍，惨淡却已幽冥追。　荆关遗法惜榛莽，看君径欲并黄倪。　香山诗句一峰画，自题句。矧有斜墨书新诗。　吁嗟乎！神仙中人不易得，百年清晏能几时。　旧游越女犹在眼，但见横裬落日天。　南陲云烟寥落恐，俱尽挂壁通灵焉得知。

——（《龙壁山房诗草》卷五）

麓台司农浅绛山水帧

王拯

长松攫立龙腾霄，枫槲百卉迷烟梢。 大山小山岠霍交，熊罴生蹲虎豹豪。 伊谁卜筑青山坳，茅亭磴侧行探樵。 山根曲折烟江遥，江行欲上青天高。 横江幽绝来轻舠，前山落日方归潮。 司农水墨传家法，腕底层云起飘忽。 千回万叠纷皴刷，积翠浮空来合沓。 晚来赋色尤神异，淡赭萧然见山骨。 苍润雄深世有无，古人不见谁痴迂。 我家山水真蓬壶，黄埃钝迹游天都。 西峰一角青两胡，空斋雪壁神相娱。 谁言仰屋沈忧地，犹有瀛洲方丈图。

——（《龙壁山房诗草》卷五）

题如此江山第二图二首

彭玉麐

如此江山我又来，抚今思昔首重回。 将军画老词人笔，过客图留翰苑才。 世事无常增旧感，梅花作态欲新开。 一螺青覆银涛好，不识沧桑有劫灰。

两度披图慨有因，低徊往事已成尘。 潮来舟去今犹昔，月淡云闲秋复春。 天地有心传画本，江山无恙老诗人。 堪伤世事多更变，不及焦岩面目真。

——（《清画家诗史》辛下）

题顾超秋山无尽图

左宗棠

行尽秋山路几重，故山回首白云封。 阿超知我归心急，为画江南千万峰。

——（《左文襄公诗集》）

题王子献继香孝廉天童纪游图卷二首

金和

十万株松树，天童青若何。 三年甬东住，恨未一经过。 冷局无游兴，衰容况病魔。 山灵应见拒，此老俗尘多。

今宵欣读画，更读画中诗。 一一好林壑，斯图乃尽之。 凡君行脚处，皆我会心时。 倘有后游日，还当蜡屐随。

——（《秋蟪吟馆诗钞》卷七）

题汤贞愍公画幅为薛慰农山长作六首

金和

忠孝家风仙佛心，文章有传在儒林。　岂知余事丹青引，一例千秋重碎金。

诗中有画画中诗，也要名山兴到时。　能事从无章急就，十年偿诺未为迟。

东风此夜砚开冰，宝墨花融笔露凝。　想见香温茶熟后，两边红袖翦春灯。

蹇驴何处逐吟鞭，翁醉童嬉满目前。　自是江东全盛日，梅花香里过新年。

锦绣江天劫火余，再来门巷半生疏。　画图茅屋无寻处，况问将军水石居。

薛公此宝胜琳琅，老屋藤花为护藏。　休信他年神物化，风流痴到顾长康。

——（《秋蟪吟馆诗钞》卷七）

题宗湘文太守爱山台图三首

金和

古之名胜地，极目半寒烟。　金谷兰亭外，斯台今岿然。　青云三百尺，黄鹤一千年。　湖海添佳话，由来仗后贤。

君家卧游者，画外一山无。　何似登台望，众山为画图。　闲时来挂笏，胜客与提壶。　万里长风想，高空倘一呼。

既叱严州驭，明州节又移。　驰驱偏吴会，治行九重知。　石是三生契，山还一篑为。　今看丛菊满，香到晚秋时。

——（《秋蟪吟馆诗钞》卷七）

山水二首

周闲

七十二峰高插空，白云忽起蔽苍穹。　主人兀坐读周易，野鸟一声秋树红。

烟树朝含宿雨寒，晓云遮断万螺端。　山尖个个排天外，犹记黔关马上看。

——（《清人题画诗选》）

题画五首

陈允升

古道崎岖落照低，雄关天险万峰西。　征人马上频回首，似听鹧鸪尽力啼。

生不愿封万户侯，长竿大笠一扁舟。　我疑亦是沽名者，笑煞前滩双白鸥。

乍自携筇下翠微，行吟喜得一诗归。　归来不尽登临兴，又写云山恋落晖。

杨柳毿毿向水浔，石桥横界碧波心。　无人携得双柑去，空有黄鹂啼绿阴。

楼外垂杨将浅绿，墙头低杏已疏红。　日高犹自双扉合，何福修来似此翁。

——（《清画家诗史》壬上）

为光甫画团扇并题

李慈铭

五夫市前山水清，百年村树最多情。 几时同渡娥江去，绿柳红桥相送迎。

——（《清画家诗史》壬上）

题季弟数年前所寄山水小幅

李慈铭

一角清秋小笔山，荒寒野渡古林间。 雁行已断斜阳暮，犹系孤舟待我还。

——（《清画家诗史》壬上）

渐江山水二首

黄崇惺

碎月滩头寒月明，松风十寺杂钟声。 老僧出定无余事，闲放笔端烟雨横。
石涛使气作奔放，髡残行笔恣峻嶒。 渐公更嗣元人法，今日缁流能不能。

——（《草心楼读画集》）

文待诏画

黄崇惺

绿杨烟里织愁丝，野水穿林夕照迟。 好约成都病司马，春风来看远山眉。

——（《草心楼读画集》）

高房山山水

黄崇惺

高公泼墨太模糊，学古风流今已无。 莫把风砂嗤北客，房山山色自清腴。

——（《草心楼读画集》）

清代题画诗类

清代题画诗类卷一三

山水类

题王椒畦画册二首

翁同龢

灯火黄尘九陌阗，峭风薄冷逼残年。 消寒韵事犹堪纪，尚负朝房买画钱。
易画轩中老画师，先人气谊最相知。 湖山中有渊源在，想见金陵寄扇时。

——（《瓶庐诗稿》卷五）

为奎孙题廉州画卷即用卷中韵

翁同龢

缥缃传子复传孙，剩我孤舟泊水村。 昔趼重寻成一梦，夕阳虽好近黄昏。 染
香庵里萧闲笔，柏古轩中子细论。 箧里画禅摹本在，不辞刻画断冰痕。

——（《瓶庐诗稿》卷七）

题戴文节画扇

翁同龢

愈涩愈生笔愈灵，当年妙语我曾聆。 可怜十月江南景，一角残山分外青。

——（《瓶庐诗稿》卷七）

题张雨生画二首

翁同龢

雨生精于六法，骎骎与国初名家争席，不幸早卒，遗墨渐湮。其子耽伯，以所
藏摹古八叶属题，展视数过，感慨系之。

笔力能通万树梢，平生精诣在山樵。 吴黄而后风谁继，文董兼参字亦超。 豪
兴不因官况减，酒痕已逐墨香消。 东华一昔浑如梦，烧烛围炉待早朝。

赭山东望郁苍凉，百尺楼高旧迹荒。 父老尚呼诗县令，郎君又见小欧阳。 黄
齑白粥书生味，画箧书囊傲吏装。 他日敷文题字处，先臣真迹待平量。

——（《瓶庐诗稿》卷七）

题自藏石谷仿董巨画卷

翁同龢

鹓行人杰未全无，文学居然胜大夫。　互市忽来回纥马，割城谁献督亢图。
封疆事大疑难决，帷幄谋深智若愚。　记取伏蒲三数语，首将刍藁责司徒。

——（《瓶庐诗稿》卷六）

题程乐庵水部所藏石谷画卷

翁同龢

　　图为在慈先生作。其郎君梓材嘱耕烟画，不三日而化去，故图以归其尊人，寄挂剑之意云云。

我本东南人，知解围一方。　谈诗与论画，不出吴越疆。　国初推画宗，娄东有三王。　吾虞耕烟翁，秀起称雁行。　耕烟与麓台，同时相回翔。　麓台简而古，耕烟密而苍。　我重麓台画，笔势中锋藏。　亦颇爱耕烟，精思入微茫。　一登来青阁，再上清晖堂。　遍识其云仍，得倾缣素囊。　长安红尘中，觏此水曹郎。　炯然一瘦鹤，眸子清而光。　我忝为长官，性不耐轵缰。　金鱼换破纸，相遇陈思坊。　示我一幅图，烹茶为评量。　飞泉岂无根，杂树俨生香。　图中数行字，感叹人琴亡。　触我失子痛，清泪流淋浪。　君看耕烟翁，脱身富贵场。　吴阊暂栖泊，一诺千金偿。　男儿重气节，浅语毋相忘。　我岂知画者，诗又非所长。　特与耕烟翁，旧庐郁相望。　对君长叹息，荒我湖田庄。

——（《瓶庐诗稿》卷三）

为徐翰卿题董香光山水小册三首

翁同龢

破墨柔毫茧纸光，直从两宋溯三唐。　世人漫说倪元镇，此是先生善诡方。
数行题字密还疏，轻俊肥秾两不如。　证取十三行笔法，画禅识是晚年书。
过云楼主谪仙才，尺幅能将碎锦裁。　留得怡园好泉石，轻舟携画渡江来。

——（《瓶庐诗稿》卷八）

临吴渔山画二首

翁同龢

　　渔山卷为兴福默容和尚作。丁丑七月见之，惊喜曰："此救虎阁中物也。"价昂不能得，剪灯临之。

齐女峰头劫火红，殿门零落讲堂空。　渔山三绝诗书画，犹使人间说默公。
二百年来有后生，庙堂拜疏乞归耕。　尖风凉雨秋如此，谁识挑灯作画情。

——（《瓶庐诗稿》卷三）

题山晴水明图

蒲华

山路茫茫风日晴，相逢溪上话幽情。 地多水竹琴宜鼓，水气空明竹气清。

——（江苏省美术馆藏画）

题柳溪春泛图三首

沈景修

踠地垂杨已作绵，濛濛飞散碧溪烟。 长桥一抹如虹卧，景落波心不碍船。
如笠茅庵屋打头，溪声芦雨还深秋。 行窝自占烟波里，半席平分与鹭鸥。
四面层峦列画屏，中流击汰看扬舲。 富春山色无今古，寂寞披裘处士星。

——（《清人题画诗选》）

光绪戊子初冬为阆丹初年伯画山水并题二首

曾纪泽

绿野堂成素壁虚，新图云树小匡庐。 试移床榻邻飞瀑，定有涛声午梦余。
虎变龙盘愿并酬，先生清福世无俦。 胸中次第好林壑，不借丹青供卧游。

——（《清画家诗史》辛下）

题画扇为刘博泉给谏恩溥

曾纪泽

曾控苍鹏运两冥，鼻端龙气尚鲜腥。 含将上谷盈升墨，喷作神山数点青。 落
日鱼飞水潋滟，寥天鹩去风清泠。 图成试奉先生赏，似有涛声起迅霆。

——（《清画家诗史》辛下）

山水

金洓

笔底秋山意寂寥，坐听寒夜雨萧萧。 偶然悟得云林趣，洗涤诗肠酒一瓢。

——（《瞎牛庵题画诗》）

山水二首

金洓

静坐深楼读道书，此心闲共白云居。 空山诗境知无敌，万树梅花一草庐。
一湾流水一囊琴，弹出寥寥世外心。 海上移情应得似，笑他忙煞出山云。

——（《瞎牛庵题画诗》）

题水墨山水图轴

吴昌硕

杨柳依依拂远汀，东风吹我过溪亭。 禅关静闭无人到，隔岸钟余一塔青。

——（故宫博物院藏画）

山水障子二首

吴昌硕

一客长吟罢，千年古醉醒。 犹龙输老子，调鹤且园丁。 竹暖须匀绿，云归眼送青。 家山移髣髴，直欲倚林亭。

隐居谁见招，山好路迢迢。 石剩危亭俯，松愁古雪销。 假书陪酒琖，索枕听江潮。 时逝真堪惜，浮云仰碧霄。

——（《缶庐集》卷二）

吴伯滔画山水卷子

吴昌硕

拔地壁千尺，登堂松十围。 好手吴疏林，岩壑任意挥。 气夺迂倪放，意出清湘奇。 满纸烟雾生，腕底犹犇驰。 嶒崒碍日出，盘旋阻云归。 鸟嗟不知道，猿啸随所依。 悬崖挂秋瀑，孤邨明夕晖。 木石古黛横，笔笔金石姿。 荆关不再作，叹息知音稀。 披图思故人，云树秋披离。 石门长水边，髣髴吾家移。

——（《缶庐集》卷二）

沈石田细笔山水

樊增祥

细沈粗文见每难，居然宝绘落人间。 画眉墨写牛毛树，秋兔豪鐉鼠尾山。

——（《樊山集》卷一四）

清湘老人著色山水

樊增祥

气骨鸥波迥不同，钝椎勤打破山钟。 道人身是辽东鹤，城郭依稀泪眼中。

——（《樊山集》卷一四）

清代题画诗类

查梅壑山水册四首

樊增祥

晚钓溪云重，秋篷潇照微。　水禽爱明镜，烟际一双飞。

诗要将浓作淡看，画从密处得疏难。　一株淡墨风前柳，沙水萧萧特地寒。

烟润官桥柳，苔明硐户扉。　江南春水色，应染惠崇衣。

乾坤清气尺缣中，绮石湘筠各一丛。　安得秋斋掩书坐，静听疏雨滴梧桐。

——（《樊山集》卷一四）

宋芝山葆淳山水册四首

樊增祥

口泉无断流，老树有佳致。　或者鹰阿樵，来画寒山寺。

楼阁钩心起，云山入理深。　由来小李画，细笔用松鍼。

皴石云头重，添林鼠足轻。　江东程穆倩，焦墨最知名。

画家论水法，水活云意间。　定州白瓯子，染遍六朝山。

——（《樊山集》卷一四）

题蓝田叔程穆倩画册四首

樊增祥

闲庭日夜嫩苔生，羽客高僧偶送迎。　试捡春来门历看，始终不挂达官名。

小泊荆江暮雨时，隔江楼堞是松滋。　分明二十年前梦，见画裁能忆旧诗。

绿萝溪上三间屋，半枕垂虹半倚城。　溪水到门清彻底，离离锦石见鱼行。

潘令河阳枉擅名，春风桃李板舆轻。　可能持较频阳宰，五月荷花绕县城。

——（《樊山集》卷一一）

法黄石山水画卷

樊增祥

诗盛于杜古意微，文盛于韩古法衰。　画家四王号极盛，尽变浑厚矜矩规。　前明遗老多师古，从元四家溯董巨。　墨池歁溢驱蛟龙，阴崖呀开走风雨。　就中最数法若真，谷城片石契以神。　怀中素书弃不读，称诗作画双嶙峋。　画山全浸玻璃水，画树不辨鼗甍云。　玉蜍花管孕灵液，无穷云水生奇新。　公藏此卷乃先泽，元气淋漓真宰泣。　耕烟以后骛密致，难与胶留竟魄力。　我诗不称古画图，又下杜诗与韩笔。

——（《樊山集》卷一四）

题画三首

林纾

镇日都无俗客来，柴门两扇背山开。　山趺土地多饶沃，商略春来遍种梅。

无穷山翠扑空庭，静极偏宜读道径。　可惜无人携酒过，虚明闲杀半山亭。

水榭萧萧弄薄寒，哦诗偎热碧阑干。　江南江北多红叶，画与词人一路看。

——（《清画家诗史》壬上）

题山楼浅濑图

林纾

山楼新拓地三片，浅濑明漪动晓风。　要识诗人栖隐处，垂杨四合画栏红。

——（陈子辉藏画，载《中国民间秘藏绘画珍品》第二集）

题画六首

林纾

一亭高立俯群山，路转苍岩待几湾？　清晓玉童扫红叶，偶吹余片落人间。

小假僧寮涤客襟，理安雨过竹房深。　到门怪道秋衫薄，做得新凉是绿阴。

危栈粘天路不分，鞭丝帽影印斜曛。　半程微觉驴鞍湿，记犯山腰一阵云。

闲中泼墨学清湘，湘水空明楚雨凉。　堤下吴船方夜泊，瓦灯漏出一丝光。

昔年湖上看庐山，不到开花鼓棹还。　收得空青入诗梦，水声长在枕头间。

粉本新翻戴鹿床，碧云摇曳竹间庄。　故居忆在莲草间，尽日杨花入草堂。

——（《畏庐诗存》卷上）

甲寅秋日为李响泉写纪游册并题三首

林纾

西泠打桨

雨暗西泠万柳低，孤山隐隐草萋萋。　遗民低首行宫路，循过苏堤又白堤。

韬光望远

望里钱塘一镜明，韬光俯览尽杭京。　当年累过云林寺，见熟山僧废送迎。

林墓问梅

岁岁西湖入梦中，巢居阁下早梅红。　北来同调如君鲜，解礼吾家处士公。

——（《清画家诗史》壬上）

自题江南春色图轴

林纾

碧柳红桥尽日风，轻漪倒影上帘栊。 江南只愿长无事，留点青山待庸翁。

——（《历代绘画题诗存》）

题孙良翰居士所作画

陈三立

寒照枯枝伴往还，涧泉洗梦石堂间。 蟠胸剑气龙蛇动，吐作穿霞万仞山。

——（《散原精舍诗别集》）

陶斋尚书所藏欧西水画册

陈三立

罗马名师不可攀，至今派别角荆关。 尚书胸次收瀛海，更映灵奇数点山。

——（《散原精舍诗》卷下）

题湘上熊翁所画卷子二首

陈三立

甲兵十万据胸中，未预铭钟画阁功。 闲寄秃毫吐奇气，墨痕犹欲湿鸿蒙。
郎君儒雅亦谈兵，手泽摩挲念老成。 莫忘图中破茅屋，劫灰飞尽待归耕。

——（《散原精舍诗续集》卷下）

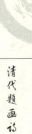

清代题画诗类卷一四

山水类

题王石谷十万图册后十首

陈衍

万竿烟雨

丈夫号十万，侯封乃千亩。　折中为万竿，渭川吞八九。

万点青莲

未磨青铜镜，先选青铜钱。　若非张学士，亦是李谪仙。

万峰云起

是云是奇峰，突兀森万象。　看云足卧游，何必众山响。

万壑争流

一壑一置身，一流一洗耳。　幼舆与子荆，千亿化身矣。

万顷沧波

成连移我情，刺船竟何往。　河伯复江神，眇乎醯鸡两。

万卷书楼

昔者杜少陵，万卷读已破。　所以浣花溪，并无楼一个。

万树秋声

此声适何来，奔腾复澎湃。　写以无声诗，佐以有声画。

万松叠翠

闽有万松关，浙有万松岭。　岭上无一松，禅关足清景。

万山飞雪

万顷既同缟，千岩复共白。　羌无蓑笠翁，亦乏骑驴客。

万枝香雪

万本鼻功德，汰哉陆剑南。 一树一放翁，岂数花两三。

——（《石遗室诗集》卷五）

题畏庐画四首

陈衍

此地非桃源，此牛非戴嵩。　所以牛目中，了不见牧童。
韬光竹在地，云栖竹在天。　谁知古西泠，水竹自娟娟。
秋色无声诗，秋声有声画。　中有读书人，秉烛听澎湃。
颇似雨花台，落日戍楼赭。　谡谡松风寒，灂灂鸣泉泻。

——（《石遗室诗集》卷五）

自题纸墨山水图轴

吴观岱

岩亭听水泉，啸傲面霞壁。　小草叶初黄，长松翠疑滴。　心随飞鸟闲，榉共停云寂。　拊膝有深情，清襟何用涤。

——（《历代绘画题诗存》）

题画四绝句

丘逢甲

漫天飞雪净红尘，盼咐门前扫雪人。　要向梅花问消息，空山已放几分春。
多时放牧出天闲，边事无功马自闲。　杨柳千条溪一曲，可怜神骏老空山。
遮天浓碧老梧桐，曾种前皇旧上宫。　凤鸟不来人事改，箫声闲度月明中。
闲敲棋子向山中，不信神仙万念空。　一局松阴未收着，人间成败几英雄。

——（《岭云海日楼诗钞》卷八）

芷谷居士画大幅水墨云山瀑布二图
并题句见赠长句赋谢

丘逢甲

墨风一夜驱云起，龙气濛濛万山里。　轩窗如闻瀑布声，天下奇观宁有此。　纷纷众史画格卑，嗟君抗古森雄奇。　下追西庐上北苑，中间直蹑黄大痴。　填胸磊块化丘壑，臆造桃源付耕凿。　胡尘不到画里天，如此江山殊不恶。　平生画山不画人，四海无人堪写真。　此图忽着人者两，草庐对语空山春。　口读君诗目君画，众木槎枒群石怪。　动摇古壁愁欲飞，骇视云中忽龙挂。　岂惟城市生山林，风云惨淡

清代题画诗类卷一四一

开胸襟。 可怜只向画图见，孤负苍生霖雨心。

——（《岭云海日楼诗钞》卷五）

题画

丘逢甲

两山眉黛送春娇，十里平明晓长潮。 红入桃花青入柳，东风人立赤阑桥。

——（《岭云海日楼诗钞》卷五）

题画山水

丘逢甲

乾坤无地着英雄，满目江山夕照中。 欲觅西施作偕隐，五湖烟水一帆风。

——（《岭云海日楼诗钞》卷二）

晓沧不工画而为谢叠峰少尉作
小幅山水自题诗其上戏为书此

丘逢甲

画意诗情两并浓，王郎丘壑自罗胸。 小桥流水孤村路，着个看山谢叠峰。

——（《岭云海日楼诗钞·选外集》）

于戴文节残册后补画数页附书二绝

顾麟士

模山范水替传神，写毕欣然点缀新。 留示人间具眼者，休云故步失四津。
宫商按谱岂无凭，月上梅花古瑟缅。 欲起榆庵夜谈艺，一龛能否嗣心灯。

——（《清画家诗史》壬上）

画扇杂题三首

吴浔源

秧时提闸放春流，乌鲗银鲖一网兜。 偶自骑驴来看竹，却思烧笋在湖州。
俗眠新绿涨平田，牛背风高放纸鸢。 一路水车声不断，桃花红到竹篱边。
秋湖夜落江天黑，沙柳横拖晚烟白。 暗里忽惊柔橹声，一篙扳起滩头月。

——（《清画家诗史》壬上）

乙酉秋日作卧游图四十幅自题四首

吴浔源

风团鸦阵绕林巅，最爱西山薄暮天。 欲画愧无摩诘笔，神都景物本如仙。

山如宾主相朝揖，松似高人作比邻。　犹记摩崖藏石刻，颇疑文字是先秦。
逶陀盘礴入山坳，何代招提在此巢。　忆昔曾投山店宿，夜深犹听木鱼敲。
朔风曾度慈云岭，西日还盘常玉山。　多少南天佳丽景，一篼抬过未能闲。

——（《清画家诗史》壬上）

襄儿以素绫索画为题

吴浔源

万籁萧萧铸古秋，四边苍翠绕泉流。　虚亭寂静无人到，惟有横空乱石头。

——（《清画家诗史》壬上）

题画五首

顾复初

画山不求奇，要以神理胜。　先生懒赋诗，即此是诗兴。
枯笔写青山，都类平生拙。　咄咄老香光，具眼不可得。
爆竹声声送旧年，索逋客屡到门前。　商量画幅青山卖，人道青山不值钱。
山到金陵不断青，六朝如梦鸟啼醒。　旧时王谢今何在，闲倚浮图看午晴。
竹杖方袍采药翁，自疏硐水种乔松。　十年不到云深处，一半孙枝化作龙。

——（《清画家诗史》壬上）

自题画册三首

李清芬

昔为罗浮游，梅花清入梦。　到此几生修，明月前身证。
扶杖怯晓寒，逶迤傍山麓。　霜林半萧疏，极目云深处。
迷离远树接遥岑，松壑泉声曲硐沈。　五岳归来城市隐，烟云且向此中寻。

——（《清画家诗史》壬上）

癸亥四月作夏日山居图

李清芬

苍翠翳浓阴，萦回映沙屿。茅屋两三椽，一水清如许。　停舟移渡头，为觅烟
霞侣。

——（《清画家诗史》壬上）

清代题画诗类卷一五

名胜类

题山阴返棹图

钱谦益

栀浪帆风去莫疑，高人乘兴即前期。 人间何限回舟处？ 得似山阴夜雪时。

——（《牧斋初学集》卷一一）

题剪越江秋图卷五首

项圣谟

富阳道上

临江石壁经悠悠，上有方亭瞰碧流。 下有飞帆如卷雪，乱峰云翠写清秋。

富春雨后

城廓浸烟翠，人家出白云。 江上帆影灭，鸡犬寂不叫。

胥庙

莫论此地古今情，追想伊人凛若生。 一自越王归渡后，至今犹不息涛声。

雨将泊

顷刻溪山黑，徒悲游子情。 云多微辨路，地僻未知名。 都有荒村处，远闻狗吠声。 竟依岩际宿，风雨代烟横。

夕望

一片苍茫里，凄凉酒易醒。 野船归雨渡，远火乱秋萤。 月出闻山犬，情深卧石汀。 中宵暗伤处，万吹不能听。

——（《历代绘画题诗存》）

题宋张择端清明上河图

程先贞

汴国上河春，图兹亿兆人。 山围城郭闹，水绕市朝新。 一代方全盛，千般总逼真。 如何陵谷变，辛苦靖康民。

——（《海右陈人集》卷上）

鲁谦庵使君以云间山人陆天乙
所画虞山图索歌得二十七韵

吴伟业

江南好古推海虞，大痴画卷张颠书。 士女嬉游衣食足，丹青价重高璠玙。 不知何事今萧索，异闻只说姑苏乐。 西施案舞出层台，瑟瑟珍珠半空落。 闻道王孙爱画图，购求不惜千金诺。 此地空余好事家，扁舟载入他人橐。 玉轴牙签痛惜深，丹崖翠壁精华弱。 鲁侯鲁侯何太奇，此卷留得无人知。 一官三载今上计，粉本溪山坐卧持。 九峰主人写名胜，百年绢素犹苍润。 云是探微后代孙，飘残兵火遗名姓。 我也葫芦拥被眠，旧游屈指嗟衰病。 忽听柴门枉尺缄，披图重起篮舆兴。 乌目烟峦妙蜿蜒，西风拂水响溅溅。 使君自是神仙尉，老我堪依渔钓船。 招真治畔飞黄鹄，七桧盘根走麋鹿。 写就青山当酒钱，醉歌何必谐丝竹。 鲁侯笑我太颠狂，不羡金张夸顾陆。 登临落日援吟毫，太息当年贤与豪。 请为陆生添数笔，绛云楼榭旧东皋。

——（《吴梅村全集》卷一〇）

黄山天都峰图轴

弘仁

历尽巉岏霞满衣，归筇心与意俱违。 披图瞥尔松风激，犹似天都歌翠微。

——（南京市博物馆藏画）

黄峰千仞图

髡残

黄峰千仞十日宿，烟雾如幄障茅屋。 侜促辕下胡为乎，辜负莲峰三十六。 忽然逸去心胸开，仰首踞峰发狂叫。 何物淬淬点太空，倏忽云君玩众妙。 携将碧落千里翠，散作青冥五色文。 君不见百尺侧泻如匹练，晴云寒玉起纷纷。

——（广东省博物馆藏画）

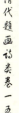

黄山图

髡残

　　我来黄岳已年余，登顿苦无缘壁技。 掣笔寄食法海庵，一榻又我寄之寄。 仰瞻嵯峨不敢攀，岩石突兀势若坠。 他山一目尽能收，此山幽奇难思议。 我今画得此山灵，却藏庵侧涧壑底。 秋时愿策荒藤杖，布袜青鞋白云里。 道人趺坐破蒲团，岁月无惊知几许。

——（南京市文管会藏画）

山高水长图

髡残

　　耸峻矗天表，浩瀚币地轴。 溪云起淡淡，松风吹谡谡。 乐志于其间，徜徉不受促。 两只青草鞋，几间黄茅屋。 笑看树重重，行到峰六六。 可以立脚根，方此面山麓。

——（台北故宫博物院藏画）

天都峰图

髡残

　　仙源源外近丹山，一十五里清潭湾。 绿波萦回浮锦鳞，水空地涕响潺湲。 石能化羊亦化豕，丹山一空色皆蒙。 天都保障石关鞠，面对天都峰矗矗。 巨梘成林大数围，急涧争鸣声太蹙。 斫金嵌玉百道光，乔松荟翳覆远屋。

——（故宫博物院藏画）

六六峰图

髡残

　　六六峰之间，振古凌霄汉。 清秋净无云，争来列几案。 寺幢天际悬，树色空中灿。 飞瀑九万寻，高风吹不断。 俄然吐雾烟，近远山峰乱。 深浑大海涛，浩淼靡涯岸。 少为岚气收，秀岭芙蓉烂。 岢岫画难工，猿鸟声相唤。 我忆董巨手，笔墨绝尘俗。 嗟嗟世上人，俗气畴能换。 翻羡屋中人，摊书烟云畔。 板桥樵子归，共话羲皇上。

——（美国克利夫兰艺术馆藏画）

题李镜月庐山诗画卷

宋琬

曾把君诗当卧游，彩虹千尺白云流。 谪仙自有烟霞笔，何事丹青顾虎头。

题黄山图十二首

陶季

文殊院

巉嶸荒台倚半峰，夜龛灯火自重重。　倾危一线知难到，何必平临万壑松。

炼丹台

诘曲钩梯到上头，游人指点万山秋。　东南处处浮云尽，遥见长江入海流。

芙蓉峰

缥缈青柎削不成，蒸蒸常见白云生。　苔深露湿无梯接，曾许仙人顶上行。

水帘洞

百道悬泉总怒雷，神山铁锁至今开。　寻源各有蛟龙窟，不自康王谷里来。

石人峰

孤踪不语自年年，闻道同侪有偃偿。　若问初生是何日？　依稀还在女娲前。

百步梯

谁凭鬼斧凿空山，直立千寻次第攀。　纵到山椒又何异，徒多苍翠满人间。

云门峰

断壁巉岏拔地生，行人到此一毛轻。　中间大有烟霞宅，可是神仙第五城？

九龙潭

飞泉百仞落灵湫，叠叠声中有赤虬。　无欲为霖振枯旱，密云先集四山头。

北斗岩

独向幽栖朝紫皇，四山林木正苍苍。　山人睡熟无钟磬，不信寒星夜吐芒。

丹井

鼎内丹砂百炼成，坐看凡质羽毛轻。　神仙冰火原无诀，常许山人说令名。

望仙峰

当年王烈入神山，石髓分尝未驻颜。 更笑嬴秦遣徐市，楼船浮海不曾还。

翠微寺

招堤远托万山深，倒影浮图近碧浔。 须就诸僧谢尘坱，饱餐黄独自行吟。

——（《明清中国画大师研究丛书·弘仁》）

摄山栖霞寺图卷

龚贤

征君遗故宅，千载閟灵区。 谷静松涛满，江空山影孤。 白云迷绀殿，清旭射金炉。 为问采芝叟，神仙事有无。

——（故宫博物院藏画）

题岳阳楼图

龚贤

风烟树杪岳阳楼，楼上湖光泼眼流。 万顷波黎同一色，月明中夜正中秋。 微茫莫辨君山影，水鹤无声二女愁。 岂有半帆开蚌蛤，渔郎何处挂扁舟。 此时笛韵焉能少，折柳梅花想不休。

——（南京博物院藏画）

题黄山图册四首

梅清

古帝栖真地，天开此一都。 霓旌围碧落，阊阖入虚无。 火熄丹应转，云来海自铺。 何当凌鹤羽，随意遍灵区。

云里辟天阊，仙宫俯混茫。 万峰齐下拜，一座俨中央。 侧足惊难定，凌空啸欲狂。 何当凭鸟翼，从此寄行藏。

天半云外路，岚光分外明。 一筇今日倚，双屐旧时轻。 幻境原无数，重来更问名。 神鸦吾未识，亲见白猿迎。

旷绝光明顶，天南四望空。 谁知孤啸处，身在万山中。 呼吸风雷过，巉岏日月通。 仙踪如可接，何必梦崆峒。

——（《历代绘画题诗存》）

黄山天都峰图轴二首

梅清

十年幽梦系轩辕，身历层岩始识尊。　天上云都供吐纳，江南山尽列儿孙。
峰抽千仞全无土，路入重霄独有猿。　谁道丹台灵火熄，朱砂泉水至今温。

——（《历代绘画题诗存》）

黄山莲花峰图轴

梅清

仙根谁手种，大地此开花。　直引半天露，齐擎五色霞。　人从香国转，路借玉
房遮。　莲子何年结，沧溟待泛槎。

——（《历代绘画题诗存》）

黄山白龙潭图轴

梅清

苍松翠壁瀑声奇，六月来游暑不知。　仙子真踪无处觅，白龙潭上立多时。

——（《历代绘画题诗存》）

题扇头黄山图次韵

叶燮

才展湘纹第一重，眼前了了万芙蓉。　从今无复青鞋兴，只在豪端认旧峰。

——（《己畦诗集》卷七）

题渐江始信峰图

王艮

紫云千堵削秋容，不信人间有此峰。　记与老人松畔立，至今眉鬓带烟浓。

——（广州美术馆藏画）

题沈上舍洞庭移居图四首

朱彝尊

沈郎归兴及秋风，拟学烟波笠泽翁。　不恋湖庄收紫茜，爱他千树洞庭红。
销夏湾头五月凉，堂成面面纳湖光。　杨梅线紫枇杷白，买断闲园自在尝。
湿银三万六千顷，两点青螺髻子浓。　生怕东山鹅鸭闹，轻帆径度莫厘峰。
桔田姜棱散租符，西舍东邻兴不孤。　他日相逢王泼墨，也劳生绢索横图。

——（《清人题画诗选》）

题陆天涴泰山图

屈大均

海中日涌声如雷，天门夜半鸿蒙开。 天鸡鼓翼波震荡，金银宫阙东飞来。 此时丈人峰上客，日华嘘噏荡精魄，东君玉颜在咫尺。 扶桑万朵红复红，玉女三千笑口同。 丹青虽神画不得，朝霞倏忽吹成风！ 千岩万壑太古色，秦代苍松人不识。 图成慎勿置金箱，留与人间见胸臆。

——（《翁山诗外》卷三）

潇湘八景图

邵长蘅

谁翦鹅溪八幅雪，扫出潇湘千里碧。 洞庭青草水拍天，卷向空堂湿素壁。 仿佛鱼庄落照深，鸬鹚晒翅游鲦潜。 岩头古寺寻细径，隔崦山店飘青帘。 忽然放笔开平远，疏疏苦竹黄芦短。 乱帆如叶下前汀，断雁寒沙秋色晚。 湖波荡漾湖月圆，万顷玻璃涌玉盘。 二妃出游骊珠吐，江娥缩瑟潜虬舞。 咫尺不觉阴晴殊，暮雨黄陵啼鹧鸪。 千岩一白境忽异，空江箬笠渔舟孤。 幅幅变幻有如此，山即真山水真水。 驱山走水者谁子，画成不肯题名字。 毗陵好手说香山，后来擅场有南田。 此画突过二子前，或云非唐乃沈文。 闻道巴江碧似油，秋风吹梦上潭州。 三湘浦口暗潮上，八景台南红叶流。 竟须买取洞庭舟，胡为对此成卧游，胡为乎徒然对此成卧游。

——（《青门簏稿》卷三）

游华阳山图

原济

一峰剥尽一峰环，折径崎岖绕碧湍。 咫尺诸天开树杪，潆回万壑起眉端。 飞梁石引烟光度，负担人从鸟道看。 拟欲寻源最深处，流云缥缈隐仙坛。

——（上海博物馆藏画）

余杭看山图

原济

湖外青青大涤山，写来寄去浑茫间。 不知果是余杭道，纸上重游老眼闲。

——（上海博物馆藏画）

采石图

原济

先唐两胜事，一面涤红尘。有声传朽木，无梦谪仙人。才子空留影，将军不到身。今朝遗笔砚，始见过来真。

——（《历代绘画题诗存》）

钱选孤山图卷

高士奇

半生自有栖岩志，垂老空里卧一丘。频就山僧淡雁荡，几曾身到大龙湫。退耕崖谷拟幽深，归后林峦未结庵。寒涧晴初霜且肃，青黄仍在画中看。

——（《历代绘画题诗存》）

题史耕岩前辈溧阳溪山图即次原韵四首

查慎行

良常东下路斜斜，小堨平桥接两涯。梦听雷平池畔雨，觉来满崦是桃花。

栽桑种稻互回连，柳色骑牛浦浦烟。碧水绕田田绕郭，村翁不识县门前。

官情淡与昔贤同，聊写归心寄雨濛。此段风期难拟似，王家辋口谢东中。

洮湖如镜照人明，云雾翻从展卷生。欲借公诗论米画，笔端风雨势纵横。

——（《敬业堂诗集》卷三六）

题上官竹庄罗浮山图

查慎行

大瀛海外有十洲，巨鳌不上龙伯钩。何年背负蓬岛至，两山合一成罗浮。奇峰三百三十二，一一岂易穷冥搜。眼中孰是好奇者，上官山人今虎头。山人欲为山写照，直上崔嵬走夼皾。朱明古洞华首台，佳处真能领其要。归来绘作指掌图，万象摄入摩尼珠。绿毛凤挂佛子髻，五色蝶化仙人襦。我方神游力不足，为尔题诗展横幅。正缘身不在山中，识得罗浮真面目。

——（《敬业堂诗集》卷四八）

清凉山庄图符躬属题

查慎行

舍人示我山庄图，生绡横展五丈余。良工三年写始就，金谷辋川何足摹。君家旧住清凉麓，万里江天入遐瞩。故应胸次豁然宽，占断此山犹未足。石头城门平旦开，千岩暖翠排空来。珊瑚碧树好颜色，照耀初日生楼台。楼台高下无重

数，径转溪回总迷路。 标题一一都有名，毫末微茫指其处。 问君结念母已奢，洞天福地归一家。 溃成奚翅万金产，还恐山林迹尚赊。 君言好事皆虚事，架构良难画差易。 未能依样买园亭，乍可随身蓄巾笥。 海出兜率吾不知，此图要亦人间稀。 神仙只被瑶京误，野鹤何天不可飞。

——（《敬业堂诗集》卷四八）

题张择端清明上河图

爱新觉罗·玄烨

天津桥下水粼粼，柳外盘舟夹画轮。 想见汴京全盛日，春游多少太平人。

——（《康熙诗词集注》）

清代题画诗类卷一六

名胜类

题赵松雪画鹊华秋色卷

纳兰性德

历下亭边两拳石，不似江南好山色。 乍看落日照来黄，浑疑劫火烧将黑。 更无枫桔点清秋，惟见萧萧白杨白。 君为此山令山好，空翠俄从楮间滴。 知君着意在明湖，掩映山光若有无。 曲折似还通泺口，苍茫定不属城隅。 鲤鱼风高网罟集，仿佛渔唱来菰蒲。 一竿我欲随风去，不信扁舟是画图。

——（《饮水诗集》）

题史冑司宫詹溧阳溪山图次韵六首

周起渭

水远山平整复斜，山重水复路无涯。 孤筇短棹随公便，曲崦回洲处处花。
渔村鹿柴递相连，藜杖开门纳晚烟。 叠巘远堆归雁后，素波横起白鸥前。
稻蟹生涯百不忧，下登水榭上登楼。 晚来忽地樵风起，吹得山光满钓舟。
寻水登山谢客儿，一生逢世总浇漓。 若为径入烟中寺，同听溪声礼导师。
想像溪山往昔同，远峰依约水冥濛。 六朝人去精灵在，岁岁鹃啼落照中。
画图开处眼先明，尘土蹉跎忽半生。 多谢公诗为招隐，青山一发大江横。

——（《桐野诗集》卷四）

长江万里图

沈德潜

江涛汹汹空堂起，岷山导江至扬子。 扬一益二包荆襄，匹缣中间万余里。 人民城郭迢隐见，无限枫林杂兰芷。 老我惊心岁月遒，频年楚尾与吴头。 渚宫玉垒劳魂梦，至喜亭边未放舟。 披图欲溯江源去，载却云旗赋远游。

——（《归愚诗钞》卷一七）

题大明湖图为张分司

戴瀚

山水极清美，济南天下无。 名泉七十二，辐辏归明湖。 我闻久神往，齐鲁频

载驱。 道旁失岱宗，不知海日孤。 矧兹历城古，畛缮会莫纤。 昨宵梦羽翼，著我蓬与壶。 晨曦明禁庭，仙宫授此图。 宛然发天镜，烟波澹相俱。 亭榭净结构，村庄纷菰芦。 藕花深没人，榜音散交衢。 鹊山华不注，虎牙竖清都。 点黛双窥奁，群峰若惊趋。 微风孺子缨，明月神女珠。 缅惟北海守，乐方恣歌呼。 惊人杜陵句，修竹遗笙竽。 分司曲江秀，公闲踵燕娱。 宾朋盛贤豪，驺从驯鸥凫。 画师妙意匠，粉墨云气濡。 因斯传胜赏，坐观逮吾徒。 演漾空心怀，逍遥决笼签。 信哉卧游便，毋为禽向迁。 球琳耀甲帐，钟漏移昼晡。 卷舒不去手，畅意为吴歈。

——（《雪村编年诗剩》卷五）

汪南溟临董文敏鹊华秋色图为张希亮题

马曰琯

汪子爱画谁与伦，天水王孙下笔亲。 秋山点黛如深春，秋波粼粼生细文。 晴窗展玩色斩新，济南草木多氤氲。 思翁染翰妙绝尘，自谓秀韵同天人。 讵知来者皆乱真，曲江才子乌角巾。 一峰挂壁撑清雯，对之令我怡心神。

——（《沙河逸老小稿》卷一）

题方环山临董思翁摹赵吴兴鹊华秋色图三首

马曰琯

翠彩岚光刺远天，济南秋色满窗前。 王孙莫谓空千古，又见方壶继画禅。
容台别写鹊华图，三赵同参意致殊。 他日烦君重点笔，碎磔论百肯应无。
三回粉墨穷真宰，二老清诗照等夷。 惭愧博山曾换得，风流儒雅总吾师。

——（《沙河逸老小稿》卷一）

题石涛长江万里图

方士庶

清湘老子画三巴，玉垒浮云接海涯。 今日披图须记取，一帘暑雨湿槐花。

——（《天慵庵笔记》下）

题曲院风荷图

汪由敦

曲曲回栏面面风，天机云锦亚波红。 西泠东畔金沙北，太液延薰约略同。

——（《历代绘画题诗存》）

题柳浪闻莺图

汪由敦

吹绽东风万缕金，文莺恰恰浪纹深。 赏音何事烦丝竹，到处新黄度晓林。

——（《历代绘画题诗存》）

题徐幼文师子林画册

马曰璐

谁图师子林，一时两绝作。 迂翁不可见，今得观北郭。 妙笔开灵踪，廛市有幽托。 小水玉淙淙，别峰烟漠漠。 雪月自掩映，花竹亦纷错。 时写无人处，飞梁跨涧壑。 头上白云飞，疑是怪石落。 展玩清宿心，经营宛如昨。 吴阊四百里，水宿宅可泊。 道场倘得寻，打包趁行脚。

——（《南斋集》卷二）

沈周长江万里图

刘大櫆

染用澄心纸，皴用大斧劈。 自我作古古无敌，沈周当日声辉赫。 意匠写成长江图，天地晦冥忽变色。 岷峨东来万里长，落日倒影摇天光，云雾喷吸蛟鼍翔。余霞散尽缺月上，竹枝流韵何悲凉！ 乱山耸碧枝晴昊，坐对画图伤潦倒。 安得扁舟落吾手，布帆鼓侧江南道。

——（《刘大櫆集》卷一〇）

题夏圭西湖柳艇图二首

爱新觉罗·弘历

南屏山北涌金西，柳色波光望欲迷。 最是向年得句处，绿阴十里白家堤。
或坐肩舆或泛船，西湖春色耐游沿。 牵怀不为溪山好，亲爱民情在眼前。

——（台北故宫博物院藏画）

叠前韵二首

爱新觉罗·弘历

城郭围东山护西，平湖烟水望茫迷。 如何明镜忽分两，为有中间一道堤。
又泛湖心彩画船，任其浮拍任徊沿。 神传禹玉图中景，倡和无人暮忆前。

——（台北故宫博物院藏画）

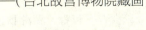

题倪瓒师子林图

爱新觉罗·弘历

借问狮子林，应在无何有。 西天与震旦，不异反复手。 倪子具善根，宿习摩
竭受。 苍苍图树石，了了离尘垢。 声彻大千界，如是狮子吼。

——（《御制诗初集》卷二）

题荆浩匡庐图轴二首

爱新觉罗·弘历

虚窗敞后榴楹，饶添山秀孔明。 仿佛白云深处，怀携匡俗先生。
眍邱雾锁岚浓，素瀑龙飞练重。 坐我画禅书室，对他栖隐庐峰。

——（《历代绘画题诗存》）

题清人曲院风荷图

于敏中

水轩面面引薰风，到此花真别样红。 一曲清涟原不染，肯教丰味麹生同。

——（《历代绘画题诗存》）

题清人柳浪闻莺图轴

于敏中

百啭笙簧万缕金，携柑载酒正春深。 遥听欸乃湖心棹，似答莺声度隔林。

——（《历代绘画题诗存》）

题天平揽胜图为珊珊女弟子作二首

袁枚

一线盘空上，天平景最清。 松林秋寺古，峰影太湖明。 云压裙钗湿，风吹环
珮鸣。 诗成谁作答，绕屋有泉声。

老我来梨里，三眠写韵楼。 灯残还问字，吟罢始梳头。 白发难为别，红妆易
惹愁。 何当携此卷，揽胜与同游。

——（《小仓山房诗集》卷三六）

俞楚江潇湘看月图

袁枚

沙渚一声雁，潇湘秋满天。 幽人方独往，空水共澄鲜。 明月乍离海，轻云欲
化烟。 鱼龙听竹笛，知是小游仙。

——（《小仓山房诗集》卷一八）

题严子陵像

袁枚

一领羊裘水气寒，自来自去白云滩。 教陪天子同眠易，要改狂奴旧态难。
星宿张皇乾象动，君臣彼此故人看。 千秋欲解还山意，只问江头老钓竿。

——（《小仓山房诗集》卷五）

题成啸崖梦游清凉山图

袁枚

人生惟有梦最好，千山万山许搜讨。 纵有萧何法律叔孙仪，难把梦魂管得了。
金陵诸山清凉高，啸崖公子人中豪。 忽然梦到清凉顶，是谁相约谁相招？ 露戎戎
兮铺草，亭高高兮凌烟。 松苍苍而蔽日，江远远以浮天。 待天鸡之唤醒，仍枕席
之依然。 清晨大笑告吴友，吴也惊疑但掩口。 道是昨宵我亦梦来游，底事路上云
遮不拱手？ 毋多谈，且载酒，果肯寻梦梦还有。 呼车同向清凉走，指看今日诸烟
峦，还似昨宵光景否？ 雪泥鸿爪怕消亡，请付丹青传不朽。 我闻古莽之国以梦为
是觉为非，列子此语不我欺，啸崖此梦亦如之。 又闻天姥之峰李白游，梦中诗句传
千秋，得毋啸崖前生即是李白不？ 我家清凉山脚下，山神昨日来相讶。 说丁未孟
秋诗人两个都过随园门，如何不速先生驾！

——（《小仓山房诗集》卷三二）

李长蘅流芳西湖小帧四首

王昶

桃花雨过水连天，十里长堤送柳绵。 好是段家桥下路，游人齐放总宜船。
一桁遥山翠色浓，白云缥缈路重重。 斜阳欲落微风起，吹过南屏寺里钟。
柏堂旧迹久荒芜，烟水微茫接里湖。 风外杨花浓似雪，清阴绿遍酒家垆。
布谷声中暮雨余，溪山楼阁回清虚。 何时小筑西泠路，碧树晴云好读书。

——（《清人题画诗选》）

题西岳图

蒋士铨

一柱画天开，青留万古苔。 层云遮不断，空翠忽飞来。 禹力焉能凿，河声到
此回。 莲华列千朵，疑是玉皇栽。

——（《忠雅堂诗集》卷一九）

题谢芗泉侍御自焦山放舟金山观月图四首

赵翼

焦庐探胜蹑青孱，吟到黄昏月一弯。　何事借庵庵不借，听君放棹向金山。

吹海为天句独雄，缘知心境两清空。　江神也助君豪兴，不敢掀他断渡风。

金焦久占老坡名，却欠挐舟泛月明。　从此澄江净如练，诗家争唱谢宣城。

千秋此月此江天，独被先生揽胜缘。　笑我频年往来惯，不曾敢放夜游船。

——（《瓯北集》卷三九）

题江南名胜画卷十二首为熊谦山臬使作

钱大昕

伞岭栖霞

一峰如紫盖，秀甲江之南。　岩石自峭茜，云木相参覃。　捨宅记僧绍，胜地开精蓝。　钟鱼相应答，禅悟无俗谭。　杰阁占绝顶，攀藤试穷探。　群峰旁罗列，一一莲荷含。　传闻摄生草，偶见优钵昙？　三秀如可采，持以贻彭聃。

玉冠万松

亭亭玉冠峰，卓尔耸万丈。　江流画槛前，人行飞鸟上。　十里苍松阴，手种何年昉？　得非贞白栽？　曾否僧绍赏？　高楼敞三层，入夜波涛响。　不争桃李荣，自受烟云养。　岁寒心自坚，直干世共仰。　庇阴及万夫，甘棠庶可仿。

灵岩石鼓

吴山多平衍，兹峰独削成。　卓立千花塔，百里若送迎。　昔时歌舞地，花草依然荣。　洗涤脂粉俗，乃得真而呈。　石鼓俨在悬，想像韶钧鸣。　具区三万顷，一色玻璃明。　琴台抚古调，泠泠移我情。　群真云外揖，餐霞共长生。

邓尉香雪

梅花如高人，可望不可即。　一枝竹外斜，清芬味无极。　谁知光福里，乃有众香国。　目眩光明海，身到水精域。　多多斯益善，灵异邈难测。　得非主林神，吹嘘大愿力。　造物无尽藏，如来不住色。　有邻道不孤，可悟君子德。

石湖天镜

昔闻范文穆，结构依澄湖。　楼悬天镜榜，放眼收全吴。　分明大圆镜，簸弄牟尼珠。　清磬出上方，仿佛游仙都。　手编梅菊谱，述作聊自娱。　芗林与盘圃，未若此地殊。　政绩在廊庙，诗名播海隅。　荣世仍寿世，毋乃佺侨徒。

洞庭叠翠

林屋仙人居，洞天列第九。　宛委秘灵文，闻有真官守。　缥缈与莫厘，云中若招手。　其余七十二，拱揖俨宾友。　面面碧琉璃，洗刷了无垢。　幽探穿洞壑，攀跻扪星斗。　金庭若可通，石公亦有耦。　置身千仞高，是以静而寿。

九峰三泖

三泖平如镜，九峰澹于螺。　游目颇清旷，赏音在涧阿。　数家成村落，意到皆行窝。　烟中客双屐，雨后渔一蓑。　天风送梵响，林杪闻樵歌。　俯视鸥鹭群，拍拍浮沧波。　平远自蕴藉，奚必穷嵯峨？　知仁山水乐，会心岂在多。

惠山九陇

绵延西神峰，九支势相属。　竹树映便娟，半空皱众绿。　尤宜雨后看，青螺髻新沐。　中有第二泉，涓涓喷珠玉。　一勺清而甘，未许中泠独。　竹炉试头纲，活水候初熟。　两腋清风生，可浣尘万斛。　何用远求仙，武夷访九曲？

金焦双峙

方丈与蓬莱，渺在沧海外。　岂若金焦山，只隔一衣带。　两两青芙蓉，天然谢藻绘。　古鼎文离奇，中泠水漰沛。　竹径延清风，松涛吹众籁。　指点大江心，帆樯南北会。　柱石砥中流，凛然见风概。　洞天一品尊，欲下元章拜。

平山高咏

平山一篑地，留题始欧阳。　群峰隔江外，放眼青茫茫。　龙蛇壁上字，千秋镇蜀冈。　后来苏玉局，持节临维扬。　醉翁翰墨在，拂拭识不忘。　两公人中豪，经济兼文章。　今识铅山翁，眉宇真堂堂。　祝公继前哲，姓氏同芬芳。

钵池丹鼎

王乔昔学道，于兹炼黄芽。　驱使风雷力，嘘吸日月华。　丹成得度世，轻举乘紫霞。　至今岩冈色，澹赭如蒸沙。　井水日三变，光怪图经夸。　神仙迹岂幻，感应理不遐。　福星照一路，生全千万家。　功德不思议，食报那有涯。

云龙放鹤

髯苏本天人，下界偶游戏。　黄楼赋落成，临事见经济。　天骥古逸民，云龙此静憩。　胎禽任所如，去来了不计。　两贤契相投，一记重弈世。　羽衣夜吹笛，风流

清代题画诗类卷一六一

若仿佛。　髯翁今大苏，文采后先继。　请歌鹤南飞，以侑使君醉。

——（《潜研堂诗集·续集》卷七）

石梁观瀑图为华秋槎赋

钱大昕

　　石梁之瀑天下奇，昔曾梦到今见之。　白龙两条半空下，势均力敌谁雄雌？　盘盘困困忽会合，一泻千里驷莫追。　天公手笔不平衍，中流一束匪夷思。　巨灵擘开未全断，奔雷掣电趋双扉。　长虹宛宛只盈尺，云端宴坐人天师。　波涛喷薄脚底过，挂下百道银琉璃。　将落未落自冲激，化作雪絮漫天飞。　兜罗绵见世尊面，冰绡蚕织鲛人丝。　匡庐雁荡小弱弟，其余俯视如婴儿。　徘徊欲去不忍去，小别又落尘寰卑。　秋槎好事乃过我，前年观瀑留新诗。　丹青聊尔存仿佛，泠泠寒意生须眉。　永嘉前生严首座，安知吾辈非同时？　置身要在仙佛国，应真五百相游嬉。　原泉万斛一口便吸尽，咳唾散落皆珠玑。

——（《潜研堂诗集·续集》卷五）

题陆豫斋兰亭卷

钱大昕

　　兰亭禊游人已往，画图千载今犹存。　四十二人须眉古，雅尚自觉山林尊。　右军中年先墓誓，修竹茂林性所嗜。　扬州鼓角任喧阗，何异蛙声两部沸。　宾朋子弟相招携，曲水流觞列坐时。　吟固欣然罚亦喜，胸中要有无声诗。　人生所遇皆陈迹，后视今犹今视昔。　千岩万壑秀依然，只恨眼前无此客。　豫斋好古慕古贤，置身宛在稽山间。　科头宴坐托末席，未敢便拍洪崖肩。　永和至今一旦暮，觞咏留连有同趣。　西溪倘续雅集图，把臂入林记良晤。

——（《潜研堂诗集·续集》卷七）

唐伯虎匡庐瀑布图

姚鼐

　　江南万里山，匡庐乃出万重上。　人言秋晴万里峨嵋巅，青天一点东南望。　连峰苍苍不见顶，日出彩烟生半岭。　玉堂石室藏其中，纵有天风吹不冷。　群岩环峙不可名，崖端霞气升空行。　石梁忽贯青霞落，倒海流云走空壑。　万谷钧天广乐鸣，思鸟哀暖一时作。　石门百仞当空开，吴越江帆千里来。　仰首见吴越，俯首闻风雷。　何人携杖凌倒景，萧条六合谁友哉。　林岑藤茑相撑拒，骖鸾过处原无路。　世间惟有银河数派通，溅珠飞玉流平处。　我昨乘小艇，正出宫亭湖。　湖心黯黕沈黛色，夕阳一半开菰蒲。　是时初冬水不落，悬知嵯峨巨壑轰千车。　倾崖曲岫天长雨，山鬼幽篁人见无。　咫尺未登疑有命，评画看山定谁胜。　烟云绝境自人间，文

采风流隔嘉靖。 流落当年惜异才，江山尺绢今残剩。 人生衰老来无时，五岳求仙莫辞复。

——（《惜抱轩诗集》卷一）

唐伯虎赤壁图

姚鼐

东坡居士赋有画，风月无穷泻清快。 画中有赋情亦奇，唐寅使笔能尔为。 登高临水秋气悲，山空夜明木见枝。 凭虚欲望天涯处，可似湘中瞻九疑。 九疑山高湘水深，重华不作哀至今。 青枫摇落幽竹林，湘君窈立风满襟。 江妃海若夜起会，或有云中竿瑟音。 云开月出天寥阔，俯首悲风兴大壑。 不见帝子乘飞龙，但有横江之一鹤。 横江鹤，何徘徊，苏子乘之去不回。 贤者挺生当世才，重之九鼎轻尘埃。 脱屣竟从赤松子，赋悬日月何为哉。 情往一乐复一哀，后六百岁余兹来。 曳杖江头看山碧，思得公语从追陪。 请与图中二客偕，今夕何夕月当户。 霜落收潦面深渚，凉风吹林荡空宇，作诗要公公岂许。

——（《惜抱轩诗集》卷三）

罗两峰父子为予仿孙雪居邵瓜畴海岳庵图又作研山图赋此报之

翁方纲

我因庵图识研山，遂因两峰识米老。 日日净名方丈闲，卧游浮玉蓬壶岛。 两峰之下又小峰，翠峦玉笋青重重。 借问虎儿楚山梦，何如凤巢香叶中。

——（《复初斋集外诗》卷二一）

再题研山图

翁方纲

云岩云峡孰前身，秀气吾斋想夙因。 端有宣和郑先觉，金尊对写五湖真。

——（《复初斋集外诗》卷二一）

文休承虎丘图

翁方纲

盘盘楼阁依层巅，远寺近寺相接连。 两壁苍苍铁花古，虽有青绿无雕镌。 年深青绿亦已黯，尚蹲巨石临平川。 川光上带石气冷，空山暮雨来飞泉。 寺楼忽断寺塔出，山腰半露山梁悬。 长林回开裒裒路，行人步入濛濛烟。 自题昨游今又到，好山不厌频杈船。 定非乌程癖舍作，况是悟言家法传。 苍然远色吊古意，忆尔策杖归鸦边。 小吴轩一览茂苑，大姚邨那临石田。 娟秀直于老硬得，骎骎果度

清代题画诗类卷一六

骅骝前。 欲题三绝怯疥弓，停云馆帖光回旋。

——（《复初斋集外诗》卷六）

过西湖即景成图并题

张赐宁

石势嵚崎翠蔓披，荷残露白晚凉时。 月明老屋人何处，枫柏湾头下钓丝。

——（《清画家诗史》戊下）

周孝廉邵莲属题罗山人聘所仿董北苑潇湘卷子

洪亮吉

屡题潇湘图，一诣潇湘境。 潇湘人不见，独雁时相警。 揭来得遇湘浦人，纸上瑟瑟秋将分。 山楼豳风亭楚颂，回望潇湘转增恸，万事寻思纵如梦。

——（《卷施阁诗集》卷一九）

沈启南长江万里图

杨伦

画家最难到，澹远有余态。 宋惟赵令穰，亦数燕文贵。 何期白石翁，于此得三昧。 披览长江图，空旷剧可爱。 二源崷崒分，九派浔阳汇。 洲渚极逶迤，林峦区向背。 万艘矗帆穑，恰趁春潮退。 尤喜一叶舞，渔舟划空翠。 冲烟浦雁飞，傍岸沙鸥睡。 中流峰突起，倒影含澹瀩。 岭下结茅亭，人家住水汭。 斜扉白板敞，小市青帘缀。 遥指隔江山，数点簇螺黛。 公画妙契古，原迥越流辈。 此卷尤难得，与常颇不类。 始叹巨笔人，难以一例概。 盎然天趣流，绝去雕与缋。 作诗纪崖略，足与云林配。

——（《九柏山房诗》卷一二）

郑编修西桥黄山观云图

杨伦

山顶安得洪涛春，云海万顷云蓬蓬。 却立云端视云背，俯瞰尘世皆蚁封。 荡胸何止如擘絮，轩辕炼丹旧曾住。 峰三十六洞十八，蓊郁迷濛不知处。 倚天峭壁斗可扪，石上倒走长松根。 疑是痴龙吐烟沫，遮蔽白日苍林昏。 我生亦具看山癖，眼界未开负双屐。 对此茫茫欲振飞，便挽洪崖跨鹏翼。

——（《九柏山房诗》卷一）

题胡玉昆处士金陵名胜图八帧

孙星衍

钟阜

龙蟠依旧枕江湄，余地何曾让猘儿。　紫气消沈黄屋冷，荒溪人觅次宗碑。

牛首

岿然天阙作南门，渡马人知帝子尊。　似此家居撞亦坏，千秋名让谢公墩。

灵谷

万松阴里听泉声，百级琳宫逼太清。　不为萧梁延国祚，金仙阅世太无情。

狮岭

卢龙山险狮峰接，老鹳河惊鹤唳频。　三宿崖前公弼住，南朝此际竟无人。

江关

潺湲一夜锁江声，雨宿风餐感客情。　几簏古书三尺剑，关胥谁识弃繻生。

鸡笼

四陵北去一成山，塔影湖光尽日闲。　儒馆倾颓文物尽，痴云只解护禅关。

石城

百战江山越霸基，崭岩虎踞瞰汤池。　须知一片降帆出，不及归舟载石时。

凤台

元嘉招得凤皇来，此地青莲醉几回。　近我生平读书处，瓦官遗寺古城隈。

——（《芳茂山人诗录·冶城絜养集上》）

又题邓尉探梅图三首

孙星衍

已盟鸥鸟卸银鱼，水色山光黛不如。　却笑孤山太孤寂，要看红袖折花初。

沈烽静柝等闲过，艳曲尊前唤奈何。　驿使纵传春信到，一枝不及万花多。

风泉声里管弦清，锦翠丛边雪月明。　高卧东山闲未得，爱花心似爱苍生。

——（《芳茂山人诗录·冶城遗集》）

西湖三舟图

孙星衍

题诗读画尽名流，问水寻山数旧游。 此地白苏留古迹，何年李郭住仙舟。 一时胜赏千秋擅，万顷湖光尺幅收。 我亦鸿泥余印在，倩人添写诂经楼。

——（《芳茂山人诗录·租船咏史集》）

为家方伯日秉题王蓬心太守所摹董北苑潇湘图

孙星衍

北苑图中小谢诗，云山迢递水逶迤。 使君按部行春处，太守含毫望古时。 宛在仙舟人约绰，似闻天乐竹参差。 十年读画联吟处，回首秦关有所思。

——（《芳茂山人诗录·济上停云集》）

题黄二景仁所藏黄山图

孙星衍

新安老子何嬉顽，看山不饱思吞山。 胸中荦确化清墨，失醉吐出千烟鬟。 山邪云邪倏灭没，恍兮惚兮难追攀。 群峰夺路石根走，睇视一缕飞桥弯。 云门两峰最巉绝，岝崿横起通元关。 何人振衣立长啸，木叶脱落生秋颜。 俯几寂听聤睆久，魂去飒若风吹还。 尺缯非小世非大，高视叠嶙卑尘寰。 茫茫造化本一气，元精只在秋毫间。 要令开卷荡心魄，想见放笔愁神奸。 惜哉吾生不得往，谀度妙景空回环。 黄生去后山色死，清水白石哀潺潺。 竦身指点旧游处，出入高下穷险艰。 危吟已拼鬓发断，久病岂惜腰躯孱。 归来拂袖出奇句，似哂壮士投荒营。 男儿途穷葬岩谷，有泪不对蓬蒿潸。 我歌君诗愤才薄，复见此画悲缘悭。 惜哉吾生不得往，纵死恨血千年殷。

——（《芳茂山人诗录·澄清堂稿下》）

水屋道人张道渥以画幅见赠风景
甚似竹里江乘之路因忆旧游口占二首题之

孙星衍

栖霞山下曾游路，水木清华画幅如。 不为乌私愁未报，早抛簪黻换樵渔。
廿载江湖落魄名，肯教局促了平生。 他时会约骑驴叟，同向栖霞道上行。

——（《芳茂山人诗录·澄清堂续稿》）

题谢侍御振定金焦夜游图

阮元

北固风云静此宵，诗情酒兴落金焦。 江声夜满松寥阁，月色寒深玉带桥。 缥缈一帆孤掠雁，苍茫双寺共乘潮。 旧游我亦披图见，十载乡心向海摇。

——（《揅经室集四集》卷三）

天台行帐题杨补帆昌绪画天台桃源图

阮元

天台仙境去仍还，百道清溪万叠山。 洞口桃花随水出，岩前瑶草带烟删。 谁教一路生灵药，却有双仙并绿鬟。 笙吹月明元鹤背，楼台霞护碧松关。 归云隐隐闻鸡犬，飞瀑泠泠杂佩环。 千载偶逢开玉户，春风常为驻红颜。 每依锦瑟终年坐，除种胡麻镇日闲。 如此好山犹别去，仙源那怪断人间。

——（《揅经室集四集》卷五）

为朱椒堂为弼题朱氏月潭八景图册

阮元

柳堤鸣莺

黄鸟何睍睆，杨柳何依依。 未若紫阳山，鹩䳭鸣且飞。

松石晴岚

松石交清苍，晴岚浮暖翠。 虚亭寂无人，此中有古意。

钓台烟雨

苔矶新绿湿，隔溪烟雨暗。 垂钓本忘机，清川向人淡。

石门瀑涨

一夜风雨声，聒耳何纵横。 晓来看飞瀑，石上春雷鸣。

澄潭印月

月出东南偶，澄潭影先得。 疏林风定后，浮作淡黄色。

南屏叠翠

莫买鹅溪绢，画作堂前屏。 请看南山色，叠如螺髻青。

西山晚烟

晚山绿沈沈，平林烟漠漠。 间杀寺门秋，一杵残钟落。

玉峰积雪

空山多雨雪，尚有千年树。 诗人慕月潭，敞庐在何处。

——（《揅经室集四集》卷六）

题董文敏摹赵文敏鹊华秋色图

阮元

　　鹊华秋色图，赵吴兴为周草窗所作也。草窗本济南历城人，所居在鹊华两山之间，其祖时迁居吴兴弁山之阳，故自号弁阳老人。同时张句曲雨亦为此图。鸥波图元曾见之，句曲图不可见，惟见其题句于自书诗册。鸥波图旧为董思翁所藏，思翁摹之不止一本。元今所藏，乃思翁癸卯年所摹，带水长林，浮烟远岫，草窗松雪，风韵双清。吴兴山水，本以清远移人，然济南据岱岳之北，七十二泉随地涌出，汇为明湖，澄鲜渟澂，万荷竞发，流出城北，潆洄于华不注前，每当秋林初晴，横云断麓，正如此图画中矣。元两年历下，复到吴兴，思翁此帧，常悬行馆，单椒秀泽，尚爱此山看不足也。

　　思翁本是江南客，老与吴兴斗风格。 一卷分从旧墨林，自染青山上生帛。 历下青山有鹊华，山前原是草窗家。 吴兴清远家何处，碧浪秋苹自作花。 道人同住鸥波里，为画齐州好山水。 秋色山光尺幅中，西风乡思千余里。 我曾两载按齐州，湖里荷花水上楼。 七十二泉流不尽，青烟雨点鹊华秋。 鹊华山色真奇绝，画意诗情不能说。 螺黛浓描京兆眉，剑锋碧削昆吾铁。 白云如带截林铺，云外单椒翠影孤。 若愁难到双峰下，试看华亭此幅图。 华亭妙笔朝朝见，壁上双峰压吴练。 我今携画到吴兴，惟有秋山大如弁。 何事老人居弁阳，莼鲈想亦感香光。 鸦又展看何时足，又上城南古道场。

——（《揅经室集四集》卷二）

清代题画诗类卷一七

名胜类

夜入江天寺作小画与练江师

钱杜

挂帆暮出京口驿，芦花已白枫初黄。 烟平波软三百里，日落未落江苍茫。 荒钟乱摇海门黑，孤雁寒叫秋天长。 山僧僵卧不迎客，自策短杖登龙堂。

——（《松壶画赘》卷上）

莱友观察索写锦城烟月长卷
蜀中余旧游地猿声树色犹在枕簟间
不必更求之古人粉本也秋意清爽
坐云溪水亭上剪灯点染诗则晚饭后所题

钱杜

直上青天蜀道难，瞿塘舟险栈云寒。 猿声夜冷啼三峡，树色秋高挂七盘。 为爱名山长纵酒，自怜多病早休官。 赠君十丈青藤纸，烟月都从枕上看。

——（《松壶画赘》卷下）

王椒畦画天台观瀑图

张问陶

尘劳空逐逐，画里看天台。 我欲凌风去，君曾曳杖来。 瀑飞明月动，人语乱山开。 掷地听金石，丹青有赋才。

——（《船山诗草》卷一五）

盛匏安元度邓尉探梅诗画卷

张问陶

白梅花好赋诗难，香雪濛濛画里看。 二月韶光增淡远，万山吟兴动高寒。 船窗波静鸥情悄，禅榻春浮鹤梦宽。 小句游仙留片影，羡君风格胜骖鸾。

——（《船山诗草》卷二〇）

题倪迂狮子林图

吴修

画到狮林绝代无，自应名迹冠倪迂。 两家笔墨能兼采，要看荆关看此图。

——（《青霞馆论画绝句》）

焦山图诗用东坡郭熙画秋山平远韵

舒位

　　陈序璜明经藏家伯父蔗堂先生所写焦山图，有自题曰：金焦两山对峙，然言金山则眉色飞舞，罕有及焦山者，盖金山景包山，夫人知之，焦山则山包景，非胸有卷轴，未易窥也。客询其说，作焦山图以对。乾隆壬午二月既望，澹斋记于丹阳古驿。澹斋，伯父旧号也。此图已阅三十余年，顷与序璜书扇，偶录去年焦山诗，序璜以为先后相赏皆同，乃出示此图索句，并促作书，乞先生近画，位既题附卷尾，且录一通，寄呈伯父，而识其略如此。

大江东去扁舟闲，江南江北多青山。 就中两点最奇绝，恰似邢尹相逢间。 客行不厌看山远，一笛渔蓑弄春晚。 当时但记妙高台，谁识海门横绝巘。 为扫纸茧摇豪霜，萧然古驿题丹阳。 残山剩水有人得，卧游不换砖碛光。 三十年来如一日，过眼烟云生白发。 八分倘许张三军，五日犹当画一石。

——（《瓶水斋诗集》卷五）

伯父仿唐子畏富春山图一角命题二首

舒位

桐江诘曲好烟波，隐隐青山响棹歌。 才展溪藤似相识，十年前向画中过。
疏帘清簟梦初醒，下直凝香昼掩屏。 比似六如三丈卷，未妨缩本写兰亭。

——（《清人题画诗选》）

观罗浮山图忆朱西樵

田榕

罗浮四百涌云峰，洞隐朱明未易逢。 竹叶远探仙子迹，梅花细踏美人踪。 孤情绝照应千里，茅屋深居定几重。 闻道石楼更幽胜，杖藜何日许相从。

——（《碧山堂诗钞》卷七）

题栈道图

吴荣光

骑骡何必定诗人，廿载曾冲北栈尘。 昨梦冲寒梁益路，满山风雪宰官身。

清代题画诗类

——（《石云山人诗集》卷二一）

谢卜堂师出李长蘅西泠桥图命题

戴熙

湿云渺渺雨冥冥，想见淋漓写不停。 诗画高情怀老辈，沧桑小劫感西泠。 即今烟翠千重树，犹似模糊一幅屏。 明日湖山难作别，可能借我笔通灵。

——（《习苦斋诗集》卷五）

题孙芝房苍筤谷图

左宗棠

湘山宜竹天下知，小者苍筤尤繁滋。 冻雷破地锥倒卓，千山万山啼子规。 子规声里羁愁逼，有客长安归不得。 北风吹梦落潇湘，晓侍金闺泪沾臆。 画师相从询乡里，为割湘云入湘纸。 眼中突兀见家山，数间老屋参差是。 频年兵气缠湖湘，杳杳郊坰驱豺狼。 避地愁无好林壑，桃源之说诚荒唐。 还君兹图三叹咨，一言告君君勿嗤。 楚人健斗贼所惮，义与天下同安危。 会缚湘筠作大帚，一扫区宇净氛垢。 归来共枕沧江眠，卧看寒云归谷口。

——（《左文襄公诗集》）

富春江图二首

周闲

大江东上语离愁，多少关山记旧游。 一路翠烟春水阔，画来尚喜似严州。
春风侍宦识容颜，箫鼓楼船几往还。 太息年来成落拓，欢游何处问江山。

——（《清人题画诗选》）

题黄尊古先生万里长江图

俞樾

先生名鼎，常熟人，工画，王麓台先生门下高第，康熙中奉敕绘长江图，此其副本也。

圣祖命绘长江图，臣鼎奉诏精描摹。 先从京口试染翰，金焦两点江心粗。 北固主人犹揖让，笔锋直扫黄天荡。 燕子矶边波浪高，石头城外风云壮。 眉黛方描大小姑，云中五老来相呼。 联络吴头兼楚尾，标题水郭与山郭。 黄鹤楼头一点笔，浅黛浓青争涌出。 豪端绰约有余妍，兼为洞庭绘秋色。 此后千山又万山，瞿塘滟滪苦跻攀。 先生只是从容写，千里江陵一日间。 数载经营功告毕，臣鼎封题呈北阙。 副本流传在世间，犹然摹写穷豪发。 先生本是画中豪，王麓台门品第高。 想见此图恭进日，丹青深荷玉音褒。 巨卷牛腰长数丈，披图犹见承平象。 估帆商舶总安间，蟹舍渔庄相掩映。 千古长江一战场，百年亦是小沧桑。 而今风景如重写，来去轮船日夜忙。

题王石谷画潇湘八景小册二首

翁同龢

昨秋空作潇湘梦，尘海归来又过年。 岂若奚童孙憙好，破书摊上识耕烟。
耕烟妙迹渺难求，万里长江一篋收。 却忆鸽峰新雨后，兼金论价买芳洲。

——（《瓶庐诗稿》卷八）

再题石谷潇湘八景册次前韵二首

翁同龢

老来久断潇湘梦，一卧沧江不计年。 八景何如千百景，海天无际渺云烟。
更无良友觅羊求，自检书箱旋自收。 昨过耕烟藏蜕处，浮牛放鸭满汀洲。

——（《瓶庐诗稿》卷八）

题旧藏沈石田苏台纪胜画册

翁同龢

　　石田此册，先藏曾宾谷所，后入华阳卓相国家，流传厂肆，为河南毕某购去。毕，武人也，数年后复见之京师，遂收得之。今日展观，渺如再世。是日为先公讳日，侄孙熙孙，挈二子良、辰自沪渎来，而寅臣二子长、富亦在里中，馈奠之余，共读此画，时则光绪癸卯十一月七日也。

　　相城有布衣，遁世秉高节，平生忠孝心，耿耿一腔热。 如何以画鸣，此冤会当雪。 然即论诗画，余技已独绝。 祝唐难雁行，衡山弟子列。 烟云竞奔走，神鬼为施设。 君看此画图，落笔可屈铁，复缀墨数行，勾法秀而杰。 京师浩穰场，赝鼎苦莫别。 我收贝多罗，森然十六叶。 中被放逐归，未忍捐敝篋。 今日是何日，子姓纷远集。 顾顾四男儿，头角皆玉立。 阿良颇解事，叹赏目不给。 独嗟老病叟，方感皋鱼泣。 缅想白石翁，八十侍大耋。 凄凉墓门屋，湖渌供呼吸。 瓣香置高阁，可玩不可亵。 莫作一艺观，元气中蟠结。 谁筑耕石堂，千秋俟来哲。

——（《瓶庐诗稿》卷八）

题徐子静藏文衡山石湖图卷三首

翁同龢

　　此衡山翁拟沈之作，年八十五矣。余藏沈文合画长卷，衡山记在双娥庵石田亲授之语，谓画是生平业障，盖相期者远也。此卷诗画有豪逸气，子静寄示属题。

湖上春光画不成，一番风雨一番晴。 删除诗草襟怀净，落尽林花眼界明。 绘水漫夸吴道子，囚山错认柳先生。 双娥庵里亲传记，尚想高人济世情。

阊阖城下草蒌迷，寂寂荒台鸟自啼。 凭仗名贤留翰墨，能将文字照山溪。 椰帆来往垂虹畔，桑垄纵横邓尉西。 惟有石湖清侣旧，轻蓑短棹任羁栖。

谁点桓家寒具油，庋藏几辈尽名流。 题诗送客梅花阁，读画怀人杜若洲。 三万射阳真独贵，一千集古足销愁。 赤泥印典殷勤意，压倒沧江虹月舟。

——（《瓶庐诗钞补》）

赵文度为吴彻如画南岳山房图

樊增祥

古人画岳难画衡，九向九背深且清。 岣嵝东俯会稽穴，莲华西与金天争。 义阳吴公官九列，湘湾规筑屋数楹。 瑶房窈窕雁峰麓，湘帆历历过柴荆。 屋里素书充琼笈，门外远山横翠屏。 南宗好手赵文度，为写幼舆邱壑情。 亭台安放最佳处，调和心手相经营。 石气中含太古润，松光晚发诸峰晴。 画石上有暖云起，写松下有流水鸣。 三年皴染意始足，宗伯拈出山灵惊。 神物流传落公手，袭以锦缎方英琼。 昔也翰林弄烟水，湘阴买田薄可耕。 东山一出垂十载，放衙梦堕衡岚青。 愿持此图作粉本，松间结屋饶茯苓。 九疑帝子伊可接，轩辕道士吾同盟。 还将宰相十年事，换取地垆山芋羹。

——（《樊山集》卷一四）

王石谷画庐山看云图

樊增祥

华亭宗伯神仙人，洗眼来看庐山云。 虚空初起如匹练，顷刻涧谷交氤氲。 皎若吴门散白马，皓若珠树翔鹤群。 华严楼阁树杪见，上方钟磬风中闻。 胜游百年缺图画，王郎持笔不敢下。 欻然披见范宽图，置身宛在白玉壶。 瑶池水光峨嵋雪，调铅急起相追摹。 云外开先峡，云际大林寺。 万壑千岩积翠深，蚁人豆马盘空细。 仙山何树非梨花，道人有衣皆鹤氅。 耕烟墨妙妙入神，竹弓弹粉无此匀。 双烟一气紫霞绕，交花不断匡庐春。 怪他一片蟾蜍玉，收尽香炉万古云。

——（《樊山集》卷一四）

罗两峰画张荆圃登岱图

樊增祥

山人旷代丹青手，神物今属枫林叟。 岱宗刻划无遗形，雾壑云泉势奔走。 当年张氏亦好奇，句罗作图赓以诗。 乾嘉老辈竞赏誉，笪河数典高覃溪。 叟也好奇又过之，蛇年蜡屐从两儿。 脱巾小憩经峪石，解带量取秦松围。 残碑无字忽有

字，氈蜡椎拓探屝屬。 僧房夜抱岳顶雪，万松震荡秋涛翻。 笋蒲下酒月照席，垆灰画诗虎攫门。 五更却上观海石，朱霞猛起扶桑根。 天风吹堕绿玉杖，海日涌现黄金盆。 蓬莱东望若龙虒，黄河北折真丝缐。 归来展画更研读，百年前已传其真。 我生好奇困尘鞅，嵩华屡经未能上。 花之寺僧信可人，慰我多年紫霞想。 侧闻海岱多仙灵，石壁巉峭鬼斧成。 罗以鬼趣图真形，神妙直欲无丹青。 公家富敌云林阁，卧游日饮特健药。 好藏云笈慎扃钥，勿使雷公当昼攫。

为何翙高兵部藻翔题象山图四首

黄遵宪

裨瀛大海四围环，半在虚无缥缈间。 天戴尧时州禹迹，分明认取自家山。
叩门海客偶谈瀛，发箧阴符或论兵。 糜尽虫沙剩猿鹤，拭干残泪说闲情。
说教祆神方造塔，讹言王母又行筹。 年来洗耳胸无事，一味贪眠看水鸥。
十七史从何处说？ 茫茫六合赋何愚。 骑驴倒看云烟过，只好商量入画图。

——（《人境庐诗草》卷八）

垂虹感旧图题应缪京卿

陈三立

桥影篷尊处处愁，宛从溪畔觅残秋。 思量只是催人老，幸得图成已白头。

——（《散原精舍诗续集》卷上）

狄平子自写蜀江帆影图

陈三立

蜀道青天不可攀，梦痕叠作剑铓山。 片帆低插猿声底，自吐奇怀狎往还。

——（《散原精舍诗别集》）

程子大武昌鹿川阁图二首

陈三立

江汉看成祸水源，长鲸狞鳄逐豗喧。 涛风不卷吟魂去，冷击孤云一阁尊。
老俱赁庑杂流人，破砚残杯对笑謦。 傲我巢痕烽烬底，梦归犹得煮星辰。

——（《散原精舍诗别集》）

清代题画诗类

170

题画四首

丘逢甲

金山

玉带犹留此结缘，金山楼殿耸云烟。 何当自碾龙团饼，来试江心第一泉。

焦山

何处瓜牛旧结庐？ 六时宫殿震钟鱼。 大江东去月西上，自闭山门读道书。

银山

金山看罢看银山，宫殿崔巍紫翠间。 领略江南好风景，散花人去老僧闲。

甘露寺

虎踞龙蹯迹未消，尚留古刹话前朝。 老僧不省英雄恨，夜夜寒江咽暮潮。

——（《岭云海日楼诗钞》卷九）

清代题画诗类卷一七一

清代题画诗类卷一八

故实类

戏题仕女图十二首

吴伟业

一舸

霸越亡吴计已行，论功何物赏倾城？　西施亦有弓藏惧，不独鸱夷变姓名。

虞兮

千夫辟易楚重瞳，仁谨居然百战中。　博得美人心肯死，项王此处是英雄。

出塞

玉关秋尽雁连天，碛里明驼路几千？　夜半李陵台上月，可能还似汉宫圆。

归国

董逃歌罢故园空，肠断悲笳付朔风。　赎得蛾眉知旧事，好修佳传报曹公。

当垆

四壁萧条酒数升，锦江新酿玉壶冰。　莫教词赋逢人买，愁把黄金聘茂陵。

堕楼

金谷妆成爱细腰，避风台上五铢娇。　身轻好向君前死，一树秾花到地消。

奔拂

歌舞侯门一见难，侍儿何得脱长安？　乐昌破镜翻新唱，换取杨公作旧官。

盗绡

令公高戟妓堂开，黄耳金铃护绿苔。　博浪功成仓海使，缘何轻为美人来？

取盒

铜雀高悬漳水流，月明飞去女谙谋。　何因不取田郎首，报与官家下魏州。

梦鞋

玉钗敲断紫鸾雏，消息声华满帝都。 能致黄衫偏薄倖，死生那得放狂夫？

骊宫

天上人间恨岂消，双星魂断碧云翘。 成都亦有支机石，乌鹊难填万里桥。

蒲东

背解罗襦避月明，乍凉天气为多情。 红娘欲去唤钟动，扶起玉人钗半横。

——（《吴梅村全集》卷二〇）

为方尔止题抱鸳图四绝

宋琬

莺脰湖边避乱时，为郎曾赋定情诗。 何堪再见张京兆，绝笔三年不画眉。
天意偏教杀绿珠，抱鸳人与坠楼殊。 可怜冢上相思树，夜夜啼鹃傍老乌。
鹍弦一绝永无音，莫怪相如饮恨深。 犊鼻着来将泪汗，谁能更颂《白头吟》。
图画诗篇总断肠，人间那得返魂香。 报仇才证西方果，来世应为聂隐娘。

——（《安雅堂诗》）

题卓文君当垆图

吴嘉纪

听罢清琴傍绿樽，如花丽色照当门。 临邛日暮酒徒散，笑视夫君犊鼻裈。

——（《吴嘉纪诗笺校》卷一）

题张良进履图

吴嘉纪

大怒椎秦博浪中，壮心急遽笑英雄。 人前双履殷勤进，喜杀桥头黄石公。

——（《吴嘉纪诗笺校》卷一）

代宁戚作别牛歌题饭牛图

孙枝蔚

鲤鱼长尺半，乃在康浪之水中。 宁戚是大臣，乃在南山之南东门东。 半夜开门爝火红，迎客者谁曰桓公。 牛今大臣将别尔，异哉歌声车下起，吾不与尔适楚矣。 寄语后来人，缊缕何足嗔。 长过青青松柏下，念吾郁郁贱且贫。

——（《溉堂前集》卷三）

题李陵苏武泣别图

孙枝蔚

八尺李陵马，双轮苏武车。 何以赠别五言诗，他日相寄一封书，明知母妻被诛戮，书中不必及里闾。 但道君归蒙上赏，近来荣贵又何如。

——（《溉堂前集》卷三）

四皓图

董文骥

秦时紫芝汉时粮，九十须眉照雪霜。 出为龙楼成羽翼，不知歌舞忆君王。

——（《微泉阁诗集》卷一四）

题禹鸿胪虢国夫人下马图

朱彝尊

貌出风姿胜太真，无劳粉翠费千缗。 如何南内淋铃雨，不忆当街下马人。

——（《清人题画诗选》）

白傅溢江图

吴历

逐臣送客本多伤，不待琵琶已断肠。 堪叹青衫几许泪，令人写得笔凄凉。

——（上海博物馆藏画）

文姬归汉图

王士禛

大漠茫茫沙草枯，天盖四野如穹庐。 阴山秋高雪片粗，朔风中人金仆镘。 高飞鸧转追韩卢，前行一马见隼鹏。 后有数马鸣相呼，尾鬣蝟缩惨不舒。 马蹄流血冰裂肤，蕃儿汉儿手口瘃。 相顾不能鼓咙胡，文姬玉面貂禧褕。 耸肩颦黛愁不娱，越燕向日思南徂。 君独何为苦嗟吁，兜离窈停非故都。 魂消影绝悲两雏，归来为公写遗书。 名在列女丹青俱，老瞒睨鼎目眦肝。 破壁牵后如取孚，独能千金归蔡姝，吁嗟高义今已无。

——（《渔洋山人精华录》卷三下）

解仲长画十八学士图歌

邵长蘅

秦王虬髯一尺铁，提絮亲掴中原血。 昼开天策群龙趋，诸公衮衮皆英杰。 当时立本传画图，千载想像犹能识。 我家此障解翁笔，宣和院体工设色。 台榭渲染辉丹青，宫殿玲珑丽金碧。 颇工人物良苦思，旧本摹拓开鬓眉。 宫袍绯紫杂青绿，腰带挞尾纷帨垂。 仿佛铜龙散讲后，昼迟行乐分曹偶。 房公微笑杜公坐，投壶散帙无不有。 就中一人落笔酣，细看恐是虞世南。 其余学士貌各异，峨峨列坐影华襜。 即论画马亦殊绝，奚驹十八森成列。 银鞍金鍐高缠鬃，三匹翘足五匹啮。 太液淡淡春风波，黄鬃奚官白㲾靴。 牵来十匹池上浴，丹鬣翦刷喷桃花。 可怜人马争辉宠，凭轩坐久神逾竦。 忆昔风尘际会初，君臣契合水与鱼。 功成开府追清暇，春容翰墨非荒娱。 只今朝野仍艰虞，时危整顿英雄需。 抚图怀古心郁纡，书生岂有封侯颅。 慷慨击碎玉唾壶，高吟梁父浮云徂。

——（《青门簏稿》卷三）

题太真上马图四首

沈德潜

女官扶醉上金鞍，从幸华清拥玉环。 合队四家犹未到，只应并辔向骊山。
海棠浥露独承恩，组绣丛中侍至尊。 此日江妃方作赋，珍珠谢却守长门。
无复炎方进荔支，郎当驿畔马行迟。 可堪夜雨淋铃候，回忆联镳绣岭时。
宋王孙貌唐天子，传出障泥艳道途。 何似长康工讽谏，脱簪辞辇各成图。

——（《归愚诗钞余集》卷三）

题文姬归汉图

华嵒

纷纷珠泪湿桃腮，十八拍成词最哀。 一掷千金归汉女，老瞒端的是怜才。

——（《离垢集》卷五）

题杨妃病齿图

华嵒

半曲新声懒去理，舞衣歌板欲生尘。 寥寥一片春宵月，偏照深宫病齿人。

——（《离垢集》卷五）

赋得柳毅传书图次陈其年韵四首

纳兰性德

黄陵祠庙白萍洲，尺幅图成万古愁。 一自牧羊泾水上，至今云物不胜秋。
花愁雨泣总无伦，憔悴红颜画里真。 试看劈天金锁去，雷霆原恼薄情人。
晶帘碧砌玉玲珑，酒滴珍珠日未中。 忽报美人天上落，宝筝筵里尽春风。
凝碧宫寒覆羽觞，洞庭歌罢意茫茫。 玉颜寂寞今依旧，雨鬓风鬟枉断肠。

题文姬观猎图

赵执信

天山霜草白于雪，金勒明驼行复歇。　贤王前行屡停鞭，顾笑欲得车中怜。　车中美人色赪玉，汉日边风摧鬓绿。　湅裘乳酪镇相亲，寒束芳心羞不瞩。　健儿身手如犬鹰，争倚雕弓驰射生。　忽闻鸣镝云间响，何似焦桐弦上声。

——（《饴山诗集》卷五）

题郭令退回纥图

赵执信

汾阳功业秋天日，一木峨峨造唐室。　古来何代无鱼程，当时犹夺汾阳兵。　功臣仆固为戎首，暗主骄奄齐束手。　军中忽闪令公旗，回鹘十万如伏雌。　连营奔散晨星灭，战马不惊筇吹咽。　入关空破雁门烟，出塞惟将汉家月。　长安一日启九门，手持畿甸奉至尊。　辟雍将将高座矗，诸生听说覆公辣。

——（《饴山诗集》卷五）

题顾黄公景星先生不上船图

赵执信

青莲居士李谪仙，醉倒天子妃子前。　梦中狼籍作呓语，已入箫韶压管弦。　长安市上酒家眠，沉香亭畔何殊焉。　少陵野老眼狭小，歌咏生憎不上船。　近代词臣那敢尔，礼法拘牵才委靡。　黄公诗骨高嶙峋，史官如雨不著身。　雄才狂醉空自信，余事青莲恐笑人。　丹青阁作青莲貌，或是前身那可料。　人生讵得总荣华，我辈故应长潦倒。　江东酒浓秋色暮，太息黄公曾饮处，不见圣朝爱士过唐明，诗人千里随船行。

——（《饴山诗集》卷一〇）

题张敞画眉图

戴瀚

由来京兆最堂堂，耐写双蛾助晓妆。　却得史编书汉德，闺房私可告君王。

——（《雪村编年诗剩》卷五）

题陈子健所藏宋人画太真按舞图

厉鹗

柳芽将吐菜甲新，西堂小雨愁青春。　有来此画传院体，调铅写黛知何人。　三

清代题画诗类

郎深宫常晏起，独爱霓裳谱风水。 太真能舞作舞诗，罗袖动香香不已。 念奴按拍寂不喧，罢敕杂乐呼梨园。 至今看画尚有恨，袜尘未歇烟尘昏。 良工好手诚难遇，周昉张萱具生趣。 劝君装潢藏弄牢，他时好待添丁付。

——（《樊榭山房集》卷一）

题丁观鹏仿韩滉七才子过关图

汪由敦

彩楼选婿日，翩翩美少年。 哪知驴背上，须髯领七贤。 世代考莫穷，姓名忽已传。 足称忘年交，堪比登神船。 司勋亦俊才，佳句如阴铿。 忽入画里看，少年忆渭城。 如何冒风雪，骢辔将焉征。 透得诗画禅，逢场聊作戏。 蕴玉山故辉，含珠川以媚。 破帽与氅衣，装束殊高致。 试看一鞭挥，维摩果不二。 马上执青简，遥识为参军。 清辞留人间，往往如吴均。 诗人多坎坷，流寓剑水滨。 胡为别杜老，而追作者群。 谏议偶傥人，丰姿秀堪睹。 正使独遗名，发潜可惜许。 骑牛过涵关，关尹曾逢否。 介绍崔李间，莫逆忘尔汝。 有子世业传，飞白继真武。 意不喜长安，赐金得放返。 懵腾策蹇驴，酒气余燥吻。 高节超尘环，浮石何增损。 若将比竹林，位置稽与阮。 达夫尚节义，其诗故可传。 据鞍意自殊，默构成佳篇。 韩相留墨妙，致我思古人。 独惜有遗舛，杜老与浩然。

——（《历代绘画题诗存》）

题浔阳琵琶便面

鲍皋

荻花枫叶浔阳岸，商妇琵琶司马船。 千载已无迁谪意，画图省识重潸然。

——（《清画家诗史》丙上）

戏题明妃出塞图二首

王昶

汉庭至计在和亲，凭仗良家静塞尘。 将相俱应巾帼裹，麒麟阁上画何人。
云重天低塞雁呼，不辞风雪赴幽都。 免教卫霍称飞将，待得功成万骨枯。

——（《清人题画诗选》）

清代题画诗类卷一八一

清代题画诗类卷一九

故实类

题两峰画屏十六事

蒋士铨

杨公却金

君子戒苟得，六事廉为本。卓哉杨关西，守身独能谨。吁嗟好货人，终焉亦堪悯。

徐君磨镜

友道日以丧，结交须黄金。千里赍镜具，伤哉知己心。低回孺子祠，湖水依然深。

陶公运甓

待用而习劳，穷士甘自弃。一出立功名，担荷平生志。抱瓮灌园蔬，辛苦亦无谓。

紫芝乳侄

李善为人奴，两乳且流湩。堂堂元紫芝，此义邱山重。伯道足千古，谁接程婴踵。

清献焚香

天高听自卑，不待琐琐告。凛矣焚香心，藉以存检校。愧彼欺罔徒，靦颜作大诰。

女正画粥

忘食不求饱，况有齑与粥。相业藏此中，穴金无可欲。禄米拜万钟，同餐义庄粟。

吕公辞镜

我面櫟子大，君子不可贿。贤臣进金鉴，岂但烛千里。季辅受上知，拜赐斯可矣。

莱公抚痛

创痕犹在足，受杖不能再。毕竟进天书，伤哉母何在。愿采金萱花，同公树堂背。

宣后脱簪

齐女戒鸡鸣，化被来永巷。中兴继二南，哲妇称宫相。夜饮醉倾城，邦家倏焉丧。

敬姜手绩

唯逸则思淫，独家主犹绩。闺人逐燕游，机杼空倚壁。何取刺绣纹，不如勤纺织。

莱妻投畚

秦妻不下机，羊妻乃绝纬。可怜妇人心，愿夫求富贵。不若老莱妻，投畚皇然退。

桓君提瓮

牵鹿挽柴车，提瓮备朝汲。苟能事君子，奚取封郡邑。鄙哉求去人，日对樵夫泣。

孟光举案

三日洗盛妆，推髻入春庞。夫贤敢不敬，是乃梁鸿伍。麈尾驱犊车，相公徒自苦。

陶母截发

茅容烹伏雌，老母竟独飧。似惭截发人，含笑眠牛壤。披图念亡亲，客至吾安仰。

唐氏乳姑

愿妇儿孙贤，崔门自兹大。蝤蛴饷盲姑，变矣家人卦。可知含饴心，调饥亦无奈。

李母掩钱

坏垣出钱舟，天悯清门窭。无劳而有获，掩以贫家土。岂但披裘翁，不为遗

清代题画诗类卷一九

金取。

——（《忠雅堂诗集·藏园诗钞》）

仇英明妃图

姚鼐

明妃一出萧关道，玉颜不似当时好。却留青塚地长春，复有画图容不老。汉官佩剑卒举旗，分布四马连尻脽。毛端飒有风沙吹，侍女颇具宫中仪。中有襜褕拥独骑，落日黄沙万马迹。临风翠袖双蛾眉，欲到穹庐前几许。贤王迎跪庐儿语，琵琶曲终泪如雨。佳人那必逢佳侣，表饵生分汉帝忧。容华死作单于土，遗事竟宁传到今，王昭有曲声中琴。仇生岂亦能知音，写出别怨关山深。正使夔州衰杜老，春风省识忽伤心。

——（《惜抱轩诗集》卷三）

题仇实甫华清出浴图六首

翁方纲

一片瑶池玉蕊光，金沙洞口饮泉香。更教赢得樊川瘦，空说云娇惹粉囊。
水气溶溶上腻肤，锦裆卸尽卷流苏。小莲只合扶钗堕，谁道褳儿识塞酥。
瑞龙脑子气成霞，朵朵金莲日未斜。不用梨云翻翠被，自然珠汗似桃花。
秋风未奏荔支香，流水玖珍一曲长。此日池边闻紫笛，就中几个似迎娘。
碧菱花覆水纹深，月殿飞霜夜夜心。留与津阳旅人话，犀屏罗荐簇黄金。
海棠睡意画难成，想到鸳鸯贴水情。一缕双弓笔三折，后人何苦学仇英。

——（《复初斋集外诗》卷一三）

吴水云仿范宽访戴图

翁方纲

世间何者为兴尽，窈渺空洞不可传。君欲写之作何境，但借粉本开长川。乘风挂席候海色，万峰一片琼瑶田。不独画雪且画月，浮云新霁空碧天。沙明波净照石壁，晶辉下上相沧涟。扁舟者谁绮裘客，氅巾吹笛拍手仙。清光乘醉吸雪月，岂知欲到何门前。我来一笑君误矣，此非子猷乃青莲。子猷之兴本难写，我昔倚棹曾洄沿。山阴剡溪虽未至，温伯雪子奚言诠。诗家意尽辞不尽，每寻归宿辄逌然。东坡并不说访友，我自兴尽回酒船。

——（《复初斋集外诗》卷九）

题杨妃春睡图

李调元

华萼楼前春色阑，华清浴罢晓妆残。 别宫昨夜闻宣唤，传道君王饮玉环。 宿醒未解春眉蹙，扶归皂帐人如玉。 带雨芙蓉起御床，正是海棠春睡足。 宝钗斜坠绾乌云，金屏烟袅香氤氲。 日移砖影随帘转，风动铃声隔院闻。 那知鼙鼓惊春梦，香魂错认流莺唶。 深宫异出锦绷儿，尘满渔阳万军闻。 可怜剑阁雨淋铃，渭水东流不可听。 一自长眠马嵬月，千载黄泉唤不应。

——（《童山诗集》卷七）

题杨妃病齿图

奚冈

宛如西子捧心颦，香唾时教湿绣巾。 一曲霓裳歌不得，海棠寂莫过残春。

——（《冬花庵烬余稿》卷中）

为吴更生作湓浦琵琶图系以一绝

奚冈

含情都在四条弦，泪湿青衫怅别筵。 只有湓江流不去，芦花枫叶自年年。

——（《冬花庵烬余稿》卷上）

题严子陵却聘图二首

孙星衍

时平容汝去岩廊，一棹烟波指故乡。 多事客星千帝座，狂奴不及介推狂。
芦花浅水任浮沉，莫笑还山入未深。 却聘归来仍罢钓，高人并少羡鱼心。

——（《芳茂山人诗录·冶城絜养集上》）

仇实父画陶渊明归去来图二首

孙原湘

轻舠一叶载云还，人在仙源杳霭间。 应笑龙眠犹色相，西园涂绿上春山。
一官花景过无痕，梦罢羲皇倒绿尊。 松顶闲云如我懒，春风吹不出柴门。

——（《清人题画诗选》）

题杨子靖绍恭山阴雪棹图

张问陶

买田住阳羡，对雪画山阴。 名士爱吴语，远游思越吟。 春迟松岭秀，寒峭水窗深。乘兴自来去，澹然忘古今。

——（《船山诗草》卷五）

冷枚华清新浴图

舒位

　　落妃池上烟波绿，阿环承幸骊山足。水边已见丽人行，殿角仍歌照影曲。照影疑从镜殿还，温泉水腻弄潺湲。花开陈苑临春阁，波绕吴王销夏湾。相从逭暑銮舆度，钿砌雕栏裹清露。内园初进助情花，别馆惟栽销恨树。江妃辞去念奴陪，迟日熏风汤殿开。更无红叶随波去，早见黄裙逐水来。须臾起舞双鱼镜，绿鬓倭堕红绡靓。赵后仙裙自可留，洛妃尘袜应还胜。当时但诏洗凝脂，谁赐金钱更洗儿。楼中赤凤来何日，水底黄虬化有时。从此华清水呜咽，延秋门上乌啼彻。忍看骊岭县前流，化作马嵬坡下血。碧落黄泉梦有无，兰汤第二冷宫凫。千年祸水几倾汉，一曲香溪竟沼吴。金门画史丹青选，国子先生藏一卷。浴凤尘扬碧海空，牵牛泪落银河浅。

——（《瓶水斋诗集》卷三）

仇英桃花源图

舒位

　　桃源洞，武陵溪，武陵溪口桃花堤。扁舟捕鱼者谁子，忽逢桃花红欲迷。再来不记桃源洞，渔人竟作桃花梦。桃花疑梦人疑仙，惟有武陵流水声溅溅。君不见阿房宫中三月火，函关一丸不能锁。火光进入武陵溪，烘出桃花红万朵。秦人避火闻花香，渐入佳境非故乡。外间蛇鹿内鸡犬，一十七史龙玄黄。当年刘阮天台去，人面桃花渺何处。太守何须更问津，仙人大抵无情人。无情有情转愁疾，但见山深而林密。直教招隐作清谈，且与凿空传彩笔。

——（《瓶水斋诗集》卷一）

蔡文姬塞外图二首

舒位

　　绝塞刀镮梦，春风识画图。关前折杨柳，山上采蘼芜。隐隐千烽戍，茫茫万里孤。胡笳凡几拍，烂漫看诸雏。

　　沦落才应累，萧条感易成。蛾眉如可赎，马角不须生。岂抵锦车使，终怜破镜情。风沙瓯脱远，惆怅写倾城。

——（《瓶水斋诗集》卷二）

班婕妤团扇惊秋图二首

叶廷琯

玉颜遭妒最堪伤，怨入西风扇影凉。 若问昭台宫里事，箧藏犹荷主恩长。
漫言见事到秋迟，同辇能辞宠遇时。 翻羡南朝歌婢好，流离扇底有郎知。

——（《楙花盦诗》卷上）

题陈老莲画吴季札挂剑图

杨翰

白日苍凉堕邱垄，荒云古石埋新冢。 寒林萧萧剑气腾，满堂观者皆神动。 谁为图者陈老莲，十指拂拂生秋烟。 延陵公子心如石，莲也笔力与之敌。 墨光黯淡神采凝，霜毫凛凛生气凭。 当年公子生延陵，勾吴统绪固所应。 高怀远附子臧节，三让法祖吾犹能。 去聘鲁齐晋魏郑，观人论世与豪英。 一剑纵横数千里，虎气龙身照寒水。 徐君爱剑识剑心，剑若有知合心死。 莽莽风尘趋上国，千金脱赠藏胸臆。 归来剑在人已亡，按剑无言心默默。 人生俯仰成今古，三尺孤坟一抔土。 腰间秋水是君心，拂剑吊君君不语。 心期耿耿惟吾曹，重则泰山轻秋豪。 死生百变志不变，一剑挂上秋天高。 乡里龌龊小丈夫，动指天日明区区。 披肝沥胆出相许，意气侃侃夸不渝。 翻云覆雨有时变，往往诡谲加夔魖。 一生一死见交态，未必尚念黄公垆。 何论生前一交臂，然诺安望如其初。 有吴君子葬申浦，二千余载云模糊。 此风自可起顽懦，此图亦足砭蒙愚。 我歌此歌心盘纡，词虽已尽意有余，吁嗟乎挂剑图。

——（《清画家诗史》辛上）

题太白醉酒图二首

丘逢甲

天宝年间万事非，禄山在外内杨妃。 先生沈醉宁无意，愁看胡尘入帝畿。
早年妙句擅沈香，晚作流人下夜郎。 谁识先生非酒客？ 当时慷慨为勤王。

——（《岭云海日楼诗钞》卷八）

题苏武牧羊图

王震

塞外孤忠一使臣，吞毡食雪为成仁。 节毛落尽难抛却，日逐羊群盼古春。

——（日本私人藏画）

清代题画诗类卷二〇

闲适类

题尤展成水亭垂钓图二首

吴伟业

长杨苑里呼才子，孤竹城边话使君。 移作渔矶便垂钓，故山箕踞一溪云。
遂初重把旧堂开，故相家声出异才。 莫向卢龙梦关塞，此生何必画云台。

——（《吴梅村全集》卷六〇）

西园坐雨图

弘仁

鸟语绵蛮春雨稠，缤纷花片压池沤，双眸曾未临沧海，为假崇峰当蜃楼。

——（美国王季迁藏画）

溪畔清音图

弘仁

不学苏门啸，长挥溪畔琴。 在今亦停响，流水有清音。

——（黄宾虹藏画）

雨后春深图

弘仁

雨余复雨鹃声急，能不于斯感暮春。 花事既零吟莫倦，松风还可慰宵晨。

——（上海博物馆藏画）

林泉图

弘仁

杜鹃声叫暮春天，村落家家事向田。 唯是道人偏爱懒，偶濡残墨写林泉。

——（上海博物馆藏画）

题黄子锡丽农山居图三首

宋琬

未造幽人居，披图欲忘倦。 他日款柴扉，预识青山面。
种瓜南陌上，足以供秋税。 谁裁货殖书，将与蹲鸱类。
平原邈千载，招魂在精舍。 时见石梁游，云车与风马。

——（《安雅堂未刻稿》卷五）

刘远公扁舟图

宋琬

五湖今日半风尘，画里重看折角巾。 楚国大夫兰作枻，王家公子璧为人。 山中薜荔供衣服，海外珊瑚拂钓缗。 试向匡庐寻旧隐，孤云秋月是前身。

——（《安雅堂未刻稿》卷四）

翁玉于年兄以萧尺木画杜子美诗册索题

宋琬

萧生画手称绝妙，风格远过文待诏。 曾貌《天问》与《九歌》，荒唐隐怪皆殊肖。 三闾大夫色憔悴，山鬼乘狸善窈窕。 解衣盘礴余在旁，举杯向天发狂啸。 翁侯酷爱少陵诗，惊人佳句常相随。 手裂生绡三十幅，萧生一一丹青之。 浣花草堂若在眼，剑门栈道横参差。 罢榷归来无长物，独携此册还京师。 长安公卿颇好事，书画宁复论真假。 百镒始购宣窑杯，千金赝买铜台瓦。 此图一出价必高，翁侯爱玩不肯舍。 即今迁谪转萧瑟，欲归无舟陆无马。 翁侯翁侯，谁令尔爱杜陵翁，于年坎壈将无同。 芦花采采雁南度，笠泽烟水秋濛濛。 君归结庐在何处，余欲携琴学梁鸿。 萧生夙有五湖志，何不招隐来江东。 呜呼！ 何不招隐来江东，画君与余持竿垂钓秋风中。

——（《安雅堂诗》）

题王西樵司勋桐阴读书图

吴嘉纪

已著薜萝衣，尚羁泥滓路。 回首昧白云，乡关是何处？ 慨慷歌咏怀，宿昔林泉趣。 夜来孤烛下，梦见三桐树。 清阴生草堂，碧叶滴凉露。 起来寻画师，含情乞毫素。

——（《吴嘉纪诗笺校》卷三）

山居图

龚贤

农牧渔樵何处家，黄茅屋子寄山涯。 等闲相返如泥醉，酒满瓶盆不用赊。

——（《明清中国画大师研究丛书·龚贤》）

木叶丹黄图

龚贤

木叶丹黄何处边，楼头高卧即神仙。 玉京咫尺才相问，天末风生汎管弦。

——（上海博物馆藏画）

题画赠天都隐士潘衡

龚贤

雨过惊泉走白龙，晨钟满地湿无踪。 道人但解结茅宇，不识黄山第几峰。

——（《明清中国画大师研究丛书·龚贤》）

题画赠郑孝廉元志

龚贤

树老风声孤岸静，水空天远半湖青。 山人不识有巢氏，十月诛茅自筑亭。

——（《明清中国画大师研究丛书·龚贤》）

谢樗仙画二首

周容

打驴不上桥，溪水流太亟。 何如且下鞍，解琴对秋色。
一童眼未醒，两牛斗未息。 春草无限青，那费东风力。

——（《春酒堂诗存》卷五）

题唐伯虎春游图

周容

墙东白面郎，驻马听啼鸟。 垂柳共青帘，春风为谁袅。

——（《春酒堂诗存》卷五）

为姚亦方画扇

周容

笔墨忽成兴，寒山不肯春。 轻舟应有路，虚阁似无人。 箐小藏天静，心闲避

地新。　临歧无可赠，聊以慰君贫。

——（《春酒堂诗存》卷三）

题董天池行乐图四首

孙枝蔚

翩翩吾爱佳公子，弱冠能文笔有神。　射虎山中人不识，愿随李广是诗人。
策马长松古道旁，雄才应耻作诗狂。　清童亦胜巴童辈，终日肩头荷锦囊。
人生行乐贵当年，谁与林松倍有缘。　骑马山中非汝事，候朝多在五门前。
石路扬鞭乐意多，也知心性厌风波。　蛸帆飞处船如马，正恨青山瞬息过。

——（《溉堂后集》卷六）

题画

孙枝蔚

霜天红遍老枫树，闲来约伴题诗去。　双僮提酒上山迟，不识主人坐何处。

——（《溉堂前集》卷三）

题桃源图

李邺嗣

鸡犬秦源亦不同，谁容渔父识其中。　爱名欲使人间说，故倩桃花几片通。

——（《杲堂诗钞》卷七）

题嗅菊图轴

张风

采得黄花嗅，唯闻晚节香。　须令千载后，相慕有陶张。

——（故宫博物院藏画）

和唐六如题画三首

董文骥

采来紫角玉心菱，举起缦囊九罭罾。　前辈自题行乐处，如今画手见何曾。
铺锦池底渐多菱，鸟萃萍中水上罾。　泽畔行吟思往日，美人亲信记吾曾。
濯锦江边少绿菱，终南山下有蛟罾。　具区泽国深云水，蹋遍人间得未曾。

——（《微泉阁诗集》卷一四）

题曹希文廉让拥书图二首

叶燮

谁人识得送鸿心，泉响风鸣一往深。　堪笑陈王矜七步，何如横膝自知音。
萧森阅历主耶宾，忙煞摊书觅古人。　水树竞夸廉与让，目成只许篆烟亲。

——（《己畦诗集》卷三）

题龚主事翔麟西湖雨泛图二首

朱彝尊

茶档酒幔静无邻，镜面平波碾湿银。　回忆少年歌舞误，乌篷不作独吟人。
莼丝菱叶浸鱼天，十里湖山思悄然。　疏雨夜眠听亦好，莫因月黑便回船。

——（《清人题画诗选》）

题家广文端邓尉寻梅图

朱彝尊

村村梅底闹壶餐，莫笑先生苜蓿盘。　桃李满山都不恋，冷香合让冷官看。

——（《清人题画诗选》）

九言题田员外雯秋泛图

朱彝尊

田郎与我相识今十年，新诗日下万口争流传。　黄尘扑面三伏火云热，每诵子作令我心爽然。　开轩示我秋汛图五丈，鸭头画宛似吴中船。　大通桥北官舍最湫隘，箕筥升斛囊橐喧阗。　他人对此束缚不得去，田郎棹头一笑浮轻涟。　疏花蒙笼两岸渡头发，蹇驴蹢躅百丈风中牵。　五里十里长亭短亭出，千丝万丝柳枝杨枝眠。　当其快意何啻天上坐，酒杯入手兴至吟尤颠。　庆丰闸口自有此渠水，未知经过谁子曾洄沿。　仓曹题注名姓不可数，似子飞扬跌宕真无前。　长安酒人一时赋长句，我亦对客点笔银光牋。　蓬窗寂寞不妨添画我，从子日日高咏秋水篇。

——（《清画家诗史》乙上）

题渐江上人采芝图

朱彝尊

弘僧笔夺造化功，仿佛引我山峦中。　纷红骇碧目不给，信是此图天趣工。　仙岩欲疑与坞隔，精舍定有樵溪通。　风松如琴静相答，流泉如佩鸣淙淙。　是间盖置一亩宫，数家鸡犬常从容。　茯苓芝草大如枕，青精黄独年无凶。　龙藏其鳞凤戢羽，纵设网罗不能取。　何时步出春明门？　得荷长镵真个去。

——（《明清中国画大师研究丛书·弘仁》）

题朱君望云图

屈大均

春鸟催归处处闻，乡心画出翠氤氲。 江南山色无多少，总向邗沟作白云。

——（《翁山诗外》卷一四）

题刘君芦洲濯足图

屈大均

岂意菰芦尚有人，微茫烟水未迷津。 白头渔父偏知汝，一棹相将出白苹。

——（《翁山诗外》卷一四）

题朱太史小长芦图

屈大均

烟水小长芦，微茫子大夫。 不知垂钓罢，亦复著书无。

——（《翁山诗外》卷一二）

题禹之鼎月波吹笛图卷二首

梁佩兰

射鸭人稀落晚潮，高楼衔月水烟消。 一声长笛湖鱼出，菱叶芦花利落摇。
柳条霜折冻声多，湖尾湖头送玉波。 却笑高人忙底事，满船星宿当吟哦。

——（《历代绘画题诗存》）

岩栖高士图

王翚

高士岩栖趣自幽，白云天半读书楼。 银河落向千峰里，长和松涛万壑秋。

——（《历代绘画题诗存》）

石泉试茗图

王翚

石泉新汲煮砂铛，竹色云腴满斗清。 为问学池邀酒伴，何如莲社觅茶盟。

——（《历代绘画题诗存》）

子鹤道兄新居移古梅一本索同人赋诗口占三绝
相赠子鹤天怀幽澹不因人熟观其移梅诗可以知其
雅尚矣余与鹤兄有深契故略其性情因梅以讽叹之云尔

恽寿平

罗浮天畔美人思，茅屋从来春到迟。　万紫千红都不屑，只宜冰雪半枯枝。

薜衣寂寞卧溪滨，惟有梅知隐士贫。　时抱寒条动真想，花开不是世间春。

——（《瓯香馆集》补遗诗）

冰澌断壑想移根，瘦骨倾欹掩筚门。　天地一寒吾与尔，雪窗残月伴黄昏。

——（《清画家诗史》乙上）

题石谷画看梅图二首

恽寿平

竹外横烟松上风，携琴溪岸板桥通。　不须更放孤山鹤，身在寒香夕翠中。

柳路溪风拂面寒，几枝晴雪傍檐端。　暗香瘦影分明处，把酒山堂待月看。

——（《瓯香馆集》卷二）

题王翚晚梧秋影图

恽寿平

鱼窥人影跃空池，绿挂秋风柳万丝。　石岸散衣闲立久，碧梧阴下纳凉时。

——（故宫博物院藏画）

题石谷云壑松涛图和江上先生韵

恽寿平

高卧何须万户侯，人间别自有林丘。　岩边泉瀑流无尽，云里松涛听未休。

——（南京博物院藏画）

题王翚画王先生槐隐图

恽寿平

墙东髯叟隐高槐，花外茶烟昼不开。　写罢奇书窥竹径，树梢穿过夕阳来。

——（故宫博物院藏画）

题林居高士图八首

恽寿平

移石苔草知，赠云山灵悦。　墨华开寒岑，满纸留冰雪。

清代题画诗类

190

竹外空翠来，树杪泉声过。　眇然遗世人，横琴向山坐。
丹壑不留霜，谷草尚碧色。　迟暮望佳人，含思杳何极。

——（《瓯香馆集》卷八）

草木本无性，岩泉亦沉冥。　借问此何年，天醉殊未醒。
何处发清啸，遥睇深松林。　荒溪碧云上，萧寥鸾凤音。
人间无西山，不向山中宿。　吟诗云鸟趋，闲户日月独。
仙人青精饭，满注流霞杯。　图成三珠树，囊云待鹤来。
惝恍鬼神下，盘礴元气中。　抽豪见商岭，拈草识黄公。

——（《瓯香馆集》补遗诗）

设色山水图轴

王原祁

吴门旅雁两三声，我去西江君北征。　一片楼头寒夜月，桃花流水隔年情。
意止图成点染新，一山一水未能真。　知君夙有烟霞癖，侧理重贻拂旧尘。

——（故宫博物院藏画）

石谷先生喆嗣处伯道兄苦志力学无间寒暑丙寅九月以秋夜读书图见示喜而赋此

王撰

桐梢月出晚凉初，蕉影蛩声伴读书。　百尺楼头豪气在，沈酣千卷乐何如。

——（《清画家诗史》乙上）

清代题画诗类卷二一

闲适类

艺菊图

原济

连朝风冷霜初薄，瘦菊柔枝早上堂。 何似如松关画好，只宜相对许谁傍。 垂头痛饮疏狂在，抱病新苏坐卧强。 蕴藉余年唯此辈，几多幽意惜寒香。

——（《中国绘画史图录》下）

山麓听泉图

原济

听泉入山麓，访旧到松源。 踪迹无知处，高枝亦挂猿。

——（《石涛》第三章）

题蕉林书屋图

萧晨

廊庙山林致总深，自公多暇种蕉林。 悬知著就南华日，绿遍前溪十亩阴。

——（《中国绘画史图录》下）

题禹之鼎月波吹笛图卷四首

冯廷櫆

潋潋波光淡淡烟，芦花荡里晚停船。 江东风月谁题品，尽付南湖水墨仙。
手里笛材何处寻，短蓑斗笠向湖阴。 人间头脑懵懂甚，不信螺潭有赏音。
一曲沧浪放棹回，萍风初动浪花开。 卷图好向丹青道，更写金鱼入钓来。
笑指黄公旧酒垆，红尘游戏亦须臾。 而今我欲浮家去，肯割双溪一半无。

——（《历代绘画题诗存》）

题禹之鼎月波吹笛图卷二首

程中讷

湖光渐起白烟收，顷刻空明处处浮。 一笛风清何处落，水边杨柳月波楼。
竹亭花坞倦清妍，到底输君却自然。 一片鸳湖今领取，不教烟水但年年。

——(《历代绘画题诗存》)

题禹之鼎月波吹笛图卷二首

查嗣瑮

曾记仙翁铁笛词，笑他俗客倚楼时。 看船客去天如海，我欲从君作桨师。

笛声源共水声流，清华南湖一片秋。 为载绿蓑随意去，便逢烟雨不须愁。

——(《历代绘画题诗存》)

题画赠僧

高其佩

入岁风雪多，今始天宇晴。 携客叩禅关，曳杖溪上行。 老鹳作寒语，野水回春声。 洒墨写幽抱，磊落抒平生。 万翠暗浮几，激射斜阳明。 愿为山中人，薄田事躬耕。

——(《清画家诗史》乙下)

题西畯月波吹笛图二首

查慎行

苔样蓑衣绿盖篷，轻篙闲插月明中。 水禽两两背船去，独倚葵洲一笛风。

一天云细作鱼鳞，千顷颇黎泻湿银。 解听鹤南飞曲好，不知谁是倚楼人。

——(《敬业堂诗集》卷一一)

四时行乐图为张楚良题

查慎行

春

眼前自饶春意，何必三十六宫。 红药扶头宿雨，绿杨跕地轻风。

夏

蕉阴似薄非薄，桐叶虽多不多。 竹几桃笙潇洒，棕鞋蒲扇挼挲。

秋

水北水南霜气，船头船尾衣香。 离离人影花影，的的浓妆淡妆。

冬

童子开炉煮雪，幽人倚槛披氇。 两眉喜气浮动，又得新诗几联。

——（《敬业堂诗续集》卷二）

题春墅晚归图

赵执信

春风开花花满家，主人出看江头花。 朝和卯酒上骄马，嘶入春风藤笠斜。 江头日日人如织，主人何人不相识。 昏酣不觉往来频，到处据鞍倾一石。 长江解渴无时醒，快意但与花逢迎。 青春未肯私白日，暖暖西山烟景逼。 归时翻讶日能沉，委辔垂鞭为花惜。 马前呼门声欲低，主人醉梦花犹迷。

——（《饴山诗集》卷一〇）

题程跂扁舟载菊图二首

陈鹏年

家住秋山深复深，丹枫翠竹满前林。 知君归棹无长物，只有黄花一片心。
重阳荡桨习家池，瓶盎深培也最宜。 自有寒香留几榻，不须补种到东篱。

——（《清人题画诗选》）

题高佥事所画海滨放鹤图

陈鹏年

散发疑同丁令威，逍遥树下自忘机。 桑田海水君知否，一任天空放鹤飞。

——（《清人题画诗选》）

题家屺亭扁舟琴鹤图二首

陈鹏年

琴心鹤梦有无间，官况长如客况闲。 更有高风过清巘，独将杯酒醉江山。
江光月色净无尘，况对芦花白似银。 置驿若教呼小谢，芙蓉楼畔有吟人。

——（《清人题画诗选》）

题友人匹马寻梅图

陈鹏年

帽檐随处饮春风，马首寒香暗淡中。 似访西溪过桥去，湖光山色两无穷。

——（《清人题画诗选》）

迮耕石水村取适图四首

沈德潜

天随风趣想依稀，短棹冲寒雪尚飞。 但使寸心无一事，取鱼取适总忘机。

荻芦丛畔发清音，可是吴吟是越吟。　生计由来最安稳，钓船不到大江心。
水乡到处足莼鲈，合向烟波作钓徒。　闲唤樵青荡轻桨，顺流直溯女儿湖。
万里崎岖行路难，滇黔秦蜀兴俱阑。　归来倍觉风光好，珍重生涯钓雪滩。

——（《归愚诗钞》卷二七）

题濯足图

沈德潜

巅崖崎倾势欲落，苍藤古松互缠缚。　石门一道寒泉流，白书风雷下绝壑。　幽人晞发山之阿，兴来濯足向清波。　烟云欲断不断处，疑有渔人鼓枻歌。

——（《竹啸轩诗钞》卷九）

题家冠云征君登岱图

沈德潜

丈人峰直上，放眼入沧溟。　云罨天门白，山连海国青。　仰堪扪日月，俯自隘云亭。　腹有琅玕在，披呈叩帝扃。

——（《归愚诗钞》卷一四）

芥轩行乐图四首

沈德潜

扫云

云开天地空，云归溪谷杳。　客至迷行踪，欲待呼童扫。

观瀑

飞流挂绝壑，万丈与石斗。　道人断闻根，终年坐虚窦。

探梅

十里五里花，千堆万堆雪。　缓拖藤杖行，清香散林樾。

对月

万古有此月，百年无此身。　举杯邀月饮，同尔谪仙人。

——（《归愚诗钞》卷一九）

北固歌为运使玉川公写意行乐图

高凤翰

南国春阴塞江浒，愁风愁雨商羊舞。 白头庾信哀江南，风雨声中悲豺虎。 蒙烟犯雾出吴阊，白浪如山胥涛怒。 艰难一棹京口来，北顾山头日卓午。 举头日下望长安，五色云中天尺五。 下方历历见齐州，九点苍烟青可数。 海门盈望水晶宫，欲渡无梁隔江渚。 十年饱看江南山，最有今来心独苦。 我亦昆明历劫灰，摩挲新图泪如雨。 先生北顾望悠悠，长安不见人空愁。 隔江惟有扬州月，犹以雷塘野水流。

——（《南阜山人诗集类稿》卷五）

题徐藩伯雨峰草堂行乐图二绝

高凤翰

白云堆里一间屋，绿树阴中三面天。 怪道临风多好句，家乡有此好林泉。
少日曾经入感慨，老年复此爱云山。 千秋道气关生意，都在青黄紫绿间。

——（《南阜山人诗集类稿》卷五）

题载鹤图送沈归愚旋里

邹一桂

半亩松风一棹烟，个中人物并蹁跹。 朝来闲却垂纶手，荡桨冲开水镜天。

——（《清画家诗史》丙上）

闭户不读图

金农

团扇生衣捐已无，掩书不读闭精庐。 故人笑比中庭树，一日秋风一日疏。

——（唐云藏画）

山谷听琴图

黄慎

流水白云西复东，高歌一曲远生风。 相携自是知音客，故写闲心三尺桐。

——（南京博物院藏画）

踏雪寻梅图

黄慎

骑驴踏雪为诗探，送尽春风酒一担。 独有梅花知我意，冷香犹可较江南。

——（广州美术馆藏画）

题汪蛟门先生三好图

马曰璐

寄兴惟凭老画师，披图如挹旧风仪。　尊罍未过扬雄宅，弦管曾吟白傅诗。　蠹简一函犹手泽，高梧百尺已孙枝。　江乡耆旧如公少，起敬同于社祭时。

——（《南斋集》卷一）

题程莼圃抱琴携鹤图三首

马曰璐

心地和平百虑捐，底须指下说流泉。　披图如听众山响，此趣常存动操先。
曾读仙人相鹤经，长身磊落耸青冥。　一丝云骨休嫌瘦，称尔同寻到福庭。
题诗笑我太迟迟，方丈维摩促致词。　何物报君充七发，停琴放鹤亦良医。

——（《南斋集》卷四）

题文待诏自写煮茶图二首

马曰璐

玉磬斋中日暮，停云馆里春闲。　一舸水符调得，芙蓉湖上初还。
不用石炉砂铫，如闻活火松风。　安得笔床频过，身在图中句中。

——（《南斋集》卷三）

题陈文栋蕉下抚琴图

杭世骏

年来种纸渐成林，暇辄栖毫弄玉琴。　恰好萧萧送凉雨，绿天庵里写清音。

——（《清画家诗史》丙上）

题许承祖焚香默坐图

杭世骏

琅玕万个写幽清，人在湖堂夜正晴。　山鸟不鸣林月上，时闻落叶打阶声。

——（《清画家诗史》丙上）

题姚廷美有余闲图

爱新觉罗·弘历

山复松阴白昼凉，荫茅小筑读书堂。　恰如蒋氏开三径，不拟荆人鬻五羊。　坐弄偏欣流水活，起行远谢世尘忙。　展观聊寄片时兴，思日孜孜暇未遑。

题钱选归去来辞图

爱新觉罗·弘历

泉明归去赋清辞，寄傲壶觞谢世知。 千载隐名偏藉甚，画图每写泛舟时。

吴协璜把酒对月图

袁枚

延陵先生夜不寝，对天挥杯劝月饮。 月亦多情解酬客，一泓清露杯中滴。 君为主，月为宾，一酬一酢三更天，衣裳飘飘欲化烟。 嫦娥天上笑且言，此人又是饮中仙。

蒋诵先复园宴集图

袁枚

复园之奇无不有，千山万山夹花柳。 复园之客无不狂，科头赤脚多徜徉。 就中宗伯吾同年，头颅霜雪淡若仙。 一朝胜事成雅会，画图十载犹流传。 我今来宿主人家，诸公散尽空梅花。 夕阳在天风在树，美人不来春不去。 棋子重敲乱石前，钓竿再拂云深处。 主人把图捉我手，此中面目君知否？ 家僮父子兼师友，约略衣冠二十九。 请君磨墨不开口，一一题罢才饮酒。 我昔无画今有诗，人生聚散能几时？ 一床明月一双鹤，花开花落长相思。

题韦约轩谦恒舍人翠螺读书图二首

蒋士铨

各有幽栖地，追思最可怜。 出山殊志趣，飞梦恋江天。 棋局争先手，宫袍不在船。 谁知郭功父，原是李青莲。

能图石牛洞，只有李公麟。 退院僧应闭，前修佛自亲。 书声来半夜，灯影过西邻。 旧学商量处，依然画里身。

题姚白河听雨图

蒋士铨

怀乡感遇怅离群，酝酿新愁到几分。 可惜华堂筝笛耳，秋声如此不曾闻。

——（《忠雅堂诗集·寿萱堂诗钞》）

题熊鹤峤编修画册二首

赵翼

白石修篁罨画溪，数间茅屋倚岩栖。 山家风味清如许，我忆高人唐子西。

秋风摇落后，万象出清真。 木脱山见骨，水枯波不鳞。 地如《盘谷序》，人是葛天民。 何处寻高躅，寥寥隔远津。

——（《瓯北集》卷一〇）

题庆树斋少宰方山静憩图四首

赵翼

鸿爪重图旧履綦，生平游迹最堪思。 方山片石松阴满，此是当年练句时。

写照时才五品官，半年曳履食堂餐。 画师预识三迁信，只画科头不著冠。

此福应须让我曹，侍中三十自堪豪。 如何兼托幽人兴，要占林泉一片高。

山水清音惬素襟，风流非慕晋人深。 官高不改书生味，始是前贤澹泊心。

——（《瓯北集》卷一一）

题画三首

赵翼

碧梧漏疏阴，绿蕉溅余湿。 高斋寂无声，独鹤如人立。

槎枒树几株，叶脱尚楚楚。 想见绿阴时，其下了无暑。

秋随雁到天末，人与鸥分水乡。 霜老荻花全白，风高槲叶半黄。

——（《瓯北集》卷一〇）

题毕秋帆中丞灵岩读书图

王文治

灵岩山下馆娃宫，罗绮笙歌醉晚风。 不道千秋尘劫换，读书声在月明中。

——（《清画家诗史》丁上）

清代题画诗类卷二一一

清代题画诗类卷二二

闲适类

题南昆圃寻梅图三首

严长明

冷蕊疏枝雪乍盈，东风小立不胜情。　何因修到横斜影，低映王恭鹤氅行。
折得瑶华付海鸥，石阑桥外水西头。　鞭丝帽影悠扬处，我替梅花起暮愁。
旧时月色奈愁何，摇曳春风入梦多。　合有暗香疏影曲，人间怎觅小红歌。

——（《归求草堂诗集》卷四）

题秋帆前辈倚竹图二首

严长明

红梨别馆校书慵，习习凉风琐院东。　又占幽人林下趣，满堂烟雨一溪风。
亮节虚心迥出群，萧梢清带出山云。　柯亭刘井风流歇，合有斯人对此君。

——（《归求草堂诗集》卷六）

题陆璞堂先生适园灌畦图二首

桂馥

文定园林绿水滨，百年犹见莱畦春。　异舆自有门生在，且作忘机抱瓮人。
偶从野老说风流，七业俱从画里收。　畦垄闲来窗下课，屋东头与屋西头。

——（《清画家诗史》戊上）

潘皆山带月荷锄图三首

翁方纲

贻我墨潘墨，识君锄月锄。　手中真化雨，心地自菑畲。　黄海云水合，田盘松
石余。　使君清啸梦，元笭贮秋初。
南山陶令句，细雨杜陵诗。　往日家园话，新秋野获时。　戴星来劝课，片月共
心期。　峦翠浓于画，欢颜一笑披。
畿甸歌声久，霜天握手新。　谁同凉月影，我亦荷锄民。　红杏青松偈，蒲团丈
室因。　只应金石契，淡对性情真。

——（《复初斋集外诗》卷一七）

200

题秋林待月图

奚冈

水曲山坳沟引步迟，一林筇竹夕阳诗。 行吟未尽幽人兴，更待秋林月上时。

——（《冬花庵烬余稿》卷中）

为柳溪作柳溪清泛图

奚冈

窄窄瓜皮浅浅波，溪行凉趁柳风多。 先生寄兴沧洲外，欲就元真借钓蓑。
知是磻溪是富春，柳条不染市朝尘。 一竿一卷闲家具，随意江湖号散人。

——（《冬花庵烬余稿》卷上）

李公子存厚梅窝图

洪亮吉

横斜影百枝，坡陀石千尺。 不知是我不得来，或是君家不招客。 花遮帘栊柳藏榻，空里似飞鹤一只。 有鱼千头禽百翼，幽人一一与之数晨夕。 两峰画石如屈铁，两峰画梅如植戟。 披图我忽念畴昔，三十载前携蜡屐。 一峰如頯一峰劈，更上一峰吹竹笛。 此时不知梅窝在南复在北，但见高低屋横脊，屋上残冬雪花积。 百年君居此山侧，孙时看梅祖所植。 幸我渊源尽相识，不然何以挥洒千言有余力。 诗成对卷仍叹息，两峰老懒殊可惜。 君不见玉峰前头湖水碧，咫尺应须望乡国。 倘使余賸更有一丈长，直接吾家水西宅。

——（《卷施阁诗集》卷一七）

跋方布衣薰所作春水居长卷后

洪亮吉

方居士，性本孤。 画水不画舟，画岸不画庐。 纵然画屋仅结茅，前后左右皆禽巢。 一身居其间，意态何嘹嘹。 纵然画舟仅一叶，四面风声水声接。 掉船何所之，似欲出六合。 春林绿重烟蒙蒙，初日淡作胭脂红。 杜门百事不挂意，辟牖自与天光通。 方居士，富有千顷波，贵作五湖伯，朝吟晚吟同蟋蟀。 夜窗无人电光掷，人立大鱼时揖客。 不尔前滩访鸂鶒，偶然兴发作此图。 一笔即已环全湖，全湖尽处青无数，知是君家家前树。 我与居士交，恨未及往还。 手订居士诗，不识居士颜。 他时我访湖西宅，为补四围松与柏。 君不见飞去飞来寒鹭丝，浑疑吊客衣冠白。

——（《卷施阁诗集》卷一八）

秦小岘观察瀛春溪垂钓图三首

孙星衍

未必溪山得自由，临渊我亦爱清流。 人间不少鱼吞饵，又恐先生用直钩。

芙蓉湖上拟垂纶，界石山前好问津。 如此溪流深几许，可能容得钓鳌人。

太液春明首重回，画图莫认子陵台。 济时正要经纶手，且为苍生罢钓来。

——（《芳茂山人诗录·澄清堂稿》卷下）

题笪侍御重光郁冈栖隐卷

孙星衍

郁冈本仙都，古有隐君子。 昔游穷地肺，未得餐石髓。 初成迹荒远，贞白此栖止。 千年白云冷，后见笪御史。 传真孰添毫，野服想脱屣。 道腴故无闷，名在长不死。 楚弓得有时，赵璧反可喜。 文孙获家珍，叔则真隽士。 我归青溪曲，屋映北山阯。 五松久成阴，独鹤不飞起。 谁能图子荆，枕流洗其耳。

——（《芳茂山人诗录·济上停云集》）

题空山听雨图三首

孙星衍

石叶香浓出翠帷，簪花书好写乌丝。 早梅晴日闲相对，可胜西窗话雨诗。

蔬笋筵前屏举觞，芙蓉湖畔理归航。 频年已作浮家客，尚挈红妆愧道妆。

韶光如梦去匆匆，莫遣春消夜雨中。 我似维摩长病在，散花人近只谈空。

——（《芳茂山人诗录·冶城絜养集》卷上）

题静坐图

孙星衍

萧然襟抱欲凌云，不用移床远俗尘。 江左士修耆旧传，斗南家有再来人。 此时木落真吾见，到处风生四座春。 我正耽闲游物外，相看偏爱葛天民。

——（《芳茂山人诗录·澄清堂续稿》）

题徐碧堂司马联奎秋艇狎鸥图二首

阮元

鉴湖秋水放轻舟，贺监归来未白头。 谁与先生最相狎，舟前三十六沙鸥。

濠梁秋水坐忘机，一抹青山淡夕晖。 愧我今年机事重，海鸥终日背人飞。

——（《揅经室集四集》卷五）

202

清代题画诗类一

题胡雒君虔环山小隐图

阮元

环山学人爱著书，经术密矣生计疏。 慨然载书出山去，江湖一舸途五车。 乌乎有山不能居，无山欲买愿更虚。 君不见山中老农不识字，一生溷迹樵与渔。

——（《挲经室集四集》卷二）

自题隐湖偕隐图

孙原湘

耦耕心事画眉年，小隐须寻屋似船。 四面不容无月到，一生长得对山眠。 只消春酒如湖水，尽种梅花作墓山。 未敢便乘莲叶去，怕人猜著似飞仙。

——（《清画家诗史》己下）

题松林佳士图轴

张鉴

松竹有佳致，烟霞无俗情。 瑶琴传一曲，并坐好风迎。

——（常州市博物馆藏画）

松坞幽居图

钱杜

松雪是卷，虽大设色，而古静渊穆，非与唐宋诸家鏖战数十年，未易臻此。东田先生索临，竟月始就，未知与古人有合处否。

乱蝉渡水日当午，深竹连山客正眠。 静掩茅斋谁剥啄，松花一寸落门前。

——（《松壶画赘》卷上）

自题秋林月话图轴二首

钱杜

幽港沉荒烟，江月上城半。 人影穿林来，一一若秋雁。 扣门悄不应，一地凉阴横。 主人邀客坐，隔竹风炉声。 竹深秋意生，月欲与人语。 仙鹤飞出墙，桂花落如雨。

斜月已过桥，篱影淡如画。 时有秋虫声，萧骚杂秋话。 话长客欲去，池上双扉开。 庵僧苦待客，故使山钟催。 归来隐几卧，梦落西溪水。 波影满船头，白鸥呼不起。

——（《历代绘画题诗存》）

方葆岩制军青溪放棹图

顾广圻

江山虎踞接龙眠，当代英灵仰大贤。 家世传经从束发，勋名建节未华颠。 参筹旧勒穷边石，乞养新辞尺五天。 昨日偶然传放棹，雅怀无异秀才年。

——（《思适斋集》卷三）

题李希古首阳高隐图

吴荣光

一幅清风吹我寒，西山休作等闲看。 天将冠履存终古，人识殷周有二难。 老树萧萧容抱膝，荒泉瀺瀺问加餐。 三千年后薇筐在，可胜时流画牡丹。

——（《石云山人诗集》卷一八）

题王叔明松山书屋

吴荣光

正是松风得意时，笔花飞舞墨淋漓。 可怜元季论人物，一代才多在画师。

——（《石云山人诗集》卷二○）

题松老著书图

吴荣光

双松偕老一闲身，又见新阴几度春。 世上尽多轩冕客，可容吾作注经人。

——（《石云山人诗集》卷二一）

题周文矩桐阴读书图

吴荣光

玉砌红栏天上居，梧桐凉后晚花余。 百城万卷垂垂老，恐有人间未见书。

——（《石云山人诗集》卷二一）

题万花春睡扇

吴荣光

盖世功名黍一炊，万花初发又冰丝。 销金帐底人如梦，犹是黄粱未熟时。

——（《石云山人诗集》卷二一）

题听松图

吴荣光

放下霜毫来听松，山花香带墨花浓。北窗谡谡羲皇世，谁写当年寄傲踪。

——(《石云山人诗集》卷二一)

题阎次平牛背吹笛图

吴荣光

风尘撒手得优游，老树经霜又报秋。除却是非都不管，一枝横笛去骑牛。

——(《石云山人诗集》卷二一)

题钱选山居图卷

朱新

乱山回合翠模糊，中有高人旧隐居。药径雨残苗短短，竹关烟淡叶疏疏。鸣泉分响归茶鼎，老树移荫上酒壶。尘世已知仁者乐，漫将幽趣趁成图。

——(《历代绘画题诗存》)

罗三广文之埙读书秋树根图

邓显鹤

秋气郁无憀，秋声慨以慷。萧然秋士胸，秋心日磨荡。婆挲孤树根，啸傲丛林莽。不知读何书，但觉心神朗。如闻空谷间，流音答余响。之子美无度，气量清且敞。诛茅渌溪旁，寄兴皇坟上。一编手自摩，百代心孤往。空山寂无人，斗室明虚幌。方当秋宇高，庭树送凉爽。眼明神愈澈，境隘道益广。想见金石声，琅琅满天壤。我老困一氊，于义未为枉。所嗟精力衰，两目视脱朊。欲读悔已迟，光阴忆畴曩。皇皇中秘册，校雠待吾党。槐厅柯井间，放子一罗网。安能抱梡俎，役役侪市驵。因君发嘉叹，即景触孤赏。回首霜髯翁，我梦堕莽苍。

——(《南村草堂诗钞》卷一八)

蒋再山成闭门种菜图

邓显鹤

我耕湘岸田，君种海滨菜。一饱未有期，大嚼行且快。天怜两生狂且愚，老农老圃百不如。穷乡广莫促相见，荷锄一笑皆画图。我归无田依苜蓿，君归尚恋微官禄。各有求田问舍心，识字耕夫生理促。虽然吾辈岂终穷，种韭拔薤非奇功。琐琐求益市儿耳，闭门未可夸英雄。

——(《南村草堂诗钞》卷一八)

寄题房师许莲舫先生绍宗四时行乐图册子

邓显鹤

杏林骑马

五云楼阁晴如绮，九陌春风花十里。 走马来看及少年，青骢白面红云里。 归来夜值承明庐，红杏枝头丽藻摅。 玉堂旧事凭谁记，补入瀛洲学士图。

莲室闻香

人天宝座金轮王，须眉百亿生毫光。 声闻果证妙色相，幻作万朵莲花香。 太华高高立天外，花开十丈如幢盖。 他年归卧华山颠，消受妙莲花世界。

东篱采菊

高人爱花例怕俗，西风为洗凡眼肉。 山衙无事且饮酒，日对萧萧两丛菊。 先生胸次陶泉明，谓我不俗老门生。 亦有阿通好儿子，他年取次舁舆行。

西山探梅

屋前青山屋后湖，绕湖梅花三百株。 开门一笑花在眼，江天雪地云模糊。 读雪斋中雪皓皓，天公作意催花早。 怪来诗骨如许清，此生只伴梅花老。

——（《南村草堂诗钞》卷六）

自题琴隐图

汤贻汾

身外余长剑，剑边惟古琴。 琴留且卖剑，一笑入山深。 绕屋碧流水，满庭松树阴。 妻孥休苦寂，猿鹤亦知音。

——（《清画家诗史》庚下）

道光癸卯祀灶日自题田舍图二首

汤贻汾

仓盈屋补息劳筋，妇子熙熙一室春。 一样光阴田舍好，不知世有别离人。
瓦盆翻倒会新春，短褐长裾共率真。 一样光阴田舍好，不知世有折腰人。

——（《清画家诗史》庚下）

题吴子律松霭山房读书图

陈均

万松吹雨瀑摇风，迸入书声散碧空。 去日光阴忘不得，梦魂时对一綝虹。

——（《清画家诗史》己下）

陈老莲渊明簪菊图

黄崇惺

羲皇上人亦有癖，葛巾一枝秋露滴。 我家潭湖半亩园，千朵万朵无人摘。

——（《草心楼读画集》）

戴文进画

黄崇惺

红蕖万柄擎翠盖，风竹一丛啼露枝。 主人隐几坐清昼，池上鸀鹣偷眼窥。

——（《草心楼读画集》）

补题秋堂读画图

樊增祥

寿丈陈枭关中，尝以暇日招同西屏、诚斋诸君，从容文醮，尽出所藏名画示客。濒行，属西屏绘图，题咏甚众，祥以衔恤未遑也。顷来吴下，补书卷端，以志墨缘，并寓离合之感云尔。

酒杯闲召客，山翠静当衙。 阁暝妨开卷，篱疏待补花。 凉风生画树，苦趣在真茶。 为谢桓公客，图中着孟嘉。

——（《樊山集》卷一四）

题缪艺风京卿蕉窗读画图

陈三立

艺风老人抱古胸，轩轾百代烦牢笼。 甲乙箸录满道价，摩挲更与精灵通。 芭蕉撑空新雨足，卧游指点双属玉。 庞眉并列辋川图，蓬蓬元气今犹绿。

——（《散原精舍诗续集》卷上）

题吴温叟青溪泛月图

陈三立

自我落江南，万撼不措意。 时时泛洒舫，但饮山川气。 频匀牵乡役，腾驰江海澨。 游侣更凋残，每夺眺赏地。 顷还侵病魔，斗室等颂系。 散襟蛛网前，数砖

清代题画诗类卷二二

供侂偨。 药裹厕新卷，揩眼虚明际。 青溪一片月，模糊烛梦寐。 水面榆柳风，桥头鸿雁字。 倒影六朝山，窈窕弄篷背。 想见独夜人，肺腑留残醉。 人生老缩手，物外成滋味。 探幽契夙游，诗魂一魑魅。

——（《散原精舍诗》卷下）

题潘兰史江湖载酒图

陈三立

潘侯耸奇骨，壮龄狎瀛海。 磨捽万鲸牙，扬袂色不改。 藏胸百国书，弃取意有待。 引归镜得失，日怅从政殆。 果遭鳌极坼，剑挝舞傀儡。 踯躅播歌吟，剩付辒轩采。 逃世芰荷衣，骚心吁真宰。 获拂载酒图，逸兴生平在。 扁舟隔梦看，犹疑听欸乃。 公其恋卧游，一醉掷千载。

——（《散原精舍诗续集》卷中）

题絜斋丈鸳湖舟隐图二首

丘逢甲

起家任子旧星郎，四省屏藩廿载强。 归去楼台无地筑，一帆春水问鸳鸯。
唱彻《陂塘》买未能，乡心闲写入吴绫。 秋来烟雨楼头梦，饱啖莼鲈羡季鹰。

——（《岭云海日楼诗钞》卷五）

己丑春初自题屏幅

吴浔源

静听松风似有言，如钩月上已黄昏。 而今寰海多狂飚，招鹤归来好守门。

——（《清画家诗史》壬上）

戏题汉槎避秦居图

李清芬

底事幽栖号避秦，游人艳说武陵春。 桃源风景今何似，笑向前途一问津。

——（《清画家诗史》壬上）

清代题画诗类卷二三

古像类

求二桥山人画三闾大夫像

届大均

先生怀娉节，寤寐见古人。 凌朝漱九阳，为予貌灵均。 曲眉象珠斗，姣衣飘春云。 云中嫣含笑，望如扶桑君。 正气得所灥，变化皆吾真。 下为兰杜滋，上为日月陈。 子其虚以待，鬼神将来奔。 其小人无内，其大廓无垠。

——（《翁山诗外》卷二）

题寒山子图二首

届大均

闲与天台扫落花，花花扫尽扫云霞。 云霞亦是吾余物，流出人间带日华。
天半飞桥势欲飞，赤城霞作羽人衣。 天风不断松间起，乱洒流泉湿翠微。

——（《翁山诗外》卷一三）

题宋人会昌九老图卷三首

宋荦

香山九仙风流客，致政归来洛阳宅。 合樽尚齿招六贤，拖紫纤朱尽头白。 浚来方外两令威，年貌绝伦并几席。 九老八百一十六，此会人间信创获。 赋诗纪事绘作图，顿使千秋仰高躅。

或琴于树棋于舟，或展图书互搜索。 衣冠嵬峨须眉古，童仆清妍户庭寂。 一马林际更幽闲，落叶频扫莓苔积。 画画者谁天机精，写出冲襟洽泉石。 流传妙迹到绍兴，宸翰挥洒生颜色。 吴兴巴蜀竞题名，秘玩棠村抵荆玉。

老夫何幸得拜观，一段零缣神奕奕。 会昌典刑令人钦，岂独宝此粉与墨。 我膺旄节近悬车，抚卷归欤念转迫。 几时结社渌波村，也效耆英躅其迹。

——（《历代绘画题诗存》）

题张浦画太白像

查慎行

芒角生酒星，仙才谪人世。 清平三绝调，醉里一喷嚏。 可怜高将军，不中作

仆隶。脱却夜来靴，飘然从此逝。

——（《敬业堂诗集》卷一九）

题周兼南唐小周后写真四首

厉鹗

未合双鬟最小身，秦淮明月白门春。汉宫莫话昭阳事，更有人间返卧人。

已识君王尚待年，新词侧艳外边传。销魂貌出提鞋样，压倒南朝步步莲。

群花偃亚小亭孤，卯酒朝酣倦欲扶。可记画堂南畔见，背人无语问流珠。

命妇随朝掩泪光，虚闻龙衮纪兴亡。画师自有春风笔，不写伤心入汴梁。

——（《樊榭山房集》卷五）

题张忆娘簪花图并序五首

袁枚

康熙初，苏州倡张忆娘色艺冠时，好事者蒋绣谷为写《簪花图》，一时名宿尤西堂、汪退谷、惠红豆诸公题祯襦裙褶几满。亡何，图被盗，迹之，在扬州巨贾家。绣谷子盘猗以他画赎还。余至苏州，事隔五十余年，开卷如生，惜无留墨处矣。为五绝署之纸尾。

百首诗题张忆娘，古人比我更清狂。青衫红袖都零落，但见真珠字数行。

五十年前旧舞衣，丹青留住彩云飞。开图且自簪花笑，不管人间万事非。

想见风华一坐倾，清丝流管唱新声。国初诸老钟情甚，袖角裙边半姓名。

身后扬州又往还，芳魂应唱念家山。兰亭肯换崔徽画，赎得文姬返汉关。

当日开元全盛时，三千宫女教坊司。繁华逝水春无恨，只恨迟生杜牧之。

——（《小仓山房诗集》卷七）

题柳如是画像

袁枚

生绡一幅红妆影，玉貌珠冠方绣领。眼波如月照人间，欲夺鸾篦须绝顶。怀刺黄门悔误投，遗珠草草尚书收。党人碑上无双士，夫婿班中第二流。绛云楼阁起三层，红豆花枝枯复生。斑管自称诗弟子，佛香同事古先生。勾栏院大朝廷小，红粉情多青史轻。扁舟同过黄天荡，梁家有个青楼样。金鼓亲提妾亦能，争奈江南不出将！一朝九庙烟尘起，手握刀绳劝公死。百年此际盍归乎？万论从今都定矣。可惜尚书寿正长，丹青让与柳枝娘。

——（《小仓山房诗集》卷一三）

清代题画诗类

题前朝董姬小像四首

袁枚

姬，嘉靖时人，自描小照，赠黄姬水先生，诸名士题咏甚多。近为薛寿鱼所藏。

一幅崔徽二百年，倾城名士总成烟。　天涯有客横塘过，花影随缘落眼前。
相见鸾离凤别难，春山愁损目波澜。　将身画与檀奴去，较胜嫦娥月里看。
风吹鬓影动轻绡，小劫华严事两朝。　输与河东薛常侍，熏香供得董娇娆。
古时春色远难探，近日新花露正酣。　我有相思不能画，化为红豆满江南。

——（《小仓山房诗集》卷一七）

题严子陵像

袁枚

一领羊裘水气寒，自来自去白云滩。　教陪天子同眠易，要改狂奴旧态难。　星宿张皇乾象动，君臣彼此故人看。　千秋欲解还山意，只问江头老钓竿。

——（《小仓山房诗集》卷五）

题史阁部遗像有序

袁枚

像为蒋心余太史所藏，并其临危家书，都为一卷。书中劝夫人同死，托某某慰安太夫人，末云：书至此，肝肠寸断。

每过梅花岭，思公泪欲零。　高山空仰止，到眼忽丹青。　胜国衣冠古，孤臣鬓发星。　宛然文信国，独立小朝廷。

——（《小仓山房诗集》卷二〇）

题柳如是小像

赵翼

女假男装访名士，绛云楼下一言契。　美人肯嫁六十翁，虽不须眉亦奇气。　妾肤雪白鬓云乌，伴郎白鬓乌肌肤。　肯同搽粉称虞候，并陌持门胜丈夫。　扁舟同过京口泊，桴鼓金山事如昨。　何代青楼无伟人，可惜侬家货主恶。　早闻谯叟写降笺，不遣朱游和毒药。　妾劝郎死郎不应，妾为郎死可自凭。　褚公偏享期颐寿，毛惜终高节侠称。　三尺青丝毕命处，尚悲不死在金陵。　画图今识春风面，果然绝代红妆艳。　谁知腻粉柔脂中，别有爱名心一片。　君不见同时卞玉京，心许鹿樵事未成。　旋适贵人为弃妇，流离含泪画兰英。　又不见顾眉生，荣华曾擅横波名。　当其夫妇从贼日，捧泥涂面逃出城。　一样平康好姿首，青青终让章台柳。

——（《瓯北集》卷六）

吴中三贤像三首

姚鼐

鸟喙犹能用士豪，功成只畏作胥涛。　居陶三富犹蛇足，一往烟波故可高。
一夕秋风起洛阳，中原零藿各飞扬。　江东王谢皆侨寓，正逊吴人守故乡。
青山影澹水波风，笠泽诗筒并钓筒。　割席自哀皮学士，高人何病没芦中。

——（《惜抱轩诗集》后集）

薛素素画像二首

翁方纲

斜阳衰柳满襟泪，亦为东阳姓沈人。　若使垆头传小影，故应愁绝洛城春。
金粟道人江海去，底将胸次寄槎枒。　老迟瘦骨如山影，竹石风流自一家。

——（《复初斋诗集·外集》卷一二）

戊戌中秋前一日丹叔苣堂伯恭竹厂同集诗境小轩苣堂出薛素素画像并陈老莲画同观予为赋诗明日闻薛像归于伯恭复题二首

翁方纲

兰叶娟娟露不胜，玉箫哀怨槛谁凭。　只应小榻心经法，偷乞香光折笔能。
准备诗探颔下珠，一痕绿黛压香厨。　海沤居士先成笑，要斗张萱乞巧图。

——（《复初斋集外诗》卷一二）

为梧门题陶靖节像

翁方纲

画陶兼画琴，真意昔犹今。　正在无弦处，中含万古心。　小桥横绿水，落月淡空林。　传得希声谱，东篱菊可寻。

——（《复初斋集外诗》卷二三）

耶律文正画像

翁方纲

石人炬散千飞萤，玉泉万笏灯烟青。　想像西山旧栖处，寒禽云瀑残空亭。　须长三缭下过膝，谁与石像镌碑铭。　帝呼吾图撒合里，老髯郎号群公听。　万松老人相澹对，屏山闲闲尽典型。　鸥波道园两故老，都不获及游门庭。　明昌之初金鼎盛，遗山野史生同龄。　一代人才论国器，百年长育怀榛苓。　每读遗山上书语，渊源所溯可涕零。

——（《复初斋集外诗》卷一四）

杨升庵先生像

钱杜

先生像，滇中有三本。一在永昌铁树岭，作道士装。一在大理写韵楼，作处士装。一在昆明陆尔玉家，作冠服像。盖晚年弟子所摹，此临昆明本。

万死投荒落魄人，偶然重现宰官身。　金鸡远寄东华梦，杜宇空啼故国春。　关塞魂归云似墨，琵琶声断雨如尘。　哀牢几树垂垂柳，尚识前朝放逐臣。

——（《松壶画赘》卷上）

题蔡文姬塞外小像

张问陶

新人零落故人亡，女子多才定不祥。　知己偏逢曹孟德，生儿空恨左贤王。　悲笳吹月春如梦，古树屯风夏有霜。　转笑虎贲难再得，披图仿佛忆中郎。

——（《船山诗草》卷六）

题霍小玉小像四首

舒位

一代红颜一曲钗，朝云楼阁夕阳街。　谁知好梦苏姑子，剩欲将身作锦鞋。
定情主薄太匆匆，肠断青门老玉工。　十二万钱容易得，一鬟无价此图中。
樱桃花下新婚别，豆蔻梢头薄倖名。　昨日黄衫今紫禧，英雄儿女各吞声。
人间外传里中娘，往事重寻胜业坊。　此是紫烟新样子，销魂颜色返魂香。

——（《瓶水斋诗集》卷一四）

题圆圆小像

舒位

武安席上事如何，玉帐秦川夜渡河。　岂有佳人难再得，可怜朝士已无多。　黄尘燕市三军泪，青史吴宫一曲歌。　至竟桓温老奴子，五华缥缈睇双蛾。

——（《瓶水斋诗集》卷一四）

题圆圆小像二首

顾广圻

破军星降正纵横，谁向中原万里城。　独有蛾眉蒙赐遣，居然灭闯一奇兵。
所嗟夫婿擅侯王，天纲他年稔恶亡。　红粉成灰先老濞，陈娘终胜杜秋娘。

画屏仕女十首

陈文述

兰芝

声声姑恶夜中哀，千里庐江去不回。 一自东南飞孔雀，至今云影尚徘徊。

罗敷

轻薄登台怨赵王，儿家夫婿侍中郎。 玉颜娓娓冰心苦，一曲银筝《陌上桑》。

木兰

梦隔黄河水一涯，明驼十载送还家。 沙场百战横戈夜，如此英雄却姓花。

宋祎

抛残旧谱委芳尘，金谷香销草不春。 玉笛一声花万片，伤心怕说坠楼人。

莫愁

湖水盈盈绕石头，美人打桨荡轻舟。 莫愁两字空珍重，一片春潮我亦愁。

桃叶桃根

左右花枝最有情，渡头双影总盈盈。 青溪倘有行三妹，合与桃花署小名。

玉真公主

笙鹤瑶天自在行，道家妆束亦娉婷。 簪花书法游仙意，手写灵飞一卷经。

吴彩鸾

一函唐韵玉题标，纸上香浓总不消。 日暮青山同跨虎，求仙只愿作文箫。

绿翘

仙貌如花枉自娇，云情入梦亦无聊。 青衣不作随风絮，我欲吴绫绣绿翘。

双鬟

绝代蛾眉此赏音，才人遭际美人心。 我诗不愿旗亭唱，为有红窗细意吟。

——（《碧城仙馆诗钞》卷四）

清代题画诗类

戏题贾岛像二首

戴熙

高准丰颐气宇清，当年若不称诗名。 岂知佛面原如月，无限人间太瘦生。
谁从潭底貌将来，醉眼膡腾笑口开。 纱帽嵯峨袍袖阔，疑他除夕祭诗回。

——（《习苦斋诗集》卷三）

王编修泽寰偕族人笃余明经自
庐陵游江南携示文信
国画像及手札墨迹谨题其后

陈三立

兴亡细事耳，人气延天命。 吾乡有文谢，万靡挽使正。 谢像藏退庐，竦瞻缀
微咏。 二妙开图幅，奇表嵩华映。 附上府理札，出处痛执政。 作事信天去，一语
公自评。 错落数百字，肝胆写豪横。 我欲饮其气，吐以斫枭獍。 压寐魔重重，造
却萌非圣。 狼籍蹄迹间，孤攀血泪进。

——（《散原精舍诗》卷下）

题李易安小照

陈衍

天水河山几战尘，宗周嫠妇绝酸辛。 都将家国千行泪，并入眉心一寸颦。 雾
鬟不传垂老影，蓑衣谁写苦吟身。 侬家亦有闲安像，金线泉边怕怆神。

——（《石遗室诗集》卷六）

清代题画诗类卷二三一

清代题画诗类卷二四

写真类

山阴王大家玉暎以小影属题
敬赋今体十章奉赠

钱谦益

季重才名噪若耶，缥囊有女嗣芳华。　汉家若采东征赋，彤管先应号大家。

劫火烧焚玉不枯，鲛人啜泣总成珠。　居然掩毂垂罗女，写入长康举案图。

越绝何人说扫眉，于今才子是西施。　采莲溪畔如花女，齐唱吟红绝妙词。

临河残帖妙通神，放笔能开桃李春。　传诰山阴王逸少，王家自有卫夫人。

镜中金翠倩谁知，镂月裁云是画师。　西子湖头貌西子，才看点笔已迷离。

薄妆堕髻步迟迟，怀古巡檐自咏诗。　忽漫漏天风雨急，青藤旧馆哭天池。

过雨溪山泼墨浓，清琴徐拂半床风。　那知浅绛轻绡里，身在陶家画扇中。

双蛾横黛远山皆，引镜云霞蹙鬓钗。　指黠眼中眉眼在，老夫何用办青鞋。

老病抠衣再拜难，锦帷初卷佩珊珊。　如何省识春风面，博一金钱便与看。

云容月魄许题名，健笔难夸老更成。　拂拭霜纨凭授简，敢将平视抵刘桢。

——（《牧斋有学集》）

为陈伯玑题浣花君小影四首

钱谦益

嫁得东家十五余，莫愁湖水浣花如。　薄装自制莲花服，礼罢金经伴读书。

杜曲湘兰日暮云，桃根桃叶自殷勤。　琴心三叠将雏曲，不唱前朝白练裙。

生来形影镇相亲，画里春风掌上人。　含睇分明又疑笑，休教错莫唤真真。

一掷丹砂变海田，麻姑纤手故依然。　老夫梵志余长爪，传语万平莫浪鞭。

——（《牧斋有学集》卷一一）

题金陵丁老画像四绝句

钱谦益

辇毂繁华双鬓中，太平一曲旧春风。　东城父老西园女，共识开元鹤发翁。

发短心长笑镜丝，摩娑皤腹帽檐垂。　不知人世衣冠异，只道科头岸接䍦。

倚杖钟山看落晖，人民城郭总依稀。　闲揩老眼临青镜，可是重来丁令威。

独坐青溪焰鬓丝，小姑何处理蛾眉。　画师要著樊通德，难写银灯拥髻时。

——（《牧斋有学集》卷四）

题冒辟疆名姬董白小像八首并序

吴伟业

夫笛步丽人，出卖珠之女弟；雉皋公子，类侧帽之参军。名士倾城，相逢未嫁，人谐嬿婉，时遇漂摇。则有白下权家，芜城乱帅，阮佃夫刊章置狱，高无赖争地称兵。奔迸流离，缠绵疾苦，支持药裹，慰劳羁愁。苟君家免乎，勿复相顾；宁吾身死耳，遑恤其劳。已矣凤心，终焉薄命，名留琬琰，迹寄丹青。呜呼！针神绣罢，写春蚓于乌丝；茶癖香来，滴秋花之红露。在轶事之流传若此，奈余哀之恻怆如何！镜掩鸾空，弦摧雁冷，因君长恨，发我短歌，诒以入章，聊当一慨尔。

射雉山头一笑年，相思千里草芊芊。　偷将乐府窥名姓，亲击云璈第几仙？
珍珠无价玉无瑕，小字贪看问姜家。　寻到白堤呼出见，月明残雪映梅花。
钿毂春郊斗画裙，卷帘都道不如君。　白门移得丝丝柳，黄海归来步步云。
京江话旧木兰舟，忆得郎来系紫骝。　残酒未醒惊睡起，曲阑无语笑凝眸。
青丝濯濯额黄悬，巧样新妆恰自然。　入手三盘几梳掠，便携明镜出花前。
念家山破定风波，郎按新词爱唱歌。　恨杀南朝阮司马，累侬夫婿病愁多。
乱梳云髻下妆楼，尽室仓黄过渡头。　钿合金钗浑抛却，高家兵马在扬州。
江城细雨碧桃村，寒食东风杜宇魂。　欲吊薛涛怜梦断，墓门深更阻侯门。

——（《吴梅村全集》卷二〇）

题汪大年小像

方文

十载漂零瘴海涯，容颜未改鬓初华。　问君可是徐鸿客，又见杨花变李花。

——（《嵞山集》卷一二）

题田雪龛小照

周亮工

里社同君数夕晨，蠡台林木几经春。　风波阅尽余枯坐，谁识梁园赋雪人。

——（《赖古堂诗集》卷一二）

为陈其年所欢紫云题像二首

宋琬

擎箱涤砚镇相随，婉转君前舞柘枝。　催促陈思填乐府，曾将红豆谱乌丝。
蛾眉参意写难工，试比崔徽约略同。　我代画师添数笔，玉箫吹罢倚梧桐。

——（《安雅堂未刻稿》卷五）

重题紫云画卷二首

宋琬

朱唇曼睩映吴绡，犹恐丹青粉易销。　他日休歌河满子，忆郎佳句念奴娇。
画图冉冉带微矉，只为萧郎被放新。　赋奏长门应有日，天寒绣被属何人。

——（《安雅堂未刻稿》卷五）

题冒青若小像

宋琬

绝代诗人王阮亭，曾将双眼为君青。　曲江他日题名处，风度何如张九龄。

——（《安雅堂未刻稿》卷五）

为王西樵题像二首

宋琬

诛茅深在白云乡，万壑千峰入渺茫。　小弟惠连堪把臂，不劳春草梦池塘。
长白山头问草庐，烟霞争似辋川居。　茯苓劚向神仙窟，欲办青鞋乞尔余。

——（《安雅堂未刻稿》卷五）

题姚生小像

宋琬

谢老今之顾虎头，笔端风雨欲横秋。　为君写出狂奴态，只合高眠百尺楼。

——（《安雅堂未刻稿》卷五）

题戴苍画陈阶六小像和王阮亭韵

宋琬

枯鱼客舍忆同焚，别后相思雨雪纷。　梦散梁间余落月，诗成江上有停云。　红牙按节传新曲，青琐陈书纪旧闻。　醇酒美人堪送老，惟君能学信陵君。

——（《安雅堂未刻稿》卷四）

题吴仲征小像

宋琬

词客前身定画师，何人绘出虎头痴。　一邱一壑差堪置，添写寒松百尺枝。

——（《安雅堂未刻稿》卷五）

清代题画诗类

题潘蔚湘小像

宋琬

申椒作佩芰荷衣，拂拭吴钩色欲飞。 士女如云看卫玠，洛阳城外小车归。

——（《安雅堂未刻稿》卷五）

章子真小像

宋琬

三绝君家聚德星，虎头风骨眼双青。 孤山处士前身是，抱膝高吟放鹤亭。

——（《安雅堂未刻稿》卷五）

题闵宫用小像

宋琬

十载夷门老客星，清衔新长醉翁亭。 青山绕屋梅千本，白眼狂歌倚翠屏。

——（《安雅堂未刻稿》卷五）

题王西樵三桐小像歌

宋琬

谁擘高丽雪蚕纸，绘出三桐势相倚。 直干高撑绿玉峰，繁阴下覆乌皮几。 紫髯白袷琅琊儿，隐囊如意方搘颐。 挥手欲招朱凤下，髣髴已绖园客丝。 自言种此三十年，其一小者才及肩。 迩来离立近百尺，菟裘回首心凄然。 爱汝十笏草堂静，篪奏埙吹一何盛。 墙东避世许我同，风雨萧萧抱琴听。

——（《安雅堂未刻稿》卷二）

题曾谦庵郡丞小像二首

宋琬

袖拂香烟入直庐，紫毫斑管玉蟾蜍。 谁知坐啸江城客，曾校青藜阁上书。
星轺北上拥旌旄，江上丹枫照锦袍。 比玉争看卫洗马，赐金独有范功曹。

——（《安雅堂未刻稿》卷五）

为汪千顷题小像二首

龚鼎孳

人传好句比琅玕，莫遣风尘上鹖冠。 归去与君同隐几，千峰烟月尽情看。
太平词客盛长杨，招隐今怜丛桂荒。 却轸闭门聊玩世，林宗垫角幼安床。

——（《定山堂诗集》卷三六）

题程休如小像

孙枝蔚

丈人家黄山，泉石旧相识。 思之不得见，低头平山侧。 构园先求石，爱其峭且特。 平生最逶迤，云梦在胸臆。 所赏惟巉削，贤者真不测。 取人能推此，岂肯弃孤直。 行止多闲趣，衣冠亦古式。 误拟列仙人，为有好颜色。

——《溉堂续集》卷五

题王贻上小像

孙枝蔚

又见济南诗赋才，缥书长是废卸杯。 休文清瘦谁相似，只有何郎屋角梅。

——《溉堂前集》卷九

题医者何仙掌小像

孙枝蔚

窗际凉风散薜萝，先生坦腹乐如何。 手中羽扇挥犹懒，恼杀敲门妇孺多。

——《溉堂前集》卷九

龚半千像赞

施闰章

人推诗老，自称柴丈。 名不可逃，俗不可向。 尊酒陶然，笔墨天放。 投迹岩中，寄情霞上。

——《施愚山集》卷二五

题孙豹人小像

陈维崧

月黑山深射虎还，酒酣豪气露樽前。 秦关陇水三千里，流落孙郎二十年。

——《湖海楼诗集》卷一

题丁蕙农小像二首

徐柯

余欲无言形影神，鹿床犀櫺卷书匀。 诗人一片心脾骨，曹霸丹青写未真。
才下风骚大将坛，簟花深碧坐三韩。 凌烟生面粗人致，好作平原丝绣看。

——《一老庵遗稿》卷四

题五诗人图

屈大均

诗人复有五君贤，渭北江东啸咏传。 一片丹青争画出，风流谁复羡凌烟。

——（《翁山诗外》卷一四）

题周梨庄戴笠图

屈大均

梨庄本是青云器，四十于今犹未仕。 前朝文献在君家，著作欲继先公志。 秣陵藏书谁最多，读画楼中高嵯峨。 捃拾能笺五代史，时谈遗事如悬河。 董狐有志我未逮，三百年中谁纪载。 汉史应须属紫阳，元人岂解尊昭代。 青溪水阁闲相期，笔削相将乘此时。 王猛犹能存正朔，许衡那得配先师。 栖霞之山好林樾，更为同人开理窟。 片言亦可成春秋，一画自能知日月。 闲来戴笠将何之，遗谷逍遥若有思。 接舆髡首且相对，佯狂于道亦良宜。

——（《翁山诗外》卷三）

题百花巷吴生小像二首

恽寿平

芒鞋曾踏九州尘，壮志空留万里身。 归向专诸寻旧隐，百花深处一闲人。

玉轴缥缃伴玉壶，氍袍感慨在菰芦。 朱门车马无人识，醉卧吴山旧酒徒。

——（《瓯香馆集》卷一○）

题姚公画像

刘献廷

玉树铁干何苍寒，羡君于此长盘桓。 却嫌头容大端直，何不侧身仰面向树看。 徒言画工能写真，无乃肖貌非省神。 安能呼之一起立，顾盼潇洒如其人。 舒子写照故无匹，树石乃是孙璜笔。 当其含毫吮墨时，为树为石总未知。 人生但具正面目，俯仰左右随所瞩。 又何一境一物之足拘，画人但画正面原非愚。

——（《广阳诗集》卷上）

题方思先生小像

刘献廷

昔我来松陵，药树郁成林。 今我来松陵，黄鹂无好音。 惟有平邱松，凌冬常阴阴。 世运有往复，吾道无古今。 临山百仞枝，贞干挺千寻。 天风吹海涛，大地张清琴。 树下何老翁，科头披素襟。 独立万象表，观化聊沈吟。 材大非世用，万牛亦难任。 我将与此翁，相视忘高深。 无何有之乡，莫逆于此心。

——（《广阳诗集》卷上）

题李硕年遗像

刘献廷

惨淡苍桐云，凭陵五原气。 千古共悲酸，万夫独辟易。 道俗固不分，今昔岂一致。 独立群象表，超然事高寄。 注目望后人，毕此未了志。

——（《广阳诗集》卷上）

沈孟泽索题小照二首

查慎行

桐阴宽罩一方苔，流水声中洗耳来。 若是补图须补竹，琴材已具少箫材。
神理真传老画师，毫端跃跃动须眉。 人间别自有膏肓，看取先生袖手时。

——（《敬业堂诗集》卷一三）

自题放鸭图小影后四首

查慎行

偶烦妙手写吴绫，未必扁舟兴便乘。 一笑披图还作谶，此来真个住松陵。
浅水芦根哕唼闻，背篷沿尾雪纷纷。 湖中别有东西鸭，飞向遥天莫乱群。
奇绝佳名属两山，新诗多著画图间。 放船不怕人争路，自占侬家第一湾。
不用低栏照水红，一竿活计趁樵风。 江湖老伴怜渠在，踏浪长随卬角翁。

——（《敬业堂诗集》卷一二）

题徐子贞大司空遗像

查慎行

我出师门，垂四十年。 通家后进，获奉周旋。 公之视余，犹稚弟然。 晚追前躅，同返林泉。 幸不负夫初心，遽舍我而逝焉。 官止于司空，寿跻乎老传。 式瞻画像，俨睹生前。 盖逝者其蠹，而不亡者其天。

——（《敬业堂诗续集》卷三）

清代题画诗类卷二五

写真类

题汇升小像

何焯

蕉衫映碧烟，昼寂得凉偏。 拟共摊书坐，掀髯话不传。

——（《义门先生集》卷一二）

题孙某小像

何焯

百岁恒栖太白峰，往来轻捷一枝节。 华阳结习犹难忘，采药闲时便听松。

——（《义门先生集》卷一二）

题长女小影三首

沈德潜

黄鹄歌成剧可怜，生孩遗腹得绵延。 披图莫讶仪容老，心血几枯三十年。
儿女长成连嫁娶，茕茕门户独支持。 四时俱是冰霜景，秋月春花总不知。
母病母丧均累汝，闺中代子报慈亲。 贞松孝竹分枝干，独汝青青并一身。

——（《归愚诗钞余集》卷三）

题自画图像

华嵒

嗤余好事徒，性耽山野癖。 每入深谷中，贪玩泉与石。 或遇奇丘壑，双飞折齿屐。 翩翩排烟云，如翅生两腋。 此兴四十年，追思殊可惜。 迩来筋骨老，迥不及畴昔。 聊倚孤松吟，闭之蒿间宅。 洞然窥小牖，寥萧浮虚白。 炎风搧大火，高天若燔炙。 倦卧竹筐床，清汗湿枕席。 那得踏层冰，散发倾崖侧。 起坐捉笔砚，写我躯七尺。 羸形侣鹤臞，峭兀比霜柏。 俯仰绝尘境，晨昏不相迫。 草色荣空春，苔文华石壁。 古藤结游青，寒水浸僵碧。 悠悠小乾坤，福地无灾厄。

——（故宫博物院藏画）

题方守斋小照二首

马曰琯

雏诵遗编到五车，又多清兴领烟霞。　纵饶四十飞腾过，那许吴霜点鬓华。
迎风个个淇园竹，带雨丛丛洞口花。　敛尽声华爱吟咏，君才端不愧名家。

——（《沙河逸老小稿》卷五）

题闺秀方轮冰自写小像

刘大櫆

高堂邃宇槛层轩，月照梧桐生紫烟。　海棠啼雨蜀葵笑，中有玉人纤且妍。　汉宫唐室逞姝丽，飞燕玉环成祸祟。　美人胡为只独居，院宇沉沉深自闭？　幽间明慧世间无，姑射神人冰雪肤。　身轻能作掌上舞，仙衣不寒飘五铢。　君不见天孙素手云锦烂，一水盈盈隔河汉。　七襄终日不成章，宛彼牵牛伤独旦。　山有椒兮隰有兰，婿求韩重故应难。　自传小像题芳字，留与闲人仔细看。

——（《刘大櫆集》卷一三）

题丁皋康涛合绘汪可舟图像二首

汪舸

升天成佛总无凭，万念全灰一个僧。　短影偶然留水月，长明原不定风灯。　吴头楚尾行将倦，何由周妻断颇能。　唯有语言文章障，未曾打破火中冰。
无着天亲事最难，尚禽有愿未全完。　山中岁月定相忆，画里袈裟亦好看。　求道半生成妄想，误人千古是儒冠。　凭谁寄语维摩诘，何日将心为我安。

——（故宫博物院藏画）

题冬心先生像

袁枚

彼秃者翁，飞来净域。　怪类焦先，隐同梅福。　嗜古得其三昧，观书能穷八录。　画之妙，可以上写天尊；诗之清，可以声裂孤竹。　然而觕耦不仵，嵚崎历落，好雄恶雌，污群洁独。　忽共鸡谈，忽歌狗曲；或养灵龟，或笼蟋蟀。　挥甘始之金，餐李预之玉；识齐桓公之尊，畜童汪锜之仆。　梁鸿毕竟无家，叔夜终于忤俗。　一旦化去，公归不复。　谁把生金，铸他芳躅！　有弟子分两峰，洗手天河，描成此幅：充充古貌，襜襜奇服。　其志偲偲，其神惄惄。　手贝叶经，似读非读；曳鞿韅履，欲缚不缚。　须连蜷以离披，目腕睒而凝瞩。　贾逵之衣圭齐肩，张融之革带至骼。　点三毫而辅颊宛然，取侧影而精神愈足。　观者无小无大，皆啧曰：此冬心先生之真面目。　于是妒者笑，思者哭，慕者仰，拜者伏。　悬诸中堂，而一醉一杯；当作佛像，

清代题画诗类

而三熏三沐。 虽然，吾不羡夫死后之孙叔敖，而独贤乎纸上招魂之楚宋玉。

——（《小仓山房诗集》卷二八）

题妙巾女子琼楼倚月图六首有序

袁枚

乾隆庚午，苏州诗人蒋盘漪教题纳姬册子，并抱所生公子媭娷出见，为赋长庆体一章，载在集中，今四十余年矣。公子绾绶皖江，政声循卓，又以丁姬妙巾小照索题。余老矣，振触旧事，一往情深。惜子固、叔姬双双俱至，而余又远游扬州，不得一见，故第五首及之。公子名业谦，字湛华。太夫人住白莲桥，少有观音之号。

飞琼身本住琼楼，偶到人间字莫愁。　誓与姮娥常见面，夜深不肯放帘钩。

晚妆才罢倚雕楹，月下窥园倍有情。　知是桃花知是妾，问郎曾否看分明。

枉费冰人说茑萝，美人方寸是星河。　一逢蒋济真才子，便唱丁娘十索歌。

生长西溪学浣纱，一朝皖上看桑麻。　知随潘令班春去，压倒河阳满县花。

孤负双双驻画轮，衰翁偏作出山云。　披图喜见惊鸿影，未识丹青肖几分！

题罢风诗笑口开，惹侬往事上心来。　白莲桥下观音降，江令当年早费才。

——（《小仓山房诗集》卷三六）

题罗两峰画丁敬身像

袁枚

古极龙泓像，描来影欲飞。　看碑伸鹤颈，拄杖坐苔矶。　世外隐君子，人间大布衣。　似寻科斗字，仓颉庙中归。

——（《小仓山房诗集》卷二七）

题我我图

袁枚

以指喻指理易得，以水洗水水更洁。　达人了此善者机，把镜相看似相识。　镜外之我未必真，镜中之我聊效颦。　世间除却青铜巧，面目如君有几人。

——（《小仓山房诗集》卷三二）

题孙存斋述曾太守采药小照四首

袁树

笑掷二千石俸，不栽八百株桑。　独向空山采药，踏花尘软鞋香。

谁添颊上三毫，阿堵传神俨若。　欲寻陶令柴桑，暂置幼舆丘壑。

天阔云舒云卷，春长花落花开。　采得灵苗寿世，何妨再出山来？

祥鸾碧鹤森立，弱冠早识豪英。　四十年如阅世，披图未隔前生。

——（《红豆村人诗稿》卷一二）

题钱方壶岁寒小照为令嗣辛楣学士二首

赵翼

纸窗炙砚坐围炉，三径寥萧一客无。 正是闭门风雪候，为翁题取岁寒图。

木落山容刻露真，孤清风味许谁亲。 羊羔酒客应相笑，大有人间冷淡人。

——（《瓯北集》卷一二）

题黄云门先生传真图

钱大昕

昔闻东坡语，山色清净身。 四大本和合，百岁如转轮。 独有名不朽，终古长嶙峋。 黄公人中俊，量与叔度伦。 降灵良非偶，维岳生甫申。 先公方持节，官舍悬弧辰。 云门翠当户，肇锡名有因。 宣圣祷尼山，表德义则均。 果应山水秀，爽气摩秋旻。 致身青云上，风采倾搢绅。 奉常掌邦礼，司农筦天囷。 开府督八州，漕转河淮濆。 三台更八座，扬历四十春。 晚岁出视学，玉尺临东秦。 人称大小冯，校士同清勤。 按部到青社，星移迹已陈。 高峰宛无恙，葱茜若可亲。 天门耸百仞，不染元规尘。 一笑为指点，即吾面目真。 是一本非二，肖形兼肖神。 骑箕倏归去，住世才七旬。 永叔神清洞，鲁直山谷民。 人间偶游戏，不昧来去津。 山兮人斯在，非主亦非宾。 奇石筋骨露，清泉咳唾匀。 绛霞为公裳，白云为公巾。 岱宗公旧识，崑崒公新邻。 恒干有解脱，真性无沈沦。 皓月光未减，清风久逾新。 此是不坏相，手泽宜永珍。

——（《潜研堂诗续集》卷五）

题沈学子五十小像四首

严长明

大雅何寥廓，东阳旧有名。 老如袁伯业，乡似郑康成。 名预儒林传，交深白社盟。 惠施闻健在，杖屦喜同并。

何限平生事，沈沦著述科。 壮心销蠹简，生计到渔蓑。 旧德青云少，新愁白发多。 几时看合并，三泖一来过。

高兴浮云在，幽怀白雪知。 醉吟豪士赋，狂写碧山词。 真诰探灵籍，名经叩导师。 仰思江左逸，几辈许追随。

四海嗟为客，经年庆得朋。 围棋春馆静，载酒暮江澄。 命世看仍爽，名山或可凭。 师儒当代重，待取鹤书征。

——（《归求草堂诗集》卷三）

题朱鲁门拈花照二首

姚鼐

八方麈盖著肤公，一室团蒲见道风。 莫作两般膺背判，智珠运处得毋同。
几人参学问楞伽，辛苦终身不到家。 何以低头成一笑，春风开出手中花。

——（《惜抱轩诗集》后集）

题翼庵画像图

罗聘

官阁春风咏已传，横斜疏影自年年。 梅花若论真知己，还让襄阳孟浩然。

——（美国景元斋藏画）

同年苏德水读书小照三首

翁方纲

黄河横带紫城山，气接空濛莽苍间。 收取静光观万古，宦囊满贮白云还。
家世清芬万卷余，午风石几梦回初。 平生检点巾箱在，所读无非忠孝书。
玉堂玉笋好门生，对写秦筝次律情。 我作苏斋奉苏像，故应笛里鹤飞声。

——（《复初斋集外诗》卷一五）

题钱雨楼图照二首

黄景仁

天然朦隐骨嵯峨，破絮蒙头自苦哦。 残雪一峰相对立，不知清气落谁多。
冻合千林鸟断群，此间位置伫宜君。 谁知万仞高寒意，沁入诗脾已十分。

——（《两当轩集》卷一〇）

题汪堃仪图照二首

黄景仁

八寨林树月中新，岁岁看花让结璘。 盗取一枝凭告我，此间相隔几由旬。
乘空列御是耶非？ 广袖飘如鹚退飞。 谁道高寒归不得，七重云获半铢衣。

——（《两当轩集》卷二二）

张太守问陶为予题半身小影次韵答之

孙星衍

江湖差喜一尊同，懒听高轩接钜公。 曾子不妨生蜀国，步兵原可号江东。 频
来放棹非缘雪，自欲收帆不问风。 后世相知觉相识，莫因名位薄扬雄。

——（《芳茂山人诗录·冶城絜养集上》）

题秦小岘瀛小照

张问陶

蒲团小坐喜前因，作佛都非佞佛人。 但对红尘忘世味，何妨华发是官身。 悟来实相心逾妙，画出灵光笔有神。 卿法料应如我法，只嫌虚妄不嫌真。

——（《船山诗草》卷一〇）

题渊如前辈小像

张问陶

卅年出处略相同，斟酌桥边两寓公。 薄有时名留辇下，都无长策治山东。 流连文酒凭今雨，检点行藏尚古风。 各保游仙真面目，不劳麟阁画英雄。

——（《船山诗草》卷二〇）

万绵庐司马承绍自镜图四首

张问陶

一境纳千形，洞影若观火。 铸就妙明心，回光先照我。
法门原不二，是一亦非真。 本来无一物，权说有三身。
真光无动静，真景无内外。 我我两相忘，真空浩无界。
镜中先照影，画里更传神。 参透真皆幻，才知幻亦真。

——（《船山诗草》卷二〇）

题江韬庵小像

顾广圻

释立神不灭，说与儒门殊。 江子凤信有，翳我今忧无。 有则轮回有，化化万古俱。 不亡乃善死，岂藉七尺躯。 有则因果有，报应逮锱铢。 三命任难齐，永息仰天呼。 吾有取焉尔，理然恐事诬。 江子但微笑，释岂谓是欤。 将以求极乐，净土为归区。 流浪生死中，可痛乌可娱。 屡述最上乘，觊用导我愚。 揭来示小像，莲花见跏趺。 恍如得所证，圆满光明殊。 是时岁方晏，我独多烦纡。 忽然心感之，发论忘其麤。 成佛计洵善，奈彼斯人徒。 不若作阎罗，况易愿力图。 天堂者忠枉，地狱者奸谀。 造化虽缺陷，一手旋元枢。 谅唾神鬼道，芹美何为乎。 在讥势固异，入主出斯奴。 在形势自同，绉面而华须。 题诗恣胸臆，下笔复踌躇。 年来即年去，曷肯留须臾。 淡薄大可惜，诘旦各饥驱。

——（《思适斋集》卷二）

清代题画诗类

题倚香小影

王倩

朦胧淡月白云攒，春在南枝耐细看。 诗思一天清到骨，满身香雪不知寒。

——（《清画家诗史》癸下）

题郎正叔丈松泉清籁图照

盛大士

百泉撼万松，山静异俗响。 凌虚落秋影，戛籁荡尘想。 忽疑仙人来，蹁跹曳鹤氅。 笑揖图中人，赠以邛竹杖。 飞泉不到处，松心自孤往。 长啸岩石颠，诗怀浥秋爽。

——（《蕴愫阁诗集》卷五）

题曹葛民像

龚自珍

眼前石屋著书象，三世十方齐现身。 各搦著书一坡笔，各有洞天石屋春。

——（《龚自珍全集·己亥杂诗》）

自题写真寄容斋且约他日同画二首

奕绘

北极寒洋俄罗斯，教风颇近泰西规。 十年番代新游学，百载重来好画师。 图我衣冠正颜色，假君毫素见威仪。 神巫何术窥壶子，地壤天文各一时。

忆昔与君同咏邀，虚亭共坐石床高。 何时贱子侍末座，重倩此公挥健毫。 听水看云同入定，据梧挟策各分劳。 且令后世传佳话，殊胜登台享太牢。

——（《明善堂文集·流水编》卷四）

题奚丈铁生遗照七首

戴熙

貌出西湖一散仙，捻髭趺坐耸双肩。 阿谁能唤吟魂下，我愿来参画里禅。

精能弱冠写林峦，笔到中年出大观。 别有云烟生腕底，此时凡骨换金丹。

蓝谢徒生俊齿牙，纵横余习亦成家。 凭君一笏松圆墨，洗净多年浙派邪。

幽思逸笔偶然存，妙处从来不可言。 唾弃罗包无不有，世人认煞是檀园。

逐鹿中原竞出新，四王一恽本天人。 诸公才力原难跨，却是频年血战身。

同辈才人颇足观，方壶子久许登坛。 黄河清海应须辨，自古人间只眼难。

磊块填膺久未消，百回展看总无聊。 湖楼水月无人问，冷雨疏烟梦六桥。

清代题画诗类卷二五一

——（《习苦斋诗集》卷三）

题金子山遗照

杨翰

当年春草满闲房，邓尉花时忆孝章。 一幅生绡传旧学，孤山鹤梦几斜阳。

——（《清画家诗史》辛上）

二十九岁自题小像二首

左宗棠

只恐微才与世疏，圣明何事耻端居。 河渠贾让原无策，盐铁桓宽空著书。 学道渐知箴快犊，平情敢妄赋枯鱼。 幽闲岁月都无累，精舍优游乐有余。

机云同住素心违，堪叹频年事事非。 许靖敢辞推马磨，王章犹在卧牛衣。 命奇似此人何与，我瘦如前君岂肥。 来日连床鸡戒晓，碧湘宫畔雨霏霏。

——（《左文襄公诗集》）

自题小像二首像独坐松石间王复生笔也

吴昌硕

松如古仙人，石为寿者相。 共秉坚贞心，不变古形状。 王郎工写生，著我坐清旷。 澹焉忘尘虑，高契羲皇上。 羲皇不易求，无怀未遽让。 谁解静中趣，南山兀相向。

别墅下溪南，绕屋种松树。 秋空巢鹤归，明月照山路。 下有读书堂，是我旧吟处。 离居十七载，乡社窜狐兔。 桃州今小住，屋近桃花渡。 钮梅引春气，种鞠待秋暮。 安得移灵根，南轩养风露。

——（《缶庐集》卷一）

清代题画诗类

清代题画诗类卷二六

行旅类

郭河阳溪山行旅图为芹城馆丈题

钱谦益

曾崖铁树暗江关，破墨沉沙尺幅间。 记得承平有嘉话，玉堂深处看春山。

——(《牧斋有学集》卷五)

京江送远图歌并序

吴伟业

  京江送远图者，石田沈先生周为吾高祖遁庵公之官叙州作也。图成于弘治五年辛亥之三月，京兆祝公希哲允明为之序。后一百七十有八年，公之四世孙伟业谨案京兆序而书之曰：公讳愈，字惟谦，一字遁庵。成化乙未进士，授南京刑部主事，进郎中，清慎明敏，号称职，先后九载。南司寇用弘治三年诏书得荐其属，将待以不次，疏未达而命守叙州。为守既常调，叙又险且远，公独不以为望。南中诸大僚为文以宠其行，太仆寺丞文公宗儒林既已自为文，又遍乞名人之什以赠。文公之子待诏征仲璧，即公婿也。石田为文公执友，待诏亲从之受画法，京兆之交在文氏父子间，故石田为作长卷，题以短歌，而京兆序之。长卷中平桥广坡，桃柳杂植，有三峰出其上，离舟挥袂送者四五人，点染景物皆生动；短歌有"荔支红五马到，江山亦为人增奇"之句，其风致可想见焉。京兆文典雅有法度，小楷仿钟太傅体，尤其生平不多得。诗自都玄敬以下十有五人，朱性甫存理、刘协中嘉绪，尤以词翰著名者也。先朝自成、弘以来，一郡方雅之族，莫过文氏，而吾宗用世讲相辉映。当叙州还自蜀，参政河南，而文太仆丞出为温州守。待诏以诗文书画妙天下，晚出而与石田齐名，其于外家甥舅中表多有往还手迹。伟业六七岁时，见吾祖封詹事竹台公所藏数十纸，今大半散失，犹有存者。此卷比之它袟，日月为最久，衰门凋替，不知落于何人，乃劫灰之余，得诸某氏质库中，若有神物拥护以表章其先德，不綦幸乎！吾吴氏自四世祖仪部冰蘖公以乙科起家，参政再世滋大，父子皆八十，有重德，其行略具《吴中先贤传》中。伟业无似，不能阐扬万一，庶几邀不朽于昔贤之名迹，而藉手当世诸君子共图其传，是歌之作，见者有以教之也。

京江流水清如玉，杨柳千条万条绿。 画舫劳劳送客亭，勾吴人去官巴蜀。 巴蜀东南僰道开，夷牢山下居民屋。 诸葛城悬断栈边，李冰路凿巅崖腹。 不知置郡

始何年，即叙西戎启荒服。 吾祖先朝事孝宗，清郎远作蛮方牧。 家世流传饯别图，知交姓字摩挲读。 先达乡邦重文沈，太仆丝萝共华省。 徵仲当时尚少年，后来词翰臻能品。 师承父执石田翁，婉致姻亲书画请。 相城高卧洒云烟，话到相知因笑肯。 太守严程五马装，山人尺素双江景。 草色官桥从骑行，花时祖帐离尊饮。 碧树遥遥别袂情，青山叠叠征帆影。 首简能书枝指生，挥毫定值残醒醒。 狂草平生见仅多，爱看楷法藏锋紧。 徵仲关心画后题，石田句把前贤引。 杜老曾游擘荔支，涪翁有味尝苦笋。 此地居然风土佳，丈人仕宦堪高枕。 呜呼！ 孝宗之世真成康，相逢骨肉游羲皇。 瞿塘剑阁失险阻，出门万里皆康庄。 虽为边郡二千石，经过黑水临青羌。 牦牛徼外无传堠，铁锁江头弗置防。 去国岂愁亲故远，还家讵使鬓毛苍。 吾吴儒雅倾当代，石田既没风流在。 待诏声华晚更道，枝山放达长无害。 岁月悠悠习俗非，江乡礼数归时态。 纵有丹青老辈存，故家兴会知难再。 京口千帆估客船，金焦依旧青如黛。 巫峡巫山惨淡风，此州迢递浮云碍。 正使何人送别离，登高肠断乌蛮塞。 衰白嗟余老秘书，先人名德从头载。 废楮残缣发浩歌，一天诗思江山外。

——（《吴梅村全集》卷一〇）

题画二首

李邺嗣

单舟水尽见山春，几处林烟隔世尘。 行到一篱惊吠犬，此中莫有太元人。
复骑驴子逐归程，风雪途中笃笃声。 几句苦寒吟未定，不知身在灞桥行。

——（《杲堂诗钞》卷七）

题石谷骑牛南归图三首

王撰

长安蹋遍软红尘，老笔荆关动紫宸。 马首何如牛背稳，一鞭还指尚湖滨。
为忆莼鲈别帝京，一肩书剑送归程。 试看乌目山头月，觉比从前分外明。
还山志遂姓名香，留得丹青内苑藏。 珠贝盈囊无足贵，公卿诗句压归装。

——（《清画家诗史》乙上）

佟醒园以骑驴出岭图小照索题
戏作六言律诗一首

查慎行

我爱竹庄妙手，为君写此横图。 天南岂无鸿雁，醒园与为兄弟行中丞，为故云。 岭北犹闻鹧鸪。 庄言非马喻马，佛说骑驴觅驴。 一笑不离行脚，阿谁先取归途。 时余亦将归。

——（《敬业堂诗集》卷四八）

上官竹庄为余写青山归棹图
公漪有诗戏次其韵

查慎行

旧闻五岭皆炎热，到此能无忆冷泉。　不谓留行无地主，老夫兴尽却回船。

——（《敬业堂诗集》卷四八）

题宋兰晖浔阳送客图

查慎行

聊借琵琶寓苦吟，多缘沦落望知音。　后来信有商人妇，直被香山赚到今。

——（《敬业堂诗集》卷四一）

题顾桓吴江送别图为纪可亭学博赋

查慎行

舟移碧草绿波岸，人别晓风残月时。　此景此图谁会得，江郎赋笔柳郎词。

——（《敬业堂诗集》卷三五）

题令诒南行图

周起渭

郁姑台南千万山，使君鼓舵桄榔间。　五溪岸上红枫晚，使君归棹铜江返。　人生何地非梦游，清飙过眼浮云收。　惟有江山堪入手，江山亦只画中留。　南行万里身如寄，中间更堕童乌泪。　薪尽成灰亦偶然，聊试观空眼三昧。　迩来身入明光宫，函书昼立红云中。　旧游与此孰真幻，梦余烟水空冥蒙。　琴鹤由来身外物，老怀阅世愈超脱。　三间古屋城南隅，清坐自弄摩尼珠。　前尘非有亦非无，黔山越山安在乎，试向晴窗开画图。

——（《桐野诗集》卷三）

题汪玉轮修撰南浦送行图二首

周起渭

居人拱手行人去，舟子贪程不恋家。　只折江干一枝柳，便看天上十分花。

江草江波绿染裾，销魂南浦事应殊。　请君再检江郎赋，重写骖鸾驾鹤图。

——（《桐野诗集》卷一）

查尚朴行役图

沈德潜

蹇驴特特去匆匆，踪迹年年类转蓬。　万里是家家是客，并忘身在道途中。

——（《归愚诗钞》卷二七）

题高凤翰卢见曾出塞图

卢见曾

解网深仁且莫论，孤臣犹在识天恩。　三年便许朝金阙，万里何辞出玉门。　沙暗阴山秋猎壮，雪明瀚海夏裘温。　多情应信扬州月，直送征轮到塞垣。

——（《历代绘画题诗存》）

题程上舍名世风雪归舟图

杭世骏

朔风送客一程贪，拥絮孤吟发未簪。　篷底冰花篷背雪，荒寒山色画淮南。

——（《清画家诗史》丙上）

题高凤翰卢见曾出塞图

吴敬梓

玉门关外狼烽直，氎帐穹庐犄角立。　鸣镝声中欲断魂，健儿何处吹羌笛。　使君衔命出云中，万里云堆广漠风。　夕阳寒映明驼紫，霜花晓衬劂袍红。　顾陆丹青工藻绘，不画凌烟画边塞。　他日携从塞外归，图中宜带风沙态。　披图指点到穷发，转使精神同发越。　李陵台畔抚残碑，明妃冢上看明月。　天恩三载许君还，江南三度繁花殷。　繁花殷，芳草歇，蔽芾甘棠勿剪伐。

——（《历代绘画题诗存》）

题李晴洲天际归舟图二首

袁枚

作客天津未半年，思归便画送归船。　篙工添上三枝桨，犹恐春归在客先。
随园西北有高楼，楼上长江接槛流。　无数帆樯天际影，可怜几个是归舟。

——（《小仓山房诗集》卷一三）

倪素峰归棹图

袁枚

我思作一舟，其速如飞鸦。　不载人离别，只载人归家。　烟篷竹梼作未就，年年远客愁风沙。 先生持笔向我笑，丹青纸上声呕哑。 夜来有梦昼有画，我今归矣遑知他。

——（《小仓山房诗集》卷九）

题画

袁枚

万里惊风浪拍天，桅竿易断缆难牵。 是谁独立高峰上，摇手人家莫放船。

——（《小仓山房诗集》卷二一）

题汉江归棹图

严长明

玉笛高楼夜有声，天涯归思满江城。 帆开浈口青山出，秋入晴川绿树平。 乌鹊南飞孤月皎，大江东去晚潮生。 山川如此容清啸，底事难为故国情。

——（《归求草堂诗集》卷四）

题唐人关山行旅图

姚鼐

乱山奔如涛，急水高如山。 千山万水不可度，况有倚天绝地之雄关。 终南东走洛与宛，剑阁岷嶓天最远。 山头日落关前晚，青烟满地黄云返。 栈中马足蹑重云，岩底车声行绝坂。 后有舆从前建旗，孤骑席帽丝鞭操。 负担汗颏贱且劳，耳边不断风骚骚，猿鸟悲啸兕虎嗥。 青枫密竹苦雾塞，仰首始露青天高。 林开天阔春陂绿，商舶渔舠牵缆续。 嘉陵江水下渝州，愁应巴人竹枝曲。 不道曲声悲，且说含辞苦。 山头十日九风雨，君王断肠为零铃。 行路谁能不酸楚，路草岩花秋复春，关山犹有未归人。 丹青写尽关山怨，千古行人行不断。 将身涉险岂非愚，不及田间藜藿饭。 或言男儿桑弧蓬矢射四方，那得日在妻孥旁。 樵夫隐士同一谷，英雄贾客偕征行。 士生各有志，未易相评量。 亦有进退无不可，出亦非见居非藏。 苍生自待命世者，岂必栖栖求异乡。

——（《惜抱轩全集》卷三）

唐子畏雪山行旅图

杨伦

寒林朔吹交，雪意满层巇。 苍茫平原色，樵径犹可辨。 担囊者谁子，得得来策蹇。 溯涧既萦纡，循山屡回转。 遥瞻青枫驿，时出黄槲岘。 动寒呼酒急，毡笠畏风卷。 应有蜂楳开，横枝照清浅。 平生恣游展，斯境亦累践。 灞桥诗思多，披图重怀缅。

——（《九柏山房诗》卷九）

题沈敬轩秋江归棹图

戴亨

宦海茫茫浩烟雾，破浪乘风不能渡。 片帆高挂大江秋，指点家山畅归路。 江上闲云任卷舒，江上浮鸥自来去。 门前松菊未荒芜，陇上桑麻足租赋。 较雨占晴学老农，农家伏腊相劳苦。 一尊酒对鸳湖滨，烟雨楼中阅朝暮。 岁月闲消天地宽，精神老受烟霞铸。 回首名场一笑看，富贵真同草头露。

——（《庆芝堂诗集》卷八）

胡心农索画剑门行旅

钱杜

紫关霜滑马蹄响，剑阁树深猿语重。 看遍寒山谁入画，武侯祠下一株松。

——（《松壶画赘》卷下）

题董北苑溪山行旅图

吴修

溪山行旅旧名谱，野店风晴树影含。 天下几人知北苑，尚留半幅在江南。

——（《青霞馆题画绝句》）

题恽南田渡江图二首并序

戴熙

余客秋以病乞休，挈眷旋里，舟滞江上浃旬，儿辈扶上甘露寺，观吴云壑书天下第一江山大字。坐寺后小亭，下瞰渡江行客，舟楫如履，人物如豆，恍如画中景象。春杪到家，旋蒙召赴，病莫能兴，徒忆旧游而已。今读此图，益增怅触之感，因和画后绝句二首。

解组归来一破簦，江边小憩忆红藤。 画中蓑笠应如我，春雨春风过广陵。
病骨支离懒负簦，江山待我染溪藤。 扁舟屡促乘风去，可奈相如卧茂陵。

——（《习苦斋诗集·集外诗》）

江行感旧图

俞樾

江行感旧图者，孙丈竹孙家球感旧而作也。丈少时侍其尊人莳花大令宦游江西，已而其叔祖相国文靖公督两江，大令引嫌，改就京职，遂奉其父至金陵节署，丈昆弟均从焉。后四十余年，丈复客江右，感念昔游，绘图纪之，属余题诗。

236

江上青山千万簇，山下蒲帆千百幅。 中有嵚奇磊落人，坐对江山一枨触。 自言生小在西江，官舍清闲对绮窗。 祖父堂前黄发二，弟兄门内白眉双。 尔时门第热可炙，庭列凫钟户棨戟。 公子花间驾绿车，上公天上来黄钺。 一舟和石载归装，白下云山接渺茫。 节度旌旗候行李，亭公弩矢护风霜。 四十年来春寂寂，春风重谱关山笛。 记昔风流号璧人，而今感慨摩铜狄。 劝公且勿感华颠，万事云烟过眼前。 但愿坚牢仙不老，江山重与结新缘。

——（《春在堂诗编》卷一）

清代题画诗类卷二六一

清代题画诗类卷二七

羽猎类

题射虎图

钱谦益

南山白额毛虫祖，掉尾磨牙踞林莽。 啮人不肯避豪贤，狡兽轻禽敢余侮。 壮士发植风萧骚，身掠虎落禽咆哮。 应弦饮羽目一瞬，拉押雨血摧风毛。 倒载斓班出丛薄，山虞高眠野樵乐。 寄言寻斧休放纵，还为深山惜藜藿。

——（《牧斋初学集》卷一二）

东丹王射鹿图

王士禛

人马势逸不可当，开图素练生风霜。 奇哉落笔如挽强，谁其作者东丹王。 东楼西楼二千里，乘秋出猎凌穷荒。 番部红靴铁裲裆，左射右射必叠双。 凿蹄骄马如风樯，三花翦鬣纷怒张。 俊鹘初变为正鹘，苍鹰塌翅随马缰。 雄狐狡兔皆遁藏，射麋丽龟走且僵。 东丹昔日称人皇，扶余开国邻扶桑。 秋冬射猎海东碛，头鹅燕罢传醍浆。 跨海南归大梁苑，时时梦忆穿庐乡。 往往丹青自游戏，寸缣尺素如琳瑯。 宣和压架六千轴，东丹九幅千金装。 艮岳灰飞玉匣散，此图岂不关兴亡。 蜡炬如椽照空廊，雄谈剧饮累百觞。 东丹丹青远擅场，蹊田夺牛语堂堂，令人千载悲同光。

——（《渔洋山人精华录》卷四上）

题射虎图

王士禛

将军百战未封侯，射虎南山草木秋。 雪压屠苏展图画，一天风色偬貂裘。

——（《清人题画诗选》）

大猎图二首

王士禛

风高弓劲马初肥，千帐传呼大合围。 新试雕窠鹰背犬，草头一点疾如飞。
红妆小队暮山来，霹雳鸣弓月样开。 一笑云中飞鸟落，蠕蠕公主按雕回。

——（《清人题画诗选》）

题沈客子寒郊调马图二首

查慎行

泼墨挥毫事事能，带腰吟瘦沈吴兴。 如何却向渔阳道，毡帽茸裘学按鹰。

小益戎装悔浪游，不成投笔取封侯。 残年射虎非吾分，白石山南去饭牛。

——（《敬业堂诗集》卷一一）

题胡瓌射雁图

纳兰性德

人马一时静，只听哀雁音。 寒垣无事日，聊欲耗雄心。

——（《饮水诗集》）

题狩猎图二首

沈德潜

五石雕弓满月开，沙场忽听响晴雷。 左贤倘欲知名姓，曾射南山猛虎来。

骄马腾空并鸟飞，失林穷兽那能归。 披图更忆随龙驭，万骑渔阳雪打围。

——（《归愚诗钞》卷二七）

联镳射雁图

华喦

飒飒寒空落木颓，一声孤雁向南来。 烟沙影里连镳客，手挽强弓抱月开。

——（故宫博物院藏画）

题李赞华射鹿图

爱新觉罗·弘历

无心逐鹿人，却作射鹿景。 逸麑饮箭羽，奔驹迅鞭影。 眼前驰逐忙，事后浑幻境。 说偈伊有余，司囿吾当省。

——（《御制诗初集》卷三）

题姚和伯射猎图三首

钱大昕

宝马茸裘态甚都，车中闭置晒非夫。 不看南部烟花记，却拟东丹射猎图。

诡遇休夸获十禽，参连白矢法重寻。 由来射御无非学，见猎何妨儒者心。

逐兔呼鹰一队偕，雨余天阔净于揩。 江乡那有宽平地，姑妄言之亦复佳。

清代题画诗类卷二七一

——（《潜研堂诗集》卷九）

题严翰洪一发获隽图

姚鼐

兽肥草浅试雕弓，射猎诗书一岁同。　马上少年今老矣，霸陵风景画图中。

——（《惜抱轩诗集·后集》）

恭题先大夫射雁图

李调元

　　梧阴书舍生青莓，诸生揖我授经台。　仰见先君射雁幛，凄然不语同惊猜。　就中独有孤儿痛，欲说涕泗先盈腮。　忆昔游宦勾余地，年虽十八心尚孩。　同城都阃华公子，轻车肥马相追陪。　县尉厅前平于掌，早起较射宵未回。　是时先君勤王事，簿书未暇风火催。　一旦脱帽憩亭午，手持羽扇徐徐来。　笑捻鸟号指厅树，一箭正中当门槐。　其日雨霁天宇旷，观者如堵声如雷。　公子失色嗟神勇，县尉贺酒斟金杯。　吼山名震潮夜起，洋海盗遁帆晨开。　自此华堂开画戟，先命贯杨驰其骓。　浙东燕北足几遍，矢箙常教随龙媒。　归来辟圃醒园内，两行绿柳临江栽。　箭台筑起凌霄汉，松根作榻留山隈。　至今夜月照岩谷，飒飒精爽生蒿莱。　语犹未了声呜咽，已见木坏连山颓。　魂魄梦寐或一见，皋鱼风树徒悲哀。　父书手泽虽未斩，髣髴不记丰隆颏。　试即此图细端视，自愧趋庭鲤不才。　家计浑如破巢卵，负重真若盐车骀。　请君看取天上雁，一婴矰缴毛毰毸。　渐逵渐陆复何用，只足宰割供庖煨。　急须什袭传似续，作此遗戒意颇该。　他日休教粉壁挂，见之空令心伤摧。

——（《童山诗集》卷一一）

射虎图歌

黎简

　　猛虎得人只数尺，将军昨夜箭入石。　山风偃木髇竖戟，将军眼睛如虎绿。　目光电交倚一镞，镞弗应弦则手搏。　后有陡削前绝趋，虎进不已人负嵎。　人虎不得少踟蹰，欲急已迟拟即失。　将军气盛体若橛，肘如枯枝杯不溢。　彼何人斯李广真，谁其写之曹将军，不尔安得妙入神。　我欲短衣驰匹马，今人旁观汗犹泻，况乃左右匐伏者。

——（《五百四峰草堂诗钞》卷二二）

题沈砚畦昭兴射猎图

张问陶

我初识君在锦里，拍肩一笑称知己。 醉后同弯雨石弓，指示同辈夸英雄。 兴酣直欲走天外，妄语谰言都可爱。 缚裤还思作骑兵，颠狂不是书生派。 前年将相征西番，从军戈马争喧阗。 万人裹粮向西走，天空日落风萧然。 是时君年二十六，《阴符》一卷埋头读。 逼人英气不可当，拟执番酋食其肉。 幕府何人荐酒徒，不飞不跃居成都。 雄心颇似升平将，遣兴聊为射猎图。 今年携图过燕市，都人咄咄惊豪士。 曹霸丹青亦可传，须眉不似神情似。 拂纸崭然见头角，爽于九月摩天鹘。 马后蛮奴结束奇，挥鞭一过山魈伏。 君不见丈夫穷达皆天意，肯将一世供游戏。 颇怪寻常眼底儿，儒书满口无生气。 方今四海同一天，太平不用图凌烟。 君身自有封侯骨，珍重囊中《宝剑》篇。

——（《船山诗草》卷一○）

吕丽堂太守射虎图

程恩泽

民奔呼，山有虎。 朝暮食三人，一媪一龀一妇女。 民奔呼，太守呻，虎胡为哉啖我赤子如啖豚。 纠我众，砺我矢，虎来虎来尔必死。 虎不负嵎乃走圹，得无政感神所相。 虎就诛瘗诉无状，白羽洞背直达吭，虎魂零星虎胆丧。 杀虎如鼠归来歌，太守之勇于广何。 恤其被啮吊其室，太守之仁与均敌。 斯时稑稏黄云平，腰镰夜获无恐惊。 害除民乐设社酒，招邀健儿饮一斗。

——（《程侍郎遗集》卷二）

题东丹王射鹿图

魏源

东丹有国号人皇，医巫闾山万卷堂。 瀑布声中写射鹿，国人共服书中王。 小山压大山，大山弱无力，渡海风帆投外国。 衣冠熏沐宾王家，更赐姓名李赞华。 西楼烽火惊边岁，欲拥东楼作东帝。 可惜潞王已断魂，临事仓皇失奇计。 宁作东丹李赞华，肯似盐车载帝犯。

——（《古微堂诗集》卷六）

黑龙江将军打围图歌

魏源

八月河冰九月雪，十月天山厚地裂。 纥干山头冻雀死，海东青翅冷如铁。 渥集连天獐鹿肥，将军下令大打围。 八旗列阵鱼贯进，酣猎兼旬犹未归。 白羽连贯三狻猊，老林突出千年罴，恍如钜鹿昆阳师。 山猎未餍水猎补，打冰重集捞珠户。鲟鳇十丈可盈船，鲨鱼带甲可化虎。 杀气遥连长白山，大家痛饮黄龙府。 细骑小队貂襜褕，红妆马上悬元狐。 风驰电转斗飞捷，笑指新月如弯弧。 乌蜡藉履不知冻，雕翎盖屋似穹庐。 人参水灌磨菰粗，使鹿使犊如使驴。 猎罢回军载苍兕，驼车相属四百里。 讲武重勒索伦队，堂子割牲观角牴。 人人自负曳落河，气吞万帐摩千垒。 昨宵羽檄赴乌孙，大妇小妇齐饯樽，抽箭仰视天山云。 二百余年乘王气，四海无敌辽兵锐。 知君画手思鼓鼙，汉家世出关西帅。

——（《古微堂诗集》卷六）

清代题画诗类

清代题画诗类卷二八

仕女类

题女郎楚秀画二首

钱谦益

曼绿轻红约略分，墨华凝碧溅罗裙。　烟岚一抹看多少，知是吴云是楚云？

小艇疏帘水墨间，落梅风过点朱颜。　欲看粉本频临镜，自扫修眉画远山。

——（《牧斋初学集》卷一六）

美人调鹦鹉图

钱谦益

却扇含嚬敛翠蛾，闲看侍女教鹦哥。　可怜红嘴聪明鸟，怕杀雕笼是网罗。

——（《牧斋初学集》卷一一）

题杏花宫人图为傅右君

钱谦益

闲拨铜锾看泪痕，春风取次到长门。　监宫传报天颜喜，红杏花开满禁垣。

——（《牧斋初学集》卷一二）

为张子题画册

龚鼎孳

双屐秦淮雪满楼，高斋灯火夜藏钩。　飞蓬一别朱琴断，惆怅花开自白头。

——（《定山堂诗集》卷三八）

为阮亭题青溪遗事画册七首

陈维崧

丝杨风里漾斜曛，自在乌龙卧篆纹。　闻说中门将拢锁，心情分付与双文。

绿窗棋局一尘无，小妹娇憨博进输。　不道南风全不竞，恚将红子打檀奴。

新桐初引月将斜，红板桥头第一家。　门里谢娘春睡懒，不知开到玉簪花。

东风院落不知愁，小捉迷藏绣带柔。　忽忆侬家崇让宅，十年前事到心头。

金鸭微温宝篆生，芭蕉斜逼药炱清。　怪来庭户无人到，长日惟闻动轳声。

罗裙塞窣袅潇湘，匿笑争窥绣幔傍。　六幅笙囊空似水，细闻声处断人肠。
桦烛平康院院红，读书声出粉墙东。　莫矜先辈多才调，背立鸦鬟女侍中。

——（《湖海楼诗集》卷一）

题王给谏乌丝红袖图四首

屈大均

芙蓉无数水中开，化作鸳鸯七十来。　争爱夕郎辞赋好，持笺一一向琴台。
太华仙人鲁女生，三千玉女不知名。　何如少华黄门客，解和诗篇有丽英。
西从西岳至罗浮，诗满天边二石楼。　五色仙禽多狡狯，麻姑教向使君求。
斑雅携得素馨花，陆贾风流映汉家。　一片罗阳歌舞石，看君飞满笔端霞。

——（《翁山诗外》卷一四）

为宋牧仲题林良宫娥望幸图

王士祯

杏华春水团宫缬，宛宛鹅群白于雪。　林良好手二百年，犀轴飘零见奇绝。　太
平内则遍闺襜，宫漏迢迢响夜签。　何处离宫三十六，金羊空望竹枝盐。

——（《渔洋山人精华录》卷二上）

美人对镜图

刘献廷

晓妆初点青山黛，春风摇曳湘兰佩。　窗宛谁扶钿上云，菱花幻出无双配。　何
人偷梦梨花院，蜀笺写得当时面。　满眼春愁想未成，沈香小阁疑前殿。　篱边灯下
好思量，一曲琵琶枉断肠。　梦自不成花自落，夜来风雨过横塘。

——（《广阳诗集》卷上）

题闺秀雪仪画嫦娥便面

刘献廷

素笺摺叠涂云母，黛笔清新画月娥。　莫道绣奁无粉本，朝朝镜里看双螺。

——（《广阳诗集》卷下）

题十美图二首

戴梓

云艳风香解语花，晴空庭苑斗春纱。　巫山夜梦将寻遍，似有双峰隐暮霞。
闹炒斜簪坠马盘，妆成都觉带痕宽。　芳心相妒不相语，寂寞香肩倚画栏。

——（《耕烟草堂诗钞》卷三）

桃柳仕女图

华嵒

抱月如可明，怀风殊复清。 丝中传意绪，花里寄春情。 掩抑有奇态，凄锵多好声。 芳袖幸时拂，龙门空自生。

——（《历代绘画题诗存》）

题王树谷朝妆缓步图二首

张庚

妆罢晨曦满玉除，手携纨素步徐徐。 威仪自爱无庸选，顾影徘徊意有余。
王君画笔出陈君，逸态遥情致不尽。 耽赏未能轻释手，直如亲对粟园筇。

——（浙江省博物馆藏画）

抱筝仕女图

黄慎

绣被难温倚半床，洗空秋月照雕梁。 书成倾倒鸳鸯字，梦破还余腌叭香。 咏雪庭间推谢女，鸣筝筵上顾周郎。 晚妆露冷添衣薄，帘影偷窥鬓影长。

——（贵州省博物馆藏画）

瓶花仕女图

黄慎

高髻阿那长袖垂，玉钗仿佛挂罗衣。 折得花枝向宝镜，比妾颜色谁光辉。

——（扬州八怪题画录·黄慎）

题宫意图

倪仁吉

调入苍梧斑竹枝，潇湘渺渺水云思。 听来记得华清夜，疏雨银釭独坐时。

——（《清画家诗史》癸上）

题张渔川所藏周昉宫姬调琴图

厉鹗

天宝宫中尚歌舞，三郎天纵工羯鼓。 广平留下朋肯声，宁王抄得龟兹谱。 小部筝琶竞追逐，雅乐当时弃如土。 赵州长史用意良，貌出娇嬬素琴抚。 淡妆相对花下听，低鬟背面尤娉婷。 一时何处有三粲，雾阁云窗深杳冥。 关雎本是房中曲，不比等闲操泛祝。 好将解秽谢君王，愿君解愠四海康。

——（《樊榭山房续集》卷七）

题赵孟頫吹箫仕女图

汪由敦

截肢难分箫与指，天真自爱铅华洗。 一声吹彻转悠扬，辘轳晓汲铜瓶水。 罗袜半掩茜里红，花翘不动影朦胧。 何处吹来丹穴凤，忽听吟出碧湫龙。 不教倚曲迟还咽，凉风轻凤棕榈叶。 脂唇微蹙调频移，二十四桥纨扇月。 霜筠慢染湘江血，冉冉银云骕穿裂。

——（《历代绘画题诗存》）

题华嵒浣纱溪图扇面

郑燮

杨柳桃花几度春，隔溪歌舞认前身。 吴宫滋味如纱薄，洗尽江山是美人。

——（《明清中国画大师研究丛书·郑板桥》）

题赵孟頫吹箫仕女图

于敏中

紫琼玲珑音绕指，簟冷匡床露华洗。 临风婉转曲乍成，云外潇湘隔秋水。 薄罗单衫杏子红，满身花雾香朦胧。 幽情如难述仿佛，空中下凤波吟龙。 俗耳筝琶漫喧咽，不须鹅管调银叶。 人间何处有飞琼，十二瑶台自明月。 昭华斑斑凝若血，一声吹彻云峰裂。

——（《历代绘画题诗存》）

美人弹琴图

袁枚

今夕何夕银河明，单凫寡鹤升天行。 幽兰花开碧云断，美人独坐难为情。 一张青琴当郎抱，不肯无人轻有声。 疑是卓文君，仿佛赵飞燕。 义髻浓梳洛水妆，烟华摇荡香云鬟。 织罢流黄手爪伤，久疏云雨朱弦变。 荡子去关山，乌啼蕙草残。 孤鸾欲作语，对镜发长叹。 不愁明月空床冷，只恨阳春识曲难。 何处分钗王敬伯，何时按拍董廷兰？ 北斗离离挂寒碧，妾心宛转与琴诀。 一片潇湘指上波，万重幽涧花间雪。 弹毕还将古锦包，曲终不觉衣裳湿。 四弦三调本凄凉，琴语琴心暗里藏。 只描一幅相思态，寄与千秋播搢郎。

——（《小仓山房诗集》卷一三）

题赵松雪仕女图二首

蒋士铨

双颊红潮绝世姿，笑从鸳镜看蛾眉。 如何误触金如意，暗里偷寻獭髓医。
初试重帷五蕴汤，罗衣暗卸解明珰。 海棠帘底窥新浴，才信昭仪透体香。

——（《忠雅堂诗集·寿萱堂诗钞》）

题周昉背面美人图

赵翼

髻绾乌云斜不整，一片销魂绿鬓影。 亭亭背立碧栏杆，不见蛾眉见蝤领。 毋乃避人含娇羞，复似向隅抱悲哽。 当筵平视无所施，穴隙旁窥亦难省。 前身岂是韩淮阴，相君背已非哙等。 千呼万唤头不回，令人想杀姿容靓。 崔徽自写卷中人，毫厘惟恐差笑颦。 延寿索钱虽不遂，未敢竟遗眼鼻唇。 何哉此图含毫遽，不着色相妙写真。 既无琵琶半遮面，又非幂䍦全罩身。 取意乃取返照景，瞻之在后美绝伦。 昉也貌肥夙所擅，并不貌肥意太新。 得非其人本不美，别构阿堵为传神。 君不见李夫人，病态恐使君王见。 君王临问下罗帱，转向床阴不露面。 又不见李晋王，一目眇兮微似线。 命工为作习射图，眼光侧注雕翎箭。 大都疵类好掩藏，图中人必貌不扬。 只因寝陋怕人看，翻以护短巧见长。 真容安知非盐嫫，遗照转共疑施嫱。 此正画师狡狯处，骗尽人间浪子肠。

——（《瓯北集》卷三〇）

题吟芗所藏扇头美人

赵翼

便面风流在，留藏三十春。 为云巫峡女，临水洛川神。 知是谁遗照，多应自写真。 伴君孤馆夜，仿佛翠眉颦。

——（《瓯北集》卷七）

戏题姮娥奔月图二首

赵翼

碧天清怨有谁知？ 奔月非关窃药驰。 如此容华嫁穷羿，教他那得不分离。
彀率能摧九日精，何难射落月轮明。 尚留桂馆藏娇地，此老当年也有情。

——（《瓯北集》卷七）

题赵孟頫吹箫仕女图

介福

六孔嗡嘘调十指，辟张绿绮筝琵洗。 伊人独坐夜临秋，万籁无声寂于水。 珍珠露湿芙蕖红，栏杆曲曲云胧胧。 声清欲学天际凤，声婉欲似泓中龙。 叮叮漏点铜壶咽，稍觉凉飔动林叶。 吹箫之身若轻烟，吹箫之声如皎月。 罗衫不拭胭脂血，玉声穿空铁皆裂。

——（《历代绘画题诗存》）

仇英熏笼宫女手持团扇

姚鼐

梅萼香薰静女旁，熏笼暖倚意寒凉。 怀中不合时宜扛，爱咏齐纨冰雪光。

——（《清人题画诗选》）

题士女游春图五首

洪亮吉

白白红红草亦香，且扶新月过桥梁。　春光似海人如海，不避游人说大方。
罗衫叶叶趁春游，竹粉时时拂面流。　摘得菜花何处用，嫩黄先衬玉搔头。
黄蜂何处觅游踪，欲上层梯意转慵。　拂面游丝已无数，第三层塔且从容。
骤晴骤雨笔难描，一朵轻红未破苞。　乳燕尚嫌毛羽重，只教胡蝶上枝梢。
曲曲沟塍之字斜，踏青才了路偏赊。　一条春巷门无数，何处能寻阿姊家。

——（《更生斋诗》卷五）

友人索题画册四首

杨伦

闲愁两点入眉心，狼藉飞花闭户深。　说与春风浑不解，低头自鼓七弦琴。
白石高梧夏景清，红纱玉腕对楸枰。　一帘蕉雨萧萧响，院静微闻落子声。
月斜楼上锦屏虚，坐拥寒衾漫读书。　夜久侍儿呼不起，香残烛地雁来初。
迂倪颠米派全真，指点云山照眼新。　莫怪丹青工粉绘，崔徽原是画中人。

——（《九柏山房诗集》卷一二）

题明人画蕉阴宫女即次徐文长题诗韵

黄景仁

记调弦索侍深宫，手种芭蕉绿几丛？ 行过蕉阴却回顾，美人心事怕秋风。

——（《清人题画诗选》）

248

题画

焦循

颦眉坐秋屋，夫征何日复。 梦起惊夫归，急自施膏沐。

——（《雕菰集》卷五）

题藕香阁玉窗清影图二首

张问陶

写到倾城倍眼明，柳花衫子翠生生。 玉窗纵隐湘裙色，相对如闻点屐声。
一眸春水印人寒，诗到难摹画更难。 壁外钏声参破否，名花只许镜中看。

——（《船山诗草》卷五）

题仇实甫弹箜篌美人图

吴修

一曲箜篌十五余，美人论价定量珠。 江南春色工俱绝，不数当年赵伯驹。

——（《青霞馆论诗绝句》）

题画仕女四首

沈复吉

临镜

六角菱花镜，夐开绣槛前。 周旋我与我，顾影各生怜。

卷帘

翠篆香留袅，红襟燕待归。 重帘卷未卷，拈带心依违。

吹箫

园柳绿垂线，海棠红韵翘。 无人解低唱，月下自吹箫。

垂钓

春水碧于油，含情不钓钩。 恐他鱼避艳，不敢照清流。

——（《清画家诗史》辛上）

题玉壶山人画四首

陈文述

罗衣凉薄耐温存，小院回廊静掩门。　一片玉莲花外雨，水精帘底最销魂。

冰簟凉生午梦迟，小鬟心事付蛾眉。　枕函一卷红蕉集，应有香奁本事诗。

坡老多情笑口开，更将禅偈寄仙才。　画师领取髯翁意，貌得朝云小影来。

艳如春雪映明霞，有客题诗感岁华。　我亦年来删绮语，譬如闲看牡丹花。

——（《清人题画诗选》）

碧城三首自题碧城仙梦图效李玉溪

陈文述

碧城深处隐红霞，十二阑干屈曲遮。　神女峰前云是梦，嫦娥天上月为家。　春呼白凤栽灵药，晓乞青鸾扫落花。　小录名笺知第一，诗成亲自写瑶华。

吹笙其耐晓寒何，清浅蓬莱水又波。　绡帐三生余白石，红墙一抹是银河。　间抛铁琲歌长恨，曾曳霓裳咏大罗。　最好芙蓉楼畔住，玲珑玉树总交柯。

云英拜后拜云翘，侍女双鬟拥绛绡。　冰缕冷调银柱瑟，琼花春放紫屏箫。　白榆种作相思树，乌鹊填成宛转桥。　一片飞鸾尽霞采，碧天如水易魂销。

——（《碧城仙馆诗钞》卷一）

题洞庭友人画扇怀真适园红蕙

改琦

春窗对旧雨，一室生兰气。　借问山中人，红蕙花开未。

——（《清画家诗史》己下）

题一日三秋图

改琦

曾同唤酒醉红楼，赠我珍珠字尚留。　画取斯图有深意，分明一日似三秋。

——（《清画家诗史》己下）

自题婴戏图扇

王素

稳子袴多力，风竿臂能舞。　他日渐长成，应得健如虎。

——（《题画诗钞》）

题画仕女

费丹旭

朝来无赖鹧鸪啼，舍北村南雾欲迷。　新种陌头桑树小，比来刚与阿侬齐。

——（《清画家诗史》辛上）

题柳阴仕女图

费丹旭

乍减轻寒影褪绵，合蝉新鬓贴花钿。　悄悄帘幪春阴薄，细较年时卷绣篇。

——（李一氓藏画）

仕女二首

费丹旭

夜寒帘不卷夫容，灯火疏棂透纸红。　吟到感秋诗未就，一声桐叶堕西风。
落红满地奈春何，露径香痕印袜罗。　正似闲愁扫难尽，晓来还较昨宵多。

——（无锡博物院藏画）

吹笛仕女

费丹旭

木犀香满蕊芳枝，金粉楼台梦到迟。　底事夜深吹玉笛，秋情侬已细如丝。

——（《清人题画诗选》）

题仕女图三首

费丹旭

旧梦曾寻碧玉家，东风何处问年华。　小红桥畔春如许，吹满一池杨柳花。
翠羽声中春梦残，扑襟香雪影珊珊。　可知一样梅花骨，不畏东风料峭寒。
惆怅东风奈别何，黛痕照水欸双蛾。　春波一尺花千点，珍重吴娘八幅罗。

——（无锡博物院藏画）

题柳下晓妆图

陈崇光

落尽海棠花，柳絮随风袅。　绣阁逗春寒，罗衾拥清晓。　晓起弄妆迟，含情人不知。　芳时惟有惜，明镜识娥眉。

——（南京市博物馆藏画）

梅花美人

金涑

东风最易惹相思，说与寒梅总不知。　一楼闲情一庭月，含愁无语独吟诗。

——（《瞎牛庵题画诗》）

秋景仕女二首

金涑

悄立苔阶花影迟，夕阳芳草惹幽思。　绿窗也有秋消息，满院芭蕉滴露时。
浅浅罗衫步欲迟，轻携小扇又凝思。　秋声只在梧桐院，月淡风微夜静时。

——（《瞎牛庵题画诗》）

题胡三桥梅花仕女三首

金涑

雨过墙阴长绿苔，玉梅花傍琐窗开。　不因开得花如锦，争得萧郎看一回。
错认湘妃与洛妃，碧霞冠珮水田衣。　倘教化入罗浮梦，啼煞青禽未肯归。
疏烟淡月峭寒时，才有梅花便咏诗。　红紫一番新到眼，沈吟还在未开枝。

——（《瞎牛庵题画诗》）

吴芝英夫人属题所藏四女士画轴

陈三立

董小宛孤山感逝图

漆云横榻雪笼湖，阅世梅株伴老逋。　一缕愁痕量尺寸，花时放鹤此人无。

马湘兰翠袖佳人图

已绝朱弦不自持，鬓低苍玉两三枝。　袜尘一点鸦衔去，海断天荒更忆谁。

方婉仪秦楼惜别图

背面伤春画稿存，夜楼都冷女郎魂。　老夫不记挑灯语，别有青溪拾梦痕。

黄媛介流虹桥遗事图

流水犹摹呜咽声，了无言语不胜情。　尺坟左右梧桐老，双鸟鸣应达五更。

——（《散原精舍诗续集》卷上）

清代题画诗类

为德益三题美人对镜图

陈三立

脉脉情思袅袅身，蟠天际海为谁颦。 青鸾飘尽黄莺寂，留得花前共命人。

——（《散原精舍诗》卷下）

题芭蕉仕女图轴

胡锡珪

萧萧斑竹动秋思，脉脉深情若个知。 几度欲眠眠不得，晚凉风里立多时。

——（故宫博物院藏画）

题红拂图

丘逢甲

平生愿作虬髯客，人道才如李药师。 独对丹青洒雄泪，不曾真受美人知。

——（《岭云海日楼诗钞》卷八）

题美人障子

丘逢甲

春波漾绿小桃红，人在平台曲槛中。 好是周郎兵胜后，二乔含笑向东风。

——（《岭云海日楼诗钞·选外集》）

清代题画诗类卷二八一

清代题画诗类卷二九

仙佛类

题仙山楼阁图

钱谦益

华堂迟日春融融，娇兰宠蕙多光风。 谁为此图挂素壁，神山仙馆来空濛。 参差崑崟顶，缥缈扶桑东。 上有摩天削成千仞之绝壁，下有拔地偃蹇百尺之乔松。 天光浮动日月水，海涛激射飚轮峰。 五云聚族不成雨，千霞解驳皆为虹。 交梨无根长翳荟，夜芝有光照丰茸。 琪花瑶草人不识，但见竹柏长青葱。 其间楼观参差起，璇瑰瑶碧相蔽蒙。 细界烟峦辨栋宇，平临月驾开房栊。 墉城金台尽治所，易迁童初或离宫。 群真缤纷互来往，似谒金母朝木公。 金条脱，玉玲珑。 顶巾作髻，衣绡垂红。 白珠约臂，青章带胸。 鸟爪纷指掌，虎齿还婴童。 高堂寿母定谁是？ 无乃亦在图画中。 主人捧图献母侧，慈颜一笑回春容。 班白稚齿齐上寿，撞钟伐鼓乐未终。 金盘擗麟莫数他家事，斟雉调鼎吾祖自有彭铿翁。

——（《牧斋初学集》卷五）

题初祖折芦图

钱谦益

一苇飘然截众流，廓然无圣语谁酬？ 金陵夜雨嵩山雪，白马青丝出寿州。

——（《牧斋初学集》卷二）

题大士像

金圣叹

通夜檀香接手焚，香烟微感普门君。 上天三十六麟子，挽取当中第一员。

——（《沉吟楼诗选》）

题华山蘗庵和尚画像二首

吴伟业

清如黄鹄矫如龙，浩劫长揩不坏松。 四国鸡坛趋北面，千年雪岭启南宗。 江湖夙世归梅福，经卷残生继戴颙。 诤论总销随谏草，故人已隐祝融峰。

西南天地叹无归，漂泊干戈爱息机。 黄蘗禅心清磬冷，白云乡树远帆微。 全生诏狱同官在，乞食江城故老稀。 布衲绽来还自笑，箧中血裹旧朝衣。

——（《吴梅村全集》卷一七）

题沙海客画达摩面壁图

吴伟业

松风拂拂水泠泠，参得维摩《止观经》。 从此西来真实义，扫除文字重丹青。

——（《吴梅村全集》卷一九）

题殷陟明仙梦图

吴伟业

蕉团桐笠御风行，梦里相逢话赤城。 自是前身殷七七，今生赢得是诗名。

——（《吴梅村全集》卷八）

题山僧补衲图

方文

年老心闲腹不饥，霜天扪虱对晴辉。 莫将旧衲添新线，新线仍非坏色衣。

——（《嵞山集》卷一二）

题老子骑牛图

龚贤

无端撞着关尹喜，紫气东来半天起。 至今道德五千言，须识阿翁非得已。

——（日本黑川古文化研究所藏画）

题天台访道图

汪琬

绝壁危梁似画图，此中有路达仙都。 地黄不托胡麻饭，能向山家少住无。

——（《清人题画诗选》）

分咏京师古迹得贯休画应梦罗汉像

查慎行

五千五百阿罗汉，出世生天登彼岸。 其中尊者十八贤，龙象腾空来震旦。 白描晚入龙眼画，魔娆纷拿杂真赝。 岂知远出百年前，巨幅流传磨不烂。 翔麟供奉浮屠人，诗才绘事两绝伦。 自言梦与应真遇，觉来肖貌兼传神。 心追手橅一挥就，少缓则逝将失真。 丰颐槁项多变相，喜者含笑怒者瞋。 莲藏已登禅月集，此图沦落偏风尘。 老僧古寺深埋照，异物将归有先兆。 当时画本梦中成，此夕遽然

清代题画诗类卷二九一

255

神复告。 明朝有力负而趋，卷轴俨随飞锡到。 或疑十八缺其二，恐与李图均被盗。 巧偷豪夺孰有无，古往今来梦一觉。 嗟嗟神物难久贮，莫逐青蚨便飞去。 君不见虎溪桥畔庐山路，罗汉曾为押纲具。

——（《敬业堂诗集》卷三六）

题铁拐李仙像

文昭

鬓发蓬松眉眼粗，常将一铁镇相扶。 层霄也要防蹉跌，不独人间有畏途。

——（《清画家诗史》丙上）

题揭钵图

华嵒

云卷阴霄罗刹风，花分法界菩提雨。 佛王鬼母抹丹青，色相分明各奇古。

——（《离垢集》卷五）

礼佛图

金农

三熏三沐开经囊，精进林中妙帝长。 礼毕小身辟支佛，写时指放玉豪光。

——（《扬州八怪题画录·金农》）

僧房扫叶图

高翔

霜飞催叶脱，寺古树林疏。 清磬同摇落，闲房共扫除。 茶香僧定后，炉暖客来初。 参透荣枯理，春风任卷舒。

——（上海博物馆藏画）

圣因寺观贯休画十六罗汉

厉鹗

唐人画十六罗汉，笔力独数卢楞伽。 休公后起出其上，真容应梦有似忽现优昙花。 小篆亲题广明岁，正在江陵传绝艺。 禅人请归怀玉山，海众林神盛诃卫。 休公不乐依钱王，此画何年流落长明古寺青豆房。 殿陊香断，印龛冷，灯无光。 我昔借观匿不出，却恨俗僧皆哑羊。 宰官移置湖上龙宫之宝地，应真一一来高堂。 题诗记得欧阳炯，此画依然神貌并。 烟煤虽暗墨迹鹿，生绢开张气疏挺。 眼净野鹜肩削枯，龟顶峰岳岳眉雪。 绥绥弹舌，咒罢莲叶，鼞唔嚼遍杨枝。 四十二章经在手，一百八颗珠倒垂。 灌瓶高擎褭曷鼻，坐具入定指瘦颐。 圣贤自古秉异相，何况流沙印度相逢时。 高情逸格写不尽，更有嗔如破贼三军魔其间。 憩寂皆无

语，巨石高松络云雾。 中华只识诺矩罗，龙湫雁荡经行多。 鸣呼炯也诗，休公画，同在人间纵瑰怪。 我欲追扳力不能，但作低头东野拜。 圣因寺里鸣粥鱼，五云长护先皇书。 永将玉轴镇孤屿，请看水墨已是七百春秋余。

——（《樊榭山房集》卷六）

题老鹤道人小照

方士庶

送秋孤客客芜城，纵逸悲歌度此生。 绮陌每留调笑句，戟门曾记上书名。 浮江家寄昌南水，解网思归塞北氓。 莫漫冲霄夸老鹤，海天何处有蓬瀛。

——（《天慵庵笔记》卷下）

题元人达摩图像

汪由敦

渡江缘未契，面壁意偏真。 谁识三身外，长留示现因。

——（《历代绘画题诗存》）

题高南阜醉禅图

马曰璐

扫除烦恼安心后，养就阳和闭目中。 兀兀腾腾真活计，海天空阔一冥鸿。

——（《南斋集》卷一）

题梁楷泼墨仙人图

爱新觉罗·弘历

地行不知名和姓，大似高阳一酒徒。 应是瑶台仙宴罢，淋漓襟袖尚模糊。

——（《历代绘画题诗存》）

题卞文瑜山楼绣佛图二首

爱新觉罗·弘历

净莲一朵是前身，绣佛无缘那有因。 笑煞文瑜特多事，偏称津逮管夫人。
巾帼宁无杜子美，依稀茅屋即东屯。 荒村落日绝人至，双掩还教鹤守门。

——（《御制诗四集》卷一〇）

题金正希先生画达摩图

袁枚

正希先生发清兴，云蓝剪纸如圆镜。 画作达摩面壁形，高坐枯龟呼不应。 泥

金钩发蚕尾拳，侧笔裁衣蝉翼劲。 人疑道子以墨戏，或道无功将佛侮。 以指喻马隔两尘，援儒入墨殊非称。 谁知先生画佛即画心，直是诚通非貌敬。 事惟诣极方参元，思不出神难入圣。 当其为文惨淡时，天外心归功未竟。 颜渊专精能坐忘，维摩憔悴常示病。 绝无意想结空花，那有风泉搅清听？ 眉毫秃尽肠欲流，三才万象同参证。 较彼蒲团枯坐人，禅理文心果谁胜？ 写静者相示众人，教用思功先练性。 碧山烟去月才明，秋水风停波自定。 文人学佛即升天，才子谈禅多上乘。 我为增题墨数行，胜补云堂一声磬。

——（《小仓山房诗集》卷二）

有以八仙图求题者韩何对弈五仙旁观
而李沈睡焉为赋二诗

纪昀

十八年来阅宦途，此心久如水中凫。 如何才踏春明路，又看仙人对弈图。
局中局外两沈吟，犹是人间胜负心。 那似顽仙痴不省，春风蝴蝶睡乡深。

——（《纪晓岚诗文集》卷七）

题瑶华道人一如四相图

纪昀

佛法微妙，空无一尘。 因缘示现，乃见化身。 是种种相，实止一人。 光自盈缺，月自满轮。 是种种相，非幻非真。 雁自落影，水自无痕。 谁于此间，得不二门。 不解解之，满纸烟云。

——（《纪晓岚诗文集》卷七）

光孝寺贯休画罗汉歌

赵翼

光孝寺罗汉像一幅，相传为贯休画，朱竹垞诗所谓"贯休一十六罗汉，其二乃在南海诃子林。一僧俯首为写经，一僧却立侍巾瓶"者也。按《名画录》，贯休罗汉十六帧，胡貌梵相，曲尽其态。而东坡自海南归，过清远峡宝林寺，作《禅月所画大阿罗汉赞》，则有十八尊者。清远距南海不远，此幅或即宝林寺中物。然以幅中一僧写经、一僧侍立及窗前老猿拱立诸景证之，赞辞无一合者。而王新城《池北偶谈》记顺治末吴人有以贯休画罗汉十八轴来京师，鬻于悯忠寺，价七百金，亦见宋牧仲《筠廊偶笔》。则十八罗汉尚全，无因独遗一幅在南海。又刘侗《帝京景物略》记明万历中，紫柏大师在明因寺夜梦十六僧请挂瓶钵，明日有负巨轴十六来售者，乃贯休所画罗汉，遂重价购之。则十六轴之罗汉，亦尚未分散。此幅在光孝寺已数百年，其非明因、悯忠二寺中物，可知也。按张世南《游宦纪闻》谓贯休罗汉自正本外，别有临摹二本。而陆放翁亦以禅月所画十六大阿罗汉像施之法云寺，事载《渭南文集》中。然则宋时已多副墨，即明因、愍忠二寺中所得真赝亦尚未可知，此幅固难定为真迹。然笔法古劲，梵相生动，迥非宋以后人所能。窃意十八幅、十六幅之完好者，或转系临本，而此则真迹中之一也。爰书长句于后。

庞眉梵僧默写经，目光炯炯明于星。 俯首不见唇以下，但见鼻准如胆瓶。 砚旁贝多三五叶，凉风微卷户不扃。 僧雏待侧露半面，枯槎槁木非人形。 复有老猿耸肩立，想具佛性含惺惺。 风旛堂前一展玩，盎然古色浮窗棂。 年深绢素已黯淡，独余神采流丹青。 问谁画者禅月师，诗书双绝绘事尤通灵。 我闻师画罗汉一十六，旧在景德寺中联卷轴。 偶然失却第五帧，犹能示梦善女引归椟。 东坡留题宝林寺，真迹更有十八幅。 宾度罗至宾头卢，各系赞辞异标目。 何哉此幅乃独抛落南海滨，翻成无著离天亲。 何不如仙蝶千里归罗浮，神剑一朝合延津。 毋乃杜光庭所笑，数珠落地收无人。 或言云堂院中把笔日，梦中亲见诸应真。 图成法相独缺一，遂貌己像作一尊，此图倘即自写之本身。 人天间隔不能逐队去，孤禅留镇诃林春。 噫嘻乎！ 从来书画价高等琼玖，巧偷豪夺靡不有。 戴嵩牛图暗换米老笔，右军禊帖掣骗萧翼手。 繄兹粉本八百年，嘉汝僧寮能世守，几与饮光宝衣拘留澡瓶共不朽。 护持好结同龛眠，藏弃莫遣押纲走。

——（《瓯北集》卷一七）

题王摩诘渡水罗汉图

赵翼

一僧诞先登彼岸，芒鞋未著露两骭。 一僧半渡波没膝，回视后僧尚堤畔。 倒持锡杖来相援，后僧手接若鱼贯。 凌竞似怕一失足，水作醍醐顶中灌。 连尻结股蚷蠩行，尺步绳趋不敢乱。 临池瞎马夜愁蹶，听冰老狐春懼泮。 是何缁流有底急，不待船来苇间唤。 我闻释氏妙变化，宝筏能引迷津断。 乘杯过河驶往还，踏芦渡江狃濩泮。 胡为此独忧及溺，带水拖泥背浃汗。 岂因皱面观河悲，恰似系腰向井看。 应知画师意匠创，别契禅真托豪翰。 貌出溪边老古椎，敬慎不作散人散。 幡眉传是右丞笔，年深绢素已漫漶。 既无思陵妙题跋，亦少后邨精论断。 丹青真赝那得知，厉揭神情独可按。 空门久已外生死，犹自临深存畏惮。 即事足悟垂堂戒，绝胜贯休画罗汉。 莫矜宝绘供香严，好挂虚斋澄水观。

——（《瓯北集》卷五）

题春山仙奕图二首

赵翼

花落空山了不知，为他胜败未分时。 神仙已遣名心断，闲气犹争一着棋。
局中算劫正劳神，早有闲观局外身。 袖手不来轻下子，烂柯人乃是仙人。

题顾仙沂松石问禅图三首

严长明

金粟从知是后身，惠心了义宛如神。 拈花悟得忘言者，又向香台觅净因。

小朗诗怀明月在，惠休情思碧云知。 经行何似松门好，静对寒山叩本师。

橘洲小社愿难忘，行脚何时始歇装。 高坐清凉方丈室，与君同证木犀香。

——（《归求草堂诗集》卷四）

两峰蓑笠图

罗聘

敢道神仙张志和，汀鸥汀鹭共烟波。 偶抛渔艇来人海，肯为金襕脱钓蓑。

——（故宫博物院藏画）

济公像挂轴

罗聘

醉口谈经不是仙，西方也作大罗天。 木鱼声卖葫芦药，舍利金丹换酒钱。

——（四川省博物馆藏画）

戏题麻姑像二首

吴锡麒

碧城传唱小游仙，桑树重栽海上田。 一幅坏裙余想像，南园蝴蝶梦如烟。

蓝蓝有约采神芝，开过桃花又几时。 归去瑶池朝阿母，秋霜先已上蛾眉。

——（《清人题画诗选》）

题邹小山宗伯五百罗汉渡海图

杨伦

海涛上与银河通，连山汩没岑嶅峰。 高浪驾天瞰无地，齐烟九点青濛濛。 应真五百出西域，袒肩挂锡来其中。 涉险始知象教力，或跨白泽骑苍龙。 阳侯前驱水怪伏，绝迹飞行同御风。 嶙峋窣堵矗霄半，双林树色何葱茏。 渺然送者自崖返，浮桥远蹑凌长虹。 莲花座涌达彼岸，回视震旦犹蚁封。 安心欣喜究般若，未摆四缚悟六通。 梁溪宗伯彻禅旨，写此亦足开愚蒙。 道子龙眠逊精妙，祝寿曾献慈宁宫。 披图一一见尊者，面门月满须眉雄。 是画不当作画看，法身原比浮云空。 迷津倘肯回宝筏，敬执瓶拂应相从。

——（《九柏山房诗》卷一〇）

题郊游听僧弹琴图

戴亨

山净涤秋霖，皋兰被清露。 时与山僧俱，鸣琴坐幽处。 聪耳涧声流，息虑松风度。 一曲听欲终，精义妙超悟。 天际孤云生，心与孤云去。

——（《庆芝堂诗集》卷六）

题沈舫西琨太守观空观色图

张问陶

人生竟无欲，块然其土木。 有欲而无情，疆行亦禽鹿。 惟天爱吾人，生机兼慧福。 逍遥情欲天，万物本无毒。 人中生美人，如农播嘉谷。 是真五行秀，清灵超百族。 其来夺明月，朗朗照心自。 匹如优昙花，一见恐难复。 琴鹤必焚煮，拘儒真桎梏。 革囊造狠语，彼法亦粗俗。 仙道通阴阳，云霄犹眷属。 陈陈三教书，几人不误读。 君放大光明，神光一轮足。 开图为赞叹，此义吾所服。

——（《船山诗草》卷一六）

画僧自题

张问陶

三五残僧聚一龛，冻梨无色鬓毵毵。 他生福慧今生苦，请对丹青子细参。

——（《船山诗草》卷一四）

胡栗堂罗浮遇仙图

张问陶

半生婚宦误神仙，何日真逢葛稚川。 叹我尘劳非健者，羡君风骨本飘然。 会当身化罗浮蝶，早已心依内外篇。 记否二山曾说破，不须重费草鞵钱。

——（《船山诗草》卷一九）

达摩面壁图二首

张问陶

面壁无言万念空，我推摩祖是英雄。 须眉原未分僧俗，定慧何曾有异同。 常惜吾徒多执拗，转讥彼法太圆通。 纷纷文字争三教，禅障儒酸总梦中。

儒释门前十丈尘，谈禅诋佛太津津。 题诗也是安心法，对画宁无断臂人。 花妙偶然开五叶，山空早已见三身。 冷关原为苍生坐，衣钵谁传未了因。

——（《船山诗草》卷一四）

清代题画诗类卷二九一

李仙像二首

张问陶

抛散前身借此身，须眉全改性情真。　元神一笑双躯壳，始信皮囊是别人。
功名何必画凌烟，孔目回头也是仙。　打破虚空成粉碎，手拖铁杖去升天。

——（《船山诗草》卷二〇）

画拾得像题句

张问陶

库院逍遥住几年，谁知扫地即参禅。　斋厨火灭寒岩合，到底无人见普贤。

——（《船山诗草》补遗卷五）

题李雯十八罗汉渡海图

舒位

菩萨住山如无山，罗汉渡海亦无海。　世人或以迹象求，千气万力画海水。　如
是众生苦恼缘，乃觉苦海真无边。　不可思议金刚际，独到神妙秋毫巅。　一十八处
皆有人，一十八人皆有身。　降龙伏虎如蝇蚊，四大海水一刹尘。　不增不减不生
灭，超出因缘十二劫。　泥牛香象两无功，忽然般若波罗蜜。　我向楞严觅导师，诗
中非画画非诗。　即看万里驯鸥日，何似三军上马时。

——（《瓶水斋诗集》卷一七）

清河雨夜沈松庐观察席上出观
所藏管夫人画观音真迹长轴走笔作歌

舒位

酒酣以往河有声，叉开黄绢挑青灯。　低眉忽现观自在，押尾自书管道升。　人
间不见一切佛，以意为之得仿佛。　衣上犹拖南海云，怀中俨抱西天月。　细参色相
尤庄严，牟尼缨络相秾纤。　落手已知管双下，驻颊不用毫三添。　我生未受菩萨
戒，少所见者多所怪。　似此楼台弹指寻，不妨衣钵低头拜。　三更卷画湿鼓挝，主
人留客胡床斜。　乞将甘露洒杨柳，会有香雨飞袈裟。

——（《瓶水斋诗集》卷九）

长椿寺九莲菩萨画像

舒位

妙莲华下涌金轮，玉匣珠襦有化身。　尊号已加皇太后，圆姿仍现国夫人。　阁
中取传征文史，宫畔修斋托鬼神。　弹指华严楼阁里，胶山绢海一微尘。

——（《瓶水斋诗集》卷一）

胡竹安明府藏上官周画罗汉过海赴龙宫宴卷子
盖仿道子笔意也时胡方有远行出以索题

邓湘皋

四大海水浮虚空，入神出天无不容。 古来犀炬照不到，赖有画手开鸿蒙。 上官笔意师道子，力欲与佛争神通。 生绡一幅百罗汉，茫茫大海飘孤蓬。 舍卫城中乞食惯，馋涎争赴法筵丰。 八部天王齐凤驾，十千沙界如奔狖。 叱逐雷霆役风雨，蹴踏狮象鞭螭龙。 老髯侦伺迎潮立，簇拥娇女颜嫣红。 似闻揖笏前致语，区区珍错不足供。 画师更得法外意，驯桀骜性使之恭。 吁嗟悉索古所戒，诛求无艺海亦穷。 众生一饱未易得，乃有口腹殉厥躬。 安得十方大供养，遍给孤独资粮充。 佛乎还尔饭香国，勿再远涉蛟鼍宫。

——（《南村草堂诗钞》卷一七）

王椒畦孝廉学浩画松林趺坐图歌为郎芝田作
兼柬椒畦

盛大士

一人趺坐松林边，云是吾友郎芝田。 谁其图者王孝廉，意致生动清而妍。 画手应共芝田传，吾闻芝田画松得松意，着意自在挥毫先，此非画史乃画仙。 今之此图妙相合，二妙未识谁尤贤。 龙鳞叠苍翠，虬干蟠连蜷。 上有峨峨列岫之远霭，下有淙淙泻壑之飞泉。 置身其间万虑捐，洪崖浮邱列左右，相与挹袖同拍肩。 乃知画境到神妙，世上别开一洞天。 余也烟霞抱清癖，披君此图喜且颠。 烦君呼我入画里，同坐松阴参画禅。

——（《蕴愫阁诗集》卷五）

题拐李图

何绍基

谁识华阳访道年，昂然孤枕且高眠。 神仙有药难医足，世路多艰合上天。 一脚蹋残桑海月，半生结得竹君缘。 此身原是骷髅子，肯把真形向汝传。

——（《清画家诗史》庚下）

自题道装像二首

顾太清

双峰丫髻道家装，回首云山去路长。 莫道神仙颜可驻，麻姑两鬓已成霜。

——（《天游阁诗集》卷二）

清代题画诗类卷二九

钱元昌升恒图

顾太清

霓裳仙子御灵风，明月如珠映碧空。 天籁无声归浩荡，大钧一气转鸿濛。 羽分翠扇朝金母，花散筠篮戏玉童。 曲宴瑶池添鹤算，蓬莱日出海云红。

——（《天游阁诗集》卷二）

题唐寅画麻姑像

顾太清

螺髻发垂绾堕云，天衣无缝妙香熏。 从容素手舒长爪，绰约酡颜带薄醺。 沧海回看几更变，灵台旷劫自耕耘。 玉壶常有金精在，不许人间下士闻。

——（《天游阁诗集》卷一）

题文徵明送子观音大士像

奕绘

千叶莲花千辐轮，霓旌翠葆袅氤氲。 恒沙劫满初成道，流水缘深忽遇君。 离合神光穷日驭，阴阳符使应星文。 婴儿情性真金铸，姹女容颜妙法熏。 或奏琴箫生羽翼，俨排戈盾奴晴筋。 前驱力士调师子，左倚高幢御白云。 大海潮音随满月，诸天花雨散清芬。 扶舆秀气承双毂，载路香风撼八垠。 彼岸到时空我相，道场来处破魔军。 项垂璎珞贻仙侣，手把杨枝脱世纷。 无碍总持观寂寂，有情相续物芸芸。 凡夫恶趣如山积，菩萨悲心似火焚。 泛览十方皆后觉，游行五浊感长勤。 天魔外道多身应，大小巫坛变相分。 假使黑风漂鬼国，已判白骨葬涛坟。 果然念彼观音力，立可蒙他活命勋。 何况盲聋求视听，直同雨露长葱薰。 明明慧眼皆能见，赫赫威名众所殷。 试阅家藏旧图画，各随人意现悲欣。 竹林宴坐须眉古，海岛闲登波浪沄。 此幅衡山完善本，百年金屑在玄缥。 《普门经》品如来语，朽宅因缘稚子群。 营魄不离惟善抱，精神独注胜多闻。 无边功德能无赞，绕座微吟比一蚊。

——（《明善堂文集·流水编》卷六）

题南楼老人鱼篮观音像

奕绘

南无观世音，素手提鱼篮。 天风吹宝髻，两鬟垂鬖鬖。 古貌具慈悲，中心离愧惭。 众生一见之，如饮甘露甘。 此像不是女，此像不是男。 南楼岁三十，佛法深观参。 写此当供养，高挂沈香龛。 入定大士前，夜静香云馣。

——（《明善堂文集·流水编》卷一一）

观画三百六十佛像歌

奕绘

见诸相非相，不画真如像；知非相亦相，描写虚空状。 画佛多事添根尘，弥勒含笑天王瞋。 摩登入室阿难鞾，罗叉药叉人非人。 乾闼婆众天将军，诸佛菩萨何纷纷。 非非想中幻生幻，一观世音十一面。 慈悲心切手眼多，多眼能将世音观。 杨枝一叶发普陀，水月二分辉震旦。 持经仗剑老文殊，辨才无碍佛不如。 经是五十三参参剩谛，创世维摩居士回生符。 不闻座下狮子吼，一双慧眼悬明珠。 有二菩萨不入世，一藏虚空一藏地。 虚空藏中无可说，地藏宫中列侍阎摩帝。 何难吩咐转轮王，停住轮回少番事。 琉璃光王阿弥陀，两家路远迢山河。 想是同居不相下，日排佛阵寻干戈。 自从东西分世界，愿生西方人日多。 东方虚空虽不可思议，西方又谁曾见池生荷。 阿罗汉辈太粗鲁，或降毒龙或伏虎。 不如如是降伏心，更比恒河沙数布施普。 马头护法，孔雀明王，多头多臂装军装。 十手所指生可畏，百足之虫死不僵。 其他奇形怪状不可殚述者，欲并唐虞以前史例存荒唐。 挂一漏万诚我罪，那能一一搜枯肠。 有为句非有为句，有为功德非细细。 照见五蕴皆不空，许汝佛门参实谛。

——（《观古斋妙莲集》卷二）

敬瞻睿邸所藏南韵斋白描观音像

奕绘

画观世音何为者？ 如是我闻序于左。 或十一面或四臂，随缘应化无不可。 毫端天女现全身，藐姑仙子传精神。 素面肯为沧海客，白衣犹似避秦人。 纸上无声复无臭，忘言即是真如咒。 一瓶止水一炉香，兀对相看如有旧。 令我能生清静心，领会刹那真福寿。 佞佛辟佛佛不知，呼牛应马随人为。 洗涤五浊洒甘露，指挥三昧拈杨枝。 菩萨历劫原如许，或谓妙庄王季女。 信斯言也例推求，盘古又将谁父母？ 我谓菩萨人中尊，也随一画生乾坤。 不可无一难有二，非神非鬼非精魂。 若泥世音存观想，即兹可谓菩萨妄。 大圆镜智印虚空，天龙人鬼皆钻仰。 贤王宝此像一卷，赏心呼我观遗念。 笔墨何容赞一词，瞻跪六拜空长叹。

——（《观古斋妙莲集》卷三）

题道济禅师像三首

奕绘

是心坦坦貌堂堂，举世皆狂汝不狂。 大事穷完穷小事，东墙打倒打西墙。 至人笔底词多妙，贫子衣中珠放光。 笑我与师同面目，眼前无物可商量。

灭度于今六百年，依然秋水碧连天。 破衣坐脱真无累，浊世行歌大有缘。 金锁微尘已撼断，玉壶春酒且迁延。 西湖一片风流地，游女顽童识济颠。

颠公颠公好眉目，道济天下智周物。 自古真心易感人，从来大圣能通俗。 灵隐寺中春草生，六和塔边江水绿。 破衣不过尧舜代，一扇高风老穷独。

——（《明善堂文集·流水编》卷四）

题铁珊禅师像

王震

谈禅捐芥蒂，指月占蒲团。 不问佛云何，画作如是观。

——（故宫博物院藏画）

清代题画诗类卷三〇

神鬼类

题钟进士画像

周容

青袍乌帽须生风，掷却槐简横青锋。 手抉鬼眼臣姓钟，进士落第狷厥躬。 生不蒙恩死效忠，君若不死睢阳同。 噫嗟乎，虚耗诸鬼为君避，化作人形遍人世。

——（《春酒堂诗存》卷二）

题王幼华明府所藏钱贡钟馗嫁妹图

孙枝蔚

月昏风惨人不行，桃花如血柳如醒。 四山鬼火照三更，终南进士袍靴明。 怪尔何得烂用钱，女弟违嫁心所怜。 何处银灯闪千年，谁家金碗出土鲜。 无乃魍魉逞神奸，偷来媚汝送婵娟，汝最正直定不然。 花疑借神女所佩之幽兰，烛疑剪古佛所坐之金莲。 竿用同心相结之松柏截为竿，流苏之帐乃高悬。 盘用鬼血所化之玛瑙琢为盘，鸟皮之几置中间。 其余筐筥锜釜无不全，明镜有如月团团，箕斗有如星在天。 衾枕床席，无一不是红所缠。 今夕何夕嫁何方，亲迎者谁，似是南山白石郎。 郎乘青骢系紫缰，含睇宜笑侍女狂。 侍女如云妖且香，个个皆类虎丘娘。 所骑怪兽那能详，非熊非鹿山中王。 如豚如鼍色青苍，形状疑出海东洋。 神荼郁垒门前望，山魈担酒魅牵羊。 打鼓吹箫奏笙簧，鹎鹛恶鸟惊飞扬。 朱陈古村近高冈，经过私路荆棘长。 雄鸡一声出短墙，咫尺难到郁金堂。 吁嗟乎，天上女牛隔河水，地下兄妹有悲喜。 仙缘鬼趣多如此，世间婚嫁何时已。

——（《溉堂续集》卷三）

洛神扇头

王士禛

蕉萃姬姜事已殊，神霄结恨向归涂。 故将兰叶描衣带，缥缈凌波恰半铢。

——（《清人题画诗选》）

题余氏女子绣浣纱洛神图二首

王士禛

溪水粼粼见浣纱，苧萝春色玉人家。　丝丝绣出吴宫怨，碧石清江是若耶。
明珠翠羽魏宫妆，洛水微波渺正长。　欲写陈王旧时恨，唾绒兼仿十三行。

——（《渔洋山人精华录》卷五上）

题洛神图扇面

萧晨

遗枕空存黛粉香，无端幽梦感君王。　当年洛水深何许，流尽黄初怨未央。

——（李一氓藏画，载《中国民间秘藏绘画珍品》第三集）

题钟进士啖鬼图

刘献廷

小鬼为祟妇女婴，所索箪食并豆羹。　大鬼祟国祟天下，人面鬼术公然行。　尔神所啖乃小鬼，舍大责细终非刑。　答言人大鬼亦大，人小鬼亦如其生。　小人岂必尽氓隶，大人何必皆公卿。　则知小鬼亦如是，是则争强逞势凶。　狰狞为祟愈大鬼愈小，妄向世俗夸峥嵘。　神目视之神耳听，不啻爝火苍蝇声。　冠裳缨佩尽假面，此图此鬼其真形。　磔裂吞啖鬼遗育，毋俾妖魅昏清宁。　若夫饥羸乞食琐琐事，何足污我齿颊增余腥。

——（《广阳诗集》卷上）

平云阁观朱璧画天神像歌

沈德潜

古来人物画手谁最优，后有道子前虎头。　世间纷纷传赝本，变眩今古唯朱繇。昆山朱璧继吴顾，能工帝释天人流。　尝从杰阁画神象，墨黯粉黣穷雕镂。　森罗布散满墙壁，长廊黯惨风飕飕。　衣裳肃穆拱玉简，冠冕秀发垂珠旒。　或挟长矢挽铜弩，或披重铠操蛇矛。　或穿旁肋撑六臂，或裂手掌开双眸。　驱使罔象，鞭策虎彪，左骖文狸，右骑青虬。飞龙蹻跼，肥遗同游。　风马隆隆，云旗悠悠。　觞觞矗矗，扶轮挟辀。　别队簇拥千貔貅，考录鬼魅声喧啾。　腰间累累悬髑髅，变态什伯从冥搜。　或云有客来嵩业，坐卧三日观不休。　临摹十幅笔力遒，倏忽四合阴云稠。　雷轰电掣神鬼愁，天公下取人难收。　从知不许传他州，岿然画壁神彩留。　世远永无剥蚀忧，六丁呵护司诸幽，画与高阁同千秋。

——（《归愚诗钞》卷八）

王郎歌为潜英主人题画

高凤翰

壮士爱宝刀，名士爱宝砚。嗜好本性情，寓意各有见。吁嗟吾反王郎跌宕磊落负奇姿，平生爱画亦爱奇。蟆下老翁称奇笔，追险摄怪实同之。此翁有侠肠，高义故绝俗。寻常不屑驱腕灵，鬼才爱谱神弦曲。此画到耳二十年，始见挂在君家屋。君从何处得奇踪，四壁飒飒生霜风。风马仓郎云脚垂，下方落照秋林红。神君高冠抚长剑，云中鹄耸须眉雄。吁嗟此画之奇真奇绝，王郎意气差相埒。对画狂吁二百杯，坐客无言但咋舌。须臾客去我独留，烧灯背画弹吴钩。忽到忘言成瞑坐，还闻壁上风飏飈。

——（《南阜山人诗集类稿》卷一）

雨中画钟馗成即题其上

华嵒

殷雷走地骤雨倾，龙风四卷龙气腥。高堂独坐无所营，用力欲与神物争。案有鹅溪一幅横，洒笔急写钟馗形。双瞳睒睗秋天星，五岳嵸巃挂眉棱。短衣渲染朝霞颊，宝剑出鞘惊寒冰。虬髯拂拂怒不平，便欲白日搏妖精。吁嗟山精木魅动成把，更愿扫尽人间蓝面者。

——（《离垢集》卷一）

题瞌睡钟馗

华嵒

戏扫烟丘成幻界，或如卢马凿生诗。满场鬼子偷行乐，却趁先生瞌睡时。

——（《离垢集》卷五）

题钟馗

华嵒

一怒独要啮鬼雄，虬髯倒卷生辣风。长声呵咤翻霹雳，魖蜮毕方遁无踪。

——（《离垢集》卷四）

题梅崖踏雪钟馗

华嵒

冷云空处梅填雪，倔强一枝僵似铁。咄咄髯生冰上来，破靴踏冻脚皮裂。

——（《离垢集》卷一）

钟馗嫁妹图

华嵒

轻车随风风飔飔，华灯纷错云团持。 跳拏叱咤真诡异，阿其髯者云钟馗。

——（《离垢集》卷五）

分题钟馗夜游图

方士庶

分题钟馗夜游图，黑风无赖狗狺狺。 鬼雄肆出然青磷，罷罷老馗志莫伸。 孤灯短策游红尘，天衢白日羞逡巡。 昏夜合与鬼为邻，金莲宝矩灿若银。 曲江宴罢非我伦，鞾足眇目袍笏巾。 貌寝徒触天子嗔，深宫睡美梦能频。 几多冤苦夫谁陈，回灯转辔行狇狇。 夜何其兮归饮醇，馗乎馗乎天易辰。

——（《天慵庵笔记》卷下）

黄慎钟馗小妹图

郑燮

五月终南进士家，深怀巨盎醉生涯。 笑他未嫁婵娟妹，已解宜男是好花。

——（四川省博物馆藏画）

题七钟馗图

马曰璐

终南进士操吟笔，游戏出之数盈七。 画师何处得此本，离合神光画外出。 是一是七吾不知，貌寝才捷疑温歧。 图成那许问主客，锦囊或有长爪儿。 诗人之胆大如斗，扶轮宁藉抉目手。 消除沴戾一阴交，不用蒲丝倾艾酒。 诗句直从何处来，野生大火焚枯槐。 瓦棺破家走魑魅，丛祠荒社驱蛇虺。 素壁风生号万窍，似有狐鸣共鬼啸。 当此鼓吹休明时，那有孤魂吟罷罷。 卷图还客心和平，馗乎馗乎不同调。

——（《南斋集》卷五）

风雨钟馗图

李方膺

节近端阳大雨风，登场二麦卧泥中。 钟馗尚有闲钱用，到底人穷鬼不穷。

——（天津市艺术博物馆藏画）

题两峰鬼趣图三首

袁枚

我纂鬼怪书，号称子不语。 见君画鬼图，方知鬼如许。 得此趣者谁，其惟吾与汝！

画女必须美，不美情不生；画鬼必须丑，不丑人不惊。 美丑相轮回，造化即丹青。

鬼死化为聻，鸦鸣国中在。 君盍兼画之，比鬼更当怪。 君曰姑徐徐，尚隔两重界。

——（《小仓山房诗集》卷二七）

醉钟馗图为曹慕堂同年题二首

纪昀

一梦荒唐事有无，吴生粉本几临摹。 纷纷画手多新样，又道先生是酒徒。

午日家家蒲酒香，终南进士亦壶觞。 太平时节无妖魃，任尔闲游到醉乡。

——（《纪晓岚文集》卷一〇）

罗两峰画醉钟馗图

钱大昕

说鬼太可憎，啾鬼亦何味。 善哉中山翁，逢场聊一醉。 诗书为麴蘖，荡涤俗肠胃。 五穷吾素交，虚耗何足计。 拍手任揶揄，扶持到此辈。 似闻群鬼语，欲报不杀惠。 罗生鬼董狐，墨戏出新意。 非僧非学究，面目得仿佛。 生云姑妄言，吾请以臆对。 六道趣各殊，善根岂有异。 我无分别想，彼亦不为祟。 嗔恼两都忘，缓急翻可倚。 冷手馨可捉，神椎力勿试。 且饮菖蒲尊，日长了无事。

——（《潜研堂诗续集》卷一）

罗两峰鬼趣图

钱大昕

人言鬼可憎，君独观其妙。 触于目所遇，审厥象惟肖。 巨室可偃寝，驰逐谁所召。 昏暗锁自缚，安得慧灯照？ 六趣理本同，执著互相笑。 奇诡到笔端，似闻诶出叫。 书家卓圣难，苦心世莫料。 瞰室非尔防，一任梁间啸。

——（《潜研堂诗续集》卷一）

罗两峰鬼趣图

姚鼐

形役此劳生，束缚日来往。 谓当返其真，六气同一广。 如何释委形，转受拘物象。 匹若脱茧蛾，翻飞挂蛛网。 君看隙外光，穿落窗中壤。 或方或椭圆，横斜直曲枉。 游光倏忽瞑，兹形究安放。 万象不可穷，颠倒由一想。 幻作三途业，何异景冈两。 画师如说法，染笔兴幽怆。 变状悉呈露，目睹非髣髴。 观象转得空，智者一反掌。 天人阿修罗，一一超无上。 稽首证导师，兹义实非誷。

——（《惜抱轩诗集》卷二）

题山鬼图

罗聘

玉骨冰肌吴彩鸾，开轩写韵办朝餐。 天明跨虎归山去，水墨淋漓尚未干。

——（清华大学美术学院藏画）

题钟馗捻箭图并序

李调元

画钟馗多按剑，而此独捻箭，岂剑止近以保身，而箭可远以射贼乎，率题三十字。

剑学万人敌，箭操百步技。 钟馗本书生，何乃兼武事。 堪笑生将军，不如死进士。

——（《童山诗集》卷三七）

罗两峰鬼趣图

桂馥

但使鬼有趣，何妨人寡欢。 夜台长似昼，世界小于盘。 此乐真忘死，逢场作是观。 谁能穷伎俩，权当鬼工看。

——（《清画家诗史》戊上）

戏作醉钟馗图为未谷写照并系以诗

钱杜

画钟馗者多矣，五代石恪有嫁妹图，宋马和之有读易图，刘松年有出猎图，李伯时有策蹇图，元赵松雪有搔背及跳圈二图，王叔明有寒林图，王孤云有濯足图，吾家舜举有垂钓图，明杜懼男有照水图，沈启南有移家图，唐子畏有骑牛图，丁云鹏有问渡图，陈老迟有吟诗图，未有作醉钟馗者。乙丑五月五日醉后，以残酒和墨，为未谷写此，不特辟恶远邪，亦见终南进士优游盛世，庆幸太平也。古人笔墨闲，能具士气，所以传世，若戴文进、吴小仙辈，几堕恶趣，不足尚也。近惟未谷解此论耳。按钟馗或作钟葵，入梦唐宫，事殊诞幻，昔人元旦悬之厅事，用辟不祥，今则专属之五月五日矣。

三尺铁，一斗酒，终南进士笑开口。 笑声哑哑引一斗，一斗饮尽去朝天，归来还向酒家眠。 接䍦倒著醉拍手，不知何处得来杖头沽酒青铜钱。 垆头日日添酒债，玉山也作颓唐态。 潦倒还能气食牛，醉乡万鬼都惊拜。 君不见太平之世魑魅无，不痛饮酒胡为乎。

——（《松壶画赘》卷上）

钟馗抚琴图

张问陶

大弦一声飞霹雳，小弦磔磔幽虫泣。 夜黑何人倚断琴，山荒谷冷旋风急。 终南进士魁奇者，潦倒科名本风雅。 愤血千年自吐吞，寻常丝竹难陶写。 七尺龙腮老生疣，携来鬼窟闲消遣。 变徵清商彻九泉，如锤十指挡成茧。 人间善手纷无数，玉轴金徽渺何处。 醉脱乌靴髯怒张，惊鸦飞上枯桐树。 终南阴岭深复深，万头魅索谁知音。 老馗家法空天海，肯负钟期一片心。

——（《船山诗草》卷一五）

罗两峰墨幻图

张问陶

十二万年若流水，髑髅满地无灵鬼。 朱棺黑夜响琤琤，一束枯骸细于苇。 人生苦肥死苦瘦，那有飞尸舞白昼。 罗生醉眼发灵光，亲见人间群鬼斗。 狂来作画满一纸，毅魄强魂腾十指。 鸣钲吹角挺戈矛，生气凶凶裸无耻。 冈峦回复多岐路，鬼有人心鬼应悟。 夜台得此好山川，何不呼群画中住。 吁嗟乎一鬼一心争狡狯，九十鬼中无我辈。 与君他日聚重泉，好挈壶觞自成队。

——（《船山诗草》卷一〇）

墨戏图

张问陶

纱帽无光袍笏冷，鬼中画出官人影。 宝幢三五遥相望，坐看鬼戏神扬扬。 大鬼如猿小鬼鼠，魅索登场争跳舞。 满纸呦呦笑语声，死人大乐忘其苦。 股长脚硬行蹒跚，千头簇簇如星攒。 枯骸背上青钱重，魑魅旸中白酒寒。 罗生昼鬼眼如炬，我喜拈毫作鬼语。 一时醉墨何清狂，卷图好赠遮须王。

——（《船山诗草》卷一〇）

两峰道人画昌黎送穷图见赠题句志之

张问陶

不迎鬼自来，苦送鬼不去。 咄咄韩昌黎，几为鬼所据。 作文状五穷，破空琢奇句。 嬉笑杂悲哀，千秋为疑懼。 扬州老画师，清贫知鬼趣。 为补《送穷图》，酸风拂绢素。 公今成神明，冲然忘毁誉。 弹指历数朝，何妨鬼重遇。 怪君忽持赠，欲展先犹豫。 君意在逐贫，人心鬼难论。 开图动颜色，一笑惊童妪。 鬼鬼倏如生，登堂良可虑。 夜阑兰鬼声绝，拈毫生妙悟。 人游天地间，如鬼出墟墓。 灵光不满尺，荧荧草头露。 白日走枯髅，欢哗抱泉布。 殉名如殉财，贤豪亦多误。 生化几推迁，古今一朝暮。 飘风散浮云，渺不知其故。 扰扰一气中，幽明岂殊路。 人来动以天，鬼往迫于数。 来往只须臾，乾坤容小住。 鬼宁有穷达，穷达因人附。 穷达两俱忘，鬼来著何处。

——（《船山诗草》卷一一）

题罗两峰鬼趣图二首

舒位

第一幅，一鬼硕腹，一鬼半身

忽然公子彭生见，狭路相逢逸其半。 雌雄扑簌难具详，或者李洛姬肚徐妃妆。 此腹何所有，陈陈太仓积。 彼体何所无，萅萅巨灵臂。 乃知奇丑莫如鬼，三斗烂肠尺八腿。 对影闻声定可怜，噬齐割臂相周旋。

第二幅，一鬼鲜衣科头，一鬼奴赤体著帽相随

生即弹冠死脱帽，祛服九原正年少。 平头奴子岌岌然，彼我易观更相笑。 君不见主人衣服丽且都，其仆乃至寒无襦。 主人黑头仆赤体，粉墨惨淡丹青粗。 尔何不作徐甲谢老子，但见鼻涕一尺困苦乞为奴。 如此犹复乞为奴，鬼或有之人则无。

——（《瓶水斋诗集》卷一六）

鱼山神女图诗为吴更生州佐作四首

舒位

更生昔祈梦于于忠肃祠，仿佛见所谓鱼山神女者。已而将为济上之行，复梦至神女庙，遂有衣酒之赐，又遥掷玉跳脱一枚于怀而寤。钱塘顾洛为写鱼山神女图记之，以证他日。

缥缈虚无不凿空，青腰十万紫兰宫。 楬来风马云车外，拦入胶山绢海中。 碧

落光阴才顾兔，黄初词赋瞥惊鸿。 重逢跳脱看年命，不觉灵犀一点通。

销魂三券古骊驹，选梦东山绝世无。 对影闻声如解珮，封情忍思为投壶。 绣旗偃月韦安道，玉碗流霞项曼都。 说与痴人浑不信，冥冥来上此珊瑚。

满壁沧洲化紫烟，剩教彩笔个中传。 装成宝轴三台序，赚得银勾七卷笺。 历历星辰迷昨夜，堂堂岁月省他年。 仙山楼阁神弦曲，可是当时便惘然。

绿衣三百色如何，况有黄裳著述多。 宣室汉厘犹见召，阳台楚语岂全讹。 惟中太一神君法，袖里烟波钓叟歌。 留得左宫青玉枕，万方仪态未蹉跎。

——（《瓶水斋诗集》卷一四）

高且园画钟馗八幅分题其上

邓显鹤

一幅钟馗高坐左手擎盂右手骈两指为剑作禁咒状

左手擎杯水，右手骈两指。 喃喃念咒口不停，群鬼啾啾匿笑声。 笑君腰包乞碗腐儒耳，未能治人焉治鬼。 画符作法有底庸，青天白日鬼憧憧。

一幅作一鬼跪伏钟馗伸两指抉其目群鬼惊避藏匿

尸佗寒林鬼所囚，群鬼伥伥游大幽。 阳光一线照不到，白昼惨惨声啾啾。 何年主者一失守，偷厕人间竟忘丑。 双眸睒睒阴伺人，射影含沙工笑嚮。 吁嗟乎中天朗朗燃犀烛，白日岂能容尔族。 帝遣南方赤郭来，尽咀尔肉抉尔目。

一幅端坐闭目作静摄状

阿那律法大神通，不闻不见众妙宗。 恒河浩劫亿万相，都入冥冥寂照中。 观我观人更观鬼，人耶鬼耶纷莫纪。 阎浮世界琉璃宫，大光明出痴与聋。 君不见古来哲后矜明察，鬼蜮往往潜门闼。 黈纩垂旒屏视听，明见万里天子圣。

一幅朱衣钟馗仗剑跃空作飞举之势群儿见之逃匿马枥下盖且园得意笔也

画龙惜龙睛，画马入马腹。 笔墨能通灵，矧乃图鬼族。 灵壁之县耳毛山，相传老馗馆此间。 至今遗像人争绘，俗手涂抹难为神。 铁岭道人工写此，生气勃勃出十指。 年深破壁忽飞去，观者错愕惊欲死。 或疑作此有他术，君言一敬能事毕，乃知鬼本无灵灵于人心耳。 岂可人为万物灵，而乃顽然不如鬼。

一幅空山风雨中钟馗蹲坐一大石上群鬼环跪作羞涩震慑状

荒山古木鬼所都，凄风冷雨群相呼。 老馗突出争逃逋，黠者蛇伏强者狙。 肥如瓠肿瘠柴枯，尻高于顶臀无肤。 觑觑索索似畏诛，其情可悯状各殊。 我不避影

射，亦不畏揶揄。 亦不作文送，亦不上章驱。 但愿革尔面，匿尔躯，毋啸尔徒，毋
载尔车，毋张尔弧，毋为民厉为人虞。 光天之下至海隅，公等游戏宽以舒。 吁嗟
乎，六道轮回本一途，于人何德鬼何辜，鬼犹有耻人何如。

一幅执简奏事两鬼前后夹侍一鬼张盖覆之如贵官

一鬼张盖气势骄，两鬼夹侍形容焦。 老馗皂靴宫铁袍，垂绅正笏方趋朝。 不
知所奏属何事，似念民瘼中心忉。 噫吁嘻，长安冠盖如奔涛，高牙大纛意各豪。
为民请命谁则劳，帝阍万里空呼号，黯黯白日天门高。

一幅击磬取吉庆之意

九韶奏，九德陈，致人鬼，降天神。 神之来兮祓不祥，鼓坎坎兮磬声锵。 宜
寿考兮降福穰，降福穰，乐未央。 昨日歌南山，今日歌北邙。 于戏积善余庆积恶
殃，惠吉逆凶靡有常。 吉耶庆耶宁可必，明明者天昭昭日，不见鬼瞰高明室。

一幅执卷吟哦

法吏不知儒，经生不知书。 长人土伯遍海宇，终日执卷胡为乎。 闻君及第以
貌黜，触阶而死传闻诬。 至今结习未忍却，长恩旦夕闻伊吾。 君不见东家手挽金
仆姑，西家自致青云途。 一丁不及五石弧，焉用司空城且书。 终日执卷胡为乎？
世上有此识字夫。

——（《南村草堂诗钞》卷一一）

题董乐闲画骑牛钟馗图二首

沈景修

几辈华骢骋帝京，英年斫脍列蓬瀛。 老夫懒踏终南径，故意骑牛缓缓行。
狰狞不是庐山面，儒鸦无惭进士身。 酒绿灯红蒲竹剑，归来吓鬼闹比邻。

——（《清人题画诗选》）

清代题画诗类卷三一

渔樵类

雪影渔人图

项圣谟

漫漫雪影耀江光，一棹渔人十指僵。 欲泊林皋何处稳，肯随风浪酒为乡。

——（《历代绘画题诗存》）

题烟波独钓图

方文

一自两京沦没后，斯人漂泊在江湖。 临流高咏有时有，触景暗伤无处无。 世难且从公望隐，运回应笑子陵愚。 衣冠傥见刘司隶，岂肯甘心老钓徒。

——（《嵞山集》卷八）

题樊圻柳村渔乐图四首

曹溶

长条雨暗绿毵毵，燕尾分流浸远岚。 谁料名城驱骏马，尚余青水傲江南。
恒阳迤逦接滹沱，二月遥添碧玉波。 不用银塘亲策杖，古来佳迹画中多。
郊连帝里庆年丰，沃土河渠一线通。 闲看舞腰齐拂水，风流真属捕鱼翁。
斜日鸣榔出钓船，飞花恰堕短蓑前。 凭君莫袖丝纶手，西子湖头好醉眠。

——（故宫博物院藏画）

题渔樵图

周容

杨柳阴浓野渡边，相逢闲叙太平年。 可知秋水寒过膝，何似春云重压肩。 是处乱离愁白日，一朝辛苦傲苍天。 收罾已有双鲈在，桥外青旂动晚烟。

——（《春酒堂诗存》卷四）

题渔舟图

孙枝蔚

渔翁话夕阳，惯见成亲睦。 青山不暇看，晚饭船中熟。

——（《溉堂前集》卷八）

题画

龚贤

樵担担头担夕曛，清歌渐近隔山闻。 阴风乍起路尘揭，两寺钟声交白云。

——（《明清中国画大师研究丛书·龚贤》）

题寒江钓雪图

屈大均

雨雪江中一钓竿，天生渔父不知寒。 蓑衣白尽无人识，都作双双白鹭看。

——（《翁山诗外》卷一四）

幽麓渔舟图

吴历

幽麓横铺万里山，柳桥西转乱渔船。 白花翠蔓茅茨小，鸥浴平沙落日圆。

——（《历代绘画题诗存》）

横塘渔艇

恽寿平

渔唱斜阳柳岸低，此中仙陌隐花溪。 花时细认横塘曲，犹恐重寻旧路迷。

——（《瓯香馆集》卷一〇）

舟中为彭觏宸题四时渔乐图

邵长蘅

篷窗十指如悬槌，彭子持画索我题。 展页四幅渔乐图，平湖好手今倪迂。 桃花水满蒲茸绿，泼剌白鲦三尺玉。 薰风湖岸荷田田，绿阴树底枕蓑眠。 秋汀雁落秋山翠，得鱼沽酒船头醉。 忽然幻出千峰白，一竿清绝孤舟客。 看图仿佛笠泽湖，我亦烟波旧钓徒。 凭将逸品云林笔，篛笠楱蓑貌老夫。

——（《青门旅稿》卷二）

为梁承笃题柳村渔乐图四首

张英

谁写湖天柳万丝，携从京洛倩题诗。 无端惹起江南梦，正是鱼肥蟹熟时。
春水舟轻泛白苹，自倾新酿自投纶。 可知鲈脍莼丝味，不到人间肉食人。
多是春风醉不醒，全家都住白鸥汀。 妒他画近渔舟处，柳色山光着意青。

有客幽居与世遗，爱看波静放船时。　知君抱膝篷窗下，吟到鱼儿细雨诗。

——（《历代绘画题诗存》）

暮岭渔归图

原济

碧草没腰荒径，柴门半掩萝昏。　江村月上犬吠，渔归把火烧痕。

——（《大涤子题画诗跋》卷一）

渔歌五章题渔乐图

沈德潜

娶妇生儿总在船，开筵杂坐五湖烟。　浊酒瓦盆同一醉，凭渠高卧夕阳天。
我侬家计问烟波，醉后何妨便唱歌。　不种官田办租赋，那知世上有催科。
捉船运澶走淮流，商船民船日夜愁。　独有渔舠无用处，鸬鹚闲放蓼花洲。
渔家女儿双髻丫，鬓边斜插芜青花。　不怕江湖相欺得，白头浪里响鱼叉。
独木桥边榆柳邨，橛头船傍旧柴门。　看罢老牛闲舐犊，也含饼饵饫儿孙。

——（《归愚诗钞》卷一九）

渔父图

黄慎

篮内河鱼换酒钱，芦花被里醉孤眠。　每逢风雨不归去，红蓼滩头泊钓船。

——（日本泉屋博古馆藏画）

渔妇图

黄慎

渔翁晒网趁斜阳，渔妇携筐入市场。　换得城中盐菜米，其余沽酒出横塘。

——（天津市艺术博物馆藏画）

沧波钓叟

黄慎

一卧沧波老钓徒，故人夜雨忆三吴。　大江东去成天堑，处处春山叫鹧鸪。

——（南京博物院藏画）

题唐寅钓鱼图

爱新觉罗·弘历

苍山白水尽如如，飘泊轻舟也倥渠。　独把丝竿澄宇阔，何须评论是非鱼。

清代题画诗类卷三一一

题吴镇清溪垂钓图

爱新觉罗·弘历

一江春水如油绿，满目春山看不足。 春水春山共我三，南华二篇不须读。 淳渊清泚犹堪掬，聊把丝竿寄幽独。 扁舟不系任去来，谁与为群鸥鹭鸶。 颇知水清本无鱼，亦令人识求缘木。

——（《御制诗初集》卷二）

题马远秋江渔隐图

爱新觉罗·弘历

月落江天罢钓鱼，倚柳坐睡梦华胥。 芦丛何必扁舟系，波漾风吹任所如。

——（《御制诗四集》卷八）

题吴镇秋江渔隐图

爱新觉罗·弘历

乐饥洋泌碧波浔，方寸应无一物侵。 欲问持竿垂钓者，羡鱼岂不是贪心。

——（《御制诗五集》卷七六）

垂钓图

蒋士铨

结夏千章木，消闲一卷书。 本来心似水，谁道我非鱼。 钓直夫何取，机忘信有诸。 言寻钓鳌客，载访渭滨渔。

——（《忠雅堂诗集·寿萱堂诗钞》）

题庚午同年通州冯甘浦采樵图

姚鼐

草履担樵入乱峰，写图犹是少年容。 低回五十余年梦，柯烂青山不可逢。

——（《惜抱轩诗集》后集）

题李竹君青溪垂钓图

姚鼐

青溪几曲入秦淮，丝竹声繁合两街。 独把钓纶寻野径，萧然箬笠与樱鞋。

——（《惜抱轩诗集》后集）

晴邨懒钓图三首

翁方纲

九点齐烟静倚栏，云回镜海不飞湍。 建安诗句蓬莱住，那借珊瑚拂钓竿。
弓裘文绮凤麟洲，心迹冰壶碧玉流。 解得忘机濠濮外，芥坳何止泛虚舟。
知鱼乐本羡鱼殊，意钓何如懒钓乎。 印出法从无法得，翛然吾亦见真吾。

——（《复初斋集外诗》卷二二）

李松圃芦漪渔隐图二首

翁方纲

诗拈大意取空濛，画手如何不约同。 文外远神非楮墨，世间真味是霜风。 扁
舟泛宅三湘近，故友论心十载中。 多少回环烟雨梦，泥人好片钓船篷。

棹倚江西到粤西，笔床茶灶任分题。 先生偶尔非躭隐，诗格翛然肯放低。 人
是天随来笠泽，书成丛话付苕溪。 砚台极浦兼蒗溯，采采从之一卷携。

——（《复初斋集外诗》卷一九）

题沈尔介垂钓图

戴亨

江水澄清波，水清石见底。 披襟绝俗营，垂纶兼洗耳。 此中滋味佳，不为得
鱼喜。 渔子操轻舟，截网横江汜。 渔利非娱情，风波有时起。 何如守一竿，心境
淡如水。 淮阴终此身，宁悲儿女子。

——（《庆芝堂诗集》卷五）

樵憩图

孙原湘

拾得枯枝断涧边，松阴随意可安眠。 笑他担子争挑起，世事何时肯息肩。

——（《清人题画诗选》）

单希川垂钓图二首

舒位

愿署渔师不做官，钓鱼容易做官难。 浮家曲占三弓水，传世长留七尺竿。 自
序或骑红鲤去，前盟肯与白鸥寒。 疏林瘦石真如画，独上瓜皮艇子看。

淡墨添豪老画师，付君余地与安之。 商量补入红墙影，次第重翻碧浪词。 结
客幸犹联北郭，赠人切莫网西施。 珊瑚翡翠能相借，便拟从君钓此诗。

——（《瓶水斋诗集》卷一三）

题盛子昭秋林渔隐图

吴修

枫林深处隐渔家，当日图成俗竞夸。 却忆比邻憔悴客，墓梅赢得尚开花。

——（《青霞馆论画绝句》）

和琴邬耶溪渔隐绝句即题王荣畦图后三首

陈均

烟芦万顷水平滩，鱼国鸥家旧结欢。 一个钓竿犹易放，始知难买是青山。

去年我弄剡溪棹，君亦归寻鉴曲船。 隔著数峰悭一面，只留鸥鹭与周旋。

又从尘海话烟波，乞画催诗日日过。 落叶打头风刮面，醉来还唱旧渔歌。

——（《清画家诗史》己下）

徐山民待诏属题枫江渔父图二首

陈文述

瀛洲重到鬓成丝，归卧枫江作钓师。 记向垂虹亭畔过，满天枫叶夕阳时。

青衫憔悴感名场，宦海中年更渺茫。 何日归休学渔隐，西溪秋雪好渔庄。

——（《清人题画诗选》）

五湖渔庄图二首

费丹旭

垂杨如幕屋如船，万顷湖光短榻前。 不信苍茫宽世界，只容清梦到鸥边。

好与烟波结近邻，茅斋我亦住湖滨。 年来无那飘蓬似，闲煞春风钓月纶。

——（《清人题画诗选》）

为慈溪洪云轩谷人九章题钓隐图

李慈铭

慈湖清映阙峰孤，风物犹传太傅居。 正是春深山笋脆，柳花吹雪上银鱼。

——（《清画家诗史》壬上）

题篁溪归钓图

陈衍

有溪复有篁，其鱼乐于我。 愿君直其钩，钓不钓俱可。

——（《石遗室诗集》卷六）

清代题画诗类

题渔舟

王震

自家拍手自家歌，一个渔翁打桨过。 网得鲜鱼还酒债，明朝再得醉颜酡。

——（薛处藏画，载《中国民间秘藏绘画珍品》第二集）

清代题画诗类卷三二

树石类

题王孟端双松图为稼轩

钱谦益

落落长身对俨然，撑云卧壑并千年。 丛生荆棘何须问，却怕柔藤蔓草缠。

——（《牧斋初学集》卷一三）

题沈朗倩石崖秋柳小景

钱谦益

刻露巉岩山骨愁，两株风柳曳残秋。 分明一段荒寒景，今日钟山古石头。

——（《牧斋有学集》卷一）

枯木幽篁图

项圣谟

白石疑云立，绿筠惊凤翔。 豪端飞舞处，神色想几狂。

——（《历代绘画题诗存》）

明项孔彰枯木竹石图轴

项圣谟

春风摇动细香绿，古木深含宿雨青。 一句子规啼未了，半山红日不堪听。

——（《历代绘画题诗存》）

大树风号图

项圣谟

风号大树中天立，日薄西山四海孤。 短策且随时旦莫，不堪回首望菰蒲。

——（故宫博物院藏画）

题自画老柏

傅山

老心无所住，丹青莽萧瑟。 不知石苕木，不知木拿石。 石顽木不材，冷劲两

相得。　飞泉不訾相，凭凌故冲激。　礌砢五色溅，轮囷一蛟轶。　寒光竞澎渤，转更见气力。　掷笔荡空胸，怒者不可觅。　笑观身外身，消遣又几日。

——（霜红龛集》卷四）

题松石图

汪之瑞

天街夜雨翻盆注，山河涨满山头树。　谁寄园内有奇事，蛟龙湿重飞难去。

——（上海博物馆藏画）

峭壁孤松图

弘仁

黄海有松呼如意，灵曜烟霞永护呵。　昔上莲花亲觌面，偶然拈供硕人苶。

——（侯彧毕藏画）

松石图卷

弘仁

松阴一息惠风才，留此峪岈许再来。　若我未消文字僻，无端拂尽好莓苔。

——（故宫博物院藏画）

题樊圻岁寒三友图轴

龚贤

别有岁寒友，丹铅香色分。　山中虽寂寞，独赖此三君。

——（天津市艺术博物馆藏画）

题画松

周容

偶然数笔老松斜，不听秋藤再点花。　仿佛去年溪上见，一时错路乞僧茶。

——（《春酒堂诗存》卷六）

题五柳图

孙枝蔚

环堵萧然兴自豪，先生日日醉春醪。　门前只种五株柳，也抵桃源万树桃。

——（《溉堂前集》卷九）

清代题画诗类卷三二　一

王勤中岁寒图为尚上人题二首

汪琬

瘦骨苍髯覆佛龛，仰凌霜霰俯烟峦。　问谁曾见开山日，惟有孤松是老参。
一枝和月照寒潭，绝少幽人曳策探。　夜半暗香禅榻畔，不妨句句鼻端参。

——（《清人题画绝句》）

题梅渊公画松为愚山先生赋

陈维崧

施侯沃我以绿雪，不数銮源鹰爪奇。　啜余示我一幅画，长松十丈纷离披。　牙须蚴蟉猛兕跳，鳞鬣蹙踏苍龙驰。　抹㧑询问谁所作，乃克肖此形支离。　答言柏枧一诗老，两手惯放枯松枝。　五日十日画一本，波涛春激黗鼯悲。　昨蒙携画脱相赠，令我久看忘饥疲。　子之作诗兴颇旺，亦如此翁作画时。　请为拗笔写长句，配此秃干苍茫姿。　嗟乎吾家松树老无比，三年偃蹇空园底。　何时秉耒去钼理，矮茅檐下拾松子，不尔掷身入画里。

——（《湖海楼诗集》卷七）

题沈启南松竹梅图为曹荩臣六十寿

陈维崧

堂上老松状殊怪，苍皮翠鬣形狡狯。　疏梅疑是和靖种，瘦竹亦是湖州派。　画之者谁沈启南，写此挂向山中庵。　帧首作诗以自寿，此意淡荡谁能参。　先生六十健无比，粉壁亦悬此幛子。　自笑盘中惟苜蓿，其说门下皆桃李。　我知先生真丈夫，盛年讵肯甘菰芦。　好将曹霸丹青手，重画凌空天马图。

——（《湖海楼诗集》卷三）

题沈云步扇头画松

叶燮

几折湘纹比雪纨，一枝苍翠写生难。　凭君弃置秋风后，常在笥中耐岁寒。

——（《己畦诗集》卷七）

画松

屈大均

似带黄山雪，苍苍五鬣姿。　卧龙余尔在，化石亦吾师。　雨欲生鹅素，风先动兔丝。　毕宏微渲染，神妙至今疑。

——（《翁山诗外》卷七）

清代题画诗类

286

题画

屈大均

古木不成林，风含太古心。 不须枝与叶，自可作悲吟。

——（《翁山诗外》卷一二）

题画

屈大均

古木最多处，茅茨知甚凉。 秋蝉定无数，声似碧溪长。 未叶山已绿，无花野亦香。 如何图画里，有此白云乡。

——（《翁山诗外》卷七）

题画二首

屈大均

松树横斜似酒龙，不须奇石已成峰。 朝来墨气淋漓甚，写出秦时烟雨容。
玉井移将入画图，芙蓉十丈世间无。 三花直与三峰似，开向仙人白玉壶。

——（《翁山诗外》卷一四）

题恽南田画松

王翚

风起乔柯声转高，奔空鳞甲没云腰。 我从张湛斋前过，长似秋江八月涛。

——（《清画家诗史》乙上）

题画柳图二首

恽寿平

新愁又落满天花，着水丝丝不断烟。 灞岸忽逝消瘦尽，晓风残月有谁怜。
绿到金沟辇路边，春风欲度不藏烟。 当时曾有何公见，惠晓门前傍醴泉。

——（美国普林斯顿大学美术馆藏画）

题古木垂萝图轴

恽寿平

放笔藤花落研池，夜来移石有云知。 开轩长挂南山影，何必东篱清菊时。

——（故宫博物院藏画）

一

瞿山画松歌寄梅渊公

王士禛

谁能画龙兼画松，鳞而爪鬣行虚空。 谁能画松如画石，石骨荦确松蒙茸。 韦銮董羽两奇绝，眼中突兀瞿山翁。 瞿山翁所居，乃在柏枧深山中，此山上与黄山通。 轩辕鼎成上天去，遗薪往往成虬龙。 翁时散髻坐颠顶，兴酣泼墨浮空濛。 孤根裂石不三尺，倒饮万丈疑雄虹。 瞰临峥嵘下无地，盘拿云雾回长风。 世人少见多所怪，绝技岂必昭群聋。 两峰对起何巃嵷，瀑流直下当其冲。 辊雷喷雪不知数，下与松势相撞春。 抚松看瀑者谁子，得非偓佺之属青羊公。 何时与翁结庐天都云海东，松肪煮罢方两瞳，更千万世无终穷。

——（《渔洋山人精华录》卷四上）

和牧翁题沈朗倩石崖秋柳小景

王士禛

宫柳烟含六代愁，丝丝畏见冶城秋。 无情画里逢摇落，一夜西风满石头。

——（《渔洋山人精华录》卷五上）

题宋石门画松

查慎行

苍髯翠鬣插向空，老干蟠作青虬龙。 双睛未点飞不得，时有云气来相从。 开时高阴散林麓，卷起生绡才尺幅。 人间何处着秋风，昨夜城南拔乔木。

——（《敬业堂诗集》卷八）

为友人题暮云春树图二绝句

查慎行

渭北与江东，斯人两不作。 借取一幅图，为君论诗学。
暮云与春树，此景世不乏。 借取一联诗，为君论画法。

——（《敬业堂诗集》卷四八）

题翁萝轩为蓝公漪所画枯树小幅

查慎行

故人垂老交情，为写枯枝赠行。 唤起罗浮春梦，来听纸上秋声。

——（《敬业堂诗集》卷四八）

干枫图

华嵒

干枫十丈骨亭亭，上有青蝉唱不停。 但苦声音太清妙，绝无人对夕阳听。

——（上海博物馆藏画）

题松

华嵒

静谛捐凡象，素掏澄雅姿。 皮肤翻甲片，修髯挂露丝。 月窥不到地，风掀常在枝。 逆知陶处士，种豆归来时。

——（《离垢集》卷三）

题枯木竹石册页

华嵒

信笔点苍苔，苔痕破秋雨。 欲俟云中君，对此千年树。

——（上海博物馆藏画）

题画石赠王都阃

高凤翰

当轩怪影蹲秋高，罢猎人归脱战袍。 忽地翻身似相向，将军射虎有余豪。

——（《南阜山人诗集类稿》卷六）

题画石

高凤翰

画我故山石，还赠故山客。 故山不可见，石气空磅礴。 安得扫白云，与君坐寥廓。

——（《南阜山人诗集类稿》卷五）

题画云壑奇松长幅二首

高凤翰

元化久郁蒸，深山灏气凝。 岫云高兀兀，岩瀑落层层。 莽苍疑翻雪，清冷欲作冰。 中蟠化龙树，鳞鬣势骞腾。

拔云出幽谷，破浪上青霄。 拓势忘空阔，郁香抱寂寥。 斧斤匠石远，岁月古今遥。 高驾天风里，千山响夜潮。

——（《南阜山人诗集类稿》卷四）

秋木气清图

蔡嘉

木落西风秋气清，有人吟思入空明。 更怜独坐增岑寂，天外时闻雁一声。

松石图

李鱓

碧山夜来雨，孤松郁苍质。 石上流白云，松间拂瑶瑟。

——（故宫博物院藏画）

题五松图轴

李鱓

有客要余画五松，五松五样都不同。 一株劲直古臣工，摺笏垂绅立辟雍。 颓如名将老龙钟，卓筋露骨心胆雄。 森森羽戟奋军容，侧者卧者如蛟龙。 电旗雷鼓鞭雨风，瓜鳞变幻有无中。 鸾凤长啸冷在空，傍有蒲团一老翁。 是仙是佛谁与从，白云一片青针缝。 吁嗟万古空山多遗踪，哀猿野鹤枯僧逢。 不有百岳藏心胸，安能屈曲蟠苍穹。 兔毫九折雕痴虫，墨汁一斗邀群公。 五松五老尽呼嵩，悬之君家桂堂东，俯视百卉儿女丛。

——（上海博物馆藏画）

题画石

戴瀚

画石如佳士，云根蘸太清。 高标天偏润，虚腹洞通灵。 蕴得崇朝雨，飞来五岳形。 还能耐幽寂，苔色冷冥冥。

——（《雪村编年诗剩》卷七）

画石

戴瀚

峰多藏古洞，洞各透诸峰。 即此如拳瘦，真看积翠浓。 灵根年更永，古雪藓俱封。 缩得蓬壶景，游寻让个侬。

——（《雪村编年诗剩》卷八）

张处士画松歌

戴瀚

寒云涧底发，奔泉天上来。 空山无人已万古，群松一一凭虚栽。 皮骨斑驳爪

清代题画诗类

290

鬣竖，盘根攫石石欲摧。　轻飙相触弄瑶瑟，白日不照衣苍苔。　此图气象信磅礴，张颠濡墨挥风雷。　一笔落纸三百载，不绳不尺惟心裁。　可怜大雅久榛莽，市道日炽古道灰。　画师无数卖粉泽，娥媌窈窕以自媒。　钟期不问问刀布，屠门葱肆金屏开。　此翁八十独倔强，自写情性无怞儃。　于戏丈夫落落贵，如玉何能逐臭甘尘埃。

——（《雪村编年诗剩》卷三）

题牧山画松

李锴

平生爱松多苦节，独立秋风共萧瑟。　真精元气通往来，每与长松化为一。　城东牧山亦有得，能使灵明两相契。　伸纸有时放直笔，阒阒珊珊扫枯枿。　兴深风雨黯欲低，意走毫芒险成绝。　蟠龙大泽一节申，野鬼穷岩夜阴泄。　遂恐神物不自朽，霹雳当空猛摧裂。　腐翁腐翁万事毕，老骨颓唐直如杌，其与此松并生灭。

——（《含中集》卷五）

松树桃花

金农

寂寞繁华两失真，山中忽有管弦声。　小桃花也相为伴，近日青松亦世情。

——（辽宁省博物馆藏画）

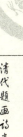

清代题画诗类卷三三

树石类

题怪树图

张鹏翀

墨海澜翻吸欲干，豹文龙骨写苍寒。　醉中落笔如风雨，惊走山僧不敢看。

——(《清画家诗史》丙上)

题渐江桐阜图卷

张照

鼠尾松煤伴老昙，著来秀甲大江南。　不知常寂光中叟，可许迂师入席参。

——(《明清中国画大师研究丛书·弘仁》)

题汪交如黄山小松图

方士庶

君家盆盎五小松，鳞鬣鼓动苔花封。　细叶犹含旧烟雾，枝撑已卓新虬龙。　平生爱松入骨髓，每遣森森图在纸。　徜徉尚觉风雨寒，况乃移根庭院里。　黄山之松万万株，短小突崛百一无。　眼前并列皆琪瑜，尺寸势与寻丈俱。　结交各以道义重，岁寒对此真吾徒。　松感我言如有情，谡谡为我来涛声。　华堂四顾尽珍异，独有五松神骨清。

——(《天慵庵笔记》卷下)

恭和御制汉柏行元韵

汪由敦

嵩阳书舍两株柏，杰干攒柯世无比。　竭逢时迈一径过，吟赏摩挲情不已。　远从炎鼎纪春秋，幸脱郢斤量尺咫。　苍根入地知几何，黛色参天今尚尔。　一株轮廓更崛奇，鬼守神呵离劫毁。　天风吹出鸾凤吟，化作嵩乎声满耳。　写意真穷造化工，传诵旁瞻叹观止。　之而健张森古纸，坚皴细入露密理。　岱宗秦大夫，淇澳卫君子，同调亦各成其是，岁寒之操宁让彼。

——(《历代绘画题诗存》)

题倪瓒古木幽篁图

汪由敦

碧波浮翠浸珊瑚，看到东蹊有几株。 留得丹丘冰雪杆，岁寒何必论荣枯。

——（《历代绘画题诗存》）

僧壁题张太史画松

郑燮

画背所揭纸，案头已败笔。 僧房坐无聊，偶然作松骨。 松毛无几许，松干颇郁兀。 虬龙挺僵瘦，修蛇歘出没。 轻云澹欲无，奔雷怒将击。 想当无意中，情神乍飘忽。 傍无指授人，令作何体格。 胸无成见拘，摹拟反自失。 鲁公坐位帖，要以草稿得。 我昔未尝见，僧粘在破壁。 及经惊叹奇，千求不我锡。 此纸立即破，装潢事孔急。 吾求不汝强，汝当真爱惜。

——（《郑板桥诗文书画全集·诗钞篇》）

石图

郑燮

扫净浮云洗净烟，为君移置案头前。 吃菸莫漫来敲火，峭角圆时最可嫌。

——（《明清中国画大师研究丛书·郑板桥》第六章）

柱石图

郑燮

谁与荒斋伴寂寥，一枝柱石上云霄。 挺然直是陶元亮，五斗何能折我腰。

——（南京博物院藏画）

李鱓古柏凌霄图

郑燮

古柏苍然挺岁寒，淹留废院气丸丸。 画工助你参天力，故遣凌霄上下盘。

——（《郑板桥诗文书画全集·诗钞篇》）

题墨松

李方膺

一年一年复一年，根盘节错锁疏烟。 不知天意留何用，虎爪龙鳞老更坚。

——（山东省博物馆藏画）

清代题画诗类卷三三一

苍松怪石图

李方膺

君不见岁之寒，何处求芳草。 又不见松之乔，青青复矫矫。 天地本无心，万物贵其真。 直干壮川岳，秀色无等伦。 饱历冰与雪，千年方来已。 拥护天阙高且坚，回干春风碧云里。

——（广州美术馆藏画》）

题罗生画石扇面为张矿山

刘大櫆

罗生十日画一石，嶙峋不异千仞山。 似从昨夜姑藏至，二十八宿森斓斑。 此时七月苦炎热，漫肤多汗行路难。 张君持此动摇微风发，石气随风生薄寒，使我凛烈自顾忽觉衣裳单。 我闻昔日女娲炼石补青天，余此一握苍且坚。 一朝大风从北来，吹汝堕入尘埃间。 溪旁久卧胡不起，视彼后者加之鞭。 直使驾桥渡海去，东看日出榑桑边。 石乎胡不含滋吐润惠四海，空存大骨尧尧学学然。 我今斋戒发取视，应得金简玉书九疑东南宛委篇。 不然缇巾十袭空见怜，无殊瓦甓何足观。

——（《刘大櫆集》卷一一）

题弘历嵩阳汉柏图_{和弘历}

和弘历

嵇璜

墨海之西出虬干，画柏非将画松比。 宸襟自契舌柏行，况对嵩阳兴何已。 少室峰高切太空，两本拿云去尺咫。 东登泰山睹汉植，今也摩挲还复尔。 扶植正直感神明，雷火千秋未许毁。 一株写得孤标起，云烟在手身在耳。 古心目足保其真，翠色欲流不可止。 图成题诗重伸纸，妙从画理微物理。 饵柏实，桑柏子，胜因拈悟讵样是，点笔回春应过彼。

——（《历代绘画题诗存》）

自题焦山松寥阁壁间画松

鲍皋

只栽竹柏不栽松，空负青青海上峰。 我为山灵添一干，莫因风雨又成龙。

——（《清画家诗史》丙上）

题曹知白十八公图

爱新觉罗·弘历

擢干森霄汉，盘根育茯苓。 淮南初得号，塞北早传形。 谁结三冬友，孤标万古青。 天风吹谡谡，拟构韵松亭。

——（《御制诗初集》卷四〇）

题苏轼偃松图卷

爱新觉罗·弘历

东坡先生倔强人，画禅笔阵皆相似。 秃毫特写老松枝，老松枝偃性不死。 譬如壮士头可断，古心劲节焉肯毁。 磕敲应作青铜声，虚堂谡谡寒涛起。

——（《历代绘画题诗存》）

题壁间画松二首

蒋士铨

循墙突兀见苍龙，几榻平分湿翠浓。 可有风云藏五粒，居然楼阁坐三重。 寒涛欲卷虚檐月，密叶疑留别院钟。 鹤梦难寻尘梦醒，不知身傍七星松。

十九年前泼墨时，盘空真见气淋漓。 蛟鳞未蚀泥墙影，鸿爪新留雪壁诗。 慰我枯禅三宿过，伴人长昼一株宜。 明春谁更称弥勒，来觅松龛作总持。

——（《忠雅堂诗集·寿萱堂诗钞》）

题画松

王文治

如云如盖万株松，和雨和烟翠霭浓。 宴坐不知红日下，隔溪时递一声钟。

——（《清人题画诗选》）

简斋前辈得黄山柏盆蓄之三十年
已枯复荣潘莲巢见而图之为题一绝

王文治

黄山千尺卧龙孙，收拾残鳞入瓦盆。 卅载枯枝今更茂，书窗侵到绿苔痕。

——（《清画家诗史》丁上）

题弘历嵩阳汉柏图和弘历

梁诗正

嵩阳观东柏五株，中有一株罕伦比。 纶囷盘郁撑高空，飒飒天风鸣不已。 森沉直接云杳冥，端倪莫与辨寸咫。 汉武升中一过此，树不随幢林毁古。 春回杆，枯枝起，千尺册园为信身。 时巡抚迹怀西京，不独高山一仰止。 天藻飞传洛阳纸，左纽复为图滕理。 郭忠恕，吴道子，楼记画像应传是，玉局双枝应胜彼。

——（《历代绘画题诗存》）

陈硕士藏管夫人寒林小幅

姚鼐

独于疏淡著精神，山远林枯意倍真。　借问倪迂嗣谁法，右军书学卫夫人。

——（《惜抱轩全集》卷九）

钱詹事座上观沈石田画桧歌

姚鼐

三百年中画第一，天趣横流腕间出。　弟子尚作文徵明，先生自入董源室。　长卷大树为者难，屈伸神鬼开云关。　忽移拔地风霆间，纸上已作千年斑。　常熟萧梁七星桧，七株今尚三株在，一株横空偃圆盖。　二株曾遭雷火焚，直干依然挺灵怪。海气沈霾古观中，行人太息虞山外。　征君携客游观之，自从图成复写诗。　岂徒草木生颜色，谈笑风流皆可思。　吾家乃在舒州住，未过镇江东一步。　曾闻此桧不曾逢，却忆江帆建康路。　壬申之岁给事园，往看六朝之松树。　长鬣上激虬龙鸣，蜷身下作狡犀怒。　江寒浪涌排风烟，日落天空走云雾。　此松此桧遥相望，神物而今松独亡。　樵薪荆棘谁当念，寂寞岩阿亦可伤。　人间贵贱诚难测，且展烟霞吐胸臆。　作画看山终此身，富贵不以离其亲。　已逢洪治升平日，更作东吴偃卧人。　古树江南春复春，可怜轮辙尽劳薪。　世间诗画犹余事，令我长思真逸民。

——（《惜抱轩诗集》卷二）

岁寒三友图

罗聘

竹君子，松大夫，与梅合成三友图。　梅花只恐嘲松竹，可有调羹手段无。

——（上海中国画院藏画）

奉和南星镇壁间编修
祝芷塘同年题果亲王墨松二首

李调元

粉墙不合长枯松，知费隃糜几斗浓。　一自苍龙蟠壁上，至今常有白云封。使星题笔我能知，三峡毫端倒泻词。　当日瀛州人十八，惟君年少最能诗。

——（《童山诗集》卷一二）

题柳图册

黄易

垂阳小院绣帘东，甃阁残枝蝶趁风。　最是西陵寒食路，桃花得气美人中。

老树怪石图吴仲圭所画向在钱氏入黄氏
今闻入吴氏爱而不见忆遣长句

黎简

古纸暗若烟空蒙，拂面棱厉霜霰风。 老树见头不见尾，回根抱石紧啮齿。 藤亦抱树树壏垒，树骄生气石欲死。 老人踞石仰面看，何代仙者衣不冠。 泼面飞瀑骨巑岏，一落不动直古寒。 十年偻指三入室，休言至正至今日。 自今以后天地阔，爱而不见忆仿佛，话费气力梦萧瑟。 老梅老梅入我腕，我欲面墙咬破笔。

——（《五百四峰草堂诗钞》卷二三）

题滇藩宫怡云尔勤七柏图丁丑扬州作

戴亨

大璞不畏戕，遂尔成奇珍。 男儿顺逆不中变，始能涉世称完人。 山左孝廉宫怡云，挟策万里官南滇。 循声屡著屡迁擢，天家重赖为屏藩。 钧陶万姓甫三载，颂声尸祝将千年。 那知泸水出妖蜮，能使阴晴变朝夕。 含沙吐气生毒霾，潜身射人人不测。 炎天呼吸成严冬，当之草木凋青葱。 我公植身如古柏，根蟠厚地枝撑空。 独能历险不受剥，长留黛色参苍穹。 归来对镜须眉白，荏苒行年已七十。 回首荣枯境屡更，持身终始无改易。 黄生为写七柏图，状君坚节生年符。 丹穴鸳雏受密荫，老干中有神灵扶。 从兹日月任流转，亭亭屹立高山隅。

——（《庆芝堂诗集》卷八）

题佟钟山先生画松壬申都门作

戴亨

吾闻黄山之松天下奇，奇物自荷神扶持。 天矫轮囷岂臃肿，梁栋不用谁残摧。 深山邃谷自千古，唯与猿猴鹤鹿相攀跻。 画师如林苦未见，濡毫惨淡空迟疑。 佟翁健笔古莫比，泼墨淋漓为我拟。 梦中开口群龙趋，幻作精灵出肘底。 阴森鳞鬣蟠樛枝，半似飞腾半枯死。 松根抱石石倔强，石势欺松松谲诡。 松石相争不相让，雄挐怒攫来撑牴。 离奇迥出永嘉僧，健挺空传毕庶子。 茅堂展挂心神开，苍涛声逐清飙来。 恍惚如申夜叉臂，权桠空际排云雷。 又疑老怪潜身骸，遂令晴昼生阴霾。 昨日庭前风雨作，苍茫满壁流烟雾。 呼童收卷复缄藏，恐化神龙向空去。

——（《庆芝堂诗集》卷八）

清代题画诗类卷三三

一

壁上画松颇得梅道人意适弢庵
来此吟啸竟日乞一诗为主人寿

钱杜

元蝉阁前山石頹，谁种青松三十丈。 松壶先生朝叩门，戏写苍虬东壁上。 盘云鳞爪纷攫拿，挂石须髯相背向。 清爽须添鹳鹤巢，槎枒未许麝麕傍。 山堂客去门不开，空翠落几翻茶杯。 午夜犹闻怒涛响，晴天时有山云来。 根下轮囷一藤卧，入地潜蛟穿腹破。 饥鼠都从罅壁窥，山精每据枯枝坐。 主人七十双瞳青，日长静坐草元经。 不须再觅长生药，只向图中乞茯苓。

——（《松壶画赘》卷下）

题画双松

张问陶

拂纸苍然写乱松，月斜隐隐见双龙。 岁寒自有真风骨，知在天都第几峰。

——（《清人题画诗选》）

题渊如前辈瑞松图

张问陶

庭际枯松生，梁间灵鬼避。 画松不画鬼，爱松有生气。 先生昔未来，凶宅久荒弃。 先生今移居，人吉松亦利。 长柯渐出檐，圆阴忽满地。 倚树招清风，抽书得新意。 松声和书声，先生以为瑞。 气王妖不兴，才奇天所庇。 笑作《瑞松图》，补入《夷坚志》。

——（《船山诗草》卷一一）

题柏灵图

王愫

劲质经冬总不凋，参天黛色暮萧萧。 莫嫌寂历空山老，叶到香时凤可招。

——（《题画诗钞》）

题画赠人

汤贻汾

侵晨剥啄谁来也，岁俭粥稀避寒且。 故大裘马丽以都，目有绨袍赠君者。 十指姜芽出袖迟，高堂忽见双松奇。 我画赠君君赠友，谁能月致酒三斗。

——（《清画家诗史》庚下）

题海门种松图

龚自珍

家有凌云百尺条，风烟培护渐嵯峨。 生儿只识秦碑字，脆弱芝兰笑六朝。

——（《龚定盦全集·己亥杂诗》）

题蒋楒岁寒三友图

顾太清

苍皮压雪龙鳞古，细篆临风凤尾斜。 应是玉堂人寂寞，巡檐呵手写梅花。

——（《天游阁诗集》卷二）

题无名氏画松

顾太清

扇头画似岩头树，满纸苍烟拨不开。 疑是开元毕御史，攀云截取一枝来。

——（《天游阁诗集》卷二）

题江光山色石画

顾太清

江上双峰涌髻螺，山云如练压沧波。 案头饱看江山景，石画分来相府多。

——（《天游阁诗集》卷二）

题春山霁雪石画

顾太清

碧山如画自天成，陡涧春融雪后冰。 昨夜东风吹梦醒，晓霞烘染一层层。

——（《天游阁诗集》卷二）

题画

戴熙

种树种松柏，结交须君子。 松柏耐岁寒，君子有终始。

——（《清画家诗史》庚下）

题松梅图

潘遵祁

虚堂尽日听海吟，隐几常疑涧壑深。 添写一枝冰雪景，好教证取岁寒心。

——（《清人题画诗选》）

清代题画诗类卷三三 一

题画柳

潘遵祁

无数垂条覆画船，乱飘飞絮送吟鞭。 江南断肠人多少，只有渔翁系艇眠。

——（《清人题画诗选》）

题桃柳画二首

潘遵祁

海天已负好清明，又见东风絮满城。 一幅江南图画里，断魂何处问人行。

行春桥畔水粼粼，重访江南乱后春。 茅屋欹斜人不见，小桃含笑柳含颦。

——（《清人题画诗选》）

题梧图

潘遵祁

碧阴小院晚冥冥，缺月飞来露满庭。 凉煞红阑人独倚，水晶帘底数秋星。

——（《清人题画诗选》）

旧山楼主人以杨利叔画石索题

华翼纶

秋到旧山楼下过，次公出纸泪先垂。 画犹可记前尘事，石不能言后死悲。 今我痛怀携手日，昔君及见点头时。 含毫细向平生说，定是传人勿复疑。

——（《荔雨轩诗集》卷九）

题石谷画松南田题诗卷

翁同龢

山中万籁都收尽，惟有松涛夜夜闻。 差喜骊龙不飞去，闭藏雷雨卧烟云。

——（《瓶庐诗稿》卷八）

题白兰岩年丈画石

曾纪泽

南岩清趣胜南阜，各写炉峰一段云。 自有神工通胅蛮，人间俗笔徒纷纭。 蓬莱三岛海天表，岳麓千秋湘水濆。 更尽蚁醅吞麝墨，挥豪为我洒炎氛。

——（《清画家诗史》辛下）

题三松图

任颐

三松堂下三松树，想象盘挐势似龙。 写寄桐西老居士，渴毫翻倒墨池浓。

——（故宫博物院藏画）

题松梅图轴

吴昌硕

根坚节固寿万年，风霜历尽岁寒天。 栋梁材料无人识，臃肿偏能得自全。

——（《艺苑掇英》第五四期）

若海持子申画松属题

陈三立

鬻技疗肌李道士，画松自许有僧气。 我观此幅伟丈夫，龙虎蟠拿海鹤寄。 吐腹槎枒状窈冥，天荒地变独青青。 痴儿不识撑霄汉，只待扶衰断苓。

——（《散原精舍诗续集》卷下）

为乙庵题汤贞愍画松

陈三立

斐然儒将风，朋酒播诗窟。 奇怀孕艺事，工夫成画癖。 兴到扫苍松，兹幅愈突兀。 阴蔽牛犬卧，根护蛟蛇蛰。 铁干乌铜皮，惨淡回霰雪。 魂气与俱蟠，生平初不隔。 去今六十年，谁谓公已没。 乙庵缄烦冤，灵光泣手迹。 运尽国无人，何物系一发。 张壁生涛声，对语鬼神出。

——（《散原精舍诗续集》卷中）

为仲炤丈题何诗孙翁所画驯鸥园二雪松二首

陈三立

留与残年反覆看，盖头云带万鸦蟠。 天根一雪埋烽燧，奇骨余扶石气寒。
脱手偷摹太古踪，撑胸孤喻后凋松。 冥冥遗世排阊阖，魂出呼骑双白龙。

——（《散原精舍诗续集》卷下）

为张仲炤丈题梁公约画松

陈三立

邻园二古松，岁必数临视。 挺出挂云雨，苍虬互拿臂。 块然立其下，啸咏蜕浊世。 邂逅主人归，偕赏益瑰异。 螟色合形影，恍惚生哀吹。 依攀对偃蹇，忝为

清代题画诗类卷三三
一

天所弃。 梁生笔夺真，犹湿清高气。 求踪万物表，茫茫与之配。

——（《散原精舍诗续集》卷下）

为琴初题子申画双松

陈三立

张园有双栝，柯叶貌古松。 李侯误扫出，写松如写龙。 我昨披襟立其下，捍格苍穹真健者。 千春灵魅得相过，一代淫威谁敢赭。 腾腾王气散为烟，赦挽万牛支大厦。

——（《散原精舍诗续集》卷下）

题松菊图

吴观岱

抚松种其子，采菊餐其英。 得花复得实，岂为一时荣。 种松枝叶茂，餐菊欲色好。 苍翠满华堂，堂中人不老。

——（周怀民藏画，载《中国民间秘藏绘画珍品》第二集）

清代题画诗类

清代题画诗类卷三四

兰竹类

题画四君子图四首

钱谦益

松

古人论画松，磊砢喜直干。当其放笔时，蓄意在霄汉。落落待岁寒，丈尺岂足算。

竹

桃竹列几筵，次席重黼纯。剡之作箭竿，孤矢参星辰。允矣东南美，君子贵其筠。

梅

梅为南国花，寒香绝沙漠。所以浓桃李，繁华逊绰约。媲彼嘉树颂，不辜后皇托。

兰

粪秽塞穹壤，诸天为掩鼻。芳兰抱国香，一枝自殊异。怀哉瞢井翁，画兰不画地。

——（《牧斋有学集》卷一一）

自题画竹

普荷

画竹不似竹，只因曾食肉。今日断了荤，十指长新绿。

——（《清画家诗史》壬下）

兰竹图扇

项圣谟

上有王者香，下有国士风。当此清明世，轻芬出谷中。

——（《历代绘画题诗存》）

题陈迈兰荪图

文柟

幽英散馥转光风，不必移来九畹中。 郁起阶前玉树下，荪枝奕叶更无穷。

——（《历代绘画题诗存》）

梦筠图

陈洪绶

修篁清溪边，茅宇幽岩下。 一枕读道书，余年不需假。

——（《清画家诗史》甲上）

题画扇

陈洪绶

修竹如寒士，枯枝似老僧。 人能解此意，醉后嚼春冰。

——（《清画家诗史》甲上）

题自画竹与枫仲

傅山

一心有所甘，是节都不苦。 寥寥种竹人，龙孙伏何所。

——（《清画家诗史》甲上）

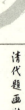

画云兰与枫仲谩题

傅山

老来无赖笔，兰泽太颠狂。 带水连云出，漫山驾岭芗。 精神全不肖，色取似非长。 三盏醮新榨，回头看莽苍。

——（《霜红龛集》卷九）

题钱黍谷画兰二首

吴伟业

谢家燕子郁金堂，玉树东风绕砌长。 带得宜男春斗草，众中推让杜兰香。
北堂萱草恋王孙，膝下含饴阿母恩。 错认清郎贪卧雪，生儿强比魏兰根。

——（《吴梅村全集》卷二〇）

又题董君画扇二首

吴伟业

过江书索扇头诗，简得遗香起梦思。 金锁涩来衣叠损，空箱须记自开时。
湘君浥泪染琅玕，骨细轻匀二八年。 半折秋风还入袖，任他明月自团圆。

——（《吴梅村全集》卷二〇）

画兰曲

吴伟业

画兰女子年十五，生小琵琶怨春雨。 记得妆成一见时，手拨帘帷便尔汝。 蜀纸当窗写畹兰，口脂香动入毫端。 腕轻染黛添芽易，钏重舒衫放叶难。 似能不能得花意，花亦如人吐犹未。 珍惜沉吟取格时，看人只道侬家媚。 横披侧出影重重，取次腰肢向背同。 昨日一枝芳砌上，折来双鬓镜台中。 玉指才停弄弦索，漫拢轻调似花弱。 殷勤弹到别离声，雨雨风风听花落。 花落亭皋白露溥，旧根易土护新寒。 可怜明月河边种，移入东风碧玉栏。 闻道罗帏怨离索，麝煤鹅绢间尝作。 又云憔悴非昔时，笔床翡翠多零落。 今年挂楫洞庭舟，柳暗桑浓匽绮楼。 度曲佳人遮钿扇，知书侍女下琼钩。 主人邀我图山色，宣索传来画兰笔。 轻移牙尺见匀笺，侧偃银毫怜吮墨。 席上回眸惜雁筝，醉中适口认鱼羹。 茶香黯淡知吾性，车马雍容是故情。 常时对面忧吾瘦，浅立斜窥讶依旧。 好将独语过黄昏，谁堪幽梦牵罗袖。 归来开箧简啼痕，肠断生绡点染真。 何以杜陵春禊饮，乐游原上采兰人。

——（《吴梅村全集》卷二）

题顾夫人兰卷

戴明说

孤根耿耿护阳春，许伴三闾问夙因。 髣髴鸥波亭子上，湘烟清照管夫人。

——（《清画家诗史》甲上）

题友人墨竹二首

方文

无实无花是此君，高人钟爱意何殷。 只缘苦节天生直，风韵萧疏更不群。
一枝烟雨出毫端，挂在书窗夏也寒。 借问湖州文与可，胸中成竹几多竿。

——（《嵞山集》卷一二）

清代题画诗类卷三四一

羁中题画稚竹

周亮工

弱枝亦有排云势，迸石能为宛转生。　共道箨开新样好，谁怜老雨打干声。

——（《赖古堂诗集》卷一二）

为胶侯题岩荦画墨竹二首

龚鼎孳

含风浥露尽秋声，百尺琅玕墨沼横。　一夜篛龙沧海长，侍郎弧已压彭城。

春园桃李日纷纷，立懦廉顽有此君。　寄傲何心嘲肉食，绝交书代北山文。

——（《定山堂诗集》卷三七）

又题画兰后送髯孙五首

龚鼎孳

容膝烟霞一草堂，敬亭山色照沧浪。　最怜秋水扁舟客，雪露沙鸥总故乡。

到日桑干落叶稀，眼看夏木映岩扉。　春风社燕年年别，送客魂销不共归。

飞书高宴鼓喧阗，王粲辞家正少年。　幕府梦回明月夜，一湖秋草荦门前。

行路萧条倚剑歌，酒阑意气满关河。　垂杨子夜乌栖泪，不及灯前白首多。

雪竹霜篛共岁寒，风尘去住各漫漫。　心知剪伐因龙性，赠汝当门九畹兰。

——（《定山堂诗集》卷三八）

题胡士昆兰花图卷

龚贤

子昂写兰称鼻祖，后人征仲绳其武。　龙友横波近代人，亦能笔墨同飞舞。　复有胡君此艺精，高崖邃谷通其灵。　平时写花并写叶，衣袂手腕生幽馨。　今朝天风撼庭树，落叶纷纷已无数。　饭罢闲披此卷看，一天秋雨来启户。

——（常熟市文管会藏画）

题倪瓒春雨新篁图

梅清

不见高人倪幼霞，流传遗墨尚清华。　凤毛影落湘江水，春雨新梢整复斜。

——（《历代绘画题诗存》）

题秋兰

叶燮

篱菊丛枝才谢把，阁梅瘦影尚全赊。 幽香只在罗含宅，不向东皇斗丽华。

——（《己畦诗集》卷八）

题汪季青兰花册子四首

徐柯

此草非凡草，云根乃托根。 自香幽谷里，肯复近当门。
不是阶庭物，宁攀玉树丛。 故将威喜伴，渲染画图中。
散朗见斯人，画入花三昧。 缘其托寄高，游戏得自在。
尹白画工耳，坡公尚与诗。 何如本穴老，貌此国香姿。

——（《一老庵遗稿》卷四）

题画竹二首

朱彝尊

疏筠个个倚风轻，忽忆乡园宿雨晴。 三亩宅西桐树北，此时新笋又应生。
雪禽未染唐希雅，怪石须添赵大年。 兴发欲寻潭柘寺，春流决决响山泉。

——（《曝书亭集》卷九）

题李秀才琪枝墨竹

朱彝尊

小阁炉香洗砚初，数竿墨竹最清疏。 前身定是梅花衲，仍占春波桥外居。

——（《清人题画诗选》）

题顾夫人画兰

朱彝尊

眉楼人去笔床空，往事西州说谢公。 犹有秦淮芳草色，轻纨匀染夕阳红。

——（《清人题画诗选》）

画竹

屈大均

几叶开笪谷，萧疏已作秋。 笔端烟雨态，争向管姬求。

——（《翁山诗外》卷一二）

清代题画诗类卷三　四一

题英上墨竹

屈大均

疏放枝枝意有余，纵横下笔似颠书。风吹舞影生绡落，无数篔筜势不如。

——（《翁山诗外》卷一四）

冒雨暮归过白沙湖

吴历

天寒满湖雨，独棹东归急。遥望水边村，萧条暮烟湿。家人应候我，深映柴扃立。

——（无锡博物院藏画）

潇湘雨意图卷

王翚

乱竹舞空翠，潇湘秋未知。风窗收不尽，散作雨淋漓。

——（《历代绘画题诗存》）

题兰花图

恽寿平

剪取春风入彩毫，美人纫佩忆江皋。于今九畹湘南隔，不敢高吟学楚骚。

——（《瓯香馆集》补遗诗）

九龙山人青凤梳翎图

恽寿平

风霜压百草，雷雨起双竿。美人秋未老，相赠翠琅玕。

——（《瓯香馆集》卷六）

拟曹云西风篁翠竹

恽寿平

溪上烟光不断青，秋来无梦答空灵。云边吹彻伶伦管，题在潇湘雨后听。

——（《瓯香馆集》卷七）

题何源兰花图扇

张英

猗彼含露兰，窈窕生空谷。何来众诗人，留题满湘竹。

清代题画诗类

——（《历代绘画题诗存》）

夏日避暑松风堂画兰竹偶题

原济

极清极秀品难当，才是仙风道骨苍。 静对犹疑修禊后，飘空如接李诗狂。 凭君偕俗三春识，未许孤芳一朵藏。 写罢王香啸幽谷，凡花何有不趋跄。

——（《大涤子题画诗跋》卷二）

墨竹

原济

拂风霈雨自然青，莫道东湖异洞庭。 君但一茗留与对，吟成如见晓濛溟。

——（《大涤子题画诗跋》卷二）

墨竹卷

原济

老夫能使笔头憨，写竹犹如对客谈。 十丈鱼罾七寸管，搅翻风雨出莆龛。

——（《大涤子题画诗跋》卷二）

没骨石双钩兰竹

原济

十四写兰五十六，至今与尔争鱼目。 始信名高笔未高，悔不从前多食肉。

——（《大涤子题画诗跋》卷二）

疏竹幽兰

原济

密试如恒节，传来一叶新。 意从眉宇下，先辟案头春。 长醉成疏野，幽香惜自珍。 若非经布置，何计得相亲。

——（《大涤子题画诗跋》卷二）

为在北先生画兰竹并题

原济

是竹是兰皆是道，乱涂大叶君莫笑。 香风满纸忽然来，清湘倾出西厢调。

——（《大涤子题画诗跋》卷二）

题画竹和韵二首

刘献廷

占得烟霞是此君，临流傍石自氤氲。 何来一片空山月，印出千行太古文。 稽阮啸倾林下酒，英皇流咽岭头云。 萧萧别有含风意，挂向茅斋恍若闻。

新绿初浓箨渐开，俄惊白雪照苍苔。 依稀谢女诗中见，仿佛柯亭笛里来。 叶展有时沾雨露，风微无力扑楼台。 何须斫向南园写，满壁离骚映酒杯。

——（《广阳诗集》卷下）

题墨竹原韵

爱新觉罗·玄烨

浓墨丛篁写意生，风枝欲动不闻声。 虚怀还待寒松友，记与瑶篇识重轻。

——（《康熙诗词集注》）

舟中醉后戏作画竹自题三首

黄鹭来

葛陂杖化后，寂静壶中叟。 那知图画间，更有成龙手。
骤雨连枝动，微风落粉黄。 何当高百尺，潇洒出山墙。
楚岸丛生处，苍烟拂未低。 莫教山鬼见，要使凤凰栖。

——（《友鸥堂集》卷七）

陈月泷太常兰竹草虫画二首

查慎行

离披九畹两垂叶，夭矫半庭风戛竿。 知是谁家旧篱落，却烦秃笔写荒寒。
蛱蝶蜻蜓尽作团，幽人措意非无端。 春兰作花危石底，瘦棘高于秋竹竿。

——（《敬业堂诗集》卷三六）

白沙翠竹石江图为吉水宗伯李公赋六首

查慎行

展卷复长吟，双清到心迹。 秋风何处来，满眼江湖白。
我公似康乐，在家久忘家。 盘陀一片石，坐阅恒河沙。
岩廊四十年，夙昔青霞志。 兴到一回头，乡山渺空翠。
一寸二寸鱼，三竿五竿竹。 何必记平泉，寓庭幽事足。
霭霭林表云，凿凿波底石。 独抱万里心，卷舒不盈尺。
过客尚留句，爱兹山水邦。 天生好图画，应属李文江。

——（《敬业堂诗集》卷三六）

清代题画诗类卷三五

兰竹类

题顾氏画册二首

陈鹏年

墨兰

王香空谷少人知，九畹春含雨露姿。 一卷骚歌琴一叠，光风长共墨淋漓。

墨竹

千亩琅玕个个风，萧萧直节并兰丛。 十年归梦潇湘路，只在空濛烟雨中。

——（《清人题画诗选》）

题王绂画竹图轴

王澍

萧萧数叶不胜看，到此方知画竹难。 谁信中书曾放笔，片时行尽楚江干。

——（《历代绘画题诗存》）

题禹之鼎竹浪轩图卷

王澍

浪打石头非实相，禅参玉版澄无生。 披图更觉堪医俗，中有淇泉渭水声。

——（《历代绘画题诗存》）

题小颠墨竹

蒋廷锡

画竹不如真竹真，枝叶易似难得神。 风晴雨露皆有意，子瞻与可无其人。 去岁辟地栽新竹，枝叶离披覆茅屋。 竹梢枯劲竿清瘦，久久可以医吾俗。 昨夜雨过月上时，壁上掩映青青枝。 张子对之无一语，淋漓泼墨发异思。 淡烟轻雾笔底生，枝枝尽带风雨声。 移向乾明寺中挂，壁右好撰张颠名。

——（《清画家诗史》乙下）

题顾且庵画竹

沈德潜

且庵画竹枝，见竹不见画。淇园千亩藏胸中，挥扫但觉腕底快。沈生展画图，见画如见竹。虚中强项故依然，对此可以疗我俗。满堂萧飒枝从横，叶叶尽带风雨声。知君久通篆籀法，不向尺寸摹其形。时无臣眼精赏识，十年浪走名难成。写将几幅鹅溪绢，付与时人论重轻。

——（《竹啸轩诗钞》卷四）

题沤也兄画兰卷后

沈德潜

墨花零乱湘江浦，叶叶从横带风雨。睇视全无点笔痕，吾兄能事师前古。中锋独运殊有神，所南松雪传其真。不须接叶取妩媚，世间画手空纷纭。当年过我留笔迹，顷刻烟云满堂集。日月崩波十数年，淋漓墨气今犹湿。秋兰近日委蓬蒿，何事荃蕙更化茅。此意今人谁共语，与君痛饮读离骚。

——（《竹啸轩诗钞》卷一）

题禹之鼎竹浪轩图卷

陈祖范

拂拭鹅溪写翠筠，娟娟举举净无尘。世间纵有徽之辈，看此终须问主人。主人彩笔自风流，更倩人传潇洒侯。碧溆瑶翻帘幌静，湘娥应倚暮花愁。

——（《历代绘画题诗存》）

自题墨兰三首

薛雪

我自濡毫写楚辞，如何人唤作兰枝？风晴雨露君看遍，一笔何尝似画师！

不须凭客问如何，秾亦无聊淡亦多。若道幽芳堪鉴赏，比来空谷有谁过？

逢场争说所南翁，向后人文半已空。不是故将花叶减，怕多笔墨恼春风。

——（《清画家诗史》乙下）

写竹

华嵒

写竹要写骨与筋，一节一耸于青云。试问嫦娥月宫事，桂树年来大几分？

——（《离垢集》卷五）

画新竹寄宋珂江芮城二首

高凤翰

筇龙绕舍锦斓斑，三径萧萧静掩关。 指点从前呼酒地，苔痕不破绿阴间。
尔因游宦违看竹，我亦狂游别此君。 辜负家阁好绿玉，一般怅望隔春云。

——（《南阜山人诗集类稿》卷二）

竹石图

汪士慎

一枝寒玉抱虚心，幽独何曾羡上林。 唯有萧然旧庭院，四时风雨得清音。

——（南京博物院藏画）

空谷清香图

汪士慎

兰竹堪同隐者心，自荣自萎白云深。 春风岁岁生空谷，留得清香入素琴。

——（故宫博物院藏画）

题兰竹松菊册

李鱓

昨夜窗前风月时，数竿疏影响书帏。 今朝榻向溪藤上，犹觉秋声笔底飞。

——（《历代墨竹写意画风》）

墨兰

李鱓

淋漓如此写芳菲，只少盆栽与石围。 记得春风散幽谷，蕙花如草趁樵归。

——（故宫博物院藏画）

题易啸溪画竹歌

李锴

欻吸长风落苍莽，空堂仿佛攒清响。 水烟沙雨白日低，修竹翛翛出虚敞。 或为篔筜或篆荡，短者盈尺长及丈。 破雪横开劲节圆，飞烟乱叠晴梢仰。 襟裾参错众态陈，陡揭高标且孤往。 鸳鸯翡翠齐欲栖，紫霄直搏青鸾上。 有时走笔复走意，一片萧森寄无象。 化工在手不在天，尺尺寸寸琅玕长。 谁工此艺称最神，潇湘易君世无两。 潇湘岸头江水波，秋来丛竹多婆娑。 荆扬之贡今若何，东南竹箭非不多。 感君画竹为君歌，竹兮竹兮，慎毋老朽枯折空江沱。

——（《含中集》卷五）

墨竹为巢林先生作二首

金农

去年新竹种西墙，今岁墙阴笋更长。 一日生枝三日叶，秋来便已蔽斜阳。

明岁满林笋更稠，百千万竿春不休。 好似老夫多倔强，雪深一丈肯低头。

——（《冬心画竹题记》）

墨竹图二首

金农

一番阴雨一番晴，晴却无多雨又倾。 如此秋光太欺客，携灯画竹到天明。

一派丛生苦竹洲，枝枝叶叶正凉秋。 得风恍若作微笑，笑我无家人白头。

——（上海博物馆藏画）

画竹

金农

竹里清风竹外声，风吹不断少尘生。 此间干净无多地，只许高僧领鹤行。

——（《冬心画竹题记》）

题东园万竹图扇

王概

园倚杏村花渐发，溪临万竹阁深藏。 高台恰对西窗外，负手朝阳即凤凰。

——（《历代绘画题诗存》）

兰花图

郑燮

素心花赠素心人，二月风光是好春。 他日老夫归去后，对花犹想旧情亲。

——（山东省博物馆藏画）

盆兰图

郑燮

买块兰花要整根，神完力足长儿孙。 莫嫌今岁花犹少，请看明年花满盆。

——（烟台市博物馆藏画）

清代题画诗类

峭壁兰花图

郑燮

峤壁兰垂万箭多，山根碧蕊亦婀娜。 天公雨露无私意，分别高低世为何。

——（潍坊市博物馆藏画）

兰石图

郑燮

泰山高绝苦无兰，特写幽姿送宰官。 石缝峰腰都布遍，一团秀色尽堪餐。

——（烟台地区文管组藏画）

李方膺墨竹

郑燮

一枝瘦影横窗前，昨夜东风雨太颠。 不是傍人扶不起，须知酣醉欲成眠。

——（《郑板桥》第三章）

题兰石图

郑燮

知君胸次有幽兰，竹影相扶秀可餐。 世上那无荆棘刺，大人容纳百千端。

——（李一氓藏画，载《中国民间秘藏绘画珍品》第三集）

题兰竹菊图

郑燮

兰梅竹菊四名家，但少春风第一花。 寄与东君诸子弟，好将文事夺天葩。

——（李一氓藏画，载《中国民间秘藏绘画珍品》第三集）

兰竹芳馨图

郑燮

兰竹芳馨不等闲，同根并蒂好相攀。 百年兄弟开怀抱，莫谓分居彼此山。

——（南京博物院藏画）

兰竹石图

郑燮

身在千山顶上头，突岩深缝妙香稠。 非无脚下浮云闹，来不相知去不留。

——（天津市艺术博物馆藏画）

题墨竹图

郑燮

老干霜皮滑可扪，娟娟小翠又当门。　人间具庆图可画，却是家公领阿孙。

——（《历代墨竹写意画风》）

题墨竹图轴

郑燮

咬定青山不放松，立根原在破岩中。　千磨万击还坚劲，任尔东西南北风。

——（南京博物院藏画）

题墨竹图

郑燮

江南鲜笋趁鲥鱼，烂煮春风三月初。　分付厨人休斫尽，清光留此照摊书。

——（泰州市博物馆藏画）

潍县署中画竹呈年伯包大中丞括

郑燮

衙斋卧听萧萧竹，疑是民间疾苦声。　些小吾曹州县吏，一枝一叶总关情。

——（徐悲鸿纪念馆藏画）

芝兰竹石图

郑燮

高山峻壁见芝兰，竹影遮斜几片寒。　便以乾坤为巨室，老夫高枕卧其间。

——（美国旧金山亚洲美术馆藏画）

兰竹图

郑燮

官罢囊空两袖寒，聊凭卖画作朝餐。　最惭吴隐囡钱薄，赠尔春风几笔兰。

——（故宫博物院藏画）

墨竹

郑燮

不风不雨正晴和，翠竹亭亭好节柯。　最爱晚凉佳客至，一壶新茗泡松萝。

——（山东省博物馆藏画）

清代题画诗卷

竹石图

郑燮

一节复一节，千枝攒万叶。 我自不开花，免搅蜂与蝶。

——（青岛市博物馆藏画）

兰草图

郑燮

九畹兰花自千古，兰花不足蕙花补。 何事荆榛夹杂生，君子容之更何怍。

——（《艺苑掇英》第三八期）

焦山竹石图

郑燮

焦山石块焦山竹，逐日相看坐古苔。 今日雨晴风又便，扁舟载得过江来。

——（《中国画家丛书·郑板桥》）

竹石条屏

郑燮

石缝山腰是我家，棋枰茶灶足烟霞。 有人编缚为条帚，也与神仙扫落花。

——（《南京市鼓楼公园藏画》）

为黄陵庙女道士画竹

郑燮

湘娥夜抱湘云哭，杜宇鹧鸪泪相逐。 丛篁密篆遍抽新，碎剪春愁满江绿。 赤龙卖尽潇湘水，衡山夜烧连天紫。 洞庭湖渴莽尘沙，惟有竹枝轧不死。 竹梢露滴苍梧君，竹根竹节盘秋坟。 巫娥乱入襄王梦，不值一钱为贱云。

——（《郑板桥全集·板桥题画》）

风竹图

李方膺

画史从来不画风，我于难处夺天工。 请看尺幅潇湘竹，满耳丁东万玉空。

——（南京博物院藏画）

清代题画诗类卷三五一

题竹石图

李方膺

渭水琅玕翠欲迷，虚心直节与云齐。 如何不供轩辕殿，鸾凤空山舞月底。

——（日本东京桥本太乙藏画）

题墨竹图

李方膺

学画琅玕二十年，风晴雨露带疏烟。 平生有癖医无药，万嶂青云要补天。

——（《李鱓高凤翰李方膺画风》）

画竹

李方膺

粉香翠影碧琅玕，丹凤林中第一竿。 雨露恩浓磐石固，清风日日报平安。

——（《清画家诗史》丙上）

墨兰图

李方膺

露坠回风下笔时，沅江烟雨影参差。 平生未识灵均面，万叶千花尽楚辞。

——（故宫博物院藏画）

题花卉册

李方膺

光风转蕙便成春，培养殷勤实可人。 不信灵均树百亩，半随萧艾半沉沦。

——（上海博物馆藏画）

题友人兰花册子

马曰璐

一叶一花新，花开不为春。 光风凌众草，幽馥在无人。 意简有余韵，崖深少四邻。 谁言纫作佩，只许楚臣亲。

——（《南斋集》卷二）

题赵子固画兰

马曰璐

有宋王孙，深林独处。 清映一门，韵标千古。 托意幽兰，春风自主。 兰叶疏花，停辛伫苦。 天涯芳草，沦于下土。 众人之中，君子是伍。 我展斯图，如睹眉宇。 楮墨无痕，芳馨不谱。

——（《南斋集》卷三）

清代题画诗类卷三六

兰竹类

题柯九思清閟阁墨竹图

爱新觉罗·弘历

抹月披烟迥出尘，横槮倚石矗新筠。 为思爱竹洋川老，一写精神便逼真。

——（《历代墨竹写意画风》）

题倪瓒画竹

爱新觉罗·弘历

风里试披清奏籁，月中乍展宛飞龙。 一梢已占琅玕性，千亩如看烟雨重。

——（《御制诗二集》卷七）

题吴秀才醉竹图

袁枚

竹醉露，人醉酒，诗人生在竹醉日，似与此君相识久。 科头独坐万竿中，奴捧酒壶不放手。 把竹数一枝，取酒斟一斗。 浇竹便为竹叶春，自饮便为竹林友。 竹醉人扶竹不知，人醉竹扶人知否？ 是人是竹浑难分，一醉之外别无有。 此之谓与天为徒与物化，君不见藕中之仙橘中叟？

——（《小仓山房诗集》卷三二）

题画

袁枚

茅屋千竿竹，农歌四面邻。 桃花源自在，只少问津人。

——（《小仓山房诗集》卷三三）

题郑板桥画兰送陈望亭太守

蒋士铨

板桥作字如写兰，波磔奇古形翩翩。 板桥写兰如作字，秀叶疏花见姿致。 下笔别自成一家，书画不愿常人夸。 颓唐偃仰各有态，常人尽笑板桥怪。 花十一朵叶卅枝，写于何年我不知。 丛兰荆棘忽相傍，作诗题画长言之。 板桥当初弄烟墨，似感人情多反侧。 举以赠君心地直，花叶中间有消息。 君生兰渚旁，熟精种艺方。 叶虽欹斜具劲力，花却静好含幽香。 君今一麾仍出守，长挹清芬怀旧友。 板桥不作花不言，题送君行当折柳。

——（《忠雅堂文集》卷一八）

为吴香亭题郑板桥画竹

王文治

板桥道人老更狂，弃官落拓游淮阳。 兴来散笔挥筼筜，风枝露叶相低昂。 吴君何从得此本，尺幅之势千寻强。 瘦干欲上转欹侧，如敲水槛送昼凉。 却忆板桥始识我，竹西古寺园池荒。 便命深缸共斟酌，月移邻篆来破墙。 平生结交几老苍，江湖阻深道里长，抚君此卷心彷徨。

——（《梦楼诗集》卷五）

为惠瑶圃中丞题可韵上人墨兰卷子四首

王文治

谁将澹墨染春痕，瘦叶疏花倚石根。 一院古苔青不扫，重帘著地月黄昏。
春眠初觉鸟声忙，临罢黄庭日渐长。 待与高僧参鼻观，绝无香处是真香。
小池雨过看濡豪，更酌红螺读楚骚。 为与幽兰多凤契，建牙犹得近湘皋。
南陔春蕊发华滋，视膳萱庭日影迟。 手擘矮牋如水碧，花前闲补广微诗。

——（《清人题画诗选》）

兰石册页

罗聘

萧艾荣敷各有时，深藏芳洁欲何为。 世间鼻孔无凭据，伴我深山读楚辞。

——（《扬州八怪题画录·罗聘》）

题双钩画竹

罗聘

画竹有声风满堂，法从勾勒异寻常。 鹦哥毛细休轻染，此是仙都白凤凰。

——（《清画家诗史》丁下）

题画竹二首

翁方纲

底须论远势，人目树之枝。 金错铁钩锁，淡然无迹时。
向晓但烟雾，烟斜雾又横。 遥山近山影，一半不分明。

——（《复初斋集外诗》卷六）

题赵贡夫兰竹小幅

翁方纲

两株石笋瘦相撑，落落苔岑共性情。 旬日春阴交酿久，倚栏忽忆旧诗盟。

——（《复初斋集外诗》卷一八）

又题贡夫兰竹

翁方纲

幽兰倚竹竹倚石，三者知谁画意深。 雨雪空山君始悟，淡无一笔是文心。

——（《复初斋集外诗》卷一八）

王改亭墨兰

翁方纲

琅琊玉砌依兰渚，撇法知从禊帖来。 荫得孙枝青一气，每因夜雨念南陔。

——（《复初斋集外诗》卷一八）

题朱竹幛子

翁方纲

宣和谱竹尚青绿，写生不数萧悦前。 澄心堂中铁钩锁，笔法却溯从诚悬。 后来石室专用墨，墨君自此名始传。 元时高房山，蓟丘父子相接联。 梅花衲头一点风雨黑，散入九龙山人屋壁为春泉，一一行草篆隶交云烟。 近见李南翔，时以朱取妍。 此幅神理复未远，想应得法南翔边。 蚿蚚霞佩珊瑚鞭，十万红尾鸢翩翩。 浅处水与石，深处仍有凉娟娟。 丹气洗尽翠气出，乃知区区辨别朱墨犹拘牵。 晚风翛翛动帘押，空堂卷对斜阳天。

——（《复初斋集外诗》卷四）

画竹

桂馥

不似文同不类苏，一条寒玉月同孤。 他年步屧还乡去，万里云山仗尔扶。

——（《清画家诗史》戊上）

为方大章写兰题后

潘奕隽

国香何碍老衡门，写出风枝带露痕。 倒薤折钗同一诀，小窗试与仲姬论。

——(《三松堂集》诗集卷九)

题墨竹图轴

黄易

谁写湘江景，吟看倍有情。 月明如见影，风动似闻声。 卷雨龙梢湿，随阳凤尾轻。 林泉高隐者，同结岁寒盟。

——(《历代墨竹写意画风》)

题画竹扇

黄易

雨洗修篁分外青，萧萧如在过溪亭。 世间都是无情物，只有秋声最好听。

——(《秋盦诗草》)

题兰竹后与徐漱石二首

奚冈

紫芽新茁露初干，绿节才匀粉未残。 一种清芬含远思，湘云湘水不胜寒。
朝朝玉版劝加餐，饱向晴窗弄墨看。 可是胸中有成竹，一梢风影舞青鸾。

——(《冬花庵烬余稿》卷中)

画竹

奚冈

低枝细作铁勾锁，大叶横披金错刀。 禁得秋声连夜雨，过溪亭下听萧骚。

——(《冬花庵烬余稿》卷中)

题墨竹

奚冈

萧郎两丛吾未见，老可千亩谁为传。 平生食笋不计数，有时吐出胸中烟。 凉堂汲水泼清影，一一小凤飞秋天。 梦魂今夜落何处，满篷明月行湘川。

——(《冬花庵烬余稿》卷上)

题钱文敏墨竹

洪亮吉

琅玕之竹三尺长，绘图萧萧天雨霜。 秋官下笔真宰泣，刻削幸有生机藏。 半幅阴云互回合，半幅长风振阊阖。 老蛟玉骨本凝重，怪龙三须倒生颊。 笔端夭矫不自持，入夜细响生折枝。 我时相思每一访，屋北卷帘欣见之。 萧斋索句题公

清代题画诗类卷三六一

画，我已题诗壁间挂。 我诗公画俱憔悴，腹痛思公昔年话。 于虖藐事非足称，公也累累垂英声。 平时儒者负经济，上马杀贼来边城。 边城块莽尤无极，成功绘图呈帝侧。 三时既见狱讼平，旬日更致苗民格。 男儿功成气轩豁，顾盼万里流华日。 归鞍兀兀赋新诗，襟袖翩翩蕴奇术。 十季瓜削据法堂，郎吏屏息趋公旁。 西台赦下额手庆，始知公力回穹苍。 公恩于人若山重，章疏流传入歌诵。 柏栋深怜一世才，凤麟未竟平生用。 得公粉本犹可夸，忆昨御题金盏花。 云霄天语偶惘怅，水墨拂拭生光华。 我观公画频回首，爱士如公复何有。 君不见渭滨千亩富奇材，尺寸恨不成公手。

——（《附鲒轩诗》卷四）

管夫人墨竹

洪亮吉

石径空濛翠欲流，琅玕影里雨初收。 何缘不写王孙草，多恐人饶故国愁。

——（《清人题画诗选》）

题梅花道人墨竹

黎简

梅翁写生竹，神力静为主。 深窗抱幽梦，何物作风雨。 起来写秋声，秋声在何许。 惨澹云雾里，摵摵战可数。 譬其取笔法，斜雨打粉堵。 气满铁钩锁，墨铸金刚杵。 月中写秋影，恐画犬作虎。 客居无片绿，但有藓满庑。 对兹怀江天，归来我篱坞。

——（《五百四峰草堂诗钞》卷一六）

墨兰

黎简

淡韵浓姿只易寻，墨兰真赏绝幽深。 不留夜月留灯影，先得春风得画心。 空色缁尘忘垢净，陆离长剑合阴沉。 草元更与通元悟，结坐闻香静不禁。

——（《五百四峰草堂诗钞》卷二二）

题横波夫人画兰二首

杨伦

湘兰去后失菭丛，又见眉楼小篆红。 剧喜移根偏得所，不随桃李嫁春风。
纷披露叶似含矉，旅泊荒溪为写真。 夫婿可怜殊妩媚，江潭曾否忆灵均。

——（《九柏山房诗》卷一三）

为惠瑶圃中丞题僧可韵所画兰竹

杨伦

昔闻太同山翁凝始子，喜气写兰怒写竹。 幽丛百本摇紫茎，劲节千竿削青玉。
素屏挥洒墨沜浓，华堂髣髴来清风。 香国曾是善人比，此君岁寒聊与同。

——（《九柏山房诗》卷一〇）

题画二首

黄景仁

子昂兰

土净烟空点欲无，一花一叶惹秋芜。 水精宫里王孙画，憔悴何曾似左徒。

仲姬竹

苍凉翠袖感萧辰，林下风标本绝伦。 扫出数枝斑竹影，湘夫人对管夫人。

——（《清人题画诗选》）

题方竹楼画竹

戴亨

县署西偏地疏豁，琅玕森翠千株列。 离立潜通江上云，青苍不畏严冬雪。 眼
中繁卉任荣枯，岁晚奇姿挺孤洁。 我时乘兴步亭林，微吟徒倚扪高节。 千亩何须
傲列侯，三径矜能款明月。 静对幽丛妙悟生，爽聆清籁天机发。 自昔文人爱此
君，我亦钟情若饥渴。 方生为我作画图，雨干烟梢尽奇绝。 黄筌与可未为工，潇
湘淇水悬蓬室。 盛夏攤书作卧游，中有凉飙扫炎热。

——（《庆芝堂诗集》卷八）

雪竹

戴亨

惨惨寒声一夜雪，千章乔木经摧折。 劲节排风能力持，后凋不独称松柏。

——（《庆芝堂诗集》卷一八）

题画竹

戴亨

我性爱竹老成癖，客寓常栽伴孤宿。 为君独抱岁寒心，雨干霜条看不足。 今
来塞上无此君，幽梦遥情绕深谷。 我欲披图作卧游，画师今谁能画竹。 与可已没

清代题画诗类卷三六一

仲圭死，卫风淇水空三复。 玉翁好画古所无，画师为写潇湘图。 展卷琅玕崒森爽，株株卓立根苍梧。 湘娥昼泣天黯惨，呜咽幽涧流清渠。 怪石狰狞立山鬼，云涛烟海相模糊。 炎天挥汗一对吟，凉风谡谡吹蓬庐。

——（《庆芝堂诗集》卷七）

题叶茗芳女士琬仪合写兰菊小帧

席佩兰

离骚词后写陶诗，最喜聪明笔两枝。 补尽人间难了愿，春兰秋菊竟同时。

——（《清画家诗史》癸下）

雪屏画兰

焦循

恶竹应教斩万竿，骚人例作葰蒩看。 雪屏真是知兰者，只画疏疏几叶兰。

——（《雕菰集》卷五）

题万上遴画竹

张问陶

秋烟笼竹澹云开，翠雨濛濛欲满苔。 石上月痕枝外影，绢头疑有野光来。

——（《船山诗草》补遗卷三）

题吴山尊燾画

张问陶

鸠兹东去江船冷，过雁归鸦静不喧。 旧梦十年犹仿佛，一帆秋色水当门。

——（《船山诗草》补遗卷四）

题图牧山清格画兰

张问陶

挥毫拂拂书生气，绝似扬州郑克柔。 笔墨无功性灵出，一痕花景一痕秋。

——（《船山诗草》补遗卷四）

作画自题

张问陶

偶拈醉笔过人间，天海遨游且未还。 五岳儿孙都看尽，凭空自写意中山。

——（《船山诗草》补遗卷四）

清代题画诗类

题钱箨石先生兰竹

张问陶

竹笑兰言迥自如，游心真在物之初。 开图顿有临池兴，花叶分明是草书。

——（《船山诗草》补遗卷六）

画兰自题

张问陶

偶捡丛兰画几枝，各标神韵肯参差。 高花飞舞低花笑，同倚春风自不知。

——（《船山诗草》卷一七）

梅道人画竹卷子真迹为尹兼题

舒位

一直复一曲，不画梅画竹。 一节复一片，不画纸画绢。 舲舲一径清飙来，箨龙夜半惊春雷。 低昂向背各有意，孅秾修短俱无猜。 画工化工互消息，草圣草贤作钩勒。 纵有此画无此书，纵有此笔无此墨。 君今何处得此君，一枝一叶一字真。 朝看竹色夜竹影，雨细风斜月华冷。 幸不唤军中十万夫，被人笑道樊川麓。 亦不愿渭滨一千亩，依旧清贫馋太守。 更不作柯亭十六椽，但得似萧郎十五竿。 黄冈楼上熏香坐，翠袖风前倚醉看。

——（《瓶水斋诗集》卷一一）

题昭明阁内史画兰扇子三首

舒位

绝代佳人老画师，空山臭味不差池。 费他一滴金壶水，写到花歌叶舞时。
半窗朱鸟阁春阴，深写梅梢淡写心。 绝忆湘人词赋里，雪花如片夜弹琴。
禊事才修扇影多，天花香散墨池波。 阿侬家近兰亭子，吹惯春风晋永和。

——（《瓶水斋诗集》卷一〇）

题宋观察竹梧清啸图四首

舒位

书画诗称三绝，仙佛儒兼一身。 当日尚为循吏，后来无此才人。
门第三吴最旧，簪裾七叶犹隆。 系表盛唐宰相，注经先郑司农。
此卷是谁所作，竹梧清啸依然。 倾倒一时老宿，想见三河少年。
屏风写白太傅，团扇画陆放翁。 跳出凌烟阁外，如入山阴道中。

——（《瓶水斋诗集》卷一一）

侯青甫画竹及秋海棠各题二十八字

顾广圻

无端妙手扫檀栾，黛色参差玉几竿。　恍似平山堂下见，有人翠袖倚天寒。

浥露含风无限情，浅红深晕太盈盈。　秋花自较春风艳，不为相思泪染成。

——（《思适斋集》卷三）

题刘叟玲白雪竹有序

田榕

　　雍正己酉，铁笛刘叟为余写此竹于金陵藩署，醣使噶公尔泰深加叹赏，叟亦自诩得意之笔，距今廿年余矣。兹官吉阳，署中时值闰五，溽暑熏蒸，偶出此幅展挂，风枝雪叶，倏尔生凉，胜对北风图也。追题数语，以识岁月，惜叟下世不及见矣。

刘叟平生不饮酒，一旦兴剧作酒狂。　为余迅扫两竿竹，一一醉笔相披猖。　忆昔雨花台畔住，刘郎人叹如萧郎。　十五竿赠恰比拟，愧乏乐天作报章。　尤奇此幅作雪景，两竿价重千琳琅。　揭来窃禄郎子国，秣陵弹指移星霜。　高堂素壁净如拭，玉鸦叉手不似忙。　风欹雪亚俨未止，畏景忽现层冰凉。　老夫爱竹兼爱雪，坐对消此炎天长。　蘧蘧隐几聊假寐，飘然一舸凌潇湘。

——（《碧山堂诗钞》卷一六）

题刘逸山竹呈苏斋

田榕

逸山写竹洋川似，坐对能生五月凉。　君是东坡老居士，故应世有墨君堂。

——（《碧山堂诗钞》卷六）

自题画竹

郭麐

凤实难期鸾尾残，眼看儿辈画檀栾。　此君莫道全无用，江海苍茫要一竿。

——（《清画家诗史》己下）

题画二首

陈文述

马湘兰竹

偷闲自写牵萝意，飞絮空园日易斜。　一幅潇湘秋梦影，倚来翠袖是朱家。

顾横波桃花

春雨秦淮水上舟，一枝红影上眉楼。 东风不结相思子，写得桃花当写愁。

——（《清人题画诗选》）

清代题画诗类卷三七

兰竹类

史髯指画兰竹小幅索赠

邓显鹤

故人知我家湘浔，日对兰丛斑竹林。 写此幽芳三尺短，增余别思十年深。 天寒岁暮荒江影，怨女逐臣空谷音。 便拟披图问归棹，楚天万里愁人心。

——（《南村草堂诗钞》卷三）

题画四首

瞿应绍

修竹种溪堂，琴书影俱绿。　溪水涓涓流，终日漱寒玉。

小院露霏微，新篁掩短扉。　横琴相对坐，烟翠湿秋衣。

画梅复画竹，笔底有余香。　忽见短窗外，一枝青过墙。

咒笋莫成竹，无竹令人俗。　咒石却成笋，如木植一本。

——（《月壶题画诗》）

题画竹十一首

瞿应绍

写竹如花竹添媚，红袖婵娟妍胜翠。　如何顿改此君容，五月十三逢竹醉。

清课无如劚石田，花花草草一年年。　我家惯种萧萧竹，千亩应教比渭川。

湘春初月影迢迢，花里楼台碧玉箫。　听到竹枝肠易断，美人名士总魂销。

无端怅触旧相思，云外涓涓见一枝。　仿佛玉人双翠袖，倚风怅望立多时。

春早河干柳未丝，停云重叠谱新诗。　为君预报平安信，手剪吴绫写竹枝。

坡石阴阴长碧苔，一竿雨洗更烟开。　仙家自有长生诀，竹里山房号紫来。

秋声飒飒碧如何，石畔欹斜雨乍过。　画取茸城好风景，来清堂上绿阴多。

纸墨相亲化作烟，画来春气雨中天。　山人笔下无绳墨，趁着天机写自然。

淡墨如烟太瘦生，绮疏斜拓浅纱轻。　诗人晓起看新竹，斗觉春风绿纵横。

吾家竹屋傍溪头，夏日亭亭色亦秋。　唱罢竹枝横铁笛，夜深邀月共登楼。

空山流水两娟娟，修竹如云绿一天。　高阁夜深将进酒，新诗吟到小游仙。

——（《月壶题画诗》）

题石涛兰竹画册

屠倬

顽礓空洞龁蟹螯，苦竹根蟠石罅牢。 绝顶孤芳怕人采，山中谁为补离骚。

——(《清画家诗史》己下)

画竹

屠倬

风梢离披雨叶乱，湿笔淋漓渴笔干。 自家竹派自家赏，要作无弦琴意看。

——(《清画家诗史》己下)

题郭大理画兰竹卷应吴大京兆属

程恩泽

兰竹书魂魄，中藏草隶精。 妙香无定相，斜雨有奇声。 作者郭忠恕，珍之吴季英。 石交胡可得，掩卷不胜情。

——(《程侍郎遗集》卷四)

新罗山人醉笔墨兰歌

魏源

昨夜醉肠花怒开，墨池起蛰惊春雷。 枯者游戏为根荄，乱者屈曲为蓓蕾。 横披乱放无端涯，有时画兰兼画梅。 暗香斜影窗前阶，便疑草书乱僧怀。 酒气兰香拂拂来，张颠濡发青莲杯。 神乎鬼乎仙乎哉！ 请匹灵均呵壁才。

——(《古微堂诗集》卷七)

偶学画兰人多匿笑诗舲先生
独夸之一日醉后忽若有悟并题绝句

何绍基

学画兰花不到家，无端字里尽兰花。 今宵走虺奔蛇笔，窜入幽丛乱发芽。

——(《清画家诗史》庚下)

题赵子固画兰二幅长卷

顾太清

空山春日暖，清露滴幽丛。 涧曲谁当采，天涯自好风。
好风吹露叶，花气散芳馨。 何处同心结，王孙空复情。

——(《天游阁诗集》补遗)

为云林画梅竹横幅遂题一截句

顾太清

快雪初晴放早梅，猗猗修竹傍花栽。 匡床纸帐余清梦，寂寞孤山冷翠苔。

——（《天游阁诗集》卷四）

题赵子固画兰二幅长卷

奕绘

采兰采兰江之皋，兰叶长垂兰箭高。 想像西泠最高处，阳阿晞发诵《离骚》。

前幅花疏后幅密，东丛叶健西丛垂。 大宋王孙书画好，会心千古更题诗。

——（《明善堂文集·流水编》补遗）

题陆莼芗画册八截句

奕绘

潇潇绿叶弱难支，露滚明珠雨散丝。 一段闲情幽润态，小窗听到夜凉时。

风里琅玕无定形，鬖鬖密叶凤开翎。 千梢尽作朝天势，戛玉声中闻墨馨。

新篁解箨势犹拘，个字初分便与图。 翠袖天寒乍胜倚，卖珠侍婢定还无。

南荣晴日照寒丛，竹影当窗似镜中。 澹墨欹斜随意扫，渭川千亩势无穷。

兰花兰叶复兰根，兰蕊同心不在言。 人静风微香气发，欣然弄笔与招魂。

霓裳乱舞惊鸿态，宝髻松盘堕马妆。 流水仙山藏丽质，人间安得望容光。

枝好由来不在直，叶好由来不在多。 一枝两叶五花朵，真香动人可奈何？

峥嵘老干作花稀，雪后风前写化机。 冻合清溪难照影，月明无处吊湘妃。

——（《明善堂文集·流水编》卷一二）

灯下画雪竹

戴熙

开窗忽见雪光寒，便起挑灯写数竿。 今夜此君应忆我，明朝蜡屐早来看。

——（《习苦斋诗集》卷二）

晓起画竹

戴熙

晓起探梅梅未开，颓然小坐竹根苔。 回头忽见藤萝壁，清影萧疏便写来。

——（《习苦斋诗集》卷二）

为刘藻垣写竹

戴熙

烟月迷漫夜，秋灯闪烁时。 幽人读书处，疏影见枝枝。

——（《清画家诗史》庚下）

宋秋田索画竹

戴熙

山根古君子，净碧不可浣。 其下如水清，啸咏吾人每。 弹琴伫凉月，见影长百倍。 以扇仰承之，介个瞥而收。 漫持笔促之，影去形却在。 欲求赏音子，一叩所以乃。

——（《习苦斋诗集》卷三）

题柳竹扇面

刘彦冲

沧江黄叶路，一半似潇湘。 复有南来雁，衔芦落早霜。

——（李一氓藏画，载《中国民间秘藏绘画珍品》第三集）

郭兰石大理尚先以画兰见赠赋酬

潘曾莹

空谷无人处，吹来风露香。 软红应洗尽，满壁写潇湘。

——（《清画家诗史》辛上）

竹

潘遵祁

敢希千亩在胸中，也要三分绕屋东。 遮得骄阳忘卓午，西窗终日是清风。
竹外斜阳一片明，忽然摇动做秋声。 安排卧听西窗雨，一夜新凉枕簟生。

——（《清人题画诗选》）

兰三首

潘遵祁

读罢《离骚》思惘然，夜凉清梦落琴边。 不知寂寞湘江上，可有幽人枕石眠。
绝代幽姿压众芳，肯随红紫媚春阳。 饶他绮石黄磁斗，不及空山自在香。
自喜岩阿不世情，任他茨棘两边生。 素心那许春风染，长照寒泉澈底清。

——（《清人题画诗选》）

癸酉立冬日灯下作画并题

张之万

山无竹不秀，水无石不清。 爱此清秀气，畅吾笔墨情。 写竹未潇洒，画石难峥嵘。 贞心与劲节，怀古徒怦怦。

——（《清画家诗史》辛下）

题兰花图二首

居巢

拟撷芳馨演楚骚，梦魂夜夜绕江皋。 新收一种麻姑爪，快意真从痒处搔。
侍儿也解惜芳馨，较雨量晴有性灵。 如此风神宜沐浴，爱看玉手拂银瓶。

——（《今夕盦题画诗》）

题风兰图

居巢

飞琼衣袂倚风轻，罗袜都无尘土生。 昨夜月明人共见，珮环初试步虚声。

——（《今夕盦题画诗》）

题庆子元画二首

金和

雨兰

绝瘦孤花称晚凉，著些秋雨也无妨。 倡条冶叶从人采，自办空山落后香。

落花

埋香归去意沈沈，自写春愁付绿阴。 堕溷飘茵何太巧，东风未必尽无心。

——（《秋蟪吟馆诗钞》卷一）

雪竹

周闲

雪飞如掌晚来稠，僵卧袁安学到否。 不信此君多傲骨，一经沦落也低头。

——（《清人题画诗选》）

清代题画诗类

管夫人竹

黄崇惺

湘帘日暮碧云昏，皓腕黄柔染露痕。 写出江南烟雨意，只愁归思动王孙。

——（《草心楼读画集》）

画兰

翁同龢

陇水无端西复东，南枝憔悴北枝空。 莫言草木无情物，亦自徘徊冰雪中。

——（《瓶庐诗稿》卷七）

题钱箨石闺中画兰二首

翁同龢

翼轸前头指使星，秀州太傅旧频经。 廿年重续金哥梦，老桂高梧覆锁厅。
风帘三度燕还家，箧里常携淡墨花。 墙粉尚新钉眼在，不须频试玉鸦叉。

——（《瓶庐诗稿》卷四）

题梅花道人竹石卷为同邑孙君

翁同龢

古来诗人例悯雨，日日朝回作苦语。 桃僵柳蹇过清明，修竹流泉无处所。 梅花庵主仙人哉，生绡一丈清风来。 眼明忽到青玉峡，海气酿出金银台。 识真好事者谁子，分宜官印模糊紫。 石田石师两勍敌，六百年来数人耳。 题诗勘倚灯烛红，星河入户天又风。 书生何事苦觅句，咒尔篝龙噀雨去。

——（《瓶庐诗稿》卷三）

题叶韵兰画兰二首

金溎

亭亭不语最可人，淡淡犹如自写真。 那得金铃常护惜，漪香阁外远红尘。
也宜秋露也宜春，出众琼标迥绝尘。 难得名传空谷里，自拈斑管写丰神。

——（《瞎牛庵题画诗》）

风竹

吴昌硕

画竹频年遣管城，雨荒云白雪髭鬔。 风香细细难描出，佳句复来演杜陵。

——（《我的祖父吴昌硕·缶庐别存》）

题所南翁画兰卷子为樊山布政作

陈衍

净土茫茫马一角，杨妹题诗管常握。 鞋尖久已错到底，天水河山入牛角。 髑髅南面兰上里，薇蕨罢餐头颅断。 二难合唤鼻亭公，揽揆命名严南朔。 子兰已死木棉谢，幽兰已摧木波捉。 兰亭入水水仙出，兰室差池鸥波浊。 此兰端合倚云栽，浊世翩翩何数数。 骚之苗裔楚之望，麦饭冬青几唐珏。 樊山道人樊楼感，南望十空水香邈。 我有兰衰菊秀诗，黄土稽山行一觉。

——（《石遗室诗集》卷四）

画兰曲

丘逢甲

谢生为李生画兰石帐额，走笔为书此。

秋风吹冷松江水，谢览兰芳仍竟体。 晴窗搦笔写秋英，芳心不向霜前死。 眼中九畹无闲田，突兀拳石安花间。 花幽石瘦各自媚，风茎露叶何娟娟。 北平今日谁飞将？ 一枕幽香酣玉帐。 借花陶写英雄心，岂特离骚当梵唱。 梦破中原夕照红，幽兰开落荒山中。 莫教无土孤根露，花里残经写大空。

——（《岭云海日楼诗钞》卷七）

题画竹四首

丘逢甲

西风入幽篁，寒声何策策。 空山寂无人，落日秋痕碧。
寒崖茁孤篆，见石不见地。 屈曲自盘根，难掩凌云气。
拔地气不挠，参天节何劲。 平生观物心，独对秋篁影。
此君在今日，大觉无不可。 风雨震诸天，空山自龙卧。

——（《岭云海日楼诗钞》卷四）

题画竹

丘逢甲

冉冉古琅玕，结根广莫野。 取之作律箎，持用觉天下。 当世无伦伶，谁是知音者。 空教二帝女，攀枝泪如泻。 竹枝有叶叶有阴，云封嶰谷无凤吟。 九嶷山高湘水深，题君此图伤我心。

——（《岭云海日楼诗钞》卷六）

为眉君题东洲画兰卷

岁乙卯作。时眉君下第东洲，题诗有"孤根尚在云深处，未肯随风入画图"句

顾复初

酒气淋漓堕指端，孤情极意写荒寒。 不知天上何花品，只作人间草字看。

——（《清画家诗史》壬上）

清代题画诗类卷三八

花卉类

画梅二首

普荷

数椽残雪以为家，一领单衫度岁华。　傲骨自无人敢屈，画梅折断铁桠槎。
时危红紫妒天香，风雪颠狂莫可当。　不是老夫挥铁爪，人间谁信有春王。

——（《担当遗诗》卷七）

题金耿庵画梅

文柟

冰玉孤清世外姿，娟娟新月上疏枝。　无情短笛休轻弄，未是春风点额时。

——（《清画家诗史》甲下）

花卉图册四首

项圣谟

牡丹花

露艳香如涌，春明花转浓。　琼台月下客，不识几相逢。

海棠花

未雨胭脂先欲滴，受风粉腻不曾痴。　最怜腰细如争舞，翻尽绿罗人起迟。

桃树

西池分得长生树，留与人间醉大春。　结实喜随笔下悬，记曾花里叹迷津。

山茶花

闻道杨妃醉，垂寒色更娇。　果然霜雪里，红粉付花调。

——（《历代绘画题诗存》）

题陈嘉言梅花图扇

王节

一树寒梅白玉条，回临村路傍溪桥。 应缘近水花先发，疑是经春雪未消。

——（《历代绘画题诗存》）

画梅

陈洪绶

性情孤冷与梅俦，黄葛村西思筑楼。 数载经营成不得，聊遗疏影到床头。

——（《清画家诗史》甲上）

题画二首

陈洪绶

不能复入此深山，画幅深山屋数间。 梦想开看还自悔，闲人在世颇缘悭。
老夫爱听雨芭蕉，更爱初冬雪乍飘。 一面琵琶双绛蜡，数行草圣酒千瓢。

——（《清画家诗史》甲上）

题渐江为汤玄翼写梅

萧云从

移棹西寻湖水隈，春华独上越王台。 海天如遇山中客，风雪惟存画里梅。 梦
转三更空自语，心伤一折待谁来。 岁寒岂复关人意，且对南枝卧草莱。

——（《明清中国画大师研究丛书·弘仁》）

梅花画扇

金俊明

老干结开白玉花，孤标粲粲压群葩。 水边香影黄昏月，肯在林逋处士家。

——（《历代绘画题诗存》）

题何源兰花画扇

金俊明

滋兰九畹多空种，何以墨池三两花。 近日国香零落尽，王孙芳草遍天涯。

——（《历代绘画题诗存》）

题陈迈兰荪图

金俊明

景泛光风遍楚湘，花开湘水亦流香。 谁云结子唯桃李，看取兰荪个个长。

——（《历代绘画题诗存》）

题彻上人扇

傅山

画我白莲花，换若红莲藕。 妙法互权实，佛性各含有。

——（《霜红龛集》卷一二）

题独枝牡丹

傅山

太真含玉鱼，朝倚沈香栏。 绣领张家燕，青莲应见酸。

——（《霜红龛集》卷一二）

题墨牡丹

傅山

何奉富贵容，得入高寒笔。 君子无不可，亦四素之一。

——（《霜红龛集》卷一二）

月画

傅山

月画槐枝作老梅，离奇一笔拂窗开。 解衣画史三更醒，梦自罗浮香里来。

——（《霜红龛集》卷一三）

题画梅

金圣叹

老僧齿落不能语，小鸟冻僵未可飞。 便与此花相守去，三更月影更霏微。

——（《沉吟楼诗选》）

题圣默法师画梅

金圣叹

法师佛法无多子，初是阿爷后是茶。 一片婆心藏不得，逢人便与画梅花。

——（《沉吟楼诗选》）

题石田画芭蕉二首

吴伟业

一叶芳心任卷舒，客愁乡梦待何如？ 平生枉用藤溪纸，绿玉窗前好写书。
不妨修竹共檀栾，长对萧萧夜雨寒。 却笑休文强多事，后人仍作画图看。

——（《吴梅村全集》卷一九）

题画六首

吴伟业

芍药

花到春深烂熳红，香来士女踏歌中。 风知相谑吹芳蒂，露恨将离浥粉丛。 渍酒稳教颜色异，调羹误许姓名同。 内家彩笔新成颂，肯让玄晖句自工。

石榴

碧云翦翦月钩钩，狼籍珊瑚露未收。 绛树凭阑看独笑，绿衣传火照梳头。 深房莫倚含苞固，多子还怜龋齿差。 种得菖蒲堪渍酒，刘郎花底拜红侯。

洛阳花

绿窗昨夜长轻莎，玉作栏杆锦覆窠。 丹缬好描秦氏粉，墨痕重点石家螺。 翦同翠羽来金谷，织并红罗出绛河。 千种洛阳名卉在，不知须让此花多。

茉莉

翦雪裁冰莫浪猜，玉人纤手摘将来。 新泉浸后香恒满，细缕穿成蕊半开。 爱玩晚凉宜小立，护持隔岁为亲栽。 一枝点就东风里，好与新妆报镜台。

芙蓉

细雨横塘白鹭拳，窈红婀娜向风前。 千丝衣薄荷同制，三醉颜酡柳共眠。 水殿晓凉妆徙倚，玉河春浅共迁延。 涉江好把芳名认，错读陈王赋一篇。

菊花

夜深银烛最分明，翠叶金钿认小名。 故著黄绦贪入道，却翘紫袖擅倾城。 生来艳质何消瘦，移近高人恰老成。 几度看花花耐久，可知花亦是多情。

——（《吴梅村全集》卷一六）

墨梅轴

弘仁

吹灯转觉纸窗明，一树空濛夜雪晴。 尝拟抛出闲半月，不妨闭户坐三更。 冬春之际复何事，耕凿以先无此情。 幸未成蹊生处远，板桥冻滑碍人行。

——（上海文物商店藏画）

梅花书屋图

弘仁

雪余冻鸟宋梅花，尔汝依栖似一家。 可幸岁朝酬应简，汲将陶翁缓煎茶。

——（故宫博物院藏画）

画墨梅墨竹赠查二瞻三首

弘仁

高凌空际胜鞭藟，倒卷丹梯覆草庐。 盘礴奇标吹欲堕，银花疑挂碧峰虚。
纷华敛尽伴耕耘，岩谷深藏冶媚薰。 擅得风光惊国色，素装何必艳钗裙。
数竿深处几枝存，相傍园林赋弟昆。 若使苍松来入座，并头三友傲霜根。

——（《明清中国画大师研究丛书·弘仁》）

梅花茅屋图

弘仁

茅屋禁寒昼不开，梅花消息早先回。 幽人记得溪桥路，双屐还能踏雪来。

——（上海博物馆藏画）

题寺壁画蕉

方文

金粉俱零落，如何墨未销。 可怜舒卷意，长日对僧寮。

——（《嵞山集》卷一一）

题墨画荷花

龚鼎孳

花何袅袅叶田田，露质烟心晚自怜。 倩取墨光描鬓影，美人兼许号青莲。

——（《定山堂诗集》卷三六）

戏题陈灵生墨画牡丹

龚鼎孳

淡抹浓妆墨晕工，常将国色殿残红。 玻璃酒尽龟年老，月黑沉香苑里风。

—— （《定山堂诗集》卷三六）

偶题文漪扇头墨菊

龚鼎孳

柴桑终古醉为家，秋到南山日易斜。 愁见寄奴芳草绿，瞑烟孤守一篱花。

—— （《定山堂诗集》卷三八）

题壁上画菊

吴嘉纪

篱下佳花犹未蕊，一枝亭亭已在此。 香光寂寞近如无，只似秋烟上空纸。 何必登高期故人，兹卉居然重九身。 花中高士君不愧，不卑不媚难为邻。 下有一石静如客，群叶生阴石欲碧。 石亦落落自为仪，高严不借花颜色。 两君并立成良友，冷香澹致终年守。 其中尚余半尺地，不知欲待谁家叟？ 日黑灯新我再看，久之忽觉身上寒。

—— （《吴嘉纪诗笺校》卷一三）

题墨画雨中牡丹

周容

日暖风轻春正午，野草亦花笑欲语。 此中别有洛阳春，何事垂垂带朝雨。 明妃马上忆汉宫，自拥琵琶旗影中。 扑面边尘黯无色，胭脂山外阴云浓。 画工空说丹青手，只把朱颜属桃柳。 偏教好花两内开，运时壮士惟垂首。 欲乞仙翁勾漏砂，描出扶桑一树花。

—— （《春酒堂诗存》卷二）

题牡丹画

周容

白杨树杪秋声起，客况萧条落叶里。 是谁将此索题诗，顿觉春光生眼底。 堂上曾无羯鼓催，或姚或魏高低开。 妃子凝妆□醉起，诸姨喧笑朝天来。 阶前粉蝶忽来去，缭绕笔端□惊寤。 分明黄菊木犀时，不信名花时何处。 繁华自□易飘零，此处东风不动铃。 诗罢茫然一叹息，今宵梦到沈香亭。

—— （《春酒堂诗存》卷二）

陈东日画梅鹊图

孙枝蔚

却忆书窗雨雪残，老梅如玉傍栏干。　戒儿休打枝头鹊，此景朝朝当画看。

——（《溉堂后集》卷一）

题何源兰花图扇

陈菁

幽芳自爱异江篱，持赠何必待汝移。　无埃养滋文绮石，看如景条侍恩时。

——（《历代绘画题诗存》）

题唐苂红莲图轴二首

笪重光

红蕖袅袅映陂塘，荷叶高擎新露凉。　挂向茅堂无俗韵，一时词客画闻香。
莲花写作寿君诗，好卷青筒进酒卮。　为道友情真似水，更添荇叶影丝丝。

——（《历代绘画题诗存》）

题墨戏牡丹五首

李邺嗣

澹写名花五色愁，轻烟落处见风流。　移来合置乌衣帐，载去须乘青翰舟。　别有含苞开墨苑，不烦宿种问丹州。　纷纷姚左飘零尽，独喜玄香在上头。

一幅仍烦东帝催，慈恩归去莫惊猜。　移根应自清都至，望气疑从玄国来。　词客竞携青镂管，仙人欲进碧霞杯。　谁图数点庐山石，掩尽春风旧鹿胎。

疏疏片影照幽兰，不是先春馆里看。　忽有玄云栖縠素，欲驱青凤上琅玕。　相贻曾解芎兰佩，以荐方陈碧荻盘。　最是月阴浑莫辨，更深坐待烛花阑。

夜来墨海尚浮香，新改袁家世外装。　西洛园亭濛薄雾，南朝楼阁有玄霜。　枝间隐听鸟襟语，霄际遥瞻皂翩翔。　记得禁中珍异本，按歌应问紫云娘。

座上曾徕萼绿华，冰绡五尺动烟霞。　非关西苑红云种，错唤东田碧玉花。　冉冉似看青盖起，霏霏合听翠帘遮。　谢庭子弟容相对，不羡朱栏魏相家。

——（《杲堂诗钞》卷六）

题赵文淑画

董文骥

每过寒山吊赵坟，野花如靥草如裙。　君家闺阁多名手，花草还能继墨君。

——（《微泉阁诗集》卷一四）

题与也画二首

汪琬

蛛丝煤尾比琳琅，待诏丹青少抗行。 今见耳孙挥彩笔，风流回忆玉兰堂。

君家道韫擅才华，爱写徐郎没骨花。 曾向儿时窥指诀，笔端桃萼一枝斜。

——（《清人题画诗选》）

题王十一画册二首

汪琬

数点彤云向晚收，梅花和月醮寒流。 深山风味佳如许，合付兰桡与竹兜。

闲临承旨笔端春，吴下风流最可人。 大似鸥波亭子外，柳花漠漠水粼粼。

——（《清人题画诗选》）

题虞山友人种菊图二首

陈维崧

前朝词客松圆老，粉墨凋零实可嗟。 赖有贤甥能似舅，半间茅屋一园花。

画师不见黄公望，软翠晴岚尚插天。 何日结邻同种菊，溪锄对把破山前。

——（《湖海楼诗集》卷七）

清代题画诗类卷三九

花卉类

题荷花图

朱耷

竹外茅斋橡下亭，半池荷叶半池菱。 匡床曲几坐终日，万叠青山一老僧。

——（《听帆楼续刻书画记》卷下）

题芙蓉图

朱耷

阿侬住在太湖边，出没烟波二十年。 不愿郎身做官去，愿郎撒网妾摇船。

——（《听帆楼续刻书画记》卷下）

题墨梅图

朱耷

风流东阁题诗客，潇洒西湖处士家。 雪冷江深无梦到，自锄明月种梅花。

——（《听帆楼续刻书画记》卷下）

岩山野菊

朱耷

九月霜露冷，秋气已云肃。 草木尽凋瘁，而有篱下菊。 粲粲如有情，盈盈抱幽独。 我欲餐其英，采采不盈掬。 呼儿具鸡黍，白酒正可漉。 素心二三人，于焉叙心曲。 淘然付一醉，万事亦已足。 咏歌柴桑诗，千载有余馥。

——（《听帆楼续刻书画记》卷下）

题梅花图册

朱耷

三十年来处士家，酒旗风里一枝斜。 断桥荒藓无人问，颜色如今似杏花。

——（《艺苑掇英》第一九期）

题河上花歌图卷

朱耷

蕙岩先生嘱画此卷,自丁丑五月以至六七八月荷叶荷花落成,戏作河上花歌,仅二百余字呈正。

河上花,一千叶,六郎买醉无休歇。 万转千回丁六娘,直到牵牛望河北。 欲雨巫山翠盖斜,片云卷去昆明黑。 馈尔明珠擎不得,涂上心头共团墨。 蕙岩先生怜余老大无一遇,万一由拳拳太白。 太白对予言:博望侯,天般大,叶如梭,在天外,六娘剑术行方迈。 团圞八月吴兼会,河上仙人正图画。 撑肠挂腹六十尺,炎凉尽作高冠戴。 余曰:匡庐山密林迤,东晋黄冠亦朋比。 算来一百八颗念头穿,大金刚,小琼玖,争似画图中,实相无相一颗莲花子。 吁嗟世界莲花里,还丹未? 乐歌行,泉飞叠叠花循循。 东西南北怪底同,朝还并蒂难重陈,至今想见芝山人。

——(天津市艺术博物馆藏画)

题古梅图轴二首

朱耷

分付梅花吴道人,幽幽翟翟莫相亲。 南山之南北山北,老得楚鱼扫虏尘。
得本还时末也非,曾无地瘦与天肥。 梅花画里思思肖,和尚如何如采薇。

——(故宫博物院藏画)

题墨花图轴

朱耷

横经不数汉时笺,邵伯何如此日筵。 分付好花珠玉里,却教人待晚春天。

——(《艺苑掇英》第一九期)

玉兰册页

朱耷

玉兰八十余花朵,玉殿平分一本根。 道士朝天冠九极,省郎归晚禁重门。 留香雪白高歌宴,惜语寅清两鬓繁。 无数梅开又梅落,牡丹生长为同论。

——(《明清中国画大师研究丛书·八大山人》)

题山水花鸟图册散页

朱耷

不道名花湖水上,如何十月雨初旬。 何姑百转还丹女,醉把芙蓉远趁人。

——(《明清中国画大师研究丛书·八大山人》)

题写生册

朱耷

十二风流曲曲新，闻香谁是问香人。　若从此处寻花悟，缘起无端堕六尘。

——（台北故宫博物院藏画）

题花卉册

朱耷

东畔荷花高出头，西家荷叶比轻舟。　妾心如叶花如貌，怪底银河不肯流。

——（美国普林斯顿大学艺术馆藏画）

题白石翁古梅折枝图次石翁原韵

徐柯

石翁散人领江湖，陈芳沦谪来仙都。　放笔三绝逞游戏，抉摘天物靡精粗。　嘘枯吹生回斡力，春霆振蛰腕底苏。　铁蛟写真亦偶尔，高堂素练趋万夫。　系诗百五十四字，一一礌砢金盘珠。　墨沈长流冰雪气，霜姿肯著脂粉污。　华玉尚书俪奇藻，木难火齐交珊瑚。　吾来快赏骇且叹，掉栗眩转狂叫呼。　弹棋独孤莫谩赌，寒具灵宝只欲逋。　小陆珍收自文氏，准拟清闷凌瀛壶。　危间宝焰破壁起，一夕雷雨将南图。　陆生陆生慎保守，尤异精灵何事无。

——（《一老庵遗稿》卷一）

题梅花松枝图

叶燮

岁暮有人心独苦，月华无主影相招。　只因北渚空消息，长伴西陵慰寂寥。

——（《己畦诗集》卷八）

题画荷花

叶燮

遗照光生玉笺笺，亭亭影里幻因缘。　舌根饶汝青莲瓣，输与吴侬笔可怜。

——（《己畦诗集》卷八）

题贾院判鋕画荷二首

朱彝尊

亭亭红艳立清波，杀粉调铅不在多。　却笑崔徐思憔悴，鹭鸶汀畔写枯荷。
黄尘六月倦鸣鞭，苦忆中吴鸭嘴船。　梦入篷窗听夜雨，半江风叶枕函边。

——（《清人题画诗选》）

集句题王女史画莲

朱彝尊

可爱深红间浅红，满池荷叶动秋风。 萦回谢女题诗笔，一片西飞一片东。

——（《清人题画诗选》）

牡丹图页

王武

碧玉窗棂赤玉栏，三春富贵画中看。 沉香亭子犹堪作，那得亭前供奉官。

——（《历代绘画题诗存》）

题月季图

王武

寒气摧群木，春情逗一花。 寄言赏花客，月月到吾家。

——（《历代绘画题诗存》）

画菊二首

王武

每逢细雨重阳日，闲闭秋风五柳门。 胡传永龄甘若种，屈生憔悴汨罗魂。
从来艳质能谐俗，不道寒芳解媚人。 毕竟岁寒畴是主，秦封魏戮失天真。

——（《历代绘画题诗存》）

萱花

王武

果是忘忧者，应须处处栽。 近来多拂意，晨起待君开。

——（《历代绘画题诗存》）

玫瑰三首

王武

花气已凝香，香尘入幕遥。 宿醒妃子颊，旧赐相公袍。
昨日一花开，今朝一花落。 落者不复开，开者已非昨。
金粉琼酥争吐艳，蜂捎蝶趁同斟酌。 睍睆黄鹂不避人，满地殷红堪饮啄。 深
深杨柳藏金衣，辛勤何事躬耕凿。

——（《历代绘画题诗存》）

清代题画诗类卷三九

一

绿牡丹

王武

洛阳名园十万家，天香国艳自争夸。 何如王子缑山岭，别有仙人萼绿华。

——（《历代绘画题诗存》）

长春花

王武

凌霄不萎蕤，照日倍妍好。 寒煖只问心，容颜长不老。

——（《历代绘画题诗存》）

秋葵

王武

寂寥三径未全荒，一朵婷婷恋夕阳。 披叶已怜蝉翅薄，惊技才辨蝶衣黄。

——（《历代绘画题诗存》）

题花卉图册四首

王武

桃花贴水柳丝长，晚日雏莺过短墙。 记得窗前教刺绣，问予何鸟是鸳鸯。
游戏春风笔应禅，胭脂不染赤芳妍。 沉香亭上题诗罢，墨渖淋漓洒御筵。
旭日光迟迟，庭前看芳树。 窗下晏眠人，不知雀飞去。
雪花如掌打窗纱，压倒墙根一树花。 不是饥乌来啄雪，教人何处觅山茶。

——（天津市艺术博物馆藏画）

题杨子鹤墙角种梅图三首

王武

病骨槎枒瘦影寒，可宜画阁并雕栏。 繁华一片春光里，细吐幽香不耐看。
百里香雪邓尉花，远山墟落密周遮。 何如杨子谈经处，夜阁书声带月斜。
鹤声乙乙冲云过，玉屑霏霏入座来。 似我衰颜君写出，能无妒杀阁前梅。

——（《清画家诗史》甲下）

紫薇图

恽寿平

绮云遐想在弦琴，醉拥千花听夜吟。 乘兴定翻新乐府，紫薇花月闭门中。

——（《明清中国画大师研究丛书·恽寿平》）

百合花

恽寿平

墨汁洒金壶，香风动瑶圃。 吹箫明月夜，一队霓裳舞。

——(《瓯香馆集》补遗诗)

月桂

恽寿平

一曲霓裳酒百壶，广寒宫阙傍云衢。 双成夜宴瑶池上，谱得天香月桂图。

——(《瓯香馆集》卷九)

白芙蓉

恽寿平

锦城秋色映清波，粉艳盈盈香雾多。 疑是霓裳渡神女，却将颜色妒姮娥。

——(《瓯香馆集》卷九)

秋海棠

恽寿平

秋苔冷艳娇无力，红姿还是残春色。 若向花前问旧名，只恐东风不相识。

——(《瓯香馆集》卷九)

水仙

恽寿平

玉府仙人冰雪姿，生来即遣侍瑶池。 五云隔断尘凡路，说看人间总不知。

——(《瓯香馆集》卷九)

并蒂秋葵

恽寿平

孤根新种长秋苔，骈蒂三花一色栽。 只为主人能爱惜，千花都欲并头开。

——(《瓯香馆集》卷九)

罂粟花图

恽寿平

丹台珠树绿云遮，仙苑晴开四照花。 飘缈灵妃乘翠凤，铢衣都剪赤城霞。

——(《瓯香馆集》卷九)

题唐荄红莲图

恽寿平

没骨图成敌化工，药房荷盖尽含风。 当时画苑徐崇嗣，今日江南唐长公。

——（《中国绘画史图录》）

题画荷

恽寿平

璧月淡如此，银云停不飞。 晚香珠露冷，暗坠素罗衣。

——（《历代绘画题诗存》）

紫藤花

恽寿平

紫绡缨络来何处，蕊珠初放琼楼曙。 千尺长藤天半垂，系住春风莫教去。

——（故宫博物院藏画）

梅花

恽寿平

雪残何处觅春光，渐见南枝放草堂。 未许春风到桃李，先教铁干试寒香。

——（《瓯香馆集》卷七）

署中杏花楼上得句

恽寿平

东风吹满绿杨烟，一树啼鸦惊起眠。 无处踏春春欲去，高楼闲过杏花天。

——（《瓯香馆集》卷八）

红白牡丹

恽寿平

十二铜盘照夜遥，碧桃纱护洛城娇。 最怜兴庆池边影，一曲春风忆凤箫。

——（《瓯香馆集》卷四）

莲

恽寿平

绿云飘渺动仙裳，红艳轻匀斗晓妆。 闲向花房摘莲子，满衣金粉露华香。

——（《瓯香馆集》卷五）

清代题画诗类

352

画菊

恽寿平

只爱柴桑处士家，霜丛载酒问寒花。 秋窗闲却凌云笔，自写东篱五色霞。

——（《瓯香馆集》卷六）

题菊花图扇

恽寿平

高吟花底荡清弦，打马藏钩夜不眠。 买得槽丘多酿酒，与君长醉菊花天。

——（吉林省博物馆藏画）

题锦石秋花图轴

恽寿平

高秋冷艳娇无力，红姿还是残春色。 若向东风问旧名，青帝从来不相识。

——（南京博物院藏画）

题上苑桃花

恽寿平

度索山头驻彩霞，蓬莱宫阙即仙家。 共传西苑千秋实，已著东风一树花。

——（《瓯香馆集》补遗诗）

题菊花秋色

恽寿平

黄鹅紫凤舞霓裳，耐得秋寒斗晓妆。 一片绿涛云五色，更疑岩电起扶桑。

——（《瓯香馆集》补遗诗）

题芍药图

恽寿平

吹罢琼箫咽凤尘，粉痕暗减镜中春。 低垂翠袖红妆侧，舞倦龙绡一美人。

——（美国克利夫兰美术馆藏画）

题菊花图扇

恽寿平

曾典鹔裘向酒家，一秋诗兴在寒华。 囊中尚有凌云笔，自写霜天五色霞。

——（C·豪里加—哈斯勒藏画，载铃木敬《中国绘画总合图录》）

题在湄画二首

恽寿平

红云天半护瑶台，并舞黄鹅紫凤来。　始信毫端通造化，秋英春艳一时开。

宝玦光华碾帝青，美人微醉倚云屏。　翠翘金缕葳蕤锁，更剪瑶天白凤翎。

——《瓯香馆集》卷四

题画莲

恽寿平

金池种碧莲，莲子谁当采。　金粉不肯凋，艳色年年在。

——《瓯香馆集》卷四

题画白芙蓉便面

恽寿平

奇服吾犹在，秋风寄所思。　美人应未远，怅望涉江时。

——《瓯香馆集》卷一

题口岸桃花图

恽寿平

江天风雾绿涛宽，夹岸红霞春未阑。　若使此中无战伐，桃花都作武陵看。

——《瓯香馆集》卷四

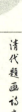

拟宋人没骨桃花

恽寿平

碧落铢衣原缥缈，梦中秦洞自崚嶒。　于今何处浮渔艇，空对千花忆武陵。

——《瓯香馆集》卷七

清代题画诗类卷四〇

花卉类

题陈嘉言梅花图扇

文点

藓径低窗倚一枝，美人欲进步迟迟。 画工着意留初影，正是烟消月上时。

——（《历代绘画题诗存》）

题冒辟疆姬人圆玉女罗画水仙

王士禛

记取凌波微步来，明珠翠羽共徘徊。 洛川淼淼神人隔，空费陈王八斗才。

——（《清人题画诗选》）

题胡玉昆宋梅图

王士禛

风雨崖山事杳然，故宫疏景自年年。 何人寄恨丹青里，留伴冬青哭杜鹃。

——（《清人题画诗选》）

钱选折枝牡丹二首

王士禛

三尺霜缣写鼠姑，檀心倒晕貌来殊。 如今疑梦还非梦，曾向南泉见一株。

驿骑筠笼进折枝，洛阳金粉入宫时。 永嘉水际知多少，谢客曾无五字诗。

——（《清人题画诗选》）

陈洪绶水仙竹二首

王士禛

清泠池畔梁园种，奈此生绡素影何。 更写东阿旧时恨，芝田馆外见凌波。

玲珑疏影玉缤纷，比似江梅迥不群。 特向苍梧分一本，泪痕斑处伴湘君。

——（《渔洋山人精华录》卷五下）

金孝章画梅

王士禛

邓尉花时雪，幽人日往还。 生绡才半树，忽忆渔洋山。

——（《渔洋山人精华录》卷八下）

桃花图

原济

春风细雨到山窗，却写桃花似艳妆。 自笑老来闲不得，也须拈弄过时光。

——（美国大都会美术馆藏画）

题墨荷

原济

我爱溪头吴处士，兴酣泼墨思无穷。 满堂忽染阴浓色，四座皆闻荷叶风。 老友坐床杯自举，儿童舞地各争雄。 我来问字庭余雪，天外潮音故向东。

——（《大涤子题画诗跋》卷三）

梅竹图

原济

春秋何事说悬琴，白发看来易素心。 尽悔前诗非为淡，讹传俗子枉求深。 无声无地还能听，支雨支风不待吟。 若是合符休合竹，案头遗失一分金。

——（《石涛》第七章）

墨梅册三首

原济

一春何事于春快，快也总是梅花债。 百首诗吟五十才，梅诗满百诗当戒。 山禽笑我入山狂，羞客玉奴迎风拜。 卧石仰天至日斜，浑身珍惜梅花晒。

初觅新裁小试花，试风试雨试烟霞。 而今却把灯前试，来岁都分女字叉。 学得玉钗肩上转，渐成铜干脚边拿。 广陵旧本传来未，休作虎丘亭样夸。

清入枯肠字字寒，乍惊老眼雾中看。 已疑天上神仙子，谁识松交补二难。 客岁征诗入阳县，前年作赋报长安。 一回花发一伤感，那得春风气若兰。

——（《大涤子题画诗跋》卷二）

石竹水仙

原济

冰姿雪色奈双钩，淡淡丰神隔水羞。　一啸凝脂低粉面，天然玉质趁风流。　早春争秀芳兰并，带露凌空洛浦俦。　灯下但将文竹补，管夫人醉得搔头。

——（《大涤子题画诗跋》卷三）

壬午春三月大涤堂下北窗
海棠妖艳戏写并仿佛黄筌遗意

原济

万蕊千花染似红，停杯无语恨东风。　薄寒且为花愁恼，何况开时雀喙中。

——（《大涤子题画诗跋》卷三）

次日重题

原济

海棠枝上问春归，岂料春风雪满枝。　应为红妆太妖艳，故施微粉着胭脂。

——（《大涤子题画诗跋》卷三）

题画墨荷

原济

不见峰头十丈红，别将芳思写江风。　翠翘金钿明鸾镜，疑是湘妃出水中。

——（《大涤子题画诗跋》卷三）

梅竹小幅四首

原济

古花如见古遗民，谁遣花枝照古人。　阅历六朝惟隐逸，支离残腊倍精神。　天青地白容疏放，水拥山空任屈伸。　拟欲将诗对明月，尽驱怀抱入清新。

前朝剩物根如铁，苔藓神明结老苍。　铁佛有花近佛面，宝城无树失城隍。　山隈风冷天难问，桥外波寒鸟一翔。　搔首流连归兴懒，生涯于此见微茫。

浑朴风流各擅长，横空隐逸总无妨。　天边浩月真情性，水上轻烟破浑茫。　一卷诗成如可对，百年面冷却相当。　淡中滋味惟吾有，莫怪痴人坐夕阳。

一声清磬暮烟中，水落沙平废院东。　林下美人何处出，窗前好友忽相逢。　荒凉野店无佳酿，寂寞孤村剩老翁。　白首相期吾与子，倾心那对杂花丛。

——（《大涤子题画诗跋》卷二）

芙石莲塘

原济

芙蓉斜插小横塘，出水荷风带露香。 抱笯人过发长啸，画船轻浆荡鸳鸯。

——（《大涤子题画诗跋》卷三）

竹林莲沼

原济

墨团团里黑团团，墨黑丛中花叶宽。 试看笔从烟里过，波澜转处不须完。

——（《大涤子题画诗跋》卷三）

题花卉画三首

原济

仿佛如闻秋水香，绝无花影在东墙。 亭亭玉立苍波上，并与清流作雁行。

不学桃花色，因非柳叶黄。 芳心何处着，薄暮向斜阳。

前宵孤梦落江边，秋水盈盈雪作烟。 率尔关情闲点笔，写来春水化为仙。

——（《清湘老人题记》）

题画梅

原济

客至看花门半掩，梅开几枝横照眼。 山梅接梅梅刺多，雪水浇花花自艳。 竹叶引风香遥遥，梅花拜月珠点点。 夜深还立花树边，月映梅梢如墨染。

——（《清湘老人题记》）

白芍药图扇

陈纾

露浓风定药栏晴，一朵枝头粉靥轻。 何处是春归去路，黄鹂飞过不留声。

——（《历代绘画题诗存》）

题赵子固白描水仙卷二首

高士奇

冰姿高洁笔难图，不遣春风晕玉肤。 惊破盈盈湘水梦，尚疑仙子戏蓬壶。

叶耸残冬翠，花舒早岁妍。 晓风迷洛浦，夜月下瑶天。 脉脉香微逗，辉辉态独鲜。 江梅差可并，群卉敢谁先。

——（《江村销夏录》卷二）

题陆治花卉手卷

高士奇

众香国里现金身，四季生香不断春。 秋雨瑶池经岁月，闲从元圃历星辰。 颂添甲子容光艳，遍数春秋萼更新。 妙手只疑天女散，韶颜劲节悟前因。

——（《江村销夏录》卷二）

题王元章墨梅

高士奇

不分村野与溪桥，乱写横枝一两条。 酒醒只疑疏影落，胧胧烟月伴寒宵。

——（《江村销夏录》卷二）

墨菊

黄鹭来

东篱惊见数枝开，醉墨池头客浪猜。 合是玄霜捣秋色，片云催雨自阳台。

——（《友鸥堂集》卷八）

题画梅二首

戴梓

香信初传岭外春，相看疑喜复疑嚲。 游踪尽过溪桥去，处处花枝胜美人。
驴背寻诗过钓矶，满山松籁乱琼飞。 闲情不管溪云笑，折得寒枝插帽归。

——（《耕烟草堂诗钞》卷四）

自题花卉图轴

王云

花开六出玉无瑕，荼蘼林中荼蘼花。 重向画图参此案，妙香不断透窗纱。

——（《历代绘画题诗存》）

一路清廉图

爱新觉罗·玄烨

青莲挺挺不污泥，岂被重波乱性迷。 虽有羡鱼心尚在，清风由是见崇题。

——（《康熙诗词集注》）

兰菊图

爱新觉罗·玄烨

尺楮绘秋容，搜通墨淡浓。 丹青偏绰约，锦绣杂莘茸。 意运含毫手，神生应矩胸。 自分枝向背，形影入芳踪。

——（《康熙诗词集注》）

咏画梨花

爱新觉罗·玄烨

最爱梨花白，又惜同春老。 唯此画图中，冬夏长美好。 不令风雨催，且无蜂蝶绕。 靓妆伴月容，尽在纸间造。 恶紫嫌夺朱，素体物难搅。 三品运胸中，六法生卉草。

——（《康熙诗词集注》）

自题画菊二首

恽冰

秋花绕砌锦斓斑，为写秋花独闭关。 天欲老时君正少，不妨霜雨铸红颜。
小楼昨夜又西风，篱外霜花绽几丛。 闲取丹青为点染，倚栏清兴有谁同。

——（《清画家诗史》癸上）

题江阴周氏女郎设色草花

查慎行

野花最好是无名，纤手亲烦点染成。 吹得蜂腰比人瘦，东风轻薄可怜生。

——（《敬业堂诗集》卷二七）

徐青藤墨牡丹为视远上人题二首

查慎行

浓墨点双花，枯枝缀一桠。 目中无尹白，放笔自成家。
不数洛阳春，不上《天彭谱》。 爱此甘露瓶，纹如衲衣补。

——（《敬业堂诗续集》卷三）

题胡静夫藏僧渐江画

曹寅

逸气云林逊作家，老凭闲手种梅花。 吉光片羽休轻觑，曾敌梁园玉画叉。

——（《楝亭诗钞》卷四）

客于便面仿马和之倚杖寻梅图漫题

何焯

一花增一春，自喜未成翁。 济胜飞两屐，流憩遂百重。 环顾皓莫分，积翠通云封。 疑拄仙人杖，直到玉女峰。 郁勃拥清气，沁入无尘胸。 回飚卷香雪，低露碧篆丛。 高枝竞攫拿，势逼两白龙。 转恐葛陂侣，腾化自手中。 风和指前林，觅路排冥蒙。 儿孙应解事，挈榼遥相从。 农务及此闲，杏枝又黏红。

——（《义门先生集》卷一一）

墨梅

何焯

粉泽易疑尘，书家别写真。 略教标铁干，长与露清神。 自出双钩意，谁言飞白伦。 暗香惊屡换，不谢墨香新。

——（《义门先生集》卷一一）

绿萼梅

何焯

花萼光相染，开时总出尘。 望中天映碧，印处绿浮筠。 仙子来无定，幽姿梦逼真。 喷香三百朵，争笑远山颦。

——（《义门先生集》卷一一）

梅花图

吴宏

溪头老树寒模糊，溪月淡溪月烟疏。 槎枒一枝横水隅，仿佛景象临西湖。 试问谁哉询此图，云林野叟竹史吴。 临池挥洒如作书，笔法苍古意态殊。 清斋把玩日未晡，疑有翠禽花下呼。 安得唤起林仙甫，杖藜踏雪来相娱。

——（《历代绘画题诗存》）

题牟义梅竹小册

陈鹏年

独占东风第一秋，丹心惟有此君知。 幽禽不用猜桃杏，正是冰霜透骨时。

——（《清人题画诗选》）

题画菊

陈鹏年

离离丰骨傲霜寒，晚节谁知事更难。　最爱东篱闲把酒，此中容得淡人看。

——(《清人题画诗选》)

题蒋西谷阁学画瓶中牡丹二首

陈鹏年

胆瓶折供一枝枝，自注清泉位置宜。　无赖蝶蜂都不管，十分春色已多时。
绛纱深护锦堂春，留得花王自在身。　水态云容静中意，晓窗分与画眉人。

——(《清人题画诗选》)

题刘渔斋荷香清夏图三首

陈鹏年

竹深荷净两无穷，曲曲澄波面面风。　解道人间忘六月，不知身在水精宫。
水边修禊似兰亭，林下还闻聚德星。　不信君家工颂酒，醉中摇笔是刘伶。
枚里风光几度春，赵楼吟赏一时新。　虚怀手板尘中吏，不及当年看竹人。

——(《清人题画诗选》)

清代题画诗类

清代题画诗类卷四一

花卉类

题蒋扬孙花卉二首

周起渭

杨柳桃花

花光亭午日光融，掩苒柔条澹宕风。 引得诗魂太无赖，乱红飘堕绿烟中。

贴梗海棠

染腥花片最分明，铁干仍专劲正名。 骨鲠看来饶妩媚，人间只有魏元成。

——（《桐野诗集》卷四）

题画杏送苍存归盱眙

周起渭

玉梅零落晓烟中，杏子初花试暖风。 君到淮南春亦到，酒旗斜映一枝红。

——（《桐野诗集》卷二）

自题写生六首

华嵒

蕉

最是桐窗夜雨边，舞衣零落补寒烟。 驱毫忽忆秋前梦，曾翳青罗覆鹿眠。

松

摩诘庭前鳞未老，渊明篱畔影长孤。 耻从东岱观秦礼，错使人疑五大夫。

荷

碧玉秋沉影暂稀，可怜红艳冷相依。 蒲塘莫遣西风入，留补骚人旧衲衣。

菊

白衣不至酒樽闲，五柳先生正闭关。 独向篱边把秋色，谁知我意在南山。

柳

扫却研尘来翠色，无吹玉笛乱春愁。　当时误入桓玄手，一叶曾看戏虎头。

梅

关山玉笛夜相催，忽带罗浮月影来。　乱后江南春信早，一枝还傍战场开。

——（《离垢集》卷五）

题画六首

华嵒

兰

云壑固聿夐，幽芬清且修。　凉风动凤夜，佳人惠然求。

忘忧草

两丸如掷梭，岁月经一瞬。　草亦能忘忧，人何独不吝。

菊

物性秉非一，暑寒各所欣。　怀兹九秋意，愿获智者论。

玫瑰花

廊曲媚青紫，暖酣翳罘罳。　优矣恌花人，罗衣新换时。

梅

机运微由凭，理敷弗可度。　卷默睇凄空，疏疏香雪落。

秋海棠

非曰慕春荣，自伤神色薄。　淋淋新雨过，背倚秋千索。

——（《离垢集》卷三）

题墨笔水仙花四首

华嵒

澹月笼轻云，流辉映墨水。　隐隐碧纱帷，杨妃新病齿。
半壁冷逾冰，若有餐雪人。　修眉开广额，三五美青春。
绿衣绝缁尘，黄冠有道味。　数本作幽香，一室凝清气。

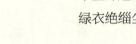

筑屋非深山，夐情亦太古。 游目醉生花，贞趣沁诗腑。

——（《离垢集》卷四）

秋菊

华嵒

夕阳西去一凭阑，眼底黄花自岁寒。 姚魏终皆非正色，请君细把楚骚看。

——（上海博物馆藏画）

碧桃花

华嵒

一枝才破便精神，直是猩猩血染成。 休逐东风贪结子，玉环早已妒倾城。

——（上海博物馆藏画）

题红白芍药图轴二首

华嵒

粉痕微带一些红，吐纳幽香薄雾中。 正似深闺好女子，自然闲雅对春风。

莺粉分葰艳有光，天工巧制殿春阳。 霞缯襞积云千叠，宝盉脂凝蜜半香。 并蒂尝当阶，盘绶带金苞，向日剖珠囊。 诗人莫咏扬州紫，便与花王可颉颃。

——（邓拓藏画）

莲溪和尚乞画即画白莲数朵题赠之

华嵒

玻璃瓶裹月，荡出清溪上。 照此妙莲花，本来无色相。

——（《离垢集》卷四）

题牡丹扇

华嵒

一捏柔红自瘦腰，春风独占洛阳桥。 含香亭畔深深睡，梦到湖南十二桥。

——（《听帆楼书画记》卷五）

客以长纸索写荷花题诗志趣

华嵒

明湖忽在眼，平镜光可掇。 净碧荡圆波，藻荇相组结。 芳淀含幽贞，素丝萦藕节。 绿云卷鲜飔，朱粉清以静。 真趣敷华管，舍神忘暑热。 汲之中冷泉，究乎煮茶说。 山杯镂竹根，甘津涌灵舌。 矮屋如轻舠，倚花清香雪。 文禽与老鱼，梦梦无从謷。 白云东皋来，凉雨西浦歇。 赤乌流高林，苍烟纷曲突。 朗玉揭团辉，淋华濯芒发。 远笛喷柔谓，野情适澄达。 寥寥青宇新，群动休且佚。 乐我无为斋，幽轩妙疏豁。

——（《离垢集》卷二）

题顾环洲梅花

华嵒

顾叟画梅弃直干，半枝屈曲烟香乱。 竹梢风细月初斜，恍若冷山卧铁汉。

——（《离垢集》卷五）

临流赏杏图

华嵒

青山簇簇树重重，人在春云浩荡中。 也是杏花呈意况，一枝临水卧残红。

——（上海博物馆藏画）

画菊

唐英

朱朱白白紫兼黄，篱下霜姿笔底香。 从此不须逢九日，把杯看画即重阳。

——（《清画家诗史》丙上）

题画杂诗五首选三

高凤翰

秋荷

莲脸雕红叶烂青，西风杂遝拥烟汀。 水轩夜奏云和瑟，疑有湘娥帘外听。

残菊

雨打风吹菊亦残，数枝犹剩老夫看。 不然野圃烟霜外，欲为黄花写照难。

古木杏花

老树根头小树红，一株尘外倚春风。 上林多少看花客，未见侬家老屋东。

——（《南阜山人诗集类稿》卷七）

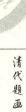

清代题画诗类

题梅花册

高凤翰

朱砂变相玉精神，月底衣裳舞太真。 却借梅花簇绛雪，特翻前调写阳春。

——（上海博物馆藏画）

荷池芭蕉图

高凤翰

池中荷叶受风欹，池上芭蕉带露披。 一段绿阴浑不辨，月明人静纳凉时。

——（《扬州八怪题画录·高凤翰》）

竹菊图

高凤翰

竹冷东篱乍翦霜，名花又见古重阳。 从来我爱陶居士，画出秋风五柳庄。

——（《扬州八怪题画录·高凤翰》）

墨梅

高凤翰

花开庾岭任盘桓，著意寻春兴未阑。 疏影横斜临风外，美人月下倚阑干。

——（邓石承藏画）

牡丹图

高凤翰

花枝如带石如蹲，闻叶垂垂向晚昏。 画里美人烟里月，梦中蝴蝶帐中魂。

——（《扬州八怪题画录·高凤翰》）

梅花草亭图

高凤翰

罨画春山隐列屏，斜阳低衬冻阴清。 何人消尽闲滋味，万树梅花一草亭。

——（山东省博物馆藏画）

牡丹图

高凤翰

幽香浥露醒还睡，艳魄笼烟淡转清。 绝似西池初罢筵，玉栏倦倚许飞琼。

——（山东省博物馆藏画）

邗沟春汛

高凤翰

麦陇青接菜花开，曲曲山桃抱岸回。 短棹低篷插扬柳，莲花瓣子载春来。

——（山东省博物馆藏画）

梅花图

高凤翰

萼绿花来月色新，冰肌玉骨抖精神。 纵然携个红伙伴，不是桃红杏艳人。

——（山东省博物馆藏画）

蜀葵

高凤翰

玉露泠泠滴未干，擎将金盏出朱栏。 嫩黄倾得鹅儿酒，欲为西风破晓寒。

——（《扬州八怪题画录·高凤翰》）

题梅花图

高凤翰

朱唇玉靥额鹅黄，乱锁轻烟共一香。 绝似汉宫初破晓，水晶帘外斗新妆。

——（美国景元斋藏画）

题墨牡丹

边寿民

一池墨汁貌花王，不辨花香与墨香。 最忆前年好清兴，写生十日住谁庄。

——（无锡市文物商店藏画）

菊图

边寿民

又到新霜着瓦时，戏拈笔墨动幽思。 晚来插菊挑灯吟，清影入墙似此枝。

——（《扬州八怪题画录·边寿民》）

墨荷图

边寿民

花中君子却相宜，不染纤尘白玉姿。 最爱闻香初过雨，晚凉池馆月来时。

——（扬州博物馆藏画）

清代题画诗类

与黄慎等合作花果秋妍图

边寿民

不画幽香拂袖生，离离疏影带霜明。 画君携去兴何远，新到邗江酒正清。

——（苏州博物馆藏画）

牡丹

边寿民

秾香独让牡丹王，润色清和殿众芳。 莫笑郑公饶妖媚，上阳宫里老平章。

——（扬州博物馆藏画）

菊花图

边寿民

黄黄白白竞鲜艳，十月天如二月天。 阅尽炎凉知晚节，菊花那不爱陶潜。

——（《扬州八怪题画录·边寿民》）

水盂菊花册页

边寿民

黄花初放酒新香，门巷萧然意味长。 不管人间有风雨，先生高卧过重阳。

——（《扬州八怪题画录·边寿民》）

墨荷图

边寿民

乱泼松煤兴太犯，荷花荷叶满横塘。 停毫欲就骚人问，还是花香是墨香。

——（《扬州八怪题画录·边寿民》）

清代题画诗类卷四一一

清代题画诗类卷四二

花卉类

题花果册页秋海棠

陈撰

三千醉面蜀宫妆,恨欠留人月一方。 欲借吴姬过夜清,三更与子共灯光。

——(苏州博物馆藏画)

题菊石图

陈撰

高枝疏叶耐霜寒,不与凡花一样看。 若遣青红供俗眼,任他墙角闹鸡冠。

——(故宫博物院藏画)

题册页水仙

陈撰

冰雪丛中占好春,洛神原是此花神。 月寒露湿琼葩重,风定香回碧叶新。 人影湘帘窥欲笑,波心翠袖障微醺。 采珠拾羽江边梦,总付轻毫与写真。

——(南京博物馆藏画)

题画梅

陈撰

隔年春早至,庭梅闹元日。 不分新旧开,著枝一例密。 尚有乍含蕊,如怀未尽悉。 奇绝一雨功,次第都洗出。

——(《清画家诗史》丙下)

梅竹图

陈撰

铁屈霜危格未奇,风光宁待作花时。 半依春竹斜流影,遥带寒山正压枝。 日落鳞飞添寂寂,绮飘藓绿故垂垂。 路旁车马徒纷乱,世外佳人未易知。

——(《扬州八怪题画录·陈撰》)

清代题画诗类一

墨荷图

陈撰

　　蟋蟀在秋堂，芙蕖出深水。　浩露同一色，澄澈寒鉴里。　佳人耻施朱，欲与天真比。　沙鸟闲且都，谁将拟公子。

——（上海博物馆藏画）

月季

陈撰

　　曾记年时会樱笋，天气清和日倍长。　莺声百转爱晴绿，燕语喜新绕画梁。

——（南京博物院藏画）

紫玉兰

陈撰

　　山中常压早梅开，不待暄风暖景催。　似与东君书造化，笔头春色最先来。

——（南京博物院藏画）

紫藤花

汪士慎

　　藤香吐蕊繁，影落溪光紫。　舞蝶镜花深，游鳞璎珞里。　流波不恋春，汩汩过桥去。

——（天津历史博物馆藏画）

花卉

汪士慎

　　却教何处问啼痕，朵朵琼瑶阆苑根。　仙女改妆抛绛服，稽生佳韵写清魂。　春深有泪鲛珠落，夜半无人山月昏。　不见青莲怜命薄，碧栏杆外俏无言。

——（上海博物馆藏画）

写梅二首

汪士慎

　　堂开占云窟，四面青峰迎。　孤桐树月穴，天风吹吟声。　落落高卧人，会尽空山情。

　　猛风一过竹篱门，小院梅花不暂存。　素女芳心香碎碎，主人青眼昼昏昏。　冷吟空忆雪中咏，远梦难归月下魂。　从此春愁无着处，碧桃红杏本无思。

题画桃花二首

汪士慎

行尽桃林路，门迎新板桥。 松声起山阁，江影挂诗瓢。 落木秋风送，归云远岫招。 偶来一欣赏，清兴已飘摇。

竹篆深藏屋，梅花冷动情。 主人心旷达，野客意纵横。 墨雨生虚壁，泉香出瓦铛。 半圭新月堕，灯火又江城。

——（故宫博物院藏画）

空里疏香图

汪士慎

小院栽梅一两行，画空疏影满衣裳。 冰花化水月添白，一日东风一日香。

——（南京博物院藏画）

水仙

汪士慎

仙姿疑是洛妃魂，月佩风襟曳浪痕。 几度浅描难貌取，挥毫应让赵王孙。

——（南京博物院藏画）

蚕豆花

汪士慎

蚕豆花开映女桑，方茎碧叶吐芬芳。 田间野粉无人爱，不逐东风杂众香。

——（南京博物院藏画）

婪尾花

汪士慎

婪尾花香绿已肥，老人纵笔驻芳菲。 泼残红粉春心满，不趁东风卸舞衣。

——（南京博物院藏画）

梅花图

汪士慎

驻马清流香气吹，东风渐近落花时。 可怜踯躅关山路，才见江南第一枝。

——（故宫博物院藏画）

清代题画诗类

白桃花图

汪士慎

绿杨风里雪堆成，扑笠沾衣玉骨轻。 看到月明溪水动，不须天上问飞琼。

——（扬州博物馆藏画）

牵牛图

汪士慎

碧叶烟丝上树丫，离离金粉挂空斜。 画成忽记骑驴处，处处村墟见此花。

——（天津历史博物馆藏画）

山茶红兰图

汪士慎

日夕空江宝瑟哀，峡云才过楚云来。 美人自去黄陵庙，满地红兰扫绿苔。

——（扬州八怪题画录·汪士慎）

凌霄花图

汪士慎

金粉涂朱色可夸，风藤碧叶挂空斜。 画成忽记骑驴处，六月小村见此花。

——（故宫博物院藏画）

写梅赠友人

汪士慎

日暮归来腊已残，风霜历过尚艰难。 梅花朵朵出冰雪，何事我心常岁寒。

——（《清画家诗史》丙上）

题梅竹双清图

汪士慎

晓日檐冰坠，东风水墨香。 花光圈处动，苔色点来苍。 向月横孤竹，题诗写二王。 高悬名士屋，幽赏笑清狂。

——（无锡博物院藏画）

题梅花图

汪士慎

半帧溪藤莹洁，一池水墨浓酣。 莫讶疏香太早，东风已到江南。

清代题画诗类卷四二一

——（上海博物馆藏画）

牡丹

李鱓

一层墨晕一层台，知有仙人化蝶来。 买尽洛阳千万种，何如此种四时开。

——（故宫博物院藏画）

花卉二首

李鱓

辕门桥上卖花新，舆隶凶如马踢人。 滚热扬州居不得，老夫还踏海边春。
松柏传柑乐太平，家家都有隔年陈。 即今士气腾如火，快睹朝堂万古春。

——（故宫博物院藏画）

蔷薇图轴

李鱓

棘手何妨刺在枝，娇魂冷蕊堕青丝。 为渠两种春风艳，写到霞残月上时。

——（扬州博物馆藏画）

花卉册页

李鱓

暖日烘云谷雨晴，空天眺望此时情。 深红落尽浅红又，蝉嗓一枝何处声。

——（中国历史博物馆藏画）

风荷图

李鱓

休疑水盖染淤泥，墨晕翻飞色尽黧。 昨夜黑云施浦溆，草堂尺素雨风凄。

——（故宫博物院藏画）

土墙蝶花图二首

李鱓

墨从今贱作墙堆，院宇春光在此围。 几日雨淋墙有缺，蝶花和土一齐飞。
可是庄周梦里身，紫云高卷隔花茵。 夺来本事休拦住，尽长墙头去趁人。

——（日本东京国立博物馆藏画）

清代题画诗类

百合花

李鱓

花好根甜世所怜，嘉名况复好因缘。平生龃龉千千万，百合图成意惘然。

——（中国历史博物馆藏画）

题芍药图轴

李鱓

宣庙青铜白定磁，参差插遍莫论枝。丰台有约挥鞭懒，怕见将离坠地时。

——（苏州博物馆藏画）

荷花图

李鱓

碧波心里露娇容，浓色何如淡色工。漫道湖光全冷落，渔灯一点透微红。

——（景元斋藏画）

绣球图

李鱓

桃李纷纷谢，琼姿毁众芳。数枝欹坠地，千朵艳凝香。画傅何郎粉，魂飞青女霜。莫教轻折尽，抛擎待红妆。

——（故宫博物院藏画）

鸡冠花图

李鱓

细染氍毹有木鸡，几行昂立老丛低。笑君博带峨冠立，俯首秋风不肯啼。

——（上海博物馆藏画）

扇头戏作墨牡丹各题一首

戴瀚

一年能几日春工，春到兹花万倍功。谢得秾华自天付，写根端合托高空。
层崖忽睹老株垂，举首还承雨露滋。万境大都天降得，莫猜误作倒开枝。
将无能语亦能香，片片心心海印光。直把虚空安画里，休从花谱认容妆。

——《雪村编年诗剩》卷八）

自题墨梅画

戴瀚

形似何缘些子无，根非屈铁蕊非珠。 年来拾得龟毛笔，写个虚空钉橛图。

——（《雪村编年诗剩》卷八）

花卉图册十一首

邹一桂

薄谷轻绡丽平风，画堂人静暮春融。　重门难把芳心绾，独露一枝深院东。
斓斑瓣缬真金点，错落花擎赤玉盘。　砌畔落残供上药，傍人漫作女儿看。
繁红艳紫殿春余，第一扬州种色殊。　逗尽风流还自恨，被人强唤是花奴。
紫藤花绕苍松树，嫩蕊垂垂丽几多。　一夜西风吹白露，还输老干耐消磨。
羞与群芳争冶艳，每于幽处见丰姿。　但教香色寻常在，莫恨人间知不知。
春雨胭脂洗嫩华，几枝浓叠赤城霞。　双鸾恒在云深处，不遣飞琼到阮家。
也向人前称此君，一丛翠带衬红云。　但教色媚时人眼，漫说檀梨独出群。
脆蔓芳葩绕竹生，锦裳披就下瑶京。　莫耽佳丽人间乐，河畔盈盈最有情。
看到东篱觉有神，风流画史更诗人。　素华独殿群芳后，个里原藏万卉春。
金盘向日如承露，怜尔倾心为阿谁。　午静花砖风影直，将开又是最南枝。
比桃清绝比梅艳，风送嫣香户牖传。　寂寞云鬟不堪整，恼人天气暮春天。

——（《历代绘画题诗存》）

古干梅花图

邹一桂

盘植古梅如老翁，癯形徒依危石底。 舴艋洞豁滋碧藓，旁发新枝攒嫩蕊。 生意如从太古来，粒粒含春珠玉垒。 淋漓玉笔墨气雄，国干耆英有如此。 诗云三寿谁作朋，惟松大夫竹君子。 桃李纷纷逐晓风，岁寒不凋畴似尔。 斋期瑞雪初晴候，命诏形廷挥素纸。 惜花惜志真花主，绘事虽微寓深理。 伏生昨到荷恩纶，仰见圣明重经史。 东南竹箭尽搜罗，冀北之群欲空矣。 诸臣砥节励冰心，莫误神似非形似。

——（《历代绘画题诗存》）

春华秋实图

邹一桂

信手拈来淡墨图，空花妙果若斯夫。 此中意会烟云意，山色溟蒙在有无。

——（《历代绘画题诗存》）

题邹一桂古干梅花图三首

钱陈群

僧舍题来影逼真，一沾天笔倍精神。 侍臣还有邹长倩，写出江南二月春。

东风无力拗琼姿，第一花传第一诗。 始信天然称国色，墨痕粉本总相宜。

春信连朝报几分，黛纹淡扫漾微醺。 著花老树偏多态，此是书中王右军。

——（《历代绘画题诗存》）

清代题画诗类卷四三

花卉类

梅花二首

金农

姑射仙人炼玉砂，丹光晴贯洞中霞。　无端半夜东风起，吹作江南第一花。

老梅愈老愈精神，水店山楼若有人。　清到十分寒满地，始知明月是前身。

——（《扬州八怪题画录·金农》）

万玉图

金农

寻梅不惮行，老年天与健。　半树出江楼，一林见山店。　戏拈冻笔头，未忘意先有。　枝繁花亦繁，空香欲沾手。　题作万玉图，春风吹满纸。　谢却金帛求，笑寄瞽居士。　居士尝断炊，噤瘁寒耿耿。　挂壁三摩挲，赏我横斜影。

——（《中国绘画史图录》下）

题墨梅图二首

金农

冒寒画得一枝梅，却好邻僧送米来。　寄与中山应笑我，我如饥鹤立苍苔。

砚水生冰墨半干，画梅须画晚来寒。　树无丑态香沾袖，不爱花人莫与看。

——（《历代绘画题诗存》）

题梅花图四首

金农

野梅如棘满红津，别有风光不爱春。　画毕自看还自惜，问花到底赠何人。

驿路梅花影倒垂，离情别绪系相思。　故人近日全疏我，折一枝儿寄与谁。

——（《扬州八怪题画录·金农》）

横斜梅影古墙西，八九分花开已齐。　偏是东风多狡狯，乱吹乱落乱粘泥。

东邻满坐管弦闹，西舍终朝车马喧。　只有老夫贪午睡，梅花开后不开门。

——（故宫博物院藏画）

题野梅册

金农

古来画梅谁最好，僧中独数花光老。 花光衣钵付何人，石门释子得其真。 曾闻花光能画影，墨晕含苞偏耐冷。 石门画梅兼画月，比校烘云尤幻绝。 只圈花瓣不安须，看去胧胧月如泼。 画月之外更画烟，烟笼玉质难为传。 斜枝一抹忽中断，似倚孤山向晚船。

——（美国绿韵轩藏画）

题冷香图轴

金农

数树梅花破俗，冷香恰称清贫。 旧家门径不改，莫道此中无人。

——（上海博物馆藏画）

秋白海棠

金农

琼姿不着一分肥，如此幽闲绝世稀。 当户金星开晓靥，下圹凉月曳秋衣。 望来甘后风神似，愁到班姬笑语非。 只有流萤信孤洁，夜深常傍短丛飞。

——（《扬州八怪题画录·金农》）

蒲草图

金农

五年十年种法夸，白石清泉自一家。 莫讶菖蒲花罕见，不逢知己不开花。

——（辽宁省博物馆藏画）

蔷薇

金农

莫轻折，上有刺。 伤人手，莫可治。 从来花面毒如此。

——（《扬州八怪题画录·金农》）

吴瓯亭招同人集绣谷亭看藤花分韵

金农

空亭老藤一千尺，高格出屋枝连檐。 才过谷雨好晴色，入门蜂子宣声添。 春风披猖花烂漫，香气直透邻家帘。 当年亭中老居士，芳时招客情所忺。 昔游已逐仙梦断，但有遗墨留霜缣。 郎君爱此等嘉树，廿年杯酒还重拈。 话久飞英堕朵

朵，坐来弱蔓摇襜襜。 乍疑天女下云际，华发丽裰垂蜚襳。 珑珑压架间新叶，青帝弭节迟朱炎。 欢场况是害马少，拇阵更数潜虬兼。 席中不饮莫如我，看客倾尽如无嫌。 更诵淮海藤阴句，感旧满襟清泪沾。

——（《扬州八怪题画录·金农》）

桃花

金农

画舫空留波照影，香轮行远草无声。 怕来红板桥头立，短命桃花最薄情。

——（故宫博物院藏画）

芍药图

黄慎

樱桃初熟散榆钱，又是扬州四月天。 昨夜草堂红药破，独防风雨不成眠。

——（旅顺博物馆藏画）

瓶梅图

黄慎

斋头又拣一年春，供客梅花自不贫。 瘦到可怜诗作骨，还疑孤影是前身。

——（天津市艺术博物馆藏画）

花卉

黄慎

华清浴罢属天家，翠袖临风舞绛纱。 空使六宫春睡去，秋来酣睡海棠花。

——（上海博物馆藏画）

玉簪花图

黄慎

老人一扫秋园卉，六片尖尖雪色流。 用尽邢州砂万斛，未便琢出此搔头。

——（扬州博物馆藏画）

和柳窗先生题余梅花图四绝

高翔

横撑铁干出檐斜，春入江城事可嗟。 才有梅花便风雨，雨风偏为妒梅花。
晓烟夜月独迟迟，竹外篱边惜此时。 才有梅花便风雨，肯辜吟兴赋诗思。
断桥古寺又经年，隔岁相思梦寐牵。 才有梅花便风雨，教人惆怅闹春天。
孤根瘦影托山林，暗里香光不可寻。 才有梅花便风雨，一枝仍守岁寒心。

——（故宫博物院藏画）

石榴花图

高翔

老父携孙湖水头，绿杨深处看行舟。　残书手握舞窗下，瓶供一枝安石榴。

——（南京博物院藏画）

题贺吴邨双莲图

马曰琯

嘉莲征瑞牒，一柄见双头。　接叶通南浦，吹香满北楼。　水仙波上立，龙女夜深游。　因羡越溪客，花间狎白鸥。

——（《沙河逸老小稿》卷四）

题墨梅图

张照

天涯不见遥相忆，窗外重逢乍欲迷。　仿佛空山明月夜，一枝初出古墙西。

——（《写梅百家》）

题赵昭双钩水仙画扇

厉鹗

名同班氏最清华，知道停云是外家。　点染春心冰雪里，只消叶底两三花。

——（《玉台画史》卷三）

题菊石图

余省

艳紫娇黄绚彩霞，秋光三径亦堪夸。　知君饶有东篱兴，为写陶家隐逸花。

——（南京博物院藏画）

题画秋葵

方士庶

天风习习草凄凄，帘影分阴日渐西。　睡起香清茶乳嫩，残声不厌晚蝉嘶。

——（《清画家诗史》丙上）

荷花图

李葂

不涂铅粉不施朱，破冻芙蕖色转殊。　为问君家旧花墅，雪深有此一枝无？

墨梅

郑燮

牡丹芍药各争妍，叶乱花翻臭午天。　何似竹篱茅屋净，一枝清瘦出朝烟。

李鱓红菊册页

郑燮

篱菊花开艳，经霜色更红。　不畏西风恶，巍然独自雄。

与汪士慎李鱓李方膺合写花卉图

郑燮

梅花抱冬心，月季有正色。　俯视石菖蒲，清浅茁寒碧。　佛手喻画禅，弹指现妙迹。　共玩此窗中，聊为一笑适。

题高凤翰荷花图二首

郑燮

济南城外百池塘，荇叶荷花菱藕香。　更有苇竿堪作钓，画工点染入沧浪。
苇花秋水逼秋清，画舫江南旧日情。　最是采莲诸女伴，髻高凤郑笑呼名。

画菊与某官留别

郑燮

进又无能退又难，宦途踽踽不堪看。　吾家颇有东篱菊，归去秋风耐岁寒。

菊石图

郑燮

南阳菊红多耆旧，此是延年一种花。　八十老人勤采掇，定教霜鬓变成鸦。

题牡丹图

李方膺

市上胭脂贱是泥，一文钱买一筐提。 李生淡墨如金惜，笑杀丹青手段低。

———（《李鱓高凤翰李方膺画风》）

牡丹

李方膺

随意写名花，不染胭脂色。 从来倾国人，蛾眉淡如拭。

———（故宫博物院藏画）

玉兰花

李方膺

玉树迎风占早春，良工不肯画全身。 谢家子弟知多少，只数当头一两人。

———（故宫博物院藏画）

秋艳图

李方膺

秾艳秋芳色色华，新霜一夜落平沙。 不知谁是撑持骨，晓起临池画菊花。

———（《扬州八怪题画录·李方膺》）

梅花册页

李方膺

微雪初消月半池，篱边遥见两三枝。 清香传得天心在，未许寻常草木知。

———（南通博物苑藏画）

画梅

李方膺

写梅未必合时宜，莫怪花前落墨迟。 触目横斜千万朵，赏心只有两三枝。

———（《清画家诗史》丙上）

题墨梅图

李方膺

元章炊断古今夸，天道如弓到画家。 我是无田常乞米，借园终日卖梅花。

———（《扬州八怪题画录·李方膺》）

题梅花图册五首

李方膺

化工错落好风殊，南北枝分共一株。　多谢画家秉直笔，先春烂熳后春无。

十月风和作小春，闲拈笔墨最怡神。　平生事事居迟钝，画到梅花不让人。

任经冻雨任严霜，物外闲情世外妆。　王冕最痴思作伴，三间茅屋作花房。

玉骨冰枝本不凡，东皇位置在层峦。　和风丽日开图画，却许清标举世看。

铁干冰花雪里开，精神满腹自天来。　不关九十春光事，领袖车风廿四回。

——（日本京都国立博物馆藏画）

冰花雪蕊图

李方膺

十日厨烟断未炊，古梅几笔便舒眉。　冰花雪蕊家常饭，满肚春风总不饥。

——（故宫博物院藏画）

墨梅

李方膺

天生懒骨无如我，画到梅花便不同。　最爱新枝长且直，不知屈曲向春风。

——（故宫博物院藏画）

荷花图

李方膺

芰荷图就雪濛空，叶翠无伦花更红。　五月三边寒入骨，谁知天道曲如弓。

——（《扬州八怪题画录·李方膺》）

题盆菊

李方膺

莫笑田家老瓦盆，也分秋色到柴门。　西风昨夜园林过，扶起霜花扣竹根。

——（无锡博物院藏画）

百花呈瑞图

李方膺

不写冰桃与雪藕，百花呈瑞意深长。　只缘贤母传家训，唯愿儿孙向太阳。

——（南京博物院藏画）

清代题画诗类

题梅兰菊松图册七首

李方膺

香雪凝华冷淡生，并无秾艳动人情。　谁从本色来题品，知己难逢宋广平。

雪意风情逸韵增，淡于秋水洁于冰。　知他不是风尘客，位置瑶台第一层。

绿萼硃砂刺眼明，巡檐索句最多情。　只愁淡墨轻烟色，春到无人问姓名。

雪晴月上暗风香，屋后梅花次第芳。　天与遭逢属岁暮，不关生性喜冰霜。

最爱东篱菊，闲来笔底开。　自惭腰折吏，羞对此花栽。

静坐河亭四十天，梅花涂抹两三千。　遥和市井春风遍，笑煞勾芒当醉眠。

千枝万干翠云交，一片秾华耐雪敲。　搁笔支颐三叹息，看花天日射林梢。

——（钱君匋藏画，载《中国民间秘藏绘画珍品》第一集）

清代题画诗类卷四四

花卉类

梅花卷六绝句

马曰璐

伤心浩劫历恒沙，不见当年萼绿华。　一幅生绡当哀些，招魂何处更羊家。
玉骨珊珊绝点尘，几生修到为何人。　无根更洒无情雨，似拭啼痕怨早春。
千山明月万山空，两地茫茫恨不同。　谁道罗浮香雪海，绝无消息鸟声中。
飞空幻影雪氄氄，不是瑶台总不谙。　折得横枝归断谱，任他春色遍江南。
惆怅幽芬托暮云，风期林下日微曛。　冰窗雪槛一回首，忽慢相思疑是君。
玉钗常挂千年恨，缟袂空萦半夜心。　只有冰弦写呜咽，可怜谁复是知音。

——（《南斋集》卷一）

题赵松雪墨梅

马曰璐

疏花点点墨离离，黯淡南枝认北枝。　不见王孙旧春色，沤波亭上雪晴时。

——（《南斋集》卷三）

题画四绝句

马曰璐

石谷花溪渔隐

泼眼溪光刷翠山，桃花流水鹭鸶闲。　不知何处堪招隐，曾许扁舟日往还。

南田红薇

薇花红似正开时，只欠深宵月一池。　记得追凉虚阁畔，碧梧浓衬淡燕支。

道山秋葵

秋来冷淡最宜花，翠叶檀房晕转赊。　一种轻绡愁薄卷，西风残照是谁家。

梅壑芙蓉

霜老红妆思不堪，一江秋水影空涵。　只今若个工图写，樵叟居然认剑南。

——（《南斋集》卷五）

嘉善丁清惠有宋时黄梅董香光作图后失去因重写之

董邦达

香湖黄梅岁五百，以纸作画能千年。　不读香光居士卷，寒林老屋漫云烟。

——（《清画家诗史》丙上）

题休宁吴大家画梅

杭世骏

玉骨含芳妙琢词，谢庭何处见风期。　闲来却借诸兄砚，手写寒梅入拗枝。

——（《清画家诗史》丙上）

当窗冰华图

杭世骏

一片冰华照眼明，当窗疏影正敧横。　遁仙去后无知己，只有青山不世情。

——（辽宁省博物馆藏画）

题恽寿平所画花卉四首

刘大櫆

琳池戏鱼

影娥池水碧涵虚，泼刺金鳞射日初。　我亦居然濠濮想，未知鱼乐我何如。

梨花夜月

春风淡淡雪枝舒，夜月溶溶璧彩虚。　四卷纤云天似洗，水晶宫里素娥居。

折枝荔子

颗颗珠囊缀火瑰，玉肤端俟绛襦开。　平生雅善文园病，谁与琼浆解渴来。

雁来红

碧天寂寂雁初来，摇落愁看白日隤。　犹有残芳傍篱落，几行红艳挽春回。

——（《清人题画诗选》）

清代题画诗类卷四四一

题画菊

刘大櫆

翠叶丹苞斗晓霞，眼明真见故园花。 依稀白雁江天暮，尘眼篱边箬帽斜。

——（《清人题画诗选》）

题画牡丹

刘大櫆

去年草绿江南地，人在牡丹花下醉。 今年人滞古燕关，不见名花开牡丹。 花开花落浑闲事，却自画图一相对。 明年春日归去来，故园牡丹开未开？

——（《刘大櫆集》卷一一）

题邹复雷春消息图

爱新觉罗·弘历

一气为春去必回，谁将消息付寒梅。 蕊珠仙妒女夷巧，偷先东风特地来。

——（《御制诗二集》卷七）

题扬补之雪梅卷

爱新觉罗·弘历

雪以梅增秀，梅因雪越芬。 清华谁可类，色臭总难分。 卉里傲青女，植中友此君。 澄怀参鼻观，如是视而闻。

——（《御制诗初集》卷三）

题邹一桂古干梅花图

刘统勋

浅澹红生晕，扶疏千点苔。 色香僧院得，标格花工栽。 自耐雪霜冷，何曾蜂蝶猜。 圣情留赏处，丽句锡琼瑰。 墨写存天质，朱施亦妙姿。 连霄贻冷艳，叠韵入新诗。 长与东风约，翻邻昨岁迟。 上林千万树，相待发华滋。

——（《历代绘画题诗存》）

与严立堂诸公湖楼小集题折花图赠高校书三首

袁枚

先从画里认真真，再向风前见洛神。 真个婵娟人绝代，桃花颜色柳花身。
定情早服黄昏散，张饮重陈窈窕汤。 底事儿家姓高氏？想因行雨过高唐。
腻粉轻云一色寒，湖山须对美人看。 渔翁远望不相识，只道高楼赏牡丹。

——（《小仓山房诗集》卷二六）

题童二树画梅

袁枚

童先生，居若耶，一只小艇划春绿，一枝仙笔画梅花。画成梅花不我贻，远寄瑶华索我诗。我未见画难咏画，高山流水空相思。吾家难弟香亭至，口说先生真奇士。孤冷人同梅树清，芬芳人得梅花气。似此清才世寡双，自然落笔生风霜。杜陵既是诗中圣，王冕合号梅花王。愧我孤山久未到，朝朝种梅被梅笑。如此千枝万枝花，不请先生一写照。

——（《小仓山房诗集》卷二四）

白衣山人画梅歌赠李晴江

袁枚

山人著衣好著白，衣裳也学梅花色。人夺山人七品官，天与山人一枝笔。笔花墨浪层层起，摇动春光千万里。半空月斗夜明珠，满山露滴瑶池水。倒拖斜刷杂乱写，白云触手如奔马。孤干长招天地风，香心不死冰霜下。随园二月中，梅蕊初离离。春风开一树，山人画一枝。春风不如两手速，万树不如一纸奇。风残花落春已去，山人腕力犹淋漓。君不见，君家邺侯作贵官，如梅入鼎调咸酸；又不见，君家拾遗履帝阃，人如望梅先止渴。于今北海不作泰山守，青莲流放夜郎沙。白发千丈头欲秃，海风万里归无家。傲骨郁作梅树根，奇才散作梅树花。自然龙蛇拗怒风雨走，要与笔势争槎枒。山人闻之笑口哆，不觉解衣磅礴赢，更画一张来赠我。

——（《小仓山房诗集》卷一〇）

题故人画有序

袁枚

晴江明府画梅绝奇，恒化后，人藏者辄属予加墨，以晴江之好予也。再来参戎与晴江同姓，甚欢。丙子秋，引例来请，值子病疟，庋置高阁。主人疑予忘之矣。今年夏五，展卷见梅花，如见宿草，与其上求巫阳，不若招魂于纸上，为书一律，质生者，质死者，并质之梅花。

几番怕见晴江画，今日重看泪又倾。十四幅梅春万点，一千年事鹤三更。高人魂过山河冷，上界花输笔墨清。听说根盘共仙李，暗香疏影尽交情。

——（《小仓山房诗集》卷一三）

清代题画诗类卷四四

一

自题梅花图轴

童钰

一枝留得剡溪藤，雪悬云容见未曾。 莫唤山人频点笔，百花谁似岁寒朋。

——（故宫博物院藏画）

自题画梅

童钰

写梅自合号梅痴，长为梅花过六时。 记得甲申元日集，三千三百十三诗。

——（《清画家诗史》丁下）

效长吉体题画册

袁树

绿毛么凤弄婵娟，虬龙夭矫拿晚烟。 苔枝露叶临风前，水天漠漠玻璃鲜。 相交都无堪语客，惟有寒山一片石。

——（《红豆村人诗稿》卷一〇）

题桃花画扇赠柔卿二首

袁树

三月春风拂帽斜，章台走马踏银沙。 芭蕉展尽杨枝老，开到人间最小花。
弱骨亭亭掌上轻，太憨生更可怜生。 侬家自有天真在，不向樽前学世情。

——（《红豆村人诗稿》卷八）

荷花障子歌

袁树

粤东藩署东厅中，有荷花画障，不书年月名姓，仿佛元人作。每盛夏即荷香满堂，历秋乃歇。前方伯某晰而无二，分悬东西壁，其香稍杀。辛壬癸甲之岁，余屡游宴其下，亲拂芬芳，实异品也。爰作歌以志。

薇垣东堂敞幽旷，荷围横开素壁上。 瑶池菡萏倚云栽，碧落芙蓉俨相向。 朱华参差百十头，南唐赋色玄双钩。 亭亭田田互掩映，高低远近交沉浮。 折腰老柳卧沙断，呼名绿鸭啸萍游。 绢长一丈高四尺，雨染潇湘云黝黑。 赭黄欲没碧筒青，胭脂半落粉痕白。 画笔不奇画意奇，画中有气分四时。 深堂六月暑风静，蔼蔼扑鼻空香飞。 吾闻张僧繇，画鹰可驱鸽；又闻杨子华，画马能腾踏。 古来画圣有精气，不许粉本妄摹拓。 池中无荷壁有荷，壁上无池水自波。 繁华盛处光宜敛，色相空时香更多。 叵奈长绡就中裂，致使清芬有消歇。 可怜尤物落痴豪，煮

鹤漆琴徒叹息。 荷兮荷兮画何人？ 壁破犹传阿堵情。 既有清香流万古，何不人间
著姓名！

——（《红豆村人诗稿》卷一〇）

题金寿门梅花画册二首

王昶

破墨图成每自矜，数枝高格倚峻嶒。 清寒不许春禽到，满径青霜满涧冰。
刻意幽寒水月凉，一尘不许近诗囊。 水仙雅靓梅花澹，别具清心领妙香。

——（《清人题画诗选》）

题伊云林光禄梅花书屋图二首

纪昀

横斜疏影渐成林，岩曲才留一径寻。 老屋何年栽雪萼，先生原自抱冰心。 诗
吟和靖闲情远，画倩华光妙手临。 说到百花头上句，犹怜未免世情深。

宦游十载别烟岚，画里时看结草庵。 最忆寒丛花第一，曾偕皓魄影成三。 罗
浮入梦人将老，月观横枝句更参。 谁为丈人慰乡思，芳馨远寄自江南。

——（《纪晓岚诗文集》卷一〇）

题潘南田画梅

纪昀

画梅用疏不用密，疏枝易取风标逸。 潘郎独作满树花，矫然弥觉清无匹。 势
随横幅作欹侧，偃蹇支离形不一。 左侧四枝风霜古，瘦骨权桠相拗捩。 右侧三枝
附根生，两枝直上一枝屈。 中间老干更偃强，夭矫斜飞仍下拂。 生绡四尺画不
尽，突兀凌兢昂首出。 乱枝低桠倒露梢，空际盘拿犹仿佛。 小枝大枝尽著花，萼
跗相衔比似柿。 皓然满目但一色，谛观始觉姿态别。 开者如笑矜窈窕，落者如愁
意萧瑟。 欲谢不谢如低徊，欲放不放如郁结。 向者如迎背如拒，仰者如承俯如
掇。 正如神女觌面逢，侧如回眸忽一瞥。 攒如俦类尔我聚，孤如微吟形影子。 隔
枝遥望如有情，并蒂争出如相轧。 尽态极妍不可计，安能逐象一一说。 摹神写貌
各入微，因难见巧真奇绝。 紫桃轩中两瓣花，老衲当年弄狡黠。 譬如飞燕与玉
环，肥瘦谁能分优劣。 北宗衣钵日尘土，千里十洲递琐屑。 南宗高简矜风流，流
派或将绳墨轶。 左右佩剑更相笑，齐楚何分得与失。 岂知摩诘辋川图，梧桐正用
双钩笔。 循墙一日看百回，罗浮仙人共丈室。 缟衣月下一嫣然，使我形神坐超
忽。 人间画手各擅场，且凭蛮触争驰突。

——（《纪晓岚诗文集》卷九）

清代题画诗类卷四四

邵蔚田嗣宗前辈杏花春雨图三首

蒋士铨

曲江风贴帽檐欹，十二年前第一枝。　忽忆江南春社好，小桃初谢燕来时。
绝倒金门索米人，不知原是此花身。　上林风日蓬莱树，抛掷年光到几巡。
轻阴乍阁袅烟丝，孤负瞻蒲荷锸时。　安得高眠黄犊背，笛声吹过晚晴迟。

——（《忠雅堂诗集·寿萱堂诗钞》）

题王梓园画册二首

蒋士铨

合昏

兰汤新浴沃芳魂，蠲忿劳他置酒尊。　锄却将离栽夜合，有情花亦爱黄昏。

玉簪

低丛大叶翠离离，白玉搔头放几枝。　分付凉风勤约束，不宜开到十分时。

——（《忠雅堂诗集·喻义斋少作稿》）

题壁间画花木四首

蒋士铨

丹桂

两行丛桂倚娑罗，秋色平分夜气和。　不似人间梅岭树，得春浓处得花多。

松柏

阳和端借化工回，桃李无言接叶开。　松柏颓唐生子少，任他萝茑寄枝来。

并蒂莲

将开欲落最愁人，遮护频烦洛水神。　忽放瑶池双菡萏，就中狂煞采莲身。

佛手柑

禁舞山香佛力坚，驱除灵麝赖神鞭。　如何迦叶含微笑，只在拈花手指边。

——（《忠雅堂诗集·寿萱堂诗钞》）

清代题画诗类

童二树钰画梅诗

蒋士铨

童君画梅千万树，自写槎枒老苍句。 花开古雪未消时，香入空山不知处。 梅花开落天地中，出土那识春与冬。 羲和制历造岁月，始觉万卉难为同。 著花结实偶然尔，颂之惜之皆可鄙。 孤芳或受雨露生，群艳空随雪霜死。 童君能诗方九龄，寺壁一扫太守惊。 腕中天授隶草法，用以写梅奇骨撑。 我不识君见君画，每对梅花身下拜。 行根窃惧地轮斜，放干真愁天宇隘。 想君画梅身作梅，十指屈铁梅苞胎。 驱魂附笔萼怒发，使气入墨枝骈开。 圈花破蕊等飞白，人与梅花斗标格。 神悭鬼吝一青衿，去作诸侯老宾客。

——（《忠雅堂文集》卷一七）

题童二树游邓尉写梅花长卷

蒋士铨

山人去游香雪海，乡思花前不能待。 故国寒梅满意中，一斗隃糜劈空洒。 将梅缩入鹅溪绢，树杪树根皆不见。 中安半截都卢橦，斜撑一丈横磨剑。 山人臂展古铁条，翘关扛鼎不动摇。 把笔划纸掣流电，直扫横扫锋如刀。 圈葩点蕊撒珠颗，顷刻花开千万朵。 僵枝但藉腕屈伸，冻萼安容天放锁。 山人画梅海内传，见梅如见山人颜。 虽然不得春风力，自写寒枝结古欢。 如何吮墨伤迟暮，卷尾亲题倦游句。 孤山老妇唱刀环，不须去作梁园赋。

——（《忠雅堂诗集·藏园诗钞》）

莳石宫庶庭前丛菊盛开招诸公同饮赋诗
并作墨菊长卷出以见示并属题

钱大昕

小庭才半亩，点缀颇不俗。 春华讵非佳，独爱秋英菊。 黄白间绯紫，浅深各有族。 不用瓦作盆，不用架缚竹。 所贵全其天，自然无拘束。 主人供写生，不写形写神。 淋漓泼墨汁，下笔清而淳。 百四十余朵，朵朵皆鲜新。 装堂风牡丹，凡品何足珍。 真花元入画，画花直逼真。 相与图主客，洗尽京洛尘。 几日不相见，坐失此良会。 卷后许题诗，附庸收自郐。 迨冬花事歇，掩关且塞兑。 日手画图看，已胜雅集再。

——（《潜研堂诗集》卷七）

题佩香画桃花小幅

赵翼

一般秾艳笑春风，才女描来便不同。　好当崔徽写真卷，案头常对一枝红。

——（《瓯北集》卷三九）

题邹一桂古干梅花图

介福

江南花师艺花树，栽剪梅椿古而雅。　禅人移植入瓷缸，白石青苔致潇洒。

——（《历代绘画题诗存》）

题潘莲巢画菊

王文治

菊花开后向残秋，日日招邀汗漫游。　欲写秋花寒瘦意，拈毫频倚夕阳楼。

——（《清人题画诗选》）

梅花山茶合景

王文治

满眼冰霜冻未融，谁将消息漏东风。　玉英万点明如月，衬出山茶一朵红。

——（《清人题画诗选》）

题梅花水仙合景

王文治

中宵鹤警未成眠，霜气横空月满天。　洛水仙人林下女，忍寒相与斗婵娟。

——（《清人题画诗选》）

画菊于扇戏赠菊田

王文治

君家种菊已成田，每到秋来香满轩。　写把一枝君手里，赚君看画忆乡园。

——（《清画家诗史》丁上）

过普庵画墨梅一枝于壁因题

王文治

梅花树下与僧期，旋染鄃麇写折枝。　却忆去年花放日，无人看到月斜时。

——（《清画家诗史》丁上）

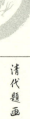

清代题画诗类

394

马守贞画兰

王文治

女侠金陵马四娘，吮豪犹带口脂香。 临风故写湘江怨，牵引骚人一断肠。

——（《清画家诗史》丁上）

为孙女玳梁题画水仙

王文治

微云冉冉疑无色，淡月濛濛似有香。 更拟花前研晓露，临风为仿十三行。

——（《清画家诗史》丁上）

写意荷花墨竹

陆飞

画荷须画香，画竹须画节。 湘妃与宓妃，相对两清绝。

——（《清画家诗史》丁下）

画梅为梅伯言

潘谘

唐突仙人冰雪姿，生矾纸涩墨光痴。 细看尚有春风意，却似西施蓝缕时。

——（《清画家诗史》己上）

画梅为何子贞兄弟

潘谘

画成竟没题诗处，挨著寒枝写便佳。 春后枝长寄字过，譬如花下挂诗牌。

——（《清画家诗史》己下）

旅店圬画梅间燕子

潘谘

燕子已归梅未开，梅花落尽燕方回。 谁将懊恼诗肠意，补出天公恨事来。

——（《清画家诗史》己上）

题自画四季花卉

赵籀

落尽桃花流水香，柳阴雏鸭戏沧浪。 老夫聊借雠书笔，点满云笺丹间黄。
睡余清梦渺难寻，雨过方塘八尺深。 偷得放翁诗里景，红蜻蜓点绿荷心。

半老秋娘入道装，一歌中妇织流黄。　辘轳不转银床冷，空咽深宵络纬娘。
珠茶红映腊梅开，曝背南檐暖似煨。　冻砚冰融鸲眼活，蜜官一队猎花来。

——（《清画家诗史》庚上）

清代题画诗类卷四五

花卉类

题郎世宁花卉图册四首

梁诗正

双枝红白斗婵娟，水国香生菡萏天。 凉露洗花娇靥润，汀风翻叶翠盘圆。 影摇素微妆尤澹，色映朱霞晚更妍。 却笑池塘双蛱蝶，也怜芳气不飞还。

花好诚如鸡帻丹，清霜染就耐秋寒。 陈仓金碧徒虚语，试向枝头仔细看。 绛冠明艳渍灵砂，争好家禽号野花。 开傍石栏风露冷，一窠秋色烂于霞。

曾记王观谱，将离种独新。 万花开有会，三月殿余春。 当砌枝翻露，凭栏香近人。 丰台千百朵，入画倍精神。

翠朵娟娟净，花心晓露含。 一枝香色异，小袖剪云兰。 露濯枝条润，良姜吐碧花。 春风添阿娜，吹随小青霞。 翠髻涂仙黛，红衣裂绛绡。 一般颜色丽，两样斗妖娆。

——（《历代绘画题诗存》）

题画梅

姚鼐

老夫对客常思卧，谁写疏枝剧可怜。 浑忆扬州唤吹笛，梅花岭上值新年。

——（《惜抱轩诗集》卷八）

徐半山桂

姚鼐

已将僧祴谢尘缘，犹有深情拜杜鹃。 极望湘南天更远，秋风零落桂连蜷。

——（《惜抱轩诗集》卷一〇）

唐伯虎墨笔牡丹

姚鼐

两枝芳蕊出深丛，休比徐熙落墨工。 曾向金陵参法眼，了知花是去年红。

——（《清人题画诗选》）

王孔翔香雪梅宴集图

姚鼐

渡江春尽冬初去，风雪寒山独闭门。 羡杀乌衣众年少，梅花时节又开樽。

——（《惜抱轩诗集》卷九）

题花坞夕阳迟图

姚鼐

谁辨韶光速与迟，无情有态问花枝。 分明羲御长停处，正在凌云一笑时。

——（《惜抱轩诗集》卷一〇）

题梅花卷

罗聘

琉璃研匣冷金池，雪压松窗独坐时。 只有东风怜寂寞，急吹春色上南枝。

二色梅树图轴

罗聘

密萼繁枝二色梅，墨池水影结胚胎。 细看黑白分明甚，千万花须数不来。

——（故宫博物院藏画）

梅花横披

罗聘

铅膏细细点花梢，道是春深雪未消。 一斛子囊苍玉粟，东风吹作米长腰。

——（扬州博物馆藏画）

水仙图册

罗聘

韵绝香仍绝，花清月未清。 天仙不行地，且借水为名。

——（故宫博物院藏画）

梅花记岁图

罗聘

种梅记树岁，画树招树魂。 梅花有道气，留酸长子孙。

——（故宫博物院藏画）

清代题画诗类

自题画梅

方婉仪

几回呵手怯春寒，古砚浮香墨未干。 才有梅花便风雨，晓来画得几枝看。

——（《清画家诗史》癸上）

陈玉几画梅水仙各一帧为子田题二首

翁方纲

嫩寒清晓时，独立君何悟。 空烟倒折枝，下有流云度。 濛濛半崖闲，细雾蒸如雨。

凌波者谁子，缥缈兰汤薰。 神光倏离合，宕漾空水云。 我梦洛神帖，写自羊欣裙。

——（《复初斋集外诗》卷一七）

题雪谷墨梅二首

翁方纲

石农煮石山阴梦，神出空林澹不收。 如许濛濛烟雨思，可无瑶玉与君舟。

简斋诗后道园诗，称得娟娟玉一枝。 我有石溪诗髓约，兰盟兰雪结心知。

——（《复初斋集外诗》卷二一）

题两峰画红白梅卷二首

翁方纲

素屏对影论高格，俱是春风第一枝。 不取人看颜色似，冰霜却是两心知。

离合神光静不分，淡淡章法可论文。 珊瑚玉树交襟袂，一片兜罗雪海云。

——（《复初斋集外诗》卷二一）

恽南田临王元章梅卷二首

翁方纲

我梦会稽王冕篆，铁丝个个映寒涛。 又非花乳求休去，瘦倚横云一笛高。

蓬莱倒挂绿䳌啾，影落瓯香淡不收。 烟雾横斜无著处，满窗明月即罗浮。

——（《复初斋集外诗》卷八）

题画百合花

翁方纲

疏篱浅放春阴后，薄袂轻沾玉露时。 记趁微香来驻屐，月明人似采山芝。

清代题画诗类卷四五

——（《复初斋集外诗》卷一八）

徐文长墨荷二首

翁方纲

墨花一柄叶一扇，花叶不多烟雾多。　石气冥冥半风雨，凸凹并欲认成荷。
未是濠梁崔白俦，天然荒率傲沧洲。　如何败网卷盈握，亦要元龙百尺楼。

——（《复初斋集外诗》卷七）

和什邡尉周青门自画墨菊见寄原韵

李调元

端阳才过重阳早，忽见东篱寄一枝。　画菊居然有佳色，不由元亮不题诗。

——（《童山诗集》卷三六）

青门画菊见赠余亦以自画墨梅答之仍用前韵

李调元

驿使梅花寄所思，老人特地写枯枝。　菊花既早梅尤早，暑月先催腊月诗。

——（《童山诗集》卷三六）

题青门见惠所画著色红梅

李调元

着花无丑圣俞诗，我见梅花亦似之。　总为时人贪爱色，故教画亦点胭脂。

——（《童山诗集》卷三六）

礼汀与余素相爱不知其能画也近日遣徒静
安以所画梅兰见寄为题二绝句

李调元

早把梅花当小姝，娇藏金屋小西湖。　等闲却被礼公觉，画我姝娘行乐图。
一生与尔臭如兰，屡馆听鼟梦亦安。　寄到国香是何意，要余入室共盘桓。

——（《童山诗集》卷三六）

题画梅为郭匏雅

潘奕隽

湖光山色满帘钩，人与梅花共一楼。　丙舍墓田余地在，结邻也拟筑菟裘。

——（《清画家诗史》丁下）

400

题花卉小帧

奚冈

紫艳红香压绿枝，小阑风韵最宜诗。 朝来宿雨含新霁，留得春阴好护持。

——（《冬花庵烬余稿》卷上）

题王元章墨梅

奚冈

种梅湖上林君复，千古高名在山谷。 一从鹤去冷巢居，顿失白云三万斛。 广平一赋绝世尘，尝与铁干争清新。 霜风凛冽苦摇落，空香数点回阳春。 借君孤洁守贞素，不少知音赠君句。 玉妃自驾白鸾车，素女应迷明月路。 平生几醉桃李场，红紫压帽浮千觞。 酒酣耳热忽起舞，此番方识梅花王。 梅花作图飞醉墨，临风大叫王元章。 须臾铁龙吹夜月，衣袭寒芳沁诗骨。 游仙旧梦殊渺茫，手把璚株坐冰窟。 我身不曳侯门裾，繁华过眼云烟如。 独爱一枝横竹外，纸窗伴我读残书。

——（《冬花庵烬余稿》卷上）

瘦影疏香图

洪亮吉

帘前露色垂空白，屋底镜光摇惨黑。 三更窗外发古梅，瘦步行来月华直。 寒雅窥人争一枝，却视人影何参差。 雏颜小妹愁不知，处姊十五应相思。

——（《附鲑轩诗》卷五）

题奚征君墨梅为邱少尹并寄怀奚君冈

黎简

梅花消息天地静，夜气空寒逼清醒。 花光月白地如雪，亦恐同行踏人影。 村中花事几年阔，天涯画笔何人骋。 饱听奚生致通素，也似梅花绝孤颖。 秋云棱厉日争力，阁雨坚凝土交迸。 凄然置我铁桥上，皎月正压飞瀑顶。 想当邃古无人处，有此幽光贯骨冷。 似恐仙人太寒瘦，转怜春女媚桃杏。 双桨绿波横水渡，一抹朱霞暮山景。 终嫌多丽工世情，不如独行抱深省。 题诗寄远慰海角，怀人骤雨响天井。 是时秋气动泽国，凉风西湖皱千顷。 樵夫未归花里屋，先役吟魂度梅岭。 奚生应感露下衫，独棹湖阴返荷艇。

——（《五百四峰草堂诗钞》卷一七）

清代题画诗类卷四五

一

题王奉常墨花卉

黄钺

分明五色具隃麋，染出花枝带露时。 却笑诸黄太无赖，枉将落墨妒徐熙。

——（《清画家诗史》戊上）

题陈肖生嵩背面风芍药

黄钺

今年花事惜开迟，貌取丰台第一枝。 想见曼殊十三四，临风小立背人时。

——（《清画家诗史》戊上）

题宋六雨广文霖墨牡丹

铁保

天香国色舍人诗，笑把繁春写一枝。 料得官斋风味冷，蘸将浓墨代胭脂。

——（《清画家诗史》丁下）

题马湘兰花卉册子

铁保

冷韵幽香自写真，萧疏几笔已传神。 争看淡墨氤氲处，不是名花是美人。

——（《清画家诗史》丁下）

题罗小峰梅花册二首

孙星衍

想见江南几树斜，瓣香绝伎属君家。 神仙未必都寒俭，写出冰天烂漫花。
放胆文章笔有神，图中象外势横陈。 梅花若肯匀颜色，秾李夭桃不占春。

——（《芳茂山人诗录》）

咏絮亭以画册寄索题十首

阮元

海棠

春雨初飞二月时，洒成万点好燕脂。 偶然落尔生花笔，写出垂丝棠一枝。

红白桃花

白桃浅淡绛桃肥，半著冰绡半著绯。 莫道汉人无绮语，曹全碑里有桃斐。

牡丹

谁将深色嘱东风，著力催成花一丛。 曾见宋人团扇好，一枝春满十分红。

菜花蚕豆

蚕豆菜花黄间青，吴中生计满春塍。 农家陇上半盂饭，寒士窗前一盏灯。

栀子石榴

妙香须自淡中回，妙色休从浓处猜。 拈得一枝合微笑，红裙何事妒花来。

兰箭

两箭幽兰香意足，妙似诗情净如玉。 湘波如见二妃来，薜荔青青女萝绿。

白荷蜻蜓

菡萏自开凉雨后，蜻蜓红点夕阳时。 画工知是有新意，爱诵放翁团扇诗。

桂花

一枝仙桂发天香，染上生绡书共藏。 校与一经无落叶，儿曹漫与下雌黄。

木芙蓉

落尽芙蓉霜气浓，还从木末看芙蓉。 拒霜莫道无风力，接引寒花直到冬。

松枝山茶

松枝低亚山茶花，岁寒清景诗人家。 敲诗读画不知冷，雪满庭松听煮茶。

　　　　　　　　　　　　　——（《揅经室集·四集》卷八）

题牡丹图

戴亨

杨家姊妹斗明妆，花发天香绕玉床。 谱出清平新乐府，沈香亭北教霓裳。

　　　　　　　　　　　　　——（《庆芝堂诗集》卷一八）

题画梅二首

戴亨

冰霜结严寒，生意久寥落。 此时天地心，独有梅先觉。
当春不发花，春去不著叶。 独抱岁寒心，芳香吐冰雪。

——（《庆芝堂诗集》卷一七）

题徐文长败荷画轴_{戊辰都门作}

戴亨

徐生一生任狂率，泼墨有时恣涂抹。 败荷残叶状秋容，挺立泥污伴孤月。 老夫见此心感伤，可怜岁晚徒芬芳，荒江零落缠风霜。

——（《庆芝堂诗集》卷八）

清代题画诗类

清代题画诗类卷四六

花卉类

画梅四首

孙原湘

新年无客到山家，雨洒幽窗鼎沸茶。　最是称心清绝事，对梅花恰画梅花。

触手春生烂漫开，胜如仙梦寄瑶台。　此生天与因缘在，除却梅花画不来。

写出仙人萼绿华，潇湘烟水剪冰花。　人间无此消魂色，一片晴天弄翠霞。

元章妙手不肯传，无人解画罗浮仙。　偶然兴到一点笔，花寿又增三百年。

——（《清人题画诗选》）

自题画梅四首

孙原湘

爱密嫌疏取次添，眼前春意十分妍。　此生愿化罗浮蝶，一朵花中往一年。

拈豪随意缀珠胎，随手圈成烂漫开。　开到山坳云缺处，水边横过一枝来。

梅花取直不取曲，此理世人多未推。　诗人独得花情性，不画庭梅画野梅。

老干纵横直不弯，点苔参用米家山。　翛然独立真超绝，雪月纷纷尽可删。

——（《清人题画诗选》）

恽寿平秋海棠菊花小幅

孙原湘

同是秋花得气迟，冷香未许蝶蜂知。　天生一种萧疏致，多在哀蝉落叶时。

——（《清人题画诗选》）

南田秋海棠

孙原湘

一丝清气九回肠，天与幽情压众芳。　十二枝帘风荡飏，无人不道木犀香。

——（《清人题画诗选》）

梅不著花写以自遣

孙原湘

研冰和雪写珠胎，顷刻生香满纸开。 痴绝欲从西舍问，可曾香过隔墙来。

——（《清画家诗史》己下）

题杨晋梅花卷子二首

孙原湘

耕烟入室推杨晋，山水之余及写生。 带得荆关飞动势，一枝一干也纵横。
不多几笔看疑粗，中有诗情楮墨余。 读到横斜水清浅，始知花景只宜疏。

——（《清人题画诗选》）

酬苏甘渔画梅

席佩兰

寄谢甘渔老画师，为余手写岁寒枝。 夜深独剔银钉看，一幅孤山处士诗。

——（《清画家诗史》癸下）

为叔大画桃花便面

钱杜

醉乘东海槎，手弄碧山霞。 春瀑一天雨，洞门千面花。 枝留鸟睍睆，艇受风敧斜。 借问闲鸡犬，仙源住几家。

——（《松壶画赘》卷上）

题绕屋梅花圈

焦循

老干扶疏围泼屋，清寒到底足盘桓。 荒园亦有梅花树，岁暮看来学冷官。

——（《雕菰集》卷五）

题两峰道人墨梅

张问陶

才写名花又破禅，一枝曾结几生缘。 圈来黑白能参否，扫却丹青更了然。 梦里色香飞幻影，眼中云月驻神仙。 道人墨戏藏真诀，莫作寻常画史传。

——（《船山诗草》补遗卷四）

清代题画诗类

题椒畦牡丹小幅

张问陶

色娇香重费支持，斜倚浓春笑一枝。 莫羡此花真富贵，有人为画欲残时。

——（《船山诗草》卷一二）

题王椒畦画

张问陶

世外梅花破蕊逢，闲情才放两三枝。 相思一夜无人见，雪后寒山月上时。

——（《船山诗草》卷七）

画落梅自题

张问陶

一株老干撑天去，几点寒香着地迟。 且与低头弄花片，不须回眼看空枝。

——（《船山诗草》卷一一）

题肖生画梅册却赠

张问陶

见梅不见纸，仙笔妙通神。 绝品拈花手，前生放鹤人。 悟从三日雪，笑此一枝春。 何处邀明月，凭空为写真。

——（《船山诗草》卷一三）

指头画莲赠少仙

张问陶

化工原也费心裁，水养灵根露养胎。 忽悟此花清净相，一弹指顷一如来。

——（《船山诗草》卷一四）

题扬补之墨梅图卷

吴修

仙吏逃禅画墨梅，横枝抽出似天栽。 著来数点香先到，不要繁花满树开。

——（《青霞馆论画绝句》）

题画牡丹绝句

舒位

赏花取次惜花残，富贵神仙事渺漫。 不及梦中传彩笔，尚能留到子孙看。

——（《清人题画诗选》）

绿梅花图为子茗题四首

舒位

紫府仙人隔绛纱，黄姑天汉冷秋槎。　倩谁管领春消息，只有阊门萼绿华。
罗浮山外月如弓，翠羽飞来一笑浓。　容我题诗寄花片，分明胜似碧纱笼。
吟处难消昨日愁，画成也得几生修。　自从黄鹤楼中笛，汉水年年似鸭头。
疏影填词细似尘，消寒图里咏花人。　不须更乞闲螺黛，俱买胭脂便是春。

——（《清人题画诗选》）

题卧云仿陆复红梅卷子三首

舒位

疏影修箫白石词，变宫八十一胭脂。　只应贳酒罗浮去，月落星横颊颊时。
芙蓉帘幕海棠巢，未抵珍珠慰寂寥。　十丈红尘飞不定，又随春色上花梢。
年年芳信负东风，换骨丹无一点通。　赖是梦中传彩笔，画工容易夺天工。

——（《清人题画诗选》）

题品梅图

顾广圻

林闲莫读文贞赋，树底休吟处士诗。　容我簪花参一语，生平清到畏人知。

——（《思适斋集》卷三）

为远春秀才画梅诗来称谢依韵答之再题其上

朱方霭

研田清兴未曾阑，写幅寒香供客看。　临纸心闲勾瓣易，挥毫腕弱布枝难。　画师我岂华光老，诗思君同水部官。　投赠一时何有幸，反因苔干得珠玕。

——（《画梅题记》）

题画寄沈侣姚二首

朱方霭

为爱南枝破嫩寒，水村山坞尽盘桓。　吟情应比何郎胜，东阁花嫌尚属官。
铜坑不到几年遥，抛却诗筒共酒瓢。　何日万堆晴雪里，与君策杖虎山桥。

——（《画梅题记》）

清代题画诗类

为沙斗初画扇

朱方霭

望中疑是白云生，南北花枝纵复横。 何处相思忘不得，虎山桥畔月三更。

——（《画梅题记》）

题画为张镜壑作镜壑出示文休承画梅扇上有雅宜山人
次王元章韵题诗一章余亦效颦为之

朱方霭

丹枫陨叶菊萎霜，烧痕遍地草不芳。 东风昨夜忽入律，寒梅蕊吐珠光芒。 颗颗匀圆尽吹裂，望中如聚瑶台雪。 十里浑同不夜天，横斜影透玲珑月。 南枝北枝逞丰韵，江乡花事头番信。 眼前好景且逍遥，莫管年华催两鬓。 呼童布席开春缸，树底满酌酒百觞。 煮石清狂有成例，拍案大叫梅花王。 乘醉闲眠石床冷，梦入铜坑杳难醒。 醒来研墨画此花，如买邓尉山头田二顷。

——（《画梅题记》）

题画扇寄杭堇浦

朱方霭

西湖曾系木兰桡，湖上残云雪未消。 报道南枝春信早，移船更近段家桥。

——（《画梅题记》）

画扇二首

朱方霭

闲将淡墨写南枝，不学前人自有师。 曾记段家桥畔路，孤山篱落早春时。
江路溪桥雪作堆，春来策杖几徘徊。 平生惯识荒寒味，不画官梅画野梅。

——（《清画家诗史》丁下）

早春至潜州纵览天目之胜画梅赠杨丰亭明府

朱方霭

残雪初消马足轻，我随芳信到山城。 春风道路人争说，官与梅花一样清。

——（《清画家诗史》丁下）

江砚农有楚江之行写此赠之

朱方霭

布帆遥挂楚天宽，驿使南来欲寄难。 倘忆铜坑春信息，客窗试展图画看。

——（《清画家诗史》丁下）

题寻诗图

田榕

尽日寻诗未肯回，空山花落几花开。 断桥流水青驴背，好句知从拾得来。

——（《碧山堂诗钞》卷一二）

折枝牡丹

田榕

国色天然衬晚霞，胆瓶醉拗一枝斜。 麻茶老眼瞪还视，错认徐熙没骨花。

——（《碧山堂诗钞》卷一二）

题梅花图

罗芳淑

相忆辄何处，天寒水一涯。 桥边送客路，墙上美人花。 家笛裂如帛，溪光净似纱。 偏怜向疏寂，烟雪两三花。

——（《写梅百家》）

屈宛仙画白莲花

陈文述

银塘夜静涵空烟，縠纹不起鸥满圆。 铅华洗尽见真色，明珰翠羽来翩然。 美人写花如写影，玉台不掩冰华冷。 画中花似镜中人，缟衣绰约霓裳整。 夜游忆泛扁舟行，珊珊珠露流无声。 风裳水佩不知处，十二画桥秋月明。

——（《碧城仙馆诗钞》卷八）

雨生眷属合作梅花卷子

邓湘皋

侠骨仙心佛情性，冰肌雪腕玉精神。 几生修到孤山伴，一室同回空谷春。 翠羽云鬟皆道侣，鸾雏鹤子尽传人。 古梅香里全家住，那不纷披老笔皴。

——（《南村草堂诗钞》卷二〇）

题画梅二首

屠倬

昨向孤山寻野梅，横枝三两不多开。 一生丑直浑无用，且现花身说法来。
不嫌肝肺太槎枒，吹到东风便发芽。 漫道山农能煮石，也曾和雪嚼梅花。

——（《清画家诗史》己下）

梅花水仙瓶盆错列并悬金冬心梅奚
铁生水仙画障壁间以为馈岁清供

屠倬

良宵月影兼灯影，满座花光与墨光。 褵袺翩翩呼欲出，微波脉脉在中央。 浑忘是我何非幻，坐对无言忽有香。 刑尹夫人双绝世，伴侬清梦读书堂。

——（《清画家诗史》己下）

顾南雅画梅为何子贞题

程恩泽

篆籀为花草隶枝，能将八法变恢奇。 林逋老去图佳妇，摩诘生前定画师。 大有精神向晴昊，可无题咏映当时。 参横月落寥寥夜，消得何郎绝妙诗。

——（《程侍郎遗集》卷五）

题钱舜举梨花卷子三首

程恩泽

习懒庵中半醉时，戏拈琼管写瑶姿。 六陵烟树春来否，寒食东风梦折枝。
玉儿风貌雪儿姿，薄粉慵妆小立时。 万蝶分香浑不管，溶溶好月左横枝。
酤酒花前雪压枝，王孙佳句称清姿。 人间不少瀛洲雨，粉墨飘零又一时。

——（《程侍郎遗集》卷五）

潘顺之太史遵祁以乙巳假
归途中九日画墨菊册见示属题三首

叶廷琯

烟江迢递送归舟，佳节聊将翰墨酬。 看遍长安花事好，淡怀只写一枝秋。
丰格凌霜韵绝尘，玉堂人本自传神。 他年御苑摹殊品，更与邹家谱竞新。
计日寻秋故里还，魏公老圃镇常关。 不知纶阁裁诗处，何似篷窗点笔闲。

——（《楸花盦诗》卷上）

清代题画诗类卷四六

一

清代题画诗类卷四七

花卉类

题翠华宫内使陈喜画石榴

顾太清

午日金铺射翠华，御炉香霭透宫纱。　宫人特染硃砂笔，献上石榴海外花。

——（《天游阁诗集》卷二）

次容斋先生画牡丹菊花原韵二首

顾太清

寒香艳色两三枝，万物常情各有宜。　篱落亭边皆自得，偶迁时序不须疑。
格调清通和者难，华堂暖气破春寒。　先生大隐居朝市，富贵直从纸上看。

——（《天游阁诗集》卷一）

五月廿二日夫子购得钱舜举
荷花一轴有诸家题句分和三首

顾太清

脉脉春流入小池，田田荷叶渐参差。　倚阑长袖人何处，日午花开尚未知。
水满平池絮点苔，待看菡萏向人开。　虚堂新买钱家画，此际江南正落梅。
半池冷露尽欹东，小制荷衣拾落红。　破叶尚余秋色里，晚香犹恋水心中。　影
娥愁听三更雨，越女空怜一夜风。　更有方壶旧题句，花应开近上清宫。

——（《天游阁诗集》卷一）

辛卯正月同夫子题邹小山画册十首

顾太清

梨花

淡月笼虚影，微风度暗香。　分明疏雨后，含泪倚回廊。

芍药

春雨几番后，春光欲暮时。　一枝春殿里，无事号将离。

紫藤

虯蔓幂晴空，开花紫雾蒙。 垂垂附松柏，幽谷自春风。

长春

春风入短丛，四时花自好。 秘诀异群芳，颜色长不老。

墨菊

落落疏篱下，明明秋水时。 寒香花寂净，淡墨叶离披。

紫薇

一池澄碧水，满树紫薇花。 秘阁轻风动，宫墙月影斜。

海棠

袅袅疑无力，婷婷似有情。 闲阶秋露下，明月正三更。

修竹

修竹佳人宅，空山白日暮。 翠袖何珊珊，天寒怯风露。

石竹

谁剪锦成团，明霞映画栏。 十分花样好，绣作舞衣看。

腊梅

冻蕊含春意，真香破腊开。 绛珠凝秀色，海上一枝来。

——（《天游阁诗集》卷一）

题恽南田画册十绝句

顾太清

柳燕

玉剪翻翻逗柳梢，乌衣轻捷掠春郊。 落花天气初晴雨，衔得新泥补旧巢。

折枝桃花

柳半垂条草吐芽，轻寒轻暖欲烘霞。 瑶池自有三千岁，错被人呼薄命花。

落花游鱼

渺渺芳汀春水寒，两三追逐落花攒。　画师心共游鱼乐，片纸能教止念观。

硕鼠新笋

二月惊雷笋满林，丛抽紫玉见天心。　无端稚子从根啮，剧断参天百尺阴。

牵牛

开花如翠带星张，半敛残英尚晓凉。　应逊瓠瓜真薄命，似从银汉恨相望。

百合

百合花开白玉盘，缟衣宜向月中看。　画师老笔曾题句，瑶圃霓裳舞夜阑。

秋荷

披离翠盖无全叶，零落红衣冷半池。　秋雨秋风任憔悴，苦心结子有谁知？

双凫出浴

相对忘机沙上凫，蒹葭深处更相呼。　逍遥不羡鸳鸯侣，红蓼黄芦仅足娱。

南田自书戏临赵子固水仙卷

蓬莱踪迹旧相知，翠羽明珰忆昔时。　恽老戏临子固卷，陈王应有水仙诗。

雪鹭

群玉山头玉蕊飞，枯芦压雪鹭添肥。　明窗共展高人画，百四十年一叹欷。

——（《天游阁诗集》卷一）

为介庵王孙庆廉画牡丹纨扇

顾太清

一夜东风散绮霞，九天清露护仙葩。　临窗自写瑶池影，特赠王孙富贵花。

——（《天游阁诗集》卷五）

题楚江姊丈奕湘画墨牡丹

顾太清

一枝和露下瑶池，慢舞霓裳倦不支。　富贵更从清处见，肯将笔意费胭脂。

——（《天游阁诗集》卷五）

题手蓉甥女白莲花团扇

顾太清

灵苗生长相公家，叠雪裁冰印晓霞。 翠扇临风香过处，一枝清净女儿花。

——（《天游阁诗集》卷二）

自题梅花便面

顾太清

风帷小影抱寒梅，忽讶低枝近水开。 不许飞花惊鹤梦，月明人逐暗香来。

——（《天游阁诗集》卷三）

题自画菊花寄古春轩老人

顾太清

梦绕吴山路，凄凄秋夜长。 西风初过雁，黄菊又经霜。 画意传千里，诗怀各一方。 远书频寄我，襟袖有余香。

——（《天游阁诗集》卷三）

题赵子固画兰二幅长卷

顾太清

空山春日暖，清露滴幽丛。 涧曲谁当采，天涯自好风。

——（《天游阁诗集》补遗）

题钱舜举荷花与太清分次图中诗韵二首

奕绘

次沈石田韵

画里爱看钱舜举，诗中更喜沈长洲。 好诗好画并双妙，荷叶荷花慰独愁。 玉轴高悬虚馆寂，金樽想对暮江秋。 输他短棹轻桡客，受用人间水国幽。

次钱舜举韵

五蒂香浮岸，千年粉退鲜。 愿同直节劲，莫被乱丝缠。

——（《明善堂文集·流水编》卷四）

画杏歌题太清所作巨幅

奕绘

秋日凄凄百卉腓，忽忆春风旧游处。 万株红杏南山下，最爱一枝临野渡。 半载频劳寤寐思，一日图成《洛神赋》。 远胜夭桃韵更秾，比到梅花势尤怒。 粗枝肥萼插晴昊，春气洋洋何以故？ 画师自喜向我云，今日真为不空度。 我闻乾隆年中邹小山，曾写盘谷一树春光妍。 高宗爱之岁有御题咏，至今松风苔壁雕红颜。世间万事兴废有如此，乃知好花好画好诗得意不过片时间。

——（《明善堂文集·流水编》卷一四）

题太清画二绝句

奕绘

嘉木南宜北也宜，卿宜为画我宜诗。 影娥池上凉风起，金粟香中橘柚垂。
疏枝厚叶画山茶，正色光明伏火砂。 借问寒天谁作伴，冰姿丛绽水仙花。

——（《明善堂文集·流水编》卷八）

题恽南田画册十二绝句同侧室太清作

奕绘

柳燕

暖日微风困不禁，一湖春水渺初深。 堤边已过颠狂絮，巷口犹为上下音。

桃枝

夭夭灼灼复蓁蓁，折断横枝叶怆根。 绝艺已传能事女，高才更见好文孙。

游鱼

才见开花便落花，鱼儿乐甚尾偏划。 幅端远水微茫染，近水风吹荇藻斜。

笋鼠

二月满林春笋肥，竿成百尺叶千枝。 紫茸便饱馋老鼠，闷煞南田老画师。

牵牛

秋蔬缠绕困难胜，薄盏偏承晓露青。 少顷赧颜羞日照，枉将名字列天星。

花不知名

画中芳草不知名，大白花开含紫英。 墨汁金壶自题句，霓裳一队回幽清。

秋荷

荷花卸了荷叶破，水阁帘开笑语凉。 听雨听风何限恨，碧团曾记盖鸳鸯。

秋海棠

搓酥滴粉袅秋风，细画燕支叶背红。 册上花同楼上好，近承老母寄山中。

双凫

岸上双凫意自闲，南田临取陆包山。 春江水暖秋江冷，鸭鸭相呼芦苇间。

墨菊

诗中吾旧爱陶潜，又爱张公竹叶庵。 更爱草衣图水墨，菊花三老可同龛。

水仙

先人院本写花多，恽子双钩叶折波。 神品双清载行箧，晴窗一一展英娥。

雪鹭

白石翁写白鹭真，白云溪馆重传神。 矶边缩颈拳一足，白雪漫天入定身。

——（《明善堂文集·流水编》卷三）

太清复画瓶中杏枝于乌丝栏笺上题二绝句

奕绘

春雨今番数第三，夭桃初谢杏初酣。 乌丝栏上簪花格，直使人间老手惭。
人意天光一样柔，东风过雨敞山楼。 蛮笺聊记花模样，肥瓣粗枝得自由。

——（《明善堂文集·流水编》卷一三）

题边颐公画二绝句

奕绘

酡颜无力欲相扶，翠袖翻翻倚玉除。 唤作将离犹未别，秉蕳士女最关渠。
红者落花青者苔，飞者蝴蝶寻芳来。 春风春雨可怜尔，野客题诗无艳才。

——（《明善堂文集·流水编》卷三）

题陆芶苎画册十四绝句选五首

奕绘

兰花兰叶复兰根，兰蕊同心不在言。 人静风微香气发，欣然弄笔与招魂。

霓裳乱舞惊鸿态，宝髻松盘堕马妆。　流水仙山藏丽质，人间安得望容光。
小窗刚可见梅梢，漏泄春光先柳条。　此树全身应更好，开帘莫待晚风飘。
虬枝偃蹇古苔香，瑱玉琲珠异俗妆。　嫁与林逋真不称，此花宜嫁水仙王。
酕醄风雨最凉花，幽径无人也自斜。　一自渊明题好句，千秋万岁属陶家。

——（《明善堂文集·流水编》卷一二）

五月朔花师送盆菊至寒花苍苔与
深秋无异太清写影扇头遂题二截句

奕绘

菊有黄花五月中，人工原可代天工。　圃师别有栽培法，火迫窖藏事不同。
画取寒芳欲赠人，疏花老叶细勾筋。　东篱初识薰风面，玉炼霜颜不染尘。

——（《明善堂文集·流水编》卷一三）

与太清分题咏絮亭画册四绝句

奕绘

蚕天乍熟新蚕豆，菜地浓开油菜花。　八省行台丞相府，一棚清露野人家。
浓濡巨笔写花王，文彩风流见大方。　最记唐宫传韵事，《清平》三调宴沈香。
乍见胭脂一叶红，吴霜初染大江枫。　看花篱落餐秋菊，醃菜人家蓄晚菘。
老人妙笔仿南楼，折箭幽兰韵独幽。　可笑当年黄鲁直，错将兰蕙辨春秋。

——（《明善堂文集·流水编》卷一〇）

邹小山花卉同太清作五首

奕绘

浅渡初消冻，枝枝笑靥新。　江村酒应熟，喜雨一伤神。
春水港三叉，春风第一花。　打渔人散后，斜日照明霞。
叶翻如卫足，花重欲扶头。　入夜看逾白，闲庭喜露幽。
神仙子丘子，得道号长春。　酌此花间酒，消磨劫后尘。
入直修书殿，春风对紫微。　石渠著录罢，宫树晚鸦啼。

——（《明善堂文集·流水编》卷四）

题都统奕公湘墨画牡丹

戴熙

不铅能白不脂红，妙笔真堪夺化工。　记得醉归灯下见，一枝影在玉屏风。

——（《习苦斋诗集》卷五）

芍药二首

费丹旭

截取当墀艳一丛，不因迟暮妒春风。　丰台烟景扬州月，都在胭脂浅淡中。
故园春色易蹉跎，绿暗红稀奈客何。　怕对一尊螫尾酒，十年朋旧别离多。

——（《清人题画诗选》）

题花卉三种

费丹旭

桃

清明雨过净无尘，珍重韶华眼底春。　两岸花飞三月暮，年年惆怅渡江人。

黄蔷薇

一点檀心怯嫩寒，香风摇落湿阑干。　额黄初试新承宠，肯向西园侍牡丹。

扁豆

豆花开绕槿篱门，此是江南旧水村。　疏雨乍过凉月上，好邀邻曲话黄昏。

——（《清人题画诗选》）

写桃花便面寄生沐

费丹旭

有限流光无定姿，重来真悔十年迟。　桃花门巷分明记，此是东风未嫁时。

——（《清人题画诗选》）

题花卉册三首

张熊

疏疏雨歇早秋天，滴滴轻红沜泪妍。　莫作寻常烧蠮看，一蛮啼破石阑烟。
碎玉风前落锦茵，长条无力系残春。　锦机不是含愁织，空对流黄忆美人。
吴兴罨画溪，紫藤璨如锦。　溪上闻清香，溪中见清影。

——（上海博物馆藏画）

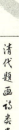

清代题画诗类卷四八

花卉类

画梅并题三首

潘曾莹

我忆当年杨补之，写他瘦影傍疏篱。帘前忽讶湘云绿，补画萧萧竹几枝。

莫讶绮窗春讯迟，竹床纸帐总相宜。画中洗尽闲脂粉，悟到水流花放时。

何处飞来玉笛声，苍苔悄立寄吟情。暗香疏影新词句，俊煞花前白石生。

——（《小鸥波馆诗钞》卷三）

梅二首

潘遵祁

江乡寂寂锁风烟，清梦迢迢堕水边。欲折一枝深雪里，几树重泛太湖船。

一柄长夐十载余，青山愧我负精庐。人生清福修难到，万树梅花伴读书。

——（《清人题画诗选》）

雁来红

潘遵祁

冰瓯晓滴露珠溥，闲写秋容入素纨。记得画楼新雁过，玉罗屏底卷帘看。

——（《清人题画诗选》）

紫丁香

潘遵祁

闲将彩笔点韶光，太息园林已半荒。触我廿年尘梦事，春明古寺记寻芳。

——（《清人题画诗选》）

绣球杏花

潘遵祁

妃红俪白是天然，蝶懒蜂憨伫放妍。晓院东风铃索静，惜花人在画阑前。

——（《清人题画诗选》）

桃花二首

潘遵祁

碧云深处洞门关，传道刘郎去不还。 天上一枝和露种，休随流水到人间。
似曾相识问渔郎，回首前尘已渺茫。 自是竹篱茅舍好，肯随秾李附门墙。

——（《清人题画诗选》）

菊

潘遵祁

新霜匀染数枝幽，次第看花又到秋。 移得疏灯还命酒，爱他瘦景上帘钩。

——（《清人题画诗选》）

荷花二首

潘遵祁

第四桥边记泊船，诗心凉到鹭鸶肩。 白荷花上初过雨，有客西窗跂脚眠。
解事吴侬趁晓凉，荷花生日泛南塘。 何如销夏湾头去，香在湖波卅里长。

——（《清人题画诗选》）

题花卉图十九首

许光治

木堇

野蒲萄已离离紫，木堇花初艳艳红。 绝妙田家烟景别，画图犹是古豳风。
槿花低碾玉成丛，衬著离离早豆红。 不信野人篱落底，抵他生色画屏风。

垂丝海棠

果园深处更无人，曾记垂丝一树匀。 斜日粉墙西角坠，东风摇荡不胜春。
近来消尽海棠颠，冷落清明百五天。 一树春风无恙在，花开犹似十年前。

蝴蝶花

树上残红红已稀，枝头新绿绿初肥。 春光又过八十日，蝴蝶花开蝴蝶飞。

水墨牡丹

欲写铅华染翰难，商量粉黛几回看。 从来富贵年年好，试笔春风画牡丹。
富贵应教出墨池，何须多事买胭脂。 看来总入时人眼，为是春风第一枝。

丹桂

托根明月中，扶疏异凡木。 空际闻天香，霓裳听新曲。

金丝桃

金桃盈尺丝，此花毋乃是。 不知众香国，谁织居士履。

紫藤

垂垂紫藤花，当轩如有情。 美人低双鬟，一笑春风生。

紫薇

碎蘂轻绡翦绛纱，一枝刚映月钩斜。 玉堂视草归来后，独对黄昏是此花。

玉兰

寒梅换腊作韶华，杏子迟春始放芽。 检点一年芳事早，打头须让木兰花。

牡丹

五云楼阁晓霞融，拂槛春枝露粉红。 称与早朝人插帽，天香浓染夜来风。

虞美人花草

帐下谁为楚舞身，镜中谁是艳歌人。 东风解事还多事，替染生红当写真。

罗汉松阑天竹腊梅

三友曾闻共岁寒，清癯风骨写来难。 而今样样翻新样，绿嫩黄娇却耐看。

贴梗海棠玉兰

迎春曾记夸山茶，旧腊无端已绽葩。 红海棠梨木兰树，打先开压一年花。

夹竹桃

隔帘花影淡笼笼，红雨苍烟态不同。 毕竟是桃还是竹，试参消息向西风。

山茶桃

山桃红灿海茶妍，妆点东风百五天。 富丽春工艳阳景，江南画史只黄筌。

秋海棠

苔痕重叠縠文斜，别院秋光未有涯。 多谢风前双蛱蝶，和烟飞上海棠花。

清代题画诗类

——（《有声画》）

题水仙花图

居巢

何物能销热恼情，水仙风格写盈盈。 严滩绿净不可唾，想入明明江月生。

——（《今夕盦题画诗》）

题梅花图

彭玉麐

十年征战走天涯，莽莽乾坤何处家。 底事戈船消夜永，高烧红烛咏梅花。

——（《写梅百家》）

催杨紫卿画梅

左宗棠

柳庄一十二梅树，腊后春前花满枝。 娱我岁寒赖有此，看君墨戏能复奇。 便新寮馆贮琼素，定与院落争妍姿。 大雪湘江归卧晚，幽怀定许山妻知。

——（《左文襄公诗集》）

为人题罗浮香梦图有调四首

金和

花满空山露满衣，天风环珮是邪非。 若无青鸟殷勤唤，如此销魂定不归。
自是无郎独处时，早春风月惹相思。 一从嫁与孤山后，倚树酣眠更有谁。
我傍罗浮几泛槎，尘容无分伴烟霞。 休论枕上春婆梦，醒眼何曾见一花。
有客南枝感夙因，庄周胡蝶比前身。 今生化作梅花去，料理他生化美人。

——（《秋蟪吟馆诗钞》卷七）

题菊

周闲

怅触秋怀九月天，夕阳人景醉篱边。 世间多少周颙辈，一个陶潜不值钱。

——（《清人题画诗选》）

梨花

周闲

寻常洗出一枝春，粉澹香清别有真。 不信溶溶深院月，轻吹玉笛静无人。

——（《清人题画诗选》）

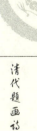

清代题画诗类卷四八一

含笑花

周闲

最是多情炫艳姿，嫣然心事美人知。　春风一笑参吟谛，争得灵妃露面时。

——（《清人题画诗选》）

叔云为予画湖南山桃花小景

李慈铭

当年同赋寻春句，几度溪头放钓舲。　山气花香无著处，今朝来向画中听。

——（《白华绛柎阁诗集》卷巳）

题香满蒲塘图

胡公寿

江乡一望青菰蒲，烟漠漠兮云疏疏。　烟消云霁菰蒲尽，亭亭水际摇风落。　吁嗟再食世所尚，玉井莲花夸十丈。　此间如此好烟波，独拿钓艇来吟赏。

——（上海博物馆藏画）

自题波罗蜜图扇

赵之谦

幸我今是波罗蜜，只是可看不可吃。　若是波罗揭谛时，从前性之或相识。

——（《历代绘画题诗存》）

自题花卉图册页

赵之谦

居士何处坐，断老和尚舌。　所持青莲花，莫尚双荷叶。

——（《历代绘画题诗存》）

题画梅

赵之谦

老干槎枒酒气魄，疏花圆满鹤精神。　空山安用和羹手，独立苍茫揽古春。

——（《清画家诗史》辛下）

题墨梅图轴

赵之谦

晴江尚有多知己，借庵空传万首诗。　我不爱童偏学李，北枝折取当南枝。

——（《钱君匋藏画，载《中国民间秘藏绘画珍品》第一集）

恽正叔画四首

黄崇惺

白丁香

素艳全欺雪，长条易惹风。　香浓熏午梦，春花殢烟丛。　丽日银墙外；流云镜槛中。　细腰人舞倦，粉褪画楼东。

牡丹

人间第一香，秾重不寻常。　几处亭台丽，倾城士女狂。　云霞拥阶砌，锦绣压衣裳。　却笑荷衣客，朝朝彩笔忙。

月季

磁斗清芬绝可人，冲寒耐冷见精神。　休夸琼树朝朝见，未抵瑶台日日春。　舞袖云霞千态丽，晓妆风露四时新。　维扬自古称香国，留与蕃厘步后尘。

木芙蓉

琼树南朝迹已灭，一枝碉户趁新妆。　娟娟庭院人如玉，漠漠帘栊夜有霜。　赠远几人搴木末，寻秋有客醉霞觞。　涉江前渡悲摇落，那更西风赋采芳。

——（《草心楼读画集》）

陈白阳白芍药

黄崇惺

朱栏粉砌暮烟浮，凉雨初晴万绿稠。　白袷衣单银押重，玉箫声里怨扬州。

——（《草心楼读画集》）

清代题画诗类卷四九

花卉类

题蒋文肃画花卉卷

翁同龢

矮纸曾题字数行，旁人怪我语苍凉。 湖山自是幽人福，漫与前贤并较量。

———（《瓶庐诗稿》卷七）

题梅石图

蒲华

妩媚偏饶铁石肠，广平一赋也铿锵。 罗浮梦醒哑然笑，画到梅花笔也香。

———（《赵之谦蒲华吴昌硕画风》）

题篱落横枝图

蒲华

东家无数管弦闹，西舍终朝车马喧。 只有幽人贪午睡，梅花开后不开门。

———（故宫博物院藏画）

题天竺水仙图

蒲华

璎珞红珠着意妍，万年颂到炼丹仙。 洛滨妙试凌波步，庾岭香度破腊传。

———（上海博物馆藏画）

题菊石图

蒲华

天生傲骨寄东篱，帝国平居有所思。 真向秋风愁老大，晚香劲节自扶持。

———（《赵之谦蒲华吴昌硕画风》）

题花卉册

蒲华

九节仙蒲香可掬，石奇而秀伴不俗。 耽看明目且清心，平旦黄庭日日读。

——（故宫博物院藏画）

题吴俊卿花卉图轴

蒲华

天台是否洞多栽，漫说瑶池结实来。 惆怅三千年后事，画中香艳满怀开。

——（《钱君匋藏画，载《中国民间秘藏绘画珍品》第一集）

题梅花图轴

虚谷

有粉有色更精神，一树梅花天地春。 一觉浮生尘世外，空山流水岂无人？

——（浙江西泠印社藏画）

题自画秋葵赠邹太夫人

陈书

叶出裁青玉，花舒染淡金。 不存脂粉态，自有向阳心。

——（《清画家诗史》癸上）

写梅

金涑

壮志销磨五十秋，任人唤马更呼牛。 傅家幸有梅花笔，写秃千枝未肯休。

——（《瞎牛庵题画诗》）

题李农如墨桂芍药二首

金涑

羡君老笔最清妍，参到香禅应占先。 惠我一枝金粟影，墨飞满纸月笼烟。
探春曾记武陵游，几点桃花逐水流。 却为将离重写出，一枝风雨送行舟。

——（《瞎牛庵题画诗》）

苍石画梅

金涑

脱帽谈山道味真，填胸书画气轮囷。 秋盦词稿冬心墨，可有低头拜倒人。

——（《瞎牛庵题画诗》）

清代题画诗类卷四九一

月梅

金渼

月明有鹤守柴门，绕屋清香淡有痕。 不许笛声出花影，恐教惊醒玉梅魂。

——（《瞎牛庵题画诗》）

荷花

金渼

荷花荷叶水悠悠，十里横塘纵浪游。 我友破荷能泼墨，商量一醉写新秋。

——（《瞎牛庵题画诗》）

题梅花图

吴昌硕

梅溪水平桥，乌山睡初醒。 月明乱峰西，有客泛孤艇。 除却数卷书，尽载梅花影。

——（《中国历代名画点读·百梅图说》）

自题牡丹图轴

吴昌硕

昨夜醉梦游赤城，仙人寿我流霞觥。 醒来吐向雪色纸，奇葩万朵谁红英。 人言此花号富贵，百卉低首谁争衡。 欧公为作洛阳记，贵妃曾倚沉香亭。 合移金屋围绣幪，珠翠照耀辉长檠。 闲蜂浪蝶不敢觑，灌溉甘露滋银瓶。 恶诗一官穷书生，名花欲买力不胜。 天香国色画中见，荒园只有寒芜青。 换笔更写老梅树，空山月落虬枝横。

——（《历代绘画题诗存》）

自题菊花图轴

吴昌硕

秋菊翠若英，篱根发古鲜。 三杯泛寿酒，一枝颂延年。

——（《历代绘画题诗存》）

自题菊花灯檠图轴

吴昌硕

灯火照见黄花姿，隔岁吟出酸寒诗。 贵人读画怒曰嘻，似此穷相真难医。

——（《历代绘画题诗存》）

予喜画荷叶醉墨团团不著一花
如残秋泊舟苕雪间篷窗听雨时也

吴昌硕

避炎曾坐芰荷香，竹缚湖楼水绕墙。 荷叶今朝摊纸画，纵难生藕定生凉。

——（《我的祖父吴昌硕·缶庐别存》）

冷香画荷索题

吴昌硕

荷气迎秋天影寒，赏秋人醉倚阑干。 无风波处真难得，浅水芦花画里看。

——（《缶庐集》卷二）

自题墨荷图轴

吴昌硕

荷花荷叶墨汁涂，雨大不知香有无。 频年弄笔作狡狯，买棹日日眠菰芦。 青藤白杨呼不起，谁真好手谁野孤。 井公持匄挂粉壁，溪堂晚色同模粘。

——（《历代绘画题诗存》）

寓居无花木欲求一枝作清供不可得藐翁斋外
玉兰盛开折以惠我汲井华水贮古缶养之香满
一室翁索画为花写照答之韵事也不可无诗

吴昌硕

晨钟未报楼阁曙，墙头扶出玉兰树。 南邻老翁侵晓起，持赠一枝带晓雾。 卷帘遥望忽却步，疑来蜀后宫中遇。 贞白无惭静女姿，酣薰乍觉芳兰妒。 妻孥指点画不成，明月欲满光难铸。 感翁惠重索我深，借使春风开绢素。 老梅雪落垂柳金，子云宅畔春无数。 愿从日日花下游，一日看花三百度。

——（《我的祖父吴昌硕·缶庐别存》）

自题玉兰图轴

吴昌硕

风过影玲珑，帘开雪未融。 色疑来蜀后，光顾夺蟾宫。 不夜云归晚，无暇玉铸工。 青莲真先计，贪赋腊姑红。

——（《历代绘画题诗存》）

自题紫藤图轴

吴昌硕

繁英垂紫玉，条系好春光。 岁岁花长好，飘飘满画堂。

——（《历代绘画题诗存》）

自题花卉蔬果图卷五首

吴昌硕

翠豪浥露香，富贵花开早。 金壶酒常温，玉堂春不老。

翠条无力引风长，点银花，玉屑香。 韵友自知今意远，隔帘亲解白霓裳。

九月谁持赏菊杯，黄花斗大客中开。 重阳何处篱边坐，雨雨风风送酒来。

昨夜东风巧，吹开金带围。 折花欲属赠，香露沾罗衣。

东涂西抹顿成丝，深夜挑灯读楚辞。 风吹雨花随意写，申江湖荡月明时。

——（《历代绘画题诗存》）

题徐渭花卉图卷

吴昌硕

折枝香满庭，吐艳墨盈斗。 大力不运擎，高处悬著肘。 青藤得天厚，自谓能亦丑。 学步几何人，堕落天之后。 所以板桥叟，仅作门下狗。

——（《历代绘画题诗存》）

自题花卉图轴

吴昌硕

金风尝称好女，娇姿楚楚如仙。 颜色并宜秋夏，美人独立阶前。

——（《历代绘画题诗存》）

醉后写桂

吴昌硕

推窗延秋，霜月正皎。树间金粟垂垂，清香袭衣袂。疑是吾画通神，大笑叫绝。

画稿苍寒泼麝煤，正逢海上月初胎。 木犀香否今休问，上乘禅真在酒杯。

——（《我的祖父吴昌硕·缶庐别存》）

自题画册二首

许訚

兰

手携并剪整兰丛，袭得幽香两袖中。　蜂蝶绕身挥不去，几回相伴入帘栊。

荷包牡丹

玉笛声中暮雨凉，沈香亭畔紫罗囊。　太真沉醉三郎醒，留贮清平调几章。

——（《清画家诗史》辛下）

题陈曼生画册五首

樊增祥

红梅

安排宰相和羹事，吾榜衰然首可庄。　今日九英花下见，绯衣新值上书房。

绣毬

马上三郎玉不如，休教击拂散明珠。　香毬圆转春风里，便是雪山狮子图。

藤花

一架天宁寺里花，山妻调蜜佐新茶。　年年说到藤萝饼，长与娇儿念外家。

芍药

江左繁华事可怜，扬州金带望如仙。　西来莫觅丹州种，金粉成畦不值钱。

残荷

残叶西陂绿可怜，镜中红泪冷涓涓。　荣衰无与闲鸥事，沙渚荒寒尽日眠。

——（《樊山集》卷一一）

题郭舜卿所藏南田画幅

陈衍

南田花卉见无数，如见徐黄色初赋。　何刘沈谢暗中识，此语西陂想殆庶。　人天雅俗判骨髓，气候工夫非确据。　偶将丘壑让耕烟，比似惠之去学塑。　近来吴王有扬抑，惟此写生久独步。　就中一幅见命意，忆与海藏论花树。　蘧花天竹非梅竹，罗汉称松亦谬附。　蜀茶媕妮岂茗荈，色界情天待参悟。　毗陵东冶两瓯香，诗画同时共驰誉。　独怜东冶罕流传，争向毗陵瓣香炷。

——（《石遗室诗集》卷六）

题梅花图

吴观岱

新花自有冰霜气，老干常留天地春。 万树馨香沁肺肝，孤山处士是仙人。

——（周怀民藏画，载《中国民间秘藏绘画珍品》第二集）

题画芙蓉

丘逢甲

曾记花间倚醉眠，露寒风定月娟娟。 画中重见芙蓉面，酒冷香消忆少年。

——（《岭云海日楼诗钞》卷八）

题画梅石二首

丘逢甲

石抱太古春，花作香雪海。 不知天地心，倚仗空山待。

瘦石护寒梅，盎盎回春意。 借君铁笛声，吹起群山睡。

——（《岭云海日楼诗钞》卷六）

戏题杏花柳枝画扇送虞笙之葵阳

丘逢甲

故园莺燕杏花时，又向离筵折柳枝。 怨绿愁红春满眼，锦帆南去倍相思。

——（《岭云海日楼诗钞·选外集》）

题墨荷

王震

几柄低落十里香，秋容如月纳新凉。 禅机空色留真相，始信花光即佛光。

——（中国美术馆藏画）

清代题画诗类

清代题画诗类卷五〇

花鸟类

题花鸟合册

陈洪绶

高梧老桂暗天街，梅水烹茶有好怀。 写与来君悬壁去，雪飞月冷坐空禽。

——（美国翁万戈藏画）

题孔雀

朱耷

孔雀名花雨竹屏，竹梢强半墨生成。 如何了得论三耳，恰是逢春坐二更。

——（刘海粟藏画）

题画燕桃花

朱耷

今朝已作杏花郎，天上碧桃谁在傍。 叵耐巢空迎燕雀，不教燕贺两朝阳。

——（日本金冈酉三藏画）

题画二首 有跋

徐柯

青女来时官渡空，一枝池上颤秋风。 窃红自爱凌霜色，薄醉天斜晓镜中。
书幌笔床何处归，玉楼虽在旧巢非。 秋来不作兰苕戏，只绕文君衣桁飞。

积雪封庭，老鲲床前拥被煨榾柮，饮三钱白酒，致醉呵毫，捻髭拈木芙蓉翡翠二绝，为蕃侯题花鸟册子。借使文君效致尧体，作坡公罪过添华颠，胡老他年一重公案也。放笔大噱，资老友启颜。庚午腊月六日。

——（《一老庵遗稿》卷四）

题林氏画册五首

屈大均

边鸾雀子赵昌花，一点丹青尽物华。 更有滕王蝴蝶好，采春纷向写生家。
花总如生自不知，黄筌神妙让徐熙。 绝怜点染惟丹粉，没骨图成多折枝。

轻轻研吮即成春，物态氤氲总逼真。　落墨图成徐渲染，胜他晕淡少风神。
折枝一抹态横斜，随意纤秾乱点花。　更取陈常飞白笔，参差树石写昌华。
徐家花竹与禽鱼，士女江南尽不如。　野逸绝胜黄富贵，曲眉丰脸六朝余。

——（《翁山诗外》卷一四）

江月幽禽图

王武

瑟瑟蒹葭乱水隈，清霜初下拒霜开。　却怜此池饶佳色，每岁秋深到一回。

——（《爱日吟庐书画录》卷三）

白头三友图

王武

雪尽亭皋松影寒，忽闻春信到栏干。　胭脂冻蕊垂垂发，头白人须仔细看。

——（故宫博物院藏画）

花鸟图轴

王武

沉沉帘幙画如年，百合花香榴火燃。　静对忘忧堂背草，数声啼鸟晚凉天。

——（《历代绘画题诗存》）

自题花鸟图扇

王武

柳色沾沾花欲燃，阊门万户禁炊烟。　落红只解随流水，燕子衔将飞上天。

——（《历代绘画题诗存》）

拒霜野鹜

恽寿平

芙蓉露冷汀烟近，荷芰风残月影沈。　独有亭亭双野鹜，秋深偏爱拒霜新。

——（《瓯香馆集·补遗诗》）

桃花紫燕图

恽寿平

紫燕来时春已半，清明来放一枝看。　红桃蕊小东风急，早向春烟破晓寒。

——（《瓯香馆集》卷一〇）

桃林紫燕

恽寿平

何处青青杨叶开，春风不入旧楼台。 桃花九陌无车马，紫燕还从社日来。

——（《瓯香馆集》卷七）

题与王翚合临陆治花鸟图轴

王云

晴华荡日午风恬，细草平沙暖布烟。 文鸟自眠花自舞，江乡春色弄清妍。

——（《历代绘画题诗存》）

花新鸟鸣图挂轴

华嵒

佳趣无多设，嫣然花自新。 和鸣声上下，见静境天真。

——（《上海博物馆藏画》）

碧桃鸳鸯图

华嵒

春水初生涨碧池，临流何以散相思。 含情欲问鸳鸯鸟，漫对桃花题此诗。

——（天津市艺术博物馆藏画）

秋塘鸂鶒图

华嵒

月堕寒塘恰晓风，连霄霜缀叶增红。 鸂鶒不肯高飞去，欲捕鱼儿立水中。

——（《历代绘画题诗存》）

桃潭浴鸭图

华嵒

偃素循墨林，巽寂澄洞览。 幽叩渺无垠，趣理神可感。 剖静汲动机，披辉暨掬暗。 洪桃其屈盘，炫曜乎郁焰。 布护靡间疏，丽芬欲紊欽。 羽泛悦清渊，貌象媚潋滟。 纯碧系游情，爱嬉亦爱揽。 晴坰荡流温，灵照薄西崦。 真会崇优明，修荣憓翳奄。

——（故宫博物院藏画）

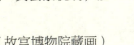

桃花燕子

华嵒

洞口桃花发，深红间浅红。 何来双燕子，飞入暖香中。

——（《离垢集》卷五）

题山雀爱梅图轴

华嵒

望去壁间春如海，半株僵铁万花开。 莫奇林叟情耽冷，山鸟亦知解爱梅。

——（天津市艺术博物馆藏画）

花鸟屏挂轴紫藤黄鸟

李鱓

古木参天倚碧霄，春光零乱好垂条。 朱藤画罢无人赏，只有黄鹂吹洞箫。

——（辽宁省博物馆藏画）

喜鹊梅花

李鱓

尔性何灵异，喜上最高枝。 探得好消息，报与主翁知。 报与主翁知，双双集凤池。 梅花春信早，喜遇圣明时。

——（上海博物馆藏画）

梅雀图挂轴

李鱓

尺素安排庾岭春，教余湖颖学干皴。 一公也解来看画，占断梅花不让人。

——（首都博物馆藏画）

荷鸭图

李鱓

曾爱凉风拂舞筵，荷花田上惜花天。 爱他科甲缠连意，已带斜阳又带蝉。

——（吉林省博物馆藏画）

杏花春燕图

李鱓

半里红拖郭隗台，看花人插帽沿回。 春风梦醒江南路，懊恼偏同燕子来。

芦花双雁图

黄慎

半山经雨带斜晖，向水芦花映客衣。 云外可知君到处，寄书须及雁南飞。

——（故宫博物院藏画）

荷鹭图

黄慎

双鹭应怜水满池，风飘不动顶丝垂。 立当青草人先见，行傍白莲鱼未知。 一足独拳寒雨里，数声相叫早秋时。 林塘得汝须增价，况与诗人物色宜。

——（故宫博物院藏画）

芙蓉白鹭图

黄慎

湘帘自启坐空堂，白昼闲抄肘后方。 近水楼台秋高淡，芙蓉雨过十分凉。

——（山东省博物馆藏画）

题海棠白头翁画扇调安园主人

袁树

海棠娇倚画楼东，香腻春云艳舞风。 可奈羽虫乖特甚，白头骄占一枝红。

——（《红豆村人诗稿》卷一）

题赵文俶水墨花鸟册四首

钱大昕

谢女题诗笔最神，绿窗轻染墨痕匀。 四时花鸟随心造，腕底元来别有春。
晕碧殷红著色酣，黄徐旧谱擅江南。 谁知林下空空手，生意都从水墨含。
石上灵芝竹外梅，离奇疏瘦了无埃。 天然一种烟霞秀，似带寒山面目来。
香茗才华绝代夸，停云指诀付儿家。 孤芳自有幽人赏，不羡装堂富贵花。

——（《潜研堂诗续集》卷五）

题郎世宁花鸟图册

梁诗正

东风花信二十四，唯有牡丹高位置。 天香国色号花王，百卉纷纷尽佁吏。 当年胜事数洛阳，欧公花品纪载详。 异种群推姚与魏，鞓红筑价尤殊常。 春工狡狯

清代题画诗类卷五〇一

衿妖美，暗渍胭脂染丹蕊。 嫩云晴日晒烘枝，吐作重台扶不起。 翩翩绛珮何鲜秾，自是天然富贵容。 写生输与崔徐手，图入鹅绡分外工。

——（《历代绘画题诗存》）

范苇斋花鸟小帧

翁方纲

馆阁江东说范遑，春风押掫出钩尖。 新阴六六年光换，接叶窗虚又卷帘。

——（《复初斋集外诗》卷一八）

题张子政桃花春鸟图轴

吴修

桃花山鸟张中画，画里题诗十九人。 绝爱杨廉夫句好，云间吹笛唤真真。

——（《青霞馆论画绝句》）

题李思敬画荷叶鸂鶒

顾太清

何处双鸂鶒，只飞栖败荷。 凉风入池沼，花果已无多。

——（《天游阁诗集》卷一）

题马眉秋荷水鸟

顾太清

一枝芦苇压秋波，野鸟飞来意若何。 借问西风今早晚，满池荷叶已无多。

——（《天游阁诗集》卷一）

蒋季锡画燕子桃花

顾太清

蒋家诗画多绝伦，燕子如生花有神。 燕子已迷王谢宅，桃花不尽武陵春。

——（《天游阁诗集》卷二）

题王端淑碧桃翠禽

顾太清

风前玉蕊濛濛写，天际浮云澹澹遮。 小鸟枝头相睡稳，月明初上碧桃花。

——（《天游阁诗集》卷二）

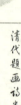

清代题画诗类

陆包山桃柳黄鹂

奕绘

夭夭桃之花，垂生绿杨柳。 嘤嘤仓庚鸣，迟迟春日久。 同声自相应，同气自相偶。 江南好春色，中人暖于酒。 柷写《伐木》诗，感触包山叟。 良时能几何，君子重求友。

——（《明善堂文集·流水编》卷四）

题海棠白头图

许光冶

香雾空濛晓未收，鸟声花影绿窗幽。 十分春在红廊下，安稳双栖到白头。

——（《有声画》）

题樱桃黄莺图

居巢

短脰流莺金镂衣，啄残红颗尽声啼。 分明似替秋娘说，容易阴成子满枝。

——（《今夕盦题画诗》）

题牡丹双鹊图

王礼

黛色参天岁暮时，薄寒轻暖鼠姑迟。 偶然写向东风里，老态颓唐更赋诗。

——（上海博物馆藏画）

花鸟

金涑

梅竹双清与石交，凭将画意细推敲。 笔端想入东园趣，添个青禽立树梢。

——（《瞎牛庵题画诗》）

题芙蓉鹭鸶图

王震

立雨眠烟古渡头，花如巧红艳三秋。 与君同是西风客，长伴渔翁一钓舟。

——（《赵之谦蒲华吴昌硕画风》）

清代题画诗类卷五一

蔬果类

木瓜喦道人携王荆璧先生所画木瓜见遗老夫

朱耷

西南画史丹还转，二子庐山一片心。 毕竟何瓜称法护，黄冠莫定老元琳。

——（《明清中国画大师研究丛书·八大山人》）

题画枇杷

朱耷

抛出金弹儿，传得泥弹住。 不似丛林檎，蔽头易满眸。

——（《艺苑掇英》第一九期）

题古瓶荔支图轴

朱耷

老夫批点南荒笔，荔支生长实离离。 门饶法石禅家院，绿兔勤镵虎豹皮。

——（《艺苑掇英》第一九期）

题希文莲子石榴册

叶燮

人言榴子甜，更说莲心苦。 甜苦各自知，相逢两不许。

——（《己畦集》卷九）

题高学士蔬香图

姜宸英

马齿凫葵共一栏，不烦菜把送园官。 十年前向诗中见，今日新从画里看。

——（《清画家诗史》乙下）

画菜

恽寿平

灌罢烟蔬抱瓮回，离披翠叶长春苔。 仙家上药原如此，琅菜何须碧海来。

墨菜

恽寿平

灌园我在城南畹，他日留君花下饭。 晓露新抽翠甲肥，春锄更劚黄芽嫩。 何烦问鼎间三飌，盐豉和羹烂似泥。 最爱山家风趣好，不将肉味胜金薤。

——（《瓯香馆集》卷一）

画芋

恽寿平

还忆山堂夜卧迟，寒灯呼友坐吟诗。 地炉松火同煨芋，自起推窗看雪时。

——（《瓯香馆集》卷八）

瓜豆

恽寿平

不是黄台三摘后，应与青门五色同。 一枕羲皇高卧处，翠阴藤下豆花风。

——（《瓯香馆集》卷八）

宣和御墨枇杷图歌

王士禛

卢橘苍苍横干起，故印依稀识天水。 风枝雨叶不关愁，惨淡如披靖康史。 宣和文物剧风流，绣褫锦赙穷千秋。 画学岁收五岳观，图书尽识太清楼。 盛衰转瞬如飞电，牟驼冈上纷刀箭。 紫筠花木摧为薪，西风落日青城殿。 此本流离出禁庭，过江千载叹飘零。 昔日兴亡如在眼，还同麦饭哭冬青。

——（《渔洋山人精华录》卷一上）

葛一龙枇杷

王士禛

洞庭诗人葛震父，画成卢橘亦清苍。 想他缥缈峰头坐，快写西林五月黄。

——（《渔洋山人精华录》卷五下）

为门人宗梅岑元鼎题荔枝图

王士禛

妃子宫中病齿时，红尘川使与星驰。 不堪重问华清事，又向丹青见一枝。

——（《清人题画诗选》）

詹事高澹人先生以蔬香图卷子属
题卷中尚阙六言为补此体四首

邵长蘅

菜甲融泥犹湿，葵根滴露初晞。　先生携锄虿出，野翠欲上人衣。
白白蕻芽春虿，青青瓠叶秋残。　提筐自呼阿段，菜把不待园官。
使君不妨锄菜，宰相亦住山中。　闲却和羹好手，品题春韭冬菘。
新筑鸳鸯湖西，旧业凤凰山坞。　结邻可许闲人，侬是青门老圃。

——（《青门旅稿》卷一）

题钱舜举三蔬图和牧仲先生作三蔬菜笋芦菔也

邵长蘅

眼底青青见生菜，泥融雨湿流新翠。　箭笋翻土一尺疆，锦绷乍脱婴儿臂。　恰疑江南三月天，不应芦菔已出地。　细看乃是三蔬图，雪溪好手写生殊。　雪苑先生精赏鉴，一蔬五十六玑珠。　青门老圃江南客，蔬谱风味颇能说。　争春虿韭抽露牙，破寒晚菘压小雪。　糁羹青嫩蕨苗肥，点匙监豉莼丝滑。　惊雷森玉蕈如钉，拗颈烂蒸壶似鸭。　桑鹅楮鸡下箸鲜，蔓青野荠登盘活。　筠篮小摘爪甲芳，姜辣橙香纷缕切。　二十七种庾郎鲑，五百食器乌榱啮。　穷冬旨蓄贮冻韭，枯肠破瓮寒菹热。　十年无事作行脚，南穷邕管北幽朔。　南庖只解腥介鳞，北馔未免夸羊酪。　迩来日日饱官厨，西江花猪白胜玉。　虽怜菜篱遭蹴踏，颇笑将军不负腹。　恐此亦复非良图，齿虽未豁霜生鬓。　青门三径行荒芜，芋区瓜垄归当锄。　展图惆怅胡为乎，江南何处无三蔬。　噫戏吁，江南何处无三蔬。

——（《青门旅稿》卷二）

墨笔花果册三首

原济

枇杷

小苑枇杷树树垂，奇云长日正朱曦。　凉飙容易惊秋绿，又见榴花结子时。

石榴

此中簇簇万千点，白粉朱砂画不成。　似他终有顽皮裹，生出乾坤那得名。

莲蕊藕芽

花下藕长花不开，十分酒渴苦生猜。　今朝为尔将花折，一节荷根酒一杯。

——（《大涤子题画诗跋》卷三）

题温日观葡萄卷

高士奇

露叶冰丸墨沈和，恍从架底看悬萝。　若将桔柚芬芳比，还让葡萄津液多。

——（《江村销夏录》卷一）

题画笋

姜实节

箨龙新长满前汀，想见枝生叶更青。　便拟与君同侧耳，秋声齐向画中听。

——（《鹤涧先生遗诗》）

题王赤抒沿篱豆花画幅

查嗣瑮

紫绡才卸绿囊攒，手摘沿篱待晚餐。　指与北人多不信，输他葱韭俱登盘。

——（《历代绘画题诗存》）

再题种菜图二首

查慎行

还君一首遂初赋，和我三章学圃诗。　弹铗思鱼原失策，封侯食肉更何时。
黄韭百瓮亦前因，腰腹如渠那称贫。　也与万羊同一饱，算来原自可骄人。

——（《敬业堂诗集》卷二三）

题陆汉标墨菜图

查慎行

小圃朝来露未晞，早菘青脆晚菘肥。　老饕不要园官送，直拟从君攫画归。

——（《敬业堂诗集》卷一一）

题王赤抒篱豆画卷二首

查慎行

豆叶翻飞豆荚肥，檐前薮薮草虫飞。　故园秋意忽到眼，一阵野风吹客衣。
沿篱手种两三睦，引蔓垂梢渐满棚。　生被画家偷样去，带花拗折一枝藤。

——（《敬业堂诗集》卷一六）

啖荔图二首

何焯

昔年烽火照三山，摄守能将省会安。 星纪屡周勋烈在，甘棠阴里荔枝丹。
白皙郎君类使君，倾筐迎献拥州民。 颗颗仍是遗膏泽，莫比寻常瑞露津。

——（《义门先生集》卷一二）

为顾书宣题元人程有中画菜

周起渭

顾君床头一束书，顾君厨中十瓮菹。 今朝忽展画菜轴，如得异味兼熊鱼。 画者云是程生笔，令我馋唾粘髭须。 早葵晚菘赤白苋，烟苗雨甲争扶疏。 蔓菁芦菔各离立，绿沈缨緌白玉肤。 紫脚菠棱脱介胄，苦味莴苣如瘟儒。 芜菱但可作笔具，点缀羹臛亦时须。 濯露摇风备生趣，绢素黯黕无模糊。 朝来展向堂西隅，笑杀园丁与饔奴。 吾侪篱落手所种，何人作绘来京都。 我怀南山旧草庐，荒园五亩亲耘锄。 竹竿下注碧涧水，悬溜直接甘瓜区。 此时食菜不食肉，梦寐少事心颜舒。 揭来京师三载余，园官菜把供吾需。 十日五日鸡鹅猪，腹虽未负人已愚。 因念豪家盛烹屠，罗列水陆穷膏腴。 甘芳益口不益智，五味作障精神枯。 心如黑漆身瓠壶，乃知达人极智巧。 正要胸腹填青蔬，晕膻旧习吾已除。 一月饱饫藜苋厨，此诗气味含土酥。 大官之羊亦解说，但恐蹴破君家图。

——（《桐野诗集》卷二）

自题画册胡芦

文昭

茧形栗色小刌团，老蔓如蛇上树蟠。 莫笑道人依样画，此中要贮大还丹。

——（《清画家诗史》丙上）

题元明人蔬果杂画册子乞粟所知二首

高凤翰

近代丹青手，缤纷物象开。 清苍出蔬圃，烟翠辨莓苔。 细愈含生动，残尤见剪裁。 将人愁换米，摩挲一长哀。

筹荒难自计，养命借匡扶。 所有诸侯贵，无堪将伯呼。 少年青眼重，老契素心孤。 乞食须仁祖，神伤宛转图。

——（《南阜山人诗集类稿》卷七）

椒姜图

李鱓

莫怪毫端用意奇，年来世味颇能知。　从今相与先防辣，到得含咀悔后迟。

——（天津市文物管理处藏画）

石榴扇页

李鱓

石榴本是神仙物，种托君家得异根。　不独长生堪服食，又期多子应儿孙。

——（上海博物馆藏画）

蔬果册页罗卜扁豆

李鱓

自拨瓦盆火，煨食衡山芋。　清味有谁知，道人得其趣。

——（江苏文物商店藏画）

菱藕册页

李鱓

本是江湖可避人，怀珠蕴玉冷无尘。　何须底死露头角，荇叶荷花老此身。

——（故宫博物院藏画）

竹笋

李鱓

冰雪关河懒出游，峥嵘岁月老夫愁。　争如雀跃儿童意，枣栗盈盘万事休。

——（故宫博物院藏画）

题画石榴

李鱓

劈开古锦囊中物，百宝生光颗颗奇。　昨夜老夫曾大嚼，临风一吐有新诗。

——（故宫博物院藏画）

葡萄

金农

醉眠伎馆温和尚，水墨葡萄浊世夸。　怪叶狂藤等儿戏，俨然一领破袈裟。

——（辽宁省博物馆藏画）

蔬果册页二首

金农

今年池中藕，明年池中花。 玲珑疑镂玉，碧落是仙家。

夜潮才落清晓忙，摘来堆盘纤手尝。 杨家之果多甘浆，消受山中五月凉。

——（《扬州八怪题画录·金农》）

花果图册页

金农

江南暑雨一番新，结得青青叶底身。 梅子酸时酸不了，眼前多少皱眉人。

——（《扬州八怪题画录·金农》）

采菱图

金农

吴兴众山如青螺，山下树比牛毛多。 采菱复采菱，隔舟闻笑歌。 王孙老去伤迟暮，画出玉湖湖上路。 两头纤纤曲有情，我思红袖斜阳渡。

——（故宫博物院藏画）

枇杷

金农

赏遍桃花与李花，千钱买酒不须赊。 阿谁拖着青藤杖，来看僧楼野枇杷。

——（《扬州八怪题画录·金农》）

题蔬果册页竹笋

金农

夜打春雷第一声，满山新笋玉棱棱。 买来配煮花猪肉，不问厨娘问老僧。

——（《扬州八怪题画录·金农》）

题余省仿弘历御笔盆桔图

汪由敦

百颗洞庭秋，离离露华满。 谁移向田盘，金翠耀霜晚。 偶蒙天一顾，春盘绿沉管。 写生爱清真，题句重缱绻。 临摹得佳手，胜迹腾艺苑。 伊昔冒朔风，高寄孤云献。 而今傍炉香，胜植上林馆。 三复楚颂篇，因之感忠款。

——（《历代绘画题诗存》）

清代题画诗类

萝卜蒜头

李方膺

十载匆匆薄宦游，个中滋味复何求。 沽来烧酒三杯醉，萝卜青盐大蒜头。

——（故宫博物院藏画）

枇杷

李方膺

四十无闻误是吾，春花秋月酒家沽。 三年倦作兰陵客，浪墨濡濡晚翠图。

——（天津市艺术博物馆藏画）

题桐敏山人画芋豆芦菔

杭世骏

秋蔬已除架，冬菜又出土。 日日瀹清馋，吾不如老圃。

——（《清画家诗史》丙上）

题余省仿弘历御笔盆桔图

厉宗万

天成一树浥甘香，手摘璿星散彩芒。 仙果秋盘秋湛露，汉珠火齐夜生光。 可能剖食思平仲，尚忆怀归问陆郎。 疑是扬州新入贡，南薰殿里得分尝。

——（《历代绘画题诗存》）

清代题画诗类卷五一一

447

清代题画诗类卷五二

蔬果类

题画蒲萄应砚围太守命即以送行

袁枚

广文吴君笔墨超，不画苜蓿画蒲萄。　太守得之兴更豪，命我题句加宠褒。　我乍展观叶尚摇，叹此神技渠独操。　厥草惟夭厥木乔，高者龙牵云外飘。　低者貉缩烟中条，欹者堕者纷相遭。　势或小断影忽交，弱蔓疏茎蟠瘦蛟。　艾蓝染碧垂丝绦，露之湛湛风骚骚。　大珠小珠天上抛，金丸万点眼欲烧。　疑坐华林朱雀桥，百七十株歌椒聊。　又疑张骞大宛逃，手持奇树来相招。　权火初升井挈皋，谁知妙腕挥银毫。　笔花怒生东海潮，墨浓作果淡作梢。　只可落纸生烟飚，无能登盘供老饕。　恰如虎须系且牢，松鼠欲偷空目劳。　严霜惊风影不凋，奚须暮景愁边橑！　太守俸满将入朝，请携此幅驰丹霄。　长途眼饱慰寂寥，长安赠客当琼瑶。　君不见孟佗一斛遗巨貂，凉州顷刻靡旌旄。

——（《小仓山房诗集》卷二〇）

题画杏

王文治

白头又过一年春，湖海行藏谁与论。　杏子黄时花落尽，绿阴满地不开门。

——（《清人题画诗选》）

题余省仿弘历御笔盆桔图三首

梁诗正

累累金实突黄柑，色映无声古佛龛。　桔月燕山吟桔树，春风一室小江南。
何须伯仲较橙柑，悟处应用弥勒龛。　留得盘中霜色在，天成高阁小窗南。
千户原输三色柑，春风偶忆普明龛。　色香重演无生偈，漫论名家郑所南。

——（《历代绘画题诗存》）

题画菜册

姚鼐

晚菘早韭各乘时，露重霜初并有宜。　菜肚先生聊自喜，不须传与里豪知。

——（《清人题画诗选》）

蔡万资履元水乡菱藕图三首

姚鼐

平湖秋棹木兰船，醉入汀花弄碧烟。 日暮都忘天近远，坐看明月到尊前。

——（《清人题画诗选》）

绿萍白芷春陂生，菱叶藕花秋气清。 语儿泾畔各含思，为待先生吹笛行。

隔岸越山青倒开，花光湖影照徘徊。 图成张向西风里，野鹤天边飞欲来。

——（《惜抱轩诗集》卷七）

题画石榴

翁方纲

郁郁红襟破，疏疏翦绿罗。 种方移汉殿，槎想泛银河。 芍药春阴倚，阑干莫雨多。 瘦金端午贴，宫绢谱宣和。

——（《复初斋集外诗》卷一八）

王少峰写意小轴恽铁箫补成者为邹苏门明府题

翁方纲

磊砢春辉百福圆，写生退直岁朝前。 玉人掷果车头句，往事寻思二十年。

——（《复初斋集外诗》卷一一）

伏城驿店壁戏写墨菘自题菘以安肃县产为佳

李调元

粉壁无端露一丛，数窝安肃写亭中。 要知不肯题名意，恐有人呼作李菘。

——（《童山诗集》卷一二）

自题荔枝图

李调元

昔年曾到临邛署，只见荔枝不见树。 雨叶风枝出小笼，红罗白玉留新句。 一生饱识岭南姝，不及嘉州色味殊。 六树垂垂江岸发，孤舟写出荔枝图。

——（《童山诗集》卷二七）

自题双菘图并序

李调元

舟中无事，自写双菘，徐中甫进士见之，为题诗，有菜根别自有真香句，因作长句答之。

雨村先生真腐儒，春食黄韭冬食蔬。 南行舟中一日无，思之不置描成图。 嫩叶尚带露华润，土膏半饱微雨酥。 何人履畦掇芳碧，想见抱瓮人勤劬。 宿酒未消初睡起，一盘何啻烹醍醐。 北方苦寒百不产，独称安肃尤敷腴。 蒌蒿甜滑非所嗜，波棱铁甲难为菹。 十年久住不为肉，半为此菜抛莼鲈。 今者落笔岂无意，藜藿面目吾知吾。 中甫山人独解味，菜根语好能起予。 岁云暮矣路长纤，菘虽软脆霜难枯。 相属守此无他娱，请君咀嚼助砺粗。

——（《童山诗集》卷一九）

题金叶山水墨蔬果二首

黄钺

芡

雨晴叶如盘大，日出花向东敷。 君莫笑蝟毛磔，中自有蚌胎珠。

桃核

青肤著手欲烂，玉瓢对面同皱。 自是中有傲骨，不惜碎身求仁。

——（《清画家诗史》戊上）

顾横波夫人画菜

孙原湘

一种秦淮旧日春，冰绡渲出雪精神。 难将世外幽人味，说与春明肉食人。

——（《清人题画诗选》）

恽兰溪夫人画册二首

孙原湘

枸杞

秾桃艳李多空却，独写柔枝入粉纨。 应取郑风无折义，闺中频展画图看。

稻

饥馑频仍乙丙年，江乡何处觅红莲。 令人展卷犹增慨，一石曾销半万钱。

——（《清人题画诗选》）

元日题画菜二首

舒位

夜鲤晨凫未足夸，书生骨相野人家。　年来读偏群芳谱，只爱青山出菜花。

胜他依样画葫芦，雨甲烟苗绿一锄。　领略春风好滋味，芳蔬园里岁朝图。

——（《清人题画诗选》）

为太福晋写蒲桃团扇敬题一绝

顾太清

马乳垂慈相，西来硕果鲜。　浓阴深覆荫，枝蔓缠绵绵。

——（《天游阁诗集》卷一）

题画

王素

健足不用天台藤，葫芦有酒何妨醉。　绥山花果正逢春，多子多孙延寿意。

——（《清画家诗史》辛上）

枇杷

潘遵祁

黄梅绿李好分甘，转眼风光入夏醋。　翠笼争携窑上种，教人能不忆江南。

——（《清人题画诗选》）

水蓣花藕

潘遵祁

鸳鸯水榭雨初飞，清浅横塘打桨归。　一舸闹红刚唱罢，新凉微逗藕苗衣。

——（《清人题画诗选》）

画菱藕莲蓬荸荠赠珠江校书

居巢

不妨菱角两头尖，莫恼凫茨个个圆。　莲子骈房心最苦，得欢成藕味终甜。

——（《今夕盦题画诗》）

题茄苋图

居巢

白茄紫苋摘来新，颇学东坡煮蔓青。　风露满铛春梦熟，那能持换五侯鲭。

——(《今夕盦题画诗》)

题瓜蔬图二首

居巢

柱弹长铗曳长裾，投老乡园得荷钽。　渐识土膏风露美，不妨五日遇花猪。
白柄长镶且习勤，园蔬有味总清真。　土膏露气君知否，烂煮还须摘得新。

——(《今夕盦题画诗》)

茭白扁荳

周闲

党尉豪华有尽时，田家风味最相宜。　芜蒌亭下穷途客，粥饭当初感旧知。

——(《清人题画诗选》)

画枇杷

翁同龢

昔石田翁作此，不知若何风趣，辛丑五月三日雨后题。
梅雨初过暑未深，家家庭院有黄金。　谁知翻作琵琶曲，近日吴门语变音。

——(《瓶庐诗稿》续补)

题画花果三首

翁同龢

佛手柑

便应化作菩提树，删尽纤纤十指奇。　曾见天题鼻功德，人间当合再题诗。

香圆

南方草木皆奇特，独有枸橼近合欢。　幸有天生味酸涩，不随梨橘荐春盘。

秋兰

孤干单花瘦叶柔，春风天后又开秋。　蘼芜本是江南种，不傍温州与建州。

——(《瓶庐诗稿》卷四)

果品图

蒲华

樱笋厨开酒入唇，日长似岁喜良辰。　却嫌梅子酸来甚，皱到眉梢几许人。

——（《赵之谦蒲华吴昌硕画风》）

石榴葫芦图

蒲华

频教野客动仙机，一架葫芦采未稀。 莫道干时投利器，九天咳唾落珠玑。

——（《赵之谦蒲华吴昌硕画风》）

题四时果实图佛手

赵之谦

不擎力士拳，且把如来臂。 谈禅向天龙，又悟非一指。

——（日本大阪市立美术馆藏画）

题蔷薇芦橘图轴

吴昌硕

芦橘黄如金，蔷薇红若火。 小园赋未成，涉趣芒鞋颇。

——（上海博物馆藏画）

自题枇杷图轴

吴昌硕

端阳嘉果熟薰风，色似黄金不救贫。 曾伴榴实作清供，馋涎三尺挂儿童。

——（《历代绘画题诗存》）

自题葫芦图轴

吴昌硕

上垂万年藤，下映三多叶。 祝公子孙繁，绵绵胜瓜瓞。

——（《历代绘画题诗存》）

自题苦瓜图轴

吴昌硕

和尚以为号，山家以为肴。 以嗜甘者多，而嗜此寥寥。

——（《历代绘画题诗存》）

公周索画菜复属补书一帙于旁予问其意谓真读书者
必无封侯食肉相只咬得菜根耳是言虽游戏感慨系之矣

吴昌硕

菜根长咬坚齿牙，脱粟饭胜仙胡麻。 闲庭敁得秋树绿，任摊卷轴根横衺。 读书读书仰林屋，面无菜色愿亦足。 眼前不少恺与崇，杯铸黄金糜煮肉。

——（《我的祖父吴昌硕·缶庐别存》）

清代题画诗类

清代题画诗类卷五三

禽鸟类

题大鸟图五月二十四日出狱,为居停主人题

钱谦益

漫道昆明有劫灰,蒲陶苜蓿至今栽。 不知此日乘槎客,谁见条支大鸟来?

——(《牧斋初学集》卷一三)

题林良枯木寒鸦图图有李宾之题句四首

王夫之

未辨斜阳与暮烟,枝枝不堕早春前。 此中无放莺啼处,留待桃花二月天。

便得春风也是枯,藤萝不挂尽萧疏。 遥知练鹊过新绿,只似河阳掷果图。

内苑春风万树皆,文鹓掠彩艳心谐。 寒山古木啼清怨,只有梅斋与木斋。

三十年来认得真,吉凶无据自无情。 鹊声纵好非归计,塞耳春风第一声。

——(《姜斋诗集·六十自定稿》)

题二禽图

吴伟业

旧巢虽去主人空,剪雨捎风自在中。 却笑雪衣贪玉粒,羽毛憔悴闭雕笼。

——(《吴梅村全集》卷一九)

题许有介群鸦话寒图二首

龚鼎孳

栎老新诗传乐府,许家秃笔点清霜。 高枝何限吞声鸟,偏汝啾啾话夕阳。

索酒空瓶昏黑夜,残鸦几阵送风威。 白门杨柳春应好,莫傍五陵金弹飞。

——(《清画家诗史》甲上)

题徽宗画鹰

戴明说

雪后天高双羽轻,金晴斜瞬暮云平。 谁知艮岳山头燕,风雨年年骂蔡京。

——(《清画家诗史》甲上)

题许山人白描画凤送王山史归华阴四首

吴嘉纪

翩翩孤凤有威仪，问尔翱翔何所之？　野翟山鸡遍城市，时人只爱羽毛奇。
汤汤淮水失同游，无赖谁怜一白鸥？　莫道忘机是此鸟，为君惆怅海西头！
梧阴竹实满丘樊，归去仙崖招旅魂。　愧我颠毛都白尽，空思玉女洗头盆。
分手衰年已自悲，看君双鬓也丝丝。　南京北地三千里，老态相逢更几时？

——（《吴嘉纪诗笺校》卷一一）

题鸣雁图送别

周容

芦荻平沙共一群，秋风吹起数行分。　纵然各向天涯路，声息相闻不碍云。

——（《春酒堂诗存》卷六）

题芦鸭图二首

汪琬

渺渺寒流接远天，荻花翻雪水凝烟。　竹弓丝箄真难到，借与沙禽自在眠。
世路崎岖不易行，每经身处辄心惊。　的应输与沧江鸭，惯狎风波了一生。

——（《清人题画诗选》）

题鹌鹑册页

朱耷

六月鹌鹑何处家，天津桥上小儿夸。　一金且作十金事，传道来春辟蔡花。

——（上海博物馆藏画）

题枯柳孤鸟图

朱耷

百花洲畔复青坡，柳下桥头蘸碧波。　凤管龙笙春寂寂，绿阴终日伴渔歌。

——（《听帆楼续刻书画记》卷下）

题枯木孤鸟图

朱耷

闲门寂寞掩中春，坐看枯枝带雨新。　鸟自白头人不识，可堪啼向白头人。

——（《听帆楼续刻书画记》卷下）

清代题画诗类

题竹石孤鸟图

朱耷

朝来暑气清，疏雨过檐楹。 径竹欹斜处，山禽一两声。 闲情聊自适，幽事与谁评。 几上玲珑石，青蒲细细生。

——（《听帆楼续刻书画记》卷下）

题双鸟图轴

朱耷

西洲春薄醉，南内花已晚。 傍着独琴声，谁为挽歌版。 横施尔亦便，炎凉何可无。 开馆天台山，山鸟为门徒。

——（浙江省博物馆藏画）

鹨鸡立石图

朱耷

画得鹨鸡九日时，何如明日更识题。 丹砂楚石一般重，相送卢溪禹庙西。

——（加拿大蒙特利尔市私人藏画）

题十鹤图十首

叶燮

赵清献携琴载鹤

孤桐抚罢山皆响，圆吭鸣时水咽流。 解道风流还好事，输他襆被一肩头。

林和靖子鹤

五更孤唳问平安，月地云阶警露寒。 自有佳儿夸长物，等闲遐末谢庭兰。

鹤巢松树

离离百尺攫虬龙，擎出明星第几峰。 情种千年应不化，双双举案大夫松。

黄鹤楼

洞庭淼淼见危楼，楼上何人傲白鸥。 铁笛声中冷眼看，世间多少上扬州。

师旷援琴

换角移商动地哀，此心通处岂须媒。 钟期死后知音绝，特地含情舞一回。

张山人招鹤放鹤

暮招晨放草堂开，多事山人日几回。 放去招来忙底事，此中闲处请君猜。

赤壁横江

沈沈月浸一舟轻，掾翅横流喉转清。 鹤梦东坡坡梦鹤，鹤醒坡起底分明。

子晋缑岭

人寰一别去游仙，多恨须升离恨天。 谁道别来重识面，葛藤添个鹤因缘。

支公放鹤

道人笼鹤缘何事，一旦开笼意淼然。 十二碧城栖宿遍，也应回首夜窗前。

鹤禁春晓

瞳瞳日影上觚棱，嫩蕊宫莎宛宛承。 不少茂陵多病客，看他毛羽占先登。

——（《己畦集》卷五）

题芦雁扇二首

叶燮

水云万里历苍凉，挈伴携群集复翔。 怪尔谋生浑不定，隔江飞去又他乡。
归去柳堤初漾月，来时汀草又粘霜。 人间不少伤心事，劳汝千行写断肠。

——（《己畦诗集》卷八）

芦塘放鸭图为查大弟慎行题二首

朱彝尊

横涨桥东宿雨残，尽驱鸭鸭出红阑。 芦花两岸冷如雪，十里秋客倚桨看。
鸭头老绿鸭脚黄，十十五五沿斜塘。 不劳蜀郡滕昌祐，勾染一枝红拒霜。

——（《清人题画诗选》）

题李检讨澄中所藏明月芦雁图二首

朱彝尊

吾家水阁傍江斜，风荻侵檐一丈花。 连雁低飞浑不见，只听拍拍响圆沙。
远岸风微宿雨残，天边忽涌烂银盘。 卢河桥畔秋容好，比似南湖一曲看。

——（《清人题画诗选》）

题禹之鼎放鹇图

梁佩兰

多少云中思，秋来寄白鹇。 无人知片影，冰雪照空山。 无心任出笼，直与高天杳。 黄叶蔽前林，疏风散清晓。

——（《历代绘画题诗存》）

题枫江群雁图

吴历

枫江水冷群归早，梦熟芦花秋未杪。 一雁不眠来弄月，波光浮动天将晓。

——（南京博物院藏画）

春雁江南图

吴历

陌头柳色暗毵毵，欲写离情忍泪缄。 春雁可怜齐向北，那堪游子在江南。

——（上海博物馆藏画）

白燕

恽寿平

何处卢家旧画梁，口衔飞絮过回塘。 将刍露下琼裙湿，试舞花丛玉剪香。

——（《瓯香馆集》卷一〇）

鸡

恽寿平

花间得食自相呼，喔喔惊看在绿芜。 自散墨华成五色，一群都是凤凰俦。

——（《瓯香馆集》卷九）

睡鸟图

恽寿平

员峤方壶忆梦游，冷风不动夜香沉。 莫矜锦帐红罗舞，姑射仙人在上头。

——（《瓯香馆集》补遗诗）

临元人睡鸟图

恽寿平

密翠长条野岸边，花枝如雪半笼烟。 浓香残月玲珑影，照见花间夜鸟眠。

双凤图

恽寿平

奇草何须问十洲，吹箫人忆旧珠楼。 双飞月夜骑鸾女，曾染红云在指头。

——（《瓯香馆集》卷八）

观燕人王筠侣画小鸟立霜枝红叶
鲜洁可爱扇为蛟门舍人所得

恽寿平

梳翎小鸟爱霜苔，山果无名扇底开。 立断高枝不飞去，风前衔恨为谁来。

不将螺黛染烟岚，醉染霜枝兴正酣。 燕市红尘藏不得，故留残墨到江南。

还想含毫供奉年，消魂纨扇墨痕新。 枝头莫是啼鹃血，叶点残红绝可怜。

画手曾高北地声，谁从墨苑重狂生。 得钱但买倡楼醉，不许王侯识姓名。

水晶帘畔度罗裙，胜事重题藻笔新。 那知身后逢知己，犹有风流汪舍人。

——（《瓯香馆集》卷四）

王若水古木鸣禽图为宋子昭郎中作

王士禛

古木幽篁乱疏荛，下有棘枝聚寒雀。 枝头颗颗红珊瑚，石畔菲菲芳杜若。 一雀振羽如欲飞，一雀掉头矜毛衣。 复有两雀目相瞬，号作窃丹知是非。 鹧鸪临流宛相并，戢翼回头复交颈。 黄陵庙里花落时，啼罢钩辀照双影。 高堂置酒相徘徊，眼中不数濠梁崔。 天清雪霁北风作，多少苍鹰欲下来。

——（《渔洋山人精华录》卷四上）

查夏重芦塘放鸭图三首

王士禛

横塘尽日雨濛濛，闲倚筝箸挂钓筒。 坐爱琉璃一千顷，菱花风急冒凫翁。

鸭母船依湖水滨，船头长日饭龟蚨。 凭谁寄谢桓南郡，不是鹅阑教斗人。

鸭头丸帖种鱼经，尽日芦碕泛渺冥。 何似渔阳随突骑，天风齐放海东青。

——（《渔洋山人精华录》卷一〇）

题王勤中柳塘聚禽图

宋荦

疏柳残荷弄细飔，野塘斜日聚禽时。 等闲写出无人态，都是王维画里诗。

——(《西陂类稿》卷一四)

朱芾画春禽聚晓图歌

邵长蘅

树梢巂簇北风急，冲寒走访朱翁揖。 示我新画春禽图，淋漓盘礴生绡湿。 乍开已觉春风起，曈昽晓日胭脂紫。 石家步障金谷园，怪底何从移置此。 细看曲折知无数，百鸟千花乱烟雾。 雕栏乳燕恰双飞，芳丛蛱蝶宜轻举。 含桃枝亚白头翁，海棠并坐黄鹂语。 就中孔翠何襂褷，绣吭绮翼云锦披。 忽然一片琉璃碧，绿波淡沲开平池。 池中水禽互嘲哳，鸂鶒鸂鶒兼鸬鹚。 又画五杨柳，临池漾轻烟。 长条乍拂青萍转，游丝只益东风颠。 朱翁尔画真值钱，四座顿觉寒暄迁。 开花烂熳似满眼，耳中仿佛闻闲关。 我闻吕纪善写生，禽鸟翎羽橅随身。 所以工貌不工意，刻画精巧微失真。 后来林良用水墨，孙龙学之亦效颦。 虽然浅淡别有致，岁久黯灵无精神。 何如此翁善涂抹，笔所点染看如活。 大儿朱九阳，写照亦第一。 近来为我图五真，青门山人呼欲出。 看罢出门迥肃瑟，斜日转微风转冽。 安得吹律回青阳，坐听春园啼百舌。

——(《青门簏稿》卷三)

题姚绶寒林鸲鹆图二首

高士奇

别殿初瞰水榭风，归摇鞭影芰荷丛。 无端炊熟黄粱饭，苑柳宫槐尚梦中。
野港菱湾起舵风，往来不离稻花丛。 茂林茅屋栖迟惯，忘却多年直禁中。

——(《历代绘画题诗存》)

禹之鼎放鹇图

陈奕禧

白云红叶发清辉，气转金天亦化机。 尚在深州持国枋，暂教闲客入山飞。

——(《历代绘画题诗存》)

题边景昭鸣禽图

爱新觉罗·玄烨

青绿缤纷巧画工，鸣禽对对绕芳丛。 黄莺能语吟高树，白燕低飞喜惠风。 骚人纸上贪春昼，客旅村中知气融。 无意蓬窗真伪辨，枝头犹带艳林红。

——(《康熙诗词集注》)

清代题画诗类卷五三

题禹之鼎放鹇图二首

查嗣瑮

一别雕笼自在飞，先生忍遣物情违。　料应不似乘轩鹤，久恋瑶京已忘归。

花下棋声别墅稀，水云闲吟梦依依。　岂知四海苍生意，长为鸿飞恋衮衣。

——（《历代绘画题诗存》）

禹尚基为宋牧仲太宰绘贾阆仙诗意图二首

周起渭

仙山独坐风泠泠，白石苍苔门未扃。　爱向初阳濯元发，阶前时有鹤梳翎。

独抚当年手种松，壶天岁月长髯龙。　千秋金液化灵珀，常护先生冰雪容。

——（《桐野诗集》卷三）

画鹰

沈德潜

华岳峰颠鸟，惊看上匹绡。　高怀一点染，爽气在云霄。　劲翻自无敌，凡材不敢骄。　倘能呼汝下，会看别鸾枭。

——（《归愚诗钞》卷一三）

张铁桥画鹰

沈德潜

铁桥道人性疾恶，惯写苍鹰露奇状。　金眸闪烁爪拳铁，猛气棱棱出纸上。　空堂孑立形轩然，百鸟惊飞不敢飏。　阴山九月天雨雪，林木槎枒冻欲折。　此时翻空入云去，万里高天洒毛血。　胡为敛翼栖枯枝，掉颈刷羽乘雄飞。　从知画师有深意，要令鸷鸟藏霜威。　草间狐兔不足击，健翮且漫横空驰。　君不见鸺鹠枭鸟多恶声，封狼破镜时从横。　会须使汝食其肉，一洗宇宙归澄清，坐看麒麟鸾凤来明廷。

——（《归愚诗钞》卷八）

清代题画诗类卷五四

禽鸟类

题贡三倕画扇

薛雪

月过西窗夜正长，横斜疏影上东墙。 幽禽也解高栖稳，宿向寒枝梦亦香。

——（《清画家诗史》乙上）

松鹤图

华嵒

层壁耸奇诡，云浪郁纡盘。 福洞桃初熟，常令鹤护看。

——（广州美术馆藏画）

竹溪书屋

华嵒

红板桥头烟雨收，小窗深闭竹西楼。 渠塘水绕鸳鸯梦，落尽闲花过一秋。

——（故宫博物院藏画）

高枝好鸟图

华嵒

惜春好鸟恋高枝，尽日娇啼不自持。 翻向绿房窥翠影，此情曾有几人知。

——（天津市艺术博物馆藏画）

竹禽图

华嵒

妙鸟息庭柯，寓目自幽蔚。 箫籁无比鸣，棹讴薄清味。 独与区尘遥，胡有罗网畏。 乐此竹枝清，长烟翳秋卉。

——（上海博物馆藏画）

题鸣鹤图

华嵒

自惜羽毛清，迥立风尘上。　老气横秋云，一鸣天地响。

——（《离垢集》卷二）

题鹏举图

华嵒

朝吸南山云，暮浴北海水。　展翅鼓长风，一举九万里。

——（《离垢集》卷二）

戏题王石丈秋柳鸜鹆图

高凤翰

石翁山水之好手，生平不作细羽毛。　鸜鹆小幅来何许，偶然游戏分余豪。　垂枝古柳僵龙尾，半截偃蹇枯槎梢。　鸜鹆者三各含态，神闲意静秋阴高。　上者倚首鸣下者，昂首求其曹。　旁者欲就宿，喙回颈头脊翘翘。　翛然野趣成妙境，羡尔幸脱笼与牢。　呜呼！　石翁之画不屑工，寄意多在有无中。　我闻昔日坡公赋五马，此诗此画将毋同。

——（《南阜山人诗集类稿》卷二）

寒林鸦正图

高凤翰

落日野塘流水，烟林小阵盘鸦。　一段荒寒何处，山南山北残霞。

——（青岛市博物馆藏画）

题芦雁二首

边寿民

鸭嘴滩头几曲沙，栖鸿安稳似归家。　愁他风雪无遮护，多写洲前芦荻花。
板桥一曲水通村，岸阔沙平丝有痕。　我画雁鸿寻粉本，苇间老屋日开门。

——（扬州文物商店藏画）

题芦雁图册

边寿民

一年两地平分住，南北征途不肯休。　我是南人画南雁，潇湘一段水云秋。

——（苏州博物馆藏画）

芦雁图

边寿民

溪上秋花似好春，溪头秋水碧粼粼。 征鸿从此缘何事，要洗关山一路尘。

——（四川省博物馆藏画）

芦雁扇页

边寿民

未寒飞族向南征，月冷沙平秋气清。 记得洞庭入静夜，孤身泊处两三声。

——（上海博物馆藏画）

秋风落雁

边寿民

黄芦瑟瑟白沙平，一片秋风落雁声。 最忆前年湘水上，孤舟夜半听分明。

——（苏州博物馆藏画）

芦雁

边寿民

薄云收尽出晴岚，冷艳蓉花照碧潭。 多少秋光恁消受，年年不枉到江南。

——（南京博物院藏画）

松禽兰石图

李鱓

雾深恍似蛟龙影，风过还闻江海声。 养鹤栖猿仙佛意，撑天立地古今情。

——（广州美术馆藏画）

蕉鹅图

李鱓

为爱鹅群去学书，丰神岂与右军殊。 近来不买人间纸，种得芭蕉几万株。

——（扬州博物馆藏画）

秋柳鸣禽图

李鱓

太湖石畔垂杨柳，一片萧疏弄晚风。 小鸟莫嫌秋事冷，燕支点上雁来红。

——（扬州博物馆藏画）

鸡图轴

李鱓

凉叶飘萧秋树林，霜花不畏晚寒侵。 画鸡欲画鸡儿叫，唤起人间为善心。

——（上海博物馆藏画）

芦鸭图

黄慎

芦荻萧萧忆昔时，六朝尘迹鸭鸥知。 画船载得雷塘事，收拾湖山入小诗。

——（上海博物馆藏画）

双雁图

黄慎

半山经雨带斜晖，向水芦花映客衣。 云外可知君到处，寄书须及雁南飞。

——（故宫博物院藏画）

秋柳画眉图

黄慎

凤钗如坠试容妆，睡起慵慵醉海棠。 学得柳纤新样子，画眉疑是唤张郎。

——（上海博物馆藏画）

题方邴鹤琴鹤送秋图

马曰琯

一声鹤唳沁寥天，坐对高空思渺然。 试向孤亭弹别调，白云黄叶满山前。

——（《沙河逸老小稿》卷一）

程莼浦以抱琴携鹤图索题

马曰琯

古木丛阴薄，秋风涧壑清。 素琴囊蜀锦，老鹤候柴荆。 对此祛烦虑，因之识道情。 讵同据梧者，齐物诮庄生。

——（《沙河逸老小稿》卷二）

题李营邱寒林鸦集图

马曰璐

鸦群寒噤树身僵，冷色侵凌到竹廊。 千古有谁能擅此，令人欲问米襄阳。

——（《南斋集》卷二）

题边景昭王绂合作竹鹤双清图

董邦达

野荟萧条似散人，多情瘦鹤便相亲。 边王饶有烟霞癖，合作霜清好德邻。

——（《历代绘画题诗存》）

题画白头翁

袁枚

谁画白头翁？ 一笑不如鸟。 生来自白头，无人嫌汝老。

——（《小仓山房诗集》卷一〇）

题林良九鸳图

王又曾

瑟瑟寒江烟雾灭，风漪百顷铺纤葛。 渔叉不响欸乃空，忽下空滩九堆雪。 画工之画真化工，水禽不与陆禽同。 真从第一数至九，一一变相无不偶。 写秋更得秋性情，色是秋色声秋声。 插头或作陂塘梦，引吭或效鸦轧鸣。 戏水或孤扬，衔鱼或双行。 或状孤高类野鹤，或矜娟秀如春莺。 疏雨欲来莲叶暗，小洲初落芦花明。 良乎！ 良乎！ 尔从何处得此态？ 仿佛金沙港口停船对。 竹篙撑动忽惊回，飞上青天与人背。 又记富春江上挽舟时，一行遥下严光祠。 渔梁无人晒还浴，斜日微风吹钓丝。

——（《清诗精华录》）

题赵佶柳雅芦雁图三首

爱新觉罗·弘历

柳丝芦叶粗粗绘，雅意雁姿细细摹。 植物无情飞物有，写真岂不在兹乎。
本于花鸟擅传神，近得寒江归棹真。 一例入渐能契妙，其昌已办主和宾。
柳合藏雅芦聚雁，天然位置信称佳。 蔡京王黼继为相，何独用人识乃乖。

——（上海博物馆藏画）

春江载鹤小幅

鲍桌

春水一天春雨晴，白云吹湿棹歌声。 横江鹤子去何处，迸石梅花香有情。

——（《清画家诗史》丙上）

清代题画诗类卷五四
一

自题古木寒鸦图

王宸

画里江乡宛乐郊，西田老屋忆蓬茅。　百年乔木萧条甚，剩有寒鸦补旧巢。

——（《清画家诗史》丁上）

戏题睡鸥图

蒋士铨

凤衔丹诏鹤衔筹，百鸟啁啾各自谋。　我与沙鸥同懒惰，水边浓睡却低头。

——（《忠雅堂诗集·寿萱堂诗钞》）

松雪秋塘小幅

蒋士铨

横塘秋柳萧疏里，踏波竞浴凫鹭喜。　鸂鶒不到浪花阔，时被渔歌一惊起。　细
苇新蒲意思闲，相呼相唤恋潺湲。　渚烟汀月从头数，似在燕南赵北间。

——（《忠雅堂诗集·喻义斋少作稿》）

柳燕图

王文治

柳条金嫩不胜鸦，金粉墙边道韫家。　燕子未来春寂寞，小窗和雨梦梨花。

——（南京博物院藏画）

李敦庸荷叶双凫

姚鼐

落尽芙蓉叶未枯，野塘深处喽双凫。　貌来合乞忘机侣，曾入烟波得见无。

——（《清人题画诗选》）

鹤石图

罗聘

天上瑶池露五云，玉麟金凤好为群。　劝君莫饮人间水，直是清池也污君。

——（上海博物馆藏画）

题吴秉仁双鹤图

李调元

吴生画学李将军，花鸟没骨俱有神。　就中双鹤图第一，种内能写青田真。　揭

朝下帘卧清昼，依稀羽客梦中觐。 胡然白露满庭寒，雪影襰襟飞座右。 一鹤独跱三山岑，俯啄直无沧海深。 一鹤如人长而立，自爱毛衣方自戢。 峭壁悬空似九皋，长风谡谡驱松涛。 紫顶丹眸各有态，一声晓唳霜天高。 此物由来性相警，貌入生绡犹炯炯。 遭逢不敢望乘轩，万里烟霄心未冷。 我令好爵恨虚縻，那复阴鸣子和之。 昂昂休说鸡群里，君特未见其父耳。

——（《童山诗集》卷九）

傅雯画鹰歌

李调元

大野秋高寒草枯，狐兔狡捷纷当途。 凛凛锋铓十二翮，胡为不击来吾庐。 细观素练画作殊，绦镟猛脑不可呼。 傅雯妙笔天下无，行年七十皓髭须。 犹能上马左右射，眼光炯炯如元珠。 朝来落笔风霜起，劲气直与苍鹰俱。 独立权杔吁可畏，攧身天地无全俘。 饱不飏去何其愚，得毋养之如布乎。 看君醉笔良非粗，诗成为我千壶沽。

——（《童山诗集》卷八）

吕纪画雁

奚冈

昔观徽庙寒碛图，雪色凜凜开江湖。 西风萧飒吹黄芦，阳鸟十百如相呼。 闲听今展青瑶轴，又见衡湘秋一幅。 谁其作者吕指挥，老笔盘旋惊众目。 独开生面写荒寒，衰柳疏花散碧滩。 万里来时关塞远，一行飞处水天宽。 指挥昔直仁智殿，岂特徒工写群雁。 进规立意秉忠贞，艺苑今犹称笔谏。 宅相双石能继声，画禽最得禽之情。 谁知更有吕文英，赢得人呼小吕名。

——（《冬花庵烬余稿》卷上）

冯给谏培竹鹤图

洪亮吉

意中我有闲楼阁，阁下亭亭立双鹤，鹤径时看一花落。 胸中我有奇峰峦，此外触处皆琅玕，六月更有松风寒。 乘轩豪此君直开径，居然得三益，门开无人，鹤亦应门，丛竹两两，为除行尘。 门关无人，竹亦索笑，仙禽翩翩，自诩同调。 先生此图实得我心，鹤既有侣，修篁成阴。 尚恨竹外无月，鹤边无云。 石床无积书，竹几无清尊。 客来不醉，相对何以能追古人。 君不见今人不来古人往，鹤步空庭竹森爽。 画中山好不可居，何不归为五湖长。

——（《卷施阁诗集》卷一七）

清代题画诗类卷五四

吕纪画五鸬鹚图歌

黎简

秋江一角水石清,芦尾萧梢风气腥。 长烟暮色月未出,有五鸬鹚同一汀。 其两齿齿相梳翎,一仰而叫下者应。 麻衣黑肥各深浅,黯与云水将冥冥。 其一夐绝片雪明,云气水气瀹而成。 洒然日随众食饱,静极梦与九渊淳。 武英直指吕纪写,写出红尘白鸟之宦情。 白还凫翁健还鹤,江映寒碧山映青。 粤有林生吴吕生,同官一处同得名。 昔年高壁飒风霰,我眼先夺林良鹰。

——(《五百四峰草堂诗钞》卷二三)

林以善画鹰

黎简

绢素古惨淡,黑若雨竟天。 梦梦云断崖,浩浩风揭川。 苍鹰眼如鬼,光堕衣带间。 远见两肩下,竦挟秋气寒。 影失冻波底,意已孤云前。 一眴谓其去,再眴惊其还。 三眴往复乱,万里自倒颠。 测彼画师心,静入面壁禅。 而使后来人,心目不得闲。

——(《五百四峰草堂诗钞》卷一五)

放鹤图黎二樵为周肃斋明府作属题

黄景仁

二樵笔如铁裹绵,爱画独柳秋滩边。 枝枝叶叶带风色,坐令山水生清妍。 一琴一鹤一童子,使君宦况清如此。 呼童放鹤拿舟行,淡淡斜阳天拍水。 其人与画皆千秋,令我悄然思旧游。 梅花夜舫孤山寺,芳草春江鄂渚楼。

——(《两当轩集》卷一五)

题马氏斋头秋鹰图

黄景仁

秋高江馆寒生棱,眼芒忽触瑶光星。 空尘动壁风旋榻,飒爽下击要离精。 金眸窈注紧脑侧,下若万骑相摩声。 凝神看定知是画,是谁扫笔如霜硎。 虚光四来指毛发,杀气迅走兼英灵。 悬此可以了魑魅,讵有鸟雀来空庭。 昔年作健臂而走,一挥飞破长天青。 仰天大笑缨索绝,琶毶斗大盘高城。 沙黄日白杳不见,围场散尽毛血腥。 今见此画如见生,头角怪尔逾峥嵘。 得霜则奋饱则飏,呼鹯作弟鹗为兄。 知君气类极神俊,嗟彼雉兔何聊生。 急将此图卷高阁,眼前万物心和平。

——(《两当轩集》卷一)

题杨柳鸣禽图

金礼嬴

忽见陌头杨柳色，柔条嫩绿水边生。 鸣禽唤醒春闺梦，时听枝头觊睆声。

——（上海博物馆藏画）

题李梅生育放鹤图和潘星斋韵

姚元之

一双清影破晴霞，回首空亭山外家。 倘是主人情不尽，天寒还为守梅花。

——（《清画家诗史》己下）

题双鹊图

戴亨

灵鹊双双羽翼成，高枝飞近日边鸣。 倾心侧耳唯听汝，夺尽人间鸟鸟情。

——（《庆芝堂诗集》卷一八）

枯树寒雅图

戴亨

阴云如墨树苍黄，空谷无人雪满冈。 野雀集枯甘寂寞，不随春燕入雕梁。

——（《庆芝堂诗集》卷一八）

题边颐公画浴雁

张问陶

一雁浴秋水，冲波如有声。 风霜留片影，湖海见深情。 寒苇犹相拂，潜鱼莫浪惊。 从来飞动意，原不在能鸣。

——（《船山诗草》卷一〇）

画鹰自题

张问陶

红叶萧疏剩几枝，秋风无力雨丝丝。 草间狐兔纵横极，正是苍鹰侧目时。

——（《船山诗草》卷一四）

鹧鸪画扇

舒位

楼台花月唱春寒，记取樽前行路难。 拂影年逢王内史，闻名先恼郑都官。 湘

人门巷当秋听，越女衣裳恰画看。 欲寄南云旧消息，多君怀袖有飞翰。

——（《瓶水斋诗集》卷三）

题王渊梧桐双鸟图

吴荣光

曾翦封圭领一圻，几多窥伺到南枝。 十三叶在春长好，莫放弹丸打雀儿。

——（《石云山人诗集》卷二一）

画鹰

屠倬

健翮凭谁写，人中识郫都。 孤箭晚风劲，浅草夕阳枯。 侧目浑难饱，雄心不受呼。 老拳如肯击，伏莽有妖狐。

——（《清画家诗史》己上）

客中为人题芦雁小景

叶廷琯

征途伴侣偶相依，风露丛中暂息机。 入世早知缯缴近，谋生肯羡稻粱肥。 夜凉楚馆银筝歇，天远吴门锦字稀。 谁识涂鸦题句者，江湖飘泊正孤飞。

——（《楘花盦诗》卷上）

题边颐公柳丝双燕

顾太清

碧水微波送晚潮，斜风细雨燕双撩。 萋萋芳草江南路，无限春情在柳条。

——（《天游阁诗集》卷一）

题赵伯驹画古木寒鸦二首

顾太清

茅舍自成村，蒹葭绕荜门。 木凋鸦向背，山迥月黄昏。 夜气迷修渚，寒烟生古原。 凄凉无限意，应念赵王孙。

芦荻暮江边，遥峰落日圆。 寒鸦三十对，老树几千年。 作画君王后，题诗花柳前。 不知百世下，诗画又谁传？

——（《天游阁诗集》卷一）

题无名氏画雁

顾太清

雁声才过楚江头，江上兼葭生暮愁。　帝子祠前秋水阔，冷云挟雨暗巴丘。

——（《天游阁诗集》卷二）

题柳燕图

许光治

燕子低飞掠晓烟，芳春杨柳绿芊绵。　社公雨歇东风过，正是江南二月天。

——（《有声画》）

题双鹭图二首

居巢

二分竹外水沦涟，傍水还牵岸上船。　才有踏波双属玉，西窗挂起五湖天。
黄鹂紫燕去来啼，雌蝶雄蜂来去飞。　只有鹭鹚闲似我，野塘新水立多时。

——（《今夕盦题画诗》）

同治甲子将由东官言归会垣画
二鸟于便面留别简东洲文学并题此诗

居巢

微禽慕其侣，气同声自求。　诗人况李杜，此唱彼则酬。　汝我两穷鸟，相媚良
有由。　遭时感拆群，惜别定周周。　别岂可得已，惜岂可得留。　好音苟不遗，讵云
道阻修。　愿如彼二鸟，谊以悠远谋。　远将隘六合，悠且期千秋。

——（《今夕盦题画诗》）

得高南阜片纸作枯木寒鸦题荒落二字喜甚作此

杨翰

嗟予荒落今如此，独与先生结画缘。　峭石枯枝成草隶，昏鸦几点入寒烟。

——（《清画家诗史》辛上）

芦雁

周闲

水落沙平压浪风，芦花如雪渺无穷。　秋光满眼浑难说，都在长空雁字中。

——（《清人题画诗选》）

题鹊

周闲

多事东风春又回，声声乾雀噪亭台。 可怜世上趋炎客，尽向权门报喜来。

——（《清人题画诗选》）

锦鸡

周闲

时命文章两不齐，祢衡李白总囚羁。 年来多少苍凉感，不独今朝为锦鸡。

——（《清人题画诗选》）

题鹤

周闲

骨格支离病翩微，自怜沦落惜毛衣。 明年借得春风力，看我冲天直上飞。

——（《清人题画诗选》）

凤凰

周闲

不比尼山叹道衰，清时瑞物两相齐。 九天看我文章焕，方信人间有凤兮。

——（《清人题画诗选》）

题鹤

周闲

愿向春风借羽翰，九天高处任盘桓。 人间燕鹊知多少，谁敢凌云子细看。

——（《清人题画诗选》）

画寒鸦枯树

翁同龢

昏鸦亦可怜，日暮尚翻然。 切勿争枝堕，风霜损汝眠。

——（《瓶庐诗稿》卷七）

题倪县令松鹤图二首

丘逢甲

官思何如归思浓，采芝翁健免扶筇。 轻装只载华亭鹤，未看北山堂外松。

曾从鳄海远趋庭，未忘鸳湖旧钓舲。 松有稚孙鹤有子，山风吹与老人听。

——（《岭云海日楼诗钞》卷八）

题雀稻横轴

王震

黄云披陇亩，雀喜有余粮。 人物两无扰，天心降百祥。

——（辽宁省博物馆藏画）

清代题画诗类卷五五

走兽类

题崔青蚓洗象图

吴伟业

呜呼顾陆不可作，世间景物都萧索。云台冠剑半无存，维摩寺壁全凋落。开元名手空想像，昭陵御马通泉鹤。燕山崔生何好奇，书画不肯求人知。仙灵云气追恍惚，宓妃洛女乘龙螭。平生得意图洗象，兴来扫笔开屏障。赤巋如披洱海装，白牙似立含元仗。当时驾幸承天门，鸾旗日月陈金根。鸡鸣钟动双阙下，岿然不动如崑仑。崔生布衣怀纸笔，道冲驺哄金吾卒。仰见天街驯象来，归去沉吟思十日。眼前突兀加摩挲，非山非屋非陂陀。昔闻阿难骑香象，栴檀林内频经过。我之此图无乃是，贝多罗树金沙河。十丈黄尘向天阙，霜天夜踏宫墙月。刍豆支来三品料，鞭梢趋就千官谒。材大宁堪世人用，徒使低头受羁絏。京师风俗看洗象，玉河春水涓流洁。赤脚乌蛮缚双帚，六街士女车填咽。叩鼻殷成北阙雷，怒蹄卷起西山雪。图成悬在长安市，道旁观者呼奇绝。性癖难供势要求，价高一任名豪夺。十余年来人事变，碧鸡金马争传箭。越人善象教象兵，扶南身毒来酣战。惜哉崔生不复见，画图未得开生面。若使从军使赵佗，苍梧城下看如练。更作昆明象战图，止须一疋鹅溪绢。嗟嗟崔生饿死长安陌，乱离荒草埋残骨。一生心力付兵火，此卷犹在堪爱惜。君不见武宗供奉徐髯仙，豹房夜直从游畋。青熊苍兕写奇特，至尊催赐黄金钱，只今零落同云烟。古来画家致身或将相，丹青惨淡谁千年？

——（《吴梅村全集》卷一一）

题周恭肃公画牛

朱彝尊

牧童横笛吹不得，背面却看溪上山。记得滥溪西去路，荻花枫叶浅沙湾。

——（《清人题画诗选》）

画马

屈大均

千里骅骝气，飞扬尺素中。可怜曹霸在，泪与汗花红。

题画猫

恽寿平

偃草雄风势壮哉，怒猊腾掷下苍苔。　于今社鼠应难捕，闲觑花阴蛱蝶来。

——（《瓯香馆集》卷一〇）

猎犬诗题画

恽寿平

不用传书去复回，闲思狡兔立荒苔。　知他得志围场日，肯避南山白额来。

——（《瓯香馆集》卷一）

双鹿小景

恽寿平

荒崖无树石淙西，晓雾沉沉竹影低。　偶与山灵同抵掌，不知白鹿过前溪。

——（《瓯香馆集》补遗诗）

题猎犬图二首

恽寿平

只傍鹰师猎骑边，围场浅草每争先。　中山东郭搜罗尽，可许闲阶自在眠。
仰看娄宿在天隅，枉说非熊载后车。　莫以功名轻狗监，也曾称赋荐相如。

——（《瓯香馆集》卷五）

罗塞翁猿图

王士禛

栗叶初黄山水浑，引臂叫啸来群猿。　绿条附蔓下绝壁，连尻结股争攀援。　老猿下视独招手，群猿跳掷腾且奔。　可怜猿子亦大黠，褓负母背如乘轩。　黑者玄衣白玉雪，下饮百丈临㶆沦。　姐龉嘰咋生趣备，丹青漫漶神明存。　品题云是塞翁笔，江东诗法传清门。　我疑或是易元吉，景灵画壁昔所尊。　余铿韩性竞短咏，天姥五字双眉掀。　吟诗玩画辄移晷，坐屏寒具忘朝飧。　忽忆元和柳司马，投荒始解憎王孙。

——（《渔洋山人精华录》卷三下）

清代题画诗类卷五五

一

戴嵩牛图

王士禛

一川莎草烟濛濛，晓来雨过开牛宫。 三尺短篆两縠觫，午阴掉尾嬉凉风。 一头摩角一头龁，寝讹有态何其工。 江干笛材老烟竹，横吹仿佛穿林丛。 绡素惨淡神理在，是耶非邪传戴嵩。 田家风物宛在眼，但有耕作亡兵戎。 我行岷下踰万里，青衣江上平羌东。 翠藤红树乱烟雨，风景略与图中同。 一从羽书急滇海，瓯粤秦楚交传烽。 益部迢遥隔天末，旧游有梦寻巴賨。 旄牛徼外阻王会，万蹄骄马高缠鬃。 千村万落长荆棘，何时金甲销春农。 童牛不牿可三叹，卷图风雨来长松。

——（《渔洋山人精华录》卷三上）

犛图为牧仲郎中赋

王士禛

何人画此四尺犛，目光旸睒生寒毛。 重铴系颈气何骜，望之非猣非獢骄。 美髯碧眼手自操，番部君长身带刀。 豪猪作靴兽锦袍，西旅厎贡来周郊。 画师得非顾与曹，赵盾往事悲彝皋。 君犛臣犛适相遭，踏阶而走走且号。 逆踆绝颔搏以鏖，弥明斗死灵辄逃。 一犛世变心忉忉，丹青妙手良可褒。 题诗龌龊非人豪，为君一石倾春醪。

——（《渔洋山人精华录》卷四上）

题赵承旨画羊

王士禛

三百群中见两头，仍然秃笔扫骅骝。 羯来清远吴兴地，忽忆苍茫勒勒秋。 南渡铜驼犹恋洛，西归玉马已朝周。 牧羝落尽苏卿节，五字河梁万古愁。

——（《渔洋山人精华录》卷一〇上）

柳塘春牧图

杨晋

牧童牛背绿杨烟，断续歌声独往还。 不与人间荣辱事，满蓑风雨亦尧天。

——（《历代绘画题诗存》）

牧牛图扇

杨晋

茂草丰林朝雨足，羯来牛背郊原绿。 笛声不解理宫商，信口吹成太平曲。

——（《历代绘画题诗存》）

题牧牛图

杨晋

日日相随柳岸头，曲声高和笛声幽。 莫嫌牛背无多好，不载人间一点愁。

—— （《清画家诗史》乙下）

题芦溪双牛图轴

杨晋

细草平坡接远天，渴时饮涧饱时眠。 太平不写巢由事，只写春深欲种田。

—— （《常州市博物馆藏画》）

题费晓楼同年牧牛图

查慎行

嫩草如秧水似油，雉疏闲放白萍洲。 画师最得华阳趣，不取黄金写络头。

—— （《敬业堂诗集》卷三一）

题陈允升塞外牧羊图后四首

查慎行

谁护储胥峙糗粮，开边端合用陈汤。 即看士马欢腾后，宴犒犹余万角羊。
鞭策曾趋万骑先，铙钲亲扈六飞旋。 当初应笑栘中监，雪北蒙氊十九年。
横草功名一例看，牧羊何似牧民难。 郎潜此日怜头白，辛苦边州两政官。
春草如秧际绿芜，驱群何日首归途。 一蓑烟雨村南北，添写巾箱考牧图。

—— （《敬业堂诗集》卷三一）

题潘铭三孝廉相马图小照四首

查慎行

房星偶然降，地上有骐麟。 纷纷皂枥下，孰是九方歅？
杏叶鞯未施，桃花色堪爱。 君其赏神骏，或在骊黄外。
骨有买千金，才谁展万里？ 人间高筑台，请自郭隗始。
曹霸丹青手，逢人亦写真。 试看相马者，此岂寻常人。

—— （《敬业堂诗续集》卷二）

再题朱北山所画松鼠蒲萄

查慎行

儿童把竹竿，飞鼠未可逐。 暮四复朝三，蒲萄秋正熟。 纵使身轻化蝙蝠，可怜两翅仍兼肉。 枝头渐空莫缘木，明朝去窃官仓粟。

——（《敬业堂诗集》卷一九）

张铁桥画马

沈德潜

高士写神骏，生龙在眼前。 壮心驰塞上，绝足占鹰先。 战斗神俱出，调良性亦传。 何时真买得，便与蹑云烟。

——（《归愚诗钞》卷一三）

奉敕题韩干照夜白图二首

沈德潜

曹将军貌照夜白，龙池十日飞霹雳。 弟子韩干亦有图，笔力几与师相敌。 肉中有骨藏丰棱，尘外能邀九方识。 笯云进鸟欲腾空，碧眼圉人骑不得。 杜陵游戏作贬语，苏子按图重推激。 天闲万匹皆臣师，肯服陈闳受驱役。 此卷流传已千载，归之内府珍尺璧。

天家十骏有画本，月窟西来过重译。 超骧俱是千里足，岂数当年好头赤。 惜乎未逢韩幹手，谁为神龙表奇特。 良工良骥两相须，披卷英风起槽枥。

——（《归愚诗钞》卷一一）

墨驴行赠朱玉田

沈德潜

玉田画驴工意不工似，笔所欲到神先行。 张旭草书并神速，腕下顷刻寒风生。四蹄特特耸长耳，仰首欲向长空鸣。 荒邨蹴踘残月白，一鞭指点遥山横。 吾闻玉田素得酒中趣，醉后挥毫有神助。 迩来无处索酒尝，貌出塞驴非健步。 昨朝醉酒写作图，淋漓泼墨还如故。 君不见杜陵旅食京华春，骑驴每叩富儿门。 诗人潦倒有如此，画师沈沦何复云。 愿君勿画千里马，悠悠谁是知马者。

——（《归愚诗钞》卷八）

画马

华嵒

少年好骑射，意气自飞扬。 于今爱画马，须眉成老苍。 但能用我法，孰与古人量。 俯仰宇宙间，书生真迂狂。

——（《离垢集》卷一）

题栗朴邨摹本五马图

高凤翰

　　厩马野马人不识，濯缨临水思公子。 老坡解事妙品题，离相得神有如此。 眼中五马更何人，韩干于今或未死。 风沙卷壁出骅骝，虎气龙精飒满纸。 斑驳青鹊自鼻驹，老赭苍黄胭脂紫。 饮水啮草但萧闻，谁见奔腾致千里。 长驱不受穆王鞭，何怪驽骀混骐骈。 世间万物各有神，洪钟万石声不起。 老骥泪枯伏枥歌，常使英雄悲没齿。

——（《南阜山人诗集类稿》卷四）

题渡水五马图为卢翼孙作

高凤翰

五马萧闲类五侯，濯缨临水寄风流。 应知薏苡功名险，乡里重思马少游。

——（《南阜山人诗集类稿》卷四）

画猫

汪士慎

每餐先备买鱼钱，曾记携归小似拳。 一自爪牙勤黠鼠，旁人安稳卧青毡。

——（上海博物馆藏画）

题画马二首

戴瀚

神骏相将散绿芜，画师何处用工夫。 惟应会得南华意，不作黄金羁络图。
穆满瑶池不计程，从来八骏谩为名。 只今画马腾骧种，已足清尘洒道行。

——（《雪村编年诗剩》卷五）

题画马二首

金农

骄嘶掣影耳生风，晓日曈曈正照东。 谁把倾城与倾国，翠娥红袖换花骢。
龙池三浴岁骎骎，长抱驰驱报主心。 牵向朱门间高价，何人一顾值千金。

——（《冬心画马题记》）

马二首

金农

花间酒幔水边楼，嘶处随郎郊外游。　一自玉人春信杳，夕阳西下不回头。
古战场上数箭瘢，悲凉老马忆桑干。　而今衰草斜阳里，人作牛羊一例看。

——（《冬心画马题记》）

画虎歌

方士庶

庭草纷披风怒吼，童稚惊呼骇鸡狗。　始知色变非空谈，元气淋漓归画手。　支
颐摇膝意惨淡，此物何尝人见惯。　搏噬观想伤仁心，肯添树石恣摇撼。　琥珀杯浓
菖蒲绿，石榴作花绽红玉。　尊前仿佛见南山，魑魅潜踪百虫伏。　画成更作画虎
歌，辟恶还如方相傩。　一幅高悬北堂上，为变斑衣文采多。

——（《天慵庵笔记》卷下）

仇英战马图

刘大櫆

韩干画马古无匹，仇英复入曹霸室。　弄笔偶成出塞图，英姿粉墨何萧瑟！　鞍
马甲士无一同，百十崷崪装束雄。　蔽亏掩映难悉数，人露顶踵马尻鬃。　边关日落
千山红，半天飒飒旌旆风。　飞鸟不敢近鸣噪，黄云惨淡横低空。　羽箭雕弧擫牙
纛，誓将万里烟尘扫。　壮士游敖今白头，可怜日月空中老。　愿借霜蹄骤且驰，追
奔直过流沙道。

——（《刘大櫆集》卷一二）

题唐人游骑图二首

爱新觉罗·弘历

珠勒珊鞭控骏骁，如茵芳草印蹄双。　十旬休暇携良友，何处宜游定曲江。
芳郊无物不熙春，鸟语生欢花影新。　挟弹背观聊立马，待他滚滚逐丸人。

——（《历代绘画题诗存》）

题郎世宁画马

爱新觉罗·弘历

伯乐今难遇，谁空冀北群。　横风嘶逸韵，意气欲凌云。

——（《御制诗初集》卷五）

题韩干照夜白图

爱新觉罗·弘历

于古闻空冀，而今果识韩。 独嘶霜月白，特立朔风寒。 有志凌金络，无心忆锦鞍。 丹青曹霸老，画肉也应难。

—— (《御制诗初集》卷三七)

题高其佩指头画虎

爱新觉罗·弘历

铁岭老人阎李流，画不用笔用指头。 纵横挥洒饶奇趣，晚年手法弥警道。 为吾染指画苍虎，气横幽壑寒嗖嗖。 落墨伊始鸦雀避，着色欲罢豺狼愁。 怒似苍鹰厉拳爪，炯然霹雳凝双眸。 万里平川望无极，三株古柏拿龙虬。 老人阅世如云浮，独于画法来肯休。 此图赠我实手迹，笔绘还输第二筹。 高堂昼静风生壁，却忆行围塞北秋。

—— (《乾隆诗选》)

题邹若泉牧羊图二首

袁枚

白草黄沙望眼迷，荒荒落日雪山西。 群羊似解孤臣意，翘首南云一剪齐。
李迪丹青笔最超，邹生粉本更亲描。 拟教添个苏卿妇，几点胭脂染节毛。

—— (《小仓山房诗集》卷三一)

养马图

袁枚

养马真同养士情，香萁供俸要分明。 一挑刍草三升豆，莫想神龙轻死生。

—— (《小仓山房诗集》卷二五)

洗马图

袁枚

龙驹卷浪刷毛衣，高坐支公兴欲飞。 笑杀三郎毫气少，温泉只解洗杨妃。

—— (《小仓山房诗集》卷三二)

清代题画诗类卷五六

走兽类

卖牛图歌为两峰作

蒋士铨

田干无处用牛力，田家不忍杀牛食。 完粮要钱不要牛，卖人不及牛身值。 人牛饿死争早迟，且换死别为生离。 牛别牛宫不复返，全家哭送牛何之。 相依日久同留恋，虽受鞭笞牛不怨。 杀身有补拌酬恩，奈何只卖钱三贯。 皇天生牛任至劳，饿鬼劫到不可逃。 鬼神岂不惜牛命，凶年弃去同秋豪。 菩萨心肠圣贤手，画之咏之亦何有。 君不见安居骨肉每仳离，何况饥寒难共守。

——（《忠雅堂诗集·藏园诗钞》）

题邑侯周石云戏马图

赵翼

骀野嘶鸣各自由，牧民余泽到骅骝。 班春五马何须祝，看取车前拥八驺。

——（《瓯北集》卷四〇）

题画虎

王文治

深林未出气先雄，百兽逡巡在下风。 却是醉人浑不见，溪边睡到日通红。

——（《清画家诗史》丁上）

题白云山樵危危日画猫

王文治

不把狸奴畜画廊，只因戒杀奉空王。 纵横鼠辈终须制，特遣星文作厌禳。

——（《清画家诗史》丁上）

易元吉画

翁方纲

石边余墨署八分，瘦劲不似园前人。 何待南濠考苏跋，始据东都证后村。 写生早入宣和谱，裕陵御赞猫初乳。 枯枝风带蹋枝禽，想见霜牙森爪股。 不独猿猱能择风，吮豪斜日倚秋空。 瘦石微凉草树响，全神摄入蹋枝中。

——（《复初斋集外诗》卷八）

画鹿二首

翁方纲

花纹濯濯日斒斓，谁道山中松下寒。 咫尺围场千里势，不烦奇笔制东丹。
引队秋深去饵芝，仙岩那必有仙骑。 翛然野性凌风露，自趁峰青月白时。

——（《复初斋集外诗》卷四）

题画牛

张赐宁

绿杨隐隐草萋萋，昨夜东风雨一犁。 流水桃花人语外，柴门鸡犬夕阳南。

——（《清画家诗史》戊下）

桂犬令馥戴花骑象图

洪亮吉

与其北方骑橐佗，不若跨象踰牂柯。 与其东中餐苜蓿，不若簪花抚蛮服。 我官蛮服谙土风，民戴长吏同家翁。 车前何必八骀列，象鼻舒卷如长虹。 花枝红红罩官帽，六十使君犹若少。 有时象背唫欲颠，惹得绉姬开口笑。 祝君官满无一钱，堆鬘花好垂吟肩。 君不见三年政成归亦好，叱象北来耕海岛。

——（《卷施阁诗集》卷一七）

唐明府仲冕招集吴县仓廥观唐六如画马

洪亮吉

唐生画马如画鹤，仙骨棱棱难捉摸，不识人间有羁络。 唐生画马如画人，霞采奕奕光瞳神，气轶天半心难驯。 唐生本是神仙谪，画马亦与龙麟匹。 眼空千里万里程，一点飞从草头黑。 蹄高四尺尾径尺，全力都从尾间出。 头肩背腹鬣胜膝，大气回环如一笔。 蛮靴乌帽衫落拓，此客我疑孙伯乐，不然何以神采飞腾气磅礴。 我曾行经大宛兼乌孙，枕戈万里求绝尘。 生还岂意复相值，雪夜对此开芳樽。 六如画品陶山诗，落笔往往饶精思。 前生不是赵承旨，或者即为李伯时。 君不见旄头星尚照巴蜀，眼急捷书来不速。 十万骅骝竞驰逐，饥火烧心尾毛秃。 何如此马真有福，飞行限以尺一幅，低首且食太仓粟。

——（《更生斋诗》卷四）

赵子昂画马歌在中州节署作

孙星衍

王孙画马爱马多，攒蹄婉颈眠青莎。 此图奇绝独无匹，满纸愁云一龙出。 锦鞯玉勒难为施，紫髯胡奴相视嘻。 草痕连天接天外，万里长风忽相待。 将随夸父逐红轮，直轶神夒蹈沧海。 穆王敢乘不敢骑，骏骨困若监车嘶。 项王能骑苦无遇，一唤奈何徒易主。 知音昔逢唐太宗，与之血战成大功。 感恩至死意不足，昭陵化石犹腾空。 不然桃林之山连太华，放汝清时乐闲暇。 人间壮士亦不羁，局促休教老辕下。

——《芳茂山人诗录·澄清堂稿下》

徐民部大榕所藏戴峰斗牛图

孙星衍

一牛藏威一牛突，一人操鞭一人蹶。 达官行人逮走卒，呼声方喧鼓声竭。 千年东绢黯残阙，人物森然动毛发。 画家书家重神骨，想见落笔如落鹘。 主人临池用心矻，运腕千钧托豪忽。 羲之复生戴峰殁，华堂罗宾酒杯凸。 雪地冰天避尘堀，论诗看画得津筏。 世事牛毛付消歇，我闻清时兽不狘，劝君更写蚕负蠹。

——《芳茂山人诗录·澄清堂稿下》

题牧牛图为孙令良炳作三首

孙星衍

风景桃林得自由，戴嵩名迹偶然留。 夕阳刍牧冯谁问，却怪他人画斗牛。
不施鞭策自天全，藉草看云一晌眠。 谁识牧人辛苦意，待他蕃息已经年。
乘田小试有前尘，休养能回万物春。 毕竟牧民还似此，中朝问喘望何人。

——《芳茂山人诗录·租船咏史集》

题丁云鹏文殊洗象图

张问陶

水是七净华，屏见一茎草。 洗与不洗同，香象天然好。

——《船山诗草》补遗卷四

自题画马

张问陶

今夕空维絷，萧萧风满林。 防他千里足，还有瘁辕心。

——《船山诗草》卷一二

为旭林画猿题句

张问陶

游戏清高洞壑幽，白云红树几春秋。　从今细享山林福，挥手风尘傲五侯。

——（《船山诗草》卷一八）

张子白若采同年属画骆驼戏题一诗

张问陶

醉后相看笑且歌，不图名马画明驼。　一原丰草含情对，终比牛羊妩媚多。

——（《船山诗草》卷一五）

画马

张问陶

居然一顾与千金，几载恩从豢养深。　玉柱银环特矜宠，性奇终有不羁心。

——（《船山诗草》卷一四）

画马自题

张问陶

孙阳一过马群空，虎春龙文定不同。　想着风云真意气，恨无奇笔画英雄。

——（《船山诗草》卷一二）

画松鼠

张问陶

不能成仙人，何不学仙鼠。　游戏山水间，消闲且飞舞。

——（《船山诗草》卷一七）

沈石田仿戴嵩牛图

舒位

春林苍苍流薄烟，下有百丈清冷渊。　田家风景得形似，柴门不正临溪边。　牧人蓑笠唱歌去，花蹄得得长绳牵。　不愁前邨暗风雨，夕阳欲落山嫣然。　一牛徙倚出深树，一牛绿趁晴莎眠。　余有一犊掉其尾，饮流龁草行平田。　今年布谷劝东作，禾香稻熟称丰年。　尔牛来思耳湿湿，不须县吏催租钱。　风光如此自堪画，郭椒丁栎皆清妍。　戴嵩之图不可得，摹者神妙秋毫颠。　松南居士久藏弃，出示索我题长篇。　揭来形影叹驰逐，旋息北辙仍南船。　风尘大道不暇给，青丝络马黄金鞭。　人生缰锁太可笑，骑牛骑马谁者贤。　何当置身画中住，横吹铁笛驱乌犍。

为宋蕴奇翰林题吴琏画马图即送其归商邱

田榕

江都曹韩不可作，人间画马徒区区。 吴生何年拈秃笔，扫此骅骝绝代无。 披图骙褭有四马，使我意气雄千夫。 风鬃雾鬣龙翼骨，胸裂怒虎首渴乌。 天生神龙别有种，意态岂与凡马俱。 吾闻蒲梢产大宛，尾捎流星口喷珠。 善马开边有汉武，离宫苜蓿夫岂徒。 又闻八坊屯汧渭，开天之间富厩奴。 玉花骢与照夜白，黄奚官向殿庭趋。 吴生此马穷殊相，骏跃岂类辕下驹。 何不突出横门道，横行万里追飞菟。 不尔且覆香罗帕，立仗帝闲耀皇都。 徒然散地此弃置，骄嘶顾影胡为乎。 翰林爱马有马癖，腰间短剑缨曼胡。 抱持此卷急示我，明发秣马将驰驱。 我且鬎刷且拂拭，绢素惨淡心悲吁。 岂少盐车九折坂，亦有鼓车八达衢。 羁縻刻烙待控驾，纷纷且听紫燕愚。 此马神骏岂多有，黄金白璧谁当沽。 安得赎献穆天子，尔云追电无斯须。 歗沙歗玉鸣得意，腾趠西极历崑墟。 华屋枣脯良非愿，八鸾六辔宁尔图。 俯首肯向驽骀辈，长秸短豆饱须臾。 呜呼此马有如此，送君晨风首修涂。 翘陆历块蹳恍惚，飞龙追趋天马呼。

李迪牧牛图

邓显鹤

宣和画院成忠郎，河阳李迪称擅场。 花鸟竹石俱精良，画牛乃亦其所长。 萧然尺幅水草香，两童篛笠来平冈。 或饮或降阿池旁，翻身跨牛牛若忘。 一前一后相俏伴，前吹后笛乐未央。 歌声隐隐出林麓，毻毻高柳招微凉。 吁嗟南渡戎马场，人间那有安乐乡。 迪乎何处得此境，令我忽忆村南庄。

题牧羊图

魏源

百年前牧羊，人与寝讹于牧场。 十年前牧羊，不见群羝见稻粱。 朝责牧豆百斛，夕贡牧刍百束。 刍豆皆尽，羝毛亦稀。 牧与羝，皆苦饥。 野旷风冷，日黄天低。 诉主人，主人咍，汝但司汝刍牧为。 羊肥瘠，何必知。 羊不行，汝但答。 山雨来，日将夕。 且呼羸羝，下山求食。 雨为蓑，云为笠，夜闻邻牧笛声急。

清代题画诗卷

自题画马赠韩云溪师傅

奕绘

也晓前身非画师，骅骝乘兴偶图之。 死生堪托无空阔，此意吾知韩干知。

——（《观古斋妙莲集》卷三）

题人马图

费丹旭

郊原遍芳草，马蹄已先觉。 认在酒家楼，杏帘青一角。

——（李一氓藏画，载《中国民间秘藏绘画珍品》第三集）

墨牛二首

吴昌硕

牛为大物，状绝可厌，友人属作，褒辞黑牡丹，亦遇知己，可以无恨矣，呵呵！

劫后荒田耕遍，家家户户还租。 莫道一牛蠢物，曾陪老聃著书。

帘影杏花邨畔，笛声杨柳阴边。 何日卷书归去，朝朝牛背熟眠。

——（《我的祖父吴昌硕·缶庐别存》）

赵子昂画马并序

樊增祥

马凡七匹，圉人一，绢已黯坏而生气涌出。家藏余三十年，壬戌岁除，以画乞彝陵富人，得钱万二千。暇日追忆，为此诗也。

王孙画马世所稀，直幅宝若兼金贻。 绢素朽落五百载，悬墙突见生骅骝。 日中就视乃能辨，照映水草光离离。 一马拗怒就衔辔，意态早与风飙驰。 圉人磔须露两肘，天寒袴褶围黄皮。 旁立两马亦诇异，昂首髯髭闻鸣嘶。 其余肥瘠各有态，滚尘龁草皆权奇。 世间凡骨断无此，毋乃上厩飞龙姿。 伤心玉马朝周日，虏骑横江天水碧。 学士传宣入上都，天阶立仗心魂慄。 瑶池八骏那可逢，披图宛见沙漠风。 北边健儿善游牧，形貌真与图画同。 王孙画马能画骨，始觉韩干非良工。 古来尤物无常主，发厨一日烟云空。 明珠弃暗吁可惜，毋宁读画甘饥穷。 高斋目想若有见，渥洼灵气来空中。

——（《樊山集》卷一）

装裱宜兰山人狮子图已成题其端

丘逢甲

宜兰山人昔访我，为我画此狮子图。 沧桑转眼万事变，世间何物为公孤？ 十年弃置不复道，敝箧沉沉任狮卧。 寒蟫饥鼠不敢近，题诗况有兰陵老。 十年始付今装池，展卷如见真狻猊。 褒公鄂公毛发动，人间少此英雄姿。 睡不醒今已醒，坐抚奇儿气尤猛。 大地山河一吼中，一出群雄归管领。

——（《岭云海日楼诗钞》卷一三）

题寒林嘶马图轴

王震

骏马自长鸣，闲闲步郊外。 怀抱不竞心，聊复趁天籁。 烽火漫云烟，河山已无奈。 莫言不逮时，赖此安平泰。

——（上海博物馆藏画）

清代题画诗类卷五七

鳞介类

画鲤鱼歌

董文骥

盈尺素练生波涛，鲤鱼风起挥霜毫。 老鱼鼓鬐振鼠跋刺跳，小鱼一寸二寸随其曹。 下有一头巨口鳞，睅目厉吻何贪饕。 老鱼有神不敢动，随波掉尾而潜逃。 此是画师画龙种坐观一坳，绿鸭豢龙之水如临濠。 金盘羡鲙费思牢，还愁飞去乘琴高。

——（《微泉阁诗集》卷三）

鱼乐图卷二首

朱耷

双井旧中河，明月时延仁。　黄家双鲤鱼，为龙在何处。
三万六千顷，毕竟有鱼行。　到此一黄颊，海绵吹上笙。

——（《艺苑掇英》第一七期）

题落花游鱼

恽寿平

尺波无处宿鸳鸯，摇荡春风荇带长。 忽见轻鲦初出水，落花如雪过回塘。

——（《瓯香馆集》卷六）

题落花游鱼图五首

恽寿平

水云天不隔，万藻望如积。　花潭千尺波，惊翻在半壁。
波光乱菰蒲，鸥鹭不能下。　借问观濠人，谁是忘机者。
柳色侵天碧，花枝隔岸开。　春风留不住，吹过绿池来。
笳下歌不停，江南奏哀响。　放笔点苇塘，犹有临渊想。
点水菱丝结，牵风荇带长。　偶然逢惠子，相与话濠梁。

——（《艺苑掇英》第六四期）

临范仁安鱼藻图

恽寿平

可是垂纶处，图悬想像中。 还疑渭水上，留梦待飞熊。

——《瓯香馆集》卷八

模刘寀落花戏鱼图二首

恽寿平

风微不动萍，红雨洒花津。 跳波鱼出藻，搅碎一池春。
花底唱沧浪，菰蒲望渺茫。 眼中无壮士，不必问鱼肠。

——《瓯香馆集》补遗诗

金鱼

恽寿平

一水空明尾鬣斜，回环岛屿即天涯。 已怜红白纷相映，风过缃桃又落花。

——《瓯香馆集》补遗诗

风莲戏鱼图二首

恽寿平

萍风将散绿，香气欲成雾。 美人采红莲，曾过南塘路。
菱丝翠相结，荇带青未开。 忽闻跳波声，条鱼泛空来。

——《瓯香馆集》卷三

临刘寀鱼藻图

恽寿平

一闻江南管，再听采菱讴。 当时见两浆，于此上兰舟。

——《瓯香馆集》卷四

题徐电发检讨画蟹二首

王士禛

仄行与外骨，并入考工记。 何如纨扇上，善写招潮势。
草泥拥郭索，两钳亦何利。 便欲左手持，未劳门下议。

——《渔洋山人精华录》卷四上

戏题旅壁画龙

查慎行

谁言龙物性难驯，长养方成爪角鳞。 画手不然争貌得，可怜曾傍蓼龙人。

——（《敬业堂诗集》卷一九）

题且园翁指头画龙

高凤翰

搏墨老仙墨奇绝，十指五指如盘铁。 每笑世人含腐毫，死兔灵中乞生活。 墨奇落想想亦奇，神工鬼斧天为师。 雕盘虎啸未快意，放手更作云龙嬉。 拿空搅海乱云水，混茫元气酣淋漓。 如山大颡昂层雪，双钩怒攫丹渊披。 自言往在西湖上，亲见游龙狎巨浪。 湖上湖中咫尺迷，觌面垂湖逼相向。 此之画者将毋同，鹤飞无处问仙翁。 翁乎翁乎不可作，但见突兀开沧溟。 安得蹑虚驭气入海去，与龙上下腾烟空。

——（《南阜山人诗集类稿》卷四）

为祝荔亭同学戏题画蟹

高凤翰

展轴如有闻，窸窣画中落。 初意爪划声，不谓得郭索。 墨棱侧窪洼，浓淡成边郭。 狰狞抔甲匡，槎枒上苇脚。 生绡浮水花，壮骨耸剑锷。 中疑含紫膏，见之思大嚼。 我友老诗豪，平生嗜糟粕。 雅喜持尔螯，久恐付汤镬。

——（《南阜山人诗集类稿》卷四）

题周崑来画龙

高凤翰

龙睛不可画，但画云与烟。 那见细鳞蛇，破壁能上天。 千载吹僧繇，神技非徒然。

——（《南阜山人诗集类稿》卷四）

画墨龙

华喦

山人挥袂露两肘，把笔一饮墨一斗。 拂试光笺骤雨顷，雷公打鼓苍龙走。

——（《离垢集》卷一）

菊蟹秋光图

李鱓

经风崖柿变新霜，牵染篱花蕊渐黄。 拾得蟹来沽得酒，撇开闲事赏秋光。

——（故宫博物院藏画）

螃蟹扇面

边寿民

一只蟹，一瓮酒，借问东篱菊放否？ 酌酒持螯看菊花，一首诗成酒一斗。

——（扬州文物商店藏画）

鳜鱼

边寿民

春涨江南杨柳湾，鳜鱼泼刺绿波间。 不知可是湘江种，也带湘妃泪竹斑。

——（无锡市文物商店藏画）

甲午重阳后五日病余题菊蟹

边寿民

霜螯此际膏应满，况我东邻是酒家。 不是病中无意绪，肯教辜负此瓶花。

——（《清画家诗史》丙上）

嵩山处士画龙歌为童洵良作

戴瀚

无风而风八极掀，无雨而雨四海翻。 惊雷掣电亦何有，隐隐烁烁来无门。 就中要只云气集，云之灵怪墨所�”。 泰山衡山混一气，崇朝触石焉知根。 蜿蜒者龙固神变，三百六十斯云尊。 角丫劲拄秀鬐动，鳞甲坚错瘦爪抡。 龙真嘘云云从龙，交并那复洒墨痕。 嵩山老翁卧山久，一为奇弄握化元。 岳阳楼高倚空阔，昔者翁到神飞骞。 戏张丈素在楼壁，洞庭全湖就欲吞。 欻传四野万人看，手题卖价千金论。 伟哉丁公大司马，建旟秉铁开旂辕。 乍闻妙画不及扉，千金立出欢心魂。 请翁上坐礼国士，信陵义重卑平原。 得一知已可不恨，翁归韫匵过玙璠。 何来吴淞半江水，见此云气盈墀轩。 由来翁画不轻与，肯与一钱或不烦。 以知主人异臭味，大都心胸无篱樊。丁宁主人莫轻展，展观要识古道存。

——（《雪村编年诗剩》卷一二）

菊蟹图

黄慎

手执螺厄擘蟹黄，客中何事又重阳。 年年佳节看成惯，醉榻寒花一瓣香。

——（天津市艺术博物馆藏画）

周玙龙图

郑燮

神龙潜何处，纷纷辨有无。 昔闻生大泽，今岂辱泥涂。 不见叶公好，荒言列子屠。 南阳有遗迹，鼾卧在江湖。

——（《郑板桥·题画录》）

游鱼图

李方膺

三十六鳞一出渊，雨师风伯总无权。 南阡北陌槔声急，喷沫崇朝遍绿田。

——（天津市艺术博物馆藏画）

鲂鲤贯柳图

李方膺

客来向我索鱼羹，口渴无聊解酒醒。 旧日钓丝还未理，溶溶漾漾笔头清。

——（南京博物院藏画）

墨鱼图

李方膺

雕虫小技墨痕枯，万里长风兴不孤。 天地合成如画匣，江湖展看化龙图。

——（南通博物苑藏画）

双鱼图

李方膺

风翻雷吼动乾坤，直上天河到九阊。 不是闲鳞争暖浪，纷纷凡骨过龙门。

——（故宫博物院藏画）

河鱼稻穗图

李方膺

河鱼美，穿稻穗，穗多鱼多人顺遂。 但愿岁其有时自今始，鼓腹含哺共戏嬉。

岂惟野人乐雍熙，朝堂万古无为治。

——（扬州博物馆藏画）

题秋蟹图

童钰

秋风江上雨晴初，芦叶芦花返照余。 我亦年来似张翰，几曾归此为鲈鱼。

——（薛处藏画，载《中国民间秘藏绘画珍品》第二集）

墨蟹戏题

戴亨

草泥郭索遍江干，匡满玄黄菊未残。 把酒持螯秋正好，不应空作画图看。

——（《庆芝堂诗集》卷一八）

扇头鲈鱼

孙原湘

偶贪香饵上轻丝，挂住秋风柳一枝。 回首烟波无限好，横云山下莫潮时。

——（《清人题画诗选》）

九月九日画菊数枝蟹数辈漫题一绝

张问陶

秋梦初回酒一觞，买花蒸蟹过重阳。 今年不作登高会，怕有遥山似故乡。

——（《船山诗草》卷一〇）

题沧湄知鱼乐图

张问陶

天地空明如积水，人生不乐真伧鬼。 古今有我须臾耳，忽闻谁语来濠梁。 以鱼说法鱼洋洋，漆园老吏何其狂。 吾子图之亦有托，举以告鱼鱼不觉。 鱼亦何须知子乐，持图问我鱼何如。 对君长揖吾非鱼，相与大笑亡其图。

——（《船山诗草》卷五）

题画龙

魏源

乱云成海海倒空，中有隐隐双飞龙。 两龙嘘云一气从，因见生闻耳有风。 风起驱云云不开，一痕忽现鳞鬣来，瞥眼复失何神哉！ 蓬莱夜夜，汩涛自语。 无雷而云，青天不雨。 独此墨海游戏无首尾兮，安能忍而与此终古。 呜呼！ 神物不神物于物，君不见泰山之云为霖起触石。

——（《魏源集》）

画蟹二首

郎葆辰

秋来不减持螯兴，愿学东坡守戒难。 聊借砚池无数墨，写生且作放生看。

东篱霜冷菊黄初，斗酒双螯小醉余。 若使季鹰知此味，秋风应不忆鲈鱼。

——（《清画家诗史》己下）

题无名氏画鲤鱼

顾太清

黑云夭矫结层阴，潮长秋江九派深。 一夜芙蓉花尽放，鲤鱼风起水仙吟。

——（《天游阁诗集》卷一）

冬至月初四日梦中题王綦画戏鱼图

顾太清

渺渺波纹细，丝丝风暗飘。 滋生各有术，春水长鱼苗。

——（《天游阁诗集》卷五）

题落花游鱼图三首

许光治

烟绵丝柳不禁愁，荇甲鱼丁波上浮。 开尽碧桃人不见，落花无限水东流。

荇叶菘芽没钓矶，绿波春水白鱼肥。 柳丝无力东风软，时有碧桃零乱飞。

绿波春水可怜生，荇带菘根亦有情。 三四白鱼花数点，柳丝深处似闻莺。

——（《有声画》）

题游鱼图

居巢

借得幽居养性灵，静中物态逼孤吟。 匠心苦累微髭断，刚博游鱼出水听。

——（《今夕盦题画诗》）

昔在都门乞郎苏门先生画为作墨蟹仅露眼爪余纸悉以淡墨点水草意殊超妙偶与乔松轩话及即于纨素仿之戏作小诗书于背尖叉二字非见画不知也

杨翰

稻粱肥处任爬沙，编筛簋灯问酒家。　尽把墨痕化菰蒋，似从水面斗尖叉。

——（《清画家诗史》辛上）

芦蟹

周闲

晋人太息得狂名，谬许持螯了一生。　直道终归三代上，而今只是重横行。

——（《清人题画诗选》）

题菊花酒蟹重阳日作

周闲

说道重阳彭泽令，满头花景醒相扶。　而今减却登高兴，酒也曾无蟹也无。

——（《清人题画诗选》）

荷花蟹

周闲

红藕田芜芦荻新，仄筐郭索满河滨。　腹中空洞全无物，也自横行不避人。

——（《清人题画诗选》）

严少蓝夫人所画墨龙歌

俞樾

昔有巧工来自骞霄国，画龙不点龙双睛。　龙睛一点即飞去，满堂风雨来纵横。世人但传僧繇事，岂知语本《拾遗记》。　大凡神物总通神，禹庙梅梁何足异。　后来最著四明僧，五代时以画龙称。　回翔升降皆有势，直欲前无曹不兴。　画龙亦复有工拙，口吻翕张见优劣。　开口之猫合口龙，能使画师胘三折。　不栉进士雄于诗，余事作绘尤神奇。　偶然貌此鳞虫长，濡染大笔何淋漓。　古人画马即师马，不知画龙何师也。　得无奇气在胸中，自有真龙来腕下。　阿兄携图示我索我歌，愧我少年头角都销磨。　但愿临摩百本或千本，长为海国镇压蛟鼍鼋。

——（《春在堂诗编》卷一一）

徐青藤春柳游鱼

吴昌硕

活泼濠濮鱼，撩乱浦溆柳。 大力不运掔，高处县著肘。 青藤得天厚，翻谓能亦丑。 学步几何人，堕落天之后。 所以板桥叟，仅作门下狗。

——（《缶庐集》卷四）

自题写生之一

吴浔源

天光云影碧于罗，水似颇黎镜乍磨。 恰是萍香鱼漾子，一湾春雨跳虾婆。

——（《清画家诗史》壬上）

清代题画诗类卷五七一

清代题画诗类卷五八

草虫类

题稚黄梦蝶图

恽寿平

谁操锦瑟怨湘灵，笔底烟丝恨草青。 满地落花春不管，花间蝶梦几时醒。

——（《瓯香馆集》卷二）

画蝶

恽寿平

烟圃吟秋兴不孤，花间残梦绕庭芜。 秋窗共掩南华卷，闲写滕王蛱蝶图。

——（《瓯香馆集》补遗诗）

王筠侣画草虫为大司寇梁公题二首

王士禛

髯翁任诞如忠恕，脱屣朱门傲五侯。 肯为尚书写幽兴，碧花红穗草堂秋。
一幅丹青顾野王，草根纤意曲篱旁。 风怀磊落如公少，便注虫鱼也未妨。

——（《渔洋山人精华录》卷六下）

为梁景文题画

查慎行

绿蕉叶折风无赖，红蓼花垂雨不情。 一个草虫鸣似诉，故来纸上作秋声。

——（《敬业堂诗集》卷一九）

题陈月泷太常兰竹草虫画

查慎行

蛱蝶蜻蜓尽作团，幽人措意非无端。 春兰作花危石底，瘦棘高于秋竹竿。

——（《敬业堂诗集》卷三六）

题朱楫师所藏顾咸三画罗浮五色蝶二首

查慎行

山中木叶寻常化，野老篱边作伴游。 惊见画图新样好，夜来高枕梦罗浮。
问渠多有几铢轻，栩栩能传纸上声。 好笑虎头痴独绝，欲将蛱蝶占时名。

——（《敬业堂诗集》卷二八）

为巢司寇题高韦之指画菊蝶二首

周起渭

且园居士指为笔，醉后秋怀指端出。 写作黄花三两枝，霜影离离照寒日。
蛱蝶伶俜双翅绀，晚来不止桃花担。 醉白堂前弄夕阳，不信韩家秋圃淡。

——（《桐野诗集》卷四）

为苍存题陈月泷兰竹草虫二首

周起渭

竹叶回环铁钩锁，兰丛排比紫鸾钗。 小窗幽绝无人到，雨后苔钱绿上阶。
竹风杳霭夕阳斜，虫豸无家草是家。 露尽山蝉空抱叶，雨余蝴蝶欲穿花。

——（《桐野诗集》卷三）

柳蝉图

蒋廷锡

变化功夫亦苦心，短长声在绿杨林。 秋风古岸斜阳里，唯有寒蝉抱叶吟。

——（故宫博物院藏画）

蝴蝶

边寿民

阴晴无定落花风，细草如烟蝶一丛。 绝似吴王教歌舞，翠裙红袖馆娃宫。

——（无锡市文物商店藏画）

花卉图册二首

李鱓

蝶翅因衣露粉香，新秋谁敌此娇黄。 可怜身是唐婆镜，也降微忱近太阳。
机声轧轧月初斜，似此虫声又一家。 晓起空庭寻未得，夜深依旧咽秋花。

——（天津市艺术博物馆藏画）

草虫菊花图

李鱓

五斗辞官愿守贫，深秋篱下菊花新。　昆虫草木闲依附，造化天机远胜人。

——（扬州博物馆藏画）

秋虫图

李鱓

古木秋风豆叶黄，依稀此地有农桑。　可怜江北机声少，辜负花间络纬娘。

——（上海博物馆藏画）

草虫图

李鱓

京师南北往来迹，古道萧萧禾黍风。　置得商家林草帽，骡纲头顶叫哥笼。

——（辽宁省博物馆藏画）

自题画册三首

余省

村落秋深八月天，豆花开绽短篱边。　螳螂翳叶身轻捷，骧首浓阴却复前。
坡上牵牛引蔓开，翠柔红软绝纤尘。　露珠微沁秋风冷，时有金虫两两来。
秋风剪出新花样，绝似僧鞋唤菊名。　并采螽斯入图画，昆虫草木荷生成。

——（《清画家诗史》丙下）

题五毒图

马曰璐

天水岁时重端午，节物犹可稽乾淳。　三层盒子饰珠翠，中有毒虫蟠佽佽。　不言厥数悉剪采，大抵不外螫与辛。　厥后画者石楼叟，五毒之篇传绝伦。　兹图签题出御笔，宣和先此禳灾辰。　五者隶役尽如鬼，得无寓嗤童蔡臣。　拖金纡紫比令仆，赤帻大冠称搢绅。　那知真龙畏此属，肉如肥瓠头如轮。　爪牙帖伏欲蠕动，奋猛一一惭斑寅。　已为蚩尾欲令国，何怪致蛊残人民。　游氛散尽七百载，令人畏恶能逼真。　赤日当空且莫论，蒲丝艾叶倾逡巡。

——（《南斋集》卷二）

题蒋溥络纬图

刘统勋

非同虚织隐秋图，圣顾回春候欲喧。 香霭霏微浮翠笼，玉音朗彻注词源。 天工人巧时能早，声入心通道亦存。 广座华灯飘远韵，似闻歌鸟解花言。

——（《历代绘画题诗存》）

题蒋溥络纬图

秦惠田

德洽阳春万物融，玉阶声彻响秋虫。 殷殷似解勤民意，切切犹思警妇功。 养共唐花资室暖，诗传邠俗报年丰。 天家湛露沾何极，巨细群归并育中。

——（《历代绘画题诗存》）

戴琬草根斗蟀图

赵翼

戴嵩画斗牛，尾不缩股牧童笑。 黄筌画飞鸟，头足并展弋人诮。 乃知体物未甚精，名手往往失其名。 何哉此图两蟋蟀，意态都从拗怒出。 其一剽疾性命轻，双股屈铁作力勣。 阵前闻骂周阳五，单骑突出誓捉生。 矫如秋鹰掣鞲去，落处定有毛血惊。 其一蓄势伏不动，侧脑凝眸伺罅缝。 高蹴城孤坚壁守，杨刘渡险夹寨控。 偏于静若处女时，阴鸷已具脱兔用。 蓼花根下雄二豪，赤身搏战无弓刀。 一手掌地杀机起，天色惨淡风萧骚。 岂有封侯到虫达，为谁博进争功高？ 画家九朽始一罢，如此写生孰方驾。 岂曾谛视戗金盆，或半闲堂玩清暇。 全神注入虫身中，不觉虫我两俱化。 何异龙眼李伯时，马腹投胎懵不怕。 戴生供奉宣和中，臂肱曾封御笔红。 当时真迹已难得，何况流传到今日。 鲫鱼口裂古绢纹，更非临自他人笔。 珍藏亟入枕函秘，还恐夜深喧窸窣。

——（《瓯北集》卷四）

题庆比部保画蝶

孙星衍

新生春草双飞蝶，画取江南好景来。 莫被江南人看见，梦中都化蝶飞回。

——（《芳茂山人诗录·澄清堂续集》）

题牡丹巨蝶画屏

阮元

牡丹一丛花百片，绝艳名香与春恋。 蝴蝶双双大如扇，飞上花枝踏花瓣。 一蝶娇黄糁碎金，掀须竖眉嗅花心。 一蝶翠毛晕蓝碧，横遮花阴长一尺。 花阴五铢轻剪衣，鞓红湿透燕支肥。 天香露气逗春晓，重压彩蛾酣不飞。 蝶不惊花花妥贴，麻姑裙罩玻璃叶。 那比菜花村里来，染尽滕王金粉箧。 花是洛阳第一花，蝶是罗浮仙茧蝶。

——（《揅经室集四集》卷七）

题花卉草虫册子二首

孙原湘

淡黄深紫夕阳开，瘦石玲珑半藓苔。 解得秋光比春艳，草虫如雨自飞来。 小径烟荒露未晞，寒香冷艳总芳菲。 笑他双蝶无聊甚，各拣花丛爱处飞。

——（《清人题画诗选》）

客有贻罗浮蝶者置笼中一夕遁去
蔡松若作歌纪异索余图之

钱杜

手持绿玉杖，去踏罗浮山。 罗浮山里春风还，飞来蛱蝶大于掌，半空飘举仙骨轻珊珊。 或云葛洪羽衣之所化，罡风吹落片片苍崖巅。 烘以青城霞，饮以丹砂泉，遂使狡狯游人寰。 曾闻淮南鸡犬一一入云去，何以尔蝶尚复尘埃间。 得无此山灵秀原不异天府，独令盘踞窟宅千百年。 况当青虬万株压冰雪，饕吸沆瀣形神坚。 人间万事不足恃，昨日绿鬓今衰颜。 金粉飘残亦顷刻，只可蒙庄与尔相周旋。 天工倘若作变幻，世上蜉蝣蜾蠃皆飞仙。 蝶兮蝶兮殊可怜，且须骑尔黑甜乡里去，下视四百八峰青刺天。

——（《松壶画赘》卷上）

画蝶为桂未谷馥同年题

张问陶

栩栩蘧蘧尚有情，为周为蝶不分明。 化人阅世浑如梦，随意花间过一生。

——（《船山诗草》卷一二）

观生阁画太常仙蝶

张问陶

双影集春衫，丹黄妙手揿。 画原分雅俗，蝶亦有仙凡。 金粉情难托，风花梦早芟。 观生留慧业，七宝配庄严。

——（《船山诗草》卷一七）

刘象山方伯墫画草虫廿四种于扇
刘文正公细楷书唐宋以来草虫诗廿四绝
于背纪香林树馨户部装卷属题卷后有刘文
清王文端及朱石君师题识三首

张问陶

闲从粉碎看虚空，画手原能拟化工。 小影蠕蠕争踊跃，关心都是可怜虫。
一物签名系一诗，前贤褒刺总无私。 笑他豹虎皆虫豸，想见从容下笔时。
家风岳岳启文清，一脉王朱总正声。 为溯渊源增涕泪，题名惭愧小门生。

——（《船山诗草》卷一七）

题蛱蝶图

舒位

读遍南华悔已迟，香熏花落惜芳时。 新愁昌祐图中见，旧事罗浮梦里知。 寄
处有人传彩笔，飞来合得傍琼枝。 何当绣箔春风卷，长定相逢是笛师。

——（《瓶水斋诗集》卷二）

蕉园方伯指头画蝶团扇四首

陈文述

春深薇馆绿阴妍，团扇明明璧月圆。 不写鸳鸯写蝴蝶，为他风度似神仙。
上苑春深接翼飞，相看身染御香归。 玉阶花气龙池露，染上冰绡一品衣。
元婴粉本我曾暗，翠䶉红醑写两三。 争似春风现弹指，万花仙露满江南。
五色文章丽孔鸾，罗浮花首忆瑶坛。 太常仙侣前身是，莫作庄生梦里看。

——（《清人题画诗选》）

画蝶图为罗丽生女士作三首

邓显鹤

绮罗金粉态轻匀，写出蹁跹队队新。 为怕惊凤飞去疾，含毫先祝百花神。
空阶苜蓿伴年年，赋就滕王亦可怜。 忽忆罗浮山下路，春深无数小游仙。
落花芳草剧纷披，粉浣指痕妙入时。 知否年来春茧熟，怀中正抱凤凰仪。

——（《南村草堂诗钞》卷二一）

蜻蜓

潘遵祁

钓丝风里蓼花红，款款飞来傍浅丛。 清绝诗心无著处，白荷花上雨声中。

——（《清人题画诗选》）

蜻蜓

居巢

水阁风廊与静宜，沤花鹭叶写明漪。　立忘相对日卓午，一个蜻蜓一钓师。

——（《今夕盦题画诗》）

秋虫

周闲

秋深来听草虫声，繁急能教两耳清。　犹胜富豪飞竹肉，新歌钿笛又琼笙。

——（《清人题画诗选》）

蝉柳

周闲

行囊整顿问归船，笔研有缘兴尚颠。　收拾燕支不装点，剩将淡墨写鸣蝉。

——（《清人题画诗选》）

太常仙蝶图为徐寿蘅侍郎叔洪侍御题四首

俞樾

　　侍御奉讳家居，仙蝶来止其庐，时丙申六月二十二日也。因绘图寄侍郎京师。图到而蝶又集于侍郎之寓，则八月十六日也。侍郎征诗，因赋此。

太常老道本来仙，专结名流翰墨缘。　一样池塘有青草，飞来飞去总翩翩。

飞来湘水去燕台，五十光阴一往回。　应笑人间太多事，迢迢芦汉火轮开。

自从光绪溯乾隆，无限迁流百岁中。　惟有仙人长不老，蘧蘧还与昔年同。

当代机云两俊才，故应仙蝶许追陪。　曲园园里非无蝶，只是寻常村里来。

——（《春在堂诗编》卷一六）

自题画落花蝴蝶便面

孔素瑛

春去春来花自惜，花开花落蝶应知。　年年绿到王孙草，正是花残蝶老时。

——（《两浙輶轩续录》卷五四）

题范绣云画蝶二首

金涑

读罢南华齐物篇，人间幻梦醒何年。　输他画里翩翩影，抱定残香自在眠。

一双瘦影扑湘帘，风里腰支束素纤。　引得深闺小儿女，先描粉本上鞋尖。

——（《瞎牛庵题画诗》）

自题画册二首

许岂

秋菘蝈蝈

误入尘寰笑尔痴，长林丰草去无时。　等闲不受儿童约，跳出樊笼喜可知。

豆花蟋蟀盆

昨夜篱边蟋蟀鸣，西风先到豆花棚。　一番秋意浑无著，起向空阶听雨声。

——（《清画家诗史》辛下）

自题芳草蝶飞图册五首

徐德音

红丝小砚画眉螺，写出青郊一幅莎。　日照蝶衣齐晒粉，春寒莺谷未闻歌。
软风吹入艳香丛，宿徧花房意倍浓。　莫与细腰蜂作队，怕他尾后有针锋。
弓弯士女踏阳春，绕遍兰香两鬓云。　纵被纨扇轻扑杀，也应绣上郁香裙。
裙腰芳草绿初齐，飞到南园意已迷。　掠遍浓阴双翅重，莫教堕地污青泥。
香须花板太风流，新倚青皇拜粉侯。　取次百花都不恋，惟怜蘅杜在芳洲。

——（《清画家诗史》癸上）

尹和伯画蜻蜓为左绳孙观察题二首

陈三立

雨过池台明夕晖，钓丝微映荇荷衣。　回头莺燕衔花尽，莫向青溪款款飞。
翠羽丹翘风引之，二虫大小又何知。　天游负却承蜩手，谢汝江潭老画师。

——（《散原精舍诗》卷下）

虞笙以题蛱蝶图诗见示为赋此三首

丘逢甲

乐府新歌蛱蝶词，后庭玉树怆愁思。　六朝金粉飘零尽，正是江南肠断时。
二月春风花草香，绣帷飞梦到葵阳。　凡心消尽仙心在，只合清斋学太常。
姹紫嫣红次第开，美人兰茝费吟才。　东风吹入春明梦，又道探花上苑来。

——（《岭云海日楼诗钞·选外集》）

清代题画诗类卷五九

宫室类

仇英画九成宫图

王士禛

君不见隋皇初作仁寿宫，累榭穹台宛相属。 夷山埋堑几百里，役卒崩腾死崖谷。 功成厌见独狐公，不知怨自封郎筑。 宫车晚出凡几载，已见迷楼起相续。 虬髯真人西入关，削平六合营长安。 青山碧水自无恙，雕墙峻宇犹人间。 年年清暑备法驾，千乘万骑骧羼颜。 醴泉濆出如沆瀣，下入泾渭为通川。 步榍周流凿山翠，云窗雾阁当空悬。 化人之台屹中天，铜鸟六月雄风寒。 披襟万仞待飙驭，咸阳宫阙如云烟。 宫娃笑语翠微上，阿监络绎青冥边。 羽林千牛万万辈，解牛放马纷华游。 从来世事有倚伏，太平倏过开元年。 白头拾遗此驻马，愁闻林薮啼哀猿。 画图想见全盛日，令我涕泪双阑干。

——（《渔洋山人精华录》卷三上）

查浦书屋图为德尹题四首

查慎行

两砖斜日过墙迟，课罢频看桂影移。 此树年来生意尽，可堪头白话儿时。
生子还同邵伯温，见爷时节恰能言。 挽须问事休轻吓，直为怜渠合杜门。
五十年来老弟兄，暂归也复可怜生。 一灯不作江湖梦，好片对床风雨声。
藏书不过五千卷，筑屋只消八九楹。 先被畔烟偷画稿，问君书屋几时成。

——（《敬业堂诗集》卷二六）

题王晴江清凉山庄图六首

戴瀚

清凉山庄

万象一庄得，孤征双屐间。 何年廓经始，乃在清凉山。

含清堂

木砦撤户枢，石墙被苔色。 虚堂敞以宽，清晖亦何极。

红药园

选石必奇石，种花即名花。 芳春属婪尾，金屋不为奢。

西岩草堂

岩居古所云，荫取白茅美。 岂必堂制崇，贵岩宜石里。

待月廊

月到无定晷，廊空有行踪。 徘徊发长啸，莫遣阴云封。

饮山堂

山光扑栏楯，岚气变昏昼。 开襟一漱涤，块垒知何有。

——（《雪村编年诗剩》卷一二）

题翁霁堂三十三山草堂图

马曰琯

高人惯卜临江宅，更借岚光作翠屏。 黄歇浦前吟秀句，延陵碑侧抱遗经。 窗开片断云来往，杖倚嵯峨石窈冥。 三十三山都占取，可能容我扣岩扃。

——（《沙河逸老小稿》卷五）

小李将军汉宫图

刘大櫆

汉家宫阙凌青霄，百四十五争岩峣。 包山络野跨阬谷，蔽亏曦月含风飙。 小李将军作图画，气象建兀生鲛绡。 我闻帝尧御宇日，茅茨土阶崇朴直。 自从秦作骊山宫，台建云明珍木穷。 阁道绝汉抵营室，美人钟鼓充其中。 自时厥后日奢惑，无复采椽不斲之遗风。 汉高起匹夫，诗书非所务。 归见萧何营未央，宏侈过甚犹能怒。 武皇灭越禳火灾，建章千门万户开。 神山龟鱼象太液，辇路连接神明台。 下逮建始鸿嘉际，离宫别苑不可计。 宵游漆柱黑绨铺，飞行之殿负以趋。 飞燕合德同欢娱，归风艳曲流晴虚。 后车能戒前车罕，东西楼观排云满。 孝哀既广四时房，灵帝更创裸游馆。 三风十愆古训垂，祸水灭火诚非欺。 坐令董吕袁曹出，宫馆美人无一遗。

——（《刘大櫆集》卷一三）

唐六如竹溪仙馆图二首

王昶

秋仙淡淡隔晴涯，野屋层围一径斜。 独有胎禽相对立，分明仙境盛桃花。

仙馆清闲近竹溪，筼筜苍翠碧云西。 儒冠道服何须辨，净业新来问准提。

——（《清人题画诗选》）

题朱德润秀野轩图卷

爱新觉罗·弘历

澂士耽小隐，幽居水竹便。 开轩眄秀野，据榻吟高天。 佳话每今日，良朋自昔年。 吴中故多士，渤海独成缘。

——（《历代绘画题诗存》）

题李唐长夏江寺图卷二首

爱新觉罗·弘历

上方宜结夏，溪壑幽且深。 瑟尔籁盈耳，萧然风满林。 清江澄定体，古月照禅心。 欲咏丹青妙，云烟杳莫寻。

将谓无双品，谁知乃有三。 彝尊跋久佚，成德字空探。 浚获璧堪合，五言城讵惭。 词臣教考证，求是夙心谙。

——（《历代绘画题诗存》）

题王云上西庄草堂图

袁枚

僧祐爱山栖，虞山结衡宇。 蘧庐两三椽，错落横烟渚。 既已坐卧便，更把丹青取。 写作西庄图，风月淡如许。 憪憪独坐时，孤怀少俦侣。 双桨听拿音，七弦作琴语。 但斟村中醪，不停户外履。 鸿妻亦最贤，农谈相尔汝。

——（《小仓山房诗集》卷三四）

题金素中太守西瀛小筑图二首

赵翼

家傍黄山客晋陵，寓斋十笏占西瀛。 雅人所至皆名迹，况有林峦结构精。

曾驱五马走骖骓，泽遍闽南又济南。 缩本摹来虽尺幅，胸中海岱已全涵。

——（《瓯北集》卷五二）

题钱曙川竹初庵图

赵翼

图名竹初庵，宜写篑箽竹。 竹萌桃正华，乃以桃伴竹。 写出十株百株红，映入三竿两竿绿。 作图时正拥印床，敢期结愿后必偿。 图成七年竟践诺，归购嫏嬛手荒度。 青蚨落到雅人手，幻出荆关得意作。 虽无万竹千桃花，小山有碕池有彴。 辋川长卷缩本摹，半亩中回几林薄。 君才况擅画诗书，兴到解衣一磅礴。 幼舆遂置邱壑里，身兼富贵神仙药。 看君出仕看君归，我亦当年早息机。 只为买山钱太少，至今未就钓鱼矶。 羡君园成头尚黑，不改图中好颜色。 趁取腰强脚健年，尽消临水登山力。 其高或可攀，其年不可及。

——（《瓯北集》卷三五）

陶怡云深柳读书堂图

姚鼐

我如枯树托婆娑，爱见新条发旧柯。 往日读书真恨少，少年如子岂能多。 风轩百尺摇阴翳，云晃千秋对啸歌。 愿得阁窗斜倚听，立深飞絮覆堦莎。

——（《惜抱轩诗集》卷九）

宋人水殿图

姚鼐

金波鹈鹕丽秋光，高下空明水一方。 天净不知河汉转，玉阶风露觉新凉。

——（《惜抱轩诗集》卷一〇）

崔公子景偁竹楼图二首

洪亮吉

竹绿参天笋亦抽，偶然竹里有高楼。 不知楼上人何处，我欲打窗寻不休。
三尺寒檠七尺床，阿三曾共捉迷藏。 落来画里还相识，为我窗西补夕阳。

——（《卷施阁诗》卷九）

粤西舟次题周梦岩学使评梅山馆图

阮元

山馆超然远俗尘，翰林且置画中身。 要知疏野高闲趣，才是清华贵重人。 花在故乡思快阁，图随官舫过昭津。 林泉鼎蕭休夸说，尽把寒香咏好春。

——（《揅经室续集》卷七）

清代题画诗类卷五九 一

511

横山草堂图

钱杜

陆天游紫琅山馆图，沧秀简远，神韵独绝，是早年得意之笔。卢敏如属余约略其意，为横山草堂图卷。下笔时与古人胸次，正复不远，秋树几重，野篱三丈，斯人在焉，呼之欲出。

白竹编篱土作墙，门前榆柳屋边桑，船来村港鱼叉响，绿满湖天水阁凉。 看客爱穿高齿屐，摊书惯拥小匡床。 风炉茶具都安置，认得卢鸿旧草堂。

——（《松壶画赘》卷下）

临吴仲圭武夷仙屋图

钱杜

江风飒飒打琴弦，傍午鸠啼欲雨天。 一院蜻蜓人不见，蕉花红到碧帘前。

——（《松壶画赘》卷上）

仿唐子华桐华馆图

钱杜

松棚藤架竹匡床，梦入华胥自在乡。 墙上月高池半黑，桐花围住小回廊。

——（《松壶画赘》卷下）

题朱涧东成湖山草堂图

张问陶

君山苍秀莫厘青，来往人间两洞庭。 吴楚秋客都淡远，江湖清梦即仙灵。 酒迎阑芷低头笑，诗让鱼龙掉尾听。 拟谢尘劳携手去，夜堂明月共温经。

——（《船山诗草》卷一五）

寒石上人吾与庵图

张问陶

澄公无我相，吾与亦非庵。 道本儒仙合，诗从偈颂参。 大心通越绝，小卷画江南。 放下蒲团去，浮名未可担。

——（《船山诗草》卷一九）

题徐寿征心陶书屋图

张问陶

缥缈峰前雨气分，五湖烟水绿沄沄。 尘中采药常为客，画里看山欲访君。 莫

清代题画诗卷

指林泉如传舍，须防猿鹤笑移文。 拂衣好学陶弘景，未可逢人赠白云。

——（《船山诗草》卷一二）

四咏阁图为戴甥贞石题四首

舒位

水竹三分屋二分，昔年高咏散如云。 却将此地兰亭叙，写入羊欣白练裙。

清风明月价钱无，到处园林似画图。 只此卧游良亦好，但驱烟墨不催租。

弃家容易买田迟，纸醉金迷彼一时。 毕竟流传无别物，绛州园记辋川诗。

老我平生万里游，山居也待画中留。 相逢失笑何无忌，四十年前大石头。

——（《瓶水斋诗集》卷一四）

看山读画楼图为华亭周鞠塍孝廉题

舒位

青天铺纸云泼墨，皱出一山楼外立。 已教排闼送来看，更与摇豪写将入。 楼中人住画中间，两潮绿涤双烟环。 君既看山如读画，我亦读画如看山。 相逢那得无相语，软者红尘逆者旅。 比似野航人两三，只隔城南天尺五。 忆蔫吴淞水半江，高楼一面傍船窗。 不知花外山香曲，何似门前水调腔。

——（《瓶水斋诗集》卷一四）

仇英昭阳宫图

舒位

汉宫第一是昭阳，纸醉金迷不可量。 选楼特盛西都赋，画史重开北苑妆。 屋不呈材墙不露，宝帐芙蓉隐红雾。 已唱留仙燕燕飞，更占归妹蛩蛩负。 当年流转向长安，歌舞阳阿结主欢。 争得方书授彭祖，分明外传付伶玄。 便房省簿鸳鸯蝶，别馆通仙远相接。 人间滋味五侯鲭，夜半光华万年蛤。 此时甲第渭阳开，引水穿城往复回。 渐台忽肖白虎式，灵庙谁歌赤凤来。 吹埙击鼓凝丝竹，更奏归风送远曲。 早听童谣啄木门，似遵祖制藏金屋。 珠围帘幙璧衔窗，道是无双却有双。 松舟波皱千人棹，兰室香凝二等釭。 别有深沈写难遍，长门永巷无人见。 一纸私传许嬺书，三秋新制班姬扇。 昆明池底劫灰涂，海岳船中绢本麤。 可怜列女前编传，不见名臣古画图。

——（《瓶水斋诗集》卷一七）

题子山樊邨草堂图四首

舒位

诗人例有草堂存，树绕书楼水到门。 绝妙盛唐诗本事，蓝田别业浣花邨。

樊邨泾在古娄东，百里吴关一汐通。　乞食箫声春米价，平分伍员兴梁鸿。
海内论交最数君，六经三史老纷纭。　等身著书无不可，切莫更为封禅文。
水郭山邨新结构，画师词客旧因缘。　萧夫子与钱公子，夜夜沧江虹月船。

——（《瓶水斋诗集》卷一七）

李后主百尺楼图

陈文述

金钉壁带凌霄起，罘罳影落春江水。　谁写南唐百尺楼，当年规制真如此。　忆昔彭奴起将家，鲤鱼风起散杨花。　水亭秘计炉灰冷，佐命青阳署九华。　宫殿琳琅开建业，内香宴上群花集。　嫔御新添北苑妆，仓曹自校升元格。　小隐钟山第几郎，重瞳初政亦辉光。　清狂应不惭名士，潇洒原难做帝王。　当年逸事真堪羡，金错刀书龙尾砚。　保仪自掌澄心堂，娥皇深住瑶光殿。　金屑琵琶金缕鞋，红罗亭上玉梅开。　香阶衩袜风流甚，会与凭阑此地来。　此楼知是何年筑，钿窗玳押辉金屋。　六宫供奉尽聪明，金莲妙舞流珠曲。　鸳鸯寺主望如仙，楼上明珠照玉颜。　不见浮梁窥采石，篴声空按念家山。　北来万马横江至，肯教卧榻容鼾睡。　白衣纱帽拜将军，南朝花月悲无地。　伤心千里旧山河，转眼苍桑唤奈何。　一曲教坊邀醉舞，可怜挥泪别宫娥。　苍皇百口中原去，赵家天水知何处。　山温水软秣陵秋，回头望断楼前树。　跨虎乘鸡谶有征，黄花水缩数难争。　净居曾礼台城佛，照破兴亡一塔灯。　垂杨飞雪黄罗冷，齐梁残局消俄顷。　小楼昨夜断肠词，月中忆煞天河影。　一卷金经尚有无，残砖绣础尽荒芜。　北庭怕读芳仪曲，南国空留马令书。

——（《碧城仙馆诗钞》卷八）

张蓉裳学博三分水二分竹一分屋图

程恩泽

蓉裳，名家橥，贫无立锥焉，得此屋，盖画其意所欲也。

洞庭之水吞具区，潇湘之竹天下无。　牵船岸上即为屋，安用绿窗朱户夸妍都。我来小舞扬其祛，但觉逼仰瓜牛庐。　鬶盆作池砌种竹，何日一碧云模糊。　颇思长沙地清绝，应有天上员庄居。　泮宫先生古林逋，宅不枕狱当襟湖。　岂知身外无一壶，虚想水竹斜川苏。　弹琴攫醳则愉，唫诗肩耸口则咶。　严壅不置谢幼舆，乃使阑干苜蓿连庭芜。　我欲谋之郡大夫，为筑回轩容钓徒。　资邵之际多林于，问有安乐行窝乎。　小园深裹匼帀翠，明镜曲照离楼梧。　诗成琴罢酒百觚，风月与客争清癯。　何时眼前突兀见此屋，再绘宏景移家图。　否乃往叩浯溪吾，寥天一鹤犹可呼。

——（《程侍郎遗集》卷二）

明季甫里许中书自昌梅花墅图册

叶廷琯

占得烟波近五湖，高阳旧隐比仙都。 事经桑海皆成幻，境现华严亦就芜。 洛下名园兴废记，辋川别业后先图。 万重香雪娱亲地，劫外曾留一树无。

——（《楙花盦诗》卷上）

题叶渔庄承桂五湖渔庄图二首

叶廷琯

一碧渺无际，门临万顷湖。 有人狎鸥鹭，长此老菰蒲。 借景标名氏，将身入画图。 当年西塞隐，似尔胜情无。

农家三亩宅，同在水云间。 架屋螺蜂近，鸣榔龙渚还。 一从泛萍梗，几载掩柴关。 何日道南住，从君把钓闲。

——（《楙花盦诗》卷上）

题倪云林清閟阁图

顾太清

高士幽居处，青山四面迎。 凉生清閟阁，秋满阖庐城。 云影森乔木，香幢对净名。 岩岩自孤立，百世表忠贞。

——（《天游阁诗集》卷二）

题王蒙关山萧寺图

顾太清

霜气净林陬，寒鸦集戍楼。 江关枫树老，岁月画屏秋。 返照见萧寺，乱山生暮愁。 河间题句好，珍重墨林收。

——（《天游阁诗集》补遗）

题秋山兰若画

顾太清

空山谁建法王坛，喜舍慈悲四相宽。 日午灵风翻贝叶，一声清磬出林端。

——（《天游阁诗集》卷一）

题倪高士清閟阁图

奕绘

竹叶萧森梧影双，虚亭三面不安窗。 高山气脉通拳石，近水波澜接还江。 几

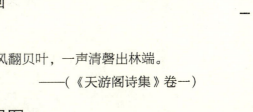

净识为清闷阁，眼明尝对小香幢。　大元高士神仙骨，草寇纷纷漫说降。

——（《明善堂文集·流水编》卷八）

题章次白梅竹山庄图

戴熙

河渚风光画里收，山庄小筑最清幽。　竟携梅竹偕来隐，不让芦花独占秋。　月落参差人似鹤，烟啼雨啸屋如舟。　卅年陈迹多耆旧，那敢题诗在上头。

——（《习苦斋诗集》卷四）

题日本铃木莲岳塔泽山庄图

俞樾

箱根山高高插天，山中处处流温泉。　塔泽一泉尤清涟，此泉出自庆长年。　后遭洪水流仍湮，铃木先生此卜廛。　俯见平地生清烟，从而扣之流涓涓。　依然气得春之先，乃构精舍临溪前。　草堂花径相钩连，平桥横亘如虹悬。　先生徙倚朱栏边，孺人稚子随其肩。　下逮鸡犬皆怡然，鸣呼先生人中仙。

——（《春在堂诗编》卷二〇）

题畏庐画

陈衍

此亦斜街秀野堂，春光过尽看秋光。　不知明岁摊书处，可有萧疏树几行。

——（《石遗室诗集》卷六）

再题

陈衍

似我萧闲室，烦君点笔新。　如何居一叟，不见戴花人。

——（《石遗室诗集》卷六）

为文石题寒碧楼主人画

陈衍

月高漏永夜沉沉，此是青天碧海心。　大别桃花沈园柳，都来寒碧助孤吟。

——（《石遗室诗集》卷四）

题剑南老人榆园图六首

张检

一鉴塘开野彴斜，仙源何事问桃花。　白榆历历非天上，此是南村处士家。

曾阅沧桑几度来，黄花依旧拒霜开。　　壶中日月无今古，不向人间问劫灾。

领略清斋味不同，登盘春韭接秋菘。　　闭门种菜英雄事，堪笑思鱼陆放翁。

频年花事镇相催，拄杖寻幽日几回。　　更向酒池呼吏部，葡萄来醉夜光杯。

相因著述陋陈陈，片帙零缣缀辑新。　　一代画家编一集，通才谁及过庭人。

烟云点染入新秋，尺幅清晖足卧游。　　赢得世人枛粉本，大家重睹李营邱。

——（《清画家诗史》壬上）

清代题画诗类卷六〇

杂题类

蓝秀才见示刘松年风雪运粮图

朱彝尊

潞河十月橹声绝，连墙如荠啼饥鸟。 层檐炙背苦岑寂，有客示我运粮图。 遥峰隐隐露积雪，村原高下纷盘纡。 千年老树风怒黑，寒叶尽脱无纤枯。 人家左右仅茅屋，傍有水碓临山厨。 秕穅既扬力输税，安有瓦石存桑枢。 大车槛槛四黄犊，疾驰下坂寻修涂。 嗟尔农人岁已暮，妇子不得相欢愉。 披图恍见南渡日，北征甲士连戈殳。 当年诸将犹四出，转粟未乏军中需。 同仇大义动畎亩，输将岂畏胥吏呼。 始知绘事非漫与，堪与无逸豳风俱。 古来工执艺事谏，斯人画院良所无。 呜呼，斯人画院良所无，不见宋之君臣定和议，笙歌晨夕游西湖。

——（《清画家诗史》乙上）

吴渔山农村喜雨图书画卷

吴历

布谷终朝不绝声，农家日望海云生。 东阡南陌一宵雨，沮溺齐歌乐耦耕。

——（《虚斋名画录》卷五）

题立雪道人蓑笠牵牛图

恽寿平

不作长沮非荷蓧，牵犁只道南阳好。 阡陌既已平，壶浆不能饱。 荑稗正丰茂，良苗渐枯槁。 将耕吴山烟，为我种瑶草。 恶木肯息阴，刍龙岂同皂。 不雨常带笠，无昏无晓安知老？ 当时叩角是何人，侧身一望乾坤小。

——（《瓯香馆集》卷三）

题栈道飞雪图送曾道扶之汉中

王士禛

西指褒斜路，凄然送远心。 千峰盘雪栈，数骑出云林。 蜀道连天起，秦关入望深。 今宵图画里，如听瞑猿吟。

——（《渔洋山人精华录》卷五下）

题石涛对牛弹琴图

程中讷

何年画手顾虎头，误墨染成乌牸牛。 手挥五弦者谁子，知非无意良有由。 赵瑟秦筝满都市，白雪阳春输下里。 海上移情若个知，乘闲奏向牛丈耳。 平原软草眠绿云，或寝或讹耳不闻。 唯牛能牛天自定，愧我人籁离其真。 今古茫茫广陵散，世间寥樠夜未旦。 更张且和牧竖歌，弹出南山白石烂。

——（《历代绘画题诗存》）

高冈独立图

高其佩

万缘堆里客何忙？ 九点烟中技孰良。 破屐踏来山缩脑，空天惊见一人长。

——（《中国绘画史图录》）

虞山钱劬谷属题采药图二首

查慎行

小年长日正迟迟，算是樵柯欲烂时。 大抵人情多好胜，偶逢仙敌亦争棋。
玉柱金庭境久闲，颇闻岩谷异人间。 长镵谁劚云根断，片片飞来尽出山。

——（《敬业堂诗集》卷一八）

把犁图为汪荇洲前辈题二首

查慎行

宛转桥通曲折溪，绿阴南北岸东西。 玉堂不少栽花地，为爱山村雨一犁。
身占蓬池第一流，却从跨凤想骑牛。 山中宰相他年事，不要黄金画络头。

——（《敬业堂诗集》卷四○）

题杂画册二首

高凤翰

雨过桐阴静，园空草色平。 会心非在远，独步慊幽情。
广荫百亩松，横插悬崖陡。 远峰云荡漾，骇目蛟龙走。

——（《李鱓高凤翰李方膺画风》）

题耕织图十首

爱新觉罗·玄烨

耕

第一图　浸种

暄和节候肇农功，自此勤劳处处同。　早辨东田穜稑种，褰裳涉水浸筠笼。

第七图　初秧

一年农事在春深，无限田家望岁心。　最爱清和天气好，绿畴千顷露秧针。

第十图　插秧

千畦水泽正弥弥，竞插新秧恐后时。　亚旅同心欣力作，月明归去莫嫌迟。

第十四图　灌溉

塍田六月水泉微，引溜通渠迅若飞。　转尽桔槔筋力瘁，斜阳西下未言归。

第十五图　收刈

满目黄云晓露晞，腰镰获稻喜晴晖。　儿童处处收遗穗，村舍家家荷担归。

织

第一图　浴蚕

《豳风》曾著授衣篇，蚕事初兴谷雨天。　更考公桑传礼制，先宜浴种向晴川。

第七图　采桑

桑田雨足叶蕃滋，恰是春蚕大起时。　负笃携筐纷笑语，戴胜飞上最高枝。

第十二图　窖茧

一年蚕事已成功，历数从前属女红。　闻说及时还窖茧，荷锄又在绿荫中。

第十三图　练丝

炊烟处处绕柴篱，翠釜香生煮茧时。　无限经纶从此出，盆头喜色动双眉。

第十七图 织

从来蚕绩女功多，当念勤劬惜绮罗。织妇丝丝经手作，夜寒忧自未停梭。

——（《康熙诗词集注》）

题周文矩画说剑图

爱新觉罗·玄烨

鹅溪尺幅衣冠古，貌出蒙庄辩论新。剑客满前毛发动，须知绘事亦通神。

——（《康熙诗词集注》）

题启南先生莫斫铜雀砚图

曹寅

未央宫中一尺瓦，不知遗恨漳河下。锡花雷布谁做模，鸳鸯离合无真假。阿瞒心雄天厌足，平生只欠西陵哭。飞来铜雀亦辜恩，可怜难覆如花肉。与奸作瓦罪莫辞，与人做砚遭磷淄。粉身何惜鹿卢碎，渴笔恐辱屠沽儿。隐君正史先救砚，《麟经》独炳丹青传。君不见琼林宝藏无不收，王莽之头斩蛇剑。

——（《楝亭诗钞》卷五）

题石涛对牛弹琴图

曹子清

柳风瑟瑟白石爽，玄晏先生骋玄赏。何来致此觳觫群，三尺龙唇困靷掌。麻姑海上栽黄竹，成连改制无声曲。仙宫岑寂愁再来，乌牸白牯俱不俗。莹角翘翘态益工，寝讹龁饲函真宫。朱弦弛缓大雅绝，筝奏世反称丝桐。桐君漆友应难解，金徽玉轸究何在。老颠宁为梁父吟，吟革讵作雍门慨。此调不传听亦靡，刻画人牛聊复尔。一笑云山杜德机，闭门自觅钟期子。

——（《历代绘画题诗存》）

题金廷标采药图轴二首

钱陈群

何来游戏学神仙，一拍洪崖便上肩。福草天生在人世，十洲原未隔深渊。
金光瑶蕊秘重峦，用力求之便觉难。始信仙家有新药，只应留与一人看。

——（《历代绘画题诗存》）

清代题画诗类卷六〇一

漱石捧砚图

黄慎

写神不写真，手持此结邻。 何处风流客，吾家大度人。

——（《历代绘画题诗存》）

黄慎漱石捧砚图

郑燮

铁砚犹穿况石头，知君心事欲千秋。 文章吐纳烟霞外，入手先亲即墨侯。

——（《历代绘画题诗存》）

题高凤翰披褐图

郑燮

岂是人间短褐徒，胸中锦绣要模糊。 况经风雨离披后，废尽天吴紫凤图。

——（山东省博物馆藏画）

为焦五斗题汪士慎乞水图

郑燮

抱翁柴门四晓烟，画图清趣入神仙。 莫言冷物浑无用，雪汁今朝值万钱。

——（《扬州八怪题画录·郑燮》）

朱炎百瞎图

郑燮

说与闺中妇女知，嫁夫须要嫁盲儿。 缺额掀唇都不见，恩情到老是西施。

——（《郑板桥·题画录》）

李鱓老少年图

郑燮

仰天鸿雁唳晴空，立地珊瑚七尺红。 惊尔文章成绚烂，从人阅历换霜风。

——（《郑板桥》第三章）

题雅雨先生借书图

李葂

旋假旋归未得闲，十行俱下片时间。 百城深入便便腹，却抵荆州借不还。

——（《清画家诗史》丁上）

题展子虔游春图二首

爱新觉罗·弘历

柳暗花明雪景霏，如茵陌上草萋萋。 王孙底浅春游倦，剩得宣和六字题。
软勒平堤试骕骦，晴丝骨柳柳丝长。 湖光山色天然句，必用爱童负锦囊。

——（《历代绘画题诗存》）

题赵原晴川送客图

爱新觉罗·弘历

秋日一川晴，秋波万顷明。 目随帆共远，心去客同征。

——（《御制诗初集》卷三九）

题董邦达灞桥觅句图

爱新觉罗·弘历

驴背风流未足思，来今去古只如斯。 可知学士忘筌画，便是相公得意诗。

——（《御制诗初集》卷二三）

题金廷标负担图

爱新觉罗·弘历

负担归来独叩门，家人秉烛启黄昏。 较诸贫见弃翁子，相敬高风有足论。

——（《御制诗四集》卷三一）

题李嵩货郎图

爱新觉罗·弘历

肩挑重担那辞疲，夺攘儿童劳护持。 莫笑货郎痴已甚，世人谁不似其痴。

——（《御制诗四集》卷一六）

题画册

王宸

青竹长竿白石矶，江风吹雪鬓毛稀。 秋来尚怪鲈鱼瘦，若比吴民太较肥。

——（《清画家诗史》丁上）

自题歇担图

王宸

天地一劳境，吾身得静便。 醉中忘岁月，悟后见人天。 布衲无需补，蒲团坐

到穿。 请看世上事，何用此身肩。

——（《清画家诗史》丁上）

自题秋夜读书图

王宸

一卷殊书忆往年，秋灯茅屋亦堪怜。 眼前广厦非无托，终少江乡二顷田。

——（《清画家诗史》丁上）

琴城课士图为卢太守存斋题

袁枚

君之外舅古贤者，曾以封章荐终贾。 君之先人抚我乡，至今遗爱民难忘。 尔我通家未伸面，四十年来才一见。 往事都从梦里谈，回头几度沧桑变。 授我《琴城课士图》，命题诗句当笙竽。 开看一片青衿色，桃李公门万万株。 泮宫峨峨起，两庑罗罗疏。 干旄来孑孑，傔从走跌跌。 圉人絷其马，校官捋其须。 或执经以请益，或握管而踌蹰。 更有婴婗小公子，手持如意来嬉娱。 鳣堂讲罢高扬觯，江风远送斜阳至。 使君欲起尚留连，恐有秀才来问字。 此事依稀十数年，使君五马赋莺迁。 诣学虽无何武驾，闻歌还说子游贤。 我亦当年一贫士，蒙师教育皆如此。 白首难忘知己恩，长安寄信访儿孙。 今朝得遇师门婿，不觉淋浪涕如雨。 宛然旧院一苍头，忽见小郎如见主。 更喜怜才意思同，丹青画出旧家风。 他年官到中丞日，定有声名继两公。

——（《小仓山房诗集》卷二五）

题漪香夫人采芝图附来书

袁枚

月尊周氏端肃问随园先生万安：尊读先生之书，十有余年矣。又时时闻中丞道先生言论丰采，口无虚日。海内老师宿儒、奇才异能之士，至中丞左右者，莫不盛称先生之才。其在先生同辈诸公，亦极口赞扬于无既。尊觉耳目所及，海内名流无若先生者矣。尊凡陋之质，叨侍上公巾拂，身世无复所憾。惟幼耽翰墨，妄生好名之心，不肯泯泯终世。乃生少聪明，兼多疾病，蛩寒蝉寂，终不成声。于今悔叹废弃，始信天限之弗可逾夺。又无绝技殊能高于辈行，可托传于名人著述以垂永久。他日晏然随化，邈然神伤而已。前在中州取义山"十年长梦采华芝"句作《采芝图》，画工既劣，更不能择手题咏，诚无可观。今特寄呈，求赐宏制。斯人斯图虽不足当大方题品，诚欲藉传姓氏于集中，则生平之憾始释然也。小儿嵩珠年甫三岁，近已种花。以为迟郎福命宜兄弟所致。先生与中丞谊重交深，闻之必喜，用敢附及。冒昧干请，临启怅然，附呈微物导意。

空山雪花飞满地，雪中一叶仙书至。　道有《真灵位业图》，教侬小缀蚕眠字。开图惊见魏夫人，蝶绕云鬟花绕身。　手采灵芝觅仙种，果然天上降麒麟。　欣传嫁得尚书婿，明珠九曲穿无数。　朝衣熏罢便题笺，宝髻梳成还作赋。　尚书爱士古人同，海内名流走下风。　谁知日具千人馔，都是周家络秀功！山人欲乞簪花格，特寄《随园图》一册。　上元灵笈未曾披，玉女真容已先得。　急爇旃檀十斛香，拜干阿奶唤蓉祥。　偷描一幅天人貌，供向慈云大士旁。

——（《小仓山房诗集》卷三二）

题黄小松紫云山访碑图

桂馥

武氏祠堂宿草深，天留画像紫云岑。　南原指点刘衡墓，踏遍平陵没处寻。

——（《清画家诗史》戊上）

题陈老莲停琴听阮图

奚冈

停鸣琴，听摘阮，临深渊，向绝巇。　雅如二乐音清婉，逸调流风竹林远。　健笔盘空势欲仙，超奇绝俗陈老莲。　腕底能传昔贤事，眼中忽见今龙眠。　当时七十二贤像，一一摹写形神全。　以方规园更奇绝，顾尔余子谁争先。　凉堂出赏群称快，玉鸦叉向屏间挂。　百十年来无此翁，讵能传得翁宗派。　自翁解作无声诗，我曹因写有声画。　画里还疑听有声，七弦才罢四弦鸣。　悄然坐我松风下，泉石泠泠太古情。

——（《冬花庵烬余稿》卷上）

法学士式善山寺说诗图

洪亮吉

茅屋十数间，青松百余树。　昔为说法场，今作谈诗处。　说法只了生死缘，不若说诗能使死者不朽生者傅。　倘同天释较功德，一瞬万古殊相悬。　梧门学士才名劲，说法亦同僧入定。　席前倾耳凡几人，木佛都疑座旁听。　谈深不知寺在山，高论往往通天关。　指挥若假铁如意，花雨欲落茅檐间。　诗龛左右诗如海，丹墨纷披几年载。　他时悟后忘语言，更有不传诗法在。

——（《卷施阁诗》卷九）

题桐阴觅句图

焦循

积堂妙句樗庵画，清极皆同百尺条。　莫要坐当秋雨后，一亭黄叶夜萧萧。

——（《雕菰集》卷五）

李芑洺经历承烈从军图二首

舒位

十队元戎万里师，退之文字牧之诗。　书生投笔能无感，诸将论功各有差。　细柳营中传诏疾，妙莲华下得归迟。　幸然还有鹅溪绢，休遣凌烟阁上知。

草檄行看捧檄回，一盘苜蓿已成堆。　官从蕙菜香中转，人在梅花瘴里来。　髀肉功名车骑后，鬓毛消息画图开。　相逢一笑嫩隅跃，出处依然两秀才。

——（《瓶水斋诗集》卷一三）

为人题海市图五首

舒位

弹指华严见也无，恒河沙数万须臾。　不愁海市难长在，尚有人间海市图。

水精宫近市无尘，一物犹堪直万缗。　幸未许时吹散了，不然航海更多人。

人海浮云宦海风，真成见惯老司空。　但供吟啸休祈祷，笑杀登洲百岁翁。

冰绡织水水生花，缥缈虚无未有涯。　除却题诗作画处，更无实地可移家。

我是前身杜牧之，车乾海水洗相思。　只愁惊起潜骊梦，摘取明珠市此诗。

——（《瓶水斋诗集》卷八）

嘉庆初辰州用兵周明府之父嘉猷以劳卒于军
有诏视死事例赠恤留其子乐清于军中即明府也
时方十二龄明府现令麻阳乃追绘
十二龄奉诏从戎图索题作九言诗应之

邓显鹤

周侯自比羽林之孤儿，十二龄名姓受天子知。　总角从军古未尝有此，矧乃亲奉明诏备驱驰。　帝以其父死事悯厥子，要令幼亲戎事习鼓鼙。　五溪站站飞鸢毒雾堕，十峒蠢蠢槃瓠蛮烟迷。　若翁昔年磨盾曳足处，宦辙所至花县棠阴垂。　乃知瘴疠淫潦要习惯，久之便壮筋骨坚肤肌。　况复地形土俗谙练久，如驾轻车就熟路坦夷。　宜君经历边郡数剧邑，所居民富所去民则思。　汉法拜童子郎以父绩，意谓勖戚子弟教养资。　卒之骄痴无算蒙门荫，几见优者龙凤劣虎貔？　如君才名不愧名父子，如此而牧而守把节麾。　国思先德凛凛誓不良，此生无忘髫龄奉诏时。

——（《南村草堂诗钞》卷一八）

526

补题李秀才增厚梦游天姥图卷尾有序

龚自珍

《梦游天姥图》者，崑山李秀才以嘉庆丙子应北直省试思亲而作也。君少孤，母夫人鞠之，平生未曾一朝夕离，以就婚应试往返半年而作是图。图中为梦魂所经山，殊不类镜湖山之状，其曰天姥者，或但断取字义，非太白诗意也。越九年乙酉，属余补为诗，书于幨尾。时母夫人辞世已年余，而余亦母丧阕才一月，勉复弄笔，未能成声。

李郎断梦无寻处，天姥峰沈落照间。 一卷临风开不得，两人红泪湿青山。

——（《定盦文集补》卷上）

再题六舟剔灯图自六舟将此卷寄京存余箧者将二年今年使闽携以行至江南未遇六舟遂携至闽中复有题者今还至姑苏不能再留灯下重展若有不能释者率题一律时己亥十月三十日

何绍基

画本相随岁月迁，此生如到竟宁年。 揭来一万三千里，照遍齐闽吴越天。 今古苍茫灯外影，江山现灭指头禅。 匆匆别汝重题记，永证金光不了缘。

——（《清画家诗史》庚下）

题明人曹桐邱先生镤乞食儿谣并图二首

俞樾

自郑侠《流民图》后，继之者有明杨东明之《河南饥民图》，万历时所上也。乃今读先生此谣，观先生此图，作于嘉靖三十四年乙巳，则在杨东明之前矣。其谣既词旨辛酸，其图更华墨惨淡，使人生恻隐之心。郑、杨之图不可见，此宜长留天地间矣。其所上大中丞丁公，乃丁汝夔，按《明史》本传，嘉靖中巡抚应天，考职官志巡抚应天等府一员，嘉靖三十三年，以海警移驻苏州。先生进此谣，正其移苏之明年，故云下车访求民隐情事，正合丁公。虽不善其终，然在当时亦一名臣。传云："正德十六年进士。"距先生于成化二十九年成进士，已二十九年，真老辈矣。海警方殷，加以饥馑，又承老成人苦口指陈，未知能有实惠及民否。先生十三世孙赞明宝藏遗墨，乞题于余，率书数语，并题二绝句。

一曲长谣已可悲，重烦老笔写流离。 溯从郑侠流民后，又见先生画乞儿。
自是桐邱世泽长，至今后裔总书香。 披图更为前朝叹，堪叹当时丁大章。

——（《春在堂诗编》卷二三）

题陈老莲摹古册四首

翁同龢

二册共二十叶,为林仲青作,先五兄所收以畀余者也。己亥三月,墓庐展玩,因忆所见悔迟诸迹,辄题四诗。

最好金陵剪雨图,夜堂捧砚有吴姝。　麋芜亦解骚人意,未到深秋已半枯。

突兀俄惊丈六身,婵娟不耐作天神。　丁生憔悴江南客,错认寻常卖画人。

竹平安馆旧装池,仿佛西园李伯时。　更有十行完白篆,一时并落汉江湄。

眉僊轩中孰雁行,仲青仲豫两诗狂。　瓶翁漫作追随想,朝夕来焚并几香。

——(《瓶庐诗稿》卷六)

题陶镜庵溶画四首

沈景修

谡谡涛声月下听,松华如霰落空青。　千年老干掀根出,可有人来掘茯苓。

一鹤长鸣一鹤眠,婆娑泉水不知年。　何时片景横江去,掠过东坡赤壁船。

秀擢灵岩五色芝,仙人煮食疗朝饥。　入林傥遇商山叟,相约携锄劚玉脂。

峭壁千寻石气寒,翛翛风竹两三竿。　文同不作丹丘老,此画能工世所难。

——(《清人题画诗选》)

再题青门送别图

樊增祥

图亦西屏所作,顷自秦中来,具道秦客之意云尔。

祖帐青门有去思,至今三辅望旌旗。　霸亭两换风前柳,吴苑重题画里诗。　参佐屡陪羊叔宴,诸生多受马融知。　若教一范当西面,更制金闺惜别词。

——(《樊山集》卷一四)

为小鲁题湘江访旧图

陈三立

骥老愈恋群,人老愈恋旧。　而况眠食地,光景出造构。　如蕊合芬芳,如苗熟耕耨。　黄耇系湖湘,胜衣及颜皱。　亲懿师友间,兴味溢醇酎。　一别数春秋,江汉只影廋。　频岁望衡麓,雷雨罔灵岫。　鬼祟殃词林,奚止三豪覆。　猖獀尤敬爱,淹疾罢砭灸。　耇往抚床榻,喘息悬晨霤。　张目喜视耇,短句俄尔就。　扶写墨欹倾,手纸耇泪透。　果从犀角弟,此才恐难又。　死友义独留,经纪靡罅漏。　湘人结绸缪,托图表耆宿。　嗟余久是邦,同耇历昏昼。　笙簧应宫商,兰芷接馨臭。　十载阁俊游,万劫保孤瘤。　传闻诧死生,遄问匍匐救。　披读赧裹足,但有安丛诟。

题绚斋侍讲扈从负书图

陈衍

千官择栖尾毕逋，麻鞋稍稍西南徂。 吴君家世承明庐，遗亡能记三箧书。 帝后常坐第七车，职在簪笔今执殳。 苏瓌苏颋凤将雏，王阳王尊非有殊。 湖州载书本连舻，建康弃掷无宁居。 虽有宗器焉于诸，惟兹青箱三世储。 兼以谏草富讦谟，范砚魏笏且不如。 亭林载籍运以驴，竹垞经史辇以弩。 君如长吉背以奴，杜林漆书动与俱。 乘轺旋复来洪都，火速开雕敢后图。 传之万本播贾胡，吁嗟妖乱世所无。 仓卒鸡次谁负趋，羽陵蠹书本已孤。 海外亦有文终徒，捆载不啻宝玉俘。 王播元载宁足诛，胡椒书画纷载途。

自题云峰求己图三首

胡锡珪

事业千秋醉亦休，人生原是一沙鸥。 痴心欲问丹青里，为底殷勤把自求。
凡事须先求自己，临场何必仰他人。 男儿福命生来定，只要心头把得真。
天涯何处觅良俦，回首已经四十秋。 一样求人求己好，无粮须得自家谋。

自题设色采桑图扇

吴观岱

雨后香泥没绣鞋，吴娘辛苦亦风怀。 重蚕不敢遣取你，腰掰柔叶绿满街。

为式之太史钰作四当斋勘书图并题

顾麟士

结习仍然手一编，明窗点笔耗丹铅。 题成七字君当笑，等及曹公五十年。

丁巳初秋李响泉招集连镇适河决道阻
不果往旋以莲社图属题写此寄怀

张检

半生奔走慵耕作，妄想丹铅疗寒饿。 石田百岁无一稔，布被藜床且高卧。 广文三绝谁敢拟，甫里一诗恒旷课。 借君杯酒聊快意，咫尺天涯又相左。 长安西向

成一笑，归对寒灯仍闷坐。 信知饮啄关定数，聚散云烟了无奈。 衣冠纵未预风雅，鞋袜幸免遭泥淴。 本来去住两无妨，万事悠悠春梦过。 揭来莲社绘图卷，笔意纵横无束缚。 君有画船夸米芾，我阙锦囊搜李贺。 此地忠王经百战，枭狼坐困凶锋挫。 乱定人方娱乐岁，功成天为生贤佐。 覆雨翻云六十年，谁问穹苍吟楚些。 山河风景共凄凉，踯躅新亭空泪堕。 俯仰古今同一慨，狂歌或遣愁城破。 投桃倘荷报章来，珠玉行看霏咳唾。

——（《清画家诗史》壬上）

清代题画诗类

诗人、画家小传目录

[钱谦益]　[王　咸]　[王时敏]　[普　荷]

[萧云从]　[文　枏]　[项圣谟]　[王　鉴]

[陈嘉言]　[王　节]　[陈洪绶]　[金俊明]

[程　邃]　[傅　山]　[孙　逸]　[汪之瑞]

[程先贞]　[金人瑞]　[吴伟业]　[渐　江]

[冒　襄]　[方　文]　[周亮工]　[髡　残]

[曹　溶]　[宋　琬]　[查士标]　[龚鼎孳]

[戴明说]　[陶　季]　[曹尔堪]　[施闰章]

[吴嘉纪]　[龚　贤]　[高　岑]　[王夫之]

[周　容]　[孙枝蔚]　[张　风]　[戴本孝]

[陈　菁]　[笪重光]　[李邺嗣]　[罗　牧]

[董文骥]　[梅　清]　[毛奇龄]　[汪　琬]

[陈维崧]　[沙张白]　[王　艮]　[朱　耷]

[庄冏生]　[徐　柯]　[叶　燮]　[姜宸英]

[朱彝尊]　[曹　岳]　[屈大均]　[陈恭尹]

[王　武]　[梁佩兰]　[王　翚]　[吴　历]

[恽寿平]　[文　点]　[郑　旼]　[王士禛]

[宋　荦]　[顾符稹]　[张　英]　[邵长蘅]

[余　集]　[王　揆]　[汪懋麟]　[王原祁]

[王　昱]　[王　撰]　[原　济]　[杨　晋]

[方亨咸]　[程正揆]　[高士奇]　[陈　舒]

[姜实节]　[禹之鼎]　[翁嵩年]　[萧　晨]

[雪　庄]　[徐德音]　[刘献廷]　[陈奕禧]

[孔尚任]　[冯廷櫆]　[黄鹭来]　[杨中讷]

[戴　梓]　[龚佳育]　[查嗣瑮]　[查慎行]

[王　云]　[纳兰性德]　[爱新觉罗·玄烨]

[曹　寅]　[陆道淮]　[高其佩]　[黄　鼎]

[何　焯]　[吴　宏]　[张　远]　[许廷嵘]

[赵执信]　[陈鹏年]　[周起渭]　[王　澍]

[马元驭]　[蒋廷锡]　[沈宗敬]　[胡　湄]

[沈德潜]　[陈祖范]　[文　昭]　[薛　雪]

[华　喦]　[唐　英]　[曹子清]　[田　榕]

[魏麐征]　[高凤翰]　[黄　任]　[边寿民]

[张 庚]　[陈 撰]　[汪士慎]　[蔡 嘉]

[李 鱓]　[戴 瀚]　[邹一桂]　[钱陈群]

[李 锴]　[金 农]　[黄 慎]　[张宗苍]

[王 概]　[恽 冰]　[吴 山]　[马 逸]

[陈琼圃]　[倪仁吉]　[李世倬]　[马曰琯]

[高 翔]　[张鹏翀]　[卢见曾]　[张 照]

[厉 鹗]　[余 省]　[方士庶]　[李 葂]

[汪由敦]　[郑 燮]　[李方膺]　[马曰璐]

[董邦达]　[杭世骏]　[梁诗正]　[刘大櫆]

[边连宝]　[刘统勋]　[吴敬梓]　[薛 怀]

[汪 舸]　[厉宗万]　[王又曾]　[鲍 皋]

[稽 璜]　[爱新觉罗·弘历]　[于敏中]

[袁 枚]　[陆 飞]　[王 宸]　[童 钰]

[袁 树]　[纪 昀]　[王 昶]　[蒋士铨]

[赵 翼]　[秦蕙田]　[钱大昕]　[介 福]

[王文治]　[陆 建]　[严长明]　[姚 鼐]

[罗 聘]　[方婉仪]　[翁方纲]　[李调元]

[桂 馥]　[潘奕隽]　[张赐宁]　[黄 易]

[奚 冈]　[吴锡麒]　[洪亮吉]　[杨 伦]

[黎 简]　[黄景仁]　[黄 钺]　[铁 保]

[孙星衍]　[阮 元]　[伊秉绶]　[戴 亨]

[孙原湘]　[席佩兰]　[张 崟]　[焦 循]

[钱 杜]　[张问陶]　[吴 修]　[舒 位]

[顾广圻]　[朱方霭]　[王 愫]　[郭 麐]

[金 逸]　[王 倩]　[陈文述]　[盛大士]

[罗芳淑]　[金礼嬴]　[姚元之]　[张 深]

[郎葆辰]　[改 琦]　[吴荣光]　[朱 新]

[邓显鹤]　[汤贻汾]　[陈 均]　[孔素瑛]

[潘 谘]　[沈复吉]　[赵 棻]　[瞿应绍]

[屠 倬]　[程恩泽]　[叶廷琯]　[龚自珍]

[王 素]　[魏 源]　[何绍基]　[顾太清]

[奕 绘]　[戴 熙]　[费丹旭]　[张 熊]

[刘有铭]　[刘彦冲]　[潘曾莹]　[潘遵祁]

[张之万]　[许光治]　[居 巢]　[杨 翰]

[华翼伦]　[王 拯]　[彭玉麐]　[左宗棠]

清代题画诗类

［王　礼］　［金　和］　［周　闲］　［许　岜］

［陈允升］　［俞　樾］　［胡公寿］　［虚　谷］

［李慈铭］　［赵之谦］　［黄崇惺］　［翁同龢］

［蒲　华］　［吴大澄］　［沈景修］　［陈崇光］

［陈　书］　［曾纪泽］　［任　颐］　［金　涑］

［吴昌硕］　［樊增祥］　［黄遵宪］　［林　纾］

［陈三立］　［任　预］　［陈　衍］　［胡锡珪］

［吴观岱］　［丘逢甲］　［顾麟士］　［吴浔源］

［顾复初］　［张　检］　［李清芬］　［王　震］

诗人、画家小传

钱谦益（1582—1664）字受之，号牧斋，又号蒙叟，常熟（今属江苏）人。明万历三十八年（1610）进士，官至礼部侍郎，坐事削籍。弘先时又召为礼部尚书。降清，授礼部右侍郎，不久即归里。工诗，与吴伟业、龚鼎孳并称"江左三大家"，为明末清初诗坛领袖。尝辑明人诗为《列朝诗集》。著有《初学集》《有学集》等。

王咸（1591—?）字与谷，号拙庵，常熟（今属江苏）人。善画山水，山岚古峭，林木苍劲，得石田遗意。

王时敏（1592—1680）字逊之，号烟客、西庐老人，世称西田先生，太仓（今属江苏）人。明末以荫仕至太常寺少卿，故人称"王奉常"。善画山水，少时与董其昌、陈继儒切磋，遍临宋元名迹，以黄公望为宗。笔墨苍润松秀，唯多模拟之作，丘壑少变化。为清初"六大家"之首，王翚曾从其学。著有《西田集》《西庐画跋》。

普荷（1593—1683）一名通荷，号担当，俗姓唐，名泰，字大来，云南普宁州人。天启中，以明经入对大廷，师事董思白。明亡，出家为僧，住鸡足山，善画山水，法云林，擅行草，能诗。著有《翛园集》《撅庵草》。后人辑《担当遗诗》。

萧云从（1596—1673）字尺木，号默思、无闷道人、梅石道人、钟山梅下、东海萧生、梅主人等，安徽芜湖人。明崇祯中贡生。入清不仕，闭门读书或外出漫游。善画山水、人物，笔墨方折枯瘦，自成一派。工诗文，精书法音律。著有《梅花堂遗稿》。

文柟（1597—1668）字瑞文，一字曲辕，又号漑庵，一作慨庵，长洲（今江苏苏州）人。能诗，工书画，小楷得文徵明法，山水亦一禀祖法。甲申后，奉亲隐居寒山，为童子师，以介节著称，门人私谥端文先生。著有《慨庵诗选》。

项圣谟（1597—1658）字孔彰，号易庵，别号胥山樵、松涛散仙、鸳湖钓叟、莲塘居士等，秀水（今浙江嘉兴）人。墨林居士项元汴孙。善画山水，远法唐宋，并参以元人气韵；兼擅花卉，清隽明丽，取法宋人，脱去当时习尚，其风格士气作家俱备。能诗，著有《朗云堂集》。

王鉴（1598—1677）字玄照，后改为园照，号湘碧、染香庵主，太仓（今属江苏）人。王世贞曾孙。明崇祯举人，曾官廉州知府，世称"王廉州"。家富收藏，故长于临摹，善画山水，笔法圆浑，潇洒沉厚。与王时敏、王翚、王原祁合称"四王"。著有《染香庵画跋》。

陈嘉言（1599—1678）字孔彰，嘉兴（今属浙江）人。工画花卉、翎毛，笔墨爽秀可爱，亦能诗文、书法。

王节（1599—1660）字贞明，号惕斋，吴县（今江苏苏州）人。明崇祯十二年（1639）

举人。清顺治中，任桃源县教谕。工诗文、书画，善画山水，构别业于雁岩古里，名"小辋川"，人称"摩诘后身"。著有《惕斋诗稿》。

陈洪绶（1598—1652）字章侯，号老莲、悔迟、老迟。诸暨（今属浙江）人。清兵入浙东，洪绶入绍兴云门寺为僧。能诗，工书法，擅画，山水、人物、花鸟、竹石、草虫，造诣精深，尤以人物称著于世。著有《宝纶堂集》。

金俊明（1602—1675）初名衮，字孝章，又字九章，号耿庵、不寐道人，吴县（今江苏苏州）人。明诸生，学问渊博，入复社，才名藉甚。明亡，杜门傭书自给，不复出。工诗文，善书画，萧疏有致，尤长于墨梅，世称"吴中三绝"。卒后，门人称谥贞孝先生。著有《春草闲房集》《推量稿》。

程邃（1605—1691）字穆倩、朽民，号垢区、青溪、垢道人、野全道者、江东布衣，歙县（今属安徽）人。诸生。早从黄道周、杨廷麟游，不肯应贤良诏。山水初仿巨然，后纯用渴笔焦墨，沉郁苍古。诗文书法绝不蹈袭，尤工分书，长于金石考证。晚居江都，著有《会心吟》《萧然吟》等。

傅山（1607—1684 以后）初字青竹，改青主，号啬庐、真山、石道人、朱衣道人等，山西阳曲人。明诸生，入清不仕，工诗，善书画，其诗奇辟精奥。著有《霜红龛集》。

孙逸（？—1658）字无逸，号疏林，徽州（今安徽歙县）人。流寓芜湖。善画山水，得黄、倪传派，前与查士标、汪之瑞、浙江合称"海阳四家"，后与萧云从并称为"孙萧"。

汪之瑞（生卒年不详）字无瑞，号乘槎老人，安徽休宁人。工书画，擅山水，与查士标、浙江、孙逸合称"海阳四家"。

程先贞（1607—1673）字正夫，号葈庵，德州（今属山东）人。官工部员外郎，顺治三年（1646）告终养，未再起。工诗，钱谦益称其诗汲古起雅，清稳妙丽。著有《海右陈人集》。

金人瑞（1608—1661）原姓张，名采，字采来，顶金人瑞名就试，遂改姓名，法号圣叹，长洲（今江苏苏州）人。明诸生。少时倜傥不群，天才骏发，入清后绝意仕进，专心著述。顺治十八年（1661）以哭庙案被杀。喜批书，评点《离骚》《庄子》《史记》《少陵集》《西厢记》《水浒传》，合称六才子书。能诗，著有《沉吟楼诗选》。

吴伟业（1609—1672）字骏公，号梅村，太仓（今属江苏）人。明崇祯四年（1631）进士，授翰林院编修，充东宫讲读官、南京国子监司业。明亡，避世十余年，后仕清为国子祭酒。工诗词，才华艳发，吐纳风流。易代之际，诗风激楚苍凉，风骨遒上。晚年似庾信之萧瑟。与钱谦益、龚鼎孳并称为江左三大诗人。著有《梅村集》等。

浙江（1610—1664）明末清初画僧。人称"梅花古衲"。俗姓江，名韬，字六奇，法号弘仁，歙县（今属安徽）人。明末杭郡诸生，明亡后为僧。工画山水，师法倪瓒。笔墨瘦劲简洁，风格冷峭。常往来于黄山、雁荡间，多写黄山奇景，与查士标、汪之瑞、孙逸合称"海阳四家"。为新安画派领袖。兼能诗文，有《画偈》行世。

冒襄（1611—1693）字辟疆，号巢民、朴巢，如皋（今属江苏）人。幼有俊才，负时誉,性至孝,父吏部郎起宗被诬系狱,襄泣血上书,冤得直。与方以智、陈贞慧、侯朝宗并称"四公子"。明亡后无意用世,好交游,又尝恣游山水,风流文采,照映一时,著有《水绘园诗文集》《朴巢诗文集》等。

方文(1612—1669)字尔止(一作尔子),号嵞山,桐城(今属安徽)人。状貌魁杰,赋性亢爽。少负时誉,好结四方名士。值世乱,不就博士弟子试,专心著述以终。诗善抒性灵,深得钱谦益、施闰章、龚鼎孳等名家推许。著有《嵞山集》。

周亮工(1612—1672)字元亮,一字缄斋,号栎园,祥符(今河南开封)人。明崇祯十三年(1640)进士,官御史。多铎下江南,亮工降,任户部右侍郎。工古文词,具秦汉风骨,喜为诗,宗仰少陵,学者称"栎下先生"。著有《赖古堂诗钞》《因树屋书影》等。

髡残(1612—1692)俗姓刘,字介丘,号石溪、白秃、石道人、残道者、电住道人等,武陵(今湖南常德)人。崇祯四年(1631)削发为僧,多游名山,住南京牛首祖堂幽栖寺。擅画山水,长于干笔皴擦,气韵苍浑,具有奥境奇僻、缅邈幽深、引人入胜的艺术境界。与原济并称"二石"。

曹溶(1613—1685)字秋岳,一字洁躬,号倦圃,秀水(今浙江嘉兴)人。明崇祯十年(1637)进士。官御史。入清官至广东布政使。工诗,精鉴别,富收藏,能书。著有《静惕堂诗集》《金石表》等。

宋琬(1614—1674)字玉叔,号荔裳,别署二乡亭主人,莱阳(今山东烟台)人。顺治四年(1647)进士,官至四川按察使。工诗,多感时伤事之作,含凄凉激宕之音。王士禛以施闰章相况,号"南施北宋",著有《安雅堂集》。

查士标(1615—1698)字二瞻,号梅壑散人,休宁(今属安徽)人。明末秀才。入清不应科举,专事书画。画擅山水,师法云林,参用吴镇、董其昌笔意,清劲秀逸。书法从董入手,纵逸处近米芾。后世与僧弘仁、汪之瑞、孙逸并称为"新安四大家"。著有《种书堂遗稿》。

龚鼎孳(1615—1673)字孝升,号芝麓。合肥(今属安徽)人,明崇祯七年(1634)进士,授兵科给事中。李自成入北京,授指挥使。降清。康熙时任礼部尚书,卒谥端毅。洽闻博学,诗古文俱工。与钱谦益、吴伟业并称"江左三大家"。著有《定山堂诗集》。

戴明说(生卒年不详)字道默,号岩荦、定园,沧州(今属河北)人。明崇祯七年(1634)进士。入清,官户部尚书。善画山水,墨竹得梅道人法。诗风沈郁,深得龚鼎孳称许。著有《定园诗集》。

陶季(1616年前后在世)初名澄,字季深,以字行,乃去深称季,晚号括庵,宝应(今属江苏)人。明末诸生。早负异才,潜心经史。明亡后,弃举子业。工诗,好游历。著有《湖边草堂集》《舟车集》。

曹尔堪(1617—1679)字子顾,号顾庵,嘉善(今属浙江)人。顺治九年(1652)进士,官翰林院侍讲学士。博学多识,诗尤著名,风格清丽。与宋琬、施闰章、王士禄、王士禛、汪琬、程可则、沈荃称"海内八大家"。著有《南溪词》。

施闰章（1618—1683）字尚白，号愚山，宣城（今属安徽）人。少从同里名士沈寿民游。遂博综群籍，善诗古文辞。顺治六年（1649）进士，官翰林侍讲，充河南乡试正考官。纂修《明史》。所为诗温柔敦厚，辞清句丽。著有《学余堂文集》《学余堂诗集》等。

吴嘉纪（1618—1684）字宾贤，号野人，泰州（今属江苏）人。他亲见明王朝覆灭，清兵南下的暴行，绝意仕进，贫病交加而守志不移。喜吟咏，风骨遒劲，工为危苦严冷之词。又所遭不偶，每多怨咽之音。尝作今乐府，自成一家。著有《陋轩集》。

龚贤（1618—1689）一名岂贤，字半千，号野遗、柴丈人，崑山（今属江苏）人。寓南京。明亡后，隐居于清凉山。工山水，宗董源、吴镇而自成一家。善用墨，层层渍染，浓郁苍润。兼工诗文，为"金陵八家"之首。著有《草香堂集》《柴丈人画稿》等。

高岑（生卒年不详）字善长，又字蔚生，浙江杭州人，居金陵（今江苏南京）。善画，曾从朱翰之学，山水近蓝瑛，用笔精到；写意花鸟，清秀精工。与龚贤、樊圻、邹喆、吴宏、叶欣、胡慥、谢荪称"金陵八家"。

王夫之（1619—1692）字而农，号薑斋，又号瓠道人，衡阳（今属湖南）人。崇祯十五年（1642）与兄介之同举乡试。瞿式耜荐于桂王。后归居衡阳之石船山，筑土室曰"观生居"。著书授徒。学者称"船山先生"，康熙时隐于深山。有《船山遗书》。

周容（1619—1679）字茂三，一字茂山。鄞县（今浙江宁波）人。明诸生，明亡后，放浪潮山间。能诗，受钱谦益赏识。又善书画，人称其"诗一、画二、书三、文四"。著有《春酒堂诗存》。

孙枝蔚（1620—1687）字豹人，号溉堂，陕西三原人。初为盐商，后折节读书，康熙十八年（1679）举博学鸿词，授内阁中书，放归后，客游四方，结交名士。工诗词，多激壮之音，辞气直率。著有《溉堂集》。

张风（约1620—1662）字大风，号上元老人，也署"真香佛空"四字，上元（今江苏南京）人。画人物山水，别开生面，自成一格。著有《双镜庵诗钞》。

戴本孝（1621—1691）字务旃，号鹰阿山樵，和州（今属安徽）人。侨寓和州。善画山水，擅以枯笔写元人法。能诗，著有《前生余生诗稿》。

陈菁（1621—1705）字幼木，一作又林，号梅巢、南园。康熙二年（1661）举人，工画。

笪重光（1623—1692）字在辛，号江上外史、逸叟，自称郁冈扫叶道人、郁冈居士，句容（今属江苏）人。顺治进士，官御史，有直声。以劾明珠弃官去。工书画，与王翚、恽寿平交密。诗亦清刚，隽上如其人。著有《江上集》《画筌》等。

李邺嗣（1622—1680）本名文胤，以字行，号杲堂，鄞县（今浙江宁波）人。清初绝意人世，寄居草石，生平以著书为能事，能诗，以秀逸胜。著有《杲堂诗钞》。

罗牧（1622—1705）字饭牛，宁都（今属江西）人，侨居南昌。工绘山水，笔意空灵。在黄、董之间，自成风貌，江淮间学之者甚众，称"江西派"。为人敦古道，重友谊。能诗善饮，书法亦工。又善制茶。卒年八十余。

　　董文骥（1623—1685）字玉虬，一字玉帆，号云和、云痴，武进（今属江苏）人。顺治六年（1649）进士，由行人官江南道御史、陇右道参议，年未五十，即家居注《三礼》。诗文负盛名，沉雄顿挫，著有《微泉阁诗集》。

　　梅清（1623—1697）字渊公，号瞿山，宣城（今属安徽）人。顺治十一年（1654）举人。工诗。擅画山水，极云烟变幻之趣，多写黄山风景。笔法松秀，墨气苍浑，雄奇沉郁，自创风貌。尤善绘松，以枝干奇古见称。著有《天延阁集》。

　　毛奇龄（1623—1716）本名甡，后改今名，又名初晴，字大可，一字齐于，号西河，萧山（今属浙江）人。康熙十八年（1679）召试博学鸿儒，列二等。授翰林院检讨，充《明史》馆纂修官。不久以病告归。为文纵横排奡，睥睨一世。著有《西河集》《四书改错》《春秋毛氏传》等。

　　汪琬（1624—1691）字苕文，号钝庵，晚号尧峰，又号玉遮山樵，长洲（今江苏苏州）人。少孤，自奋于学。顺治十二年（1655）进士，官至户部主事。乞病归。结庐尧峰山，闭户著书，学者称"尧峰先生"。康熙十八年（1679）召试博学鸿儒科一等，授翰林编修，纂修《明史》。其文灏瀚疏畅，颇近南宋诸家。诗则兼范成大、陆游、元好问之胜，善于叙事。著有《钝翁前后类稿》。

　　陈维崧（1625—1682）字其年，号迦陵，宜兴（今属江苏）人。幼聪慧能文，康熙中举博学鸿词科，授检讨，与修《明史》。为文数千言立就，诗始为雄丽跌宕，一变而为沈郁，横绝一世。词尤凌厉光怪，变化若神。著有《湖海楼诗》。

　　沙张白（1626—1691）原名一卿，字介臣，号定峰，江阴（今属江苏）人。布衣。其诗作内容丰富，题材多样，现实性强，尤长新乐府。著有《定峰乐府》《定峰诗稿》等。

　　王艮（1626—?）本名炜，字无闷，号不庵，歙县（今属安徽）人。曾与顾炎武等交游。为文颇有法度，谨守古格，其他事迹不详。著有《鸿逸堂稿》。

　　朱耷（1626—1705）字雪个，号个山、个屋、八大山人等，南昌（今属江西）人。明宁王朱权后裔。明亡，出家为僧，五十五岁时还俗，卖画为生。擅画水墨花卉禽鸟，笔墨简括，形象夸张。亦作山水，意境冷寂。画鱼鸟常作"白眼向人"状，所署八大山人似"哭之""笑之"。寄寓家国之痛。其独特之画风对后世影响深远。工书法，纯朴圆润，自成一格。

　　庄冏生（1626—?）字玉骢，号澹庵居士，武进（今属江苏）人。顺治四年（1647）进士。工诗古文辞。善书画。山水小景率有笔趣，墨兰亦秀发。著有《澹庵集》。

　　徐柯（1626—1700）字贯时，号东海一老，长洲（今江苏苏州）人。鼎革之际，乃避世杜门不出。家境艰难，却心怀淡荡。工诗，略近晚唐。著有《一老庵诗文集》。

　　叶燮（1627—1703）字星期，号己畦，吴江（今属江苏）人。康熙九年（1670）进士，知宝应县，因忤上官落职，遂纵游海内。晚年定居苏州横山，世称横山先生。诗宗杜、韩，自成一家。著有《己畦集》《原诗》等。

姜宸英（1628—1699）字西溟，号湛园、苇间，浙江慈溪人。明末诸生，康熙三十六（1697）进士，以一甲第三名入翰林，时年已七十。初，以布衣荐修《明史》。擅画，笔墨遒劲。工诗，有《西溟全集》。

朱彝尊（1629—1709）字锡鬯，号竹垞，秀水（今浙江嘉兴）人。康熙十八（1679）年举博学鸿词，授翰林院检讨，与修《明史》。工古文，长于考证。诗与王士祯称"南北两大宗"，词为浙西派创始者。著有《曝书亭集》《日下旧闻》《明诗综》《词综》《经义考》等。

曹岳（生卒年不详）字次岳，号秋崖，泰兴（今属江苏）人。山水师法董其昌，用笔疏秀淹润，峰顶多岚气。北游最得声誉。朱彝尊、王士祯皆极称之。

屈大均（1630—1696）初名绍隆，字翁山，又字介子，番禺（今广东广州）人。明末诸生。清初曾参加抗清斗争，失败后削发为僧。中年还俗，北游关中、山西各地，与顾炎武、李因笃等交往。生平踪迹遍历南北各省，为反清复明奔走呼号。诗学李白，气势磅礴，每多故国之悲，多写民生疾苦，感情激愤，寄托深远。善画松石，尤工画兰。著有《道援堂诗集》。

陈恭尹（1631—1700）字元孝，初号半峰，晚号独漉子，又号罗浮布衣，顺德（今属广东）人，一作南海人。陈邦彦子。性聪敏端重，尝筑室羊城之南，以诗文自娱，自称罗浮布衣。恭尹修髯伟貌，气局深沈，工于诗，兼精书法，与屈大均、梁佩兰称"岭南三家"。又为"岭南七子"之一。著有《独漉堂集》。

王武（1632—1690）字勤中，号忘庵、雪颠道人，长洲（今江苏苏州）人。擅画花鸟。当时享有盛名，与恽寿平齐名。

梁佩兰（1629—1705）字芝五，号药亭，南海（今广东广州）人。康熙二十七（1688）年进士，官翰林院庶吉士，未一年乞假归。结社兰湖以诗酒为乐。好诱掖后进。工诗，王士祯、朱彝尊尤推重之。著有《六莹堂集》。

王翚（1632—1717）字石谷，号乌目山人、耕烟散人，常熟（今属江苏）人。山水师王时敏、王鉴。复精研唐宋元明诸家名迹。集古人之长，功力精深，世称"虞山派"。与王时敏、王鉴、王原祁、吴历、恽寿平齐名，有"画圣"之誉。

吴历（1632—1718）字渔山，号墨井道人、桃溪居士，常熟（今属江苏）人。康熙二十一年（1682）入天主教，康熙二十七年任神父，先后在嘉定、上海传教三十年。画山水初学黄公望、王蒙，其后画风变化，多用干笔焦墨，构图设色更为邃密、苍郁。与王时敏、王鉴、王翚、王原祁、恽寿平合称"清六家"。工诗，思清格老，著有《墨井诗钞》《三巴集》。

恽寿平（1633—1690）本名格，以字行，改字正叔，号南田，又号白云外史，云溪外史，亦称东园客，武进（今属江苏）人。工绘事，与王时敏、王鉴、王翚、王原祁、吴历齐名，合称"四王、吴、恽"。所作山水洒脱清新，超逸高妙，花鸟则意态生动。创"没骨花"一派，别开生面。所为诗寄托遥深，富于感情，书法清隽秀劲。诗、书、画俱臻超妙,有"南田三绝"之誉。著有《瓯香馆集》。

文点(1633—1704〕字与也,号南云山樵,长洲(今江苏苏州人)。工诗文,善书画,山水能传文徵明家法,用笔细秀,染晕迷离,以墨胜。兼善人物,尤长松竹小品。

郑旼(1632—1683)字穆倩,一作慕倩,号遗苏,安徽歙县人。明遗逸,入清不仕,工书画,长于山水,嗜理学。著有《致道堂集》。

王士禛(1634—1711)字子真,一字贻上,号阮亭,别号渔洋山人,新城(今山东桓台)人。顺治十五年(1658)进士,官至刑部尚书。卒谥文简。士禛诗为一代宗匠,创"神韵说",与朱彝尊并称"朱王"。善古文,兼工词。著有《带经堂全集》等。

宋荦(1634—1713)字牧仲,号漫堂,又号绵津山人,晚号西陂老人,商丘(今属河南)人。大学士宋权子,以荫仕黄州通判、刑部郎中、江苏巡抚,晋吏部尚书。博学好古,工诗词、书画,精鉴赏。著有《西陂类稿》。

顾符稹(1635—?)一作符桢,字瑟如,一字松巢,号小痴、松崖老人,江苏兴化人。以卖画为生,善画山水、人物,山水学唐李昭道。

张英(1637—1708)字敦复,号乐圃,桐城(今属安徽)人。康熙进士,官至文华殿大学士兼礼部尚书,先后任《大清一统志》《渊鉴类函》总裁。著有《易经衷论》等。

邵长蘅(1637—1704)一名衡,字子湘,别号青门山人,江苏武进人。能诗,以古文词名,为宋荦礼致幕府。其诗格高气逸。著有《青门簏稿》。

余集(1738—1823)字蓉裳,号秋室,钱塘(今浙江杭州人)。乾隆三十一年(1766)进士,授翰林院编修,累迁至侍读学士,归乡后,主大梁书院。工诗,尤善画人物。著《秋室诗钞》。

王掞(1644—1728)字藻儒,一作藻如,号颛庵,太仓(今属江苏)人。王时敏第八子。康熙九年(1670)进士,官至文渊阁大学士。工诗,亦作画。著有《西田集》。

汪懋麟(1640—1688)字季角,号蛟门,江都(今江苏扬州)人。康熙六年(1667)进士,授内阁中书,官刑部主事,入史馆,充纂修官。王士禛弟子,有诗名,才情横溢。其诗"雄爽而激发,典实而春容,忼慨而深沉"。著有《百尺梧桐阁诗集》。

王原祁(1642—1715)字茂京,号麓台,别号石师道人,太仓(今属江苏)人。王时敏孙。善画山水、宗法黄公望,但又自出心裁,不受古法拘束。与王时敏并称"娄东派"。著有《麓台题画稿》《罨画楼集》。

王昱(生卒年不详)字日初,号东庄。江苏太仓人。王原祁堂弟,擅画山水,师法王原祁和宋元诸家。约卒于雍正中期,与王撰、王宸、王愫合称"小四王"。著有《东庄论画》。

王撰(1623—1709)字异公,号随庵,江苏太仓人。王时敏第三子。工诗,善隶书,画山水,笔墨超逸,浑厚腴润,得王时敏家法,著有《三余集》。

原济(1642—约1718)本靖江王朱守谦子,名若极。明亡后为僧。法名原济(一作元济),又作道济,字石涛,号苦瓜和尚、大涤子、清湘陈人等,全州(今属广西)人。早年屡游黄山,中年住南京,北游京师。晚年定居扬州,卖画为生。山水、人物、花卉俱精。笔墨雄奇恣肆、构图新颖善变,对扬州八怪和近现代中国画影响很大。与弘仁、髡残、朱耷合称"清初四画僧"。兼工书法和诗。著有《苦瓜和尚画语录》《大涤子题画诗跋》等。

杨晋(1644—1728)字子鹤,号西亭,常熟(今属江苏)人。王石谷高弟,所作山水清秀工丽,兼工人物、花卉、写真,洵为名家。尤长画牛,王翚画中人物皆其代笔。

方亨咸(生卒年不详)字吉偶,号邵村,桐城(今属安徽)人。拱乾子。顺治四年(1647)进士,官至御史。工书画、诗文。山水仿元人,亦善花鸟,入神品,曾绘百尺梧桐卷。

程正揆(1604—1676)初名葵,字端伯,号鞠陵,又号清溪道人,孝感(今属湖北)人。崇祯四年(1631)进士。明亡后卜居江宁。仕清,官至工部侍郎。顺治十四年(1657)挂冠归。徜徉于山水间,以诗画自娱。少从董其昌游,善画山水。工诗。著有《青溪遗稿》。

高士奇(1645—1704)字澹人,号瓶庐、江村,钱塘(今浙江杭州)人。尝就试京闱,不利,卖文自给。新岁,为人作春帖,自为句书之,偶为圣祖所见,旬日中三试皆第一,命供奉内廷。官至礼部侍郎。卒谥文恪。性嗜学,能诗,精考证、鉴赏。所藏书画甚富。著有《清吟堂集》《江村销夏录》等。

陈舒(1612—1682)字原舒,一作元舒,号道山,嘉善(今属浙江)人。侨居江宁(今南京)雨花台下。顺治六年(1649)进士,官布政使参议。书学苏轼,工花鸟、草虫。著有《道山遗稿》。

姜实节(1647—1709)字学在,号鹤涧、人中子、艺圃,莱阳(今属山东)人。侨居吴县。有孝行,笃友谊,人称鹤涧先生。工诗文,善书画。山水仿倪瓒,简淡萧疏,笔致超寓,备极清旷之致。著有《焚余草》。

禹之鼎(1647—1716)字尚吉,号慎斋,江都(今属江苏)人。康熙中授鸿胪寺序班。善画人物,出入宋元诸家而自成一家。写真多白描。亦能作山水花鸟,名重一时。

翁嵩年(1647—1728)字康饴,号萝轩,钱塘(今浙江杭州)人。康熙二十七年(1688)进士。官广东提学。善画山水,以枯笔作林峦峰岫,韵味古雅。工诗。著有《白云山房集》《友石居集》《天香书屋稿》等。

萧晨(生卒年不详)字灵曦,号中素,江苏扬州人。工诗,善画山水、人物,刻划工致,笔法苍秀,功力极深。

雪庄(生卒年不详)字惺堂,号雪庄,别号铁鞋道人,淮安(今属江苏)人。自幼出家,法名传悟。移居黄山,筑草屋,名"雪庄",终老黄山。善画工诗,为黄山画派一员。

徐德音(生卒年不详)字淑则,钱塘人。漕运总督徐旭龄之季女,中书许迎年室。尤长花鸟、草虫,工诗,有《绿净轩诗集》。沈德潜曾评其诗,当生活于康乾时代。

刘献廷(1648—1695)字君贤,一字继庄,别号广阳子,直隶大兴(今北京)人。少

颖悟,刻苦读书,博览经史百家,尝游徐乾学之门,与修《明史》及《一统志》。著有《广阳诗集》。

陈奕禧(1648—1709)字子文(一作文一),又字六谦(一作谦六),号香泉,海宁(今属浙江)人。贡生。由山西安邑丞入为户部郎中。出任江西南安知府,卒于官。少即工诗,见赏于王士禛。尤擅书法,藏金石甚富。著有《春霭堂集》。

孔尚任(1648—1718)字聘之、季重,号东塘、岸堂,自称云亭山人,曲阜(今属山东)人。与洪昇齐名,世称"南洪北孔"。初授国子监博士,官至户部员外郎。后辞官归里。博学有文名,通音律。以作传奇《桃花扇》驰名,轰动一时。著有《湖海集》《岸堂文集》等。

冯廷櫆(1649—1700)字大木,德州(今属山东)人。康熙二十一年(1682)进士,官中书舍人。诗师于王士禛,颇有时名。著有《冯舍人遗诗》。

黄鷟来(1649—?)字叔威,闽县(今福建福州)人。少应乡试不举,即致力于诗文。著有《友鸥堂集》。

杨中讷(1649—1719)字耑木,号晚研,海宁(今属浙江)人。康熙三十年(1691)年进士,官右中允。有书名,摹晋、唐碑帖,纵横中具有法度,尤工草书。

戴梓(1649—1726)字文开,仁和(今浙江杭州)人。侨居江苏江都,有巧技,荐入值内廷,赐官翰林院侍讲。后因事被徙沈阳,鬻书画卖文自给。著有《耕烟草堂诗钞》。

龚佳育(1622—1685)字祖锡,号介岑,钱塘(今浙江杭州)人。初为掾史,授龙骧卫经历,宰安定,有惠于民,入为郎,历官光禄等卿。工诗。

查嗣瑮(1652—1733)字德尹,号查浦,又号晚晴,海宁(今属浙江)人。康熙三十九年(1700)进士,官侍读。少受业于黄宗羲。工诗词,善书法,精于考证、鉴定。诗名与其兄慎行相埒。后以查嗣庭罪谪遣关西,卒于戍所。著有《查浦诗钞》《音韵通考》等。

查慎行(1650—1727)初名嗣琏,字夏重,后改今名,字悔余,号初白,又号查田,海宁(今属浙江)人。康熙三十二年(1693)举人,四十二年特赐进士出身,官至武英殿校勘官,入直南书房。少受学于黄宗羲,治经,邃于《易》。尤工诗,好游山水,所得一托于吟咏。著有《敬业堂集》《周易玩辞集解》。

王云(1652—?)字汉藻,号清痴,高邮(今属江苏)人。王斌之子。工画楼台人物,近似仇十洲,康熙时驰名江淮。写意山水得沈石田遗意。

纳兰性德(1655—1685)原名成德,字容若,号楞伽山人,满洲正黄旗人。宰相明珠之子。少从姜宸英游,后受业于徐乾学。康熙十五年(1676)进士,授乾清门侍卫。善骑射、好读书,爱才喜客,交结名士极多。编辑宋以来诸儒说经之书,刻为《通志堂经解》。善诗词,清新婉丽,感情真挚。著有《通志堂集》《饮水词》等。

爱新觉罗·玄烨(1654—1722)即清圣帝,八岁登基,年号康熙,十四岁亲政,在位

六十一年,开创"康乾盛世"。玄烨学识渊博,善诗。著有《清圣帝御制诗集》。

曹寅(1658—1712)字子清,号荔轩,又号楝亭,先世为汉族,降清后为内务府包衣(奴仆),隶属于正白旗。官至通政使,管理江宁织造,兼巡两淮盐漕监察御史。能诗、词、戏曲,又是著名藏书家。著有《楝亭诗钞》《楝亭词钞》《续琵琶记》等。

陆道淮(生卒年不详)字桐源,号上游,嘉定(今属上海)人。师从吴墨井。山水、花卉并工,亦能诗词,其主要活动时期在康熙朝。

高其佩(1660—1734)字韦之,号且园,铁岭(今属辽宁)人。隶汉军镶黄旗,以荫官至刑部侍郎。卒谥恪勤。著名画家,人物、山水、花鸟无不精通,亦擅指墨画,奇情异趣,别开生面,自成一家。亦工诗文。

黄鼎(1660—1730)字尊古,号旷亭,又号闲浦、独往客,晚号净垢老人,常熟(今属江苏)人。善山水、法王蒙,临摹逼真。师王原祁,又得王翚意。评者谓王翚看尽古今名画,下笔有成法,黄鼎看尽九州山水,下笔有生机,因并称大家。

何焯(1661—1722)字屺瞻,号义门、茶村,晚号茶仙,长洲(今江苏苏州)人。康熙四十一年(1702)冬圣祖南巡驻涿州,巡抚李光地应旨以焯荐,召入直南书房。明年赐进士出身,侍读皇八子府兼武英殿纂修官。长于考订,家富藏书,多蓄宋元旧椠。著有《义门先生集》《义门读书记》。

吴宏(生卒年不详)字博山,号缄斋,长洲(今江苏苏州)人。画粗笔人物,点缀有雅致。康熙十一年(1672),画《水榭待客图》。

张远(1648—1722)字超然,号无闷道人,闽县(今福建福州)人。少孤,从母陈氏受章句。稍长,贯穿经书大义,下笔有奇气。避乱侨寓常熟。偶至江西,题诗滕王阁,得侍郎曹溶赏识,招入幕所。又广为延誉,名遂大起。康熙三十八年(1699)乡试第一。晚任云南禄丰县知县。工诗。著有《无闷堂诗集》《无闷堂文集》。

许廷嵘(1662—1722)字子逊,号竹素,长洲(今江苏苏州)人。康熙五十九年(1720)举人,官福建武平知县。有善政。晚居长洲之陈墓,以诗自遣。诗才绮丽,五律、七绝尤工。著有《竹素园集》。

赵执信(1662—1744)字伸符,号秋谷,益都(今山东淄博)人。从祖进美盛有诗名,承其学。康熙十八年(1679)进士,官至右春坊右赞善。以国恤中在友人家宴饮观剧被劾削籍。归后放情诗酒。著有《饴山堂集》。

陈鹏年(1663—1723)字北溟,号沧州,湘潭(今属湖南)人。康熙三十年(1691)进士,累擢江宁知府。以清廉著。有"陈青天"之称。为总督阿山诬劾下狱。江宁人痛哭罢市。事白,任苏州知府。官至河道总督,兼摄漕运总督。卒谥恪勤。著有《沧州诗集》。

周起渭(1665—1714)字渔璜,又字载公,号桐野,贵筑(今贵州贵阳)人。康熙三十三年(1694)进士,任翰林院庶吉士、詹事府詹事。工诗,诗才隽逸。著有《桐野诗集》。

王澍（1668—1743）字若林，一字箬林，号虚舟，别号竹云，金坛（今属江苏）人。康熙五十一年（1712）进士，官吏部员外郎。致仕归。悦无锡山水，自号二泉，又号恭寿老人，良堂山人。书学欧阳询，篆书法李斯，为一代名手。精于鉴定古碑刻，亦工刻印。

马元驭（1669—1722）字扶羲，号栖霞、天虞山人，常熟（今属江苏）人。马眉之子，画传家法。写生得恽寿平亲传，又与蒋廷锡讨论六法，故没骨画益工。神韵飞动，不泥陈迹。得沈周、陆治遗意。其书亦隽雅。

蒋廷锡（1669—1732）字扬孙，一字酉君，号西谷，一号南沙，又号青桐居士，常熟（今属江苏）人。康熙四十二年（1703）进士，官至文华殿大学士。卒谥文肃。善书画，工水墨折枝窠石以及兰竹小品，极有韵致。为"江左十五子"之一。著有《青桐轩诗集》。

沈宗敬（1669—1735）字南季，又字恪庭，号狮峰，亦作狮峰道人，又号卧虚山人，华亭（今上海）人。康熙二十七年（1688）进士。官至太仆寺卿提督四译官。精音律，善吹箫、鼓琴，工诗文书法，山水师倪黄，兼用巨然法。笔力古健，思致高远。著有《双杏草堂诗稿》。

胡湄（生卒年不详）字飞涛，号晚山，又号秋雪，平湖（今属浙江）人。善画花鸟鱼虫，时称仙笔。隐居北郭之松风别墅。兼工诗。著有《招隐堂集》。

沈德潜（1673—1769）字确士，号归愚，长洲（今江苏苏州）人。乾隆四年（1739）进士，年已六十七，高宗称江南老名士。官至内阁学士兼礼部侍郎。以年老许告归，原衔食俸。卒赠太子太师，谥文悫。为诗主严格律。著有《竹啸轩诗钞》《归愚诗钞》《说诗晬语》等。

陈祖范（1676—1754）字亦韩，号见复，常熟（今属江苏）人。雍正元年（1723）举人，会试中试，以病未与殿试。闭户读书数年。会诏天下设书院，大吏争延为讲师。乾隆十五年（1750）荐举经学，居首列，以年老不就职，赐国子监司业衔。卒于家。著有《见复诗草》。

文昭（1680—1732）字子晋，号芗婴居士、北柴山人，清宗室。少从渔洋山人学诗，风格颇相似，曾得清圣祖玄烨称许。亦工书画。著有《紫幢轩诗》，凡二十一集。

薛雪（1681—1770）字生白，号一瓢，自号扫叶山人、槐云道人，又号磨剑道人，先世河东人，占籍长洲（今江苏苏州）人。工绘事，尤精墨兰。著有《扫叶庄诗稿》《一瓢诗存》。

华嵒（1682—1756）字秋岳，一字德嵩，号新罗山人、白沙道人、东园生、布衣生、离垢居士等，上杭（今属福建）人。一作临行人。青年时居杭州，后在扬州以卖画为生。人物、山花、花鸟、草虫、走兽兼工。构图新颖，形象生动多姿，画风松秀明丽，自成一家。能诗，善书法。著有《离垢集》。

唐英（1682—约1755）字叔子，又字隽公，号蜗寄居士，奉天（今辽宁沈阳）人。雍正年间初授内务府员外郎兼左领。后任驻景德镇官窑协理官。乾隆初年调九江关监督,后任广州关监督。善书画,尤工宋人山水人物。作有传奇杂剧共十七种,称《古柏堂传奇》。

曹子清(生卒年不详)工诗文,书法。与石涛等友善,活动于顺治、康熙年间。

田榕(生卒年不详)字端云,一字南村,贵州玉屏人。康熙五十年(1711)举人,官内阁中书,改湖北安陆知县。工诗,诗名藉甚,著有《碧山草堂诗钞》。

魏麐征(生卒年不详)字苍石,溧阳(今属江苏)人。康熙六年(1667)进士,官至邵武府知府。工书法,善诗文。著有《石屋诗钞》《石屋补钞》。

高凤翰(1683—1749)字西园,号南村,晚号南阜老人、尚左生、归云老人等,胶州(今属山东)人。雍正间,以诸生举贤良,曾官泰州巡盐分司。久居扬州。能诗,工书法篆刻,善画山水、花卉,不拘成法,富有天趣。晚年右手病废,改以左手作书画,亦苍劲。性爱砚,藏砚千余,大半亲琢。著有《南阜山人集》。

黄任(1683—1768)字莘田,永福(今福建永泰)人。康熙四十一年(1702)举人,官广东四会知县,多善政,有砚癖,自号十砚老人。罢官归,压装唯端石数枚,诗稿两叠而已。善书,尤工于诗,名重一时。著有《香草斋集》。

边寿民(1684—1752)初名维骐,字颐公,号墨仙、苇间居士,山阳(今江苏淮安)人。二十一岁时考中秀才,才华横溢,但不慕仕途。出游二十余载,至五十岁左右才回故乡,卖画为生。工书法,间画山水、花卉。以泼墨法画芦雁尤为著名。著有《苇间老人题画集》。

张庚(1685—1760)字溥三,字浦山,别号瓜田逸史、白苎村桑、弥伽居士等,秀水(今浙江嘉兴)人。雍正时,入江西志局修志。画山水,宗董巨、倪黄,能别出新意。兼善花卉、人物。著有《国朝画征录》《图画精意识》《强恕斋集》。

陈撰(1678—1758)字楞山,号玉几,又号玉几山人,鄞县(今浙江宁波)人。移居杭州,亦曾流寓扬州。康熙年间,馆于程梦星筱园十年。乾隆元年荐举博学鸿词,不就,以书画游于江淮之间。画风萧疏闲逸。著有《玉几山房诗集》。

汪士慎(1686—1759)字近人,号巢林、溪东外史等,休宁(今属安徽)人。寓居扬州。工画花卉,笔墨清劲,偶作山水,人物亦生动有致。兼精隶书和篆刻。又工诗。晚年一目失明,挥写自如。后双目失明,尚能作画。为"扬州八怪"之一。

蔡嘉(1686—约1779后)字松原,丹阳(今属江苏)人。嘉多才艺,举凡人物,山水、花鸟无一不精,画称逸品。所作人物画须眉毕现,神理具足。

李鱓(1686—1762)字宗扬,号复堂、懊道人,兴化(今属江苏)人。康熙间举人。曾为宫廷画家,因作品不合规格而被免职。后任滕县知县,又因得罪大官罢归,在扬州卖画。擅画花鸟,初师蒋廷锡,画法工致。又师高其佩,进而崇尚写意,落笔劲健,墨色映发而有生趣。为"扬州八怪"之一。

戴瀚(1686—1755)字巨川,号逢源,又号雪村、镇东,上元(今江苏南京)人。雍正元年(1723)一甲二名进士,改庶吉士,授编修,官侍读学士。雍正七年,任福建学政,为忌者所伤,落职家居。博学工诗,其诗雄奇伟丽。自定《雪村编年诗剩》。

　　邹一桂(1686—1772)字原褒,号小山,晚号二知、让卿,江苏无锡人。雍正五年(1727)进士,入谏垣,任大理寺少卿、礼部左侍郎,兼内阁学士,加赠礼部尚书。能诗善画,画承家学,山水法宋人,亦工花鸟,写生之妙,追媲徐黄。著有《小山诗钞》《小山画谱》。

　　钱陈群(1686—1774)字主敬,一字集斋,号香树,嘉兴(今属浙江)人。康熙六十年(1721)进士,累官至刑部侍郎。长于诗词,诗风纯朴,与沈德潜并称“江浙二老”。著有《香树斋集》。

　　李锴(1686—1755)一字铁瞳,号眉山,号君巢,又号焦明子、鹰青山人等,辽东铁岭(今属辽宁)人。潜心经史,耽于吟咏,优游泉石以终。著有《含中集》。

　　金农(1687—1763)字寿门,又字司农、吉金,号冬心、稽留山民、曲江外史、昔耶居士等,仁和(今浙江杭州)人。乾隆元年(1736)荐举博学鸿词科,入京未就而回。好游历,客居扬州。所作人物、山水、佛像、鞍马、梅竹都能造意新奇,别开生面。楷书自创一格,号称“漆书”。为“扬州八怪”之一。著有《冬心先生集》《冬心先生杂著》等。

　　黄慎(1687—1768)字恭寿、菊壮、恭懋,号瘿瓢子、东海布衣,宁化(今属福建)人。幼时家贫,后久寓扬州,卖画为生。擅画人物,多取神仙故事和文人生活为题材。以狂草笔法作画,恣肆雄放。兼工花鸟和山水,得荒率之致。为“扬州八怪”之一。能诗,著有《蛟湖诗草》。

　　张宗苍(1686—1756)字默存,一字墨岑,号篁村,吴县(今江苏苏州)人。初以主簿理河土事。乾隆辛未以画进呈,蒙召入都,授户部主事。山水出黄鼎之门,用笔沉着,多以干笔积累,亦用淡墨。所作叠邀睿鉴褒题。年将七十以老告归。

　　王概(生卒年不详)初名丐,亦名丐,字东郭,一字安节,秀水(今浙江嘉兴)人,久居金陵(今江苏南京)。山水学龚贤。著有《芥子园画谱》。活动于康熙年间。

　　恽冰(生卒年不详)字清於,恽寿平之族曾孙女,嫁同邑毛鸿调。善画花卉,工写生,芊绵蕴藉,用粉精纯,画上辄题小诗,雅有南田翁风。所生四子皆能传其画学。

　　吴山(生卒年不详)字岩子,当涂(今属安徽)人。能诗工书,并善山水。为卞琳妻,早寡,无子,依其次女德基,居西湖。母女以诗画为生涯。著有《青山集》。

　　马逸(生卒年不详)字南坪,号陔南,江苏常熟人。马元驭孙。工画花卉,师蒋廷锡,设色极为明丽。

　　陈琼圃(生卒年不详)字阆真,号锄月,仁和(今浙江杭州)人。归安诸生费锡田室,精绘事,善山水、花鸟。著有《锄月小稿》。

　　倪仁吉(1607—1685)字心惠,浙江浦江人。义乌贡生吴之葵室。善书画,山水师文徵明。有《凝香阁稿》。

　　李世倬(约1687—1770)字天章,一字汉章、天涛,号谷斋、菉园、星厓、十石居士、伊祁山人,奉天(今辽宁沈阳)人。隶籍汉军正黄旗,湖广总督李如龙之子。官副都御

史,善画山水、人物、花鸟、果品,各臻其妙,传其舅氏高且园法,又得王石谷指授,笔力苍劲,善用干皴。

马曰琯(1687—1755)字秋玉,号嶰谷,祁门(今属安徽)人。性孝友,笃于学。与弟曰璐并以诗名。家富藏书。性耽山水,诗文缠绵清婉,著有《沙河逸老集》《嶰谷词》。

高翔(1688—1753)字凤冈,号西唐,又号山林外臣,钱塘(今浙江杭州)人。寓扬州。与金农友善。工篆刻,亦善画山水。为"扬州八怪"之一。著有《西唐诗钞》。

张鹏翀(1688—1745)字天扉,号抑斋,号南华山人,嘉定(今上海)人。雍正五年(1727)进士,官至詹事府詹事。乾隆十年(1745)以省墓乞假归,道抵临清病卒。早擅诗名,才思敏捷,又工绘事,兼善书法,时称三绝。著有《南华山房诗钞》。

卢见曾(1690—1768)字抱孙,字澹园,别号雅雨山人,德州(今属山东)人。幼学诗于王渔洋。康熙六十年(1721)进士,乾隆元年(1736)授两淮盐运使。后拒受贿赂,被诬告而去官。寄情吟咏,与名流相唱和,成为东南文坛盟主。后复官。七十六岁致仕。因扬州盐商提引,支销冒滥事发,论罪,死于狱中。著有《雅雨堂诗集》。

张照(1691—1745)字得天,号泾南,亦号天瓶居士,华亭(今上海松江)人。康熙四十八年(1709)进士,官至刑部尚书,供奉内廷。卒谥文敏。照通法律、工书法、尤精音律。曾参修《一统志》。亦作曲,著有《天瓶斋诗钞》。

厉鹗(1692—1752)字太鸿,号樊榭,钱塘(今浙江杭州)人。少贫,性孤峭,不苟合。学识渊博,馆于扬州马曰琯小玲珑山馆者数年。著有《宋诗纪事》《樊榭山房集》。

余省(1692—1767)字曾三,号鲁亭,江苏常熟人。余珣子,画传家学,师从蒋廷锡,亦供奉内廷。擅画花鸟、虫鱼,尤擅画蝴蝶,生动活泼。

方士庶(1692—1751)字循远,一字洵远,小字狮子,号环山,别号小师、天慵、小师道人等,歙县(今安徽)人,居江都。诸生。作文多奇思,屡试不售,遂弃帖括,游戏翰墨间。工为诗,吐弃凡近,独标清劲。其人风神潇洒,工画,师黄鼎,笔致灵敏、气韵骀宕,诗名为丹青所掩。著有《环山诗集遗稿》《天慵庵笔记》等。

李葂(约1691—约1755)字啸村,安徽怀宁人。侨居金陵,工诗,长于绝句诗,从卢见曾游。兼擅画,善山水、花鸟。著有《啸村近体诗选》。

汪由敦(1692—1758)字师苕,一作师茗,又作师敏,号谨堂,又号松泉,休宁(今属安徽)人。雍正二年(1724)进士,官至吏部尚书,军机大臣。为高宗所重用。充《平定金川方略》副总裁,任《平定准噶尔方略》总裁。卒谥文端。工书法,力追晋、唐诸大家,兼工隶、篆。殁后,高宗命集其书为《时晴斋法帖》十卷,勒石内廷传世。著有《松泉诗集》。

郑燮(1693—1765)字克柔,号板桥,兴化(今属江苏)人。乾隆元年(1736)进士,曾任山东范县、潍县知县。值岁歉,活人无数,有循吏之目。以请赈忤大吏,乞疾归。做官前后,都居扬州卖画。精于兰竹。书法用隶体参入行楷,创六分半书,篆刻亦佳。

所为诗文描写民间疾苦颇为深切。为"扬州八怪"之一。著有《板桥诗钞》。

  李方膺（1695—1754）字虬仲，号晴江、秋池，南通（今属江苏）人。曾官山东兰山知县、安徽潜山、合肥县令，代理过滁州知府。有惠政，人德之。但终因不善逢迎上司罢职。居南京借园，自号借园主人。常往来扬州。擅画花卉，也工人物山水，用笔倔强放纵，不拘成法而苍劲有致。为"扬州八怪"之一。能诗，著有《梅花楼诗钞》。

  马曰璐（1695—?）字佩兮，号半查，安徽祁门人。与兄曰琯以经营盐业居扬州，筑小玲珑山馆。与兄俱以诗名，时称"扬州二马"。著有《南斋集》。

  董邦达（1699—1769）字孚存，号东山，又号非闻，富阳（今属浙江）人。雍正十一年（1733）进士，入词林，官至礼部尚书，卒谥文恪。善画山水，宗法元人，参之董巨，毕臻其胜。叠邀睿题。亦工书法，篆、隶得古法。

  杭世骏（1696—1773）字大宗，号堇浦，仁和（今浙江杭州）人。家贫力学，博闻强记。雍正二年（1724）举人，乾隆元年（1736）召试博学鸿词，授翰林院编修。性亢爽，能面责人过。后因戆直忤旨，放还。主讲扬州粤东书院。旋复原官。精通经史词章之学，尤深于诗，善书画。著有《道古堂集》《石经考异》等多种著作。

  梁诗正（1697—1763）字养仲，号芝林，钱塘（今浙江杭州）人。雍正八年（1730）探花，乾隆时历任吏部侍郎、吏部尚书，官至东阁大学士，掌翰林院学士，曾受命选《唐宋诗醇》，就《续文献通考》馆总裁。著有《矢音集》。

  刘大櫆（1698—1780）字才甫，又字耕南，号海峰，桐城（今属安徽）人。貌丰伟，性直谅，好读书，工为文章。雍正七年（1729）、十年（1732）两举副贡生。乾隆时举博学鸿词，出为黟县教谕。数年后去官。工于古文，诗镕诸家为一体，意兴豪迈。著有《海峰集》。

  边连宝（1700—1773）字肇畛（一作赵珍），号随园，任丘（今属河北）人。雍正十三年（1735）贡成均，廷试第一。明年，荐试博学鸿词。复荐经学，辞不赴。自是无意进取，益肆力于古学。连宝为诗，直达胸臆，才力纵恣，出入于韩愈、孟郊、白居易、卢仝之间。著有《随园集》。

  刘统勋（1698—1773）字延清，号尔钝，诸城（今属山东）人。雍正二年（1724）进士。乾隆时累官内阁学士、刑部侍郎、刑部尚书、东阁大学士兼军机大臣，性耿直，励清节，乾隆称之为真宰相。卒谥文正。工诗，著有《刘文正公集》。

  吴敬梓（1701—1754）字敏轩，一字文木，全椒（今属安徽）人。因家业衰落，移居江宁。善诗赋，尤以小说见称。著有《文木山房集》《儒林外史》。

  薛怀（生卒年不详）字竹君，山阳（今江苏淮安）人。边寿民外甥。所绘芦雁酷似其舅。兼善花卉，飞禽与草虫。《梧门诗话》云："竹君花卉俱有生趣，诗不经意亦非俗手。"又善画宜兴之茶器。

  汪舸（1702—1770）字可舟，号砺蹦山人，晚号客吟，婺源（今属江西）人。书法与程篔、汪肤敏齐名。

厉宗万（1705—1759）字滋大，号衣园，又号竹溪，静海（今属天津）人。康熙六十年（1721）进士，入翰林，历官刑部侍郎。兼工山水、花鸟，设色古淡，笔意恬雅，与张照齐名，有"南张北厉"之称。

王又曾（1706—1762）字受铭，号谷原，秀水（今浙江嘉兴）人。乾隆十六年（1751）召试，授内阁中书。十九年进士，官至刑部主事。工诗，著有《丁辛老屋集》。

鲍皋（1708—1765）字步江，号海门，江苏丹徒人。鲍彝之子，画传家法，善画禽鱼、花鸟，超妙入神。幼颖异，有"奇童"之称，善绘事，尤以诗赋名，举博学鸿词科，以疾辞。诗风奇纵，音节苍劲，著有《海门集》。

嵇璜（1711—1794）字尚佐，号甫庭，长洲（今江苏苏州）人。雍正八年（1730）进士，曾任江南副总督，擢河东河道总督，累官至文渊阁大学士，加少保，谥文恭。工书，能诗文，著有《锡庆堂诗集》。

爱新觉罗·弘历（1711—1799）世宗第四子，年号乾隆，庙号高宗。在位六十年，励精图治，加强中央对西部地区的管理，完成《明史》《续文献通考》《四库全书》等书籍的编纂，强化文功武治，创立乾隆盛世的政治局面。万机之余，喜诗、文、书、画。著有《御制诗初集》《二集》《三集》《四集》。

于敏中（1714—1780）字叔子，号耐圃，江苏金坛人。乾隆二年（1737）状元，历仕内阁学士、刑部侍郎、军机大臣、户部尚书，善书，奉勅书《华严经》宝塔，工诗，著有《素余堂集》。

袁枚（1716—1797）字子才，号简斋，钱塘（今浙江杭州）人。乾隆四年（1739）进士，入翰林院，历仕溧水、江浦、江宁知县。因居于江宁小仓山随园，世称随园先生，晚年自号仓山居士、随园老人。工诗，诗风真率自然，清新灵巧。著有《小仓山房诗集》《随园诗话》。

陆飞（1719—?）字起潜，号篠饮，仁和（今浙江杭州）人。乾隆三十年（1765）解元，性高旷，慕张志和，造舟邀游湖上。善画，山水、花卉均法徐渭，兼善人物，亦画墨竹，有《篠饮斋稿》。

王宸（1720—1797）字子凝，又字紫凝，号蓬心、蒙叟、玉虎山樵、退宦衲子，太仓人，王原祁曾孙。乾隆二十五年（1760）举人，官湖南永州知府。工山水，枯笔重墨，气味荒古。诗学苏轼，自称东坡草稿。著有《蓬心诗钞》。

童钰（1721—1782）字二如，号二树，又号璞岩、二树先生，会稽（今浙江绍兴）人。布衣。工诗善画，以草隶之法画兰竹木石，尤擅画梅，宗杨无咎，辄题诗，自称"万幅梅花万首诗"。著有《二树山人诗稿》。

袁树（生卒年不详）字豆村，号香亭，钱塘（今浙江杭州）人，居江宁（今南京）。袁枚从弟。乾隆二十八年（1763）进士，曾任广东肇庆知府。善画山水，笔意秀润，诗风受袁枚影响，富自然之趣。著有《红豆村人诗稿》。

纪昀（1724—1805）字晓岚，一字春帆，晚年自号石云，直隶献县（今属河北）人。

乾隆十九年（1754）进士，授编修，历仕侍读学士。《四库全书》馆开，命为总纂官，嘉庆中，擢协办大学士，卒谥文达。学问淹通，工诗文，著有《纪晓岚诗文集》。

王昶（1725—1806）字德甫，一字琴德，号兰泉、述庵，江苏青浦（今属上海）人。乾隆二十九年（1764）进士，授内阁中书，官至刑部侍郎，以诗名，与王鸣盛、钱大昕、吴泰来、曹仁虎、赵文哲、黄文莲合称"江南七子"。著有《春融堂集》。

蒋士铨（1725—1784）字心余，一字苕生，号清容、藏园，江西铅山人。乾隆二十二年（1757）进士，充武英殿纂修官，纂修《续文献通考》，后乞假奉母南归，先后主绍兴蕺山、杭州崇文、扬州安定书院。工诗，乾隆中，与袁枚、赵翼齐名，称"三大家"。著有《忠雅堂诗集》。

赵翼（1727—1814）字云崧，一字耘崧，号瓯北，江苏阳湖（今武进）人。乾隆十九年（1754）中明通榜，任内阁中书，二十六年（1761）一甲第三名进士，授翰林院编修，出任广西镇安府、广东广州府知府，以老乞归乡里。与钱大昕、王鸣盛同为清中期三大史学家。诗最负盛名，著有《瓯北诗集》《瓯北诗话》。

秦蕙田（1702—1764）字树峰，号味经，江苏金匮（今江苏无锡）人。乾隆元年（1736）一甲三名进士，授编修，累官工部尚书、刑部尚书，通经史，著有《味经窝类稿》。

钱大昕（1728—1804）字晓徵，一字辛楣，号竹汀居士，江苏嘉定（今上海）人。乾隆十九年（1754）中进士，历仕翰林院编修，翰林侍讲学士，提督广东学政。四十年（1775），因奔父丧，遂归田，历主钟山、娄东、紫阳三书院。长于史学，工诗，有《潜研堂文集》。

介福（？—1762）字受兹，一字景庵，满洲人。雍正十一年（1733）进士，官至吏部侍郎、礼部左侍郎。工诗文、书法，著有《退思斋诗》《野园诗集》。

王文治（1730—1802）字禹卿，号梦楼，江苏丹徒人。乾隆三十五年（1770）一甲三名进士。授编修，擢侍读，旋任云南临安府知府。精书法，书名与刘墉相垺，时有"浓墨宰相，淡墨探花"之称。工诗文，袁枚称其诗有篇外余音。著有《梦楼诗集》。

陆建（1731—1765）字湄君，号豫庭，钱塘（今浙江杭州）人。袁枚姊子，早孤，随母回舅家，养育教导之。诗学袁枚，以近体为胜。著有《湄君诗集》。

严长明（1731—1787）字冬友，一字用晦、道甫，室名归求草堂、知白斋，江宁（今江苏南京）人。乾隆二十七年（1762）赐举人，擢内阁中书，旋入佐军机，擢侍读。博学善诗，诗风骏发奇伟。著有《归求草堂诗集》。

姚鼐（1731—1815）字姬传，一字梦谷，又字稽川，室名惜抱轩，安徽桐城人。乾隆二十八年（1763）进士，擢礼部郎中，选入《四库全书》馆。乞病告归，历掌扬州梅花、安庆敬敷、歙县紫阳、江宁钟山诸书院讲席。与方苞、刘大櫆合为"桐城三祖"。善诗，著有《惜抱轩诗集》。

罗聘（1733—1799）字遁夫，号两峰、花之僧、金牛山人、蓼州渔父，安徽歙县人。久居扬州，师事金农，善画花鸟、人物、兰竹，与郑燮、金农、黄慎、李鱓、李方膺、汪士慎等并称"扬州八怪"。著有《千叶草堂集》。

方婉仪(1732—1779)号白莲居士,歙县(今属安徽)人。罗聘妻。善画梅兰、竹石。著有《学陆集》。

翁方纲(1733—1818)字正三,号覃溪,晚号苏斋,直隶大兴(今属北京)人。乾隆十七年(1752)进士,授编修,官至内阁学士,督广东、江西、山西学政,研读群经,擅长书法,工诗,是清代肌理说诗说的首创人。著有《复初斋诗集》。

李调元(1734—1803)字雨村,一字美堂,号童山、蠢翁、鹤洲,绵州(今四川绵阳)人。乾隆二十八年(1763)进士,官吏部主事、考功司员外郎、提督广东学政。自幼喜李白诗文,著述甚高。著有《童山诗集》。

桂馥(1736—1805)字冬卉,号未谷、雪门、萧然山外史,山东曲阜人。乾隆三十三年(1768)进士,官云南永平知县。精于许氏《说文》之学,善诗,工书画,好写生,山水宗倪黄,古趣横逸。著有《未谷诗集》。

潘奕隽(1740—1830)字守愚,号榕皋,又号水云漫士、三松老人,江苏吴县人。乾隆三十四年(1769)进士,历官内阁中书、户部主事,典试黔中。工诗,有清远闲放之致,亦善书画。著有《三松堂诗集》。

张赐宁(1743—1818)字坤一,号桂岩,沧州(今属河北)人。官至南通州通判。晚年侨寓扬州。擅画山水,气魄沈雄,兼善花卉、人物。著有《十三峰草堂诗草》。

黄易(1744—1802)字小松,号秋庵,钱塘(今浙江杭州)人。官山东运河同知,精于河防事宜。画仿倪黄,以淡墨简笔取神,自成一格。工诗,多为题画之作。著有《小蓬莱阁诗钞》。

奚冈(1746—1803)字铁生,号蒙泉,钱塘(今浙江杭州)人。为人嵚崎磊落,精诗词、书画,山水出入元四家,花卉得南田遗意,题画之作尤工。著有《冬花庵烬余稿》。

吴锡麒(1746—1818)字圣征,号谷人,别号东皋生,钱塘(今浙江杭州)人。乾隆四十年(1775)进士,由编修官进至国子监祭酒。乞归后侨寓扬州,历主东仪、梅花、安定、乐仪等书院讲席。工诗,诗境超妙,得力于宋人。著有《有正味斋诗集》。

洪亮吉(1746—1809)初名莲,字华峰,后更此名,字君直,一字稚存,号北江,阳湖(今江苏武进)人。乾隆五十五年(1790)以一甲二名进士及第,授编修,主国史馆纂修官,出任贵州学政。一生勤学不缀,研经史,亦吟诗作文,诗风奇警雄放。著有《附鲒轩诗》《卷施阁集》《更生斋集》。

杨伦(1747—1803)字敦五,一字西河,号西禾,阳湖(今江苏武进)人。乾隆四十六年(1781)进士,官苍梧知县,晚年主讲武昌江汉书院。与同里人洪亮吉、孙星衍、赵怀玉、黄学仁、吕星垣、徐书受合称"毗陵七子"。善诗,精研杜甫诗,有《杜诗镜铨》,另著有《九柏山房诗集》。

黎简(1747—1799)字简民,一字未裁,世称二樵,广东顺德人。工诗画,诗学杜甫、李贺、韩愈、黄庭坚,下语锤炼,风骨坚老。尝手批《李长吉集》,著有《五百四峰草

诗人画家小传一

堂诗钞》。

　　黄景仁（1749—1783）字仲则，自号鹿菲子，江苏武进人。入安徽学政朱筠幕，主讲正阳书院。工诗，诗风近李白。著有《两当轩集》。

　　黄钺（1750—1841）字左田，一字左军，自号盲左，安徽当涂人。乾隆五十五年（1790）进士，嘉庆中，充湖北、山东乡试考官，山西、山东学政，由翰林院侍讲、内阁学士升为户部尚书。工诗善书画，诗风雄肆。画兼工山水、花卉。著有《壹斋集》。

　　铁保（1752—1824）姓栋鄂氏，字冶亭，一字铁卿，号梅庵，满州长白人。乾隆三十七年（1772）进士，历仕吏部主事、侍讲学士、内阁学士兼礼部侍郎、广东巡抚、两江总督。书法晋人，工画梅，优于文学，词翰并美，著有《梅庵诗钞》。

　　孙星衍（1753—1818）字伯渊，字渊如，阳湖（今江苏武进）人。乾隆五十二年（1787）一甲二名进士，授编修，改刑部主事，历仕黄河兵备道，山东布政使。去官后主讲扬州安定书院、绍兴蕺山书院。一生勤于著述，工诗，著有《芳茂山人诗集》。

　　阮元（1764—1849）字伯元，号芸台，江苏仪征人。乾隆五十四年（1789）进士，历官山东、浙江学政，兵、礼、户部侍郎，浙江、江西巡抚，湖广、两广、云贵总督，拜体仁阁大学士。博学贯通，工诗，著有《揅经室集》。

　　伊秉绶（1754—1815）字组似，号墨卿，福建宁化人。乾隆五十四年（1789）成进士，历仕刑部主事、刑部员外郎、惠州知府、扬州知府等，有善政。工诗善书，著有《留春草堂诗钞》。

　　戴亨（1758—1828）字通乾，号遂堂，辽宁辽阳人，原籍浙江仁和。康熙六十年（1721）进士，官山东齐河县知县，以抗直忤上官罢去。晚寓南京。诗学杜甫，诗笔森秀清苍，著有《庆芝堂诗集》。

　　孙原湘（1760—1829）字子潇，一字长真，号心青，昭文（今江苏常熟）人。嘉庆十年（1805）进士，充武英殿协修官，因病假归不出。善书法，精画梅，师法王冕，工诗，诗学李白、李贺，与舒位、王昙齐名，时称鼎足。著有《天真阁集》。

　　席佩兰（1760—1829后）字韵芬，号道华、浣云，昭文（今江苏常熟）人。孙原湘之妻，尝从袁枚学诗。袁枚以为一朝闺阁诗人之冠。伉俪工诗，一时传为佳话。兼工写兰。著有《长青阁诗稿》。

　　张崟（1761—1829）字宝厓，号夕庵、且翁，丹徒（今江苏镇江）人。工画花卉、竹石、佛像，长于画松，尤擅山水，画法从吴门沈周、文徵明变出，自成一家。同时人顾鹤庆善画柳，时称"张松顾柳"。

　　焦循（1763—1820）字里堂，一作理堂，甘泉（今江苏江都）人。恬淡寡欲，不干仕禄，精于经史，与阮元齐名。工诗词，著有《雕菰楼集》。

　　钱杜（1763—1844）原名榆，字叔枚，更名杜，字叔美，号松壶、松壶小隐、壶公、卍居士，钱塘（今浙江杭州）人。工诗，深通画法，精人物、花卉，尤擅山水，山水得力于文徵明，花卉法恽寿平。著有《松壶画赘》《松壶诗存》。

张问陶(1764—1814)字仲冶,号船山,四川遂宁人。乾隆五十五年(1790)进士,历任御史、莱州知府,因违忤上官,乞归,侨居吴门。工诗,并能书画,著有《船山诗草》。

吴修(1764—1827)字子修,号思亭,又号笏奴,浙江海盐人。流寓嘉兴。工书画,喜集名人法书,尝刻《昭代尺牍》。画山水得王洽泼墨法,兼善写生。著有《吉祥居存稿》《青霞馆论画绝句》。

舒位(1765—1816)字立人,号铁云,直隶大兴(今北京)人。乾隆五十三(1788)中举,入四川总督勒保幕,以母老辞归。工诗,诗风郁勃恣肆,自由奔放,著有《瓶水斋诗集》。

顾广圻(1766—1835)字千里,号涧薲,江苏元和(今苏州)人。诸生,不应科举,嘉、道间,应阮元等人聘,校勘古籍。能诗文,著有《思适斋集》。

朱方霭(生卒年不详)字吉人,号春桥,浙江桐乡人。朱彝尊族孙。能诗文,师从沈德潜。工画山水,尤喜画梅,著有《画梅题记》《春桥草堂集》。

王愫(生卒年不详)字存素,号林屋,一号朴庐,江苏太仓人。诸生,麓台侍郎从子,侨居吴阊。雍正十年(1732),赴南京应试受挫,遂绝意仕进。工诗,擅绘事,山水干墨重笔,不加渲染,得元人简淡法,与东庄、二痴、蓬心合称"小四王"。著有《朴斋诗稿》。

郭麐(1767—1831)字详伯,号频伽,又号复生、白眉生、蘧庵居士,吴江(今属江苏)人。少有神童之称,游姚鼐之门,后受知于阮元,参与《两浙輶轩录》的编纂。晚侨寓嘉善以终。工诗,善言情,兼善书画。著有《灵芬馆诗集》《灵芬馆诗话》。

金逸(1770—1794)字纤纤,长洲(今江苏苏州)人。诸生陈基妻,博学善诗,其诗哀艳凄婉,酷嗜袁枚诗,乞为弟子,袁枚推为吴门闺秀诗人之祭酒。著有《瘦竹楼诗草》。

王倩(生卒年不详)字雅三,号梅卿,山阴(今浙江绍兴)人。吴县诸生陈基继室,袁枚女弟子。工诗词,兼善画,画梅尤多,著有《问花楼诗钞》。

陈文述(1771—1843)初名文杰,字隽甫,号云伯,又号退庵,钱塘(今浙江杭州)人。嘉庆五年(1800)举人,历任全椒、常熟、江都等县知县。少有诗名,诗风沈雄苍老,受知于阮元。著有《颐道堂诗选》。

盛大士(1771—1839)字子履,号兰雪,镇洋(今江苏太仓)人。嘉庆五年(1800)举人,官山阴教谕。钱大昕弟子,工诗善画,山水称娄东正派。著有《蕴愫阁诗集》。

罗芳淑(生卒年不详)字香雪,一字润六,原籍安徽歙县,后迁居江苏扬州。罗聘之女,擅画梅,时人称罗聘夫妇及女子为"罗家梅派"。

金礼赢(1772—1807)字云门,号五云、昭明阁内史,山阴(今浙江绍兴)人,晚居钱塘(今杭州)。嘉兴王昙继室。善画人物、界画、楼台,工细生动。

姚元之(1773—1852)字伯昂,号荐青,别号五不翁、竹叶亭生,安徽桐城人。嘉庆十年(1805)进士,历仕河南学政、工部侍郎,都察院左都御史。早年从姚鼐学,有诗文名,兼工书画。著有《使沈集》《竹叶亭杂诗稿》等。

张深(生卒年不详)字淑渊,号茶农、浪客、退听,江苏丹徒人。张崖子,能传家学。嘉庆庚午(1810)举人,官博平知县。工诗,善画,尤工山水,有《悔昨斋诗集》。

郎葆辰(生卒年不详)初名福延,又名遂锋,字文台,号苏门,又号桃花山人,浙江安吉人。嘉庆进士,官御史,工诗善书,尤长写生,得白阳、青藤之法。

改琦(1773—1828)字伯韫,号香白,又号七芗、玉壶山人,远祖居西域,入籍华亭(今上海松江)。诗、书、画均擅,善画人物、花竹,用笔超逸,尤以仕女画最著名,著有《玉壶山人集》。

吴荣光(1773—1843)字伯荣,号荷屋,别号拜经老人、白云山人,南海(今广东广州)人。嘉庆四年(1799)进士,历官江西、河南道御史、刑部郎中、升福州、湖南布政使、湖南巡抚、湖广总督。政事之余,以书画自娱,亦能诗,著有《白云山人诗集》。

朱新(1775—?)字雨华,一作玉华,号文楼,吴兴(今浙江湖州)人。工画花卉,得其母指授,兼擅双钩设骨之法,品韵与恽冰相侔。

邓显鹤(1777—1851)字子立,号湘皋,湖南新化人。嘉庆九年(1804)举人,官宁乡训导,淡漠功名,肆力著述,远近称为湘皋先生。工诗,著有《南村草堂诗钞》。

汤贻汾(1778—1853)字若仪,号雨生,晚号粥翁,武进(今江苏常州)人。寓居金陵。善书画、诗文、山水、树石、花鸟、人物、鱼虫无不精妙,山水尤为疏秀雅逸。著有《琴隐园诗集》。

陈均(1779—1828)原名大均,字受笙,号敬安,浙江海宁人。嘉庆十五年(1810)举人,以教习授职县令。工诗古画,精鉴赏,山水师法奚冈。著《松籁阁诗集》。

孔素瑛(生卒年不详)字玉田,适乌程贡生金某,桐乡人。善写花鸟,能诗,生活于嘉庆年间,著有《飞云阁集》。

潘谘(?—1853)字海叔,一字少白,会稽(今浙江绍兴)人。布衣,独游天下奇山水,与姚学塽友善,工诗文,超旷绝俗。能山水,善画梅,名震公卿间。

沈复吉(生卒年不详)字竹友,仁和(今浙江杭州)人。诸生,为人风流蕴籍,工书善画,尤长仕女。《清画家诗史》有小传。

赵葆(生卒年不详)字啸云,杭州人。书学褚遂良,古媚中自具生趣。

瞿应绍(1778—1849)字子冶,一字陛春,号月壶,又号瞿甫、老冶、万竹庵,上海人。嘉应时诸生,道光中以贡生释褐,官至玉环同知。工诗,善画竹。著有《月壶题画诗》《月壶草》。

屠倬(1781—1828)字孟昭,号琴邬,晚号潜园、耶溪渔隐,钱塘(今浙江杭州)人。嘉庆十三年(1808)改翰林院庶吉士,初官仪征知县,有循声。画工山水,诗才伉爽,与郭麐齐名。著有《是程堂集》。

程恩泽(1785—1837)字云芬,号春海,安徽歙县人。嘉庆十六年(1811)进士,入直南书房,累充四川、广东正主考,贵州、湖南学正。道光十三年(1833)擢内阁学士,历仕礼、工、户部侍郎。以博学负盛名,诗学杜、韩。著有《程侍郎遗集》。

叶廷琯(1791—1868)字调生,一字苔生,号十如居士,别号龙威邻隐、蜕翁,江苏吴县人。能诗,信手而书,率意而作,著有《梅花盦诗》。

龚自珍(1792—1841)字璱人,号定盦。仁和(今浙江杭州)人。幼承家学,又从段玉裁学《说文》。道光九年(1829)登进士第,历官宗人府主事、礼部主事。治经学,主张经世致国,与魏源同为近代思想启蒙的先驱。工诗,奇境独辟,著有《龚自珍全集》。

王素(1794—1877)字小梅,晚号逊之,甘泉(今江苏扬州)人。工画,多临华岩,人物、花鸟,各臻其妙。

魏源(1794—1857)原名远达,更名源,字默深,一字汉士,湖南邵阳金潭(今湖南隆田)人。道光二年(1822)举人,道光二十五年(1845)始成进士。历仕东台、兴化县令,高邮知州。治今文经学,主张通经致用,与龚自珍齐名,时称"龚魏"。著有《古微堂诗集》。

何绍基(1799—1873)字子贞,号东洲居士、蝯叟,道州(今湖南道县)人。道光十六年(1836)进士,历充武英殿、国史馆纂修、总纂。咸丰三年(1850),擢四川学政。同治八年(1869)应聘主持扬州书局校刊《十三经注疏》。工经术词章,尤精考订之学,善书法,以篆隶法写兰竹。著有《东洲草堂诗钞》。

顾太清(1799—1876)本为西林觉罗氏,后改姓顾,名春,字梅仙,道号太清。嫁奕绘为侧室,善诗词,工书画,著有《天游阁诗集》。

奕绘(1799—1838)字子章,道号太素,为乾隆帝第五子荣纯亲王永琪之孙,幼年勤奋好学,十七岁袭贝勒,道光十年(1830)管理御书处及武英殿修书处,晋正白旗汉军都统。一生喜诗词,工书画,著有《明善堂文集》。

戴熙(1801—1860)字醇士,亦字莼溪,号鹿床居士,又号井东居士,钱塘(今浙江杭州)人。道光十二年(1832)进士,历任翰林编修、翰林院侍讲学士、内阁学士兼兵部右侍郎,咸丰十年(1860)在籍殉难,谥文节。喜诗画,山水师法耕烟,与汤贻汾相匹,世称"戴汤"。著有《习苦斋诗文集》《画絮》。

费丹旭(1802—1850)字子苕,号晓楼、环溪生、偶翁,乌程(今浙江吴兴)人。流寓杭州、上海、苏州、绍兴等地,卖画为生。画以人物为主,尤擅作仕女画。著有《依旧草堂遗稿》。

张熊(1803—1886)字子祥,别号鸳湖外史,秀水(今浙江嘉兴)人,流寓上海。工花卉,似周之冕、王武,兼画人物、山水,精篆刻。著有《题画记》。

刘有铭(1805—1876)字绲三,一字镌山,号蕉圃,直隶南皮(今属河北)人。道光二十七年(1847)入翰林,官至工部侍郎。工画,山水自写胸臆,不落恒蹊。著有《蕉圃集》。

刘彦冲(1807—1847)初名荣,字泳之,号梁壑,四川铜梁人,侨寓苏州。善画,精于人物、花卉，为晚清杰出画家之一。

潘曾莹（1808—1878）字中甫，号星斋，吴县人。道光二十一年（1841）进士，官翰林院庶吉士、编修，历仕礼部、户部左侍郎。长于史学，工古文、诗词，画以青藤、白阳为宗。著有《小鸥波馆诗钞》。

潘遵祁（1808—1892）字觉夫，一字顺之，号西圃，江苏吴县人。道光二十五年（1845）进士，官翰林院庶吉士、编修、国史馆修撰，加侍读衔。澹于荣利，早岁归田，寄情山水，潜心诗画，著有《西圃集》《西圃题画诗》。

张之万（1811—1897）字子青，号銮坡，直隶南皮（今属河北）人。道光二十七年（1847）进士第一人及第，官至大学士，赠太傅，谥文达。画承家学，擅画山水，笔简墨淡，骨秀神清。著有《张文达公遗集》。

许光治（1811—1855）字羹梅，号龙华，别号穗嫣，浙江海宁人。少颖悟，从兄光清学，工诗，著有《红蟫香馆集》《声画诗》。

居巢（1811—1865）字梅生，号梅巢、今夕盦主，番禺（今属广东）人。道光二十八年（1848），入广西按察使张敬修幕，任同知。辞官后，专事绘画，长于写生，开岭南画派之先声。

杨翰（1812—1879）字伯飞，一字海琴，号樗盦、息柯居士，直隶新城（今属河北）人。道光二十五年（1845）进士，官湖南兵备道。工画山水，笔意恬雅，皴染松秀。著有《抱遗堂诗文集》。

华翼伦（1812—1887）字赞卿，号篪叔，无锡人。道光二十四年（1844）举人，官永和知县，工诗文，善画，才气磊落奇伟，著有《荔雨轩诗集》。

王拯（1815—1876）原名锡振，字定甫，号少鹤、龙壁山人，广西马平（今柳州）人。道光二十一年（1841）进士，授户部主事，历官通政副使。工诗，古今诸体，功力夙深。善画梅兰，以书法笔意透入画中。著有《龙壁山房诗集》。

彭玉麟（1816—1890）字雪琴，号退庵，湖南衡州人。以诸生从戎，官至兵部尚书、两江总督，谥刚直。善为诗文，书法奇峭，工画梅。

左宗棠（1812—1885）字季高，湘阴（今属湖南）人。道光十二年（1832）举人，官至东阁大学士，封二等恪靖侯，赠太傅，谥文襄。诗作甚少，然自然风雅之情韵气慨俱见。著有《左文襄公集》。

王礼（1813—1879）字秋言，号秋道人，江苏吴江人。善画花鸟。

金和（1818—1885）字弓叔，号亚匏，上元（今江苏南京）人。终生未得仕进，充馆师、佐吏以谋生。善诗，才气横溢，言词犀利。著有《秋蟪吟馆诗钞》。

周闲（1820—1875）字小园，一字存伯，号范湖居士，秀水（今浙江嘉兴）人。官新阳知县。同治年间，流寓吴门，卖画自给。博学工诗，远宗选体，近学浣花。善画，画风超浑。著有《范湖草堂诗集》。

许岜（生卒年不详）字子中，号荔墙，山西河津人。咸丰二年（1852）中进士，入翰林，官宫赞，旋告归，主讲河东书院。喜作花卉。《清画家诗史》有小传。

陈允升（1820—1884）字仲升，一字纫斋，又号壶舟，一作壶洲，鄞县（今浙江宁波）人。寓上海卖画，善隶书，工画山水，有元人气。尝刊刻手绘作品，名《纫斋画剩》。

俞樾（1821—1907）字荫甫，一字中山，号绚岩，曲园居士，浙江德清人。道光三十年（1850）进士，改庶吉士，授翰林院编修，提督湖南学政。罢归，侨寓苏州。学问渊博，主讲杭州诂经精舍多年，善书法、诗词，著有《春在堂诗编》。

胡公寿（1823—1886）名远，字公寿，以字行，号小樵、瘦鹤、横云山民，华亭（今上海松江）人。寓居沪上。工画山水、兰竹花卉，喜用湿笔，浑厚雅秀。

虚谷（1823—1896）俗家姓朱，名怀仁，新安（今安徽歙县）人。曾为湘军军官，后出家为僧，名虚白，字虚谷，常往来扬州、上海间。工画花卉，亦善写真。

李慈铭（1829—1894）初名模，字式侯，更名慈铭，字爱伯，号莼客，会稽（今浙江绍兴）人。少有诗名，同治九年（1870）中举，光绪六年（1880）成进士，官山西道监察御史。学识广博，善诗，诗风清淡平直，著有《白华绛跗阁诗集》。

赵之谦（1829—1884）字㧑叔，一字益甫，号悲庵，会稽（今浙江绍兴）人。咸丰九年（1859）举人，官至江西鄱阳、奉新知县。工篆刻、书法，善画花卉，继承"扬州八怪"的传统，兼有金石味。著有《悲盦居士诗》。

黄崇惺（约1829—约1896）字麟士，号茨叔，室名二江草堂，安徽歙县人。同治四年（1865）进士，选庶吉士，历官归化、福清知县，汀州守。工诗文，著有《二江草堂诗集》《草心楼读画录》。

翁同龢（1830—1904）字叔平，号声甫，晚号瓶庐、松禅，江苏常熟人。咸丰六年（1856）考中状元，历仕左都御史，刑部、工部、户部尚书，军机大臣、协办大学士，先后为同治、光绪帝师。承家学，工诗，学苏轼，长于比喻体物，纵横开合，风骨遒上。著有《瓶庐诗稿》。

蒲华（1832—1911）字作英，一署胥山外史，原名成，字竹英，秀水（今浙江嘉兴）人。侨寓上海，以卖画自给。善画，花卉学徐渭、陈淳笔意，山水、树石学石溪、石涛。

吴大澂（1835—1902）字清卿，号桓轩、愙斋，吴县（今江苏苏州）人。同治七年（1868）进士，历官广东、湖南巡抚。光绪甲午战役，督师无功，受谴回籍，主讲龙门书画院。善书法、印章，善画山水、花卉。著有《愙斋诗文集》。

沈景修（1835—1899）字蒙叔，晚号寒柯，秀水（今浙江嘉兴）人。同治拢贡，官分水教谕。善诗词杂文，尤工书法。著有《蒙庐诗存》。

陈崇光（1838—1896）原名召，字若木，栎生，甘泉（今江苏扬州）人。初为雕花工，后拜虞蟾为师，从事壁画绘制。山水、花卉、人物俱能，尤擅双钩花卉。

陈书（1660—1736）字南楼，号上元弟子，晚号南楼老人，秀水（今浙江嘉兴）人。尧勋女，同县钱纶元室，太儒钱文端公陈群之母。善画花鸟、草虫，类白阳山人，家贫，卖画自给，有《复庵诗稿》。

曾纪泽（1839—1890）字劼刚,湖南湘乡人。曾国藩子,袭爵毅勇侯,官兵部侍郎。工诗文、古辞,兼通小学,善书画,工山水,尤擅画狮子。著有《归朴斋集》。

任颐（1840—1896）初名润,字小楼,后改字伯年,山阴（今浙江绍兴）人。少年时到沪上,受任熊、任薰指授画艺,后成为海上画派之巨子,工画人物、花鸟。

金洳（1841—?）字心兰,号冷香、瞎牛,长洲（今江苏苏州）人。工画山水,兼擅花卉,画风疏古,墨法精湛,著有《金瞎牛诗集》《瞎牛庵题画诗》。

吴昌硕（1844—1927）初名俊卿,字昌硕,后以字行,更字仓石,别号缶庐、苦铁、破荷、老缶,浙江安吉人。官江苏安东（今涟水）知县。工诗,善书画、治印。画初学赵之谦,上溯"扬州八怪"、石涛、八大山人、陈淳、徐渭,用笔苍劲雄浑,富有金石味。著有《缶庐集》。

樊增祥（1846—1931）字嘉父,号云门、樊山、天琴,湖北恩施人。同治六年（1867）举人。从张之洞、李慈铭学。光绪三年（1877）成进士,历官咸宁、昌平、长安诸县知县,民国初,为参政院参议。富诗才,清雅博丽,著有《樊山集》。

黄遵宪（1848—1905）字公度,号人境庐主人,嘉应州（今广东梅州）人。光绪二年（1876）应顺天府乡试,中举。同年,应聘为驻日使馆参赞。八年,调任驻美国旧金山总领事。十五年,任驻英使馆参赞。十七年调任驻新加坡总领事。二十四年,任驻日大使。工诗,倡诗界革命。著有《人境庐诗草》。

林纾（1852—1924）初名群玉,字琴南,号畏庐,闽县（今福建福州）人。光绪八年（1882）举人,官教谕。长于翻译,工诗。善画山水,每画辄题以诗,陈衍盛推其题画绝句。著有《畏庐诗存》。

陈三立（1853—1937）字伯严,号散原,义宁（今江西修水）人。光绪二十一年（1895）起,佐父陈宝箴在湖南推行变法,后被革职,退居南昌西山。工诗,为同光体诗派领袖。著有《散原精舍诗集》。

任预（1853—1901）字立凡,号潇潇庵主人,浙江萧山人。任熊之子。画得任熊、任薰指授。在上海、苏州一带卖画自给。擅画人物、花鸟,设色淡雅,构图别致。

陈衍（1856—1937）字叔伊,一字石遗,福建侯官（今福州）人。光绪八年（1882）举人,先后入台湾巡抚、湖广总督幕,晚年任厦门大学、无锡国学专科学校教授。论诗主张"三元"说,提倡诗歌的非功利主义,是"同光体"的代表作家。著有《石遗室诗集》《石遗室诗话》。

胡锡珪（1858—1890）原名文,字三桥,号红茵馆主,江苏苏州人。幼习丹青,花卉学恽寿平,人物学华岩,工画仕女,笔墨精雅。

吴观岱（1862—1929）初名宗泰,字观岱,后以字行,晚号江苏布衣,江苏无锡人。画得恽寿平、华岩秀雅之气,又得石涛,石溪苍健笔意,山水、人物、花鸟皆精,尤擅水墨梅竹。

丘逢甲（1864—1912）又名仓海、沧海,字仙根,号蛰庵,南武山人,祖籍广东镇平

（今蕉岭），生于台湾苗栗县。光绪十五年（1889）进士，授工部虞衡司主事。甲午战起，倡办义军，抗击日寇。武昌起义后，任广东军政府教育部长。少有诗名，其诗沉雄顿挫，苍淳悲壮。著有《岭云海日楼诗钞》。

顾麟士（1865—1930）字鹤逸，自号西津渔父，元和（今江苏苏州）人。顾文彬孙。家有过云楼，收藏书画甚富。工山水，有云林遗风。著有《过云楼书画记》。

吴浔源（生卒年不详）字棠湖，河间宁津（今属山东）人。光绪元年（1875）举人，官饶州同知。酷嗜金石文字，工书画，著有《蕰丝龛诗集》。

顾复初（1800—1893）字子远，号幼耕、道穆、听雷、潜叟、罗曼山人，长洲（今江苏苏州）人。拔贡生，官光禄寺署正。先后为丁宝桢、何绍基幕客。终老于四川华阳县。工诗，善书画，画山水，乾笔枯墨，自然苍古。著有《乐静廉余斋诗稿》。

张检（生卒年不详）字玉叔，河北南皮人。张之洞侄。光绪十六年（1890）进士，由吏部郎中出守饶州，迁江西巡道。善画花卉，间作山水。辛亥后归耕，淡泊自适，罕与人接。

李清芬（生卒年不详）字子蕊，号梅坡，又号问庐，宁津（今属山东）人。光绪十七年（1891）举人，官皖南兵备道。画承家学，为张之万入室弟子，工画山水，气清墨韵。

王震（1867—1938）字一亭，号梅花馆主、海云楼主、白龙山人，吴兴（今浙江湖州）人。十四岁至裱画店作学徒，后从任颐学画，拜吴昌硕为师。擅画人物、佛像、花鸟、山水，笔墨雄劲，极肖吴氏，为海派最后一位领袖群伦的大家。

引用书目

(以所用书名出现的先后为序)

[1]（清）钱谦益.牧斋初学集.《四部丛刊》本。

[2]（清）钱谦益.牧斋有学集.《四部丛刊》本。

[3] 李浚之.清画家诗史.北京：中国书店，1990年。

[4]（清）恽寿平.瓯香馆集.《丛书集成初编》本。

[5]（清）普荷.担当遗诗.上海：《清代诗文集汇编》上海古籍出版社，2010年。

[6]（清）黄铖.萧汤二老遗诗合编.上海：《清代诗文集汇编》上海古籍出版社，2010年。

[7]（清）金瑷.十百斋书画录.上海：《中国书画全书》上海书画出版社，1993年。

[8] 赵苏娜.历代绘画题诗存.太原：山西教育出版社，1998年。

[9]（清）潘正炜.听帆楼续刻书画记.杭州：《美术丛书》浙江人民美术出版社，2013年。

[10]（清）傅山.霜红龛集.清宣统三年（1911）刻本。

[11]（清）程先贞.海右陈人集.上海：《清人别集丛刊》上海古籍出版社，1981年。

[12]（清）吴伟业.吴梅村全集.上海：上海古籍出版社，1990年。

[13]（清）葛金烺.爱日吟庐书画录.清宣统二年（1910）葛氏刻本。

[14]（清）方文.嵞山集.续集.再续集.清康熙二十八年（1689）刻本。

[15] 薛锋，薛翔.明清中国画大师研究丛书·髡残.长春：吉林美术出版社，1996年。

[16]（清）宋琬.安雅堂未刻稿.清乾隆三十一年（1766）刻本。

[17] 陈传席.明清中国画大师研究丛书·弘仁.长春：吉林美术出版社，1996年。

[18] 穆孝天.中国画家丛书·查士标.上海：上海人民美术出版社，1985年。

[19] 杨积庆.吴嘉纪诗笺校.上海：上海古籍出版社，1980年。

[20] 王道云等.龚贤研究集.南京：江苏美术出版社，1988年。

[21]（清）周容.春酒堂诗存.上海：《清代诗文集汇编》上海古籍出版社，2010年。

[22]（清）孙枝蔚.溉堂集.清康熙刻本。

[23] 许宏泉.中国名画家全集·戴本孝.石家庄：河北教育出版社，2002年。

[24]（清）李邺嗣.杲堂诗钞.清康熙刻本。

[25]（清）董文骥.微泉阁诗集.台北：《丛书集成续编》台北市新文丰出版公司，1988年。

[26]（清）徐柯.一老庵遗稿.台北：《丛书集成续编》台北市新文丰出版公司，1988年。

[27] 黄颂尧.清人题画诗选.杭州：浙江人民美术出版社，2012年。

清代题画诗类一

[28]（清）陈维崧. 湖海楼诗集. 清刻本。

[29] 胡光华. 明清中国画大师研究丛书·八大山人. 长春:吉林美术出版社,1996 年。

[30]（清）叶燮. 己畦诗集. 台北:《丛书集成续编》台北市新文丰出版公司,1988 年。

[31]（清）朱彝尊. 曝书亭集.《四部丛刊》本。

[32]（清）吴历. 墨井诗钞. 抄本。

[33]（清）阮元. 石渠随笔.《粤雅堂丛书》本。

[34]（清）王士禛. 渔洋山人精华录.《四部丛刊》本。

[35]（清）宋荦. 西陂类稿. 上海:《清代诗文集汇编》上海古籍出版社,2010 年。

[36]（清）邵长蘅. 邵青门全集（青门簏稿 青门旅稿）. 台北:《丛书集成续编》台北市新文丰出版公司,1988 年。

[37]（清）汪懋麟. 百尺梧桐阁集. 上海:《清人别集丛刊》上海古籍出版社,1980 年。

[38]（清）王原祁. 麓台题画稿.《昭代丛书》本。

[39]（清）原济. 大涤子题画诗跋. 杭州:《美术丛书》浙江人民美术出版社,2013 年。

[40]（清）原济. 清湘老人题记. 清光绪十一年(1885)刻本。

[41]（清）高士奇. 江村销夏录. 文渊阁《四库全书》本。

[42] 徐邦达. 中国绘画史图录. 上海:上海人民美术出版社,1984 年。

[43]（清）刘献廷. 广阳诗集. 上海:《清代诗文集汇编》上海古籍出版社,2010 年。

[44] 徐振贵. 孔尚任全集辑校注评. 济南:齐鲁书社,2004 年。

[45]（清）戴梓. 耕烟草堂诗钞. 台北:《丛书集成续编》台北市新文丰出版公司,1988 年。

[46]（清）查慎行. 敬业堂诗集.《四部丛刊》本。

[47]（清）纳兰性德. 饮水诗集.《丛书集成初编》本。

[48] 王志民. 康熙诗词集注. 呼和浩特:内蒙古人民出版社,1993 年。

[49]（清）曹寅. 楝亭诗钞. 清康熙刻本。

[50]（清）何焯. 义门先生集. 清道光三十年(1850)刻本。

[51]（清）周起渭. 桐野诗集. 台北:《丛书集成续编》台北市新文丰出版公司,1988 年。

[52]（清）沈德潜. 归愚诗钞. 清刻本。

[53]（清）华嵒. 离垢集. 清道光十五年(1835)刻本。

[54] 蒋华. 扬州八怪题画录. 南京:江苏美术出版社,1992 年。

[55]（清）高凤翰. 南阜山人诗集类稿. 清乾隆二十八年(1763)刻本。

[56]（清）戴瀚. 雪村编年诗剩. 台北:《丛书集成续编》台北市新文丰出版公司,1988 年。

[57]（清）李锴. 含中集. 台北:《丛书集成续编》台北市新文丰出版公司,1988 年。

[58]（清）奕绘. 明善堂文集. 清乾隆四十二年(1777)刻本。

[59] (清)汤漱玉.玉台画史.杭州:《美术丛书》浙江人民美术出版社,2013 年。

[60] (清)马曰琯.沙河逸老小稿.《丛书集成初编》本。

[61] (清)厉鹗.樊榭山房集.上海:《清代诗文集汇编》上海古籍出版社,2010 年。

[62] (清)方士庶.天慵庵笔记.《丛书集成初编》本。

[63] 周积寅.明清中国画大师研究丛书·郑板桥.长春:吉林美术出版社,1996 年。

[64] (清)郑燮.郑板桥全集.济南:齐鲁书社,1985 年。

[65] (清)马曰璐.南斋集.《丛书集成初编》本。

[66] (清)刘大櫆.刘大櫆集.上海:上海古籍出版社,1990 年。

[67] (清)袁枚.小仓山房诗集.南京:江苏古籍出版社,1993 年。

[68] (清)袁树.红豆村人诗稿.清乾隆刻本。

[69] (清)爱新觉罗·弘历.御制诗初、二、三、四、五集.清乾隆嘉庆武英殿刻本。

[70] (清)纪昀.纪晓岚诗文集.扬州:江苏广陵古籍刻印社,1997 年。

[71] (清)蒋士铨.忠雅堂诗集.上海:《续修四库全书》上海古籍出版社,2013 年。

[72] (清)赵翼.瓯北集.上海:上海古籍出版社,1997 年。

[73] (清)钱大昕.潜研堂诗集.清嘉庆十一年(1806)刻本。

[74] (清)严长明.归求草堂诗集.台北:《丛书集成续编》台北市新文丰出版公司,
    1988 年。

[75] (清)姚鼐.惜抱轩诗集.上海:《续修四库全书》上海古籍出版社,2013 年。

[76] (清)翁方纲.复初斋诗集.上海:《清代诗文集汇编》上海古籍出版社,2010 年。

[77] (清)潘奕隽.三松堂集.清嘉庆刻本。

[78] (清)李调元.童山诗集.上海:《续修四库全书》上海古籍出版社,2013 年。

[79] (清)黄易.秋盦诗草.上海:《清代诗文集汇编》上海古籍出版社,2010 年。

[80] (清)奚冈.冬花庵烬余稿.上海:《清代诗文集汇编》上海古籍出版社,2010 年。

[81] (清)洪亮吉.更生斋集.卷施阁集.附鲒轩诗集.上海:《清代诗文集汇编》上海古
    籍出版社,2010 年。

[82] (清)黎简.五百四峰草堂诗钞.清嘉庆元年(1796)刻本。

[83] (清)杨伦.九柏山房诗.上海:《清代诗文集汇编》上海古籍出版社,2010 年。

[84] (清)黄景仁.两当轩集.清咸丰八年(1858)刻本。

[85] (清)孙星衍.芳茂山人诗录.清嘉庆二十三年(1818)刻本。

[86] (清)阮元.揅经室集.《四部丛刊》本。

[87] (清)戴亨.庆芝堂诗集.上海:上海书店出版社,1994 年。

[88] 艺苑掇英编辑部.艺苑掇英.上海:上海人民美术出版社,1997 年。

[89] (清)钱杜.松壶画赘.清光绪刻本。

[90] (清)张问陶.船山诗草.清嘉庆二十年(1815)刻本。

[91] (清)吴修.青霞馆论画绝句.杭州:《美术丛书》浙江人民美术出版社,2013。

清代题画诗类

［92］（清）舒位.瓶水斋诗集.清光绪十二年（1886）刻本。

［93］（清）顾广圻.思适斋集.清道光二十九年（1849）刻本。

［94］（清）田榕.碧山堂诗钞.台北:《丛书集成续编》台北市新文丰出版公司，
　　　1988年。

［95］（清）王愫.题画诗钞.抄本。

［96］（清）盛大士.蕴愫阁诗集.上海:《清代诗文集汇编》上海古籍出版社,2010年。

［97］（清）盛大士.溪山卧游录.清道光刻本。

［98］（清）陈文述.碧城仙馆诗钞.上海:《续修四库全书》上海古籍出版社,2013年。

［99］（清）邓显鹤.南村草堂诗钞.清咸丰元年（1851）刻本。

［100］（清）瞿应绍.月壶题画诗.台北:《丛书集成续编》台北市新文丰出版公司，
　　　1988年。

［101］（清）程恩泽.程侍郎遗集.上海:《续修四库全书》上海古籍出版社,2013年。

［102］（清）叶廷琯.楸花龛诗.《丛书集成初编》本。

［103］（清）龚自珍.龚定盒全集.北京:中华书局,1959年。

［104］（清）魏源.古微堂诗集.清同治刻本。

［105］（清）顾太清.天游阁诗集.清宣统二年（1910）刻本。

［106］（清）戴熙.赐砚斋题画偶录.杭州:《美术丛书》浙江人民美术出版社,2013年。

［107］（清）戴熙.习苦斋诗集.清同治五年（1866）刻本。

［108］（清）华翼纶.荔雨轩诗集.清光绪九年（1883）梁溪华氏刻本。

［109］（清）王拯.龙壁山房诗草.清同治刻本。

［110］（清）左宗棠.左文襄公诗集.清光绪十八年（1892）刻本。

［111］（清）金和.秋蟪吟馆诗钞.民国五年（1916）刻本。

［112］（清）黄崇惺.草心楼读画集.杭州:《美术丛书》浙江人民美术出版社,2013年。

［113］（清）翁同龢.瓶庐诗稿.民国八年（1919）刻本。

［114］（清）金涑.瞎牛庵题画诗.清光绪刻本。

［115］（清）吴昌硕.缶庐集.清光绪十九年（1893）刻本。

［116］（清）樊增祥.樊山集.清光绪十九年（1893）刻本。

［117］林纾.畏庐诗存.民国初商务印书馆印本。

［118］（清）陈三立.散原精舍诗.清宣统铅印本。

［119］（清）陈衍.石遗室诗集.清刻本。

［120］（清）丘逢甲.岭云海日楼诗钞.民国铅印本。

［121］（清）屈大均.翁山诗外.清康熙刻本。

［122］（清）俞樾.春在堂诗编.清光绪二十五年（1899）刻本。

［123］（清）黄遵宪.人境庐诗草.民国铅印本。

［124］（清）赵执信.饴山诗集.清光绪刻本。

[125] 杨成寅. 石涛. 北京:中国人民大学出版社,2009。

[126] (清)吴荣光. 石云山人诗集. 清道光二十一年(1841)刻本。

[127] (清)周亮工. 赖古堂诗集. 清康熙十四年(1675)刻本。

[128] (清)龚鼎孳. 定山堂诗集. 清康熙十五年(1676)刻本。

[129] (清)施闰章. 施愚山集. 清康熙四十七年(1708)刻本。

[130] (清)焦循. 雕菰楼集. 清道光四年(1824)刻本。

[131] (清)金圣叹. 沉吟楼诗选. 上海:《清人别集丛刊》上海古籍出版社,1979 年。

[132] (清)奕绘. 观古斋妙莲集. 清刻本。

[133] 曹惠民. 郑板桥诗文书画全集. 北京:中国言实出版社,2006 年。

[134] (清)黄鷟来. 友鸥堂集. 上海:上海古籍出版社,1979 年。

[135] (清)沈德潜. 竹啸轩诗钞. 清乾隆四十九年(1784)刻本。

[136] 李路明等. 历代墨竹写意画风. 重庆:重庆出版社,1997 年。

[137] (清)金农. 冬心画竹题记. 上海:上海书店出版社,1994 年。

[138] 潘茂. 中国画家丛书·郑板桥. 上海:上海人民美术出版社,1980 年。

[139] 巫晓文等. 李鱓高凤翰李方膺画风. 重庆:重庆出版社,1995 年。

[140] (清)王文治. 梦楼诗集. 清乾隆刻本。

[141] (清)居巢. 今夕盦题画诗. 杭州:《美术丛书》浙江人民美术出版社,2013 年。

[142] 吴长邺. 我的祖父吴昌硕·缶庐别存. 上海:上海书店出版社,1997 年。

[143] 杨臣彬. 明清中国画大师研究丛书·恽寿平. 长春:吉林美术出版社,1996 年。

[144] 刘光祖等. 写梅百家. 哈尔滨:黑龙江美术出版社,1997 年。

[145] (清)朱方霭. 画梅题记.《丛书集成初编》本。

[146] (清)潘曾莹. 小鸥波馆诗钞. 清刻本。

[147] (清)许光治. 有声画.《丛书集成初编》本。

[148] (清)李慈铭. 白华绛柎阁诗集. 清光绪十六年(1890)刻本。

[149] 晓华等. 赵之谦蒲华吴昌硕画风. 重庆:重庆出版社,1997 年。

[150] 邓明等. 中国历代名画点读·百梅图说. 上海:上海画报出版社,2001 年。

[151] (清)姜实节. 鹤涧先生遗诗. 台北:《丛书集成续编》台北市新文丰出版公司,
1988 年。

[152] (清)王夫之. 姜斋诗集.《四部丛刊》本。

[153] 钱仲联. 清诗精华录. 济南:齐鲁书社,1987 年。

[154] (清)金农. 冬心画马题记.《翠琅玕馆丛书》本。

[155] (清)魏源. 魏源集. 北京:中华书局,1976 年。

[156] (清)潘衍桐. 两浙輶轩续录. 清光绪十七年(1891)刻本。

[157] (清)庞元济. 虚斋名画录. 清刻本。

[158] [日] 铃木敬. 中国绘画史图录. 东京东京大学出版会,1983 年。

清代题画诗论类

作者索引

（按姓氏笔画排序）

三画

于敏中　154,246

马曰琯　66,67,152,153,224,381,
466,509

马曰璐　72,153,197,257,270,318,
386,466,502,

四画

王又曾　467

王士禛　36,37,38,174,238,244,
267,268,288,355,356,441,460,477,
478,492,500,508,518

王夫之　455

王云　359,435

王文治　82,83,199,295,321,394,
395,448,468,484

王节　6,339

王礼　439

王艮　26,147

王时敏　2,3

王武　349,350,434

王拯　127,128

王昱　43

王昶　80,155,177,391,510

王素　250,451

王原祁　40,41,42,191

王倩　229

王宸　468,523,524

王掞　48

王翚　29,30,31,189,287,308

王概　65,66,314

王鉴　5,6

王愫　104,105,106,107,298

王震　183,266,283,432,439,
475,490

王撰　191,232

王澍　311

介福　248,394

文枏　4,304,338

文点　355

文昭　58,256,444

方士庶　70,71,152,257,270,292,
381,482

方文　9,10,217,255,277,305,342

方亨咸　46

方婉仪　399

邓显鹤　109,110,205,206,275,330,
488,505,526

邓湘皋　263,410

孔尚任　49

孔素瑛　506

五画

左宗棠　128,167,230,423

厉宗万　447

厉鹗　68,69,176,210,245,256,381

卢见曾　234

叶廷琯　112,183,411,472,515

叶燮　26,27,147,188,286,307,348,

440,157,457,458

田榕　104,166,328,410,488

丘逢甲　139,140,171,183,208,253,
336,432,474,489,507

冯廷櫆　192

弘仁　8,9,143,184,285,342

边寿民　63,368,369,464,465,
494,501

六画

朱方霭　408,409

朱耷　26,346,347,348,433,440,
456,457,491

朱新　205

朱彝尊　27,28,147,174,188,307,
348,349,458,476,518

任颐　301

华嵒　58,59,60,175,223,239,245,
256,269,270,289,312,363,364,365,
366,435,436,463,464,480,493

华翼纶　126,127,300

伊秉绶　97

刘大櫆　74,75,76,153,224,294,
387,388,482,509

刘有铭　124

刘彦冲　124,333

刘统勋　388,503

刘献廷　49,221,222,244,268,310

汤贻汾　206,298

许光治　421,439,473,497

许峀　431,507

阮元　98,163,164,202,203,402,
503,511

纪昀　79,80,258,271,391

孙枝蔚　20,21,173,174,187,220,

267,277,285,344

孙星衍　97,161,162,181,202,227,
402,486,503

孙原湘　99,203,281,405,406,450,
496,504

七画

严长明　85,200,226,235,260

杨伦　95,160,235,248,260,324,325

杨晋　46,478,479

杨翰　126,183,230,473,498

李鱓　290,313,374,375,436,445,
465,466,494,501,502

李方膺　270,293,294,317,318,383,
384,385,447,495

李世倬　109

李邺嗣　23,187,232,344

李调元　88,89,181,240,272,296,
400,449,468,469

李清芬　141,208

李葂　381,522

李慈铭　130,282,424

李锴　64,291,313

吴历　28,29,174,278,308,459,518

吴伟业　6,7,8,143,172,184,217,
231,254,255,304,305,341,455,476

吴观岱　139,302,432,529

吴宏　56,361

吴昌硕　134,230,301,335,428,429,
430,453,454,489,499

吴荣光　166,204,205,472

吴修　103,104,166,236,249,282,
407,438

吴浔源　140,141,208,499

吴敬梓　234

吴锡麒　90,260

吴嘉纪　17,173,185,343,456

何绍基　113,263,331,527

何焯　56,223,361,444

余省　381,502

邹一桂　63,196,376

汪士慎　313,371,372,373,481

汪之瑞　285

汪由敦　71,152,153,177,246,257,
292,293,446

汪舸　224

汪琬　25,255,286,345,456

汪懋麟　40

沈宗敬　57

沈复吉　249

沈景修　133,276,528

沈德潜　57,58,151,175,194,195,
223,234,239,268,279,312,462,480

宋荦　39,209,460

宋琬　13,14,144,173,185,217,218,
219

改琦　250

张之万　125,126,334

张风　187

张问陶　102,103,165,181,213,228,
241,249,261,262,273,274,298,326,
327,406,407,471,486,487,496,504,
505,512

张英　39,278,308

张庚　245

张宗苍　65

张检　516,529

张釜　99,203

张深　121

张赐宁　90,160,485

张照　292,381

张鹏翀　68,292

张熊　124,419

陆飞　110,111,395

陈三立　137,170,207,208,215,252,
253,301,302,507,528

陈文述　108,214,250,282,328,410,
505,514

陈允升　129

陈书　427

陈均　110,207,282

陈纾　358

陈衍　138,139,215,282,336,431,
516,529

陈奕禧　49,461

陈洪绶　304,339,433

陈祖范　312

陈菁　344

陈崇光　251

陈维崧　25,220,243,286,345

陈琼圃　66

陈鹏年　56,57,194,311,361,362

陈撰　370,371

邵长蘅　39,40,148,174,278,
442,461

纳兰性德　55,151,175,239

八画

林纾　136,137

杭世骏　74,197,234,387,447

罗芳淑　410

罗牧　23

罗聘　86,227,260,272,296,321,
398,468

金涑　133,252,335,427,428,439,

506

金礼嬴　471

金圣叹　254,340

金农　64,129,196,256,291,314,
378,379,380,445,446,481,482

金和　128,129,334,423

金俊明　339,340

周闲　129,167,334,423,424,452,
473,474,498,506

周亮工　217,306

周起渭　57,151,233,363,444,
462,501

周容　20,186,267,277,285,343,456

郑旼　36

郑燮　71,72,246,270,293,314,315,
316,317,382,495,522

郎葆辰　497

居巢　334,423,439,451,452,473,
497,506

屈大均　148,189,209,221,244,278,
286,287,307,308,433,476

九画

项圣谟　5,142,277,284,303,338

赵之谦　424,453

赵执信　176,194

赵棻　395

赵翼　81,82,156,199,211,226,247,
258,259,394,484,503,510,511

胡公寿　424

胡锡珪　253,529

查士标　14,15,16

查嗣瑮　193,443,462

查慎行　52,53,54,149,193,209,
222,232,233,239,255,288,310,360,

443,479,480,493,500,501,508,519

俞樾　167,236,498,506,516,527

施闰章　220

奕绘　118,119,120,229,264,265,
332,415,416,417,418,439,489,515

恽冰　360

恽寿平　32,33,34,35,190,221,278,
287,308,350,351,352,353,354,434,
435,440,441,459,460,477,491,492,
500,518

姜实节　48,443

姜宸英　27,440

洪亮吉　92,160,201,248,323,324,
401,469,485,511,525

费丹旭　251,282,419,489

姚元之　108,471

姚鼐　85,86,158,159,180,212,227,
235,240,248,272,280,296,397,398,
448,449,468,511

十画

秦蕙田　503

袁枚　76,77,154,155,198,210,211,
224,225,234,235,246,257,271,320,
388,389,448,467,483,510,524

袁树　77,78,225,390,437

桂馥　89,200,272,322,525

原济　43,44,45,46,148,149,192,
279,309,356,357,358,442

顾广圻　104,204,213,228,328,408

顾太清　113,114,115,116,263,264,
299,331,332,412,413,414,415,438,
451,472,473,497,515

顾复初　141,337

顾符稹　39

清代题画诗类

顾麟士　　140,529

钱大昕　　82,156,158,226,239,271,
393,437

钱杜　　100,101,102,165,203,213,
236,272,298,406,504,512

钱陈群　　377,521

钱谦益　　1,2,142,216,231,238,243,
254,284,303,455

铁保　　402

倪仁吉　　66,245

徐柯　　25,220,307,348,433

徐德音　　507

爱新觉罗·玄烨　　55,55,150,310,
359,360,461,520,521

爱新觉罗·弘历　　78,79,153,154,
197,198,239,257,279,280,294,295,
320,388,467,482,483,510,523

奚冈　　91,92,181,201,323,401,469,
525

翁方纲　　87,88,159,180,200,212,
227,281,321,322,399,400,438,449,
484,485

翁同龢　　131,132,168,300,335,426,
452,474,528

高士奇　　47,48,149,358,359,
443,461

高凤翰　　60,61,196,269,289,313,
366,367,368,444,464,481,493,519

高岑　　20

高其佩　　52,193,519

高翔　　67,256,380,381

郭麐　　107,328

席佩兰　　326,406

唐英　　366

陶季　　145

十一画

黄鹭来　　310,359

黄易　　89,90,296,323

黄钺　　97,402,450

黄崇惺　　130,207,335,425

黄鼎　　55

黄景仁　　95,96,97,227,248,325,470

黄慎　　64,65,196,245,279,380,437,
466,495,522

黄遵宪　　170

萧云从　　4,339

萧晨　　192,268

梅清　　24,146,147,306

曹子清　　521

曹寅　　55,360,512

曹溶　　277

龚自珍　　112,229,299,527

龚贤　　17,18,19,20,146,186,255,
278,285,306

龚鼎孳　　16,17,219,243,306,342,
343,455

盛大士　　108,229,263

雪庄　　49

虚谷　　427

笪重光　　22,23,344

梁佩兰　　189,459

梁诗正　　84,295,397,437,448

屠倬　　111,331,410,411,472

十二画

彭玉麟　　128,423

董文骥　　24,25,174,187,344,491

董邦达　　72,73,387,467

蒋士铨　　80,81,155,178,198,247,

280,295,320,392,393,468,484

蒋廷锡　　311,501

嵇璜　　76,294

程中讷　　192,519

程正揆　　47

程先贞　　6,143

程恩泽　　111,112,241,331,411,514

傅山　　6,284,304,340

焦循　　249,326,406,525

舒位　　104,166,182,213,262,274,
281,327,407,408,451,471,487,505,
513,526

童钰　　77,390,496

普荷　　3,4,303,338

曾纪泽　　133,300

十三画

髡残　　11,12,13,143,144

蒲华　　133,426,427,452,453

鲍桑　　177,294,467

十四画

蔡嘉　　290

十五画

樊增祥　　134,135,169,207,431,

489,528

黎简　　92,,93,94,240,297,324,401,
470

潘奕隽　　89,322,395,400

潘谘　　395

潘曾莹　　124,333,420

潘遵祁　　299,300,333,420,421,451,
505

十六画

薛雪　　312,463

十七画

戴本孝　　22

戴亨　　99,236,261,297,325,403,
404,471,496

戴明说　　8,305,455

戴梓　　50,51,244,359

戴熙　　122,123,124,167,215,229,
236,299,332,333,418,516

戴瀚　　63,64,151,176,290,375,376,
481,494,508

魏源　　112,113,241,331,488,496

十八画

瞿应绍　　110,330

清代题画诗类